读客®

全球顶级畅销小说文库

全球文化，尽收眼底；

顶级经典，尽入囊中！

沙丘

【美】弗兰克·赫伯特 著
潘振华 译

江苏凤凰文艺出版社
JIANGSU PHOENIX LITERATURE AND
ART PUBLISHING, LTD

沙丘

DUNE

FRANK HERBERT

谨以此书献给那些孜孜不倦的劳作之人，他们不限于纸上谈兵，而是创造出了“真材实料”的王国——献给那些沙漠地生态学家，不管他们人在何方，劳作于哪个年代。谨此，谦卑且景仰地奉上这本预言之作。

目　录

第一卷

沙　丘

凡事起始之时，必细斟细酌，以保平衡之道准确无误。贝尼·杰瑟里特的每位姐妹都深知这一箴言戒律。既如此，如果你即将开始研究穆阿迪布的一生，请注意，你首先应正确地将他置于他所在的那个时代：他出生于帕迪沙皇帝沙达姆四世在位的第57年。此外，特别需要注意的是，你应正确地找到穆阿迪布活跃的地盘：厄拉科斯星。虽然他生于卡拉丹，且十五岁之前一直生活在那里，但千万不要被这事蒙蔽。厄拉科斯，这个人称沙丘的星球，才是他永远的舞台。

——摘自伊勒琅公主的《穆阿迪布手记》

这是他们启程前往厄拉科斯前的那周。忙碌的来回奔忙已经发展到最后的白热化阶段，变得疯狂得几近难以忍受，就在此时，一位干瘪的老太婆来到此地，前来探访小男孩保罗的母亲。

这是一个暖意洋洋的夜晚。卡拉丹城堡，这座伺候了二十六代厄崔迪家族的古老岩石建筑，已经有凉飕飕的水汽冒出，预示着一切将风云突变。

那老太婆被请进侧门，走过一条拱形走廊，当路过保罗的房间时，她有幸在那里驻足片刻，偷偷瞧瞧躺在床上的孩子。

地板旁挂着一盏浮空灯，在晦暗的光线下，那名假寐着的男孩看到屋门口，他母亲身前一步的地方立着一个庞大的女人身影。老太婆就像个巫婆的影子——头发如同缠结的蛛网，圆圆的面容隐没在兜帽一片漆黑的阴影中，一双眼睛仿若闪闪发光的宝石。

“杰西卡，依他的岁数看，是不是长得小了点？”老太婆问。她说话时带着气喘和鼻音，就像一把走调了的巴厘琴。

保罗的母亲以低沉的声调柔声作答：“尊驾，厄崔迪人发育较晚，此事众所周知。”

“我听说过，听说过，”老太婆继续气喘，“可他毕竟已经十五岁了。”

“是的，尊驾。”

“他没睡着，在偷听我们说话呢，”老太婆说，“狡猾的小捣蛋。”她吃吃地笑起来，“但皇族成员需要狡猾。而且，如果他是真正的魁萨茨·哈德拉克……啊……”

保罗躺在床铺的阴影中，眼睛微微睁开一条缝。老太婆那两颗明亮如鹰眼的眼珠紧紧盯着他，此刻竟似乎在慢慢变大，非常耀眼。

“好好睡吧，狡猾的小捣蛋，”老太婆说，“明天，你就得全神贯注地应付我的戈姆刺了。”

说完，她便推着他的母亲出了门，门“砰”的一声关上了。

保罗躺在那儿，心里不禁琢磨：戈姆刺是什么玩意儿？

在这巨变时刻发生的所有混乱中，这老太婆的出现是保罗见过的最奇怪的事。

尊驾。

而她竟然直接管母亲叫杰西卡，语气就像在使唤一名普普通通的侍女，根本不把她现在的身份放在眼里——一名贝尼·杰瑟里特女士，同时也是公爵的爱妾，还是公爵继承人的母亲。

*戈姆刺是不是厄拉科斯星的什么东西，在我们去那儿之前，我必须得知道？*他心里琢磨着。

他张口默念着老太婆提到的几个古怪词汇：*戈姆刺……魁萨茨·哈德拉克*。

要学的东西太多了。和卡拉丹相比，厄拉科斯这个星球是如此的不同，以至于保罗的脑子被那些新知识搞得晕乎乎的。厄拉科斯——沙丘——沙漠星球。

杜菲·哈瓦特，他父亲的刺杀大师，曾做过解释：哈克南人，他们的宿敌，在厄拉科斯待了八年，他们和宇联商会公司签订了合同，以准领地的形式据有这颗星球，并开采厄拉科斯的抗衰香料：美琅脂。现在，哈克南人即将离开厄拉科斯，厄崔迪家族将取而代之，而且是以全领地的形式。从表面上看，这是雷托公爵的胜利，然而哈瓦特却告诉他，这种局面隐含着致命的危险，因为雷托公爵在兰兹拉德联合会的各大家族中颇孚众望。

“受欢迎的人会招致当权者的猜忌。”哈瓦特说。

厄拉科斯——沙丘——沙漠星球。

保罗睡着了，梦中来到了一座厄拉科斯洞穴，身边是一群沉默的人，他们在球形灯暗淡的光线下走动。那地方一派肃穆，像是一座大教堂，他还听到一种微弱的响声……水滴的滴答声。即使还在梦中，保罗也知道自己醒后会记着这个梦。他总能记住那些具有预示意义的梦。

梦境慢慢消失。

保罗醒了过来，发现自己还在温暖的床上，他开始思考……思考。卡拉丹城堡的这片天地里，没有与他年龄相仿的玩伴，或许无需领受辞别的悲伤。他的老师岳医生曾向他微微透露：在厄拉科斯，佛斐鲁谢阶级制度并没有得到严格维护。那个星球上的人们居住在沙漠边缘，没有盖德或霸撒统治着他们。这些自称沙漠意志的人，就是弗雷曼人，帝国的人口普查都得不到他们的数据。

厄拉科斯——沙丘——沙漠星球。

保罗意识到自己的紧张感，于是决定练一练母亲教授的身意课程。三次快速呼吸触发反应：他坠入了一种游离的意识状态……集中意念……扩张动脉血管……摒除一切杂念……只余下自己选择的那部分意识……血液变得充实，迅速流向负荷过重的区域……**单凭本能并不能使人获得食物、安全、自由**……兽类意识无论怎么延伸都无法超越特定的时刻，也不会让它产生猎物可能会灭绝的念头……兽类破坏，但不生产……兽类的快感始终接近感官层次，达不到感性的层面……人类需要一个背景网，通过该网可以看清自己的宇宙……有选择地控制意念，这便会架构起你的网……依照细胞需求发出的最深层次意识，神经血液有规律地流动，肉体也随之保持完整……天地万物、生灵、人类都非永恒……为了川流不息的永恒奋争……

保罗维持着游离的意识状态，课程也一遍遍地辗转反复。

当黄色的晨光洒进窗台时，保罗闭着眼睛就能感觉到。他睁开眼，城堡的喧嚣奔忙重新入耳，卧室天花板上那熟悉的纹饰横梁也进入了眼帘。

廊门开启，保罗的母亲朝门内张望。她的头发深暗似青铜，发顶扎着一条黑色丝带，那张鹅蛋脸上不带任何表情，绿色的双眸闪烁着严肃的光芒。

“你醒了，”她说，“睡得可好？”

“很好。”

保罗审视着母亲高挑的身材，她正从衣橱架子上为他选衣服。从她的肩部动作中，保罗觉察出她有一丝紧张，其他人或许会遗漏这蛛丝马迹，但他却从母亲那儿得到了贝尼·杰瑟里特专有的训练……明察秋毫。母亲转过身，手里拎着一件半正式的外套，衣服胸前口袋的上方印着代表厄崔迪的红色鹰饰。

“快点，穿好衣服，”她说，“圣母正等着呢。”

“我在梦里见过她一次，”保罗说，“她是谁？”

“她是我在贝尼·杰瑟里特学校的老师，现在是皇帝的真言师。那个，保罗……”她吞吞吐吐道，“你必须把你做的梦告诉她。”

“我会的。我们得到厄拉科斯，就是因为她吗？”

“我们没有得到厄拉科斯。”杰西卡掸去一条裤子上的灰尘，把它和那件外套一起挂在保罗床铺旁的衣架上，“别让圣母久等。”

保罗坐起身，抱着双膝。“什么是戈姆刺？”

母亲对他的训练再一次起了作用，她那难以觉察的犹豫暴露在他眼前，让他觉得她的惴惴不安其实是恐惧。

杰西卡穿过房间，走到窗户旁，甩手拉开窗帘，目光越过河畔的果园，望向对面的首尾山。“你马上就会知道……什么是戈姆刺。”她说。

这回他真切地听出了母亲声音中的恐惧，心里不禁琢磨到底是怎么回事。

杰西卡仍背对着保罗，继续道：“圣母正在我的晨起室里等着，请快点。”

圣母盖乌斯·海伦·莫希阿姆坐在一把置有缀锦的椅子上，望着保罗母子走近。透过房间两侧的窗户，可俯瞰大河蜿蜒的南部弯段，以及厄崔迪家族的绿色田园，但圣母无心欣赏这些景色。今天早晨，她感受到了自己的年迈体弱，还有点焦躁。她觉得这是太空旅行造的孽，都是那讨厌的宇航公会和他们那偷偷摸摸的行事方式造成的。但现在有一项使命，需要一位眼光远大的贝尼·杰瑟里特亲自过问。即便是帕迪沙皇帝的真言师，也不能逃避这神职的召唤。

*这个杰西卡真是该死！*圣母心中暗骂。*要是她遵命行事，为我们生个女孩，就不会搞出这样的麻烦！*

杰西卡在离座椅三步开外处停下脚步，左手沿着裙边轻轻一拂，屈膝行了个礼。保罗则短促地躬了下腰——按舞蹈师教的，当“对受礼方的身份地位表示怀疑”时，可行以此礼。

保罗问安的细微差异没有逃过圣母的眼睛。她开口道：“杰西卡，他是个谨慎的小家伙。”

杰西卡把手放到保罗的肩上，紧紧攥着。只一下心跳的工夫，就有恐惧的意味从她的掌心传出。片刻之后，她按捺住自己的情绪。“尊驾，我们就是这样教他的。”

*她在害怕什么？*保罗暗自思忖。

那老妪眼睛一眨，就将保罗看了个透：一张鹅蛋脸和杰西卡颇像，但骨架甚是强健……乌黑的头发出自公爵，而那眉线来自无名的外祖父，还有那颐指气使的小鼻子。眼睛是绿色的，目光如炬，像老公爵——他那已故的祖父。

*现在，终于有男人来欣赏欣赏这出壮丽表演的力量了，哪怕是透过死亡。*圣母不禁暗想。

“教是一回事，”她说，“先天的资质却是另一回事。等着瞧吧。”老妪的眼睛向杰西卡射出一道严厉的光芒，“你可以出去了。听我的命令，好好在外宁息冥想。”

杰西卡把手从保罗肩上放下。“尊驾，我……”

“杰西卡。你知道这事必须完成。”

保罗抬头看着母亲，不明白她们在说什么。

杰西卡站直身子。“是的……当然。”

保罗扭头望着圣母。出于礼貌，以及他母亲对这老太婆显而易见的敬畏感，都让保罗认为需小心行事。但他又感觉到母亲身上表现出的恐惧，这使他心生愠怒。

“保罗……”杰西卡深深吸了一口气，“……你要接受的这次测试……对我很重要。”

“测试？”保罗仰头望着母亲。

“莫要忘了，你是公爵之子。”杰西卡说。她迅速转过身，裙子刷刷摆动，大步流星朝门外走去。门在她身后死死地关上了。

保罗转脸对着老妇人，按下心中的怒气。“竟然有人把杰西卡夫人当侍女一样打发走吗？”

一抹微笑从老妪布满皱纹的嘴角闪过。“小家伙，杰西卡夫人在学校时，当了我十四年的侍女。”她点点头，“还干得相当不错。现在，你给我过来！”

这命令像一记猛鞭突然抽向保罗，他还没细想，就已身不由己地遵命行事。*她在对我使用音言*，保罗暗想。他依着圣母的手势停下脚步，站到她身旁。

“看见这东西了吗？”她从长袍的衣褶中取出一个约十五厘米见方的绿色金属方块。她拧了拧，保罗便看见方块的一面打开了……黑黝黝的，令人感到莫名的恐惧。没有光线可以射进那黑色的开口中。

“把你的右手放进盒子。”她说。

恐惧袭过保罗全身。他不由自主地向后退去，但老妪说道：“你就是这样听你母亲话的？”

他抬头望着那鹰眼般明亮的眼睛。

保罗感受到一种难以抗拒的驱迫之力，他慢慢将手伸进盒子。当整只手被黑暗吞没时，他先是感到了一丝寒意，继而觉得手指似乎碰到了光滑的金属，有一种刺痛感，仿佛手已失去了知觉。

老妪的脸上画满了掠食动物般的表情。她提起原在盒子边的右手，搁近保罗的脖子。保罗看见了闪光的金属物体，于是转头去看个究竟。

“别动！”她厉声道。

*又在使用音言！*他把目光转回她的脸上。

“我用戈姆刺指着你的脖子，”她说，“戈姆刺，最霸道的武器。是一根针，针尖蘸有一滴毒液。啊哈！别想溜，否则就让你尝尝毒的厉害。”

保罗口干舌燥，但还是想吞口唾沫。他不敢移开目光，只得紧紧盯着那满面皱纹的老脸，闪闪发光的眼睛，还有那苍白的牙龈，一口一说话就会闪光的银色金属牙。

“公爵之子必定了解毒物吧，”她说，“这是我们这个时代的时髦玩意儿，对不对？麝香毒，可以投入你的饮料。奥玛斯，混入食物。有速效的，有缓效的，还有不快不慢的。我用的是一种你从没见过的：戈姆刺。它只毒杀动物。”

自尊胜过了恐惧。“你竟敢口出狂言，说公爵之子是动物？”他质问道。

“打个比方吧，我只是说你可能是人类。”她说，“别动！我可警告你，别想溜。虽然我老了，但如果你想逃，我这只手还是能马上将针扎进你的脖子。”

“你是谁？”保罗低声问道，“你是怎么骗过我的母亲，把我一个人丢在你这里的？你是哈克南的人？“

“哈克南？上帝保佑，才不！现在，给我闭上嘴。”一根干枯的手指碰到了保罗的脖子，他极力控制不由自主想要跳开的本能。

“很好，”她说，“你已经通过了第一项测试。接下来，是这样的：如果你把手从盒子里抽出来，那就死定了。只有这一条规则。把手放在盒子里，就能活。抽出来，就是死。”

保罗深深地吸了一口气，止住颤抖。“如果我大声呼叫，侍卫马上就会出现，你必死无疑。”

“你母亲守在门口，侍卫进不来。相信我。你母亲挺过了这项测试，现在轮到你了。你应该感到荣幸，我们很少对男孩做这种测试。”

好奇心将保罗的恐惧减少到了可以掌控的地步。从老妪的声音中，保罗听出她说的是真话，这一点无可否认。如果她母亲真的守在了门外……如果这真是一次测试……不管那是什么，保罗知道自己已深陷其中，脖子上的那只手，那戈姆刺已完全控制住了他。他记起母亲在贝尼·杰瑟里特典礼中教给他的应对恐惧的心法口诀。

我绝不能恐惧。恐惧是思维杀手。恐惧是带来彻底毁灭的小小死神。我将正视恐惧，任它通过我的躯体。当恐惧逝去，我会打开心眼，看清它的轨迹。恐惧所过之处，不留一物，唯我独存。

保罗感到自己恢复了平静，他说道："来吧，老太婆。"

"老太婆！"她厉声叫道，"你很勇敢，这一点无可否认。嗯，等着瞧吧，先生。"她弯腰凑近保罗，将嗓音压低到近乎耳语。"你在盒子里的那只手会感到疼痛。剧痛！如果你敢抽出手，我的戈姆刺会马上扎进你的脖子——你会死得痛快利落，就像刽子手挥下的斧子。抽出手，戈姆刺就会要了你的命，懂吗？"

"盒子里是什么？"

"疼痛。"

保罗感到那只手的刺痛在加剧，他咬紧双唇。*这怎么可能是测试？*他想。刺痛变成了瘙痒。

老妪继续道："你有没有听过动物为了逃脱陷阱而咬断一条腿的事？这是一种兽类的伎俩。但人类会留在陷阱里，忍痛装死，以便伺机杀掉设置陷阱的人，解除对同类的威胁。"

瘙痒变成了一种极其细微的灼痛。"你为什么要对我做这些？"保罗问道。

"为了确定你是不是人。给我安静！"

右手的灼痛感不断加剧，保罗的左手握成了拳头。痛感一点点增强：火热，灼热……炽热。左手的指甲已经深深扎进了掌心。他试着弯曲右手的手指，可是却完全动弹不得。

"好烫。"保罗轻声说。

"住口！"

一阵阵的痛楚传到了他的手臂。额头渗出了一粒粒汗珠。脑中的每一根神经都在呐喊，请求他把手抽离这个火坑……可是……戈姆刺。保罗不敢转头，但他试着用眼角去瞥脖子旁的那根可怕的毒针。他发觉自己正喘着粗气，于是想缓和呼吸，却做不到。

痛！

他的世界变成了一片空白，只剩那只沉浸在剧痛中的手。那张盯着他的老脸渐渐远去。

他的双唇干燥异常，难以分开。

烫！烫！

他觉得自己能感到那只手的皮肤正被烧黑，蜷曲，肌肉被烤酥，一块块地脱落，最后只剩下焦黑的骨头。

消失了！

仿佛关上了某个开关，疼痛消失了。

保罗感到自己的右臂在颤抖，浑身被汗水浸透。

“够了。”老妇人自言自语道，“库尔瓦哈！迄今为止，还没有一个女孩能坚持到这种程度。我本以为你一定通不过的。”她向后一靠，将戈姆刺从他脖子旁撤走，“把你的手从盒子里拿出来吧，年轻人，好好看看它。”

保罗强压住因疼痛而产生的颤抖，盯着那幽暗的空洞，那只手像是已经不听使唤，还是自顾自地留在那黑暗中。那痛楚记忆犹新，让他动弹不得。理智告诉他，从盒子里拿出来的将是一截焦黑的断肢。

“快点！”老太婆厉声叱道。

保罗猛地将手从盒子里抽出，惊讶地盯着它。竟然毫发无伤。皮肉上没有一点迹象，表明那里曾遭受过剧痛。他举起手来转了转，弯弯手指。

“诱导神经所致的疼痛，”她说，“不可能损伤真正的人。道理很简单，但还是有很多人想花大价钱买下这个盒子的秘密。”她把盒子放回到袍子的衣褶中。

“可的确很疼……”保罗说。

“疼痛，”老太婆嗤之以鼻，“真正的人可以凌驾体内的任何神经。”

保罗感受到左手也隐隐作痛，他松开握紧的手指，看到掌心上已被指甲戳出了四个血印。他放下手，看着那老妪，说道：“你对我母亲也这么干过吗？”

“有没有用筛网筛过沙？”她问。

这个不切正题的问题让保罗猛地一怔，然后他有了深层次的觉悟：*筛网滤沙*。他点点头。

“我们贝尼·杰瑟里特姐妹，正是通过筛选人群以找到真正的人。”

保罗举起右手，刚才的疼痛依旧记忆犹新。“这就是筛选所用的方法——疼痛？”

“小家伙，在你经受剧痛时，我仔细观察你。疼痛只不过是测试的核心。你母亲和你谈过我们的观察方式。我能看到她的教导在你身上留下的效果。我们的测试就是危机和观察。”

保罗从她的声音里听出了坚定之意，他说道：“你说的是真话！”

老妪盯着保罗。*他感觉到我说的是真话！他会是真命之子吗？他真的是真命之子吗？*但她马上平息了自己的激动之情，并提醒自己：“*希望会蒙蔽双眼*。”

“你知道如何辨别人们所说之话的真伪。”她说。

“我知道。”

反复的考验证明了他拥有那种能力，从他的声音中，她听出了和谐之意。“也许你就是魁萨茨·哈德拉克。坐下，小兄弟，坐到我脚边。”

“我宁愿站着。”

“你母亲也曾坐在我的脚边。”

“我不是我母亲。”

“你不太喜欢我们，嗯？”她扭头看向房门，大声叫道，“杰西卡！”

门应声而开，杰西卡站在门口，冷眼向屋里看来。当她看到保罗时，冰冷之意瞬间融化，脸上挤出一丝笑容。

“杰西卡，你现在还恨我吗？”老太婆问。

“我对你又爱又恨，”杰西卡答道，“恨——来自我永远难忘的痛。而爱——来自……”

“说出基本事实就够了，”老太婆说，不过声音却很轻柔，“你可以进来了，但别说话。把门关上，注意别让人打扰我们。”

杰西卡走进屋里，关上门，背靠在那里站着。*我儿子活着*，她想。*我儿子活着，他是……人类。我知道他是……但是……他活着。现在，我可以继续活下去了。*她感觉背后倚靠的门非常坚固且真切。屋里的一切蜂拥而来，压迫着她的感官。

我的儿子活着。

保罗看着母亲。*她说的也是真话。*他很想一个人离开，将这次经历好生思考一番，但他知道，只有老太婆让他走他才能走。对他来说，这老人具有一种力量。*她们说的都是真话。*他母亲也经历过这样的测试，这其中必有什么可怕的目的……那痛苦和恐惧真是可怕。他明白为何说这是可怕的目的，因为他们不顾一切地去做这件事，并认为这是极有必要的。保罗觉得自己也被这可怕的目的玷污了，即使他还不清楚那到底是什么。

“总有一天，小家伙，”老妇人说，“你也会像你母亲一样站在门外。这需要十足的勇气。”

保罗低头看看自己那只刚刚经受疼痛煎熬的手，继而抬头看着圣母。她的声音中蕴含着某种异乎寻常的东西，不同于他以往经历过的任何声音。她念出的词语都带着某种光辉，里面暗藏玄机。他觉得不管自己向她提什么问题，所得到的答案都会令他超脱出平凡的肉体世界，进入一个更广阔的领域。

“你为什么要测试辨别人的真伪？”保罗问。

“为了使你自由。”

“自由？”

“很久以前，人们想要获得自由，便将思考的事交给机器去干。然而这只会导致其他人凭借机器奴役他们。”

“汝等不得创造像人一样思维的机器。”保罗引述了一句话。

“这是芭特勒圣战和《奥兰治天主圣经》里的原话，”她说，“但《奥天圣经》其实应该这么说：‘汝等不得造出机器，假冒人的思维。’你有没有研究过门泰特人？”

“我跟着杜菲·哈瓦特一起学习。”

“芭特勒圣战，这场大骚乱夺去了人类的一根拐杖，”她说，

“这迫使人类的思维进一步成长。于是人们创立了学校，以训练人的才能。”

“贝尼·杰瑟里特学校？”

老太婆点点头。“那种古老的学校只有两所幸存于世：贝尼·杰瑟里特和宇航公会。在我们看来，公会侧重的差不多是纯数学。而贝尼·杰瑟里特发挥着另一种作用。”

“政治。”保罗说。

“库尔瓦哈！”老太婆叹道。她严厉地扫了杰西卡一眼。

“我并没告诉过他，尊驾。”杰西卡说。

圣母重新把注意力转到保罗身上。“你只用几条线索就作出了这样的判断。”她说，“没错，就是政治。一开始掌管贝尼·杰瑟里特学校的那些人，认为有必要维持人类事务的延续性。他们注意到，从传宗接代的目的来看，如果不将真人群体和凡人群体区分开来，那么这种延续性就无从谈起。”

保罗突然觉得老太婆的话失去了那种特有的犀利锋芒。他感到了一种冲突，一些违背了被他母亲称为“辨真本能”的东西。倒也不是说圣母在对他撒谎，她显然相信自己说的话。是其中更深层次的东西，某种与他那可怕目的有着千丝万缕联系的东西。

他说：“但我母亲告诉我，许多贝尼·杰瑟里特姐妹都不知道他们的祖先。”

“基因谱系存放在我们的档案里，”她说，“你母亲也知道，她要么是贝尼·杰瑟里特的后代，要么她本身的血统是可接受的。”

“那她为什么不能知道自己的父母是谁？”

“有的可以知道……但许多人不行。比如说，我们可能会希望她与某位近亲相交配，以建立某种遗传特征的优势。有许多理由。”

保罗再一次感到她所说的话违背了真相。他说：“你们自己担着很大的风险。”

圣母盯着保罗，心想：*他话里头是不是含着批评？*“我们肩负着重任。”她说。

保罗感觉自己已经摆脱了测试的打击，且越来越清醒。他向圣母抛去一个打量的眼光。“你说我可能是……魁萨茨·哈德拉克。那是什么？一个人类戈姆刺吗？”

“保罗，”杰西卡说，“不准用这种语气对……”

“我能应付，杰西卡。”老妪说，“那么，小家伙，你知道真言师之药吗？”

“你们服用这种药，以提高辨别真伪的能力，”保罗答道，“母亲告诉过我。”

“你见过辨真灵态吗？”

他摇摇头。“没有。”

“这种药很危险，”她说，“但它会赐予人洞察之力。当真言师的能力受到这种药的激发，她可以查看自己过往的许多记忆——她肉身的记忆。我们透视过去的方方面面……但唯有女性的那面。”她的声音蒙上了一层伤感，“然而，有一处地方，没有任何真言师可以看到。我们受其排斥，感到恐惧。根据传说所言，某一天会有一个男人降临在世，通过药物赐予的能力，发现自己的心灵之眼，他将看到我们看不到的地方——不仅有女性的过去，还有男性的。”

“你们的魁萨茨·哈德拉克？”

“对，魁萨茨·哈德拉克，这个人可以随时进入任何地方。无数男性试过这种药……无数人，但没有一个成功。”

“他们试过之后都失败了，没有一人幸免？”

“哦，不，”她摇摇头，“他们试了，结果全死了。”

想要了解穆阿迪布而不了解他的宿敌哈克南人，就像要明白真理而不懂得谬误一样。像是不懂得黑暗而去寻找光明，那是不可能的事。

——摘自伊勒琅公主的《穆阿迪布手记》

这是一个立体星球仪，在黑影中半隐半现，一只胖手转着它，那只手戴着光彩夺目的戒指。星球仪立在一只多边形的底座上，靠着一面墙。屋子没装一扇窗户，另三面墙展示着一堆东拼西凑的彩色画卷、电影图集、磁带和胶卷。在移动浮空场中挂着几盏金光灯球，它们投下的光线照亮了屋子。

在屋子中央，摆放着一张椭圆形书桌，桌面由石化了的伊拉迦木制成，粉绿相间。桌旁环绕着一圈浮空椅，有两把椅子上坐着人。其中一人很年轻，约有十六岁，一头黑发，圆脸，目光阴沉；另一个是个又瘦又矮的男子，长着一张娘娘腔的脸。

年轻人和那娘娘腔都盯着星球仪，半隐在黑影中的那人继续转着它。

星球仪旁传出一阵吃吃的笑声，笑声中蹦出一个低沉的嗓音："看哪，彼得，有史以来最大的捕人陷阱，公爵正一头往里闯。这难道不是我弗拉基米尔·哈克南男爵的杰作吗？"

"确实，男爵。"那娘娘腔答道，嗓音高亮，音色甜美。

那胖手落到了星球仪上，止住了转动。现在，屋子里的眼睛都盯住了那不再转动的表面，只要看上一眼，就能明白这种星球仪是专门为帝国的富有收藏家和星球统治者定做的，上面盖有帝国手工印章。经纬线用发丝般精细的铂线制成，两极镶着完美无瑕的云乳钻石。

那胖手在星球表面缓慢移动，抚摸着每一处细节。“彼得，还有你，亲爱的菲德-罗萨，现在请你们观察一下，”那低沉的嗓音说道，“好好观察，从北纬六十度到南纬七十度——看看这些精妙绝伦的波纹。它们的色彩，难道不使你们想起甜美的焦糖？并且完全看不到一丝蓝色的影子，湖的蓝，河的蓝，海的蓝。还有这可爱的极地——这么小。谁能把这地方认错？厄拉科斯！真是独一无二。是为一场独一无二的胜利打造的一个非凡舞台。”

彼得的嘴角露出一丝笑意。“想想，男爵，帕迪沙皇帝相信他已经把你的香料星球给了公爵。多么不幸啊。”

“那是一个愚蠢的说法，”男爵嗓音低沉地说道，“你这么说，是想把我的侄子——年轻的菲德-罗萨弄糊涂，这根本没必要。”

阴沉着脸的年轻人在椅子上动了动，抚平了黑色紧身连衣裤上的一条皱褶。他坐直身子，就在这时，从他身后传来了一声谨慎的敲门声。

彼得从椅子上起身，走到门边，打开一条缝，接过一个圆柱形信息筒。他关上门，展开圆筒扫了一眼，接着蹦出两声吃吃的笑声。

“什么事？”男爵问道。

“男爵，那蠢货给我们回复了！”

“厄崔迪人什么时候会拒绝一个表态的机会？”男爵问，“那么，他怎么说？”

“男爵，他真是毫无教养，竟然直呼你的名字‘哈克南’——而不是‘亲爱的阁下与表兄’，没有头衔，什么尊称都没有。”

“这名字不错，”男爵吼道，他的声音透露出一丝不耐烦，“亲爱的雷托说什么了？”

“他说：‘拒绝你提出的会面提议。我有时间对付你的阴谋诡计，此事众所周知。’”

“还有呢？”男爵问。

“他说：‘血海深仇的解决方式在帝国内还有不少拥趸。’他的签名是‘领有厄拉科斯的雷托公爵’。”彼得大笑起来，“领有厄拉科斯！哦，老天！他也真会给自己戴高帽！”

“闭嘴，彼得。”男爵说。笑声戛然而止，像是关上了一个开关。

"血海深仇，是吧？"男爵问，"世仇，啊？他用了一个家喻户晓的漂亮古语，知道我一定深明其义。"

"你做出了和平的姿态，"彼得说，"过场已经走了。"

"作为一名门泰特，你说得太多，彼得。"男爵说。他想：*我必须尽快把他除掉，他快没什么用了*。男爵的目光径直射向他的门泰特杀手，他看见了大部分人第一眼就会注意到的特征：眼睛，阴暗的眼缝中透出的只有蓝色，没有一点眼白。

彼得咧嘴一笑，就像套着一张鬼脸面具，露出两只黑洞洞的眼睛。"但是，我的男爵，从来没有过如此美妙的复仇。这是一个天衣无缝的阴谋诡计：让雷托用卡拉丹换取沙丘——且别无选择，因为皇帝下了诏。你真是太滑稽了！"

男爵冷冷地应道："你的嘴真他妈贱，彼得！"

"可我很高兴，我的男爵。而你……却有点嫉妒。"

"彼得！"

"啊哈，男爵！你没有亲自设计这个妙计，是不是有点后悔？"

"总有一天我会让人勒死你，彼得。"

"这是必然的，男爵。终究会这样！不过善行长存，不是吗？"

"你是不是嗑了维泰药或塞缪塔，彼得？"

"无所畏惧的真理吓到男爵了。"彼得说。他的脸皱到了一起，像是一个滑稽的苦瓜脸面具。"啊哈！可男爵你瞧，身为一名门泰特，我知道你什么时候会派出处决者。只要我有用，你就会留着我。过早行动是一种浪费，我现在还有很大的用武之地。我知道你从那可爱的沙丘星球学到了什么东西——绝不浪费，对吗，男爵？"

男爵继续盯着彼得。

菲德-罗萨如坐针毡。*这帮爱斗嘴的蠢货！*他想，*我的叔叔只要一和他的门泰特谈话，就免不了地要吵上一番。他们以为我除了听他们争吵外，就没事可做了吗？*

"菲德，"男爵说，"我告诉过你，让你来就是要听，要学。你在学吗？"

"是的，叔叔。"他的声音小心谨慎，带着奉承。

"有时我对彼得很好奇，"男爵说，"我让他痛苦，完全是出于必要，可他……我敢发誓，他从中得到了十足的乐趣。就我自己而言，我很同情可怜的雷托公爵，岳医生很快就会背叛他，厄崔迪家族将会末日临头。不过，雷托肯定会知道是谁在牵着那听话的医生的鼻子……但明白这一切，对他而言将是十分可怕的。"

"那么，你为什么不让医生用双刃刀悄悄捅进公爵的肋骨，一下就结果了他？"彼得问，"你说到同情，可……"

"我要让公爵知道，他是怎么完蛋的，"男爵说，"我要让其他家族知道这件事。这消息会使他们犹豫，也将为我赢得更大的行动空间。必要性是显而易见的，但我并不一定非得喜欢它。"

"更大的行动空间，"彼得嗤之以鼻，"皇帝的眼睛已经盯着你了，男爵。你太过胆大包天。总有一天，皇帝会派上一两个军团的萨多卡兵力，杀到杰第主星，到那时就是你弗拉基米尔·哈克南男爵的末日了。"

"你很想看到这样的结果，是不是，彼得？"男爵问，"你会很高兴地看到萨多卡军团在我的城市里烧杀掠夺，把这座城堡洗劫一空。你肯定会喜欢这样的场面。"

"男爵，还需要问吗？"彼得轻声说。

"你应该去做军团的霸撒统领，"男爵说，"你对血腥和痛苦太感兴趣。也许我对厄拉科斯战利品的许诺太早了点。"

彼得在屋子里扭扭捏捏地走了五步奇怪的小碎步，最后在菲德-罗萨的身后停了下来。屋子里突然弥漫起一股紧张的气氛，年轻人抬起头，愁眉不展地看着彼得。

"别耍弄彼得的感情，男爵，"彼得说，"你答应给我杰西卡女士，你已经答应了。"

"为什么，彼得？"男爵问，"为了痛苦？"

彼得瞪着他，一言不发。

菲德-罗萨将自己坐着的浮空椅挪到一边，他说："叔叔，我非得待在这儿吗？你说过你要……"

"我亲爱的菲德-罗萨有点不耐烦了，"男爵说，他在星球仪旁的暗影中动了动身子，“耐心点，菲德。”他又把注意力转回到那位门泰特身上，“我亲爱的彼得，那位小公爵，保罗怎么样了？”

“我们的圈套会让他落到你的手里，男爵。”彼得轻声低语。

“我不是问你这个，”男爵说，“你记不记得，你曾说那个贝尼·杰瑟里特巫婆会给公爵生一个女儿。你错了，是不是，门泰特大人？”

“我很少会出错，男爵。”彼得说，他的声音中第一次流露出恐惧的意味，“应该这么说：我很少会出错。你也知道，贝尼·杰瑟里特生的孩子差不多都是女孩。就连皇帝的妃子也只生女孩。”

“叔叔，”菲德-罗萨说，“你说过这儿有重要事务让我……”

“听听我侄子的话，”公爵打断道，“他渴望支配我的男爵领地，可他却支配不了自己。”男爵在星球仪旁动了动，那是暗影中的一个黑影，“那么好吧，菲德-罗萨·哈克南，我召你来此，是想教你一点智慧。你有没有观察我们这位门泰特好汉？你应该从这些交谈中学到了不少东西。”

“可是，叔叔……”

“彼得，一个效率颇高的门泰特，你说呢，菲德？”

“是的，但是……”

“啊！你说了但是，的确，他消耗了太多的香料，就像吃糖。看看他的眼睛！他或许是从厄拉奇恩民工堆里来的。虽然彼得很是高效，但他仍然过于情绪化，容易发怒。虽然彼得很是高效，但他还是会犯错。”

彼得压着声音，阴沉地说道：“男爵，你让我来这儿，就是为了批评我的效率吗？”

“批评你的效率？你比谁都了解我，彼得。我只是希望我的侄子懂得一个门泰特的弱点。”

“你已在训练替代我的人了吗？”彼得问道。

“替代你？为什么，彼得？我去哪儿找一个像你这般狡猾歹毒的门泰特？”

“在你发现我的那个地方，男爵。”

"也许我该这么做，"男爵沉思道，"你最近的确有点反复无常。还有你吃的香料！"

"我的享乐太昂贵了，男爵？你已经看不惯了吗？"

"我亲爱的彼得，你的享乐把你和我联系在一起，我怎能反对呢？我只希望我的侄子能观察到你身上的这一点。"

"那么，你在拿我当展示品啰，"彼得说，"我要不要来段舞蹈？要不要向这位杰出的菲德-罗萨表演表演我的各项功能……"

"正是，"男爵说，"我在拿你当展示品。现在，闭上嘴。"他朝菲德-罗萨扫了一眼，注意到他侄子丰满突出的嘴唇，这是哈克南人的遗传标志，现在，那两片嘴唇微微抿了一抿，流露出愉快的神色。"菲德，这是一个门泰特，它接受了专门的培养和训练，以执行某些职责。然而，这个门泰特被纳入了一具人类躯体中，这个事实不容忽视。这是一项严重的缺陷。我有时候会想，古代人使用思想机器，他们的想法或许是正确的。"

"跟我比，那些只是玩具而已，"彼得咆哮道，"就连你，男爵本人，也能胜过那些机器。"

"也许吧，"男爵说，"啊，好吧……"他深深吸了一口气，打了个嗝儿，"现在，彼得，为我的侄子简略介绍一下这场针对厄崔迪家族的战役的主要特点。劳您大驾，为我们显显你的门泰特本事。"

"男爵，我早就警告过你，别把这么重要的信息讲给这样年轻的人听。据我观察……"

"这由我来决定，"男爵说，"我已经下令了，门泰特。显显你的本事。"

"随便你了。"彼得说。他站直身体，摆出一副奇怪的尊严样——仿佛戴上了另外一副面具，但这次却把全身罩了进去。"不出几个标准日，雷托公爵全家将乘一艘宇航公会的班机，前往厄拉科斯。公会将让他们在厄拉奇恩城下机，而不是去我们的迦太格城。公爵的门泰特，杜菲·哈瓦特，将得出正确的判断，厄拉奇恩更易防守。"

"菲德，仔细听，"男爵说，"注意其中的计中计。"

菲德-罗萨点点头，心想：*这才像真格的，老魔头终于让我了解绝*

密事宜了，他肯定真想让我做他的继承人。

“还存在几种难料的可能，”彼得说，“我说厄崔迪家族将去厄拉科斯，然而，我们也不能忽略以下这种可能：公爵已与公会达成协议，他们会把他送到星系外的一个安全之地。曾经有一些家族处于类似的境地，结果都造了反，带着家族的原子武器和屏蔽场护盾逃之夭夭，离帝国远远的。”

“公爵这人自尊心很强，不可能这么做。”男爵说。

“这只是一种可能，”彼得说，“然而，对我们来说，最终的结果都一样。”

“不，不一样！”公爵怒吼，“我一定要他死，他的家族必须全部完蛋。”

“这种可能性很高。”彼得说，“一个家族要造反，肯定会有作准备的迹象。公爵似乎没有涉及任何此类事宜。”

“那么，”男爵叹息道，“继续说吧，彼得。”

“在厄拉奇恩，”彼得说，“公爵和他全家将暂居总督府邸，也就是芬伦伯爵夫妇的居所。”

“走私徒使臣。”男爵吃吃笑道。

“什么的使臣？”菲德-罗萨问。

“你叔叔开了个玩笑，”彼得说，“他把芬伦伯爵称为走私徒使臣，是指皇帝对厄拉科斯星球的走私行动很感兴趣。”

菲德-罗萨转过身，迷惑不解地盯着他的叔叔。“为什么这么说？”

“别不开窍，菲德，”男爵厉声道，“只要公会仍然在帝国控制之外有效运作，那还能怎么样呢？间谍和杀手还能怎么活动？”

菲德-罗萨张大嘴巴，低声念出一个词语：“哦……”

“我们在总督府邸安排了一些转移视线的行动，”彼得说，“其中有一个是要取厄崔迪继承人的小命——一次可能成功的行动。”

“彼得，”男爵低沉地说道，“你是说……”

“我是说可能会发生意外，”彼得说，“但这次攻击必须看起来有效。”

"啊，可惜了，那小家伙有那么年轻可爱的身体，"男爵说，"当然，他将比他父亲更加危险……有个巫婆母亲训练他，可恶的女人！啊，行啦，请继续，彼得。"

"哈瓦特将推测出我们会安插间谍，"彼得说，"明显的嫌疑人选是岳医生，他的确是我们的间谍。但哈瓦特已做过调查，知道我们的医生是一位苏克学校的毕业生，经受了帝国预处理——据称是绝对安全，甚至可以直接伺候皇帝本人。帝国预处理是一件颇为重要的事，人们都认为，终极处理在对象被杀死前是不能消除的。然而，正如古人所说，给一个合适的杠杆，你就可以撬动星球。我们找到了控制医生的杠杆。"

"怎么做的？"菲德-罗萨问。他发觉这是一个引人入胜的话题。人人都知道，你不可能破坏帝国预处理！

"下一次谈这个吧，"男爵说，"彼得，请继续。"

"为了顶替岳医生的位置，"彼得说，"我们会把另一个有趣的嫌疑人推到哈瓦特的追踪路线上。她具有极大的胆量，将会把自己推到哈瓦特跟前，引起他的注意。"

"她？"菲德-罗萨问道。

"杰西卡夫人本人。"男爵说。

"这难道不是一件非常高明的事吗？"彼得问，"哈瓦特的脑中将塞满这种可能性，这会妨碍他发挥门泰特的本领。他甚至会设法干掉她。"彼得皱了皱眉，接着说道，"但我想他不会得手。"

"你不希望他得手，对吧？"男爵问道。

"别分散我的心思，"彼得说，"当哈瓦特的心全放在杰西卡夫人身上时，我们将在一些卫戍小镇和几个类似的地方策划几次暴动，进一步转移他的视线。这些暴动将被平息。一定要让公爵相信他取得了某种程度的安全。然后，当时机成熟时，我们会给岳发出信号，同时派上我们的主力……啊……"

"继续，把一切都告诉他。"男爵说。

"我们将派上主力，同时得到两支萨多卡军团的支援，他们将穿上哈克南人的军服，假扮成我们的人。"

“萨多卡！”菲德-罗萨抽了一口冷气。他的脑中现在全是这些可怕的帝国士兵的样子，一群毫无慈悲的杀手，帕迪沙皇帝的盲目信徒。

“你瞧我是多么信任你，菲德，”男爵说，“这消息绝不能透漏一丝一毫给其他家族，否则，兰兹拉德将会联合起来反对皇室，到时就收不了场了。”

“关键在于，”彼得说，“由于哈克南人受皇家指使，执行这些卑鄙的勾当，我们也就赢得了真正的优势。当然，这也是危险的优势，但如果谨慎使用，也会给哈克南人带来比别的家族大得多的财富。”

“菲德，你根本想象不出这里面含有多么巨大的财富，”男爵说，“就算你放开脑子想，也想象不出。首先，我们将在宇联商会公司得到一个不可撤销的董事席位。”

菲德-罗萨点点头。财富是重中之重。宇联商会是取得财富的关键，每个显贵家族都通过占有董事席位，从公司的金库中分一杯羹。宇联商会的这些董事席位，代表着真正的帝国政治力量，随着兰兹拉德内部表决权的变动而传承，使它与皇帝及其支持者平起平坐。

“雷托公爵，”彼得说，“可能会逃到沙漠边缘那些新崛起的弗雷曼渣滓那儿去，他也可能会将家人送到这个在他眼里的安全之地，可这条路却由皇帝陛下的密探把守着——那位行星生态学家。你们可能记得他——凯恩斯。”

“菲德记得他，”男爵说，“继续讲。”

“男爵，你还不够垂涎三尺。”彼得说。

“继续讲，按我的命令做！”男爵咆哮道。

彼得耸耸肩。“如果一切如期进行，”他说，“在一个标准年里，哈克南人就能在厄拉科斯拥有一项次级领地权。你叔叔将得到该领地的特许经营权，他将派出私人代理，统治厄拉科斯。”

“更多的利润。”菲德-罗萨说。

“没错。”男爵说。他想：*且只是开始。是我们驯服了厄拉科斯……除了少数躲在沙漠边缘的弗雷曼杂种……还有那些听话的走私徒，这些家伙已经离不开这颗星球，就跟土著民工一样。*

“而且各大家族将会知道男爵已经消灭了厄崔迪，”彼得说，“他们将会知道。”

“他们会知道的。”男爵吸了一口气。

“最绝的是，”彼得说，“公爵本人也会知道。他现在就知道。他已经能感觉到陷阱的存在。”

“公爵的确知道，”男爵说，声音带着伤感，“由不得他自己……这就更可怜了。”

男爵挪步离开厄拉科斯星球仪，当他从阴影中现身的时候，映入人眼帘的是一个极为庞大的身形——不管是质量还是体积上——那是一身肥肉。他穿着黑色长袍，衣服的皱褶下有一些细微的隆起，可以看出他身上装着便携式浮空器，托着那身肥肉。他的体重可能达两百公斤，但他那双腿却只能承受五十公斤的重量。

“我饿了。”男爵低声道。他抬起那只戴着戒指的手，擦了擦凸出的嘴唇，那双围满肥肉的眼睛盯着菲德-罗萨。“亲爱的，叫人送饭来。我们吃好饭再就寝。”

尖刀圣厄莉娅如是说："圣母必须将交际花的魅人手段与圣洁女神高不可攀的威严结合起来，只要青春不老，就会毫不懈怠地运用这些特质。因为当青春和美貌远去，她将发现原先的特质所在，已经成为狡诈和智谋的源泉。"

——摘自伊勒琅公主的《穆阿迪布家事记评》

"好吧，杰西卡，你还有什么要说的？"圣母问道。

这是在卡拉丹城堡，保罗受到考验的那天，时值日落时分。两个女人还在杰西卡的晨起室，保罗则在隔壁的隔音冥想室中候命。

杰西卡站在南窗旁，望着窗外。夜幕慢慢笼向草地和河水，但她对这一切似看非看，对圣母提出的问题也似听非听。

多年以前，也曾有过一次这样的考验。一名瘦削的女孩，长着一头青铜色的头发，身体正经历青春期的折磨。她走进了圣母盖乌斯·海伦·莫希阿姆的书房。圣母当时还是瓦拉赫九号星上的贝尼·杰瑟里特学校的督查院长。杰西卡低头看看自己的右手，伸伸手指，当时的疼痛、恐惧和愤怒还历历在目。

"可怜的保罗。"她低声道。

"我在问你话呢，杰西卡！"圣母厉声喝道。

"什么？哦……"杰西卡将意识从过去拉回，望着圣母。老太婆背靠两扇西窗之间的石墙，正襟危坐。"您想要我说什么？"

"我想要你说什么？我想要你说什么？"那老迈的声音学着杰西卡的语调，带着一种刻薄的语气。

"我就是生了个儿子！"杰西卡激动起来，她知道老妪正有意刺激她发火。

“你得到的指令是只能给厄崔迪家生女儿。”

“生儿子对他意义重大。”杰西卡恳求道。

“而你却妄自尊大，以为能生出魁萨茨·哈德拉克！”

杰西卡抬起下颏。“我感觉到有这种可能性。”

“你想到的只是你那公爵的求儿热望，”老妇人厉声训斥，“可他的渴望与这一切毫无干系。如果你给厄崔迪家生一个女儿，她本可以下嫁一位哈克南子嗣，弥补两家长久以来的裂痕。可你却使事态变得更加复杂，业已无药可救。如今，我们可能会失去整整两条血脉。”

“你也并非一向正确。”杰西卡说。她鼓足勇气，正视着那对老朽的双眼。

老妪突然放低声音。“覆水难收了。”

“我发誓，决不后悔自己的决定。”杰西卡说。

“决不后悔。”圣母嘲讽道，“多么高尚啊。当你变成要犯，全宇宙悬赏千金要你的人头，当人人都想对付你，要取你们母子俩的性命时，我倒要看看你是不是还这么嘴硬。”

杰西卡脸色苍白。“别无选择了吗？”

“别的选择？一名贝尼·杰瑟里特会提出这样的要求吗？”

“我别无所求，只想知道你用你的超常能力看到了未来的什么事。”

“我看到的未来，在过去就已经看到。杰西卡，你深知我们的事务模式是什么样的。物种知道万物皆有一死，惧怕自身遗传因子的停滞。它在血流中勃勃跃动，毫无规划，若有基因混合的可能，便会奋不顾身去做。帝国，宇联商会公司，所有的大家族，都只是洪流中的小碎片而已。”

“宇联商会，”杰西卡轻声道，“我猜，他们早已决定好如何瓜分厄拉科斯的战利品。”

“宇联商会只不过是我们这个时代的风向标，”老太婆说，“现如今，皇帝和他的朋友手握宇联商会59.65%的董事会表决权。对于利润，他们的鼻子肯定灵得像狗，一如其他人对于自身表决权增长后的利润变化了如指掌一样。这就是历史的格局，孩子。”

“这正是我现在需要的，”杰西卡说，“重温历史。”

“别胡闹，孩子！你我都清楚目前的局势。我们这儿有三个点，三种文明：帝国皇室与兰兹拉德联邦大家族势均力敌，在他们之间是那该死的垄断了星际运输的宇航公会。就政治而言，三足鼎立是最不稳定的架构。若没有一种弃科学于无用的封建贸易文化，增加其中的复杂性，事情会变得更糟。”

杰西卡悲痛地说道：“洪流中的碎片——这还有一个碎片，雷托公爵，还有他的儿子，还有……”

“哦，闭嘴，孩子！你完全知道这是一条悬崖小道，而你还是义无反顾地走了上去。”

“‘吾乃贝尼·杰瑟里特，此身只为服务而存。’”杰西卡引述道。

“正确，”老太婆说，“我们现在只能指望这一切不要演变成全面战争，尽最大努力去挽救关键血脉。”

杰西卡闭上双眼，感到眼泪快要夺眶而出。她按捺住内心和身体的颤抖，抚平呼吸，稳住脉搏，止住掌心的汗水，接着开口道：“我自己犯下的错误，我自己偿还。”

“你儿子也会跟你一起偿还。”

“我将尽力庇护他。”

“庇护！”老妪厉声道，“你十分清楚这样做的缺陷！过分庇护他，他就无法安然成长，也就完成不了使命。”

杰西卡转过身，望着窗外，夜幕正在降临。“这个厄拉科斯星球，真有那么可怕吗？”

“非常可怕，但也不是完全没有希望。我们的护使团在那里已有多年，情况已有所缓和。”圣母站起身，抚平衣袍上的一条褶痕，“把你儿子叫进来，我马上就要走。”

“马上要走？”

老妪的声音变得轻柔起来。“杰西卡，孩子，我真希望能站在你的立场，为你分担痛苦。但我们必须各行其路。”

“我明白。”

“我爱你胜似自己的亲生女儿，但我不能让它妨碍正事。”

“我明白……这是必要的。”

“杰西卡，你做的这件事，为什么做——你我都清楚。但出于好心，我必须告诉你，你儿子成为贝尼·杰瑟里特至尊的可能性很小。不要抱太高期望。”

杰西卡甩掉眼角的泪水，这是愤怒的表示。“你又使我感到自己像一个小女孩——在背诵第一堂课的课程。”她咬牙吐出这些字，“‘人类决不向野兽屈服。’”杰西卡开始抽泣。她呜咽道：“我感到好孤独。”

“这也是考验之一，”老妪说，“人类总是孤独的。现在去把你儿子叫来。这一天，对他来说真是漫长而又可怕的一天。但他有时间去思考和回忆，而我必须问问他的那些梦。”

杰西卡点点头，走到冥想室的门口，拉开门。“保罗，请进来吧。”

保罗缓慢而倔强地走了进来，那双眼睛盯着自己的母亲，像是在看一个陌生人。当目光投向圣母时，眼光中流露出了警惕，但这次他朝圣母点了点头，这礼节专用来对待那些地位相同的人。母亲在身后关上了门。

“年轻人，”老妪说，“咱们重新谈谈梦这件事吧。”

“你想谈什么？”

“你每晚都做梦吗？”

“那些值得记的不算。我记得住每一个梦，但有些值得记，有些不值得记。”

“你怎么知道其中的差别？”

“我就是知道。”

老妪朝杰西卡看了一眼，接着重新看向保罗。“昨晚做了什么梦？值得记吗？”

“是的，”保罗闭上双眼，“我梦见一个洞穴……水……还有一个女孩——她很瘦，长着一双大眼睛，眼睛里一片蓝色，没有一点眼白。我跟她说话，告诉她有关你的事，告诉她我在卡拉丹见到了圣母。”保罗睁开眼睛。

“你和那陌生女孩说的事，有关见到我的事，今天发生了吗？”

保罗想了想，接着回答道："是的。我告诉她你来到这里，给了我一个陌生的印记。"

"陌生的印记。"老妪吸了一口气，又朝杰西卡看了一眼，接着重新看向保罗。"保罗，跟我说实话，你梦见的这些事，是否经常会成真，就跟梦里梦见的一模一样？"

"是的。我以前也梦见过那个女孩。"

"哦？你认识她？"

"我会认识她。"

"说说她的事。"

保罗再一次闭上双眼。"我们在一个很小的岩洞中，那地方受到岩石的荫蔽，虽然差不多已经入夜，但还是很热。透过山洞的洞口，我能看见一大片一大片的沙地。我们在……在等待什么……好像是为了让我与一些人会面。她很害怕，但竭力向我掩饰。我很兴奋。她说：'跟我说说你家乡的水，友索。'"保罗睁开眼，"难道不怪吗？我的家乡是卡拉丹。我也从没听过一个叫友索的星球。"

"这梦里还有别的事吗？"杰西卡问。

"有。不过，我刚想到，也许她是管我叫友索。"保罗说，他又闭上双眼。"她让我给她讲水的故事。我握着她的手，说要给她念一首诗。于是我念了那首诗，但我必须解释诗中的一些词——比如海滩、波涛、海藻和海鸥。"

"是什么诗？"圣母问。

保罗睁开眼。"那只是哥尼·哈莱克伤感时所作的一首乐诗。"

杰西卡站在保罗身后，开始背诵这首诗：

> 我记得海滩篝火的咸涩轻烟，
> 还有松林的树影——
> 密实，整齐……不动不变——
> 海鸥栖息于大地之尖，
> 绿野上的白点……
> 微风拂过松林，

摇曳着树荫；
海鸥展开双翅，
起飞翱翔，
满天尖叫。
听啊，
风吹向海岸，
惊涛拍岸，
看啊，
我们的篝火。
烤焦了海藻。

“正是这首诗。”保罗说。

老妪盯着保罗。“年轻人，作为贝尼·杰瑟里特的督查，我正在寻找魁萨茨·哈德拉克，一名能够真正成为我们一分子的男子。你母亲觉得你可能成为这个人，但她是用母亲的眼光作出的判断。我也看到了可能性，但仅此而已。”

她沉默了半晌，保罗明白她想让自己发表一下意见，但他没有开口。

于是她说道：“那么，就当你会成功好了。我承认，你有很大的潜力。”

“我可以走了吗？”保罗问。

“你不想听圣母说说魁萨茨·哈德拉克的事吗？”杰西卡问。

“她说过了，试过的人都死了。”

“但我可以给你一些线索，让你知道他们为什么会失败。”圣母说。

*她在说线索，保罗想，她其实并不了解多少东西。*他说：“说说这些线索吧。”

“然后是滚我的蛋？”她冷笑道，一张老脸上露出一条条交叉的皱纹，“好吧，听好：‘顺势者为王。’”

保罗满脑子诧异的感觉：她所说的是最基本的常识，就如什么是紧张一样。难道她以为母亲什么也没教过他吗？

“这是一条线索？”他问。

“我们不是在讨论双关的词汇，也不是在辩论它们的含义，”老妪说道，“柳枝顺从风势，方能枝繁叶茂，终有一天，无数柳枝会形成可以抵抗大风的铜墙铁壁。这就是柳枝的目的。”

保罗盯着她。她提到了目的，保罗感到这个词震动了他，使自己再次感受到了那可怕的目的。他的内心突然涌出一股对圣母的怒气：*愚昧的老巫婆，满嘴陈词滥调。*

“你认为我可以成为这个魁萨茨·哈德拉克，”他说，“你说的是我，可我们怎样去帮父亲，你却只字未提。我听到了你同母亲的谈话，你们说话的语气好像家父已经死了。他没有！”

“如果我们能为他做点什么，我们早就做了。”老妪怒吼起来，“我们有可能救你一命，虽然难以确定，但不是没有可能。至于你父亲，我们无能为力。当你学会面对这一现实，你才真正懂得身为贝尼·杰瑟里特的道理。”

保罗注意到这些话对她母亲造成了极大的震动。他瞪着这老太婆。她怎么能这样说他的父亲呢？什么事使她这么确定无疑？他不禁大动肝火。

圣母看着杰西卡。“看得出来，你一直在用贝尼·杰瑟里特的方式训练他。换作是我，也会这么干，鬼才理什么规矩。”

杰西卡点点头。

“现在，我得告诫你一句，”老妪说，“不要理会常规的训练次序。如果想让他安全，他必须学会音言。在这方面，他已经有了良好的开端，但我们都清楚他需要学的东西太多太多……非常需要。”她走到保罗身旁，低头望着他，“再见了，年轻人。我希望你能办到。但如果你没有——嗯，我们还是会成功。”

她再一次转头看着杰西卡。目光对接，两人之间闪过一丝互相理解的意味。接着，老太婆大步穿过房间，衣袍唰唰作响。她头也不回地走了出去，屋子顿时变得空空落落，只剩保罗母子俩。

但是，就在圣母转身离去的那个刹那，杰西卡注意到她的脸，虽只有一眼，但她清楚地看见老妪那张皱巴巴的脸上带着泪痕。比起他们今日说过的任何话、流露出的任何细节，那眼泪更加让人气馁。

你已经了解，穆阿迪布在卡拉丹没有同龄的玩伴，这有着莫大的危险。虽然如此，但穆阿迪布其实拥有极好的伙伴兼老师。哥尼·哈莱克，一位吟游诗人兼战士，你将在本书中读到他的一些诗；杜菲·哈瓦特，一位老迈的门泰特刺杀大师，就连帕迪沙皇帝也惧他三分；邓肯·艾达荷，来自吉奈斯的剑术大师；威灵顿·岳医生，虽然他顶着一项背叛的污名，但他本人却闪烁着智慧的光芒；杰西卡夫人，以贝尼·杰瑟里特的方式引导爱子。当然，还有雷托公爵本人，他作为父亲的优秀品质一直没有得到挖掘。

——摘自伊勒琅公主的《穆阿迪布童年简史》

杜菲·哈瓦特悄悄走进卡拉丹城堡的训练室，轻轻带上门。他在那儿站了一会儿，感觉到自己的老迈、疲惫、饱经风霜。左腿隐隐作痛，在效力老公爵时，那里曾被人砍伤过。

已经整整三代了，他想。

他扫视着宽敞的屋子，中午的阳光透过天窗倾泻下来，使得整个房间明亮无比。那男孩正背朝门坐着，全神贯注地看着L形长桌上摊着的文件和图表。

*我要跟这小子说多少次，坐着的时候千万别背朝门口？*哈瓦特清了清嗓子。

保罗仍然专心地伏案学习。

天窗上飘过一团乌云。哈瓦特又清了清嗓子。

保罗直起身，但没有转头，他说道：“我知道，我背朝门口坐着。”

哈瓦特强忍住笑，大步走上前。

保罗抬头看着这位头发斑白的老者，他驻足在桌子的一角，那张黝黑的脸上布满深深的皱纹，一对眼睛充满了机警。

“我听到你从走廊里走过来，”保罗说，“也听见你开门。”

“这些声音可以伪造。”

“我知道其中的差异。”

他也许有这能力，哈瓦特想，他那巫婆母亲必定在对他进行高妙的训练。我真想知道她那宝贝学校对此是怎么想的？也许这正是他们派那督查老太来这儿的原因——督促咱们亲爱的杰西卡夫人按规矩办事，别误入歧途。

哈瓦特从保罗身边拉过一把椅子，面朝门口坐下，实是有意为之。他身体靠在椅子上，打量着屋子。他突然觉得这地方有些怪异、有些陌生，因为屋里的大部分设备都被运到了厄拉科斯，只剩一张训练台、一面暗淡无光的击剑镜，旁边的假人模型全身都是补丁，塞满了垫料，它就像一名古代的兵卒，受尽了战争的折磨和摧残，肢残体缺。

还有我，哈瓦特想。

“杜菲，在想什么呢？”保罗问。

哈瓦特看着男孩。“我在想，我们马上就要离开这儿，也许再也见不到这地方了。”

“你因此感到伤心？”

“伤心？胡说！与朋友分别才令人伤心，而地方只不过是一个地方。”他看看摊在桌上的图表，“厄拉科斯只不过是另外一个地方。”

“家父派你来考我吗？”

哈瓦特沉下脸——这小家伙对他观察入微。他点点头。“你在想，要是他本人来该有多好，但你必须明白他现在有多忙。过一阵他会来的。”

“我在研究厄拉科斯的风暴。”

“风暴，我知道了。”

“听起来很差。”

“差，用词过于谨慎了。这种风暴在六七千平方公里的平地上蓄势，吸收任何可以推风助势的力量——科里奥利力，其他暴风，任何拥有一丝能量的东西。它们的速度可以达到每小时七百公里，卷走所经之处的任何松动之物——沙、土，一切。它们会吃光骨头上的肉，又将骨头化成灰。”

“他们为什么不实行气候控制？”

“厄拉科斯的问题很特别，花费更高，还会有类似维护的麻烦。公会对卫星控制的开价高得吓人，而且，你瞧，孩子，你父亲的家族并非富有的大家族。”

“你有没有见过弗雷曼人？”

这小子今天想得太多，哈瓦特想。

“就算见过，也跟没见过一样，”他说，“他们和深沟人一样，都穿着那种滑顺的长袍，所以很难将他们分辨出来。在任何封闭空间内，他们都臭气熏天，那臭味来自他们穿的衣服——一种名叫‘蒸馏服’的装束，可以回收身体的水分。”

保罗咽了一口口水，他突然意识到嘴里的湿润，回忆起一个有关口渴的梦。那儿的人非常需要水，必须回收自己身体的水分，这让保罗突然生出一种荒凉的感觉。“水在那儿很珍贵。”保罗说。

哈瓦特点点头，心里想：*也许我正在做这件事，让他了解这个充满危险的星球，如果就这样贸然去那个星球，而不将这个重要之处铭记于心，那就是疯了*。

保罗抬头望着天窗，发现外头开始下雨了。雨水在灰色的超级玻璃上渐渐散开。“水。”他说。

“你将会了解到一种对水的极大重视，”哈瓦特说，“作为公爵之子，你很难体会到它的特别之处，但你会看到周围的人们因干渴而产生的压力。”

保罗用舌头润润嘴唇，他突然想起一周前圣母给他的严酷考验。她也说过类似水荒的事。

“你将会得知那坟墓般的旷野，”当时她这么说道，“还有那寥无人烟的荒漠，除了香料和沙虫，那片荒地寸草不生。为了减少强光照射，你会在眼眶周围涂上颜色。庇护所就是一个能躲风、能隐藏的坑洞。你只能靠自己的双腿行走，没有飞行器，没有地行车，没有任何能骑乘的东西。”

她说话时的语调比她说的内容更加吸引保罗，如诵经，微微有些颤抖。

“当你生活在厄拉科斯，”她当时说，“喀拉，大地茫茫一片。月亮将是你的朋友，太阳将是你的敌人。”

保罗发觉原本守在门口的母亲走到了他身旁。她看着圣母，问道：“尊驾，您觉得没有任何希望吗？”

“对他父亲而言，是的。”老妇人挥手让杰西卡住嘴，然后低头看着保罗，“年轻人，将以下这些铭记于心：世界由四物支撑……”她伸出四根指节粗大的手指，“……智者的学问，伟人的公正，正人的祈祷，以及勇者的勇气。但是，如果没有一位懂得统治艺术的统治者……”她收起手指，握成拳头，“……那这一切将毫无用处。把这些知识当成你的传统智慧！”

自和圣母见面起，已经过了一周时间。现在，她说的话终于在保罗心中留下了全面的印象。保罗与杜菲·哈瓦特坐在训练室里，他突然感到一阵极度的恐惧。他抬起眼，发现那门泰特正迷惑不解地皱着眉头。

“你在发什么呆？”哈瓦特问。

“你见过圣母吗？”

“从帝星来的那个真言师老巫婆？”哈瓦特的目光焕发出兴味十足的活泼神采，“我见过她。”

“她……”保罗犹豫了半晌，觉得不能把考验的事告诉哈瓦特。禁令根深蒂固。

“怎么？她做了什么？”

保罗深深地吸了两口气。“她说了一件事，”保罗闭上眼睛，回忆起她说的话，当他开口时，声音里下意识地带上了老妇人的声调，“‘你，保罗·厄崔迪——国王的后裔、公爵的儿子——必须学会统治。这种本领，你的祖先没有一个学会过。’”保罗睁开双眼，“她说的话让我愤怒，我说家父统治着一个星球，可她说：‘他正在失去它’。我说家父即将得到一个更富庶的星球。她却告诉我：‘他也会失去这个星球’。我想跑去警告父亲，但她说已经有人警告过他——包括你，我的母亲，还有其他许许多多的人。”

“没错。”哈瓦特轻声道。

“那我们干吗还要去？”保罗问。

“因为皇帝下了令。因为还存有希望，不管那巫婆怎么说。从那古老的智慧之泉中，还会涌出什么呢？”

保罗低头看着自己放在桌下的右手，它已经不由自主地握成了拳头。慢慢地，他命自己放松下来。*她在我身上留下了某种控制力*，保罗想，*她是怎么做到的*？

“她让我告诉她，什么是统治，”保罗说，“我说那就是发号施令。她说我需要抛却以前学到的东西。”

她切中了要害，哈瓦特想。他点点头，示意保罗继续讲下去。

“她说作为统治者，必须学会说服而不是迫人屈服；她还说，统治者必须拿出最好的咖啡炉，吸引最优秀的人才。”

“她怎能料到你父亲能吸引到像邓肯和哥尼这样的人？”哈瓦特问。

保罗耸耸肩。“她接着说，杰出的统治者必须学会每个世界的语言，而每个世界的语言又各不相同。我觉得她的意思是，他们在厄拉科斯不说加拉赫语，但她说并非如此。她说，她的意思是指岩石的语言，生物的语言，一种不仅仅用耳朵听的语言。我说那就是岳医生所说的‘生命的奥秘’。”

哈瓦特吃吃地笑起来。“她听到这话后有什么反应？”

“我觉得她有点恼火。她说生命的奥秘并不是要解决的问题，而是要经历的现实。于是我向她引用了门泰特第一法则中的话：‘想通过中止一个过程来理解它，那是不可能的事。理解必须与过程的发展同步，必须融入其中，与其一同发展。’这段话似乎让她很满意。”

他似乎已经迈过了那条坎，哈瓦特想，*不过那老巫婆着实吓到了他，她为什么要这么做*？

“杜菲，”保罗说，“厄拉科斯真的像她说的那么糟吗？”

“这世上根本没有那么糟的事，”哈瓦特挤出一丝笑容，“比如说弗雷曼人，那些沙漠叛民，我可以和你说，根据一级近似分析，他们的数量远远超过帝国的推测。孩子，这些人世代居住在那儿，许许多多人，而且……”哈瓦特抬起手，一根强有力的手指在眼睛旁挥了挥，“……他们对哈克南人恨之入骨。这事千万不要乱说，孩子，我是作为令尊的助手，才跟你说这些的。”

“我父亲给我讲过萨鲁撒·塞康达斯那地方，”保罗说，“你知道吗，杜菲，那地方听起来与厄拉科斯极为相似……也许没那么糟，但很相似。”

“我们并不知道萨鲁撒·塞康达斯如今的真实情况，”哈瓦特说，“知道的大多是很久很久以前的事。但就知道的事来看——你说的没错。”

“弗雷曼人会帮我们吗？”

“有这种可能，”哈瓦特站起身，“我今天就出发去厄拉科斯。为了我这个喜欢你的老头子，你要照顾好自己，行吗？凡事马虎不得，来这里，面对着门坐。并不是说城堡里有危险，而是想让你养成习惯。”

保罗站起身，绕过桌子。“你今天就走？”

“今天就走，你明天去。下次我们见面时，就是在一个新世界的土地上了。”他紧紧抓住保罗的右臂，“持刀的手随时准备着，行吗？让你的屏蔽场充满能量。”他松开手，拍拍保罗的肩膀，转过身，疾步朝门走去。

“杜菲！”保罗叫道。

哈瓦特转过身，站在门口。

“坐着的时候别背对着门。”保罗说。

那张长着皱纹的老脸顿时绽开笑颜。“我不会的，孩子，相信我。”他走了出去，轻轻关上了门。

保罗走到哈瓦特的椅子旁，坐了下去，理了理桌上的文件。*还要在这儿待一天*，他想。他朝这间屋子左右四顾。*我们要走了*。要离开的感觉突然变得前所未有的真实。他想起了圣母说过的另一件事：一个世界是许多东西的集合——人、土壤、生物、月亮、潮汐、太阳——这些未知的集合名为自然，这是一个没有现在概念的模糊集合。他想：*现在是*

什么？

保罗对着的那扇门突然“砰”的一声开了，一个丑大个踉踉跄跄走进来，身前抱着一大堆武器。

“嘿，哥尼·哈莱克，”保罗叫道，“你是新任武器大师吗？”

哈莱克一抬脚，踢上了门。“别贫嘴，我知道你宁愿我来跟你玩游戏。”他打量了一下屋子，注意到哈瓦特的人已经来过，仔细检查过，排除了危险，确保了公爵继承人的安全。到处都有他们来过的蛛丝马迹。

保罗看着左摇右晃的丑大个重新动了起来，抱着那一大堆武器，转向训练桌的方向。他肩上斜挎着九弦巴厘琴，指板顶部的琴弦处插着多个琴拨。

哈莱克把武器放上训练桌，一个个排好——长剑、锥子、双刃刀、慢速散弹击昏器、屏蔽场带。他转过身，对着他露出一个笑容，下巴上那条长长的伤疤也随之扭动起来。

“那么，你连一声早安也不对我说吗，小鬼头？”哈莱克说，“你又把什么刺人的东西扎进了老家伙哈瓦特身上？我在走廊里碰到他，他一路跑过去，就像是去参加敌人的葬礼。”

保罗咧嘴一笑。在父亲的手下中，他最喜欢哥尼·哈莱克。他知道他的脾气，爱恶作剧，人很幽默。他更多地把哈莱克当作朋友，而不是雇来的剑客。

哈莱克从肩上取下巴厘琴，调起音来。“如果你不开口，那就别开口。”他唱道。

保罗站起来，大步向前走去，同时大声喊：“嘿，哥尼，现在是作战时刻，还有心思唱小曲吗？”

“今天是老头子们快活的日子。”哈莱克说。他试着弹了一段曲子，满意地点点头。

“邓肯·艾达荷呢？”保罗问，“我的兵器老师难道不应该是他吗？”

“邓肯要去带领进驻厄拉科斯的第二拨人马，”哈莱克说，“陪你的只有可怜的哥尼，刚刚打完仗，想音乐想得发疯。”他又弹了一段曲子，侧耳倾听，脸上堆满笑容。“议会已经作出决定，由于你是个不称职的战士，所以让你学点音乐，使你不虚度此生。”

“也许你最好给我唱首歌，”保罗说，“我想知道如何才能不虚度此生。”

“啊哈！”哥尼大笑起来，接着开始唱起《加拉赫的姑娘》。琴拨在琴弦上飞速舞动起来：

> 哦——想上
> 加拉赫的姑娘，
> 用珍珠来帮。
> 上厄拉奇恩的姑娘，
> 用水来帮。
> 欲火焚身
> 想上贵妇，
> 那就试试卡拉丹的女儿！

“对于一双笨手来说，还不算太坏。”保罗说，“但如果我母亲听到你在城堡里唱这种下流歌，她保准会把你的耳朵贴到城墙上当装饰。”

哥尼拉拉自己的左耳。“这可是个蹩脚的装饰，它一直贴着钥匙孔听一位年轻人用巴厘琴练些奇怪的小曲，伤得可不轻哩。”

“这么说，你早忘了床上一堆沙子的事啦。”保罗说。他从桌上抽下一条屏蔽场带，迅速扣在腰上，“那么，来一场战斗吧！”

哈莱克怒目圆睁，装出吃惊的样子。“原来如此！是你这罪恶的小手干的好事！来吧，守好你自己，年轻的小主人——好好防守。”他抓过一把长剑，在空中划了两下，“我是来自地狱的恶魔，看我怎么报仇雪恨！”

保罗拿起另一把长剑，在手上弯了弯，站好位，一足前迈。他故意模仿岳医生的姿势，装出一副一本正经的样子，显得很滑稽。

“看看家父派来的兵器教练，真是个大傻蛋，”保罗念叨着，“傻瓜哥尼·哈莱克，都不记得讲述战斗和屏蔽场的第一课啦。”保罗

“啪”的一声按下腰上的能量按钮，防护场迅速将他从头到脚包裹起来，微微抖动，触及皮肤时有点刺痛感，经能量场过滤，外部的声音呈现出一种独特的单调感。“在屏蔽场战斗中，防守应迅速，攻击应缓慢，”保罗说，“进攻的唯一目的是欺骗对手，让他脚步混乱，通过空当一击中的。屏蔽场能瓦解快速攻击，但却挡不住双刃刀的缓慢刺入！”保罗“唰”地举起长剑，迅速刺出一记虚击，继而突然抽回，缓缓一刺，速度恰好可以突破那愚蠢屏蔽场的防护。

哈莱克看着保罗的动作，在最后一刻才一斜身，让过迟钝的刀锋。“速度掌握得恰到好处，”他说，“但你却门户大开，从下路一个反击，轻轻一点，就立即取你小命。”

保罗后悔不迭地向后退去。

“你这么大意，我该猛击你的后路。”哈莱克说。他从桌上拿起一把裸露刀身的双刃刀，举在手里，“这东西要是在敌人手里，就会让你血流成河！你是个聪明的学生，没人比你更出类拔萃。但我警告过你，就算在训练中，也不能让对手突破你的防守，把生杀大权交给对方。”

“我想我今天没心情战斗。”保罗说。

“心情？”即使透过屏蔽场的过滤，也能听出哈莱克的声音中带着怒气，“心情跟这有什么关系？不管是什么心情，如有必要，你就必须战斗！心情这玩意儿只适合牲口、做爱，或是弹琴，跟战斗毫不相干。”

“抱歉，哥尼！”

“你的歉意还不够！”

哈莱克打开了身上的屏蔽场，扎下马步，左手的双刃刀向前刺出，右手的轻剑高高举起。“喂，给我认真防守！”

他高高跃起，跳向一边，接着又向前一跃，猛地向保罗攻去。

保罗向后一退，挡开了攻击。两人的屏蔽场碰撞着，互相排斥，发出噼里啪啦的声音，他感觉到皮肤碰触到能量场时的触电般的刺痛感。*哥尼中了什么邪？*他想，*这不像是假的！*保罗伸出左手，将插在腕鞘里的锥子攥进了掌心。

“你也觉得有必要加一件武器了，嗯？”哈莱克低声道。

这是背叛吗？保罗暗想，哥尼肯定不会！

两人绕着屋子搏斗——突击、格挡、佯攻、假动作。由于屏蔽场边缘的空气交换太过缓慢，无法满足快速的氧气消耗，屏蔽场内的空气变得越来越污浊。屏蔽场每碰撞一次，臭氧的味道就浓上一分。

保罗继续往后退，但现在退却的方向转向了训练桌。*如果我能把他引到桌边，我就可以施展一条妙计，*保罗想，*哥尼，再往前走一步。*

哈莱克向前走了一步。

保罗向下一个格挡，一转身，便看见哈莱克的长剑刺进了桌沿。保罗向旁边一闪，长剑向上一送，锥子直指哈莱克的脖子。锋刃离哈莱克的咽喉只有一寸远时，保罗停下了手。

“这样你该满意了？”保罗轻声问。

“看看下边，小子。”哥尼喘息道。

保罗低头一瞧，发现哈莱克的双刃刀从桌沿下刺出，刀尖差不多挨到了保罗的腹股沟处。

“我们算是同归于尽，”哈莱克说，“但我得承认，给你一点压力，你就打得更出色。看样子，你终于有心情了。”哈莱克如饿狼般咧嘴一笑，下巴上那条伤疤又扭动起来。

“你朝我冲来的样子真是凶狠，”保罗说，“你真会让我见血？”

哈莱克收回双刃刀，站直身。“只要你有一丝没尽全力的地方，我就会好好教训你一下，给你留条伤疤，让你永远记住。我决不会让我最喜爱的学生和哈克南的重兵一照面就被干掉。”

保罗关闭屏蔽场，靠在桌旁喘口气。“那是我应得的，哥尼。但如果你伤到我，我父亲就会发火。我不会因自己不争气而让你受罚。”

“至于这个，”哈莱克说，“我也有责任。你也不必担心在训练中留下一两条伤疤。你很幸运，几乎没受过伤。至于你父亲——公爵如果罚我，那也只是因为我没能将你培养成一名一流的斗士。方才你冒出来什么没心情的傻话，如果我不向你指出的话，那才是我的失职。”

保罗直起身子，将锥子收进腕鞘。

“我们所做的并不只是游戏。”哈莱克说。

保罗点点头。哈莱克的言谈举止中流露出某种不同寻常的严肃，让保罗有种奇怪的感觉，一种强烈的令人肃然的感觉。他看着哈莱克下巴上那条甜菜色的伤疤，想起了它的来历，那是在杰第主星的哈克南奴隶场中被野兽拉班砍伤的。保罗突然感到一阵羞愧，刚才竟会生出怀疑哈莱克的念头。保罗想，这条伤疤当初被砍上去的时候，一定很痛，其程度也许不亚于圣母给他的考验。他甩掉这个想想就让人不寒而栗的念头。

“本来我是想着玩玩游戏的，”保罗说，“最近身边的事都太严肃了。”

哈莱克扭过头，隐藏内心的情感波动。他眼中喷射出某种怒火，内心还有痛苦肆虐——就像一个水泡，时光夺走一切，只余下某个被遗忘的昨日所留下的零星记忆。

*这孩子还要多久才能长大成人，*哈莱克想，*还要多久才能意识到那张单子，读懂那张残酷无情的协议，从那条必不可少的行文“请列举你的亲眷”中，明白一个不可或缺的事实。*

哈莱克没有转头。“我知道你很想玩，小子，我也非常想陪你一起玩，但现在已经不是玩的时候。明天我们就要出发去厄拉科斯了。厄拉科斯是实实在在的，哈克南人也是。”

保罗竖起长剑，剑刃触了触前额。

哈莱克转过身，见到保罗的这个致意动作，点点头表示接受。他伸手指了指假人模型。“好啦，现在来练练你的节奏控制。让我看看你怎么征服这个邪恶的东西。我来控制它，在这儿我可以看到你攻击的全过程。我先警告你一句，今天我会用新的反击方法。但遇到真正的敌人时，是不会有这样的提醒的。”

保罗踮起脚尖拉拉身体，放松肌肉。他突然意识到自己的生活充满了剧烈的变化，顿时让他有一种神圣的感觉。他走向假人模型，剑尖一点，打开了它胸前的开关，他感觉到防护场的形成，长剑正受到一股劲力的压迫。

“预备！”哈莱克叫道，假人模型扑向保罗。

保罗打开了自己的屏蔽场，格挡，还击。

哈莱克一边操纵一边观察。他的意识似乎分成了两半：一半警醒，注意着训练搏斗的要求，另一半却开了小差。

我是一棵经过良好整形的果树，他想，训练有素的感知和能力，满满地全部嫁接在我身上——果实累累，只等人来采摘。

不知为什么，他突然想起了自己的妹妹，那张淘气的脸庞依旧清晰地印在他的脑海中。但她已经不在了，死在了为哈克南军队开的娱乐场里。她很喜欢三色堇……还是雏菊？他记不起来了。为此他感到恼火。

保罗对人形靶的一次缓慢攻击予以了反击，抬起左手，迂回而进。

*聪明的小鬼！*哈莱克想，他全神贯注地盯着保罗迂回而进的手法。*这小子自己练过，这不是邓肯的招式，也不是我教的。*

这些想法让他感到更加伤感。*我也被心情这东西影响了，*他暗自思忖。他很想知道，保罗这孩子晚上睡觉时，有没有恐惧地聆听过枕头发出的悸动之声。

“愿望不是鱼，否则世人都会去撒网。”他喃喃道。

这是他母亲说过的话，当他感觉到未来的黑暗时，就常常暗念这句话。但他转念一想，对一个不知道海洋和鱼是何物的星球来说，这话是多么莫名其妙啊。

威灵顿·岳：生卒年10082—10191（标准纪年），苏克学校的医师（毕业于标准纪年10112年）；配偶：瓦娜·马库斯，一名贝杰女士，生卒年10092—10186（此处有疑）。因背叛雷托·厄崔迪公爵而臭名昭著。（参考书目：《帝国预处理与策反》，附录7）

——摘自伊勒琅公主的《穆阿迪布词典》

保罗听到岳医生走进训练室，步子拘谨审慎。尽管如此，他仍四仰八叉、面部朝下躺在锻炼桌上，女按摩师刚刚离开。经过和哥尼·哈莱克的那番练习，保罗感到通体舒畅。

“看上去很自在嘛。”岳医生说话冷静，嗓音有点尖。

保罗抬起头，看见那木棍般的身材正站在离他几步远的地方。医生穿着一件皱巴巴的黑衣，头方唇红，两撇八字胡垂于两侧，前额刺着钻石状刺青，表示此人受过帝国预处理，长长的黑发由一个苏克学校银环扎着，垂在左肩之上。

“今天没时间上课了，你应该很高兴吧，”岳说，“你父亲随后就到。”

保罗站起身。

“不过，我给你准备了一部胶片书观看器，还有几堂课，去厄拉科斯的途中，你可以抽空看看。”

“哦。”

保罗开始穿衣服。听说父亲要来，他感到非常兴奋。自从皇帝下诏，令他父亲接管厄拉科斯以来，父子俩很少有时间待在一起。

岳走到L形长桌边，心想：这孩子是怎么度过这几个月的。真是浪费！哦，可悲的浪费。他提醒自己，一定不能动摇，我所做的，只是为了让我的瓦娜不受哈克南禽兽的伤害。

保罗走到他身旁，扣好外套的纽扣。“我在旅途上要学点什么？”

“啊——学习学习厄拉科斯的地上生物。该星球似乎适合某种地上生物生存，但具体情况还不清楚。到那儿后，我得找到行星生态学家——一个叫凯恩斯的博士，我会帮着他一起进行研究。”

岳想：我这是在说什么？我对自己都要玩这虚伪的一套吗？

“有没有关于弗雷曼人的东西？”保罗问。

“弗雷曼人？”岳的手指在桌上打着鼓，他发现保罗注意到这个紧张的动作，便马上缩回了手。

“也许你有什么资料，让我了解一下厄拉科斯的人口状况。”保罗说。

“是的，当然，”岳说，“那儿的人大致分为两类——弗雷曼人是一类，另一类是住在地堑、深坑和洼地里的人。据说他们彼此通婚。生活在洼地和深坑的女人喜欢弗雷曼人做丈夫，而男人也喜欢弗雷曼人做妻子。他们有句俗话：‘优雅来自城市，智慧来自沙漠。’”

“有他们的照片吗？”

“我尽量给你找几张。当然，最有趣的地方，就是他们的眼睛啦——全是蓝色，没有一点眼白。”

“是变异？”

“不，这和血液中的美琅脂饱和度有关。”

“弗雷曼人能在沙漠边缘生活，他们一定很勇敢。”

“人人都这么说，”岳说，“他们为刀吟诗作唱。他们的女人和男人一样好斗，连小孩也非常凶悍危险。我想，你父亲绝不会让你跟他们搅在一起。”

保罗盯着岳。这些对弗雷曼人的浅浅之谈，已深深引起了他的好奇。要是能赢得这些人作为盟友，那该有多棒啊！

“那些虫子呢？”保罗问。

“什么？”

“我想知道沙虫的事。”

“啊，当然。我给你的一本胶片书中有个小标本，只有110米长，直径22米，是在北纬地带拍摄到的。据可靠的资料，有长达400米的沙虫，有理由相信还有比这更大的。”

保罗低下头，看了一眼铺在桌上的厄拉科斯北半球圆锥形投影图。“沙漠带和极地地区标着不适宜居住的符号，是沙虫的原因吗？”

“还有暴风。”

“可是，任何地方都可以改造，变得适宜居住啊。”

“如果经济上可行的话，”岳说，“厄拉科斯有许多危险的地方，需要付出昂贵的代价。”他捋了捋两缕胡须，“你父亲马上就到。在我走之前，我有个礼物要送给你，是我在整理行李时发现的。”岳把一个东西放在桌上——黑色，长方形，大小跟保罗的大拇指尖差不多。

保罗看着那东西，并没有去拿。岳心里想：*这孩子真是谨慎*。

“这是一部非常古老的《奥兰治天主圣经》，供太空旅行者使用。不是胶片书，而是真正印在薄纸上的书。它自配有放大器和静电充电系统。”他拿起书，给保罗示范，“电能使书保持关闭状态，扣紧弹簧锁封面。只要按一下它的边缘——这样按，你所选的页码互相排斥，书就打开了。”

“好小！”

“但它有1800页，这样按书的边缘，就这样，电能就会在你读书时逐页翻下去。千万不要用手碰书的页面，这种薄纸非常脆弱。”他合上书，递给保罗，“试试看。”

岳看着保罗翻动书页，心想：*我救了自己的良心。在出卖他之前，我给了他信仰。因此，我可以对自己说，他去的是我不能去的地方*。

“这玩意儿一定在胶片书之前就有了。”保罗说。

“的确很古老。这事不要告诉别人，好吗？你父母也许会觉得你太年轻，不该拥有这么昂贵的东西。”

岳心里却想：*他母亲肯定会怀疑我的动机*。

“嗯……”保罗关上书，拿在手里，“如果这东西太值钱……”

“就纵容纵容我这老头的奇思怪想吧，”岳说，“我很小的时候得到了它。”他想：我必须抓住他的心，还有他的贪婪。“翻到467页，卡利玛——上面是这么写的：‘一切生命起源于水。’封面边缘有个小槽口，标注着这句话的位置。”

保罗在封面那儿摸索着，发现有两个凹槽，一个要浅一点。他按了按那个浅的槽，书在手掌里打开，放大器移上位置。

“大声读出来。”岳说。

保罗用舌头润润嘴唇，读道：“好好想想，聋子是听不见的。那么，我们中又有几个人不是聋子呢？我们究竟少了什么感觉，以至于对身边的另一个世界视而不见、充耳不闻？我们怎么就不能对周围的这些东西……”

“住口！”岳咆哮道。

保罗突然打住，望着岳。

岳闭上双眼，竭力恢复镇静。到底是怎么回事，让书刚好翻到我的瓦娜最喜爱的那页？他睁开眼睛，看到保罗正注视着自己。

“有什么问题吗？”保罗问。

“对不起，”岳说，“那是我……我的……亡妻最喜欢的段落。我要你读的并不是这一页。刚才你读的时候，让我想起了……痛苦的回忆。”

“这里有两个凹槽。”保罗说。

当然，岳想，瓦娜标注了她喜欢的段落。这孩子的手指比我更灵敏，找到了这个标记。这只是个意外，仅此而已。

“你会发觉这书很有意思，”岳说，“里面有不少真实的历史事件，还有很棒的伦理哲学。”

保罗低头看着掌心里的这本小书——它真是小。但它却藏着秘密……他读这书的时候发生过一些事。他已感觉到有种可怕的目的在胸中涌动。

“你父亲随时会到，”岳说，“把书收起来，闲着的时候读读。”

保罗学着岳的方法，碰了碰书的边缘，书合上了。他将它塞进了上衣。有一阵子，当岳朝他大吼时，保罗还担心他会把书要回去。

“谢谢你的礼物，岳医生，”保罗一本正经地说，“我会保密的。

如果你想从我这里得到什么礼物，请别犹豫，告诉我。”

“我……不需要什么。”岳说。

他心里却在想：我干吗要站在这儿折磨自己，折磨这可怜的小伙子？虽然他什么都不知道。哦！那些该死的哈克南禽兽！为什么他们要选我做这个千夫所指的人啊？

如果要研究穆阿迪布的父亲，我们该从何处下手？雷托·厄崔迪公爵，一位既和蔼又冷峻的男子。虽然如此，还是有许多事为我们深入了解他开辟了道路：他对那位贝尼·杰瑟里特女士忠贞不渝的爱；他对儿子寄予的梦想；手下人对他的耿耿忠心。你能真切地看到他——一个被命运诱入圈套的人，一个被儿子的辉煌映衬得黯然失色的孤独男子。但人们仍然要问：如果儿子不是父亲的延续，那又是什么呢？

——摘自伊勒琅公主的《穆阿迪布家事记评》

保罗看着父亲走进训练室，看着卫兵们各就其位，守在外面，其中一人关上了门。跟往常一样，保罗从父亲身上感受到一种与众不同的气度。

公爵身材高挑，皮肤呈橄榄色，瘦削的脸棱角分明，看上去很严酷，唯有那双暗灰色的眼睛使他显得温和一些。他穿着一件黑色的工作服，胸前饰有一副红色鹰冠纹章。精瘦的腰上束着一条银色屏蔽场带，由于长久使用，已经长出了绿锈。

公爵说："在刻苦用功吗，儿子？"

他径直走到L形长桌前，朝桌上的文件看了一眼，又扫了眼屋子，接着把目光挪回到保罗身上。他感到疲倦，又因不能露出倦容而格外劳累。*在去厄拉科斯的途中，我得抓紧一切机会休息，*他想，*到了那儿就没时间休息了。*

"还行，"保罗说，"一切都还……"他耸耸肩。

"好吧。啊，我们明天就要出发了。到时在我们的新家安顿下来，把这一切烦恼抛在脑后，那会很不错的。"

保罗点点头，他的脑中突然涌出圣母说过的话：“……至于你父亲，我们无能为力。”

“父亲，”保罗说，“厄拉科斯真像大家说的那么危险吗？”

公爵极力保持一副随意的样子，笑嘻嘻地在桌边坐下。他脑子里蹦出了一整套的讲话模式——就是那种临战前让手下消除紧张的方式。但话没有出口就停住了，他脑中只有一个想法：这可是我儿子。

“的确很危险。”他承认。

“哈瓦特跟我说，我们有一个争取弗雷曼人的计划。”保罗说。他暗暗自问：为什么不跟他说说那老太婆说的话？她用什么方法封住了我的嘴？

公爵注意到儿子的不安，说道：“跟往常一样，总是哈瓦特看到最有利的机会。不过还有别的。我看到的是宇联商会公司。皇帝陛下给了我厄拉科斯，他就不得不给我一个宇联公司的董事会席位……这是一个微妙的胜利。”

“宇联公司控制着香料。”保罗说。

“而拥有香料的厄拉科斯，是我们进入宇联公司的大道，”公爵说，“宇联公司要的不仅仅是美琅脂。”

“圣母警告过你吗？”保罗脱口而出。他握紧拳头，感到掌心已经沁出了汗，变得滑腻。他费了九牛二虎之力才问出这个问题。

“哈瓦特和我说过，那女人对你说了些有关厄拉科斯的告诫，那些话把你吓坏了，”公爵说，“别让一个女人的恐惧心理蒙蔽了心智。没有女人愿意心爱之人遭遇危险。这些警告的幕后推手其实是你母亲。那么，就把它当成她对我们的爱吧。”

“她知道弗雷曼人的事吗？”

“知道，而且不少。”

“什么？”

公爵心想：事实可能比他想象的还要糟，但如果你受过训练，懂得如何应付危险，那么，就算危险的事也是有价值的。对我儿子来说，有一件事我们会不遗余力地去做——应付危险之事。尽管如此，还是稍稍减轻为好。他还年轻。

“很少有东西能逃脱宇联商会的掌控，”公爵说，“木料、驴、马、奶牛、木材、粪肥、鲨鱼、鲸皮——不管是最普通的，还是最奇特的——就连我们卡拉丹的庞迪米也在其中。同样，宇航公会什么都运，从埃卡兹的艺术品，到雷切斯和伊克斯的机器。但在美琅脂面前，这一切都微不足道。一把香料可以从杜派尔星球上买到一个家。这种香料不能制造，必须在厄拉科斯开采。它是独一无二的，也的确具有抗衰老作用。”

“我们现在控制了它？”

“一定程度上，是的。但最重要的是要考虑依赖宇联商会利润的各大家族。想想，这庞大利润的来源都依赖一种产品——香料。如果有什么原因减少了香料的产量，那将带来什么样的后果？”

“谁囤积了美琅脂，谁就发大财了，”保罗说，“其他人都会被冷落。”

公爵满意地笑了，他看着儿子，心里在想，这个评论是多么一针见血、多么有经验。他点点头。“哈克南人已囤积了二十多年。”

“他们想让香料产量下降，把责任归咎于您。”

“他们想让厄崔迪家族不得人心，”公爵说，“想想，兰兹拉德联合会希望我掌握领导权——作为他们的非官方发言人。但是，如果因为我的过错，让他们的收入有所减少，那他们将作何反应。不管怎么样，自身利益总是高于一切。去他妈的大联合协定！你不能让别人把自己变成穷光蛋！”公爵嘴角一扭，露出严酷的笑容，“不管我受到什么样的待遇，他们都会睁一只眼闭一只眼。”

“甚至我们受到核攻击也不会管？”

“不会这么明目张胆，不能公然违抗大联合协定。但除此之外的任何卑鄙行动都是有可能的……甚至可能会撒点粉，在土里投点毒什么的。”

“那我们为什么还要自投罗网呢？”

“保罗！”公爵眉头紧皱，看着儿子，“知道陷阱在什么地方——这是避开它的第一步。儿子，这就像一对一的格斗，只不过尺度更大，佯攻中的佯攻……且似乎没有穷尽。我们的任务是要破掉这个局。知道哈克南人囤积了美琅脂，我们便要问另一个问题：还有谁在囤积？他们都是我们的敌人。”

“谁？”

“有几个家族的确对我们不怀好意，还有一些，我们自认是友好的。此时此刻，我们还不需要关注它们，因为还有一个更重要的目标：我们敬爱的帕迪沙皇帝。”

保罗突然感到嗓子发干，他试着咽了口口水。“难道你不能召集兰兹拉德，揭露……”

“让敌人知道我们已经意识到他的那只手举着刀子吗？哦，保罗——我们现在已经看见了刀，谁知道接下来它会移向何方？如果我们把这事捅到兰兹拉德面前，那只会造成巨大的混乱。皇帝会矢口否认，谁能反驳他？我们所能得到的只是一点时间，却要冒造成混乱局面的风险。而且，下一次袭击又会来自何方呢？”

“也许所有的家族都会开始囤积香料。”

“我们的敌人已经先下手为强——它已经领先太多，很难超越。”

“皇帝，”保罗说，“就是说萨多卡军团。”

“毫无疑问，他们会装扮成哈克南人，”公爵说，“但不管怎样，这些士兵都是些狂徒。”

“弗雷曼人怎么帮我们对付萨多卡？”

“哈瓦特给你讲过萨鲁撒·塞康达斯吗？”

“皇帝的监狱星球？没有。”

“保罗，如果那不仅仅是座监狱，那会怎么样？关于皇家萨多卡军团，有一个问题从来没人问过：这些人来自何方？”

“难道他们来自监狱星球？”

“他们一定来自什么地方。”

“但如果皇帝所征的兵员是从……”

“这正是我们目前所相信的：他们是皇帝的征兵对象，打小就受到训练，水平上乘。你偶尔会听到别人提到皇帝的军事教官，但文明的平衡并未改变：一边是兰兹拉德大家族的军队，另一边是萨多卡军团及其后援兵员。保罗，这里面包括了他们的后援兵员。萨多卡还是萨多卡。”

“但所有关于萨鲁撒·塞康达斯的报告都说这个萨塞星是个地狱！”

“毫无疑问。但如果想打造强壮凶狠的硬汉，你会选择一个什么样的环境加在他们头上呢？”

“那怎么去赢得这些人的忠诚呢？”

“已经有不少方法被证明行之有效：让他们享有一定程度的优越感；签署神秘的秘密盟约；灌输同患难的精神。这些都是可以做到的。在很多星球都实现过，且数不胜数。”

保罗点点头，聚精会神地望着父亲的脸。他感觉到自己马上会了解到一些真相。

“想想厄拉科斯，”公爵说，“当你走出城镇和卫戍村庄，其恶劣的环境与萨鲁撒·塞康达斯不分伯仲。”

保罗睁大双眼。“弗雷曼人！”

“我们在那儿有着潜在的兵团，他们与萨多卡军团一样强大且致命。如果想将他们秘密地招致麾下，那就需要十足的耐心，还需要大量财富把他们武装起来。但弗雷曼人就在那儿……还有香料，巨大的财富。现在，你明白了吗？为什么我们明知厄拉科斯有陷阱，偏偏还要闯进去？”

“难道哈克南人不了解弗雷曼人吗？”

“哈克南人鄙视弗雷曼人，把他们当作猎物追杀取乐，从没把他们放在眼里。我们清楚哈克南人对待行星公民的政策——在他们身上花的钱越少越好，只要他们还有气就行。”

公爵挪了挪身子，他胸前鹰徽上的金属纹也随之闪耀着光芒。“明白了吗？”

“我们正在同弗雷曼人谈判。”保罗说。

“我派了以邓肯·艾达荷为首的使团。”公爵说，“邓肯，一个骄傲、无情的人，但崇尚真理。我想弗雷曼人会欣赏他的为人。如果运气好，他们将通过邓肯判断我们的品质：邓肯，道德的化身。”

“邓肯，道德的化身，”保罗说，“哥尼，勇敢的化身。”

"概括得相当不错。"公爵说。

保罗想：哥尼属于圣母说的那类人，支撑世界的四根支柱——"勇者的勇气"。

"哥尼跟我说，你今天使用武器的表现不错。"公爵说。

"他可没跟我这么说。"

公爵大笑起来。"我想哥尼是吝惜他的表扬。他说你悟性很高——我照搬他的原话——懂得刀刃与刀尖的差别。"

"哥尼说用刀尖杀人缺乏艺术性，应该用刀刃来做。"

"哥尼是个浪漫的人。"公爵突然吼道。跟自己的儿子讨论杀人，突然令他感到不安。"我倒宁愿你永远不要杀人……但如果有必要，刀尖或刀刃都无所谓。"他抬头望向天窗，雨滴如打鼓般敲击着窗户。

保罗看到父亲凝望的方向，他想到外面正雨水满天——在厄拉科斯无论如何也看不到的景象——他由此想到了遥远的太空。"宇航公会的飞船真的很大吗？"他问。

公爵看着他。"这将是你的第一次星际旅行，"他说，"是的，很大。我们将乘坐一艘远航机，因为旅途将非常漫长。远航机非常大，它的船舱可以把我们所有的护航舰和运输船塞进去，而且只用到一个小小的角落——我们只是飞船乘客名单上的一小部分。"

"我们不可以离开护航舰吗？"

"这是为得到公会安全保障而付出的一部分代价。在我们身边可能还有哈克南人的飞船，但没啥好担心的。哈克南人很清楚，犯不着为此事危及他们的运输特权。"

"我打算去显示屏上看看，不知道能不能见到一个公会的人。"

"见不到的。就连公会的经纪人也从没见过他们。宇航公会非常重视自己的隐私，一如他们看重自己的垄断权一样。千万别做什么危及我们运输特权的事，保罗。"

"你觉得他们躲起来是因为变异了，长得不再像……人类吗？"

"谁知道呢？"公爵耸耸肩，"这个谜我们不可能解开。我们现在有更亟待解决的问题：你。"

"我？"

“你母亲希望由我来告诉你，儿子。听着，你可能拥有门泰特的能力。”

保罗盯着父亲，一时之间说不出话来。“门泰特？我？可我……”

“哈瓦特也这么认为。儿子，这是真的。”

“可门泰特的训练不是应该从婴儿就开始了吗？而且受训者是被蒙在鼓里的，因为那可能会妨碍早期的……”他打住了，所有过去的经历逐渐变得清晰起来，定格在一个画面上。“我明白了。”他说。

“如果有必要让这位潜在的门泰特知道所发生的事，”公爵说，“会告知他真相。那时他也有可能不再接受训练。这位门泰特会有两个选择：是继续训练还是放弃。有些人可以继续，有些不能。只有真正能成长为门泰特的人才能作出确定无疑的判断。”

保罗揉揉下巴，脑海里闪过母亲和哈瓦特对他进行的特殊训练——记忆术，意念集中法，肌肉控制和提高感官灵敏度，语言学习，分辨声音的细微差别。所有的一切对号入座，让他有了全新的领悟。

“儿子，总有一天你会成为公爵，”他父亲说，“而一个具有门泰特身份的公爵将令人生畏。你现在能作出决定吗？还是需要一些时间思考？”

保罗的回答没有丝毫犹豫。“我将继续训练。”

“的确令人生畏。”公爵轻声说。保罗看到父亲脸上露出了自豪的微笑，那笑容让保罗感到吃惊：由于公爵的脸庞狭窄，使它看上去就像是骷髅。保罗闭上双眼，感到内心那可怕的目的又在蠢蠢欲动。**也许成为一个门泰特就是一个可怕的目的**，他想。

尽管他把意念集中在这个想法上，但是新的领悟却否定了它。

在杰西卡女士和厄拉科斯的助力下，贝尼·杰瑟里特姐妹会意欲通过护使团播下传奇种子的计划圆满达成。我们在一个个世界播撒预言，目的是为了保护贝杰姐妹的安全，这个智慧之举长久以来都为人赞赏，但我们从未见过比这一配对更理想、更极端的情况。这个预言传说发生在厄拉科斯，甚至有一些称号被采用（包括圣母、唱诗、夏丽雅预言中的多数内容）。此外，人们通常认为，我们大大低估了杰西卡女士的潜在能力。

——摘自伊勒琅公主的《分析篇：厄拉奇恩危机》

（来自私人文献，贝杰案卷号：AR-81088587）

在厄拉奇恩城大堂的一个露天角落里，堆着一箱箱的生活用品，杰西卡身处其中——盒子、衣箱、纸箱、木箱——有的已经半开了封。宇航公会的货物搬运机正在入口处卸下另一批货物，发出吵闹的声音。

杰西卡站在大堂中央，缓缓转动身子，上下左右打量着蒙在阴影中的雕刻、裂纹和深凹的窗户。这间庞大的屋子给人一种巨大的时代落差，使她想起贝尼·杰瑟里特学校的姐妹厅。但姐妹厅给人的感觉是温暖的，而这儿，仅仅是冷冰冰的黑色石块。

某个建筑学家曾深入探索过这些拱壁和黑色壁挂物的久远历史，她想。头顶的穹形屋顶有两层楼高，上面架着巨大的横梁。杰西卡想：*这些木梁肯定是不远万里从外太空运到厄拉科斯的，而且耗去了极大的代价。这个星系的星球，不可能长出可以制作木梁的树木……除非它们是仿木。*

她觉得它们不是仿木。

这里是旧帝国时日的政府宅邸。在当时，耗资多少不像现在这样举足轻重。早在哈克南人来这儿之前，这地方就已存在，而后他们又建立了那座大城市——迦太格，一个廉价花哨的地方，位于残地东北两百公里外。雷托选择此地作为管理大营，是很明智的。厄拉奇恩这个名字叫起来很上口，具有浓郁的地方传统。而且这城市较小，容易净化，易守难攻。

这时又传来一声箱子在入口卸下的声音，杰西卡叹了口气。

在杰西卡右手边的箱子旁，有一幅公爵父亲的画像靠在那里，包装线如同破烂的装饰物一般从上边垂挂下来，杰西卡的左手还攥着一根线。在画像旁边，放着一块锃亮的装饰板，上面架着一只黑色的公牛头，在汪洋大海般的一卷卷公文中，那牛头就像是一座黑色的岛屿。装饰板平放在地上，公牛那闪亮的口鼻冲着天花板，这头野兽仿佛随时准备怒吼着冲进这间回音绕梁的厅堂。

杰西卡心里纳闷，到底是什么原因，让她首先拆开了这两样东西——牛头和画像。她明白，这其中应该蕴含着某种象征意义。自从公爵的买主把她从贝尼·杰瑟里特学校买下来以后，杰西卡第一次感到恐惧，信心全失。

牛头与画像。

这两样东西更使她茫然无措。她抬起头，瞟了一眼头顶狭窄的窗口，不禁打了个寒战。现在刚到晌午，纬度又不高，天空竟显得又黑又冷——比起卡拉丹暖意融融的蓝色天空来，这里真是黑多了。杰西卡心中涌起一阵思乡的愁绪。

卡拉丹啊，你已经远在天边了。

“到啦！”

是公爵的声音。

她马上转过身，看见他正从圆顶走廊大步走向餐厅。公爵穿着那身佩有红色鹰饰的黑色制服，衣服看上去皱巴巴的，满是尘土。

“这地方真是糟，我还以为你迷路了。”他说。

“这屋子冷冰冰的。”她望着公爵高高的身材，还有那黝黑的皮肤，让她想起倒映在蓝色湖水中的橄榄林和金黄的太阳。他那灰色的眼眸中混着木烟之色，但那张脸却凶狠如虎：瘦削，棱角分明。

杰西卡胸口一紧，突然觉得眼前这个人让她感到恐惧。从他决定服从皇帝的命令起，他就变成了一个步步紧逼的凶狠之人。

“整个城市都冷冰冰的。”她说。

“这是一个肮脏的、尘土满天的卫戍小镇，”公爵表示同意，“但我们会改变这一切。”他环顾四周，“这些都是公共场所，专门用来进行国事活动。我刚刚视察了南翼的几个家庭寓所，那地方要舒服得多。”他走到杰西卡身旁，抓住她的手臂，欣赏着她华贵的仪表。

公爵又开始琢磨她那未知的血统——或许，是个变节者家族？抑或是暗中受到迫害的皇族？她的样子看起来非常威严，甚至比当今的皇帝还要高贵几分。

杰西卡感受到公爵咄咄逼人的目光，她半转了个身，侧面对着公爵。他意识到，杰西卡身上没有一个确切的地方能集中体现她的美：青铜色的闪亮头发下，是一张鹅蛋脸；一双眼睛分得较开，碧绿清澈，仿佛卡拉丹清晨的天空；鼻子小巧，大嘴宽厚；身材虽好但略显瘦削，高挑，曲线玲珑。

他记得学校里的庶务修女说她瘦巴巴的，买主也是这么告诉他的。但这个描述太过简单。她将皇族的高雅重新带到了厄崔迪家族中。保罗也很喜欢她，公爵为此感到高兴。

“保罗在哪儿？”他问。

“跟岳在屋子的某个地方上课呢。”

“可能在南翼吧，”他说，“我好像听见了岳的声音，可我没时间去看。”他低头看着杰西卡，犹豫着，“我到这儿来，只是要把卡拉丹城堡的钥匙挂在餐厅里。”

她屏住呼吸，压着内心想冲上去抱他的冲动。挂钥匙——这行为有着某种终结的意味。但这个时间、这个地点，都不适合进行安慰。“我进来时，看见屋顶上挂着我们的旗帜。”杰西卡说。

公爵看了看父亲的画像。“你准备把画像挂在哪儿？”

“就在这里的什么地方。”

“不行。”公爵语气平淡，但言之凿凿，她觉得该用计说服他，但不能争辩。然而，她还是想试试，即便公爵的动作在提醒她，不该用计耍他。

“夫君大人，”她说，“假如您……”

“我的回答仍旧是不行。在很多事上面，我都厚着脸皮迁就你，但这件事不行。我刚从餐厅来，那里有……“

“夫君大人，求您了。”

“亲爱的，这个选择介乎你的食欲和我祖先的尊严之间，”公爵说，“它们必须挂在餐厅。”

她叹了口气。“是，大人。”

“只要可能，你可以保留在自己房中用餐的惯例。我只希望你在正式场合出席到场。”

“谢谢您，大人。”

“别对我这么彬彬有礼，听上去冷冰冰的！你要感激的是我没让你嫁给我，不然的话，每一顿用餐你都得陪在我的身旁，那是你的职责。”

她竭力稳住自己的情绪，点点头。

“哈瓦特已经在餐桌上装好了防毒探测器，”他说，“你房里也有个便携式的。”

“你早就料到……我不会同意。”她说。

“亲爱的，我还为了你的舒适着意考量了一番。我已雇了佣人，是本地人，不过哈瓦特已排查了一遍，确认他们都是安全的——都是弗雷曼人，将干到我们的人忙完为止。”

“这地方的人真的安全？”

“任何仇恨哈克南人的人都安全。你甚至可能愿意留用那位管家：夏道特·梅帕丝。”

“夏道特，”杰西卡说，“一个弗雷曼称呼？”

“据说意思是汲水斗，一种在这儿非常重要的东西。哈瓦特看了邓肯的报告，对她评价很高，但你可能觉得她不是个做佣人的料。我听说，她想要专门为你服务。”

“我？”

“弗雷曼人知道你是贝尼·杰瑟里特，”他说，“这儿流传着贝尼·杰瑟里特的传说。”

*都是护使团的功劳，*杰西卡想，*没有地方能逃脱她们的影响。*

“是不是说邓肯已经成功了？”她问，“弗雷曼人会成为我们的盟友吗？”

“还不能确定，”他说，“邓肯觉得他们打算观察我们一段时间，不过，他们的确已经答应在休战期间不去骚扰我的外围村庄。事实上，这一进展远比看起来要好。哈瓦特告诉我，对哈克南人来说，弗雷曼人就是他们的肉中刺，他们一直对这些沙漠人造成的破坏秘而不宣。让皇帝知道哈克南军队的无能，是没有任何好处的。”

“一名弗雷曼管家，”杰西卡沉吟着，又把话题扯回到夏道特·梅帕丝的身上，“她有一双全蓝的眼睛。”

“别被这些人的外表所蒙骗，”公爵说，“他们内心有着深沉的力量和健康的活力。我想，他们将成为我们需要的一切。”

“这是危险的赌博。”她说。

“这个话题到此为止吧。”他说。

她挤出一丝笑容。“毫无疑问，我们负有天职。”她运了运迅速平静的功法——两次深呼吸，一遍祷想。“安排房间的时候，需要为您预留什么特别的地方吗？”

“以后你得教教我你的本事，”他说，“你转眼就把烦恼搁在一边，马上转到实际的问题上。这一定是贝尼·杰瑟里特特有的本事。”

“这是女人的本事。”她说。

公爵笑起来。“好吧，分房间嘛，这样说吧：保证我的卧室旁有一个大的办公区，因为在这儿我要处理比卡拉丹多得多的文件。当然，还得有一间警卫室。这些就够了。别为这幢房子的安全操心，哈瓦特的人已经对它进行了彻底的检查和布置。”

“我相信他们已这么做了。”

公爵看了看腕表。“还有一点要注意一下，我们得把钟表都调到厄拉奇恩当地时间，我已经派了一名技师负责这件事，他马上就到。”他抬手把杰西卡前额的一缕头发拨到后边，“我现在得回机场去，运载我们后备成员的第二艘班机随时都会到达。”

“不能让哈瓦特去接吗，大人？你看起来好累。”

“可怜的杜菲比我还要忙。瞧，这个星球遍布哈克南的阴谋诡计。此外，我还得亲自上阵，劝劝一些有经验的香料搜寻工不要离开。你看，领主变了，他们有权选择走人。皇帝和兰兹拉德安置的那位星球学家，他是此地的变时裁决官，没人能贿赂他，他允许人们作出这种选择。大约有八百名熟练工想要乘运香料的船只离开，有一艘公会的运输船随时准备开飞。”

“大人……”她犹豫着没有说下去。

“什么事？”

想让他别为我们在这个星球的安全操心，那是不可能的，杰西卡想，我也没法在他身上耍阴谋诡计。

“您希望在什么时间用餐？”她问。

*这并不是她真心想要说的话，*他想，*哦，我的杰西卡，真希望我俩是在别的什么地方，离这个可怕的地方远远的，无忧无虑，就我们俩。*

“我在机场与军官们一起吃，”他说，“我很晚才回来，别等我。还有……嗯，我会派一辆警卫车来接保罗，我想让他参加战略会议。”

他清清嗓子，似乎想说点别的，但最后他突然毫无征兆地转过身，大步走向入口处，那儿卸箱子的声音越来越大。他的声音从那边传来，威风凛凛，骄矜倨傲。他在急急忙忙时，总是这样跟仆人说话。“杰西卡夫人在大厅里，马上到她那儿去。”

外门“砰”的一声关上了。

杰西卡转过身，看着那幅雷托父亲的画像。这是著名画家阿尔比的作品，当时老公爵正值中年。他穿着斗牛士的装束，一面洋红色的披风从左臂扬起，脸显得很年轻，不比现在的雷托老，两人都有着鹰一般的面容，也都有灰色的双眼。她两手垂在两侧，握紧拳头，瞪着画像。

“去死！去死！去死！”她低声骂道。

“尊贵的大人，您有什么吩咐？”

这是一个女人尖细的声音。

杰西卡迅速转身，看见一个圆圆胖胖的白发女子，她穿着一件奇形怪状的粗布衣服，颜色是奴隶服的那种褐色。这女人跟早上在飞机场沿路迎接他们的那些女人一样，皱巴巴，干瘪瘪。她在这个星球上看到的每一个土著，杰西卡想，都是这样干瘪而营养不良。然而雷托却说他们很强壮，很有活力。当然，还有他们的眼睛，碧蓝碧蓝，没有一点眼白，显得神秘莫测。杰西卡极力让自己别盯着它们看。

那女人僵着脖子点点头。“我叫夏道特·梅帕丝，尊贵的大人。您有什么吩咐？”

“你可以称我‘夫人’，”杰西卡说，“我不是贵族出身。我是雷托公爵的姬妾。”

又是那奇怪的点头动作，接着，女人悄悄抬眼看了眼杰西卡，带着一丝诡秘的疑惑表情。“那么，他还有一位妻子？”

“没有，从来就没有过。我是公爵唯一的……伴侣，也是他继承人的母亲。”

就在她开口时，杰西卡的内心冲着这番话背后的那股子自尊哈哈大笑。*圣·奥古斯丁是怎么说的？她暗自发问。“意识控制身体，它唯命是从。意识命令自身，却遭遇反抗。”是的——我最近遭遇的反抗越来越多。其实我可以静静回避。*

从屋外的路边传来一阵奇怪的叫声，不断重复“簌簌簌咔！簌簌簌咔！”，然后是“伊库特哎！伊库特哎！”，接着又是“簌簌簌咔！”。

“什么声音？”杰西卡问，“今天早上开车经过时，我听到好几声这种声音。”

“就是个卖水商，夫人。您没必要在意这些人。这里的蓄水箱装着五万升的水，而且水总是满的。”她低头看看自己的衣服，“哦，夫人，您知道吗，我在这儿都不用穿蒸馏服？”她吃吃地笑了起来，“我甚至不会死！”

杰西卡踌躇了半晌，她想问女人几个问题，获得一点有用的信息。但当务之急是恢复城堡的秩序。不过，她的心里隐隐有些不安：水在这儿竟是财富的主要象征。

“夏道特，我的夫君给我讲过你的名字的意思，”杰西卡说，“我认出了这个词，它非常古老。”

“那么您懂古语？”梅帕丝说，她等着杰西卡的回答，两眼放光，感觉很是奇怪。

“语言是贝尼·杰瑟里特的基础课，”杰西卡说，“我懂所有的猎杀语，包括博塔尼·吉布，即恰科博萨语。”

梅帕丝点点头。“和传说丝毫不差。”

杰西卡心想：*为什么我要玩这骗人的花招？*虽说贝尼·杰瑟里特的行事方式并不光明正大，而且还咄咄逼人。

“我懂黑暗之物，也懂伟大圣母的手段。”杰西卡说。她注意到，梅帕丝动作和表情中透露出的东西愈发明显。“米塞切斯普雷迦，”杰西卡用恰科博萨语说道，“安得拉尔崔佩拉！特拉达希克，布斯卡克里，米塞切斯佩拉克里……”

梅帕丝向后退了一步，似乎随时打算逃之夭夭。

“我知道很多事，”杰西卡说，“比如你生过孩子，失去了心爱的人，一度担惊受怕地躲藏，使用过暴力，而且没有放下屠刀的打算。我知道很多事。”

梅帕丝低声说道：“夫人，我无意冒犯。”

“你提到了传说，想要寻找答案，”杰西卡说，“你对可能找到的答案留了心眼。我知道你有备而来，身上藏着武器，随时准备付诸武力。”

“夫人，我……”

“也许你能刺出我的生命之血，但这种可能微乎其微，”杰西卡说，“而你这么做所带来的灾难，任你疯狂想象也想象不出。其后果甚至比死还惨，你明白，尤其是对一个民族来说。”

“夫人！”梅帕丝哀求道，她似乎要跪倒在地，“您冤枉我了，这武器是一份礼物，要是您能证明自己是救世主，我会把它送给您。”

“要是我没能证明，那你就会拿它结束我的性命。”杰西卡说。她等待着，外表看上去相当放松——训练有素的贝尼·杰瑟里特姐妹拥有这种特殊的能力，因此在战斗中让人胆寒。

现在我已清楚她会作出什么抉择，她想。

梅帕丝慢慢将手摸进领口，取出一柄裹在黑色刀鞘中的刀。黑色的刀柄上有深深的指槽。她一手拿鞘，一手握柄，拔出奶白色的刀锋，高高举起。那刀璨璨生辉，似乎自己发着亮光。它像一把双刃刀一样两面开刃，长约二十厘米。

“夫人认识这东西吗？”梅帕丝问。

这只可能是一样东西，杰西卡很清楚，传说中的厄拉科斯晶牙匕，在别的星球上从未见过，只在荒诞的谣传中有所耳闻。

“这是把晶牙匕。”她说。

“别说得不像回事，”梅帕丝说，“您知道它的含义吗？”

杰西卡想，这问题暗藏杀机，这就是这个弗雷曼女人做我佣人的原因——她要问我这个问题。我的回答如果令她不爽，便会促发暴行……或是别的什么行为？她想从我这儿听到答案：一把匕首的含义。在恰科博萨语中，她的名字是夏道特。匕首，恰科博萨语中就是“死亡造物主”的意思。她有点烦躁了，我得马上回答，犹豫不决跟回答错误一样危险。

杰西卡说：“它是造物主……”

“哎呀呀！”梅帕丝哀号起来，那声音显得又是悲痛又是欢欣。她浑身颤抖得厉害，以至于刀刃的光芒在屋子里乱舞起来。

杰西卡泰然自若地等着。她本想说这把匕首是“造物主，死亡造物主”，再说出那古老的词，可现在所有的感觉都在警告她，所有在警觉方面的深层次训练都让她明白，这女人身上最随意的肌肉抽动都蕴含着某种含义。

关键词是……造物主。

造物主？造物主。

但梅帕丝仍旧举着刀，似乎随时准备一刀刺出。

杰西卡说：“你以为，我，一个知道伟大教母秘密的人，会不知道造物主？”

梅帕丝放下刀。“夫人，如果一个人与预言相伴太久，当真相揭露之时，就会震惊异常。”

杰西卡想着所谓的预言——这些夏丽雅预言，是几百年前护使团的一位贝尼·杰瑟里特在这儿播下的——毫无疑问，她已经死了，但目的却达到了：为了贝尼·杰瑟里特在未来某一天的某种需要，她将传说深深地植入了这些人的脑中。

现在，这一天到来了。

梅帕丝将刀插回刀鞘，说道："夫人，这是把未定之刀。请放在身上，如果让它远离肉身一周时间，它马上会自行消解。它是您的啦，夏胡鲁之牙，它将伴您终身。"

杰西卡决定冒险一赌，她伸出右手。"梅帕丝，你把刀插回刀鞘，却未让它见血。"

梅帕丝倒吸一口冷气，她将刀放进杰西卡手里，随即扯开褐色的上衣，哀嚎道："取走我的生命之水吧！"

杰西卡将刀从刀鞘中拔出。它是多么亮啊！她把刀尖对准梅帕丝，看到这女人流露出的恐惧远远超出对死的惧怕。*刀尖有毒？*杰西卡想。她挑起刀尖，用刀刃在梅帕丝的左胸轻轻划了一下。那里马上渗出浓浓的鲜血，但血几乎立即止住了。*超速凝结，*杰西卡想，*一种水分保持的变异？*

她将刀插回刀鞘。"扣上衣服吧，梅帕丝。"

梅帕丝按命行事，身体瑟瑟发抖。那双没有一丝眼白的眼睛看着杰西卡。"您是我们的人，"她喃喃道，"您就是救世主。"

入口处又传来一声卸货的声音，梅帕丝迅速抓起刀，将它藏进杰西卡的上衣。"看见这把刀的人，要么被净化，要么格杀勿论！"她吼道，"夫人，您知道的！"

*我现在知道了，*杰西卡想。

搬运机没进大厅就离开了。

梅帕丝镇定下来。"见过晶牙匕的邪恶之人，不能活着离开厄拉科斯。请牢记这一点，夫人。您已经拥有了一把晶牙匕。"她深吸了一口气："现在，它必须顺其自然，别操之过急。"她朝周围成堆的箱子和货物看了一眼，"我们在这里还有很多工作要做。"

杰西卡迟疑了片刻。"*它必须顺其自然。*"这是护使团各种咒语中的一句警句——*圣母驾临，将你解放。*

*可我不是圣母，*杰西卡想。接着她心思一动：*伟大的教母！她们在这里安插了这样一个人！这一定是个骇人听闻的地方！*

梅帕丝用就事论事的语气说道：“夫人，您想让我先做什么事？”

直觉在向杰西卡发出提醒，最好跟着她一起使用随意的语气。“那边有一幅老公爵的画像，把它挂到餐厅的墙上。再把牛头挂到它对面的墙上。”

梅帕丝大步走到牛头边。“好大一颗牛头，这头牛肯定是个庞然大物。”她弯下腰，“夫人，我得先把它擦擦干净，是吗？”

“不用擦。”

“可它的角上有灰。”

“那不是灰，梅帕丝，那是咱们老公爵的血。这头野兽要了他的命，这件可怕的事情发生后没过几个小时，他们就在牛角上喷了一层透明的固定剂。”

梅帕丝站起来。“哦，天哪！”她说。

“只是血而已，”杰西卡说，“陈年旧血。现在，去找几个帮手帮你把它们挂起来，那牛头很沉。”

“你觉得那血迹使我不安啦？”梅帕丝问，“我从沙漠来，对血可是司空见惯了。”

“我……知道。”杰西卡说。

“甚至还有我自己的，”梅帕丝说，“比您刚才在我胸口划小口时流的血多得多。”

“你觉得我划得太浅？”

“哦，不！身体之水非常稀少，不能任其在空气中浪费。您做得恰到好处。”

杰西卡注意到那口气和姿态，领会到“身体之水”这个词蕴含的深层次意义。水在厄拉科斯无比重要，她再一次感到一股压抑感。

“夫人，您要我把这两样漂亮的小东西挂在餐厅的哪面墙上？”梅帕丝问。

真是个现实的人，杰西卡想。她说：“你自己决定吧，梅帕丝。这实际上无关紧要。”

“悉听尊便，夫人。”梅帕丝弯下腰，开始拆解牛头的包装和绳子。“你杀了老公爵，是吧？”她轻声哼哼道。

“要我帮你叫辆搬运机吗？”杰西卡问。

“我能行，夫人。”

是的，她能行，杰西卡想。这个弗雷曼人天生如此，愿意自行行事。

杰西卡感觉到这把刀在衣服下发出阵阵凉意，她想起贝尼·杰瑟里特长长链条般的谋划，在这里铸造了另外一个链环。因为那个谋划，她得以在这次致命的危机中化险为夷。“别操之过急。”梅帕丝是这么说的。然而，这地方急匆匆的莽撞节奏，让杰西卡有一种不祥的预感。就连护使团的完美准备，加上哈瓦特对这座岩石城堡的严密视察，都不能驱散她心中的阴霾。

“东西挂好后，就过来拆这些箱子，”杰西卡说，“钥匙在门口的搬运工身上，他知道东西该放哪儿。去他那儿拿钥匙和货单，如果有什么不明白的地方，去南翼找我。”

“谨听夫人的吩咐。”梅帕丝说。

杰西卡转身离开，心中暗想：即便哈瓦特已经宣布这座宅邸非常安全，但这里还是有什么不对劲。我感觉得到。

她心中突然涌出一阵急切想见儿子的冲动。她急速走向穹形走廊，从那儿就可以进入通向餐厅和家庭翼楼的走道。快点，再快点！最后她几乎跑了起来。

在杰西卡身后，梅帕丝正在清理牛头上的线绳，她望着杰西卡渐渐远去的身影。“没错，她就是救世主。”她喃喃道，“哦，真是个可怜的人儿。”

“岳！岳！岳！”歌里这么唱道，“罪该万死的岳！”
——摘自伊勒琅公主的《穆阿迪布童年简史》

门开着一条缝，杰西卡走了进去，来到一间墙壁涂成黄色的房间中。她左手边摆着一张靠背黑皮沙发、两个空书架，凸起的侧面挂着一只布满灰尘的长颈水瓶。她右边还有一扇门，立着更多的空书架，一张来自卡拉丹的桌子和三把椅子。岳医生站在她正前方的窗户旁，背对着她，正全神贯注地看着外面的世界。

杰西卡又悄悄往屋里走了一步。

岳的外套已经起了褶子，左肘处有块白色的污迹，像是刚在白粉墙上靠过。从后面看，他就像一幅无肉的简笔人物画，套在一件超大的黑衣中，又像一幅夸张的漫画，随时准备在傀儡主人的指挥下摆动肢体。只有那近似方形的脑袋像是活的，黑色长发由那个苏克学校银环扎着，搭在肩上。他注视着外面的场景，脑袋也随之微微转动。

杰西卡又扫视了一遍屋子，没有发现儿子的身影。但她知道，右边那扇关着的门，应该通向一间小卧室，保罗曾说过他喜欢那儿。

“午安，岳医生，”她说，“保罗在哪儿？”

他点了点头，像是看到了窗外的什么东西，接着仍背着身，用一副心不在焉的口气说道：“你儿子累了，杰西卡，我让他去隔壁屋子休息了。”

他突然一怔，随即转过身，紫色嘴唇上的胡须也飘了起来。“恕我失礼，夫人！我刚才在想一些事……我……不是故意要这么随便称呼您的。”

她微微一笑，伸出右手。有那么一小会儿，她还担心他会跪下来。“威灵顿，别这样。”

“这么称呼您……我……”

“我们认识六年啦，”她说，“我们之间早就不该有那么多礼节，至少在非正式场合来说不必如此。”

岳挤出一丝干笑，心想：*应该奏效了。现在，对于我举止中的任何反常，她都会以为是尴尬造成的，如果她觉得这就是答案，那她就不会去深究什么。*

“恐怕我跑神了，”他说，“每当我……为你感到难过时，就会这样。我怕是把你当成……嗯，杰西卡。”

“为我难过？为什么？”

岳耸耸肩。很久以前，他就意识到杰西卡在运用真言方面不如他的瓦娜有天赋。但只要有可能，他依然尽量在她面前说真话，这是最安全的方法。

“你已经看到这个地方的面目，我的……杰西卡，”他结结巴巴地吐出她的名字，接着急忙往下说，“和卡拉丹相比，这里太过荒凉。还有这里的人！我们在路上看到的那些小镇女人，她们脸上蒙着纱，一路上痛哭哀号。你可记得她们看我们的那个样子。”

她两臂抱在胸前，感觉到衣服里藏着的晶牙匕。如果报告不假，它的刀刃取自沙虫的牙。“只不过是因为我们是陌生人——不同的人，不同的习俗。他们只知道哈克南人。”她的目光看向窗外，“你刚才在看什么？”

他回身望向窗外。“正是这些人。”

杰西卡走到他身边，朝房前的右方看去，那是岳正盯着的地方。那儿长着一排二十棵棕榈树，树下的地面扫得干干净净、毫无生气。一道网栏把树与道路隔开，路上有行人来往，都穿着长袍。杰西卡注意到，在她与这些人之间有一道微光在闪烁——是住房屏蔽场。她继续注视着那些行人，心里纳闷岳究竟被什么所吸引。

线索开始显露，她抬手摸摸下巴。是那些行人看棕榈树的神态！她看到了嫉妒，有些是仇恨……甚至还有一丝希望。每个人都带着一种固定的表情扫视着那些树。

“你知道他们在想什么吗？”岳问。

“你能看透人的心思？”她问。

“这些人的心思，”他说，“他们看着那些树，心里在想：‘这些树相当于我们一百个人。’”

杰西卡满脸困惑地朝他皱皱眉。“什么意思？”

“那些是枣椰树，”他说，“一棵枣椰树每天需要四十升水。而一个人只需要八升。也就是说，一棵枣椰树，相当于五个人。那儿有二十棵树，也就相当于一百个人。”

“但有些人看树时满怀希望。”

“他们只是巴望着上面能掉点椰枣下来，虽然现在时令不对。”

“我们对这地方的看法太苛刻了，”她说，“这儿虽然危险，但也有希望。香料可以让我们富有。有了巨大的财富，我们就可以随心所欲地改造这个星球。”

她内心暗暗发笑：*我想说服谁呢？*虽然极力忍住，但最后她还是笑出了声，声音尖利，毫无幽默感。“可你却买不到安全。”她说。

岳转过头，不让杰西卡看到自己的脸。*要是真能恨这些人，而不是爱他们，那也还好点！*杰西卡的举止和许多动作都很像他的瓦娜，这想法却使他变得严酷，而且进一步加强了决心。哈克南人残忍的手段毫不光明，瓦娜也许没有死，他必须弄清楚。

“别为我们担心，威灵顿，”杰西卡说，“问题是我们的，不是你的。”

*她以为我在为她担心！*岳挤挤眼，忍住眼泪。*我当然在担心，但我必须对付阴险的男爵，先助他达到目的，然后趁他得意忘形之时，袭击他的致命弱点！*

他叹了一口气。

“我想进去看看保罗，不会打扰他吧？”她问。

“当然不会。我给他吃了镇定药。”

“他调整过来了吗？”杰西卡问。

“只是有点劳累。他很兴奋，不过十五岁的孩子在这种情况下还能怎么样呢？”他走过去，打开门，“他就在里面。”

杰西卡跟了上去，朝阴暗的屋子里望了望。

保罗睡在一张窄小的帆布床上，一只手被薄薄的床单盖着，另一只手伸在脑后。床边合上的百叶窗将几条阴影印在床单和他的脸上。

杰西卡看着自己的儿子，那张鹅蛋脸像极了自己，但头发却像公爵——黑如木炭，乱成一团。长长的睫毛下藏着绿色的眸子。杰西卡笑了，内心的恐惧慢慢消退。她突然想到了，儿子面相上的基因遗传特征——眼睛和脸型像她，但从那脸部轮廓中隐隐透出一股机警，跟他父亲一模一样，一如孩童发育时所透出的特征。

她觉得儿子的长相是一个精妙的结晶，出自于一种随机的模式——无穷无尽的偶然事件最终在一个中心衔接。这念头一出，她真想跑上去跪到他的床边，把儿子搂在怀里，但因为岳在场，她不能这么做。她退步回走，轻轻关上门。

岳已经回到了窗边，他受不了杰西卡看儿子的那种神态。*为什么瓦娜就没有给我生个孩子？*他暗自发问，*作为一个医生，我知道她的身体没有问题。难道是因为她是贝尼·杰瑟里特？她是不是受命完成什么特殊的使命？是什么使命？她爱我，那是自然的。*

岳第一次感到自己也许只是某个复杂格局中的一个小卒，不可能弄清它的全貌。

杰西卡走到他身边。“小孩睡觉时的样子真是无忧无虑。”

他机械地应道：“大人要能这么放松该多好！”

“是啊。”

“我们在哪里失去了它？”岳喃喃道。

她看了他一眼，留意到他说话的语气有点怪，但心思仍在保罗身上，想着他在这儿训练的艰苦、生活的差异……与他们原来给他设计的生活大相径庭。

“我们确实失去了一些东西。”她说。

她朝窗外右边的一条斜坡看去，上面长满了灰绿色的灌木——树叶布满灰尘，树枝干枯得像是爪子——它们被风吹得泛着波纹。乌黑的天空像一块幕布般挂在斜坡上空，厄拉奇恩的那轮银日洒下丝丝银光——

像是她身上那把晶牙匕发出的光芒。

“天好黑。”她说。

“主要是缺乏水分的原因。”岳答道。

“水！”她厉声叫道，“这儿哪里都缺水！”

“这是厄拉科斯最令人费解的事情。”

“为什么水会这么少？这儿有火山岩，有十多种我能说出名字的能源，还有极冰。有人说不能在这儿的沙漠中钻井，因为有沙暴和沙潮，设备还没装好就会被破坏，不然就是被沙虫破坏。总而言之，他们从没在这儿找到水的踪迹。但是，威灵顿，真正令人费解的事，是他们在坑洞中打出的井，你看过那方面的资料吗？”

“一开始有水流出，但马上就没了。”他答道。

“威灵顿，这就是最令人费解的地方。水找到了，却又枯竭，之后就再也出不了水。但是，再在旁边挖个洞，又会出现同样的结果：先是有水流出，然后马上枯竭。难道没人感到古怪吗？“

“的确古怪，”他说，“你怀疑有某种生物在作怪？如果这样，在岩石矿样中不是应该会有某种迹象吗？”

“什么迹象？奇特的植物……还是动物？谁认得出来？”她转身对着那条斜坡，“水枯竭了，有什么东西断了它的来源，这就是我的怀疑。”

“也许原因已经清楚，”他说，“哈克南人封锁了大量有关厄拉科斯的信息。也许有理由把这也封锁了起来。”

“为了什么理由？”杰西卡问，“还有大气中的水分。当然，量很少，可却是存在的。这是这个星球取水的主要来源，靠捕风器和滤器收集。那么，这些水汽是从哪儿来的？”

“极地？”

“威灵顿，冷空气带不出多少水分。哈克南人在这儿藏着许多秘密，需要仔细调查，而且，这些事并不和香料有直接关系。”

“我们的确被哈克南人蒙在鼓里，”他说，“也许，我们得……”他突然停下，注意到杰西卡正紧紧盯着他看。“有什么不对吗？”

“你说‘哈克南人’时的语气好生奇怪，”她说，“就算我的公爵大人，在说到这个令人痛恨的名字时，语气也没你那么恶毒。威灵顿，我很好奇你为什么这么恨他们。”

*天哪！*岳想，*她开始怀疑我了！现在我必须用上瓦娜教我的所有花招。只有一个办法能解除她的怀疑：尽一切可能讲真话！*

他说：“您不知道，我妻子，我的瓦娜……”他抬抬肩，嗓子突然一哽，说不下去。过了一会儿他才继续道：“他们……”话到一半又哽住了。他感到万分痛苦，紧紧闭上眼睛，忍受着内心的阵阵剧痛，直到一只手轻轻地搭在了他的手臂上。

“对不起，”杰西卡说，“我不是故意要揭旧伤疤。”她想：*那些畜生！他的妻子是一名贝尼·杰瑟里特——他身上透漏着太多迹象。很显然，哈克南人杀了她。这又是一个可怜的牺牲品，因切雷姆之仇而与厄崔迪结盟。*

“抱歉，”他说，“我不能够谈这事。”他睁开眼，让自己完全沉浸在内心的悲痛中。至少这是真心的。

杰西卡审视着岳，他有着一张张扬的脸，一双杏仁眼中是漆黑的眸子，奶白色的肤色，紫色的嘴唇和狭窄的下颌上挂着两条弯弯的胡须。两颊和额头的皱纹既是年龄更是痛苦的印迹。杰西卡不禁对他产生了深深的同情。

“威灵顿，我们把你带到这个危险的地方，真对不起！”她说。

“是我自愿来的。”他答道。这话也是事实。

“可整个厄拉科斯星球都是哈克南人的一个陷阱，想必你也清楚这一点。”

“要想抓住雷托公爵，一个陷阱是不够的。”他说。这也是真话。

“也许我该对他充满信心，”她说，“他是一个出色的战略家。”

“我们被连根拔起，赶出了家乡，”他说，“这是我们不自在的原因。”

“要杀死一棵连根拔起的植物，是多么容易啊，”她说，“尤其是当你把它放在恶意的土壤中时。”

“这片土壤果真充满恶意吗？”

“当这里的人得知公爵带来了多少人，马上发生了一些饮水暴乱，”她说，“后来他们得知我们在安装新的捕风器和滤器，以加大取水量时，暴乱才平息下来。”

“这里维持生命用的水只有那么多，”他说，“大家都知道，在水量有限的情况下，人口的增加，意味着水价的上涨，穷人就只有死路一条。但公爵已解决了这个问题。因此动乱并不一定意味着这些人对我们怀有长久的敌意。”

“还有卫兵，”她说，“到处都是卫兵。还有屏蔽场，放眼望去，到处都可以看到它们隐隐的闪光。在卡拉丹，我们可不这样生活。”

“给这个星球留些机会。”他说。

杰西卡仍冷眼望着窗外。“这地方有一股死亡的气息，”她说，“哈瓦特派了一整营的先遣探员来这儿，外面的那些卫兵是他的人，货物装卸工也是他的人。国库账面上有许多未经说明的大额提款，这只能意味着一件事：高层贿赂。”她摇摇头，“哪儿有杜菲·哈瓦特，哪儿就有死亡和欺诈。”

“你在诋毁他。”

“诋毁？我是在赞扬他。死亡和欺诈是我们现在唯一的希望。只不过，他的这些方法还无法让我欺骗自己。”

“你应该……找些事忙忙，”他说，“别老是闲着想这些丑恶的……”

“找些事忙！我大部分时间都在干吗，威灵顿？我是公爵的秘书——忙得昏天黑地，每天都有令人担忧的新消息传到我的耳朵里……甚至还有那些他不想让我知道的事，”她紧闭双唇，轻声说，“有时我会想，是不是因为自己是一名贝尼·杰瑟里特，他才选择了我。”

“什么意思？”他发觉自己的语气中带着一丝怀疑，他还从未见过她表现得这么痛苦。

“威灵顿，”她说，“难道你不觉得，如果秘书同样还是爱人，那就非常安全吗？”

“这想法毫无意义，杰西卡。”

这种责怪脱口而出。公爵对自己爱妾的怜爱无需任何怀疑，只需注意一下公爵看她的眼神就会明白。

她叹了口气。“你是对的，没什么意义。”

她又双手抱在胸前，里边的晶牙匕紧挨着皮肤，想着它那未尽之事。

“不久就会流更多的血，”她说，“不斗个你死我活，哈克南人决不会善罢甘休。男爵忘不了公爵是皇室的血系表亲——无论这条血脉有多远。而哈克南的封号是用宇联商会的钱买来的。但他内心深处的仇恨，源自另外一件事：厄崔迪人曾驱逐过一个哈克南人，那人在科林战役中表现得太过怯弱。”

“古老的家族世仇。”岳喃喃道。一时之间，他感受到这种仇恨带给他的痛苦。他陷进了家族世仇的罗网中，瓦娜被杀——甚或更糟，她可能还在哈克南人手中受着折磨，一直到她丈夫履行诺言。这种古老的家族世仇困住了他，这些人也是。讽刺的是，这致命的计划将在厄拉科斯开花结果，这里是香料的唯一产地，那是生命的延续物、健康的恩赐。

“你在想什么？”杰西卡问。

“我在想，在公共市场上，每10克香料已经卖到62万宇宙索，这可是一笔不小的财富，可以买到许多东西。”

“威灵顿，难道你也逃不过贪婪的诱惑？”

“不是贪婪。”

“那是什么？”

他耸耸肩。“无奈而已。”他看了一眼杰西卡，“你还记得第一次吃香料是什么味道吗？”

“味道像肉桂。”

“但每次味道都不一样，”他说，“它就像生活——你每次拥有它时，它的面貌都不一样。有人认为香料会产生一种经验性味道反应。身体知道某样东西对它有好处，它会认为那种味道就是快乐——轻微的愉悦。跟生活一样，它是无法合成的。”

“我想，我们干脆反叛或许是更明智的做法，跑到帝国势力以外的地方。”她说。

他发觉杰西卡并没有在听他说话，听到她所说的，他心想：*对呀，她为什么不叫他这么做呢？他几乎什么都听她的。*

他迅速作出回应，因为这里有个事实，顺便还能改变话题。“杰西卡，恕我冒昧……杰西卡，可否问个私人问题？”

她靠在窗台旁，沉浸在一种无法言喻的不安之中。“当然可以，你是我的……朋友。”

“为什么不让公爵正式娶您？”

她突然转过身，昂起头，瞪着他说：“让他娶我？可……”

“我不该问这个问题。”他说。

“没关系，”她耸耸肩，“其实这里牵涉到政治——只要我的公爵还未明媒正娶，那么，某些大家族就仍有联姻的希望。还能……”她叹道，“激励人，迫使他们遵从你的意愿，会让你对人保持一种玩世不恭的态度。虽然这很无耻。不过，如果我让他这么做……那就不是他的意愿。”

“我的瓦娜也会这么说。”他喃喃道。这也是真话。他把手掩到嘴边，惊厥般地咽了口口水。他绝没想说出这话，真是千钧一发，差一点就承认了自己的隐秘角色。

杰西卡又开始说话，粉碎了这难堪的瞬间。“此外，威灵顿，公爵实际上是两个人。一个我热爱至深，有魅力、机智、体贴……温柔——是女人梦想的一切；而另一个却……冷漠、无情、苛刻、自私——跟冬天的寒风一样严酷。这多半是他父亲造就的。”她的脸扭曲了，“要是我的公爵出生时那老头就死了，那该有多好！”

两人沉默了，通风机吹出阵阵微风，拨弄着百叶窗，发出轻微的声音。

不久，她深吸了一口气。“雷托是对的，这儿的房间比另外那些区域的要舒服得多。”她转过身，目光扫了一遍屋子，“恕我多事，威灵顿，但我想再把这儿的房间看一遍，然后开始分配。”

他点点头。“当然可以。”他心想：*要是有什么办法摆脱掉他们逼我干的这件事，那该有多好！*

杰西卡垂下手臂，走到厅门边，在那儿站了片刻，犹豫了一下，然后走了出去。*每次我们谈话，他总是在遮掩什么，没有全盘托出，*杰西卡想，*毫无疑问，是为了保全我的情感。他是个好人。*她又有点犹豫不决，几乎要转身回去面对岳，让他说出隐瞒的事。*可那只会让他蒙羞，让他知道自己多么容易被人看透心思，这会吓着他。对于朋友们，我该怀有更多的信任。*

许多人都留意到穆阿迪布惊人的学习速度，他迅速地学会在厄拉科斯必须了解的一切。贝尼·杰瑟里特当然清楚这种速度的基础。对于别人，我们可以说穆阿迪布进步神速，因为他上的第一课就是如何学习，而基础的基础又是对学习能力的基本信心。令人吃惊的是，许多人并不相信自己的学习能力，更多的人认为学习是一件非常艰难的事。穆阿迪布清楚：每一种经验都有其可学之处。

——摘自伊勒琅公主的《穆阿迪布之人性》

保罗躺在床上，假装睡着了。岳医生给他吃安眠药的时候，他不费吹灰之力就把它藏在手心，佯装吞了下去。保罗忍住笑，连他母亲都没看出来，真以为他睡着了。他本想跳下床，求母亲让他在这幢房子里探探险，但又意识到她绝对不会同意。这儿的一切还太乱。不，这样最好！

如果我不征得同意就溜出去，也不算犯规。我会待在屋子里安全的地方。

他听见母亲和岳医生在另一间屋子说话，但听不清楚说了些什么——似乎跟香料有关……还有哈克南人。谈话声时高时低。

保罗的注意力转移到雕花的床头板上，它实际上是假的，装在墙上，里面隐藏着控制屋子功能的机关。木板上雕着一条高高跃起的鱼，下面是汹涌的褐色波浪。保罗知道，如果他按一下鱼眼，就能打开屋顶的浮空灯；拧一拧其中一朵浪花，就能调控通风设备；拧拧另外一朵，则可以调节温度。

保罗悄悄起身。左边靠墙立有一个高高的书架，书架可以拉开，里面隐藏着一个安有抽屉的密室。通向客厅的门把手做得像扑翼飞机上的推进杆。

这屋子的设计思路像是为了诱惑保罗。

这屋子如此，这个星球也是如此。

他想起了岳给他的那本胶片书——《厄拉科斯：皇帝陛下的沙漠植物试验站》。那是一本在发现香料之前就出版了的古老胶片书。书里的名词在保罗脑海中闪过，每一个名词都带着图片：仙人掌、驴灌木、枣椰树、沙地马鞭草、夜樱、沙鹰、桶状仙人掌、香灌木、烟树、木馏油灌木……猫狐、沙漠鹰、袋鼠……

名字和图片，来自人类过去沙地生活中的名字和图片。现在，许多东西在这个宇宙中早已难觅踪迹，除了厄拉科斯。

这么多新的东西要学——香料。

还有沙虫。

隔壁屋子的门关上了，保罗听到母亲渐渐远去的脚步声。他知道岳医生会找本书读，他仍会待在那间屋子里。

现在正是出去探险的好时候。

保罗溜下床，朝通向密室的书架走去。突然，从身后传来什么响声，保罗迅速停下脚步，转过身。床头的雕花板正落向他刚才睡觉的地方，保罗一动不动，这救了他的命。

从雕花板后滑出一支微型猎杀镖，长度不到5厘米。保罗一眼就认出了它——这是一种普通的暗杀武器，每个皇家子弟从小就知道这种东西。它是一种银制的猎杀武器，由人近距离通过手眼操作。即便是移动的人体，它也可以一头扎入，一路咬断神经，刺入最近的器官。

那只镖升到半空，在房间内左右盘旋。

保罗的脑海中闪过相关的知识，猎杀镖的弱点：它那压缩的悬空能量场会使传感器的视野变形，由于屋子里光线昏暗，所以操纵者只能根据运动的物体进行目标判断。屏蔽场可使飞镖速度减缓，乘机便可毁掉它，但保罗把屏蔽场放在了床上。激光枪可以把它击落，但这种武器非常昂贵，易出毛病，难以维修。如果激光光束与高热屏蔽场发生碰撞，就会有爆炸的危险，迸发出猛烈的火花。所以厄崔迪人只依赖屏蔽场和智慧进行战斗。

保罗一动不动地站在那里，他知道，现在只有靠智慧才能应对目前的危机。

猎杀镖又往上升了半米，借助从百叶窗中透出的条状光，在屋内前后盘旋。

我必须抓住它，保罗想，有悬空能量场的存在，它的底部会非常滑，必须牢牢抓住它。

那镖向下坠了半米，巡回到左侧，又重新盘旋回床上空。可以听到它发出的轻微哼鸣。

*是谁在操纵它？*保罗想，*那人一定就在附近。我可以叫岳，可他一开门就会被镖击中。*

保罗身后的厅门“吱呀”响了一声，接着传来一声敲门声。门开了。

猎杀镖如离弦之箭般飞过保罗头顶，直奔发出动静的地方。

保罗右手猛地一抓，向下一按，死死地抓住了这个致命的武器。那支镖在他手里扭动，发出嗡嗡的声音，但保罗已使出浑身的力气，牢牢把它扣住，拼死不松手。他突然猛力一翻，向前一送，将镖的尖端狠狠砸向金属门牌。“咔嚓”一声，尖端被砸扁了，猎杀镖终于瘫在了他的手里。

但保罗仍抓着它——确保它真的死了。

他抬起头，看到夏道特·梅帕丝那双睁大的蓝眼睛。

“您父亲在找您，”她说，“大厅里有人送你过去。”

保罗点点头，目光和注意力集中在这个女人身上。她穿着一件布袋般的连衣裙，颜色是奴隶才穿的那种褐色。她正盯着保罗手中抓着的东西。

“我听说过这种东西，”她说，“它可能要了我的命，对吧？”

保罗咽了一口口水，说：“我……才是它的目标。”

“但它却瞄准了我。”她说。

“因为你在动。”保罗心想：*这人到底是谁？*

“那么您救了我的命？”

“我救了我们俩的命。”

“看样子，您本可让那东西要了我的命，然后趁机逃走。”她说。

“你到底是谁？”他问。

“我叫夏道特·梅帕丝，是这里的管家。”

“你怎么知道我在这儿？”

“您母亲告诉我的。我在通往神奇屋的楼梯旁碰见她的，”她向右一指，“您父亲的手下在等您。”

应该是哈瓦特的人，他想，必须把这东西的操纵者给找出来。

“去告诉我父亲的人，”保罗说，“说我在屋子里抓获一支猎杀镖，叫他们分头行动，找出暗中操控的人。叫他们立即封锁房子和周围区域，他们知道该怎么做。那个操控者一定是个陌生人。”

保罗想：*会不会就是此人？*但他知道不可能。她进门时，猎杀镖还在动。

“小主人，执行您的吩咐前，我必须明确地告诉您，”梅帕丝说，“您让我欠了一笔水债，我还不知道该怎么偿还。但我们弗雷曼人有债必还——不管是黑债还是白债。我们都清楚，你们的人中有叛徒，虽然不知道是谁，但我们肯定有这个人。也许他就是操纵那刺肉器的幕后黑手。”

保罗默默听着：一个叛徒。他还未开口，这个奇怪的女人骤然转身，跑出了门。

他有过叫她回来的念头，可她的神态告诉保罗，她不会喜欢这种举动。她已经把自己知道的一切告诉了他，现在正去执行他的命令。不消一分钟，这栋房子就会涌进哈瓦特的人。

保罗的意识又转移到了这番奇谈中的另一个词：*神奇屋*。他朝梅帕丝刚才指的左方看去。*我们弗雷曼人*。这么说来，她是个弗雷曼人。保罗眨眨眼，运用记忆术把她的面容储存起来：脸蛋黝黑，皱巴巴的像个杏脯，没有一丝眼白的蓝眼睛，他给这副面容贴上标签：*夏道特·梅帕丝*。

保罗仍紧攥着猎杀镖，他回到自己房里，用左手从床上拿起屏蔽场带，扣在自己腰上，然后转身跑出房门，向左边的大厅冲去。

她说过，母亲就在楼梯下的什么地方……*在一间神奇屋里*。

杰西卡女士在经受那场试炼时，是什么信念支撑着她？诸位，仔细想想下面这句贝尼·杰瑟里特的谚语，也许你们就会明白：“这世上并没有笔直通向终点的路。攀登一座高山，你需要爬几步来证明这是一座山。站在山顶，你看不到山。”

——摘自伊勒琅公主的《穆阿迪布家事记评》

在大楼南翼的尽头，杰西卡发现一条金属螺旋楼梯，台阶一路向上，通向一扇椭圆形的门。她回头望了望楼梯下的大厅，接着走向那扇门。

椭圆形？她大觉古怪。屋门采用这种形状真是少见。

透过螺旋楼梯下面的窗户，杰西卡可以看到厄拉科斯的那轮白色巨日正渐渐西沉，长长的影子斜刺进大厅。她把注意力放回到楼梯上，倾斜的刺目光线照着金属台级，上面有不少干泥块。

杰西卡伸手抓住栏杆，开始向上爬。她掌心湿滑，栏杆摸上去感觉很冰冷。她在门前停下脚步，发现没有门把，不过门表面有一个隐约的压痕，表明原先应该装有门把。

当然不会是掌锁，杰西卡暗自思忖，*如果是掌锁，必须与某人的手形和掌纹匹配*。但看起来又像是掌锁。她在学校时学到过，有一种方法可以打开任何掌锁。

杰西卡回头望了一眼，确信没人注意到她，便把手掌按在压痕上。轻轻一压，使掌纹变形——手腕一转，再一转，掌心沿表面稍稍滑动旋转。

她听到“咔嗒”一声。

就在这时，下边的大厅里传来一阵匆忙的脚步声。杰西卡把手从门上拿下，转过身，看见梅帕丝走到了楼梯下。

“大厅里有一帮人，说公爵派他们来接少主人保罗，”梅帕丝说，“他们有公爵的印鉴，守卫已经验过了。”她朝那扇门瞟了一眼，接着重新望向杰西卡。

这个梅帕丝是个谨慎的人，杰西卡想，*这是个好兆头*。

“从这边的尽头数过去，保罗就在第五间房里，一间小卧室，”杰西卡说，“如果你叫不醒他，叫一下隔壁的岳医生。保罗可能需要打一针清醒剂。”

梅帕丝又朝那扇椭圆形的门瞪了一眼，杰西卡从对方的表情中察觉到一丝反感。但她还没来得及问问这扇门，问问门里藏着什么东西，就转身匆匆离去。

哈瓦特已查过这地方，杰西卡想，*里面不会有什么可怕的东西*。

她推了推门，门向内开了，露出一个小房间，对面又有一扇椭圆形的门。那扇门上有个轮式把手。

这是间气闸舱！杰西卡想。她低头一看，发现有个门撑掉在了地上，上面有哈瓦特的私人印迹。*这门原先是开着的*，她想。*有人不小心把门撑撞倒了，又不知道外门会被掌锁关上*。

她跨过台级，走进这间小房间。

为什么屋子要装气闸门？她暗自思忖，她突然想到里面会不会关着外星生物，被密封在特殊的气候环境中。

特殊的气候环境！

在厄拉科斯，这种事一想便通：即便最耐旱的外星植物在这儿也得浇灌。

身后的门开始合拢。杰西卡抵住它，用哈瓦特留下的木棍把门顶着，不让它关上。她重新面对装有轮式把手的内门，发现金属门把上刻着一行小字，她认出了这段加拉赫文字：“哦，人类啊！这里又有一个造物主手中的可爱造物。请站到它面前，爱你们完美的神圣之友。”

杰西卡全力压在轮上，向左转，内门开了。一阵微风拂过她的脸颊，扬起她的头发。她感到空气发生了变化，这里有一种更浓郁的气息。她推开门，看到里面大片的绿色，金黄的阳光倾泻在上面。

金黄的阳光？她有点纳闷。然后她恍然大悟：*是滤色玻璃*！

她跨过门坎，门在身后关上了。

“一个湿地星球的温室。”杰西卡吸了一口气。

到处都是盆栽植物和修剪得矮矮的树木。她认出了含羞草，一棵盛花的柑橘，一株宋黛，开着绿花的葡莱，红白相间的奥卡，还有……玫瑰……

连玫瑰都有！

杰西卡弯下腰，闻了闻一朵特大的粉红色玫瑰发出的香味。接着她直起身，继续打量周围的环境。

一种有节奏的声响涌进她的耳中。

她拨开一从密集重叠的树叶，望向房子中央。那儿有一泉低矮的喷泉，有一个小小的笛形喷嘴。一弯细小的水流在空中画出一道弧线，落在一个金属碗中，那有节奏的声响就是这样发出的。

杰西卡马上进入一种快速探查的状态，对整个屋子进行有条不紊的检查。这地方有十来平方米，它建在大厅末端的上方，与其他地方的建筑风格有些许不同，由此判断，这地方是在主体工程完工后过了很久才加上去的。

她走到屋子的南墙边，那里有一大片开阔的滤色玻璃，她停在那里，仔细打量周围的一切。这里的每一处可用空间都栽满了奇特的湿地植物。从一大片绿色中传来一阵沙沙声，杰西卡警觉地抬眼一看，原来是一个装有导管和喷嘴的简易定时辅助系统。一个支臂抬起，喷出一片水雾，扬向她的脸颊。接着支臂缩了回去，她仔细看了看它灌溉的对象：是一株蕨树。

这房子里到处都是水——而这个星球却惜水如命。这种极端的浪费深深地震撼着杰西卡的心灵。

她抬头望着滤色玻璃外的黄色太阳，它正挂在犬牙交错般的地平线上，渐渐下沉，其下的悬崖组成了一片巨大的山岩，名为屏蔽场城墙。

*滤色玻璃，*杰西卡想，*它将白色的日光变得更加柔和惬意。谁会修建这样一个地方？雷托？的确有可能是他，他想拿这个礼物给我一个惊喜，可没多少时间啊。而且他一直在忙更重要的事。*

她记起了读过的一份报告，上面说许多厄拉奇恩的屋子都用气闸门或气闸窗密封，以保存并回收室内的水分。雷托说过，这所房子没有采取这样的措施，是为了显示权力和财富，这所房子的门窗只装备了普通的密封设备，防止无所不在的灰尘进入。

但这间屋子所体现的重大意义，远远超过了这所房子缺乏护水设施的外表。杰西卡估计这里的水足以让厄拉科斯上的一千人维持生计，也许更多。

杰西卡沿着窗户走着，继续观察屋里的一切。走着走着，她发觉喷泉旁有一块金属板，有桌子那么高。那里有一本白色的记事簿和一支笔，被悬垂的扇形树叶遮着。她走到那张桌子旁，发现上面有哈瓦特的印迹。杰西卡注意到记事簿上有一段留言：

致杰西卡女士：

这地方曾给我带来无限快乐，愿它也给您愉悦。我们曾受教于同样的老师，愿这间屋子能向您传达出我们从他们那里学到的课程：心怀向往，将使人过于沉溺。此路危机四伏。

致以我最衷心的祝福，

玛戈·芬伦女士

杰西卡点点头，她记起雷托曾说过，芬伦伯爵是皇帝派驻在厄拉科斯的前任代表。但隐藏在记事簿上的这条信息立即引起了她的注意——留言者也是一位贝尼·杰瑟里特。杰西卡微微感到一丝苦涩：伯爵已正式娶她为妻。

正当这些念头在她头脑中闪过的时候，她已经开始俯身寻找隐藏的信息。一定就在附近。那张放在显眼位置的便条里含着一句密语，每一个贝尼·杰瑟里特，若没有受到学校禁令的禁制，在形势所需时，都有义务向其他贝尼·杰瑟里特传达这句话：“此路危机四伏”。

杰西卡摸摸留言条的背面，又揉揉正面，希望在那里找到密码信息。可是没有。她的手指摸过留言簿的边缘，什么也没有。她将留言记事簿放回原处，心中涌出一阵紧迫感。

难道记事簿的摆放位置有什么特殊含义？杰西卡想。

可是哈瓦特已经来过这间屋子，他一定动过这本子。她抬头看了看记事簿上方的树叶。树叶！她伸出手，用手指摸摸叶子的背面、叶缘和叶柄，找到了！她的手指感觉到了精细的点状密码，迅速浏览了一遍："你儿子和公爵马上会遭遇危险。有一间卧室，是用来引诱你儿子的。哈族在里面设置了致命陷阱，一个在明，一个在暗。"杰西卡强压着内心跑去救保罗的冲动；她必须读完情报。她的手指飞快地在点状密码上移动。"我不知道威胁具体是什么，但它与一张床有关。对公爵的威胁主要来源于一名亲信或将官的变节。哈族准备把你作为礼物送给一个宠臣，就我所知，这间温室是安全的。请原谅，我不能提供更多的信息。由于伯爵并没有被哈族收买，因而我的消息来源有限。玛芬于匆忙中留。"

杰西卡抛开树叶，急着转身去寻保罗。就在这时，气闸门"砰"的一声开了，保罗跳了进来，右手举着一件东西，用力将门关上。他看见了母亲，于是在树叶间推搡着来到她面前。保罗看了一眼喷泉，将手和手中抓的东西淹进了喷流的水中。

"保罗！"她抓住他的肩膀，盯着他手里的东西，"那是什么？"

保罗说话的语气很随意，但她从那口吻中听出了一丝异样。"猎杀镖。在我房间里发现的，我砸烂了它的发射管，但我想确认一下，水应该能让它短路。"

"把它浸下去！"杰西卡命令道。

保罗照做。

她马上又说："把手拿出来，让那东西搁在水里。"

保罗缩回手，甩掉上面的水，眼睛盯着躺在喷泉中一动不动的金属物。杰西卡折了一根树枝，戳了戳那致命的银色武器。

它果真完蛋了。

她将树枝扔进水里，看着保罗，发觉他正用警惕的眼光审视着屋子——贝杰女士特有的方式。

"这地方可以藏任何东西。"保罗说。

"我有理由相信这地方很安全。"杰西卡说。

"我的房间也据说是安全的，哈瓦特说……"

“这是猎杀镖，”杰西卡提醒儿子，“那就意味着操纵它的人就在屋子里，这东西的操纵范围很有限，可能是在哈瓦特搜索以后才装上的。”

但她想到了树叶上的情报，“……一名亲信或将官的变节。”*不会是哈瓦特，肯定不会，绝不会是他。*

“哈瓦特的人现在正在搜索整幢屋子，”保罗说，“猎杀镖差一点击中那个来叫我的老女人。”

“是夏道特·梅帕丝。”杰西卡说，她想起了楼梯旁的遭遇，“你父亲叫你去……”

“这事先放放，”保罗说，“为什么你觉得这间屋子是安全的？”

她指了指留言簿，向他说明了一番。

保罗稍稍松了一口气。

但杰西卡的心里仍旧非常紧张，她想：*一支猎杀镖！慈悲的圣母！*她使尽浑身解数，方才忍住了一阵歇斯底里的战栗。

保罗就事论事道：“肯定是哈克南人干的，我们必须消灭他们。”

从气闸门那里传来轻轻的敲门声——暗号式敲门，是哈瓦特的人。

“进来。”保罗叫道。

门开了，一个大高个探身朝里张望，他穿着厄崔迪军服，帽子上有哈瓦特部队的徽章。“找到您了，小主人，”他说，“管家说您在这儿。”他环顾了一下房间，接着说：“我们在地下室里发现了一个石堆，在里面抓到一个人，猎杀镖的控制装置就在他手里。”

“我想参加对他的审讯。”杰西卡说。

“对不起，夫人，抓他的时候场面有点混乱，他已经死了。”

“没有可以证明他身份的东西？”杰西卡问。

“还没找到，夫人。”

“他是厄拉奇恩本地人吗？”保罗问。

这个问题问得机灵，杰西卡点头表示认可。

“他的长相像当地人，”他说，“看样子，他在一个月前就躲进了石堆，一直在那儿等着我们到来。我们昨天检查过地下室，门口的石头和灰泥肯定没人碰过，我以名誉担保。”

"没人质疑你们的搜查。"杰西卡说。

"我质疑，夫人。我们应该在那儿使用声呐探测器的。"

"我猜你们现在正在用这东西搜查。"保罗说。

"是的，小主人。"

"通知我父亲，我们有事，晚点去他那里。"

"遵命，小主人，"他朝杰西卡看了一眼，"哈瓦特有令在先，鉴于目前的形势，小主人应在安全的地方受到保护。"他又扫了一眼房间，"这里是什么地方？"

"我有理由相信这地方是安全的，"杰西卡说，"我和哈瓦特都检查过这里。"

"那么，夫人，请让我在外面安排护卫，直到我们重新检查完这幢房子。"他弯下腰，面朝保罗敬了个礼，接着退了出去，门关上了。

保罗打破了突然的沉寂："母亲，我们是不是最好亲自检查一下整幢房屋？您目光锐利，可能会发现别人没注意到的东西。"

"这栋翼楼是我唯一没有检查过的地方，"她说，"我把它推迟到最后，是因为……"

"因为哈瓦特亲自检查过这里。"他说。

她迅速瞥了他一眼，眼神中带着质疑。

"你不相信哈瓦特？"

"不。但他已经老了……工作过度。我们能帮他分担一些压力。"

"那样只会让他感到耻辱，妨碍他的效率，"杰西卡说，"他知道这件事后，绝不会再让一只飞虫溜进这个地方。不然他会感到耻辱……"

"我们必须自己采取行动。"他说。

"哈瓦特侍奉了整整三代厄崔迪人，忠心耿耿，"她说，"他担得起我们对他的敬意和信任。"

保罗说："我父亲生你的气时，他会说'好一个贝尼·杰瑟里特！'，那口气像是在骂人。"

"我什么时候会惹你父亲生气？"

"你和他争吵时。"

“你不是你父亲，保罗。”杰西卡说。

保罗想：虽然会让她担心，但我必须把那个叫梅帕丝的女人说的话告诉她，我们中有叛徒。

“你在犹豫什么？”杰西卡问，“这可不像你，保罗！”

他耸耸肩，把梅帕丝说的话叙述了一遍。

而杰西卡却想着树叶上的情报。她突然作出决定，打算让保罗看看树叶，把上面的信息告诉他。

“我父亲应该立即知道这个信息，”保罗说，“我用密码发报给他。”

“不，”她说，“你必须等到你俩单独相处时再告诉他。知道的人越少越好。”

“你是说我们谁也不能相信？”

“有另一种可能性，”她说，“这信息是故意透漏给我们的。传信息的人可能相信信息是真的，但也许这就是唯一的目的，千方百计将信息传给我们。”

保罗沉着脸。“在我们中制造猜疑，以削弱我们的力量。”他说。

“所以你必须私下里告诉你父亲，提醒他注意这方面的阴谋。”杰西卡说。

“我懂了。”

杰西卡转身对着高处的滤色玻璃，注视着西南方，厄拉科斯的太阳正在下沉——那是山崖上的一个黄球。

保罗也转过身，他说：“我不觉得是哈瓦特。会是岳吗？”

“他既不是将官，也不是亲信，”她答道，“我可以向你保证，他对哈克南人的仇恨，不比我们少多少。”

保罗注视着远处的山崖，心想：也不可能是哥尼……不是邓肯。会不会是更下层的人呢？不可能，他们都是从世代忠于我们的家族中选出来的，个个都出类拔萃。

杰西卡揉揉额头，她感到了倦意。简直就是危机四伏！她细细审视着滤色玻璃外黄色的风景。在公爵领地外，有一大片围着高栏的仓储场地——里面有一排排香料仓库，周遭矗立着一个个桩柱般的瞭望塔，就像是许许多多受惊的蜘蛛。她至少可以看见二十个仓储场，一直延伸到屏蔽场城墙外的山崖下，一个仓接着一个仓，在整片盆地中连绵不断。

那轮黄色的太阳缓缓地落入地平线。星辰次第跃出。就在地平线之上，她看见一颗明亮的星星，正有节奏地一闪一闪——像是光在颤抖：闪啊闪啊闪啊闪啊闪啊……

漆黑的房间中，保罗不安地动了一下身子。

但杰西卡仍紧紧盯着那颗明亮的星星，她觉得它的位置太低了，亮光一定来自屏蔽场城墙的山崖上。

有人在发信号！

她试着研究信号的意思，但她从未学过这种打暗号的方式。

在山下的平原上，其他亮光也陆续出现：蓝黑色的背景上，一个个小小的黄点铺展开来。左边有一点光越变越亮，开始对着远方的山崖闪烁起来——速度很快：一阵狂闪，停一下，继续闪。

然后它消失了。

山崖那边的假星星又立即闪了起来。

信号……杰西卡的心里充满了不祥的预感。

*为什么要用光发信号？*她感觉古怪，*为什么不用通信网络呢？*

答案显而易见：通讯网必定受到了公爵手下的监控。而用光发信号，只能说明敌人——哈克南的谍报人员——在联络。

身后传来一声敲门声，然后是哈瓦特的部下的声音：“清查完毕，大人……夫人。该送小主人去他父亲那儿了。”

有人说，雷托公爵被蒙蔽了双眼，没有意识到厄拉科斯的危险，贸然走进了陷阱之中。或许更准确的说法是：他长期身处极度危险之中，以至于误判了这次危机的严重性？或是他有意牺牲自己，以便让儿子更好地活下去？但一切证据都显示，公爵并不是一个容易受蒙蔽的人。

——摘自伊勒琅公主的《穆阿迪布家事记评》

厄拉奇恩城外，雷托·厄崔迪公爵靠在着陆控制塔的一根护栏上。夜晚的第一轮圆月高高地挂在南方的地平线上，就像一枚银币。在其下方，透过一片灰扑扑的雾霾，屏蔽场城墙那参差不齐的山崖像一座座冰山般闪着冷光。在左手边，厄拉奇恩的灯光在雾霾中闪着亮光——黄色……白色……蓝色。

他想起了现在张贴在整个星球各个场所的布告，上面还有他的签名："吾皇帕迪沙圣明，已命我接管这个星球，了结一切争端。"

布告那一本正经的格式和语气使他有一种孤独感。*谁会受这愚蠢条文的蒙蔽？弗雷曼人肯定不会，控制着厄拉科斯内部贸易的小家族也不会……每一个哈克南畜生都不会。*

他们竟然想置我儿子于死地！

他已经压不下内心的怒火。

一辆亮着灯的车从厄拉奇恩朝降落场开来。他希望车子里坐着接保罗的卫兵。时间的耽搁使他心急如焚，尽管他知道哈瓦特的手下正采取审慎的措施，严加防范。

他们竟然想置我儿子于死地！

他摇摇头，想甩掉怒火。回头向降落场望去，五架护卫舰正停在边缘，像五个庞大的哨兵。

谨慎的耽搁总好过……

那名中尉非常优秀，他提醒自己，进步神速，忠心耿耿。

“吾皇帕迪沙圣明……”

如果这座衰败的卫戍城市的人能看到皇帝私下里写给这位“高贵公爵”的便条，那后果真难想象——全是对蒙着面纱的男女的蔑视：“……可我们对野蛮人还能期待什么呢？他们唯一的梦想就是逃离秩序井然的佛斐鲁谢阶层。”

此时此刻，公爵感到自己唯一的梦想就是消除所有的阶级差别，不再去想什么破秩序。他仰望着尘埃外的明亮星辰，心想：*在那些小小的星光中，有一个点就是卡拉丹……可我再也见不到家乡了。*对卡拉丹的思念使他突然感到心痛，这痛不是来自他的内心，而是从卡拉丹而来，直达他的心灵深处。他很难把厄拉科斯这片荒凉之地称为家乡，也许永远都做不到。

我必须掩饰自己的情感，他想，为了那孩子。如果他想要一个家，那只能是这个星球。对我来说，厄拉科斯可能到我死时还是个地狱，但他必须在这地方得到激励和启迪。这里一定是可用之地。

他心中涌起一阵惆怅，先是自悲自怜，紧接着又是一阵自我鄙夷。不知为什么，他想起了哥尼·哈莱克常常哼的两句诗：

> *时间吹散落沙，*
> *我品味着它的气息……*

啊，哥尼会在这儿看见许多落沙，公爵想。在那月光下的白雪山崖外，是一大片荒漠，那里全是寸草不生的岩石和沙丘，纷纷扬扬的沙尘。在荒漠边缘，散落着未知的干旱野地，也许还有弗雷曼人散居其中。如果有什么东西能给厄崔迪家带来一线希望，也许只有这些弗雷曼人。

前提是哈克南人没用他们的恶毒计划迫害弗雷曼人。

他们竟想置我儿子于死地！

一阵金属轰鸣让高塔震颤起来，公爵倚靠着的护栏也颤动起来。几片遮光板掉到他面前，挡住了他的视线。

*飞船来了，他想，该下去做正事了。*他转身走向身后的阶梯，朝大型会议室走去。他试图按捺住自己的情绪，准备以笑脸迎接来人。

他们竟想置我儿子于死地！

公爵走进黄色圆顶屋子时，许多人正从机场涌进来。他们肩上背着自己的太空旅行包，吵着，叫着，就像刚刚放假归来的学生。

“嗨，脚上有感觉吗？是重力，伙计！”“这地方的重力是多少？感觉好重。”“书上说是普通重力的十分之九。”

这间大会议里一片嘈杂的说话声。

“你下来时仔细看过这个洞吗？这地方的战利品呢？”“哈克南人都带走了！”“我只想冲个热水澡，找张软绵绵的床睡一觉！”“笨蛋，你没听说啊？这地方没法冲澡。用沙子擦你的屁股吧！”“嗨！别吵！公爵来了！”

公爵从楼梯口走了进来，大家伙儿马上静了下来。

哥尼·哈莱克大步走向人群的会集点，他一肩扛着背包，另一边用手夹着九弦巴厘琴的琴颈。他的手指修长，拇指很大，动起来灵活自如，可以在弦上拨出美妙的音乐。

公爵注视着哈莱克，欣赏着他那丑陋巨大的身躯，那双玻璃片般的眼睛闪着凶狠之光。这人曾经生活在佛斐鲁谢体系之外，却遵守着每一条戒律。保罗是怎么称呼他来着的？“*哥尼，勇敢的化身。*”

哥尼长着一头纤细的金发，盖着脑袋上的光秃之处；一张大嘴微微扭曲，呈愉快的冷笑状，下巴上那道伤疤也扭动着，似乎有了生命。他举手投足间有一股不拘小节的气度。他走到公爵面前，弯腰行礼。

“哥尼。”公爵说。

“大人，”他用巴厘琴指着屋里的人说，“这是最后一批。我本来打算跟第一批人来的，可是……”

“还有些哈克南人要你对付，”公爵说，“跟我来，哥尼，咱们找个地方谈谈。”

“谨听尊命，大人。”

他们走到一架供水机旁的一处凹深僻静处，大屋子里又人声鼎沸起来。哈莱克把背包放到一个角落里，但仍拿着他的巴厘琴。

“你能给哈瓦特多少人？”公爵问。

“杜菲那儿有麻烦吗，大人？”

“他仅仅损失了两名密探，而他的先锋在对付哈克南人的防线上取得了可喜的进展。如果我们能迅速行动，就能获得一定程度的安全保障和喘息的时间。他希望你能派多少就派多少，那种在肉搏战中不会退缩的男子汉。”

“可以给他三百名精英，”哈莱克说，“我该把他们派到什么地方？”

“去大门，哈瓦特有一名手下在那儿接应。”

“需要我马上安排吗？”

“稍等，还有一个问题。机场指挥官暂时会将班机留在这儿，直到天亮。送我们到这儿的公会远航机也有自己的事要干。按计划，班机将与一艘装有香料的货船取得联系。”

“是我们的香料吗，大人？”

“我们的香料。但班机还将带上一些香料开采工，他们是旧政权的人。由于统治者变换，他们准备离开，而且已得到变时裁决官的批准。哥尼，这些人都是宝贵的开采工，约有八百人。在班机离开前，你必须想办法说服其中一些人留下，为我们效力。”

“需要用多强的理由，大人？”

“我想要他们心甘情愿地合作，哥尼。这些人的经验和技术是我们所需要的。他们要离开，说明他们不属于哈克南的阵营。哈瓦特认为这些人中可能潜伏着一些险恶之辈，不过他这个人看哪里都觉得藏着暗杀之徒。”

“杜菲的确发现过不少危险，大人。”

“但也有一些他没有发现。不过哈克南人真是充满想象力，居然在这些即将离职的人中安插暗探。”

“很有可能。这些人在什么地方？”

“在下层的候机室里。我建议你下去为他们弹一两首曲子，先让他们安安神，然后再施加压力。你可以向那些有能力的人提供一些要职，他们可以得到比哈克南时期高20%的工资。”

“仅此而已吗，大人？我知道哈克南人按薪级付酬。这些人口袋里揣着离职的薪水，心里梦想着美妙的旅途……啊，大人，20%的提薪对他们来说恐怕不是太大的诱惑。”

雷托有点不耐烦地说道：“碰到特殊情况你可以自行斟酌处理。但务必记住，财富并非无限。只要可能，别超过20%。我们特别需要香料机车驾驶员、气象员、沙丘工——任何对沙漠有经验的人。”

“明白了，大人。‘他们都为行强暴而来。定住脸面向前，将掳掠的人聚集，多如尘沙。’①”

“这段话很有感染力，”公爵说，“把你的手下转给一名中尉，叫他简短地说明一下用水纪律，然后安排这些人到机场旁的兵营里睡觉。机场人员会照顾他们。别忘了给哈瓦特增派人手。”

“三百名精英，大人。”他拿起背包，“完成任务后，我到哪儿向您汇报？”

“在这上面，我有一间会议室。人员都会到那里集合。我想安排一次新的星球清查行动，先动用装甲部队。”

哈莱克正准备转身离开，发觉雷托的眼神有点奇怪，便停步问道：“您预料会有这种动乱？变时裁决官不是还在吗？”

“不管是公开的战斗，还是隐秘的，都会发生，”公爵答道，“在我们站稳脚跟前，将会有大量的流血牺牲。”

“‘你从河里取的水必在旱地上变作血。’②”哈莱克又引了一段话。

公爵叹了一口气。“快去快回，哥尼。”

“遵命，大人，”他咧嘴一笑，刀疤也随之扭动起来，“‘看啊，我是沙漠中的野驴，义无反顾地向前。’”哥尼转身大步走到屋中央，在那里传达了命令，然后穿过人群离去。

---

① 摘自《圣经·哈巴谷书》。
② 摘自《圣经·出埃及记》。

雷托看着哥尼远去的背影，摇摇头。哈莱克总是让人吃惊……他脑袋里装满了歌曲、语录和华丽的词句……而当面对哈克南人时，他又是一名无情的杀手。

现在，雷托慢悠悠地沿着对角线走向电梯，一只手漫不经心地挥着，向敬礼的士兵致意。他认出了一名宣传医护兵，于是停下脚步，向他传达了一个消息，希望能一传十十传百地传下去：那些带女人来的人希望知道她们安然无恙，在什么地方可以找到她们。另外一些人希望知道这里的人女多男少。

公爵拍拍宣传兵的手臂，表示这条消息必须优先处理，得马上传达出去。接着他继续往前走。他向士兵们点头示意，面带微笑，还和一名陆军中尉寒暄了几句。

指挥官必须表现得信心十足，他想，即便是坐在危椅之上，也不能流露出半点焦虑。

当电梯将他一个人关在里面时，他终于长长地舒了一口气，继而转身望着那扇毫无人情味的门。

他们竟想置我儿子于死地！

在厄拉奇恩机场的出口处粗糙地刻着几段文字，像是用什么蹩脚的工具凿上去的。上面有一段穆阿迪布将会重复上千遍的话。他在厄拉科斯的第一晚就看见了这几个字，当时他正被送到公爵的指挥部，参加父亲召开的第一次全体军事会议。那段文字只是对离开厄拉科斯的人的诉求，但却落入了这个刚与死神擦肩而过的男孩的眼里。上面写着：“哦，知道我们苦难的您，别忘了为我们祈祷。”

——摘自伊勒琅公主的《穆阿迪布手记》

“所有的战争理论归结起来就是计算风险，”公爵说，“而当它危及你们自己的家庭时，计算的因素就会淹没在……其他事情中。”

他知道自己没能控制好自己的怒火，于是转过身，沿着长桌来回迈了几个大步。

这是在机场的会议室中，房间里只有公爵和保罗两个。这是一间空荡荡的房间，里面只有一张长桌，四周摆着老式的三脚椅，一边放着一块地图板和一台投影仪。保罗坐在桌旁，紧靠地图板。他已经把猎杀镖的事告诉了父亲，也汇报了危险的叛徒的存在。

公爵在保罗对面停下脚步，一掌击向桌子。“哈瓦特跟我说，那房子是安全的！”

保罗略显犹豫地说：“我起先也很生气，把问题怪罪于哈瓦特。但这个威胁来自房子外，简单、聪明且直接。要是没有您和包括哈瓦特在内的其他人对我的训练，我可能已经死了。”

“你在替他辩护吗？”公爵问。

“是的。”

“他老了，对，就是如此。他本该……”

“他经验丰富，博学多才，”保罗说，“您能记起他犯过几次错吗？”

“为他说话的应该是我，而不是你。”公爵说。

保罗微微一笑。

雷托在桌子的上首坐下，一手握住儿子的手。“儿子，你最近……成熟了许多。”他抬起手，“我很高兴。”他也微笑起来，“哈瓦特会自责的。他对自己的愤怒会比我们俩加起来的还要大。”

保罗抬眼望着地图板对面那扇漆黑的窗户，望着黑色的夜幕。某个阳台上的栏杆正反射着灯火。保罗注意到有东西在移动，认出那是穿着厄崔迪制服的警卫。他回头望望父亲身后的白墙，接着低头看着闪亮的桌面，注意到自己的双手已经握成了拳头。

公爵对面的门“砰”的一声开了，杜菲·哈瓦特大步走进来，他从来没有像现在这么苍老。他绕过桌子，走到公爵面前，笔挺立正。

“大人，”他微微仰头，对雷托说道，“我刚刚知道发生了什么事，是我辜负了您。我罪不容恕，请求辞……”

“哦，快坐下，别犯傻，”公爵说，他指指保罗对面的椅子，“如果说你犯了一个错误，那就是你高估了哈克南人。他们简单的头脑设计了一个简单的诡计，而我们却没把简单的诡计放在心上。我儿子煞费苦心地向我作了说明，他之所以逃过一劫，主要归功于你对他的训练。所以你并没有辜负我！”他拍拍空空的椅背，“坐下吧，听我的！”

哈瓦特一屁股坐进椅子中。“可是……”

“这事不要再谈了，”公爵说，“过去的事就让它过去。我们还有更紧迫的事。其他人在哪儿？”

“我让他们在外边等着，我……”

“叫他们进来。”

哈瓦特和公爵对视。“大人，我……”

“我知道谁是真正的朋友，杜菲，”公爵说，“让他们进来。”

哈瓦特咽了口口水。“遵命，大人，”他从椅子上跳起来，向着敞开的门喊道，“哥尼，把大家叫进来。”

哈莱克领着一队人走进屋子，每个军官的表情都极为严肃，他们身后跟着更年轻的助手和专家，一股翘首以盼的气氛弥漫在他们四周。随着一阵有节奏的声响，大家纷纷落座。微微有一股辣茶酒的味道从桌子那边飘了过来。

“谁想喝咖啡的话，这儿有。”公爵说。

他将这些人逐一看了个遍，心想：*他们是优秀的军人，在这种战争中，没人能比他们表现得更好*。从隔壁屋子拿来了咖啡，送到每个人面前，公爵等着，发现不少人脸上露出了倦容。

公爵恢复了沉静，显得富有效率，他站起身，用指关节敲敲桌子，让大家集中注意力。

“好了，先生们，”他说，“我们的文明似乎已经深深陷入了侵略的习惯，以至于没有古老的方法，我们连简单的圣命也无法执行。”

桌旁传来一阵干巴巴的笑声。保罗发觉父亲用恰如其分的措辞和正确的语调，活跃了屋里的气氛。甚至声音里对疲倦的暗示也恰到好处。

“我想，我们最好先听听杜菲对弗雷曼人的情况有没有什么补充。”公爵说，“杜菲？”

哈瓦特抬起头。“大人，我首先作一个概括的汇报，之后会有几个经济问题要探讨。不过，依我看，弗雷曼人看起来越来越像我们所需要的同盟。他们正在观察我们，看我们是否可靠，但他们的行事方式似乎是公开的。他们向我们送来了一个礼物——由他们自己制作的蒸馏服……还有一些沙漠地区的地图，这些地区的周围便是哈克南人遗留下来的要塞……”他望了望桌旁的一众人等，“他们的情报已证明完全可靠，为我们与裁决官打交道帮了大忙。他们还送来了一些杂七杂八的东西——给杰西卡夫人的珠宝、香料酒、糖果、药品。我的人正在处理这些东西，似乎没什么阴谋。”

“你喜欢这些人，杜菲？”桌旁的一个人问道。

哈瓦特转身面对问话人。“邓肯·艾达荷说他们值得尊敬。”

保罗瞟了一眼父亲，接着回头看向哈瓦特，他鼓起勇气问道：“你有没有新的情报，弗雷曼人一共有多少人？”

哈瓦特看着保罗。“根据食物加工状况和别的证据，艾达荷估计他去的那个洞穴里住有一万人。他们的领袖说他统领的这个部落有两千个家庭。我们有理由相信，还存在着许多这样的部落群体。他们似乎都效忠于一个叫作列特的人。”

“这是新情报。”雷托说。

“大人，也许我的情报有误。有情况表明，这个列特可能是一个当地信奉的神祇。”

另外一个人清清嗓子，问：“他们确实与走私者来往吗？”

“艾达荷在那个部落时，就有一个走私商队带着大量香料离开。他们用牲口运货，说要走两周多的旅程。”

“看起来，”公爵说，“走私徒利用这段不安定的时期大大增加了走私活动。这值得我们好好思考。对于未经许可的舰船出入，我们不必太过担心——这一直都存在。但如果对他们的行动完全置之不理——这也不行。”

“您已经有了计划，大人？”哈瓦特问。

公爵看着哈莱克。“哥尼，我想让你带领一支代表团，或者说是一支外交使团，去跟这些浪漫的商人接触接触。告诉他们，只要交纳十分之一的税款，我可以不管他们的走私活动。哈瓦特估计过，他们用于行贿和雇用打手的钱是这个数的四倍之多。”

“要是皇帝听到这事，那怎么办？”哈莱克问，“他对宇联商会的利润可是垂涎三尺的，大人。”

雷托微微一笑。“我们将以沙达姆四世的名义公开征收这一税款，存于银行，然后从中扣除我们用于征税的合法费用。让哈克南人反对去吧！我们将弄垮几个在哈克南时期大发横财的人。没人可以再行贿！”

哈莱克嘴角一扭，露出一丝笑容。“啊，大人，真是一记漂亮的扫堂腿。要是我能看见男爵听到这消息时的脸色，那该有多好！“

公爵转身看向哈瓦特。“杜菲，你说你能搞到一些账本，弄到手了吗？”

“是的，大人。我们正对它们进行仔细查看。我已经浏览过一遍，可以大致给出个数字。”

"那就说说。"

"哈克南人每隔330个标准日，便从这个星球赚到100亿宇宙索。"

在座的人都大抽一口冷气。就连那些已经露出倦容的年轻副手们也坐直了身子，睁大眼睛面面相觑。哈莱克轻声说："'因为他们要吸取海里的丰富，并沙中所藏的珍宝。'[①]"

"瞧啊，先生们，"公爵说，"这里还有没有人会天真地相信，哈克南人悄然卷起铺盖卷，一声不吭地离开这个星球，仅仅是因为皇帝的命令？"

所有人都摇起头来，并小声附和。

"在暴力胁迫之下，我们也不得不这么做，"雷托说道。他转身看向哈瓦特，"现在该说说装备的情况了。他们留下了多少沙犁、采集机、香料工厂和附属设备？"

"从皇家财产目录上看，数量不少，这份目录由变时裁决官核查过。"哈瓦特示意助手把一份文件递给他，他把它放在桌上，打开了它，"但上面没有提到以下几点：可以运转的沙犁不足一半，只有三分之一有运载器，可以将设备运到香料开采地。还有，哈克南人留下的所有东西随时可能出问题，变成一堆废铁。能让这些设备运转就是我们的福气，能让其中的四分之一工作六个月真是万幸了。"

"比我们料想的要好，"雷托说，"对这些基础设备的确切估计呢？"

哈瓦特看了眼文件。"约有930辆开采工厂，可以在几天内派到现场开工。有6250架扑翼飞机，可以用于勘探、侦察和气象观测……至于运载器，不足1000架。"

哈莱克说："可不可以与公会重新谈谈，让他们同意将宇航船作为气象卫星向我们开放，这是否会更加节省资金？"

公爵看着哈瓦特。"这方面没有新消息吗，杜菲？"

"我们现在必须寻找别的出路，"哈瓦特说，"公会的代理人其实没有和我们谈判。他的意思简单明了，我们支付不起他们的要价，无论

① 摘自《圣经·申命记》。

我们怎么努力，都不可改变。在重新联系他之前，我们得找出其中的原因。”

哈莱克的一名助手在椅子上转了一下，厉声喊道：“这不公平！”

“公平？”公爵看着那人，“谁要公平？我们要靠自己建立公道，就在这儿——厄拉科斯，要么活，要么死。阁下，你跟我到这儿来，有没有感到后悔？“

那人盯着公爵，然后说道：“不，大人。您没有退路，而我，除了跟随您，不会做其他选择。原谅我的一时冲动，可是……”他耸耸肩，“……有时我们大家都会感到难受。”

“我理解这种感受，”公爵说，“但是，只要我们有武器，而且拥有使用它们的自由，那请大家不要抱怨什么公平不公平。谁心中还憋着怨气？如果有，就发泄出来！在这次会议上，大家尽可畅所欲言。”

哈莱克动了动身子，说道：“大人，令人难以释怀的，是其他大家族没有派志愿兵和我们结盟。他们把您称作‘公正的雷托’，并许诺永结友谊，但这只是在不损害他们自己利益情况下的许诺。”

“他们还不知道谁会在这次交火中取胜，”公爵说，“大部分家族都通过避免风险而发了大财，对此无人能责怪他们，人们只能鄙视他们。”他看着哈瓦特，“我们在讨论装备，可以放几张幻灯片吗？让大家熟悉一下机器。”

哈瓦特点点头，对投影仪旁的助手打了个手势。

桌子三分之一处出现了一个3D影像，那个位置离公爵较近，桌子远端的一些人站了起来，以便看得更清楚一些。

保罗倾身向前，盯着那台机器。

它约有120米长，40米宽，与投影中其四周的那些人影相比，它简直就是个庞然大物。它正沿着独立的宽阔轨道移动，就像一只长着长长躯体的虫子。

“这是一座采收工厂，”哈瓦特说，“我们挑了一座修复状况较好的供大家观看。里面有一整套挖泥装备，是来这儿的第一批皇家生态学家使用过的，虽然如此，它却还能运转，尽管我不知道是怎么回事……也不知道为什么。”

“要是这套设备就是人们所说的‘老玛丽’，那它应该属于博物馆，”一个助手说，“我认为哈克南人是用它来进行惩罚工作的，这是悬在工人们头上的警钟，谁要是不听话，就会被分到‘老玛丽’上面去干活。”

大家哄笑起来。

保罗没有笑，他全神贯注地看着投影，想着脑中的那个疑问。他指着桌上的影像说道：“杜菲，有没有沙虫大到可以将这机器一口吞下？”

大家立即安静下来。公爵暗暗骂了一句，然后想：*不——他们必须面对此地的现实。*

“在沙漠深处，的确有沙虫可以一口将这样一座工厂吞下，”哈瓦特说，“我们大部分香料开采工作是在屏蔽场城墙附近进行的，在这些地方，有许多沙虫可以将这座工厂毁掉，然后轻松吞掉它。”

“我们为什么不给它们装上屏蔽场？”保罗问。

“根据艾达荷的报告，”哈瓦特说，“屏蔽场在沙漠里是非常危险的东西。一个身体大小的屏蔽场会招来方圆数百米内的沙虫。屏蔽场会让它们变得丧心病狂。弗雷曼人也是这么说的，我们没有理由去怀疑。艾达荷在弗雷曼人的部落里没有发现任何屏蔽场设备存在的迹象。”

“一个都没有？”保罗问。

“要在数千人的场所中隐藏这种设备是相当困难的，”哈瓦特说，“艾达荷可以在部落的任意一个地方走动。他没有发现屏蔽场，也没有看到任何使用它的迹象。”

“真是费解。”公爵说。

“但哈克南人肯定在这里使用了大量的屏蔽场设施，”哈瓦特说，“他们在每个卫戍村镇都设有维修站，他们的账户也显示出更换屏蔽场及零配件的巨额支出。”

“弗雷曼人会不会有使屏蔽场失效的方法？”保罗问。

“不太可能有，”哈瓦特回答说，“当然，理论上讲是可能的——一个城市那么大的反电荷装置应该可以做到，但从来没有人真正尝试过。”

“如果有，我们早就应该听说了，”哈莱克说，“走私者与弗雷曼人接触频繁，如果这种设备存在，他们会首先弄到手，而且会在其他星球上贩卖。”

“这么重要的问题，我不喜欢让它搁置着，”雷托说，“杜菲，希望你把它列为头等大事，尽快找到答案。”

“大人，我们已经在着手解这个谜，”哈瓦特清了清嗓子，“啊，艾达荷确实说过一件事，他说弗雷曼人对屏蔽场的态度显而易见，他说他们觉得屏蔽场很有意思。”

公爵皱皱眉。“回到正题吧，继续说香料设备。”

哈瓦特对投影仪旁的助手打了个手势。

采收工厂的影像被一个带机翼的装置替代，很庞大，使四周的人看起来像小矮人。“这是一艘运载器，”哈瓦特说，“本质上来说，它就是一架大型直升机，其唯一的作用就是将采收工厂运到富含香料的沙漠地带，以及在沙虫出现时援救工厂。沙虫一直都会出现。采收香料，就是要在这打一枪换一地方的过程中尽可能多地采集。”

“很符合哈克南人的道德观。”公爵说。

大家哄堂大笑起来。

运载器的影像接着被一架扑翼飞机代替。

“这些扑翼飞机很常见，”哈瓦特说，“有一些大的改进，主要是延长了航程，同时增加了防沙防尘的密封装置。大约只有三十分之一装有屏蔽场，也许扔掉屏蔽场发动机是为了减轻重量，以延长航程。”

“对屏蔽场毫不重视，我不喜欢这一点。”公爵喃喃地说，他心里在想：*难道这是哈克南人的秘密吗？这是否意味着，当一切对我们不利时，我们乘坐屏蔽场飞行器就没有逃脱的可能？*他猛地摇摇头，想甩掉这种想法。“再来看看工作预估。我们会得到多大的利润？”

哈瓦特在笔记本上翻了两页。“在估算了维修和可运行设备的费用以后，我们初步得出了操作成本。自然，它基于的折旧额拥有明确的安全边际。”哈瓦特闭上眼睛，进入了门泰特的半入定状态，“在哈克南统治时，维护与工资费用维持在14%。如果我们一开始就能将这个比例维持在30%，就算交了好运。考虑到再投资和其他可能出现的增长因素，包括宇联商会的份额和军事支出，我们的利润率可能会低到6%至7%，直到我们更新这些陈旧的设备，这样利润才能回升到12%至15%。”

他睁开眼睛。“除非大人愿意使用哈克南人的方法。”

“我们是在打造一个坚实永久的星球基地，”公爵说，“我们必须努力使这儿的大部分人称心如意——尤其是弗雷曼人。”

“对，最主要是弗雷曼人。”哈瓦特附和道。

“我们在卡拉丹的绝对优势，”公爵接着说，“来自海洋和空气的能量。在这儿，我们也要发展出某种东西，就叫它沙漠之能吧。可以包括空气能，但可能不包括。我希望你们注意飞行器不装屏蔽场这件事。”他摇摇头，“哈克南人会从外星球吸收人员，让他们担任重要员工。但我们不敢这么做，每一批新人员里都会有内奸。”

“那我们只能获得非常低的利润和产量，”哈瓦特说，“最初两季的产量可能比哈克南的平均水平还要低三分之一。”

“这也没什么，”公爵说，“完全在我们的预料之中。我们要加快与弗雷曼人的谈判。在宇联公司第一次审计工作开始前，我希望得到五个营的弗雷曼人。”

“这个时间太紧，大人。”哈瓦特说。

“你很清楚，我们没多少时间。一有机会，装扮成哈克南人的萨多卡军就会出现在这个星球上。杜菲，你估计他们会有多少人？”

“最多四五个军团，大人，不会再多了。宇航公会的运输费太高。”

“那么，五个营的弗雷曼人，加上我们自己的军队，就足够应付了。我们要抓住几个萨多卡，让他们在兰兹拉德议会上亮亮相，形势就会大不一样——有没有利润都行。“

“我们将极尽所能，大人。”

保罗看看父亲，又回头看着哈瓦特，他突然意识到这位门泰特垂垂老矣，意识到老人已经侍奉了三代厄崔迪。垂垂老矣。那分泌着黏液的棕色眼睛，被异域天气折磨得满是皱纹的黝黑脸庞，塌陷的肩膀，薄薄的嘴唇上残留着纱芙汁的红迹。

这老人肩上的担子太重了，保罗想。

“我们正身处一场暗杀之战中，”公爵说，“但现在战争还未全面展开。杜菲，说说哈克南人在这儿的机构情况如何？”

“大人，我们已铲除了259名核心人员。目前哈克南的巢穴还剩不到三个，总共约有100人。”

“你们铲除的哈克南禽兽，”公爵问，“他们都很富有吗？”

“大部分人都很富裕，大人，属于企业家阶层。”

“我要你伪造一份效忠书，要他们签名，”公爵说，“把文件呈给裁决官。我们要采取法律行动，证明他们的效忠是虚假的。将他们的财产充公，剥夺他们的权利，驱逐他们的家庭，让他们一无所有。务必保证让皇帝获得10%的好处。必须让全部行动合法化。”

杜菲微微一笑，鲜红的嘴唇下露出了沾着红汁的牙。“大人，只有您能有这么奇妙的主意。很惭愧，我没能想到这一招。”

哈莱克皱着眉，沉下脸，保罗暗暗称奇。其他人都在微笑、点头。

这不对头，保罗想，这只会把敌人逼上绝路，因为投降对他们没有任何好处。

他知道家族血仇就得倾尽全力地痛下杀手，但父亲的这个行动在带给他们胜利的同时，也会毁了我们自己。

“‘我是一位异乡异客。’”哈莱克引了一句话。

保罗盯着他，知道这句话出自《奥天圣经》，他心里想：难道哥尼也不希望使用这不正直的诡计？

公爵看了一眼黑沉沉的窗外，接着回头看看哈莱克。“哥尼，你说服了多少沙地工人，让他们留下来？”

“总共286人，大人。我认为应该接纳他们，这是我们的运气。他们都是有用的人。”

“就这么多？”公爵噘了噘嘴，“好吧，传我的命令……”

门口一阵骚动打断了公爵的话。邓肯·艾达荷穿过那里的卫兵，疾步走来，俯身贴到公爵耳边。

公爵挥手让他站起身。“大声说，邓肯。你瞧，我们在开战略会议。”

保罗审视着艾达荷，他有着猫一般的敏捷身手，反应迅速，作为一名武器教官，很难有人能与他匹敌。艾达荷黝黑的圆脸转向保罗，那深邃的目光没有任何表示，但保罗已察觉那沉静的伪装中流露着兴奋。

艾达荷的目光扫了一眼桌旁的人。“我们制服了一队装扮成弗雷曼人的哈克南雇佣军。弗雷曼人派出了一名信使，想给我们送来这支虚假部队的情报。然而，我们在袭击中才发现哈克南人伏击了信使，他受了重伤。我们把这名弗雷曼人带到这儿来救治，但他还是死了。其实我早就发现他受伤过重，回天乏术。但我很惊讶地发现，他在临死前想要扔掉一件东西。”艾达荷看了一眼雷托，“是一把刀，大人。一把您从未见过的刀。”

“晶牙匕？”有人问。

“没错，”艾达荷说，“乳白色，璨璨生辉。”他把手伸进怀里，拿出一把插在刀鞘中的刀，饰有黑色纹脊的刀柄露在外面。

“别拔刀！”

这声音从屋子尽头的门口传来，嗓音洪亮，穿透人心。大家都站了起来，盯着那儿看。

一个身着袍衣的高大人影站在门口，两名警卫用剑交叉着把他拦在门外。此人从头到脚裹着一袭浅棕色的袍衣，仅在头罩上留有空隙，黑色面纱后露出一双全蓝的眼睛，没有一点眼白。

“让他进来。”艾达荷轻声道。

“别拦他！”公爵命令。

警卫犹豫了一下，旋即放下了剑。

那人走进屋子，站在公爵对面。

“这位是斯第尔格，是我拜访的那个部落的首领，给我们传递假部队情报的，正是他们。”艾达荷介绍说。

“欢迎光临，先生，”雷托说，“为什么不能拔出这把刀？”

斯第尔格望向艾达荷。“你已经了解我们崇尚纯洁、尊重名誉的习惯，我同意你看这把刀，因为你以朋友之礼对待这把刀的主人。”他的目光扫过屋内的其他人，“可我不认识在座的其他人，他们会玷污这把高贵的武器吗？”

“我是雷托公爵，”公爵说，“你允许我看看这把刀吗？”

“我允许你拔出这把刀。”斯第尔格说，此话一出，桌旁顿时传来一阵不满的嘟哝声。那弗雷曼人举起露出青筋的细手。“我提醒你们，这把刀的主人乃是你们的朋友。”

在大家静静等待的当口，保罗仔细观察这个人，感到他浑身散发着力量的光芒。他是一个领袖，一个弗雷曼领袖。

靠近桌子中部，坐在保罗对面的一个人轻声说道：“他以为自己是什么人，在厄拉科斯有什么权利？”

“我听人说，雷托·厄崔迪公爵靠顺应民心统治天下，”那弗雷曼人说，“因此，我必须把我们的行事方式告诉你们：见过晶牙匕的人必须承担一种责任。”他意味深长地看了眼艾达荷，“它们属于我们。没有我们的同意，决不能带出厄拉科斯半步。”

哈莱克和另外几人站起身来，脸上堆满了愤怒。哈莱克说：“雷托公爵才有权决定……”

“请稍等。”雷托说，温和的语气制止了他们。*不能让局面失控*，他想。他对那弗雷曼人说：“先生，对尊重我的人，我也会尊重他。我的确欠你一份情。我总是有债必还。如果这把刀不能在此地出鞘是你们的习俗，那我就命令谁也不能将刀拔出。如果有什么其他方式祭奠这位为我们而死的朋友，那请你尽管说。”

那弗雷曼人盯着公爵，然后慢慢拉开面纱，露出一张长满黑胡须的脸，瘦削的鼻子，丰满的嘴唇。他故意朝桌沿那里弯下腰，朝明亮的桌面上啐了一口唾沫。

桌旁的人一阵骚动，都想跳将起来，但艾达荷大吼一声：“慢着！”

大家都怔在了那儿，艾达荷接着说：“感谢您，斯第尔格，感谢您赐予的生命之水。我们接受它，视它像生命一般珍贵。”艾达荷也将一口唾沫吐在公爵面前的桌子上。

他对身旁的公爵说：“大人，请注意水在这儿非常珍贵。那是尊敬的表示。”

雷托一屁股坐回椅子里，注意到保罗的眼神和脸上露出的懊悔笑意。他意识到，他的手下们都理解了这件事，紧张的气氛已渐渐缓和。

那弗雷曼人看着艾达荷，说道："邓肯·艾达荷，你在我的部落表现很好。你是否与公爵有契约，必须效忠他？"

"大人，他的意思是请我加入他们的部落。"艾达荷说。

"他接受双重效忠吗？"雷托问。

"您想让我跟他去干吗，大人？"

"就这件事，我希望你自己作决定。"公爵说，可他却没能掩饰住语气中的急切之意。

艾达荷注视着那弗雷曼人。"斯第尔格，你接受这种双重身份吗？我还得经常回来为我的公爵效力。"

"你是出色的战斗者，也为我们的朋友尽了最大的努力，"斯第尔格说，他看着公爵，"就这么定了，汉子艾达荷将拥有这把晶牙匕，作为效忠我们的象征。当然，他必须接受净化，参加仪式，我们会为他做的。他将是弗雷曼人，同时也是厄崔迪的战士。此事有过先例，列特效忠两个主人。"

"邓肯？"雷托问。

"我明白，大人。"艾达荷回答。

"那就这样定了。"雷托说。

"你的水是我们的，邓肯·艾达荷，"斯第尔格说，"我们朋友的遗体就交给公爵，他的水就是厄崔迪的水。这就是我们的契约。"

雷托叹了口气，望向哈瓦特，和老迈的门泰特目光对接。哈瓦特点点头，显得很满意。

"我到下面等着，"斯第尔格说，"艾达荷，跟朋友们道个别吧。那位死去的朋友名叫杜罗克，你们都是杜罗克的朋友。"

斯第尔格转身往外走。

"你不愿再待会儿吗？"雷托问。

弗雷曼人转回身，漫不经心地抬手蒙好面纱，把面纱后的什么东西调整了一下。保罗在面纱落下前瞟了一眼，注意到好像是一根细管。

"要我留下来，有什么事吗？"他问。

"我们希望向你表达敬意。"公爵回答。

“名誉要求我马上去别的地方。”说完他看了一眼艾达荷，接着迅速转身，大步走出了门。

“如果别的弗雷曼人也和他一样，那我们就能相得益彰。”雷托说。

艾达荷不动声色地说道：“大人，他是个特别的表率。”

“邓肯，你知道你此行的目的吗？”

“大人，我是您派往弗雷曼人的使节。”

“那就全靠你啦，邓肯。在萨多卡军团来犯之前，我们得拥有至少五个营的弗雷曼人。”

“大人，这事需要更多的努力和谋划。弗雷曼人喜欢各自为政，”艾达荷略显犹豫，“另外，大人，还有一件事，被我们干掉的雇佣兵中，有个人想要从我们死去的朋友身上夺走晶牙匕。那雇佣兵说，哈克南人悬赏一百万宇宙索，只要献上一把晶牙匕。”

雷托抬了抬下巴，显得非常吃惊。“他们为何这么想得到晶牙匕？”

“这刀用沙虫的牙打磨而成，它是弗雷曼人的标志。有了它，一个蓝眼睛的人可以进入任何一个弗雷曼部落。当然，如果我是陌生人，他们会进行询问，因为我长得不像弗雷曼人。但是……”

“彼得·德伏来。”公爵说。

“一个魔鬼般狡诈的人。”哈瓦特说。

艾达荷把刀藏进了衣服里。

“保护好那把刀。”公爵说。

“明白，大人，”他拍拍挂在皮带上的无线收发机，“我会尽快向您禀报。杜菲有我的呼叫密码。请使用战时用语。”他敬了礼，转过身，匆匆追赶那个弗雷曼人去了。

他们听着脚步声在走廊里回荡。

雷托和哈瓦特心领神会地交换了一下眼神，两人微微一笑。

“大人，我们还有很多事要做。”哈莱克说。

“是我耽误了你们的工作。”雷托说。

“我还要汇报一下前沿基地的情况，”哈瓦特说，“是否下次再说，大人？”

“需要花很长时间吗？”

“如果是简报，不会很长。在弗雷曼部落中有个传闻，在沙漠植物试验站时期，曾修建了两百多个前沿基地。这些前沿基地可能都被废弃了，但有报告说，在废弃前，它们受过密封处理。”

“里面有设备？”公爵问。

“根据邓肯给我的报告，的确是这样。”

“它们都分布在什么地方？”哈莱克问。

“对这个问题的回答，”哈瓦特回答，“无一例外都是：‘列特知道。’”

“天知道。”雷托小声说。

“也许不是这个意思，大人，”哈瓦特说，“刚才斯第尔格就说过这个名字。听他的意思，像是真有这个人存在？”

“列特效忠两个主人。”哈莱克说，“听起来像是宗教语录中的话。”

“那你应该知道。”公爵说。

哈莱克笑了。

“这位裁决官，”雷托说，“皇家生态学家——凯恩斯……他会不会知道这些基地的位置？”

“大人，”哈瓦特小心翼翼道，“这个凯恩斯是皇家雇员。”

“可天高皇帝远，”雷托说，“我需要那些基地。那里会有大量物资，可以用于设备修理。”

“大人！”哈瓦特说，“从法律上讲，那些基地仍是陛下的财产。”

“这儿的气候太恶劣，可以毁掉任何东西。”公爵说，“我们可以拿恶劣的气候当借口。找到这个凯恩斯，至少探听出这些基地是否存在。”

“‘若强占之，危哉险矣，’”哈瓦特说，“邓肯把一件事说得很明白：这些基地或关于基地的传说对弗雷曼人有着某种特殊的意义。如果我们夺取这些基地，就会与弗雷曼人产生嫌隙。”

保罗看着周围人们脸上的表情，注意到大家都紧张地听着每一个字。他们似乎对公爵的态度深感不安。

“听他说吧，父亲大人，”保罗低声说，“他讲的是事实。”

“大人，”哈瓦特接着说，“那些基地里的物资可以让我们修好所有的设备，但由于战略上的原因，我们无法得到它们。要是不进行更进一步的了解就贸然行动，就显得太过鲁莽。这个凯恩斯有皇帝赋予的仲裁权，我们必须记住这一点，而弗雷曼人又对他敬若神灵。”

“那就别硬来，”公爵说，“我只想知道那些基地是否真的存在。”

“遵命，大人。”哈瓦特坐了回去，垂下了目光。

“那么好吧，”公爵说，“大家都知道接下来的事了——工作。我们平时的训练就是为了这一天。我们已是身经百战，明白成功会有什么奖励，也清楚失败的后果。你们每个人都会有各自的任务。”他看着哈莱克，“哥尼，你先管一下走私者的事。”

“‘吾将深入反叛者的沙漠老巢。’”哈莱克背了一段话。

“总有一天我会逮到某人不引经据典的时候，看看他仿佛一丝不挂的样子。”公爵说。

桌旁传来一阵吃吃的笑声。但保罗听出大家都是在强颜欢笑。

公爵转身看向哈瓦特。“杜菲，在这层楼上再设置一个情报通信指挥站。完成后，来见我。”

哈瓦特起身环视了一眼屋子，像是在找帮手。接着他转过身，领着一队人走了出去。其他人都走得很匆忙，有人把椅子绊倒在地，场面有点乱哄哄的。

结束得那么混乱，保罗想，他看着走在最后的几个人的背影。在以前，会议总是在激烈的气氛中结束。但这次会议似乎突然断了头，因为本身就存在不足，最糟的是还没讨论出个结果。

保罗第一次开始考虑失败的可能性——并不是因为害怕，也不是因为类似圣母给予的警告，而是由于对形势有了自己的看法，他必须直面这一切。

我父亲在孤注一掷，他想。*局面对我们大为不利*。

还有哈瓦特，保罗记起这个老迈的门泰特在会议期间的举止——微微透着一股犹豫，那是不安的征兆。

哈瓦特一定被什么事深深困扰着。

“儿子，后半夜你最好还是留在这儿，”公爵说，“反正天也快亮了。我会通知你母亲的。”他缓缓站起身，动作僵硬，“你可以把这些椅子拼起来，在上面睡一觉。”

“父亲，我不是很累。”

“随你意吧。”

公爵把手背在身后，开始沿着长桌来回踱步。

就像一头困兽，保罗想。

“您准备与哈瓦特谈谈内奸的事吗？”他问。

公爵在儿子对面站住，对着黑洞洞的窗说：“这事我们已讨论过好几次。”

“那老太太似乎很确信，”保罗说，“而且母亲得到的情报……”

“我们已经采取了预防措施。”公爵说，他扫了一眼四周。保罗注意到父亲那困兽般疯狂的表情。“留在这儿。我要去跟杜菲谈谈建指挥站的事。”他转身大步走了出去，中途朝门卫点了点头。

保罗看着父亲刚才站过的地方。即使在公爵离开前，那地方也是空空荡荡的。保罗想起了老太婆的话：“……至于你父亲，我们无能为力。”

在君临厄拉科斯的第一天，穆阿迪布与家人穿过厄拉奇恩的街道，沿途有一些人想起了那些传说和预言，便状着胆子大叫：“穆迪！”但他们的呼声更大程度上是询问，而不是陈述，因为到目前为止，他们只是希望他是预言中的李桑·阿尔-盖布，也即是天外之音。他们注意力同样集中在他的母亲身上，因为他们已听说她是一位贝尼·杰瑟里特。对他们来说，她明显就像另一个李桑·阿尔-盖布。

——摘自伊勒琅公主的《穆阿迪布手记》

公爵在一名卫兵的引领下，在一间角房中找到了杜菲·哈瓦特，他正独自一人待着。隔壁房间的人正在安装通信设备，那里一片热火朝天的景象。但这间房间却甚是安静。公爵扫了一眼屋子，哈瓦特旋即从一张堆满纸张的桌子旁站起来。这屋子的墙是绿色的，除了那张桌子，还有三把浮空椅，椅子上代表哈克南人的“哈”字刚被仓促抹去，留下了一块难看的白斑。

“这些椅子被偷过，不过很安全，”哈瓦特说，“保罗呢，大人？”

“我让他留在会议室，不想打扰他，希望他好好休息一会儿。”

哈瓦特点点头，走到通向隔壁房间的门旁，把门关上，静电和电火花的声音一下子消失了。

“杜菲，”雷托说，“皇室和哈克南人囤积的香料引起了我的注意。”

“大人的意思是……”

公爵努努嘴。“仓库很容易被毁。”哈瓦特正准备插话，公爵抬起手，继续道，“别管皇帝藏了多少财宝。如果哈克南人遭到打击，他也会暗暗高兴。这些东西男爵自己都不敢公开承认，那么，如果它们被毁了，他会抗议吗？”

哈瓦特摇摇头。“我们没有多余的人手，大人。”

“调几个艾达荷的人，也许还有一些弗雷曼人很想出这个星球看看。给杰第主星来个突然袭击，这能赢得战术优势，杜菲。”

“一切听您吩咐，大人。”哈瓦特转身离去，公爵注意到老头子有点紧张，心想：*也许他怀疑我不信任他。我得让他知道内奸的事。嗯，最好立即消除他的疑虑。*

“杜菲，”他说，“由于你是我能完全信赖的几个人之一，还有件事想跟你谈谈。我们俩都清楚，为了防止敌人的渗透，必须保持高度警惕……最近我得到两个新情报。”

哈瓦特转回身，看着公爵。

雷托把保罗说的话告诉了他。

这消息没有引起门泰特的强烈专注，相反，仅仅是增加了他的不安。

雷托仔细观察老人，接着说道：“老朋友，你心里有事。在开战略会议时，我就应该注意到了，因为你显得有点紧张。是什么事那么严重，不能在会上讲出来？”

哈瓦特沾着红汁的嘴唇紧紧抿成一条缝，嘴角辐射出一条条纤细的皱纹。当他开口时，那些皱纹仍显僵硬。“大人，我真不知道该说些什么。”

“杜菲，我们曾是同生共死的朋友，”公爵说，“你知道，不管什么，你都可以跟我说。”

哈瓦特继续看着他，心想：*这是我最喜欢他的地方。他光明磊落，完全值得我对他效忠。我为什么要伤害他？*

“能告诉我吗？”雷托问。

哈瓦特耸耸肩。“是一张纸条。我们从一个哈克南信使身上得到的。这纸条是给一个叫帕迪的人的。我们有理由相信，帕迪是这儿的哈克南地下组织的高层人员。纸条上讲的事可以有多种解释，也许非常严重，也可能无足轻重。”

“上面到底写了什么？”

“那是一张碎纸片，大人，内容不全。东西印在缩微胶片上，附有自毁胶囊。我们没能及时阻止酸腐蚀，只得到了只言片语。不过，留下的那几句话让人浮想联翩。”

“是吗？”

哈瓦特擦擦嘴唇。“上面写：‘……托永远不会怀疑，当他的心爱之人出手打击他时，打击者的真面目就足以毁掉他。’字条上有男爵本人的私印，我已查证过，是真的。”

“你怀疑的对象显而易见。”公爵的声音突然变得冷冰冰的。

“我宁愿自断一条胳膊也不愿伤害您，”哈瓦特说，“大人，如果……”

“杰西卡夫人，”雷托说，怒火慢慢将他吞噬，“你能逼这个帕迪讲出实情吗？”

“很不幸，我们截获信使时，帕迪已不在人世。而我也相当确信，信使本人并不知道自己传达的是什么消息。”

“我知道了。”

雷托摇摇头，他心里想：*这事真是难缠。其实是无中生有，我了解自己的女人。*

“大人，如果……”

“不！”公爵怒吼，“你们大错特错，竟觉得——”

“我们不能忽视这种可能，大人。”

“她已跟随我整整十六年！这期间有成千上万的机会——你还亲自对那所学校，对这个妇人进行了调查！”

哈瓦特悲痛地说道：“当时有些事瞒过了我。”

“我告诉你，那不可能！哈克南人想要将厄崔迪家族斩草除根——其中也包括保罗。他们已经干过一次。一个女人能对自己的亲生儿子下手吗？

“也许她并不是要对付她的儿子。昨天的事也许只是个聪明的骗局。”

“那不可能是骗局。”

“先生，按理说，她不应知道自己的父母是谁。但如果她知道呢？如果她是一名孤儿，比如说，是被厄崔迪人遗弃的孤儿，那又会出现什么结果？”

“如果这样，她早该下手了，在我的饮料里下毒……夜晚用匕首刺杀。谁能有更好的机会？”

“哈克南人的目的是要彻底摧毁您，大人，而不只是刺杀。这显然与普通的报仇不同。如果成功，可能成为一出家族世仇的杰作。”

公爵的双肩一沉，他闭上眼睛，看上去又苍老又疲倦。*这不可能*，他想，*那女人已向我敞开了心扉*。

“让我怀疑自己心爱的女人，不就是毁掉我的最好方法吗？”公爵问。

“这种解释我也想过，”哈瓦特说，“可是……”

公爵睁开双眼，盯着哈瓦特，心想：*让他怀疑吧。怀疑是他的职责，跟我无关。也许如果我装作相信，就会让敌人放松警惕*。

“你有什么建议？”公爵轻声问。

“现在，要每时每刻监视她，大人。这事必须做得不留痕迹。艾达荷是最好的人选，不出一个星期他就能回来。我们正在训练一个年轻人，他选自艾达荷的部队，是代替艾达荷派往弗雷曼人处的理想人选。他在外交上很有天赋。”

“千万别损害我们与弗雷曼人的关系。”

“当然不会，先生。”

“保罗怎么办？”

“也许我们该提醒岳医生。”

雷托转身背对着哈瓦特。“这事由你处理。”

“我会谨慎行事，大人。”

至少我可以对这件事放心，雷托想。他说：“我要走走。不会走出防御带，有事尽管来找我，可以叫卫兵……”

“大人，在您走之前，我想让您先看一段胶片记录，是对弗雷曼宗教的初步分析。您曾让我向您报告这事。”

公爵停下脚步，但没有转身。“不能等等吗？”

“当然可以，大人。不过，您当时问我他们在叫什么。是‘穆迪’！这词是冲着小主人去的，当时……”

“冲着保罗去？”

“是的，大人。弗雷曼人中流传着一个传说，一个预言，说一个领袖将降临，他是贝尼·杰瑟里特之子，他将领导他们获得真正的自由。这传说就是人们熟悉的那类救世主的故事。”

“他们认为保罗就是这个……这个……”

“他们只是希望，大人。”哈瓦特递过一个胶片胶囊。

公爵接过胶囊，丢进口袋。“我过会儿再看。”

“好的，大人。”

“现在，我需要时间……思考。”

“是，大人。”

公爵深深地叹了口气，大步走出了门。他转向右边，双手背在身后，沿着大厅往前走，但压根儿没注意自己走到了什么地方，一路行经走廊、楼梯、阳台和大厅……还有向他敬礼的手下，他们都退到一边，为他让路。

不久，他又回到了会议室，里面黑漆漆的，保罗正睡在桌子上，身上盖着卫兵的外套，头下枕着一个小袋。公爵轻手轻脚地穿过屋子，走到阳台上，俯瞰外面飞机场的情况。从机场那里投来一丝亮光，在昏暗的反射光下，阳台角落里的一个卫兵认出了公爵，于是迅速立正敬礼。

“稍息。”公爵轻声道。他靠在阳台冰凉的金属栏杆上。

沙漠盆地正笼罩在黎明前的静谧之下。他抬头仰望天空，满天星辰就像丢在青黑之水上的珠片面纱。在南方的地平线上，另一颗月亮正透过朦胧的沙尘朝外张望——像是充满了狐疑，用一种挖苦的眼神看着他。

公爵望着那颗月亮慢慢坠下屏蔽场城墙的山崖，让它们结满霜花。黑暗突然袭来，公爵顿时感到一阵寒意，他打了个冷战。

一股怒气迅速贯穿他的全身。

*哈克南人一直在对我进行围追堵截，这是最后一次猎杀，他想，他们就是一堆狗屎，脑袋瓜就像是乡野蠢汉！我已经予以了反击！*他心里

突然涌出一缕悲伤：*我必须用锐眼和利爪进行统治——就像统领弱鸟的雄鹰*。他下意识地摸了摸胸前的鹰徽。

东方的夜幕渐渐散去，开始显出亮亮的鱼肚白，接着变成贝壳式的乳白之色，群星也暗淡了下去。晨光缓缓地撕开远方的地平线，光亮渐渐向四周扩散。

那景致美不可言，使公爵心醉神迷。

没有比这更美的景象了，他想。

他本以为连绵不绝的红色地平线和紫黄色的悬崖是这里最美的事物。在机场的那一边，夜幕的微小露珠正滋润着厄拉科斯脚步匆匆的种子，他看到大朵大朵的红色花朵，一条清晰的紫色足印贯穿其中……仿佛巨人的足迹。

“多美的黎明啊，大人。”卫兵说。

“是的，多美啊！”

公爵点点头，心想：*也许这个星球能变得美丽宜人，也许它能成为我儿子的美好家园*。

这时，他看见一个个人影走进了那片花田，用一种像镰刀一样的奇怪东西扫荡着——是露水采集者。这儿的水太珍贵，即使是露水也得收集。

这也可能是个丑陋之地，公爵想。

这世上最可怕的时刻，莫过于当你发现自己的父亲也是血肉之躯的普通人时那一刹那的领悟。

——摘自伊勒琅公主的《穆阿迪布语录》

公爵说：“保罗，我正在做一件招人痛恨的事，可我必须去做。”他站在便携式毒物探测仪旁。这仪器搬到会议室里来是供他们早餐时使用的，仪器的探测臂懒懒地垂在桌子上方，让保罗想起了某些刚死的奇怪虫子。

公爵正聚精会神望着窗外的机场和晨空下的滚滚风沙。

保罗面前放着一个阅览器，里边有一段关于弗雷曼宗教的短片，是哈瓦特手下的一个专家整理的。里面的内容与他有关，这着实让保罗坐立不安。

“穆迪！”

“李桑·阿尔-盖布！”

闭上眼睛，他就能回忆起人群的欢呼。这么说，这就是他们期盼的，保罗想。他想起圣母老太婆说过的那个词：魁萨茨·哈德拉克。这段回忆又重新触及保罗记忆深处的那个可怕的目的，将这个陌生的世界投上了一层阴影，保罗觉得这一切似乎早已熟知，却又无法理解。

“真是可恨！”公爵说。

“父亲大人，您说什么？”

雷托转过身，低头看着儿子。“哈克南人以为他们能用诡计耍我，让我怀疑你的母亲。他们不知道，我宁愿怀疑自己也不会怀疑她。”

“我不明白。”

雷托重新看向窗外。一轮白日正冉冉升起，乳白色的光穿过滚滚沙雾，照射在屏蔽场城墙上。

公爵抑制住愤怒，用低缓的声音向保罗解释了那个神秘的信函。

“你还是不要太相信我。”保罗说。

“要让他们觉得他们的诡计成功了，”公爵说，“他们一定会以为我很蠢。一定要让它看上去像是真的，甚至连你母亲也可能不知道这是一个烟雾弹。”

“可为什么要这样？”

“不能让你的母亲看上去像在演戏。哦，她有超常的表演功力……但她对此过于依赖。我希望能借此引出内奸，一定要让人觉得我完全被蒙蔽了。这样会伤害你母亲的心，但她却不会遇到大的危险。”

“你为什么要告诉我，父亲？也许我会说出去。”

“他们不会因这事而监视你，”公爵说，“你一定要严守秘密。”他走到窗户旁，背对着保罗，“这样一来，如果我出了什么事，你就可以把真相告诉她——告诉她我从未怀疑过她，一丝一毫都没有。我想让她知道这一点。”

保罗从父亲的话里听出了死亡的意味，于是马上接嘴说道：“你不会有事的，父亲，那……”

“住嘴，儿子！”

保罗望着父亲的背影，他肩颈的轮廓线条和迟缓的动作分明透着疲倦。

“你太累了，父亲。”

“我是累了，”公爵同意道，“我的心累了。各大家族令人伤心的堕落终于使我心沉如山，我们曾经非常强大。”

保罗立即生气地回应：“我们家族没有堕落！”

“还没有吗？”

公爵转身看着儿子，那双冷酷的眼睛被一圈黑眼圈包围，嘴唇挖苦似地噘着。“我本应娶你母亲，让她做公爵夫人。可是……我的未婚能让一些家族存一线希望……可以利用他们待嫁的女儿与我结盟。”他耸耸肩，接着说：“所以，我……”

“母亲对我解释过。”

“作为一个领袖，没有什么比英勇气概更能为他赢得忠诚，”公爵说，“所以，我很注意培养英勇气概。”

“你领导得挺好，”保罗说，“你统治有方。人们心甘情愿地追随你、爱戴你。”

“这归功于我杰出的宣传部队。”公爵说。他又转过身，看着窗外的盆地，“我们在厄拉科斯上的机会，远比皇帝预料的要多。但有时我也想，如果我们揭竿而起，逃到别的星球上，也许还会更好。有时我真希望我们能隐姓埋名地躲在人群中，不再为人所知……”

“父亲！”

“是的，我累了，”公爵说，“你知道吗？我们正在使用香料残渣作为原料，制造胶片基膜，我们已经建起了工厂。”

“真的？”

“胶片基膜绝不能缺，”公爵说，“不然的话，我们怎样才能把宣传信息铺天盖地输往乡村和城市？人民必须了解我的英明统治。如果我们不宣传，他们怎么能知道呢？”

“你应该好好休息一下。”保罗说。

公爵再一次转身看着儿子。“我差点忘了说了，厄拉科斯还有一个优势。这里的香料无处不在。你呼吸的空气里、吃的食物里，几乎都有它。而且我发现，它能形成一种天然免疫力，使暗杀指南中的一些最常见的毒药失去作用。由于必须注意每一滴水的去向，从而使食物加工的每一道工序都受到严格监控，包括发酵、水培和化学繁殖等。我们不可能通过毒药进行大面积暗杀，所以别人也不能以此来对付我们。厄拉科斯使我们道德高尚、心灵净化。”

保罗刚想开口说几句，公爵便打断了他。“儿子，我必须对某个人讲讲这些事。”他叹了口气，望望窗外干枯的土地，连花也消失了——被露水收集者践踏，被烈日晒枯了。

“在卡拉丹，我们用海洋和空气之能统治，”公爵说，“在这儿，我们必须积聚沙漠之能。这是你将继承的遗产，保罗。如果我发生了意外，你会怎么样？你不会成为反叛者，而会成为游击战士——逃跑，遭到追杀。”

保罗想说点什么，却又不知从何说起。他从未见过父亲表现得如此消沉。

“要想统治厄拉科斯，”公爵说，“必须正视损害自尊的决定。”他抬手指向窗外，在机场一边的一根杆子上，挂着一面懒懒飘动的绿黑旗帜。“那光荣的旗帜最终可能会成为许多邪恶的象征。”

保罗嗓子发干，咽了一口唾沫。父亲的话没有多少实际意义，一种致命的感觉使这男孩感到内心空空如也。

公爵从口袋里掏出一片抗疲劳药片，丢进嘴里咽了下去。“权力和恐惧，”他继续说，“是统治国家的工具。我得安排一下，接下来要重点对你进行游击战训练。在那个胶片资料里——他们管你叫‘穆迪’，‘李桑·阿尔-盖布’——那是我们最后的手段，你可以利用利用。”

保罗看着父亲，注意到药片开始起作用，公爵的肩膀挺了起来。但保罗仍然想着那些令他害怕和怀疑的话。

“那生态学家怎么还不到？”公爵喃喃道，“我告诉过杜菲早点带他来见我。”

我的父亲，帕迪沙皇帝，有一天拉着我的手。我用家母教的方法感觉到，他隐隐有一丝不安。他把我领到画像厅里雷托·厄崔迪公爵的拟像前。我注意到他们俩惊人地相像——家父和这个画中人——他们都有着高贵瘦削的脸庞，轮廓分明的面容上是一对冷酷的眼睛。“公主，我的女儿，”家父说，“当这个男人选妻之时，我真希望你的年龄能大一点。”当时家父七十一岁，但看起来不比画像上的那个人老，而我只有十四岁。但我仍然记得，当时我就推断出，父亲的内心希望公爵是他的爱子，他对他们出于政治原因而成为敌人感到厌恶。

——摘自伊勒琅公主的《家父家事》

凯恩斯博士奉命要出卖这些人，可和这些人的第一次会面就让他动摇了。他对自己的科学家身份感到自豪，对他来说，传说只是有趣的线索，凭此可以寻求文化根源。然而这男孩和那古老的预言竟是如此吻合。他身上的确有着“探寻真相的眼神”，一种“内敛的公正气度”。

当然，传说也留有余地，没有说明神母是将弥赛亚带来此地，还是在此地生下他。不过，传说与现实确实相当契合，着实令人生怪。

他们是上午在厄拉奇恩城外飞机场的行政大楼里相见的。一架没有标志的扑翼飞机蹲在一旁，随时待命，发出轻微的嗡嗡声，就像某只似睡非睡的虫子。一名厄崔迪卫兵手握利剑守在旁边，他身上开着的屏蔽场使周围的空气有一丝扭曲。

凯恩斯对着屏蔽场冷笑了一声，心想：厄拉科斯会使他们大吃一惊的。

这位星球生态学家举起一只手，令他的弗雷曼警卫退后，然后大步走向大楼的入口——一块镀塑岩石上挖出的黑洞。这座石头建筑真是毫无遮蔽，他想，简直连洞穴都不如。

门内的动静引起了他的注意。他停下脚步，理了理衣袍和蒸馏服左肩上的装置。

门开了，一群全副武装的厄崔迪士兵从里面鱼贯而出，装备着慢速散弹击昏器、剑和屏蔽场。从他们身后走出一位黑皮肤、长着一张鹰脸的高大男人。他穿着一件朱巴斗篷，胸前饰有代表厄崔迪的鹰徽。看得出来，他对那身服饰并不熟悉，斗篷紧贴在蒸馏服裤腿的两侧，没有那种大步走路时恣意摇曳的感觉。

他身旁跟着一位年轻人，长着跟他一样的黑发，但脸庞更圆。凯恩斯知道这年轻人只有十五岁，不过体型看上去比他的年纪要小。但这年轻人身上带着一种威仪，一种泰然自若的自信，就好像对周围的一切早已了如指掌，而别人却毫无觉察。他穿着跟他父亲一样的斗篷，却有着一种无拘无束的感觉，就好像一直以来他都穿着这种服饰一样。

“穆迪洞悉别人难以察觉的一切。”预言如是说。

凯恩斯摇摇头，他告诉自己：这些只不过是普通人。

随这两个人一同前来的还有另外一个人，他穿着类似的沙漠服，凯恩斯一眼就认出了他——哥尼·哈莱克。凯恩斯深深吸了一口气，平息了内心对哈莱克的愤恨，他曾向自己简略说过，该如何与公爵及其继承人见面，以及见面时要注意的礼节。

“你可以称呼公爵‘阁下’或‘大人’，‘尊贵的老爷’也不错，但这个称呼一般用在更为正式的场合。可以称呼公爵儿子为‘小主人’或‘阁下’。公爵为人和善，却不愿与人过分亲近。”

凯恩斯望着这群人渐渐走近，心想：他们马上就会知道谁是厄拉科斯的主人。让那门泰特花半个晚上询问我，是吧？想让我指导他们监督香料开采，嗯？

哈瓦特询问的真正意图没能瞒过凯恩斯。他们想得到皇家基地，很显然是艾达荷给他们透露的消息。

我要让斯第尔格割下艾达荷的脑袋，把它送给公爵，凯恩斯暗想。

现在，公爵一行人离他只有几步远了，一双双沙地靴踩在沙子上，发出嘎扎嘎扎的响声。

凯恩斯躬身行礼。“公爵大人。”

雷托慢慢走近这位独自站在扑翼飞机旁的人，仔细打量着他：瘦高个，一身沙漠行装，宽松的外袍，蒸馏服，短统靴。兜帽脱了下来，面纱垂在一边，露出沙黄色的长发，胡须稀稀拉拉的。浓密的眉毛下，是一双深不可测的全蓝眼睛，眼眶中透着黑斑。

“你就是那位生态学家。”公爵说。

“大人，我们更喜欢老式称呼。”凯恩斯说，“行星学家。”

“悉听尊便，”公爵说，他低头看着保罗，“儿子，这位就是变时裁决官，争端的仲裁人，受命监督这儿的一切，看人们是否服从我们的有效统治。”他重新看向凯恩斯，“这是我的儿子。”

“小主人。”凯恩斯说。

“你是弗雷曼人吗？”保罗问。

凯恩斯微微一笑。“这儿的部落和村庄都把我当成他们自己人，小主人。但我实际上是皇帝的臣子，我是皇家行星学家。”

保罗点点头，暗暗佩服此人的强者风范。还在楼上时，哈莱克就透过窗户把凯恩斯指给了保罗。“就是那个站在那儿、身边有弗雷曼人护送的人，他现在正朝扑翼飞机走去。”

当时保罗用望远镜大致观察了凯恩斯，注意到那张严肃古板的嘴巴和高高的前额。哈莱克在保罗耳边嘀咕：“一个奇怪的家伙，说起话来有板有眼，直截了当，不会拐弯抹角。”

公爵站在他们身后。“典型的科学家。”

现在，保罗离这个人只有几步之遥，他感到凯恩斯身上有一种力量，一种人格的影响力，就好像他有皇家血统，生来就会发号施令。

“谢谢你送给我们的蒸馏服和斗篷。”公爵说。

“希望它们合身，大人，”凯恩斯说，“是弗雷曼人制作的，而且是尽量按照您的手下哈莱克提供的尺寸加工的。”

“我在想你那句话，你说如果我们不穿这些服装，就无法带我们去沙漠，”公爵说，“但我们可以携带大量的水。我们没打算去太久，而且还会有空中掩护——就是现在在我们上方的护卫队。要使我们迫降似乎不太可能。”

凯恩斯盯着公爵，注意到他水分充足的身体，他冷冷地说道：“在厄拉科斯，绝不要说什么可能性，我们只注意会发生的事。”

哈莱克绷紧身子。“称呼公爵应用‘阁下’或‘大人’！”

公爵给他做了一个手势暗号，令他克制。“哥尼，我们的习惯别人不知道，要多多忍让。”

“遵命，大人。”

“凯恩斯博士，我们欠你的情，”雷托说，“我们将永远记住你送的服装和你对我们的关心。”

保罗一时兴起，脑中闪过一句《奥天圣经》中的话，他脱口而出：“‘此礼乃是河水的赐福。’”

这句话在沉寂的空气中高声回荡，凯恩斯带来的弗雷曼卫队正躲在大楼的阴影里静卧，听到这句话后，一个个跳了出来，兴奋地低语，其中一个高声叫道：“李桑·阿尔-盖布！”

凯恩斯猛地转过身，抬手一挥，令他们退下。一群人退了回去，一边还在小声嘀咕着。

“真有意思。”雷托说。

凯恩斯严肃地看了一眼公爵和保罗，说：“这儿的大部分沙漠土著都很迷信。别太介意，他们没有恶意。”但他心里却在想传说中的预言：“*他们将用圣语问候你，你的礼物将是赐福。*”

雷托对凯恩斯的印象部分依据于哈瓦特的口头报告（非常谨慎，充满怀疑），现在这个印象突然成形：他是一个弗雷曼人。凯恩斯带着弗雷曼卫队来，目的只是想试探行政更替之后，他们进入城区的自由度有多大——但那似乎只是一个仪仗队。从凯恩斯的举止看，他是个傲慢的人，习惯于自由，他的谈吐和举止只受自己怀疑的支配。保罗提的问题真可谓一针见血。

凯恩斯已经是土著人的一员了。

“我们可以出发了吗，大人？”哈莱克问。

公爵点点头。“我自已驾驶扑翼机，凯恩斯跟我坐在前面，给我指路。你和保罗坐后面的位子。”

“请稍等，”凯恩斯说，“如果您不反对，我想检查一下您的蒸馏服是否安全。”

公爵张口想要说话，但凯恩斯继续催逼。“大人……我像关心自己的生命一样关注您的身体。我很清楚，如果你俩受我的照顾而又发生意外，掉脑袋的是谁那是不言而喻的。”

公爵皱皱眉，心想：*真是棘手！如果我拒绝，就可能得罪他，而这个人的价值对我来说也许不可估量。但是……让他进入我的屏蔽场，在我对他知之甚少的情况下让他贴近我，安全吗？*

这些念头迅速闪过他的脑际，公爵心一横，作出了决定。“我们听从你的安排。”公爵说。他向前跨了一步，打开自己的外袍，同时注意到哈莱克走到自己身边，摆好姿势，全身戒备，但仍表现得相当镇静。“如果你不介意，”公爵说，“我想听听蒸馏服的功能和作用。你来告诉我们再合适不过，因为这种装备与你的生活息息相关。”

“当然。”凯恩斯说，他的手伸进袍子里，向上摸索着寻找肩膀密封口，一面检查一面向公爵解释，“从根本上来说，这是一个微型的三层装置——一种非常高效的过滤和热交换系统。”他调了调肩膀密封口，“与皮肤接触的层面非常透气，透汗，而且有凉爽作用……就像普通的蒸发过程。另外两层……”凯恩斯替公爵紧紧胸带，“包括热交换纤维和盐分沉淀装置。盐分会被回收。”

凯恩斯打了个手势，公爵抬起胳膊。“很有意思。”

“深吸一口气。”凯恩斯告诉他。

公爵照他的话做。

凯恩斯又检查了腋下密封口，调了调其中一个。“身体的运动，尤其是呼吸和某些渗透行为，”他说，“会为装置提供动力。”他又稍稍松了松胸带，“回收的水分流入积存袋，在你脖子旁夹着一根管子，你可以通过这根管子从积存袋中吸水。”

公爵转过脸，低头看着那根管子。“很方便，很高效，工艺设计得很好。”

凯恩斯跪下来，开始检查腿部密封装置。“尿水和粪便在大腿的棉块中得到处理。”他站起来，摸摸颈部的装置，提起一个活动盖。“在沙漠里，你把过滤罩戴在面部。用这些固定夹将管子牢牢固定在鼻子上。通过口腔的过滤器吸气，通过鼻腔管子呼气。穿一套运行良好的弗雷曼蒸馏服，你每天只会流失极少量的水分，就算困在大沙漠中也毫无妨碍。”

“每天只会流失极少量的水分。”公爵说。

凯恩斯用手指按了按蒸馏服的前额垫。“这东西可能会擦得你不太舒服，如果这样的话，请告诉我，我可以把它弄紧固一些。”

“谢谢。”公爵说。凯恩斯退了回去，他动了动肩膀，感到确实舒服了许多——更贴身，没刚才那么不舒服。

凯恩斯转身看向保罗。“好了，小伙子，现在让我检查一下你的服装。”

*这人不错，但应该让他学会正确的称呼，*公爵暗想。

凯恩斯检查服装时，保罗顺从地站在那里。他穿上这套沙沙作响、表面光滑的衣服时，便有一种异样的感觉。潜意识明明白白地告诉他，他从未穿过蒸馏服，然而，当哥尼笨拙地指导他如何穿这套衣服时，他感到有一种天然的本能，知道怎么调节那些黏扣。当自己收紧胸部，深呼吸以提供充分的动力时，他早已清楚自己在做什么、为什么这么做。在他紧紧扣上颈部和前额的扣子时，他早已知道那是为了防止摩擦起泡。

凯恩斯直起身体，满面疑惑地向后退去。“你以前穿过蒸馏服吗？”他问。

“这是第一次。”

“那有人帮你吗？”

“没有。”

“你穿的沙地靴在脚踝处用松紧带箍得正合适，谁告诉你这么做的？”

“我觉得……就该这样。”

“你做得完全正确。”

凯恩斯揉揉脸颊，想到了传说中的话：“*他了解你们的风俗，仿佛是生而知之。*”

“我们别再耽搁时间了。”公爵指了指待命的扑翼飞机，领着众人往那里走去。卫兵向他敬礼，他点了点头，随即爬进机舱，系紧安全带，检查了一遍控制器和仪表。另外几人手脚并用爬上来，飞机随之发出嘎吱嘎吱的响声。

凯恩斯系好安全带，他的心思全集中在了这架舒服的飞行器上，衬着软垫的坐椅，豪华柔软的淡绿色内饰，闪闪发光的仪表。舱门关上后，通风扇开始转动，机舱里顿时弥漫着经过过滤的清新空气。

*真是轻柔！*他想。

“一切正常，大人。”哈莱克说。

雷托加大动力，他感觉到机翼的扇动，一下，两下，他们已升到十米高的空中。机翼紧紧平伸，后部喷射引擎一加力，随着一声呼啸，他们陡直地升上了高空。

“向东南越过屏蔽场城墙，”凯恩斯说，“我已经让你的开采工头在那里把设备准备好了。”

“好！”

公爵斜着飞进空中掩护的范围内，其他飞行器飞上护卫的位置，一齐向东南方飞去。

“这些蒸馏服的设计制造工艺真是复杂精密。”公爵说。

“改天我可以带你去参观参观部落工厂。”凯恩斯应道。

“那一定很有趣，”公爵说，“我发现某些要塞也在生产这种服装。”

“那都是些低劣的仿制品，”凯恩斯说，“任何爱护自己皮肤的沙丘星人都穿弗雷曼人生产的蒸馏服。”

“它真的可以让你每天只流失极少量的水分？”公爵问。

“只要穿戴正确，并好好戴上头顶的帽子，唯一的水分流失就是手掌心那里，”凯恩斯答道，“如果无需用手进行重要操作，你可以戴上蒸馏手套，但大部分来往于沙漠的弗雷曼人都将一种木榴树的叶汁涂抹在掌心上，可以防止出汗。”

公爵透过左侧的窗户往下方看去，屏蔽场城墙周围是一片残碎的景象：布满裂纹、受尽锤炼的岩石，一条条黑色交叉的断层震裂线，划分出一块块黄褐色的区域，就好像有人空降在此地，留下了一片碎裂的废墟。

他们穿过一个低矮的盆地，里面是灰色的沙子，周围是一圈岩石。南边有一个缺口，沙地从那缺口伸入盆地中心，形成一个三角洲，与周围黑色的岩石相映。

凯恩斯靠在座椅上，回想刚才自己触到的蒸馏服下的水分充足的皮肤。他们的衣袍上围着屏蔽场带，腰间别着慢速散弹击昏器，颈部有硬币大小的应急发射装置。公爵和他儿子的腕鞘中都插着一把小刀，刀鞘似乎已严重磨损。这些人给凯恩斯留下了一种奇怪的印象，他们既温和，却又勇猛无比，作风与哈克南人完全不同。

“当你向皇帝汇报这儿的权力交接时，你会说我们遵守了规则吗？”雷托问。他望了望凯恩斯，接着重新看向航行的方向。

“哈克南人走了，你们来了。”凯恩斯说。

“一切是否按部就班？”公爵问。

凯恩斯的下颚肌肉一紧，气氛显得有点紧张。“大人，作为行星学家和变时裁决官，我直接受帝国管辖……”

公爵阴沉一笑。“但我们都明白现实。”

“我提醒您，我的工作受到了皇帝的支持。”

“真的？你的工作是什么？”

在短暂的沉默中，保罗想：*父亲对凯恩斯逼得太紧了*。他朝哈莱克看了一眼，但诗人勇士正看着窗外荒凉的景色。

凯恩斯拘谨地答道：“你指的，是我作为行星学家的职责。”

“当然！”

“主要是旱地生物学和植物学……加上一些地质工作——地核钻探和测试。人们对一个完整的星球总有探索不完的疑问。”

“你也调查香料吗？”

凯恩斯转过身，保罗注意到那一脸强硬的表情。“大人，这问题有点怪。”

“凯恩斯，请记住，如今这地方是我的封地。我的行事方式和哈克南人完全不同。你怎么研究香料，我都不会介意，但必须和我分享你的发现。”他朝这位行星学家看了一眼，“哈克南人不允许对香料的研究，对吗？”

凯恩斯瞪着公爵，没有回答。

“你可以直言不讳，”公爵说，“不用担心你的皮肤。”

“皇家法院确实远在天边。”凯恩斯低声说。他想：这个水分充足的入侵者究竟想要什么？难道他愚蠢到认为我会跟他们合作？

公爵吃吃地笑了起来，但仍旧注意着航向。“先生，我发觉你说话的语气有点酸。我们带着一群驯服的杀手来到这个星球，是吗？还希望你们马上明白我们与哈克南人的不同？”

“我已经看到你们铺天盖地的宣传品，”凯恩斯说，“‘爱戴善良的公爵！’你的军队……”

“好啦！”哈莱克大叫一声，他倾身向前，把注意力从窗边移了过来。

保罗把一只手放到哈莱克的手臂上。

“哥尼！”公爵回头望了一眼说，“这个人长期生活在哈克南人的统治下。”

哈莱克坐回到椅子上，“啊。”

“你的手下哈瓦特更温和一些，”凯恩斯说，“但他的目的很明确。”

“你会帮我们打开那些基地吗？”公爵问。

凯恩斯坚决地回答：“它们是陛下的财产。”

“却被闲置不用。”

“迟早会用。”

“陛下同意吗？”

凯恩斯狠狠地瞪了一眼公爵。“如果厄拉科斯的统治者不贪婪地掠夺香料，那这地方可以变成一个伊甸园。”

他没有回答我的问题，公爵想。接着他说道：“如果没有钱，一个星球怎么变成伊甸园？”

“如果买不到你所需要的服务，钱有何用？”凯恩斯反问道。

啊，好吧！公爵想。他接着说：“咱们下次再讨论这个问题。现在，我想我们已经到了屏蔽场城墙的边缘。还是保持航向吗？“

“保持航向。”凯恩斯答道。

保罗朝窗户外望去。在他们身下，碎裂的大地慢慢消失，取而代之的是一片光秃的岩石平原和一座尖锐的峭壁。峭壁以外便是连绵不断的沙丘，一直延伸到远处的地平线；沙丘深处不时出现一些暗点，一些黑乎乎的疙瘩，应该不是沙子。也许是突起的岩石。在这热得令人发昏的情况下，保罗吃不准那是什么。

“下面有什么植物吗？”保罗问。

“有一些。”凯恩斯答道，“这个纬度的生物带的生物，绝大多数都被我们称为水贼——它们已经有了极大的发展，会为一点点水分而互相攻击，并贪婪地攫取露珠。沙漠的某些地方也会生机勃勃，但它们都学会了如何在这种严酷的环境下生存。如果人掉下去，就得模仿它们的生存方式，否则只有死路一条。”

“你是说窃取对方的水分？”保罗问。这想法令他愤慨，他的语气暴露了他的情绪。

“这种事时有发生。”凯恩斯说，“但并非我的意思。你瞧，我这里的气候决定了对水的特别态度。在任何时候你都会想到水的问题。你决不会浪费任何含水分的东西。”

而公爵却在想：“……*我这里的气候！*”

“大人，再往南转两度，”凯恩斯说，“西面有一场风暴。”

公爵点点头，他已看到那边沙雾弥漫。他操控飞行器微微倾斜，身后的护航机群也跟着它一起转向，在被沙尘折射的光线下，它们的机翼泛着一片乳黄色的光芒。

“这应该可以避过风暴。”凯恩斯说。

“如果飞进沙尘暴，那一定很危险，”保罗说，“就算最坚硬的金属，也抵挡不住吗？”

“在这样的高度，不会是沙，而只有尘，”凯恩斯说，“主要的危险是看不见东西，以及旋风和堵塞。”

“我们今天能亲眼目睹香料开采吗？”保罗问。

“很有可能。”凯恩斯回答。

保罗靠在坐椅靠背上，他已经通过发问和超感意识完成了他母亲所谓的“登记”，即把凯恩斯的个人特征全部“登记”下来——音调、脸部和动作的每一个细节特点。此人的衣袍左袖上有一个不自然的褶皱，说明里面藏有匕首；腰部奇怪地鼓起，据说行走于沙漠中的人都戴着一根腰带，里面塞着小型的必需品，也许这个鼓起就是因为这根腰带——肯定不会是屏蔽场带；一个兔形铜别针扣着袍子的衣领，兜帽被甩在肩后，另外一个类似的别针正挂着兜帽的角上。

坐在保罗旁边的哈莱克扭了扭身子，把手伸进后车厢，拿出了巴厘琴。凯恩斯回过头，朝拨动琴弦的哈莱克看了一眼，接着把注意力重新放回到航向上。

“小主人，你想听什么？”哈莱克问。

“随你便，哥尼。”保罗回答。

哈莱克把耳朵凑向共鸣板，弹出一段旋律，轻声哼唱起来：

在那灼热的沙漠，刮着旋风，
我们的父亲吃着甘露，
上帝，把我们救出这水深火热之地！
拯救我们……哦……哦，救救我们，
把我们救出这干渴之地。

凯恩斯朝公爵望了一眼。“大人，您出行时还带着这么轻松愉快的卫兵。您的人是否都这么多才多艺？”

“你说哥尼？”公爵吃吃地笑了起来，“哥尼的确独一无二。我喜欢他的观察力，很少有东西能逃过他的眼睛。”

行星学家皱起了眉头。

哈莱克接着刚才的拍子继续唱道：

因为我就像一头沙漠之鹰，哦！
哎呀！就像沙漠中的雄鹰！

公爵从下边的工具面板上取下一只麦克风，拇指一按，打开开关，对着它说道：“我是G卫队的指挥官。九点钟方向出现飞行物，位于B区。请确认它的身份。”

“那不过是只鸟，”凯恩斯说，“你的眼睛很尖。”

从仪表盘扬声器里传来一阵嘈杂声。“这里是G卫队，已对飞行物进行了放大辨认，是一只大鸟。”

保罗朝那个方向望去，他看见了远处的黑点：一个断断续续运动的小点。他意识到父亲身上的那根弦绷得有多紧，一定是全身戒备。

“我不知道沙漠深处还有这么大的鸟。”公爵说。

“那看起来像只鹰，”凯恩斯应道，“有许多生物适应了这个星球的环境。”

扑翼飞机掠过一片光秃秃的岩石平原。保罗从两千米的高空朝下望去，看见地上投射出的飞行队那皱巴巴的影子。下面的地势看上去很平坦，但皱巴巴的阴影说明并非如此。

“有没有人步行从沙漠里走出来过？”公爵问。

哈莱克停止弹奏，倾身向前，想听听答复。

“没人从沙漠深处中走出来过，”凯恩斯答道，“但有人从第二区走出来过。他们取道沙虫很少出现的岩石区，幸免于一死。”

保罗注意到凯恩斯话音中的音色变化。他感觉自己突然警觉起来。

“啊，沙虫，”公爵说，“我一定要找个时间见识一下。”

“你今天就可以见到，”凯恩斯说，“哪儿有香料，哪儿就有沙虫。”

“永远如此？”哈莱克问。

“永远如此。”

“沙虫和香料之间有着什么联系吗？”公爵问。

凯恩斯转过身，保罗看见他说话时噘起的嘴唇。“沙虫保护香料沙地。每一头沙虫都有自己的……领地。至于香料……谁知道呢？我们检查过沙虫标本，怀疑它们之间有着某种复杂的化学交流。我们在沙虫的腺管中发现了盐酸的踪迹，其他地方还有更复杂的酸性物质存在。我会给你几篇我写的专题论文。”

“屏蔽场对它们没有防卫作用？”公爵问。

“屏蔽场！”凯恩斯嗤之以鼻，“在沙虫的活动区域启动屏蔽场，就等于自取灭亡。沙虫会丧失领地概念，从四面八方冲过来袭击屏蔽场。从来没有任何使用屏蔽场的人在这种攻击下幸免于难。”

“那怎么才能制服沙虫？”

“对沙虫的每一节分别进行高压电击，是目前唯一一种可以杀死并完整保留沙虫的方法，”凯恩斯说，“炸弹可以将它们震昏、炸成碎片，但沙虫的每一节都有独立的生命。据我所知，除了原子弹之外，目前还没有什么炸弹有足够威力可以完全消灭一头巨大的沙虫。它们特别顽强。”

“为什么不想法子将它们全部消灭？”保罗问。

“费用太昂贵，”凯恩斯回答，“所涉及的区域太大。”

保罗仰身靠在椅背上，他的辨伪感觉和凯恩斯音调的细微变化告诉他，这位行星学家在撒谎，他只讲了一半的真话。保罗想：*如果沙虫和香料之间有着什么关联，那么杀死沙虫就意味着毁掉香料。*

“不久之后，人们将不用自己走出沙漠，”公爵说，“只要开启装在我们颈部的这种微型发射器，营救人员马上会去救他。很快，所有的工人都会佩戴这种装置。我们正在建立一套专门的营救系统。”

“此举令人赞许。”凯恩斯说。

“听起来你似乎并不赞成这种做法。”

“赞成？我当然赞成，但用处不大。沙虫身上发出的静电会干扰许多信号，发射器会短路。瞧，以前也有人用过这个方法。普通设备在厄拉科斯是难以胜任的。而且，当沙虫开始袭击你的时候，不会给你留多长时间，一般只有十到十五分钟。”

“那你有什么建议？”公爵问。

“你想听我的建议？”

“对，作为行星学家的建议。”

“你会采纳吗？”

“如果合理。”

“好吧，大人。我的建议是，千万别单独旅行。”

公爵的注意力离开控制器，转过头。“就这？”

“就这。千万别单独旅行。”

“如果你被一场风暴隔绝，被迫降落，那该怎么办？”哈莱克问，“应该采取什么特别措施吗？”

“任何东西都有一个范围。”凯恩斯说。

“你会怎么做？”保罗问。

凯恩斯回过头，狠狠朝保罗瞪了一眼，接着他重新转头看向公爵。“首先要记得保护蒸馏服不受损坏。如果所在区域远离沙虫，或是位于岩石区，我就会留在飞船内。如果被迫降落在无边无际的沙漠中，我会尽快远离飞船，大约一千米就够了，然后躲在袍子下。沙虫会发现飞船，但可能不会注意到我。”

“然后怎么办？”哈莱克问。

凯恩斯耸耸肩。“等沙虫离开。”

“就这些？”保罗问。

“等沙虫离开后，你可以试着走出来，”凯恩斯说，“必须轻轻地走，避开鼓沙和潮汐尘低地——向最近的岩石区走。这种区域很多，一般都能成功。”

“鼓沙？”哈莱克问。

“一种沙子紧密度的特殊情况。”凯恩斯说，“哪怕是最轻微的踩踏，也会发出击鼓般的声音。沙虫总是闻声而来。”

“那么潮汐尘低地呢？”公爵接着问。

“沙漠中数百年来形成的洼地，里面扬满了沙尘。有的非常广阔，以至于会出现尘土般的浪潮。无论谁不小心闯进去，都会被一下子吞没。”

哈莱克靠回座椅上，继续拨动琴弦。他唱道：

那里有沙漠野兽在狩猎，
等着无辜的猎物经过。
哦……哦……别被沙漠诸神引诱，
除非你在寻找孤独的墓穴。
危险啊……

他突然停下来，倾身向前。“大人，前面有沙尘。”

“我看见了，哥尼。”

“那就是我们要找的。”凯恩斯说。

保罗在座椅上挺直身子，朝前方望去。前面大约三十公里处的沙漠表面，翻腾着一股滚滚黄云。

“那儿有一台你们的爬虫机车，”凯恩斯说，“它在沙地表面，说明它正在开采香料。香料被离心分离时，会有沙子被排出，那就是沙雾的来由。它跟别的沙雾不一样。”

“它的上空有飞行器。”公爵说。

“一共有二……三……四个空中观察哨，”凯恩斯说，“他们在观察沙虫的踪迹。”

“沙虫的踪迹？”公爵问。

“朝矿机移动的沙波。他们在沙漠表面还设有震动探测仪，因为有时候沙虫潜得太深，就难以察觉沙波的存在。”凯恩斯朝四周的天空望了一番，“这附近应该有运载器啊，怎么没看到呢？”

“沙虫每次都会来，对吗？”哈莱克问。

“每次都会来。”

保罗倾身向前，碰了碰凯恩斯的肩膀。“每一头沙虫的控制范围有多大？”

凯恩斯皱着眉，这小孩怎么老问大人的问题。

“这要看沙虫有多大。”

“具体怎么说？”公爵问。

“大个沙虫一般控制着三四百平方公里的领地，小的……”公爵突然踩了制动器，凯恩斯的话被打断。飞船颠了一下，尾舱慢慢静下，粗短的机翼一面延长一面弯起。飞行器慢慢倾斜，机翼轻柔地扑打着，成了一架真正的扑翼飞机。公爵用左手指着爬虫机车的东面说道：“那是沙虫的踪迹吗？”

凯恩斯从公爵身前凑过去，朝远处看去。

保罗和哈莱克也挤到一起，朝同一个方向望去。保罗注意到，由于公爵的飞行器突然行动，护航机已经冲到了前头，现在正拐着弯飞回来。爬虫机车就在前边大约三公里外。

在公爵所指的地方，月牙形的沙丘上，一条条波纹延绵不绝地通到天边，在那些波纹中，有一个绵长的山丘正在运动，就像是一条笔直的波纹伸向远方。这让保罗想起了大鱼游过水面造成的扰动。

“沙虫，”凯恩斯说，“很大。”他退到自己的位子上，抓起仪表盘上的麦克风，按了一个新的频段。他看了一眼头顶上方的方格图，对着麦克风说道：“呼叫DA九区的爬虫机车，发现沙虫踪迹，DA九区的爬虫机车注意，发现沙虫踪迹。收到请回答。”他等着。

表盘上的扬声器响起一阵“嗞嗞”的静电声，然后传来一个声音：“谁在呼叫DA九区爬虫机车？完毕。”

“这些人听上去很平静嘛。”哈莱克说。

凯恩斯对着麦克风说道：“这里是未登记机群——在你们东北方三公里外。有沙虫正在朝你处移动，估计二十五分钟后抵达。”

另外一人的声音从扬声器里传出：“这里是观测控制台。确认沙虫踪迹，时刻追踪其预计抵达时间。”停了一会儿，又传出声音：“预计二十六分钟内抵达。只少不多。谁在未登记机群上？完毕！”

哈莱克解开安全带，冲到公爵和凯恩斯中间。“凯恩斯，这是常规工作频段吗？”

“对，怎么啦？”

“还有谁能听见？”

“这个区域内的工作人员，已经减少了干扰。”

扬声器又“嗞嗞”地响起来：“这是DA九区爬虫机车，谁应获得发报奖金？完毕。”

哈莱克看了一眼公爵。

凯恩斯解释道：“第一个发出沙虫警报的人，可以从采到的香料中分成，得到一笔奖金，他们想知道……”

“告诉他们谁第一个发现的沙虫。”哈莱克说。

公爵点点头。

凯恩斯犹豫了一下，最后拿起麦克风。“发报奖金归于雷托·厄崔迪公爵，是雷托·厄崔迪公爵，完毕。”

扬声器里传出的声音有些单调，还时不时因静电爆破声而失真。“收到，谢谢。”

“现在，告诉他们公爵要把这笔奖金分给他们，”哈莱克命令道，“告诉他们，这是公爵的意思。”

凯恩斯深深地吸了一口气，然后说道：“公爵要你们自己分享这笔奖金，听见了吗？完毕！”

“收到，谢谢。”

公爵说：“我忘了告诉你，哥尼还是一位天才公关专家。”

凯恩斯皱着眉，满脸茫然地看着哥尼。

“这样做是让这些人知道公爵在关心他们的安全，”哈莱克说，“事情会传开，而且对讲机用的是这个区域的工作频率——哈克南人的间谍不太可能听到。”他朝外边的空中掩护机组望了望，“我们的力量也很强大，值得冒这个风险。”

公爵驾着飞机斜着飞向涌起阵阵沙雾的爬虫机车。“现在怎么办？”

“这附近应该有一架运载器，”凯恩斯说，“它会来将机车运走。”

“如果运载器失事了怎么办？”哈莱克问。

“就会损失一些设备，”凯恩斯说，“大人，靠近爬虫机车。你会发觉很有意思。”

公爵绷着脸，在控制器上忙碌起来，飞进采矿车上方的湍流中。

保罗低头往下看，下面那个金属和塑料制成的怪物仍在喷吐着沙子，看上去就像一只巨大的棕蓝色甲虫，身子周围长着一条条手臂，疯狂地踏出许许多多的脚印。一只巨大的倒置漏斗形喷嘴戳进了黑漆漆的沙子中。

“从颜色上看，这是一个丰富的香料矿床，”凯恩斯说，“他们会一直开采到最后一刻。”

公爵给机翼加足动力，让它们紧紧绷直，开始陡然下冲，最后停在低空，在爬虫机车上方盘旋。只要朝左右一望，便可看见他的卫队机群仍维持着原来的高度，在上方盘旋。

保罗细细审视爬虫机车的风道中喷出的黄色沙雾，又抬头望向远处沙漠中不断接近的沙虫踪迹。

“难道我们不应该听到他们呼叫运载器吗？”哈莱克问。

“通常他们使用另一个频率和运载器联系。”凯恩斯回答。

“难道不是应该有两架运载器，为每台爬虫机车服务吗？”公爵问，“下面这台机器上应该有26名工人，更别提设备了。”

凯恩斯回答：“你没有足够的经……”

突然，从扬声器里传来愤怒的吼声，打断了他的话。“有人看见运载器了吗？他一直没有应答。”

扬声器里传出一阵嘈杂声，接着淹没在一阵突然的过载信号音中，之后沉默了半晌，原先那人说道：“请依次报告，完毕！”

“这里是观察控制台，我最后看见运载器时，它飞得很高，正在西北方盘旋。现在看不见它了。完毕。”

“一号观察点：没有看见，完毕。”

“二号观察点：没有看见，完毕。”

“三号观察点：没有看见，完毕。”

沉默。

公爵朝下望去，他自己的飞船的影子刚刚掠过爬虫机车。他问：“只有四架观察机，对吗？”

“对。”凯恩斯说。

“我们有五架飞行器，”公爵说，“而且很大，每一架都可以再坐三个人进去。他们的观察机应该可以再搭载两个人。”

保罗心里算了一下。“那就还剩三个人。”

“他们为什么不为每台爬虫机车配备两架运载器？”公爵怒气冲冲地吼道。

“你们没有足够的设备。”凯恩斯说。

“那就更应该保护我们目前现有的资源！”

“那架运载器会飞到什么地方去呢？”哈莱克问。

“可能迫降在了什么地方，我们看不见。”凯恩斯说。

公爵手里抓着麦克风，拇指搁在开关上，犹豫着。“他们怎么会让一架运载器消失？”

“他们的注意力都在地面，在搜寻沙虫的踪迹。”凯恩斯解释道。

公爵拇指一按，打开开关，对着麦克风说道：“我是你们的公爵。我们现在飞下来，来营救DA九区采矿机的人员。所有观察机听从命令，观察机在东面着陆，我们在西面，完毕。”他伸手向下，开启自己的指挥频段，对自己的掩护机组重复了刚才的命令，接着把麦克风递给凯恩斯。

凯恩斯拨回日常工作频段，从扬声器中传来一阵猛烈的喊声：“……差不多一整块香料！我们采到了一整块香料。不能把它留给混账沙虫！完毕。”

“去他妈的香料！”公爵怒吼道，他一把抢回麦克风，“香料总会有！我们的飞船能把你们救走，但有三个人载不下。你们自己抽签，或用别的方式决定谁走谁留。但你们必须离开，这是命令。”他将麦克风重重地丢给凯恩斯，嘟哝道：“抱歉。”凯恩斯甩了甩受伤的手指。

“还有多少时间？”保罗问。

“九分钟。”凯恩斯回答。

公爵说：“这艘飞船的能量比其他飞船大。如果我们在喷气状态下以四分之三的机翼起飞，那就可以多载一个人。”

“沙地很软。”凯恩斯说。

“多载四个人进行喷气起飞，机翼可能会断，大人。”哈莱克说。

“这架飞船不会。”公爵说。当飞行器滑到爬虫机车旁边时，他向后拉动操纵杆，机翼翘起，飞船在离机车二十米处停下。

爬虫机车已停了下来，通风口再没沙雾喷出，只有一丝微弱的机械震动声，当公爵打开舱门，那声音越来越清楚。

一股肉桂的芳香立即扑鼻而来，浓烈且刺鼻。

观察机飞行器在另一边发出一声响亮的震动声，降落在了那里。公爵的护卫机俯冲而下，着陆在他的飞机旁。

保罗望着外面的工厂，它是多么的庞大，扑翼飞机在它旁边显得多么的渺小——仿佛是甲虫身边的蚊蚋。

“哥尼，你和保罗把后排座椅都扔掉，”公爵说。他通过手动操纵，把机翼伸展到四分之三长度，调好角度，检查了下喷气控制器，“见鬼，他们怎么还不出来？”

“他们希望运载器会出现，”凯恩斯解释说，“还有几分钟时间。”说完他朝东面看了一眼。

大家扭头朝同一方向看去，没有沙虫的踪迹，但空气中弥漫着一股紧张压抑、让人透不过气来的沉闷气氛。

公爵抓起麦克风，接到指挥频段，说道：“按编号顺序，两架飞机扔掉屏蔽场发动机。这样就可多载一个人。我们不会给那怪物留下一个人。”他又接回工作频段，大声吼道，“好啦！DA九区的人！马上给我出来！赶快！这是你们公爵的命令！不然我就用激光炮轰掉机车。”

工厂前面、后面和上面的舱门一个个开了，人们跌跌撞撞地跑出来，在沙地上连滚带爬往前滑。一个工作衣上补着补丁的高个子最后出来，他跳上一条轨道，接着跳进沙中。

公爵把麦克风挂到仪表盘上，侧身站到机翼的台级上，大叫道：“两人一组，上观察机！”

穿着补丁服的人把工人分成两人一组，催着他们去另一边的飞行器。

“四个到这儿来！”公爵吼道，“四个上后边的飞船！”他用手指着后边的护卫机，那里的卫兵正在将屏蔽场发动机往外推。“还有四个，上那边的飞船！”他指着另外一架已扔掉发动机的飞行器，“其余分成三人一组，上其他飞机！快跑，你们这些沙崽子！”

高个子将工人分配好，带着另外三个人跌跌撞撞地跑过来。

“我听见沙虫的声音了，但还没看见它。”凯恩斯说。

其他人也听见了——一种沙沙的爬行声，很遥远，但声音慢慢变大。

“真他妈拖拉，快！”公爵骂道。

周围的飞船开始起飞，吹起一片沙尘，公爵不禁想起在故乡丛林中的一次迫降，惊起一群食腐鸟，只留下地上野牛的骨架。

香料工人沿着扑翼飞机的一侧艰难上爬，往公爵后面挤去，哈莱克伸手使劲拽他们，把他们推进后座。

“伙计们，快进去！”他大叫道，“赶紧地！”

保罗被这些一身臭汗的人挤到了角落里，他闻到一股恐惧的气味，注意到其中两人蒸馏服的颈部装置已乱了套。他把这一情况牢牢记在脑海中，以备将来行动之用。父亲应该会发布命令，蒸馏服必须穿戴紧致。如果你不对这档子事好好关照一番，那么人们以后会变得越来越马虎。

最后一人气喘吁吁地爬进后座，喊道："沙虫！就在我们屁股后面！快起飞！"

公爵坐上椅子，皱着眉说："按开始的估计，我们差不多还有三分钟时间，对吗，凯恩斯？"他关上门，同时检查了一下。

"差不多是这样，大人。"凯恩斯边说边想：*这位公爵真是冷静！*

"大人，我们都准备就绪了。"哈莱克说。

公爵点点头，最后一架护航机已经起飞了。他调了调点火器，又朝机翼和仪表看了一眼，接着启动了喷气起飞程序。飞机的起升把公爵和凯恩斯深深地按进座椅中，后座的人也感受到了强劲的压力。凯恩斯看着公爵操纵飞船的手法——轻柔，但信心十足。现在，扑翼飞机已完全升到空中。公爵看了看仪表，又观察了一下两翼的情况。

"载重量太大了，大人。"哈莱克说。

"还在飞船的承受范围内，"公爵说，"你不会真以为我会拿这事冒险吧，哥尼？"

哈莱克咧嘴一笑。"当然没有，大人。"

公爵操控飞机倾斜，缓缓绕出一个长长的弧线——在爬虫机车上方盘旋爬升。

保罗被挤在角落里，望着下面躺在沙地上的那台静悄悄的机器。就在刚才，沙虫的踪迹在离机器约四百米处消失了，现在，采矿工厂周围的沙地似乎开始了动荡。

"沙虫已经到了爬虫机车下面，"凯恩斯说，"你们即将目睹这个难得一见的怪物。"

现在，一粒粒沙尘盖住了机车周围的沙地，那庞大的机器开始向右下倾斜。机器的右边形成了一个巨大的漩涡，越转越快。方圆几百米内满是沙尘。

接着，他们看见了那怪物！

沙堆中出现了一个巨洞。阳光下，洞中闪着一道道白光。保罗估计，那个洞的直径至少是爬虫机车的两倍。随着一阵排山倒海的沙浪，机器斜着掉进了洞里。那个洞随机坍塌。

“老天爷，这究竟是什么怪物啊！”保罗身边有个人咕哝道。

“把我们的香料全吞了！”另一个愤愤不平地说道。

“有人将为此付出代价，”公爵说，“我向你们保证。”

保罗感到父亲平淡的语气中藏着深深的怒火，他发觉自己也一样。这是可耻的浪费！

在一阵沉默以后，他们听见了凯恩斯的声音。

“保佑造物主和祂的水，”凯恩斯喃喃道，“保佑祂的降临与逝去，愿祂能净化这个世界，愿祂为祂的子民守护这个世界。”

“你在说什么？”公爵问。

但凯恩斯没有回答。

保罗朝紧紧挨在他身边的人看了一眼，他们都害怕地盯着凯恩斯的后脑勺。其中一个悄声说道：“列特。”

凯恩斯转过头，满脸怒容。那人吓得缩紧了身子。

另一个人咳嗽起来——沙哑的干咳。最后他喘着粗气道：“那个鬼洞真是该死！”

最后一个走出工厂的高个子说：“科斯，给我闭嘴。你这样只会咳得更凶。”他挪了挪身子，让自己看见公爵的后脑勺，“我想你就是雷托公爵吧，”他说，“谢谢你救了我们的命。要不是你们来得及时，我们肯定已经没命了。”

“伙计，安静点。让公爵好好驾驶飞船。”哈莱克低声说。

保罗朝哈莱克看了一眼。他也注意到父亲紧紧绷着的面颊。公爵发火时，别人走路都得小心。

公爵开始缓缓调整扑翼飞机，从原先的倾斜盘旋转到平稳飞行。沙地上突然又有什么动静，他将飞机停在半空。沙虫已经退进了沙地深处，现在，在原先采矿工厂所在地方的旁边，有两个人影正往北离开沙陷之处。他们似乎是在沙子表面轻轻滑行，没有留下一丝足迹。

“下面这两个人是谁？”公爵大叫道。

“就是两个来凑热闹的家伙，大人。”高个子回答。

“为什么没告诉我们有这两个人？”

“他们想自己冒险，大人。”高个子说。

“大人，”凯恩斯说，“这些人知道在沙虫出没的地方被困住，不会有多少办法逃脱。”

“我们将从基地派一艘飞船接应他们。”公爵厉声说道。

“悉听尊便，大人，”凯恩斯说，“但是当飞船来到时，很可能已经找不到这些人了。”

“不管怎样，我们还是派一架飞船来。”公爵说。

“这两人就在沙虫冒出来的地方，”保罗说，“他们是怎么逃脱的？”

“那个洞的边沿塌陷下去，会让人产生距离上的错觉。”凯恩斯解释道。

“大人，您在浪费燃料。”哈莱克壮着胆提醒公爵。

“知道了，哥尼。”

公爵把飞船掉过头，朝屏蔽场城墙飞去。他的护航机组也从盘旋的高位飞下，来到了上方和左右的守护位置。

保罗心里想着沙丘人和凯恩斯说的话。他感觉其中另有隐情，肯定是谎言。那两个人在沙丘上滑走，充满自信，行进的方式显然相当老练，不会把藏在沙漠深处的沙虫引出来。

弗雷曼人！保罗想，除了他们，还有谁能在沙地上行走自如？还有谁会被丢在那里，而不必担心他们的安危，就像天经地义一般——因为他们根本不会有危险？他们知道在那种地方该如何生存！他们知道如何战胜沙虫！

“弗雷曼人在爬虫机车上干什么？”保罗问。

凯恩斯猛地转过身。

那个高个子也睁着大大的眼睛看着保罗，那是一双全蓝的眼睛。

“这小伙子是什么人？”他问。

哈莱克插到保罗和高个中间。“这位是保罗·厄崔迪，公爵的继承人。”

“他为什么说我们的机器上有弗雷曼人？”高个子问。

“特征相符。”保罗说。

凯恩斯哼了一声。“光凭外貌并不能认出弗雷曼人！”他看着高个子，“你，告诉我那些人是谁！”

“我们中某个人的朋友，”高个子说，“就是从附近村子里来的朋友，想看看香料沙地。”

凯恩斯别过头。“弗雷曼人！”

但他心中却在想传说中的话：“李桑·阿尔-盖布洞悉真伪，看清本质。”

“他们现在多半已经死了，小主人，”高个子说，“我们不应该说这些不近人情的话。”

但保罗听出他们在说谎，并察觉到一丝恐吓的意味，哈莱克也感觉到了，他本能地进入了全神戒备的状态。

保罗冷冰冰地说：“死在一个多么可怕的地方。”

凯恩斯没有转身，说道：“当造物主定下某人在某处身死，祂便会引领那人走向那个地方。”

雷托扭过头，狠狠瞪了眼凯恩斯。

凯恩斯也回头看着公爵，他因今天目睹的一切而心烦意乱。这公爵关心人胜过关心香料。他冒着自己和儿子的生命危险救了这些人，他一个挥手就把香料开采设备的损失抛在了脑后。人的生命受到威胁，这使他怒发冲冠。这样的领袖会赢得死心塌地的效忠。打败他一定难于登天。

自己的愿望和先前的判断相反，凯恩斯暗暗承认：我喜欢这位公爵。

伟大是一种转瞬即逝的体验，绝不会始终如一。它部分依赖于人类创造神话的想象力。体验伟大的人，必定能感觉到他所身临其中的神话般的光环。他必定会体现出在他自己身上寄托的东西。也必定会有一种强烈的自嘲精神。这使他远离自负。唯有自嘲能让他省察自身。没有这种品质，哪怕是偶尔的伟大也会毁掉一个人。

——摘自伊勒琅公主的《穆阿迪布语录》

黑夜还没降临，但在厄拉奇恩大家族的宴会厅里，浮空灯已经点亮，黄色的光芒照亮了那只角上沾着血的黑色牛头，也照亮了老公爵那幅闪着油光的画像。

在这群辟邪之物的下方，洁白的台布闪着光芒，厄崔迪家族的银器擦得锃亮，被考究地布置在长桌上。一张张沉重的木椅前，摆放着摆好阵形的晶莹剔透的酒杯，小群侍从等在一旁，随时提供服务。宴会厅中央那盏古典的枝形浮空灯还未点亮，吊着它的金属链扭曲向上，伸进黑影之中，那里隐藏着一个毒物探测器。

公爵站在门口，查看晚宴的筹备情况。他正思索着毒物探测器和它隐含的意味。

都是一种模式，公爵想，看看我们的语言就明白了——对于这种卑鄙的杀人方式，我们用清楚精确的词语来描述。今晚有人会用麝毒吗？那种投在饮料里的毒？或是奥玛斯，投在食物里的毒？

他摇摇头。

长桌上的每个盘子旁都放着一壶水。公爵估计，这些水够厄拉奇恩的一个贫苦家庭用上一年多。

门口两边放着黄绿相间的宽口洗手盆，每个盆边都挂着叠叠毛巾。这是此地的习俗，管家解释说，客人进来时，按礼节将手蘸进水中，然后泼几杯水到地上，最后用毛巾擦干手，再把毛巾扔进门外的水坑中。宴会结束后，聚在门外的乞丐可以讨得毛巾里拧出的水。

*真是典型的哈克南作风，公爵想，但凡想得到的堕落风气，他们都会有。*他深深吸了一口气，胸中燃起一股怒火。

“这习俗到此为止！”他喃喃道。

他看见一个女仆正在对面的厨房门口徘徊不前，这是女管家推荐的一个双手粗糙的老妇人。公爵举起手，向她招呼了一下，她从黑影中走出，绕过桌子走近公爵。公爵注意到她那粗糙的皮肤和纯蓝的眼睛。

“大人有何吩咐？”她埋着头，眼光躲闪。

公爵打了个手势。“把这些盆和毛巾都撤了。”

“可是……尊敬的老爷……”她目瞪口呆地抬起头。

“我知道习俗！”公爵叫道，“把盆端到大门口。我们吃饭时，每个来访的乞丐都可以得到一杯水，明白了吗？”

她那粗糙的脸立刻展现出各种扭曲的情绪：沮丧，愤怒……

雷托一下子心领神会，意识到她原先一定打算出售从践踏过的毛巾中拧出的水，对路过的可怜人盘剥几个铜板，也许这也是习俗。

公爵脸色一沉，低吼道：“严格执行我的命令。我会派一个卫兵过来监督的。”

他转过身，沿着过道大步走回大厅，脑海中的记忆翻腾起来，就像一个个没牙的老太婆在唠唠叨叨地述说。他想起了宽阔的水域、起伏的波浪，想起了满眼青草而不是黄沙的日子，想起了艳阳高照的夏季，这种日子已经像风暴中的落叶一样迅猛地离他而去了。

一切都过去了。

我老啦，他想，已经能摸到死神那冰凉的手。在哪里呢？在一个老妇人的贪欲里。

大厅里，一群光怪陆离的人站在壁炉前，把杰西卡女士围在了中心。一盆火噼里啪啦燃烧着，摇曳的橙色火光照亮了珠宝、蕾丝和昂贵的织物。公爵从人群中认出一位来自迦太格的蒸馏服制造商、一个电子产品进口商、一位在极地有水厂和避暑山庄的运水商、一位公会银行的代表（此人又瘦又孤僻）、一位香料开采设备零配件交易商，还有一位面貌凶恶的瘦削女子，她为外星旅行者提供护卫服务，据说这只是幌子，事实上干的都是各种走私、间谍和敲诈的营生。

大厅里的大部分女子都像是从一个模子里刻出来的——花枝招展，打扮入时，混着一种古怪的不可亵渎的感觉。

即使杰西卡不是女主人，她在人群中也会鹤立鸡群，公爵想。她没戴珠宝，穿着暖色调衣服，一袭长裙像是盆火的影子，棕色的头发上系着一条土黄色发带。

公爵意识到她这么做是表达不满，是在责怪他最近的冷落。杰西卡很清楚公爵喜欢她穿这种色调的服饰——他眼里已经填满了那温暖的色调，衣裙窸窣作响。

邓肯·艾达荷穿着华丽夺目的制服站在附近，看起来更像一名从侧翼包抄的士兵，而不是宾客中的一员。他脸上毫无表情，卷曲的头发梳得整整齐齐。哈瓦特专门把他从弗雷曼人那儿召回来，给了他一个任务——“*以保护杰西卡夫人的安全为由，时刻监视她*。”

公爵扫了一眼大厅。

保罗在角落里，被一群谄媚的厄拉奇恩富家子弟围着，三个漠然的家族卫队军官站在他们中间。公爵特别注意到一个女孩，对她来说，公爵的继承人将成为多么吃香的白马王子，但保罗显得很有分寸，庄重、高贵，不偏不倚。

他完全配得上公爵的头衔，公爵想。他突然意识到这又是一个死亡的念头，不禁打了一个寒战。

保罗看到了站在门口的父亲，避开了他的目光。他环顾着大厅里一堆堆的客人，一双双珠光宝气的手捧着酒杯（还有用微小远传探测器的秘密探查）。看着这一张张喋喋不休的面孔，保罗突然产生了一种厌恶感。那些面孔只是扣着腐败思想的廉价面具，连篇废话只是为了淹没每人心中难耐的寂寞。

我心情不佳，他想，*不知道哥尼会怎么说*。

他知道自己为什么心情不好。他根本就不想参加这次宴会，但他父亲执意如此。“你有一个位置，应履行职责。你已经到了年龄，快要成人了。”

保罗看着父亲从门口走了进来，他审视着屋子，然后向围着杰西卡的那群人走去。

当公爵朝那边走去时，运水商正在问：“听说公爵打算安装气候控制系统，是真的吗？”

公爵站在他身后，回答道：“先生，离那目标还差得远呢。”

那人转过头，显出一张和蔼的圆脸，晒得黝黑。“啊，公爵，”他说，“我们正念着您呢。”

雷托朝杰西卡看了一眼。“有件事要办。”他将注意力重新转向运水商，解释了刚才处理水盆的事，“就我来说，这个旧俗到此为止了。”

“大人，这算是一项公爵令吗？”那人问。

“我让你们自己……啊……凭良心判断。”公爵说。他回过头，注意到凯恩斯正向这边走来。

一位女客说道：“我以为这是个慷慨的举动——把水分给……”有人制止了她。

公爵看着凯恩斯，行星学家身着一套黑棕色的老式制服，佩着皇室文职人员的肩章，衣领上文着一粒微小的金色珠状军衔标志。

运水商的问话口吻中充满了怒气。“公爵是在批评我们的习俗吗？”

“习俗已经改变。”雷托说。他向凯恩斯点了点头，注意到杰西卡皱了皱眉，心想：*皱眉头和她的身份不相称，但这会引发我俩关系不和的谣言。*

“如果公爵不反对，”运水商继续说，“我想就习俗再问几个问题。”

公爵听出此人语气中突然多了一丝油滑，他注意到周围的人都安静下来，大厅里的人都把注意力转向了这边。

“差不多到就餐时间了吧？”杰西卡问。

“可咱们的客人还有几个问题。”雷托看着运水商说。那张圆脸上长着一对大眼睛，厚嘴唇，他想起了哈瓦特的备忘录。“……这个运水商需要密切留意——记住他的名字：林加·布特。哈克南人利用他，却没能完全控制他。”

“水风俗很有意思，”布特说，脸上挂着微笑，“我很好奇，你打算怎么处理这所房子的温室。你打算当着众人的面继续夸耀它吗……大人？”

雷托压着胸中的怒火，盯着这个人。他脑中思绪万千。这人在他的城堡领地内向自己发出挑战，还真需要十足的勇气，尤其是他还与我们签了效忠协议。采取行动的人一定了解自己的力量。事实上，在此地，水就是力量。比如说，如果给供水设施装上地雷，发个信号就将其摧毁……这个人看来干得出这种事。摧毁供水设施就等于摧毁厄拉科斯。布特举在哈克南人头上的大棒很可能就是这个。

“公爵大人，我对温室已有一个计划。”杰西卡笑着对雷托说，“我们打算保留它，这是毫无疑问的，但只是替厄拉科斯的人民代为保管。我们有一个梦想，有朝一日厄拉科斯的气候会变得美好，任何露天的地方都能种上这些植物。”

愿上帝保佑她！雷托想，让我们的运水商好好想想这番话吧。

“很明显，你对水和天气控制很感兴趣，”公爵说，“我建议你不要把鸡蛋放在一个篮子里。总有一天，水在厄拉科斯将不再是昂贵的商品。”

他同时思忖：哈瓦特应该倍加努力，渗入这位布特的机构中去。我们必须马上着手建立备用供水设施，没人可以在我的头上挥舞大棒！

布特点点头，脸上仍挂着笑。“一个难能可贵的梦想，大人。”他朝后退了一步。

雷托注意到凯恩斯脸上的表情。他正盯着杰西卡，像是着了魔——仿佛一个陷入爱河的男人……或是一个坐禅打坐的人。

凯恩斯的思想终于被预言中的话所征服。“他们必将分享你那最为珍贵的梦想。”他直接对着杰西卡说道：“你带来捷径之法了吗？”

“啊，凯恩斯博士，”运水商说，“您跟着那群弗雷曼人四处漂泊，现在总算露面了。承蒙光临。”

凯恩斯用难以捉摸的目光瞥了布特一眼。“我们在沙漠中有个传言，说如果谁拥有大量的水，会太过疏忽而招致致命的灾祸。”

“沙漠里奇谈怪论多着呢。”布特说，但语气却流露出内心的不安。

杰西卡走到雷托跟前，把手伸进他的臂弯，借机使自己镇静下来。凯恩斯刚才提到了“……捷径之法”。在古语中，这句话被译成“魁萨茨·哈德拉克”。行星学家提的这个奇怪的问题，似乎没有引起任何人的注意，现在他正倾身听着一位夫人卖弄风情的轻声细语。

魁萨茨·哈德拉克，杰西卡想，*难道我们的护使团在这儿还种下了这个传说？*这想法唤起了她对保罗的隐隐期待。*保罗可能就是魁萨茨·哈德拉克，这是可能的。*

公会银行代表已经和运水商攀谈起来。布特扯高嗓门，压倒了重新活跃起来的谈话声。“早有许多人试图改变厄拉科斯。”

公爵注意到这句话深深刺痛了凯恩斯，这位行星学家猛然直起身，匆匆离开了那位卖弄风情的夫人。

整个大厅突然安静下来，一位穿着步兵装束的家兵在雷托身后清了清嗓子，说道：“大人，宴席准备好了。”

公爵向杰西卡投去一个询问的眼神。

“这儿还有个习俗，客人们入席后，主人才能入座，”她笑着说，“大人，要不我们也把它改了？”

他冷冷地答道：“这习俗挺好，就让它保留着吧。”

我必须保持怀疑她是内奸的假象，他想。他看着从身边鱼贯而过的客人。*你们中谁相信这个谎言？*

杰西卡感觉到他的疏远，像过去一周那样，她对此深感纳闷。*看他的举动，像在跟自己作斗争*，她想。*是不是因为我安排这次宴会的进展太过神速？可他知道，让我们的官兵与当地社会各阶层人士熟悉一下是非常重要的。我们是他们的父母官，没有什么能比组织社交活动更能充分表达这个意义。*

雷托看着从身边走过的人群，想起了杜菲·哈瓦特得知宴会安排后的态度。“大人，绝对不要举办宴会！”

公爵嘴角显出一丝阴冷的笑容，想想当时的情景就好笑。当他坚持要出席宴会时，哈瓦特连连摇头。“大人，我有一种不祥的预感。”他说，“厄拉科斯的一切进展太过神速。这不像哈克南人的作风，一点都不像。”

保罗伴着一个比他高半个头的年轻女子从公爵身边走过。他不满地看了父亲一眼，那女的说了句话，他点了点头。

“她的父亲制造蒸馏服，”杰西卡介绍道，“我听说穿了他的服装，只有笨蛋才会被困在沙漠。”

“走在保罗前边，脸上有道疤的人是谁？”公爵问，“我没认出他来。”

“名单上新加上去的一个，”杰西卡低声说，“是哥尼安排的。一名走私徒。”

“哥尼安排的？”

“我求他做的。哈瓦特也同意，虽然我想他对此颇有微词。这人名叫图克，埃斯马·图克。他在走私徒中力量不小。这里的人都认识他。他出席过许多大家族的宴会。”

“为什么请他？”

“到这儿的人都会问这个问题，”她回答，“图克的出现会引起猜疑。他可以向人们表明你准备强化反贿赂的法令，甚至不惜得到走私徒的合作。这一点哈瓦特也很喜欢。”

“我不敢肯定是否喜欢这个安排。”他朝从身边走过的一对夫妻点了点头，还未入座的客人已经不多。“你为什么不邀请一些弗雷曼人？”

“有凯恩斯啊。”她说。

“对，有凯恩斯，”他说，“你还给我安排了别的小惊喜吗？”他挽着杰西卡走到了队列后。

“其他安排都是按惯例进行的。”她说。

而她心里在想：*亲爱的，你难道不明白这名走私徒控制着快速飞船，可以买通他吗？我们必须留一条后路。当形势坏到难以挽回时，我们还有一扇逃离厄拉科斯的门。*

他们进入餐厅后，杰西卡抽出了挽在雷托臂弯中的手，由他领进坐席。接着他大步走到桌子的一端，一名男仆为他扶好椅子。随着一阵衣物和椅子的响声，其他人全部就座，但公爵仍站在那里。他打了个手势，餐桌四周穿着步兵制服的家兵都退到了后边，立正站着。

屋子笼罩在一片不自在的安静气氛中。

杰西卡沿着长桌看着桌子那端，发现雷托的嘴角正微微颤动，脸上因怒火而泛着红晕。*是什么惹恼了他？*她暗想，*必不是因为我邀请了走私徒。*

“有人责问我为何改变水盆的习俗，”公爵说，“我通过此事奉告诸位，许多事都将改变。”

餐桌前一片尴尬的寂静无声。

*他们以为他醉了，*杰西卡想。

雷托将水杯高高举起，浮空灯的光射向杯子，造成了无数的反光。“谨以帝国骑士的身份，”他说，“向大家敬一杯水酒。”

大家都拿起水杯，一双双眼睛注视着公爵。在这突然的静寂之际，从厨房过道吹来一阵微风，一盏浮空灯微微摇晃起来，一道道黑影在公爵那张鹰脸上舞动。

“既然我来了，谁也别想赶我走！”他一声大喝。

大家把杯子送向嘴边，但公爵仍高高举着杯子，其他人也只能停住。公爵继续道：“我就说一句咱们心中最喜爱的至理名言：‘生意兴隆！财运亨通！’”

他呷了一口水。

其他人也跟着喝了，同时面面相觑，交换着疑惑的目光。

“哥尼！”公爵唤道。

从公爵身后的小屋里传来哈莱克的声音：“在，大人。”

“给咱们唱支小曲，哥尼！”

从小屋里飘出了巴厘琴的琴声。公爵大手一挥，仆人开始上菜——配着西贝达酱的烧烤沙兔，阿波西连，牛肉烩饭，美琅脂咖啡（餐桌上飘荡着香料浓郁的肉桂味），用冒着泡的卡拉丹红酒配食的塞鹅。

但公爵仍旧站着。

客人们等着，面前香喷喷的佳肴和站着的公爵使他们有点不知所措。雷托说：“在古代，主人有责任用他的才能款待客人。”他紧紧捏着水杯，以至于指关节都发白了，“我不会唱歌，但我可以告诉你们哥尼在唱什么。再敬各位一杯——这一杯祭奠那些将我们送到此地的英烈。”

餐桌上一片不安的骚动。

杰西卡低眼看着坐在她近旁的人——有圆脸的运水商和他的女伴；表情严肃、皮肤白皙的公会银行代表（他的目光紧紧盯着雷托，看上去就像一个尖嘴稻草人）；模样粗犷、脸上带疤的图克，他那纯蓝的眼睛深陷在眼窝里。

“朋友们，让我们检阅那些长久未受检阅的部队，”公爵念道，“他们都逃不过痛苦和金钱的沉重宿命，他们的英灵穿着我们的银色衣装。朋友们，让我们检阅那些长久未受检阅的部队。他们每一个都凝结在了一个时间点上，既不装腔作势，也不偷奸耍滑，财富的诱惑随他们传承。朋友们，让我们检阅那些长久未受检阅的部队。当我们大限将至，龇牙咧嘴地笑着结束一生时，我们也将传下财富的诱惑。”

公爵念到最后一句，声音慢慢变轻。他举杯喝了一大口水，接着将它狠狠放回桌上，水从杯沿溅落到亚麻布上。

其他人噤若寒蝉，尴尬地跟着饮了一口。

公爵又举起杯，这次他将剩下的半杯水全都倒在了地上，他知道，别人也都必须这么做。

杰西卡第一个照他的样把水倒在地上。

其他人愣了一阵，最后才依样将杯里的水泼在地上。杰西卡看见坐在雷托身旁的保罗细细审视周围每个人的反应。她自己也被客人们的表现所吸引——尤其是女人。这是可以携带的纯净之水，跟泼在毛巾上的弃水不一样。拿水杯的手在颤抖，拖拉的反应，神经兮兮的笑声……都说明他们很不情愿，但又必须这么做。一位夫人把水杯掉在了地上，她的男伴给她捡水杯时，这位夫人故意把眼光看在了别处。

然而，最令她注目的是凯恩斯。这位行星学家犹豫了一阵，最后把水倒进了外套下的一个容器里。他发现杰西卡在看自己，便对着她笑了笑，向她举举空杯，默默做出敬酒的姿势。似乎一点也没有尴尬的意思。

哈莱克的音乐仍在屋内飘荡，但现在曲调变成了小调，轻快活泼，就好像他要活跃餐桌上的气氛。

“宴会开始吧。”公爵宣布，坐进了椅子中。

他很恼火，情绪很不稳定，杰西卡想，损失那台爬虫机车对他的打击比想象的要大。必定不仅仅是损失一座工厂的事。看他的行动，就像一个陷入绝境的人。她举起叉子，希望掩饰自己突然产生的苦楚。好呀！他陷入了绝境。

渐渐地，餐桌上恢复了活力，晚宴开始活跃起来。蒸馏服制造商对杰西卡大赞厨师和美酒。

“这两样都是从卡拉丹带来的。”她说。

“妙极！”他咬了口牛肉，“简直太美味了！吃不出一点香料的味道。什么东西都离不开香料，真让人烦透了。”

公会银行代表看着餐桌对面的凯恩斯。“据我所知，凯恩斯博士，又有一台香料开采车被沙虫吞掉了。”

“消息传得真快啊！”公爵说。

“那么，这是真的？”银行家转头望向雷托公爵。

“当然，千真万确！”公爵大声叫道，“该死的运载器消失了。这么大的东西竟然消失得无影无踪，完全没有道理！”

“沙虫出现时，没有运载器去转移爬虫机车。”凯恩斯说。

“完全没有道理！”公爵重复道。

“没人看见它飞走？”银行家问。

“观察站的人通常只盯着沙漠上的情况。”凯恩斯说，“他们主要负责监视沙虫的踪迹。运载器上一般配有四名工作人员——两名飞行员，两名机师。如果其中一位——甚至两位机组人员被公爵的敌人买通……”

“啊，我明白了，”银行家说，“那么，大人您作为变时裁决官，有什么怀疑吗？”

“我将从我的角度仔细考虑此事，”凯恩斯说，“当然，此事不便在此讨论。”他暗想：这个长得像骷髅的家伙！他明明知道我受命不得插手这种违法行为。

银行家微微一笑，低头继续吃他的东西。

杰西卡想起了贝尼·杰瑟里特学校的一堂课，课程主题是间谍与反间谍。授课老师是一个胖乎乎、满脸乐观的圣母，她那愉快的嗓音与课程内容形成了奇特的反差。

任何间谍与反间谍学校的毕业生都具有相似的反应模式，这一点值得注意。任何封闭的训练都会在学生身上打上烙印，形成一种特有的模式。只要认真分析研究，这种模式和烙印是很容易发现的。

而今，差不多所有间谍人员的动机模式都是相似的。也就是说，虽然学校不同，目的截然相反，但动机方式总有近似之处。首先，你们将学习如何将这些因素分离出来进行分析——第一，通过观察问话人的问话模式，发现他内心真正的想法；其次，密切观察受分析对象的语言和思想方向。通过目标对象的语调变化和言语模式，你们将发现，要确定目标对象的基本语言形式并不是困难的事。

现在，杰西卡与儿子、公爵和客人们一起坐在餐桌边，听着这位公会银行代表的话，她突然打了一个寒战，顿有所悟：这人是哈克南人的间谍。他用的是杰第主星的言语模式——虽然经过巧妙的掩饰，但逃不过杰西卡受过专门训练的洞察力，仿佛他亲口对她说出了自己的身份。

这是否意味着宇航公会已经站到了厄崔迪家族的对立面？杰西卡暗自发问。这想法让她震惊，她急忙叫人添菜，以掩饰自己的情绪，同时仔细听着那人的每句话，希望能发掘出一些蛛丝马迹。就算他改变话题，说一些无关痛痒的事，但也会暗藏玄机，杰西卡对自己说。这就是模式。

银行家吞下食物，饮了一口水，他右边的女人说了句什么，他笑起来。有一阵子，他似乎在听桌子一头某人的话，那人正在向公爵解释，说厄拉奇恩土生土长的植物没有刺。

“我喜欢观看厄拉科斯天空中群鸟飞翔的景象，”银行家说，这些话是冲着杰西卡说的，“当然，咱们这儿的鸟全是吃腐肉的猛禽，许多鸟不需要水就能生存，它们都是吸血生物。”

桌子另一头，蒸馏服制造商的女儿坐在保罗和她父亲中间，听到这话，不由得皱了皱漂亮脸蛋。“噢，苏苏，你说的话真叫人恶心。”

银行家笑着说：“他们叫我苏苏，因为我是水贩联盟的财务顾问。”但杰西卡仍一言不发地看着他，于是他继续道，“因为水贩们吆喝：‘簌簌簌咔！’”他学得有模有样，大家都笑了起来。

杰西卡从他的声音中听出一丝吹嘘的意味，但她更加注意到那个年轻女子是在接到暗示后才说了那句话，她铺了一个台阶，以便让银行家说了刚才的话。她扫了一眼林加·布特，这位水业大亨正沉着脸，全神贯注地吃着东西。杰西卡似乎听到银行家在说：“*而我，也控制着厄拉科斯至高无上的权力之源——水！*”

保罗也注意到了身旁女子声音中的虚情假意，看到他母亲正聚起贝尼·杰瑟里特的高度注意力，听着他们的谈话。他突然灵机一动，决定入戏配合一下，揭开真相。他对银行家说：“先生，你的意思是，这些鸟同类相食？”

“小主人，这问题问得有点怪，”银行家说，“我只说这些鸟吸血，但并不一定是说它们吸的是同类的血，对吗？”

“这问题并不奇怪。”保罗说。杰西卡注意到他声音中流露出经她训练的反击语气。“大部分受过教育的人都知道，任何幼小的生命，面临的最残酷的竞争都来自它的同类，”他故意从邻座女子的盘子里叉了一块肉，放进自己嘴里，“他们在同一只锅里吃饭，有着相同的基本需求。”

银行家僵住了，他对公爵皱了一下眉。

“别错把我的儿子当成小孩。”公爵说，他微微一笑。

杰西卡环顾满桌的人，注意到布特正面露喜色，而凯恩斯和走私徒图克正咧嘴笑着。

“这是一个生态法则，”凯恩斯说，“看来小主人对此深有感触。生命个体间的斗争是争夺系统中自由能量的斗争。血是一种高效的能量来源。”

银行家放下叉子，怒气冲冲地说：“我听说下贱的弗雷曼人就喝死人的血。”

凯恩斯摇摇头，用训话的口气说道：“不是血，先生。然而一个人体内全部的水最终属于他的人民——他的部落。如果你生活在大平原，这是一件必然的事。在那儿，不管什么水都非常珍贵，而人体内含有70%的水。死人当然不需要这些水。”

银行家把双手放在盘子两边，杰西卡觉得他快要愤然拍桌而去了。

凯恩斯看着杰西卡。“请原谅，夫人。在餐桌上不应该谈论这么恶心的话题，但有人一派胡言，我必须澄清谬误。”

“你跟弗雷曼人交往太久，早已丧失理性。”银行家发出粗砺的声音。

凯恩斯平静地看着他，审视着那张苍白颤抖的脸庞。“你是在向我发出挑战吗，先生？”

银行家一怔，咽了一口口水，僵硬地答道：“当然不。我不会用这种举动侮辱到主人。”

杰西卡从这人的声音、表情、喘息、太阳穴的脉搏中感觉到了恐惧。他怕凯恩斯！

“我们的主人是否受到侮辱，他们自会判断，”凯恩斯说，“他们是勇敢的人，知道捍卫自己的尊严。我们全都可以证实他们的胆量，只要看看这样一个事实，就是他们来到了这里……来到了厄拉科斯。”

杰西卡注意到雷托正愉快地欣赏着两人的对峙。其他人却完全不是这样，餐桌旁这些人的手都搁在了桌子下面，摆好了随时开溜的姿势。但有两人明显例外，一个是布特，他正明目张胆地看着银行家的窘态，乐不可支；另一个是走私徒图克，他望着凯恩斯，似乎在等着暗示。杰西卡还看见保罗正以敬佩的目光看着凯恩斯。

“如何？”凯恩斯说。

“我无意冒犯，”银行家喃喃道，“倘若冒犯了谁，请接受我的道歉。”

“一个愿打一个愿挨。”凯恩斯说，接着冲着杰西卡微微一笑，继续吃东西，就好像什么也没发生过一样。

杰西卡看到走私徒也松了一口气。她注意到一点：这人是随时准备一跃而起，全力帮助凯恩斯的。这个图克和凯恩斯之间存在着某种默契。

雷托把玩着叉子，好奇地看着凯恩斯。这位地质学家的行为表明他对厄崔迪家族的态度有所改变。不久前在沙漠上飞行时，凯恩斯的态度似乎相当冷淡。

杰西卡挥了一下手，示意继续上菜和饮料，仆人们端上了兔舌，边上配着红酒和蘑菇酱汁。

慢慢地，人们又开始攀谈起来，但杰西卡听出了其中的忐忑，声音中带着焦躁。银行家沉着脸，默默吃着东西。凯恩斯本来会毫不犹豫地杀掉他，她想。她也意识到，从凯恩斯的举止来看，他对杀人持着一种随便的态度，他是一个漫不经心的杀手。她想，这大概是弗雷曼人的风格吧。

杰西卡扭头对左边的蒸馏服制造商说："水在厄拉科斯如此重要，真让我时时感到诧异。"

"非常重要，"他附和道，"这是什么菜？好吃极了！"

"用特殊调料制作的兔舌，"她说，"一个古老的配方。"

"我一定要抄下这份配方。"他说。

她点点头。"我会让人抄一份给你。"

凯恩斯看着杰西卡。"刚到厄拉科斯的人常常低估水的重要性。瞧，咱们现在涉及的是最低量法则[①]。"

她听出凯恩斯口气中的试探意味，于是说道："生长受到那种以最小量存在的必需品的限制。自然，最不理想的条件控制着生长速度。"

"大家族的成员中竟然有人懂得行星生态问题，真是稀罕，"凯恩斯说，"在厄拉科斯，水是生命最不理想的条件。记住，如果不严加控制，生长本身也会产生不利的条件。"

杰西卡觉察到凯恩斯话里有话，但又不清楚那深层的含意。"生长，"她说，"你的意思是，厄拉科斯可以有一种有序的水循环机制，在更有利的条件下维持人类的生命？"

"不可能！"那位水业大亨说。

杰西卡转身看着布特。"不可能吗？"

"在厄拉科斯是不可能的，"他说，"别听此人白日做梦。所有的

① 利比希最低量法则，植物的生长和发育及整个健康状况都取决于那些处于最小量状态的必需的营养成分。

实验结果都和他说的相反。”

凯恩斯看着布特，杰西卡发现别人全都停止了交谈，把注意力集中在了这边展开的新话题上。

“实验结果往往会蒙蔽我们，使我们忽略极其简单的事实，”凯恩斯说，“这个事实是：我们是在跟产生并存在于户外的事物打交道，也就是在户外正常生存的植物和动物。”

“正常！”布特嗤之以鼻，“在厄拉科斯没有什么东西是正常的！”

“恰恰相反，”凯恩斯说，“沿着自给自足的区域带，我们可以建立某种平衡。你只需了解这个星球的极限和压力就行。”

“绝不可能。”布特说。

公爵突然明白凯恩斯的态度为什么会转变，那是因为杰西卡说要为厄拉科斯保留那些温室植物。

“凯恩斯博士，如何才能建立这种自给自足的系统？”雷托问。

“如果我们能让厄拉科斯百分之三的绿色植物参与合成碳水化合物，作为食物来源，那我们就可以启动这个循环系统。”凯恩斯回答。

“水是唯一的问题吗？”公爵问。他察觉到凯恩斯的兴奋之情，自己也深受感染。

“水问题使得其他问题无足轻重，”凯恩斯说，“这个星球含有大量的氧，但没有通常的那些伴生物——广泛分布的植物生命，以及由火山等现象产生的大量游离二氧化碳。这个星球广阔的表面有着不同寻常的化学交换反应。”

“你有试验计划吗？”公爵问。

“我们一直尝试建立起坦斯利效应，已经有好长一段时间了。这是一种基于业余实验的小规模试验，我的科学研究可能会从中找到工作依据。”凯恩斯说。

“水不够，”布特说，“就是水不够而已。”

“布特先生是水专家。”凯恩斯说，他微微一笑，接着开始用餐。

公爵右手猛地向下一挥，大叫道：“不！我想要得到答案！凯恩斯博士，到底有没有足够的水？”

凯恩斯盯着自己的盘子。

杰西卡注视着他脸上的表情变化。他很会掩饰自己，她想，但她还是把他识破了，看出他正在后悔刚才说了那些话。

“有没有足够的水？”公爵继续问。

“也许……有吧。”凯恩斯答道。

*他假装没有把握！*杰西卡想。

保罗的测谎意识察觉出此事另有隐情，他不得不使出浑身解数，以掩饰自己的兴奋之情。*有足够的水！但凯恩斯不愿让人知道。*

“我们的行星学家有许多有趣的梦想，”布特说，“他和弗雷曼人一起做着梦——沉湎于预言和弥赛亚的传说中。”

桌旁各处传来几声笑声，杰西卡记下了每个笑的人——走私者，蒸馏服制造商的女儿，邓肯·艾达荷，以及那个从事神秘护卫服务的女人。

*今晚的紧张局势分布得颇为奇妙，*杰西卡想。*太多的事逃过了我的注意。我必须发展新的情报来源。*

公爵的目光从凯恩斯转向布特，再移向杰西卡。他感到莫名的失望，似乎有什么至关重要的事把他蒙在了鼓里。“*也许吧。*”他喃咕道。

凯恩斯迅速说道：“大人，也许我们应另选时间讨论这个问题。有许多……”

行星学家的话突然打住，因为这时有一个身着军服的厄崔迪士兵匆匆赶了进来，得到警卫的许可后，冲到公爵身边。他弯下腰，在公爵耳边低语了一阵。

杰西卡从帽徽认出他是哈瓦特的部下，她压下内心的不安，转身对蒸馏服制造商的女伴说起话来，这女人身材小巧，一头黑发，长着一张娃娃脸，双眼略带内眦赘皮。

“亲爱的，你没怎么吃东西啊，”杰西卡说，“要我为你叫点别的什么吗？”

这女人先看了一眼蒸馏服制造商，然后回答道：“我不饿。”

这时，公爵突然站起身，用严厉的口吻命令道：“各位都坐好。请原谅，出了一件事，需要我亲自前去处理。”他走到旁边，“保罗，请代我尽尽地主之谊。”

保罗站起身，他很想问父亲为何必须离席，但他知道自己必须摆出庄重的样子，担此重任。他走到父亲的座位前坐下。

公爵转身对坐在小房间里的哈莱克说："哥尼，请坐到保罗的位置上去，宴席上不能有单数。宴会结束后，我可能要你把保罗送到指挥站来。等我的命令。"

哈莱克从小房里走出来，他穿着军服，巨大的身躯和丑陋的长相看起来与全场金光闪闪的华美服饰很不相称。他把巴厘琴靠在墙上，坐到保罗的位置上。

"各位没有必要惊慌，"公爵说，"但我必须重申，卫兵没通知大家安全前，谁也不得离开。只要待在这里，就绝对会平安无事。我们很快就会把这点小麻烦摆平。"

保罗从他父亲的话里领会出一些暗号——卫兵，平安，很快摆平。问题来自安保方面，不涉及暴力。他看见母亲也领会了暗号，两人都松了一口气。

公爵稍稍点了点头，转过身，大步朝门外走去，身后跟着传讯的士兵。

保罗说："请大家继续用餐。我想，刚才凯恩斯博士是在说水的事吧。"

"咱们可以下回讨论这件事吗？"凯恩斯问。

"当然。"保罗说。

杰西卡看着儿子镇定自若、成熟老练的气派，感到相当自豪。

银行家拿起水杯，朝布特举起杯。"我们这儿没人在口吐莲花的功夫上胜过林加·布特先生。我们几乎可以认为，他十分渴求大家族的地位。来吧，布特先生，敬大家一杯。也许你可以为这位小小年纪的大人长长见识。"

杰西卡的手在桌子下捏成了拳头，她注意到哈莱克朝艾达荷发了个手势信号，屋内靠墙站着的家兵都进入了高度戒备状态。

布特恶狠狠地朝银行家瞪了一眼。

保罗看了看哈莱克，也将进入防护位的卫兵看在眼里，他紧紧盯着银行家，直到他放下水杯。保罗说："在卡拉丹，有一次我看见一具打捞起来的渔人尸体，他……”

“淹死的？”问话的是蒸馏服制造商的女儿。

保罗犹豫了一下，接着说：“是的，沉入水中，直到死去。是淹死的。”

“这种死法真有意思。”她轻声说。

保罗的笑容暗淡下去，他转头对银行家继续说道：“关于此人，最有意思的是他肩上的伤——是另一个渔民的爪靴造成的。这个渔民是一艘小舟上的船员，这种小舟是一种水上交通工具，那玩意儿沉了，沉到了水底。打捞尸体的一名船员说他不止一次在失事船员身上看到这种爪靴伤痕，这意味着另外一个溺水的渔民为了逃到水面，为了呼吸，把脚踩在了这个可怜虫的身上。”

“这有什么意思？”银行家问。

“因为我父亲当时谈了一点看法。他说溺水者为了救自己而爬上你的肩头，这是可以理解的——但在客厅里发生这种事就是例外了。”保罗顿了半晌，让银行家领会他的意思，然后接着说，“而我要加上一句，在餐桌上碰到这种事也是例外。”

屋子突然一下子静下来。

*太鲁莽了，杰西卡想，银行家很有可能仗着自己的身份向我儿子发出挑战。*她注意到艾达荷已高度戒备，随时准备行动。家兵也提高了警惕。哥尼·哈莱克紧紧盯着这个坐在他对面的人。

“哈……哈……哈……”走私徒图克毫无顾忌地仰面大笑起来。

桌子四周一张张面孔露出紧张兮兮的笑容。

布特正咧嘴微笑。

银行家已经往后推开了椅子，怒目盯着保罗。

凯恩斯说：“谁想跟厄崔迪人玩花样，那就是自讨苦吃。”

“难道羞辱客人是厄崔迪人的习惯吗？”银行家问。

没等保罗回答，杰西卡倾身向前道：“先生！”她心里想：*我们必须弄清这个哈克南走狗到底要玩什么把戏。他到这儿来是要对付保罗吗？他还有别的帮手吗？*

“我儿子只不过展示了一件普通的外衣，难道你是想对号入座吗？”杰西卡问，“真是漂亮的发现。”她把手滑到绑在腿部的晶牙匕刀柄上。

银行家扭过头，气冲冲地看向杰西卡。众人的目光离开了保罗，杰西卡见到儿子已经放松了身体，做好了行动的准备。他已经注意到了暗号：外衣——准备应付对方的武力行动。

凯恩斯向杰西卡投去一个揣摩的目光，接着给图克做了一个不显眼的手势。

走私徒摇摇晃晃站起身，举起水杯："我要敬你一杯，”他说，“敬年轻的保罗·厄崔迪，论外貌他还是个少年，论行动他已经是个男子汉了。”

他们为什么要插手进来？杰西卡暗自发问。

现在，银行家重新看向凯恩斯，杰西卡注意到他脸上又露出了惧色。

满桌的人开始对走私徒的提议作出反应。

凯恩斯到哪儿，人们便跟到哪儿，杰西卡想。他已经表明他站在保罗一边。他到底有何神秘的力量？不可能是因为他那裁决官的身份，那是暂时性的。当然也不会是因为他是一名公务员。

她松开握着刀柄的手，对着凯恩斯举起了水杯，他以同样的方式作出反应。

只有保罗和银行家仍空着手。（苏苏！真是个愚蠢的绰号。杰西卡想。）银行家的注意力集中在凯恩斯身上。保罗则盯着他的盘子。

我做得很妥当，保罗想，可他们为什么要介入？他偷偷朝最近的男性客人看了一眼。准备应付武力行动？谁的武力行动？肯定不会是那位什么银行家。

哈莱克动了动身子，似乎不是特别对哪一个人讲话，那些话冲向对面客人的头顶。“在我们的社会里，人们不应该动不动就动怒。这往往会招来杀身之祸。”他看着身旁的蒸馏服制造商的女儿，“您以为如何，小姐？”

“哦，是的，是的，确实如此，”她答道，“暴力泛滥，那让我感到恶心。许多时候并不存在什么恶意，可却有人因此丧命。没有一点道理。”

“确实没有道理。”哈莱克说。

杰西卡注意到这女孩的戏演得堪称完美，她意识到：**这个小女人看似头脑空空，其实不然**。接着，她注意到威胁出现的模式，明白哈莱克也发现了这个事实。他们计划用女色引诱保罗。杰西卡松了一口气，她的儿子也许早就发现了——他受过良好的训练，看穿了这个明显的诡计。

凯恩斯对银行家说：“是不是要再道一次歉？”

银行家挤出一丝苦笑，看向杰西卡。“夫人，恐怕我过于贪杯了。这酒后劲真大，我有点不习惯。”

杰西卡听出他语气里饱含恶意，于是亲切地说道：“宾客聚在一起，众口难调，应该充分体谅习惯和教育的差异嘛。”

“谢谢，夫人。”他说。

蒸馏服制造商身边那位一头黑发的女伴向杰西卡探过身。“公爵刚才说我们在这儿很安全。不会是又要打仗了吧，我真心希望不是。”

她受命抛出这个话题，杰西卡想。

“应该是件小事而已。”杰西卡说，“但最近有好多琐事需要公爵亲自过问。只要厄崔迪和哈克南之间存在敌意，我们还是越小心越好。公爵也发过誓，一定会报仇雪恨，不会放过厄拉科斯上的一个哈克南间谍。”她朝公会银行代表看了一眼，“自然，按照大联合协定他这么做完全没错。”她转身看向凯恩斯，“是不是，凯恩斯博士？”

“确实如此。”凯恩斯答道。

蒸馏服制造商轻轻地拉了拉他的女伴，她回望了一眼。“我想我确实要吃点什么了。不如来点刚才的那种鸟肉。”

杰西卡朝仆人挥了挥手，然后转身对银行家说：“先生，你刚才提到了鸟和它们的习性。我发现厄拉科斯有很多有趣的事。告诉我，香料是在哪里发现的？开采者要深入沙漠腹地吗？”

“哦，不，夫人，”他说，“人们对沙漠腹地所知甚少，对南方地区几乎是一无所知。”

“据传说，在南方地区有一个巨大的香料母矿，”凯恩斯说，“但我怀疑这纯粹是凭空捏造的，只是为了编一首歌。有些胆大的香料勘探者确实偶尔会深入到中心带的边缘，但那是极端危险的——导航设备在那里极不稳定，风暴频繁。越远离屏蔽场城墙的基地而深入沙漠，伤亡率就越高。冒险前往南方腹地，并没有多少益处。也许，如果我们有气象卫星……”

布特抬起头，含着满嘴食物说道：“据说弗雷曼人到得了那里，他们什么地方都能去，甚至在南纬地区找到了浸水地和吸水井。”

“浸水地和吸水井？”杰西卡问。

凯恩斯马上接口道：“都是些不着边际的谣传，夫人。其他星球上可能会有这种事，但厄拉科斯绝不会有。浸水地是指水渗到地表或接近地表，可以根据某些特征挖掘到水的地方。吸水井是浸水地的一种，在那儿人们可以用吸管吸水……据说是这样。”

他话里有假，杰西卡想。

*他为什么撒谎？*保罗也感到奇怪。

“真是有趣，”杰西卡说，但她心里在想：*“据说……”这儿的人说话风格真逗。他们还不知道这已暴露出他们对迷信的依赖。*

“我听说你们有一句格言，”保罗说，“优雅来自城市，智慧来自沙漠。”

“厄拉科斯上有许多格言。”凯恩斯说。

杰西卡还没想出另外一个问题，便有一个仆人匆匆上前，递给她一张纸条。她打开纸条，见到公爵的笔迹和密码信息，于是浏览了一遍。

“有一个好消息，”她说，“公爵叫大家安心。问题已经解决，丢失的运载器也找到了。机组成员中有个哈克南间谍，他制服了其他人，把飞船劫到了一个走私基地，想在那里卖掉它。现在人和机器都回到了我们手里。”她朝图克点了点头。

走私徒也点头回应。

杰西卡折起纸条，塞进了衣袖。

“很高兴没有打仗，”银行家说，“人民满怀希望，希望厄崔迪能带来和平和繁荣。”

“尤其是繁荣。”布特说。

“咱们现在上甜点吧。”杰西卡说，“我让厨师准备了一份卡拉丹甜食：多萨酱糯米糕。”

“听起来就很好吃，”蒸馏服制造商说，“可以给个配方吗？”

“你想要什么配方都可以要。”杰西卡说，一边把这人记在脑子里，稍后再和哈瓦特提提。这位蒸馏服制造商是个可怕的野心家，可以把他收买过来。

周围的人又开始交头接耳起来。“这衣料真漂亮……”“他的衣着与珠宝很配……”“下个季度我们要争取提高产量……”

杰西卡低头看着自己的盘子，心里想着雷托纸条上的加密信息：*哈克南人想运一批激光枪进来。我们缴获了这批货。这可能意味着他们已进了几批了。当然，这也意味着他们没有多少库存，必须采取适当的防护措施。*

杰西卡一门心思想着激光枪的事，她觉得很是纳闷。这种破坏性的白热光束可以切开任何物质，除却受到屏蔽场防护的物体。事实上，屏蔽场的反馈聚变会使激光枪和屏蔽场一起毁灭，但哈克南人并没因此伤脑筋。为什么？激光-屏蔽场爆炸是个危险的变数，其威力可能比原子弹还要巨大，也可能只会杀死开枪者和屏蔽场对象。

莫名的疑惑让她感到极度不安。

保罗说：“我早就知道我们会找到运载器。只要我父亲出马解决问题，麻烦就会迎刃而解。哈克南人会慢慢明白这个事实。”

他在说大话，杰西卡想，*他不该说大话。今晚凡是要睡在地下深处以防备激光枪袭击的人，都无权说这种大话。*

无处可逃——我们要为祖先的暴行付出代价。

——摘自伊勒琅公主的《穆阿迪布语录》

杰西卡听到大厅里传来骚动声，于是打开了床边的灯。那里有只钟，但还没调整到当地时间，在减去二十一分钟后，她确定现在差不多是凌晨两点的样子。

那骚动声很响，断断续续的。

*难道是哈克南人攻进来了？*她思忖着。

她溜下床，打开监视器，看看家人都在什么地方。屏幕上显示：保罗正在临时准备的地下室里睡觉，很明显，吵闹声还没传到他的卧房。公爵的房里空无一人，床上整整齐齐，难道他还在指挥站？

屏幕还显示不到屋子前厅的情况。

杰西卡站在房间中部，侧耳倾听。

有一个人在大喊大叫，声音断断续续。她听到有人在叫岳医生。杰西卡找了件外袍披在身上，穿上拖鞋，把晶牙匕绑到腿上。

有人又在叫岳医生。

杰西卡系好外袍的带子，走进走廊。她突然想到：*难道是雷托受了伤，那该怎么办？*

杰西卡跑着，走廊似乎了无尽头。她在尽头穿过一个拱门，冲过餐厅，跑下一个过道，最后来到了大客厅。这里灯火通明，壁灯已开到了最亮的状态。

在右手边靠近正门处，她看见两个家兵正搀着邓肯·艾达荷，他耷拉着脑袋。这时，整个大厅突然安静下来，只听见喘息之声。

一名家兵带着责备的语气对艾达荷说：“看你干的好事！你把杰西卡夫人吵醒了。”

巨大的布帘在这些人身后扬起，这说明正门还开着。没见到公爵和岳的影子。梅帕丝站在一边，冷冷地盯着艾达荷。她穿着一件棕色长袍，褶边饰有弯曲的蛇形图案，脚上穿着一双没系鞋带的沙地靴。

“我吵醒了杰西卡夫人。”艾达荷嘟嘟哝哝道。他抬头望向天花板，大吼一声：“俺的宝剑第一次见血是在格鲁曼！”

圣母在上！他喝醉了！杰西卡想。

艾达荷黝黑的圆脸上眉头紧锁，他的头发就像一头黑羊的卷毛，上面沾满了泥巴，束腰外衣裂出一道弯弯曲曲的口子，露出早先在宴会时穿着的衬衣。

杰西卡径直走到他面前。

一名卫兵朝她点点头，手仍扶着艾达荷。“夫人，我们不知道拿他怎么办。他在前门大吵大闹，不愿意进来。我们担心当地人会跑来看热闹，这是绝对不允许的，会败坏我们的名声。”

“他去什么地方了？”杰西卡问。

“晚宴过后，他送一位年轻小姐回家，夫人，是哈瓦特的命令。”

“哪个年轻小姐？”

“是陪酒女郎中的一个。你应该知道的，夫人，对吧？”他朝梅帕丝瞟了一眼，低声说，“她们总是来请艾达荷做特殊的护花使者。”

杰西卡想：**的确是这样，可为什么艾达荷会醉成这样？**

她皱紧眉头，转身对梅帕丝说：“梅帕丝，拿点兴奋剂来，最好是咖啡因，可能还剩下一些香料咖啡。”

梅帕丝耸耸肩，朝厨房走去，她那没系鞋带的沙地靴在石地板上发出“啪嗒啪嗒”的声音。

艾达荷转过摇摇晃晃的脑袋，斜眼看着杰西卡。“替根爵洒了……三个哈克人，”他又嘟哝道，“你先子道鹅哈在介？地下色不了。地先也色不了。介四哈鬼地番，哈？[①]”

---

① 艾达荷醉酒状态时说话口齿不清。

从侧厅门那儿传来响声，引起了杰西卡的注意。她转过身，看见岳正朝这里走来，左手提着医药箱。他穿戴整齐，脸色苍白，显得很疲倦，额头上的钻石刺青非常扎眼。

“哎，好医森！”艾达荷叫道，“你气哪儿了？在发药片吗？”他睡眼惺忪地望向杰西卡：“俺真他妈出丑了，啊？”

杰西卡皱着眉，一言不发，心想：*艾达荷为何醉成这样？被人下了药吗？*

“太多的香料啤酒。”艾达荷说着，想要直起身体。

这时，梅帕丝拿着一杯热气腾腾的东西走来，犹豫不决地站到岳医生身后。她看了看杰西卡，后者摇了摇头。

岳把药箱放到地上，朝杰西卡点点头，说道：“是香料啤酒，是吗？”

“是俺喝过的最好喝的鬼玩意儿，”艾达荷说，他努力使自己集中注意力，“俺的宝剑第一次见血是在格鲁曼！为公……公爵杀了一个哈……哈克……”

岳转过头，看了看梅帕丝手里的杯子。“你手里拿着什么？”

“咖啡因。”杰西卡回答。

岳拿过杯子，举到艾达荷嘴边。“喝了它，小伙子。”

“不想再喝了。”

“我说，喝了它！”

艾达荷抬起晃晃悠悠的脑袋，朝岳看去，他绊了一下，把搀扶的卫兵也顺势拉倒。“俺已经受够这一切，不想再去讨好这鬼帝国。医生，这一次就听俺的办法。”

“等你喝了它再说，”岳说，“只不过是咖啡因。”

“这真是个鬼地番！鬼阳光亮死人。啥东西都不对路，哪里都是麻烦……”

“好了，现在是晚上了，”岳通情达理地说道，“来，好小伙子，喝了它，你会好受些的。”

“去他妈的好受些！”

“我们不能整晚跟他耍嘴皮。”杰西卡说，她心里在想：*应该进行*

休克疗法。

“夫人，你没必要待在这里，”岳说，“这事交给我来处理。”

杰西卡摇摇头，走上前，狠狠地扇了艾达荷一个耳光。

他在卫兵的搀扶下踉踉跄跄朝后退去，怒目瞪着她。

“在公爵的家里不允许发生这种事，”她说着从岳手中抓过杯子，猛地递到艾达荷面前，杯里的咖啡洒出了一半，“喝了它！这是命令！”

艾达荷猛地站直身体，满面怒容地低头瞪着她，接着缓慢、仔细、一字一顿地说道：“我可不听该死的哈克南间谍的命令。”

岳整个人都僵住了，他转身看向杰西卡。

她的脸色变得极为苍白，但她连连点头。现在一切都清楚了——过去几天里身边发生的一切：只言片语，行为措施，现在都说得通了。她发觉自己已经怒不可遏，几乎难以抑制。她拿出贝尼·杰瑟里特的看家本领，才稳住了自己的脉搏和呼吸，即便如此，她仍能感到体内熊熊燃烧的怒火。

他们总让艾达荷监视女人！

她朝岳瞟了一眼，医生低下了头。

“你知道这事？”她问。

“我……听到一些流言蜚语，夫人。可我不想增加您的负担。”

“哈瓦特！”她厉声叫道，“我要杜菲·哈瓦特立刻来见我！”

“可是，夫人……”

“马上去办！”

*一定是哈瓦特，*她想，*这种猜疑只会来自一个地方，换作别人早就丢在脑后了。*

艾达荷摇着头，嘟哝着说：“这一切真是见鬼了。”

杰西卡低头看了看手里的杯子，接着猛地把杯里的东西泼到艾达荷脸上。“把他关到大楼东翼的客房里，”她命令道，“让他在那儿好好睡一觉，清醒清醒。”

两个卫兵不满地看着她，其中一个壮着胆子说道：“也许我们该把他带到别的地方去，夫人。我们可以……”

“他必须待在这里！”杰西卡厉声叫道，“他有任务在身。”她声音里流露出悲痛，“对监视女士，他太在行了。”

那名卫兵吞了一口口水。

“知道公爵在什么地方吗？”她问道。

“大人在指挥部，夫人。”

“哈瓦特跟他在一起吗？”

“哈瓦特在城里，夫人。”

“你们马上去把哈瓦特叫来见我，”杰西卡说，“告诉他，我在起居室里等他。”

“可是，夫人……”

“如果有必要的话，我会求助于公爵，”她说，“希望不会有这个必要。我不想让这事打扰他。”

“是，夫人。”

杰西卡把空杯塞到梅帕丝手中，面对着那双露出疑色的全蓝的眼睛。“你可以回去睡觉了，梅帕丝。”

“你确定不需要我吗？”

杰西卡冷冷一笑。“肯定不需要。”

“也许可以等到明天再来处理这事，”岳说，“我可以给你一些镇静剂和……”

“你回自己的房间，我会自己处理这件事。”杰西卡说，接着拍拍他的手臂，让他别太在意自己咄咄逼人的语气，“只能这样办。”

杰西卡突然昂起头，转身扬长而去。她大步穿过大厅，走向自己的屋子。冰冷的墙壁……过道……一扇熟悉的门……她猛地打开门，走进去，“砰”的一声推上。杰西卡站在屋子里，瞪着受到屏蔽场保护的窗户。*哈瓦特！他会不会是哈克南人买通的间谍？等着瞧吧。*

杰西卡走到一把盖着绣花柴獾皮的老式扶手椅前，把它搬到正对门的位置。她突然极其清楚地感觉到腿上那把晶牙匕的存在，于是把刀解了下来，重新绑在手臂上，试了试它的分量。她又打量了一遍房子，把每一个细节都刻在脑海里，以作紧急之需：角落里有一把躺椅，靠墙有一排直背椅、两张矮桌，通向卧室的门边放着一架古筝。

浮空灯发出淡淡的粉色光芒，她把灯光调暗，坐进扶手椅中。她拍拍座套，欣赏着这把椅子的凝重感，正合适这种场合。

现在，让他来吧，她想，*我们将弄清事实真相*。她以贝尼·杰瑟里特的方式准备着，耐着性子，等待来客。

门外传来的敲门声比她想象的要早。得到她同意后，哈瓦特走进了屋子。

她一动不动地坐在椅子里，看着哈瓦特，注意到他迅捷的动作里含着一股药物引起的亢奋，底下其实是深深的疲倦。哈瓦特那黏湿的老眼闪着光，皱巴巴的皮肤在灯光下微微泛黄，持刀手臂的衣袖上有一大摊污渍。

杰西卡嗅到了血腥味。

她朝一把直背靠椅指了指，说："把那把椅子拿过来，坐到我对面。"

哈瓦特躬了躬身，依命行事。*艾达荷真是个蠢驴，竟然喝成那副样子！*他想。他审视着杰西卡的脸，心里盘算着该怎么挽救目前的局势。

"我们之间的误会早该说清楚了。"杰西卡说。

"是何误会，夫人？"哈瓦特坐下来，双手摆在膝盖上。

"别跟我耍花样！"她厉声说，"如果岳没跟你说我召见你的原因，那你安插在我家里的探子也一定告诉你了。咱们在这一点上都不能坦诚相见吗？"

"悉听尊便，夫人。"

"你先回答我一个问题，"她说，"你现在是一名哈克南间谍吗？"

哈瓦特就快从椅子上站了起来，他脸色阴沉，满脸怒意。"你竟敢这样侮辱我？"

"坐下，"她说，"你也这样侮辱了我。"

哈瓦特慢慢坐回到椅子上。

杰西卡注意着他的每一个表情和动作，最后深深地松了一口气：不是哈瓦特。

"现在我知道了，你仍旧忠于我的公爵，"她说，"所以，我准备原谅你对我的冒犯。”

“有什么需要原谅的事吗？”

杰西卡脸色一沉，心想：*要不要打出我的王牌？要不要告诉他我已经怀上了公爵的女儿？不……这事连雷托都不知道，如果说出来，只会让事情更复杂，在他需要全神贯注地解决我们的生存问题时，不能分散他的精力。现在还不是打这张牌的时候。*

“一位真言师可以解决这个问题，”她说，“但我们目前还没有合格的真言师。”

“如您所说，我们没有真言师。”

“咱们中藏着内奸吗？”她问，“我已经对我们的人好生研究了一番。那人会是谁呢？不会是哥尼，当然也不是邓肯。他们手下的军官也不足以构成战略威胁，所以也不予考虑。不是你，杜菲。也不可能是保罗。我知道不是我自己。那么是岳医生？要不要叫他到这儿来，进行一番试探？”

“你知道这么做是白费力气，”哈瓦特说，“他受过高级学院的制约。我对这一点确信无疑。”

“更别提他的妻子是一名贝尼·杰瑟里特，且已被哈克南人杀害。”杰西卡说。

“原来如此。”哈瓦特说。

“难道你没听出来，岳提哈克南这个名字时，简直是恨得咬牙切齿？”

“你知道我的耳力不行。”

“那是什么让你怀疑我的？”她问。

哈瓦特皱皱眉。“夫人使卑职深感为难。我首先必须忠于公爵。”

“正因为你的忠诚，所以我准备宽恕你。”她说。

“而我要再问一遍：有什么需要原谅的事吗？”

“还要僵持下去吗？”她问。

他耸耸肩。

“那么，咱们谈谈别的事，”她说，“邓肯·艾达荷，一位值得赞美的战士，拥有可敬的防卫和侦察本领。今晚，他喝了大量的香料啤酒，酩酊大醉。我听说，我们有许多人沉溺于这种混合饮料，整日里昏昏沉沉。这是真的吗？”

“您有您的情报，夫人。”

“没错。你看不出这种醉酒是一个征兆吗，杜菲？”

“夫人爱打哑谜。”

“用你的门泰特技能分析一下！”她厉声说道，“邓肯和其他人到底出了什么毛病？我可以用五个字告诉你：他们没有家。”

哈瓦特竖起一根手指，指了指地面。“厄拉科斯就是他们的家。”

“厄拉科斯是个未知之地！卡拉丹才是他们的家，但我们把他们赶出了家园。他们没有家，也害怕公爵会辜负他们。”

哈瓦特直起身体。“这话要是从这些人口里说出来，就会……”

“哦，别来这套，杜菲！如果医生正确诊断出疾病，那也算是失败主义，或是背信弃义么？我唯一的目的就是想治好这种疾病。”

“公爵让我全权负责这些事务。”

“但你要明白，我对这种疾病的发展有着某种本能的担忧，”她说，“也许你也同意，我在这方面有一些特殊才能。”

*我该狠狠震慑他一下吗？*她想，*他需要清醒清醒——能使他跳出常规思维的棒喝。*

“对于你的担忧，每个人可能有不同的理解。”哈瓦特耸耸肩说道。

“那么，你已经认定我有罪？”

“当然不，夫人。但鉴于目前的形势，我不敢冒任何风险。”

“就在这座房子里，你居然没有查出对我儿子性命的威胁，”她说，“敢问是谁在冒这个险？”

他脸色一黑。“我已向公爵递交了辞呈。”

“你向我……或向保罗递过辞呈吗？”

现在，他已然怒形于色，呼吸变得急促，鼻孔张大，两眼直勾勾地瞪着她，太阳穴处青筋暴突，勃勃脉动。

“我是公爵的人。”他说得咬牙切齿。

“按我说，其实没有内奸，”她说，“威胁来自别的地方，也许与激光枪有关。他们可能冒险藏匿一些激光武器，装上定时装置，瞄准住房屏蔽场。他们还可能……”

“如果真发生爆炸，谁又能知道是不是原子弹？”他问，“不，夫人。他们不会冒险做任何非法的事，辐射会长时间扩散，证据很难消除。不，他们肯定不会违反常规。所以，一定有内奸。”

“你是公爵的人，”她讥讽道，“你会为了救他而毁了他吗？”

他深深地吸了一口气。“如果你是无辜的，我会向你负荆请罪。”

“杜菲，好好瞧瞧你自己，”她说，“人们只有在各尽其责时才能完美地生活，他们必须清楚自己在某个体系中的定位。毁掉了这个定位，就毁掉了这个人。杜菲，你和我以及那些爱戴公爵的人，都处在一个绝妙的位置上，可以轻而易举毁掉另一个人。难道我不能向公爵打小报告，说你的坏话吗？什么时候最容易让公爵怀疑别人，杜菲？还需要我向你说得更明白吗？“

“你在威胁我？”他怒吼道。

“当然没有。我只是向你指出，有人正利用我们生活的基本架构向我们展开攻击。这很聪明，也非常狠毒。我觉得咱们必须团结一心，同仇敌忾，决不能让这种攻击得逞。”

“你在指责我散布毫无根据的怀疑？”

“毫无根据，没错。”

“你会以牙还牙？”

“你的生活由谣言组成，我的却没有，杜菲。”

“那么你在质疑我的能力？”

她叹了一口气。“杜菲，我希望你反省一下自己在这件事上投入的情感因素。自然人是没有逻辑的动物。你将逻辑投射到一切事务中，这是违背人性的，然而还是要痛苦地继续下去。你是逻辑的化身——一位门泰特。然而，你解决问题的方案，从真正的意义上讲，只是对展现在身外的一些概念，反复不断地进行多方面的研究考察。”

“你在教我怎么工作吗？”他没有掩饰口气中的轻蔑。

“对于身外的一切，你能看清楚并应用你的逻辑，”她说，“但是人类的天性是，当我们遇到个人问题时，那些与我们自身关系最密切的问题，是最难用逻辑进行审查的。我们往往不知所措，什么事都责怪，就是难于进行自我反省，面对内心深处的思想。”

“你在有意诋毁我作为一名门泰特的能力，”他尖声叫道，“要是我发现我们中有人企图通过这种方式破坏军火库中的武器，我会毫不犹豫予以告发，予以消灭。”

“优秀的门泰特会正视计算中的错误。”她说。

“我并没有反对这一点！”

“那么，好好想想摆在我们面前的这些征兆：酗酒，争吵——谈论和散布有关厄拉科斯的疯狂谣言，他们忽略最简单……”

“无所事事，仅此而已。”他说，“别想通过把简单问题复杂化来转移我的注意力。”

她盯着他，心想：公爵的人一起在营房中互诉苦水，最后都能嗅到发大水的气味。*他们正变得像是前公会时期传说中的“安波里罗斯”号，那艘失落的星际探索舰，舰上人早已厌倦了手里的武器，永无休止地进行着搜寻、准备，没完没了。*

“在为公爵效力时，你为什么从未向我寻求过帮助？”她问，“你害怕出现一位对手，威胁你的地位吗？”

他瞪着杰西卡，一双老眼喷着怒火。“我听说过一些训练，是你们这些贝尼·杰瑟里特……”他突然停住，阴沉着脸。

“继续，说下去呀，”她说，“贝尼·杰瑟里特巫婆。”

“我确实知道你们得到的一些特殊技能，”他说，“我在保罗身上看出来了。你们的学校向外界宣传的口号是：你们的存在仅仅是为了服务，但这话可别想蒙我。”

*必须给他一个巨大的震慑，差不多是时候了，*杰西卡想。

“在议会上，你毕恭毕敬地听我的陈述，”她说，“可你很少留意我的建议，为什么？”

“我信不过你们贝尼·杰瑟里特的动机，”他说，“你也许以为能洞察一个人的内心，你也许以为能让人对你言听计从……”

“你这个可怜的笨蛋，杜菲！”她怒喝道。

他眉头一皱，靠回到椅子上。

“不管你听到了我们学校的什么谣言，”她说，“那都离事实相差十万八千里。如果我想毁掉公爵……或是你，或是任何接近我的人，你都无法阻止我。”

她心中暗想：*我怎么会受傲慢驱使，说出这番话？我受的训练并非如此。我不应该这样震慑他。*

哈瓦特把手滑到外衣下边，在那儿有一个微型毒镖发射器。她没穿屏蔽场，他想。*她是不是在说大话？我可以马上杀了她……可是，啊……要是搞错了，后果不堪设想。*

杰西卡看见了他把手伸向口袋的动作，于是说道：“让咱们互相信任，绝没必要付诸武力。”

“这个建议很有价值。”哈瓦特同意道。

“与此同时，咱们之间的分歧有所加剧，”她说，“我必须再问你一遍，哈克南人在我俩之间制造猜忌，使我们互相为敌，这难道不是一个合理的假设吗？”

“我们似乎又回到了刚才僵持不下的话题。”哈瓦特说。

她叹了一口气，心想：*时机快到了。*

“我和公爵是人民的父母官，”她说，“这个地位……”

“公爵还没娶你为妻。”哈瓦特说。

她强迫自己镇静下来，心想：*这是一个有力的还击。*

“但他也不会娶别人为妻，”她说，“至少在我有生之年不会。我刚说过，我们是人民的父母官。要想打破这种自然现状，干扰、破坏、迷惑我们，那么，对哈克南人来说，最诱人的打击对象是哪一个呢？”

他明白了她这句话中的意味，双眉蹙得更紧了。

“是公爵？”她说，“对，他是一个诱人的目标，但除保罗外，没人比他受到更好的保护。抑或是我？没错，我也是一个诱人的目标，但他们势必清楚，贝尼·杰瑟里特不是那么容易对付。因而有一个更好的目标，某人的职责本身就造成了一个盲点，对他来说，猜忌就像呼吸一样乃是家常便饭，他将自己的一生建立在含沙射影和谜案之上。”她突然伸出右手，指着他说，“就是你！”

哈瓦特快要从椅子上跳起来。

“我还没让你走，杜菲！”她怒气冲冲。

门泰特老头差不多是一屁股跌坐进椅子里，他的大脑和肌肉根本来不及反应。

她毫无欢欣地微微一笑。

“现在你见识了她们教了些什么东西。”她说。

哈瓦特嗓子发干，想要咽口唾沫。她的命令至高无上、独断专横——发命令的语气和方式使他根本无从抗拒。他还没来得及思考，身体就已服从。没有什么可以阻止他的反应——不管是逻辑，还是炽热的怒火，都不起作用。她刚才所为之事，应该对目标达到了了如指掌的地步，因此将他深深控制，这是他连做梦都觉得不可能的事。

“我已经和你说过，我们该互相理解，”她说，“我的意思是，你应该理解我，而我已经充分理解你。现在我告诉你，你对公爵的忠诚是你在我面前唯一的安全保障。”

他瞪着杰西卡，舌头舔了舔嘴唇。

“如果我要操纵一个傀儡，公爵自然会娶我为妻，”她说，“他甚至会以为这是你情我愿的结果。”

哈瓦特低下头，透过稀疏的睫毛向上看。他狠命克制住内心的冲动，没有叫警卫来。控制……他怀疑这女人可能不会让他喊出声。想起刚才她控制自己的情景，真让他不寒而栗。在那片刻的迟疑瞬间，她完全可以抽出武器，置他于死地！

*每个人都有这样一处盲点吗？*哈瓦特想，*我们难道来不及反抗就得听人摆布？*这念头让他震惊不已。*谁能阻止拥有这种力量的人？*

“你已经见识了贝尼·杰瑟里特的一件武器，”杰西卡说，“见识过的人没几个能活下来。而我做的只是一件非常容易的事。你还没见识我的其他手段。想想吧。”

“那你为何不去消灭公爵的敌人？”他问。

“你要让我消灭什么？”她问，“你想让我把公爵变成一个懦夫，让他永远依赖我吗？”

“可是，拥有这种力量……”

“力量是把双刃剑，杜菲。”她说，“你心里在想：‘她可以轻而易举地造就一件工具，直捣敌人的要害。’千真万确，杜菲，甚至可以击中你的要害。然而，我这么做有何意义？如果有很多贝尼·杰瑟里特这么干，难道不会让我们成为众矢之的吗？我们不想这样，杜菲。我们不想毁灭自己。”她点点头，“我们的存在确实只为了服务他人。”

“我不能答复你，”他说，“你知道我回答不了。”

“今晚这儿发生的一切不能向任何人提起，”她说，“我了解你，杜菲。”

“夫人……”老人又干咽了一口唾沫。

他想：*没错，她拥有超凡的力量。可是，在哈克南人手里，她难道不是更加可怕的工具吗？*

“跟公爵的敌人一样，他朋友也可能迅速毁掉他。”她说，“我相信你会把这次猜疑弄个水落石出，最后把它消除。”

“如果被证明是毫无根据。”他说。

“如果？”她嘲讽道。

“如果。”他说。

“你很执着。”她说。

“是谨慎，”他说，“我注意到了错误因素。”

“那么，我再问你一个问题：你被五花大绑，无依无靠，面前站着一个人，此人拿着一把刀，指着你的咽喉，可他没有杀你，相反却给你松了绑，还把刀给了你，任你使用。那么，你觉得这是什么意思呢？”

她从椅子上站起来，背对着他。“你可以走了，杜菲。”

门泰特老头站起身，稍显犹豫，一只手偷偷伸向外衣内的致命武器。他想起了斗牛场和公爵的父亲（他非常勇敢，不管他曾经犯过什么错），还有很久以前的那场斗牛赛：那头黑色猛兽站在那里，脑袋朝下，一动不动，神色疑惑。公爵背对着牛角，一只手明目张胆地扬着大红披风，看台上响起雷鸣般的欢呼声。

我就是那头牛，而她是斗牛士，哈瓦特想。他抽回手，朝汗津津的手掌心瞄了一眼。

他明白，无论最后事实是什么，他将永远不会忘掉这一时刻，也不会失去对杰西卡夫人的崇高敬意。

他默默转过身，离开了屋子。

杰西卡原先一直盯着玻璃窗上的倒影，现在她垂下眼睛，转过身，看着紧紧关闭的门。

“现在，咱们可以见到一些必要行动了。”她低声道。

你会否与梦境搏斗？
你会否与影子战斗？
你会否在睡眠中走动？
时光溜走。
有人窃取了你的生命。
你与琐事较劲。
愚蠢断送了你的命运。

——摘自伊勒琅公主的《穆阿迪布之歌》
“丧原祭奠詹米之歌”

雷托站在门厅里，借着一盏浮空灯的光线读着一张字条。离日出还有几个小时，他觉得自己累极了。他刚从指挥站回来，正好碰到一个弗雷曼信使把字条送到了外边卫兵的手里。

字条上写着：“白天一股浓烟，晚上一柱烽火。”

没有签名。

这是什么意思？他想。

信使没等答复便走了，根本没来得及问他问题。他就像烟影在夜幕中消失得无影无踪。

雷托把字条塞进外衣口袋，准备稍后给哈瓦特看看。他捋了捋前额的一小缕头发，轻轻地叹了口气。抗疲劳药片的作用已渐渐耗尽。晚宴后的这两天过得真是漫长极了，上一次睡觉还是在那天之前。

除了军事问题让他烦心外，哈瓦特那里也发生了一件事，据报告杰西卡召见过他。

我应该跟杰西卡说清楚吗？他想。没必要再跟她玩什么秘密调查的游戏了。有必要吗？

那个邓肯·艾达荷真是该死！

他摇摇头，不，不是邓肯的错。从一开始我就不该对杰西卡隐瞒，现在必须跟她开诚布公，以免造成更大的损失。

这决定使他好受了些。他匆忙离开门厅，穿过客厅和过道，朝居住区走去。

在通往服务区的三岔口处，他停下脚步。从服务区的走道里传来一声奇怪的啜泣声。雷托抬起左手，按在屏蔽场带的开关处，一柄双刃短剑滑进右手。剑握在手中，他稍感安心。那奇怪的声音使他打了个寒战。

公爵轻轻穿过走廊，心中暗暗咒骂灯光的昏暗。在这里，每隔八米才有一盏极小的浮空灯，灯光也被调到最暗。黑漆漆的石墙吞没了光线。

透过昏暗的光线，可以看到前面的地板上有一团黑漆漆的东西。雷托一个迟疑，差一点打开了屏蔽场，但最后还是克制住，因为那会妨碍行动和听觉……那批缴获的激光枪也让他心生怀疑。

他悄悄走向那团灰色的东西，看出那是一个人，一个躺卧在地上的人。雷托举着剑，抬脚把他翻过身，在昏暗的灯光下凑近去看。是走私者图克，胸口上一条血淋淋的刀痕，睁着一双死不瞑目的眼睛。雷托摸摸伤口——还是热的。

这个人为什么会死在这里？雷托暗自发问，谁杀了他？

那啜泣声更响了，声音是从通往中央大厅的过道传过来的，大厅里装着给整幢房屋提供安全的屏蔽场发生器。

公爵一手放在屏蔽场带开关上，一手握剑，绕过尸体，沿着走廊往前走，他在拐角处停下脚步，偷偷朝屏蔽场房望了望。

在几步远的地方，又有一团灰乎乎的东西，他立即发现，声音就是从那里发出来的。那团东西正缓慢而艰难地朝他爬来，呼呼地喘着气，发出什么含糊的声音。

公爵克制住内心的恐惧，急速穿过走廊，蹲在那个爬动的身影旁。是梅帕丝，那个弗雷曼管家，她的头发散乱地披在脸上，衣服乱糟糟的，背上有一大团黑乎乎的血迹。他碰碰她的肩膀，女人用手肘支起身子，抬起脑袋望着他，眼神空荡迷离。

“大人，”她气喘吁吁道，“杀了……卫兵……派……找……图克……逃……夫人……你……你……这儿……不……”她扑倒在地，脑袋重重砸在地上。

雷托的手摸向她的太阳穴，没有了脉搏。他看了看她背上的血迹：有人在她背上刺了一刀。是谁呢？他脑子飞快转动。她是不是说有人杀了卫兵？而图克——是杰西卡派人去找他来的？为什么？

他刚想站起身，第六感便发出警报，于是他急忙伸手去按屏蔽场开关——但为时已晚。他的胳膊感到一阵麻木，一阵疼痛袭来，他扭过头，发现衣袖上刺着一支镖，接着麻木从手臂向全身蔓延。他惊恐异常，艰难抬起头，朝走廊中望去。

岳站在屏蔽场室的门口，门上一盏明亮的浮空灯射下黄色的光线，照在他的脸上。他身后的房间一片宁静，没有屏蔽场发生器的声音。

*岳！*雷托想，*他破坏了房屋的屏蔽场发生器！我们门户大开！*

岳朝公爵走来，顺手将镖枪放进口袋。

雷托发觉自己还能说话，他气喘吁吁道：“岳！怎么会？”接着麻木到达他的腿部，他滑倒在地，背靠在墙上。

岳弯腰摸摸公爵的额头，脸上带着悲伤。公爵能感觉到他的触摸，但却是那么遥远……那么迟钝。

“镖上涂的药是精心挑选的，”岳说，“你可以说话，但我建议不要这么做。”他朝走廊望了望，接着重新弯下腰，拔下毒镖，扔到一旁。镖掉在地上发出的声音在公爵听起来非常遥远且微弱。

*不可能是岳，*雷托想，*他已经受过预处理。*

“怎么会？”雷托轻声道。

“对不起，亲爱的公爵。但是有些事比这个更重要。”他点点前额的钻石形刺青，“我自己都觉得奇怪，我居然战胜了我那发热的良心——但我想杀一个人。是的，我非常渴望做成这件事，任何事都阻止不了我。”

他低头看看公爵。“哦，不是你，亲爱的公爵。是哈克南男爵。我要的是男爵的命。”

“男……哈……”

“请安静，我可怜的公爵。你的时间不多了。你在纳卡尔摔掉了一颗牙，后来我给你安了颗新的尖牙。现在，这颗牙必须换掉。我会让你失去知觉，然后换掉这颗牙。”他张开手，看着手里的东西，“这是你那颗牙的复制品，它的芯子跟神经一模一样，能逃过普通扫描探测仪的检查，甚至是快速扫描。但如果你使劲一咬，它的表面就会破损，然后当你使劲呼气，你周围的空气里就会充满毒气——最致命的毒。”

雷托抬头看着岳，这个人眼里充满了疯狂，额头和下巴上满是汗珠。

“可怜的公爵，你反正是死。”岳说，“但你死之前将有机会靠近男爵。他一定相信你已被药物致昏，不可能攻击他。你的确会被下药，而且会被五花大绑。但攻击的形式可有多种多样。你一定要记住这颗牙。记住这颗牙。雷托·厄崔迪公爵。一定要记住这颗牙。”

医生越靠越近，现在雷托狭窄的视野全被他的脸和垂下的须髯占据了。

“记住这颗牙。”岳还在嘀咕。

“为什么？”公爵低声问。

岳单膝跪在公爵身边。“我跟男爵做了一笔魔鬼交易。我必须确保他履行了他的诺言，等见到他后就会知道。但我决不会空手去见他，可怜的公爵，你就是我的筹码。我见到他就会知道一切。我可怜的瓦娜教了我许多东西，其中之一就是在巨大压力中看清真假。我没办法每次都做到这一点，但当我见到男爵时——到那时，我就知道结果了。”

雷托努力低头去看岳手上的那颗牙，他感到这一切就是个噩梦——不可能是真的。

岳翘了翘紫红色的嘴唇，露出痛苦的表情。“我没法靠近男爵，不然我会亲自下手！不，他们会让我与男爵保持距离。而你……啊，是啊！你，就是我美妙的武器！他一定会近身看你——幸灾乐祸，说点大话。”

雷托全神贯注地盯着岳左脸的一块肌肉，他一说话，那块肌肉就会抽搐一下。

岳愈发靠近公爵。“你，我的好公爵，我宝贵的公爵，一定要记住这颗牙。”他把那牙拿在拇指和食指之间，“这是你最后拥有的一切。”

公爵动了动嘴，说道：“不行。”

“啊，别！你必须接受。因为，作为回报，我会帮你一个忙。我会救出你的儿子和女人，这事没有别人办得到。我可以让他们去一个哈克南人染指不到的地方。”

“怎么……救……他们？”公爵低声问。

“让别人以为他们死了，把他们藏在痛恨哈克南人的人群中，这些人一听到哈克南这个名字就会拔刀，甚至会烧掉哈克南人坐过的椅子，把盐撒在哈克南人走过的路上。”他摸摸公爵的下巴。“嘴里还有感觉吗？”

公爵发觉自己已经说不了话。他感到遥远的拉扯，看见岳正伸手去拿爵位印章戒指。

“这是给保罗的，”岳说，“你马上就会失去知觉。再见，可怜的公爵，下次咱们再见面，就没机会谈话了。”

一种凉爽、遥远的感觉从下巴那里往上蔓延，爬过了脸颊。昏暗的大厅缩成了一个小点，正中心却是岳那紫红色的嘴唇。

“记住这颗牙！”岳发出“咝咝”的声音，“这颗牙！”

应该有一门科学，专门研究不满情绪。人民需要艰苦时代和压迫，以发展精神之力。

——摘自伊勒琅公主的《穆阿迪布语录》

杰西卡在黑暗中醒来，周围的沉寂使她有一种不祥的预感。她不明白自己的意识和身体为何会感到如此迟缓，神经传递出恐惧，每一块皮肤随之感到刺痛。她想要坐起身，打开灯，但不知什么阻止了她。她嘴里有一股……奇怪的感觉。

咚……咚……咚……咚！

黑暗中传来沉闷的响声，听不出是从哪里传来的。就在某处。

等待的时刻真是漫长，动一下就感觉针刺般的疼痛。

她开始摸自己的身体，这才发现手腕和脚踝都被绑着，嘴里也塞着东西。她侧身躺着，手被绑在背后。她动了动绑绳，发觉那是由克林凯尔纤维制成的，越挣扎绳子就越紧。

现在，她想起来了。

在她黑暗的卧室里出了事，一块潮湿刺鼻的东西捂到她脸上，塞进她嘴里，有手在抓她，她吸了一口气，嗅到了麻醉药的味道，意识消失了，将她投进恐怖的黑暗中。

终于来了，她想，要制服一个贝尼·杰瑟里特真是易如反掌，只需要阴谋暗算。哈瓦特是对的。

她强忍着不去挣扎。

这不是我的卧室，她想，他们把我带到了别的地方。

慢慢地，她让内心重新平静下来。

她嗅到自己的汗味里混合着恐惧的化学因子。

保罗在哪儿？她暗自发问。我的儿子——他们把他怎么了？

冷静。

她应用了古老的方法，强迫自己冷静。

但恐惧仍在近旁。

雷托？你在哪儿，雷托？

她感到黑暗慢慢消退。先是出现了一些影子，层次渐渐分明，刺激着她的感官。白色。是门下的一道线。

我在地板上。

有人在走动。她透过地板感觉到了。

杰西卡克制住恐惧的记忆。我必须保持镇静、警觉，做好准备，也许只有一次机会。她再次让内心平静。

扑通扑通的心跳声逐渐缓和。她开始计算。我昏迷了大约一个小时。她闭上双眼，将注意力集中在迫近的脚步声上。

有四个人。

她觉察到脚步声的不同。

我必须假装还在昏迷。她躺在冰冷的地板上，放松身体，也做好了准备。她听到门开了，感觉到亮光透入眼帘。

脚步声走近，有人站到了她面前。

"你已经醒了，"是个低沉的男低音，"别装了。"

她睁开眼。

弗拉基米尔·哈克南男爵居高临下看着她。她环顾四周，认出这里是保罗睡过的那间地下室，边上摆着保罗的帆布床，上面空空如也。卫兵拿了几盏浮空灯进来，放在靠门的地方。门外通道里的灯亮得刺眼。

她抬头望着男爵。他披着一件黄色的斗篷，由于便携式浮空器的关系，斗篷显得鼓鼓囊囊的，一双黑蜘蛛般的眼睛下是两团圆滚滚的肉团。

"药物作用时间定得极其精确，"他低声说，"我们知道你会在哪一分钟醒过来。"

这怎么可能？她想，若是这样，他们必须知道我的准确体重，新陈代谢，还有……岳！

“真是遗憾，我们必须塞住你的嘴，”男爵说，“我们本可好好聊聊，那一定很有趣。”

*只有岳能办到，*她想，*怎么会呢？*

男爵朝身后的门看了一眼：“进来，彼得。”

来人站在男爵身旁，杰西卡以前从未见过他，但那张脸却很熟悉——*是彼得·德伏来，那个门泰特杀手*。她审视着他：鹰一般的面容，墨蓝色的眼睛说明他是厄拉科斯本地人，可他精细的动作和姿态告诉她事实并非如此。躯体就像是水构成的。个子很高，但也很瘦，身上透着一股女人味。

“很遗憾咱们不能聊上一聊，亲爱的杰西卡女士，”男爵说，“然而，我知道你有什么本事。”他朝门泰特看了一眼，“难道不是吗，彼得？”

“正如你所言，男爵。”他答道。

声音很尖细，杰西卡感到背脊骨一阵发凉，她从未听过如此冰冷的声音。对于一个贝尼·杰瑟里特来说，这声音无异于杀人者之声！

“我给彼得准备了一个惊喜，”男爵说，“他以为他来这儿是领战利品的——也就是你，杰西卡女士。但我想证实一件事：他其实并不真的想要你。”

“你在耍我吗，男爵？”彼得问，脸上却露出了微笑。

看到那微笑，杰西卡很奇怪为什么男爵没有跳起来防卫彼得的攻击。她随后反应过来，男爵没受过这方面的训练，不知道这微笑的含义。

“彼得在很多方面都太过天真，”男爵说，“他不愿承认你是一个多么致命的东西，杰西卡女士。我本可向他展示展示，但这是一个愚蠢的冒险。”男爵对彼得笑笑，后者的脸上露出了期盼的神色。“我知道彼得想要什么。彼得想要力量。”

“你答应过，我可以得到她。”彼得说，尖细的声音中已失去了一些冰冷。

杰西卡听出他话音中的暗示，不禁打了个寒战，她想：*男爵是怎么把一个门泰特培养成了这样一个畜生？*

“我给你一个选择，彼得。”男爵说。

“什么选择？”

男爵肥大的手指打了个响指。“要么带上这个女人流亡在帝国之外，要么拿下厄拉科斯星球上厄崔迪的公爵领地，以我的名义进行统治。”

杰西卡看到男爵正用那双蜘蛛般的眼睛观察彼得。

“除了称呼以外，你可以在这儿以任何名义做公爵。”男爵说。

*难道我的雷托已经死了？*杰西卡暗暗发问，她感到自己内心有处地方隐隐哭泣起来。

男爵紧紧盯着他的门泰特。“彼得，想想清楚。你想得到她，只是因为她是公爵的女人，一个权力的象征——漂亮、有用，受过特殊训练。但我会给你完整的公爵领地，彼得！这可比一个象征要好得多，它实实在在地摆在你眼前。有了它，你就能得到很多女人……很多。”

“你没有在耍彼得玩吧？”

利用浮空器，男爵像跳舞一般轻盈转过身。“耍你？我？记住——我放弃了那个男孩，你也听了奸细关于那小子所受训练的报告。这位母亲和她的儿子，他俩是一样的——都危险得要命。”男爵微微一笑，“现在我得走了。我会派一名专门的卫兵进来，他是个聋子。他受命把你送上流亡的旅程，如果他发现这女人控制了你，他会出手制服她，在离开厄拉科斯前，他不会允许你拔出她嘴里的东西。如果你选择留下来……他就要完成别的任务了。”

“你不用走，”彼得说，“我已经选择好了。”

“啊哈！”男爵哈哈大笑道，“这么快的选择只有一种可能。”

“我要公爵领地。”彼得说。

而杰西卡却在想：*难道彼得不知道男爵在撒谎吗？可是——他怎么会知道呢？他就是一个变态的门泰特。*

男爵低头朝杰西卡看了一眼。“我对彼得这么了解，这是不是很美妙？我和我的卫兵士官打了赌，我觉得彼得一定会这样选择。哈！我现在得走了。这样才好。啊哈，这样才好啊。你明白吗，杰西卡女士？我对你没有仇恨，但只能如此。这样才好啊。是啊，我也没有命令把你干掉。当别人问我你出了什么事，我会耸耸肩，不予置评，因为这就是真相。”

“那么，你把这事交给我了？”彼得问。

“我派来的卫兵会听你的吩咐，”男爵说，“不管怎么样，一切都交给你了。”他盯着彼得，“是的，我的手不能在这里沾血。一切由你决定。是的，我什么事都不知道。你必须等我离开后再干你必须要干的事。是的，啊……对，对，这样才好。”

他害怕真言者的质询。杰西卡想，谁呢？啊……当然，肯定是圣母盖乌斯·海伦！如果他知道自己将会面对圣母的质询，那么，皇帝必定也与此事有染。啊，我可怜的雷托！

男爵最后看了一眼杰西卡，接着转身走出了门。她的眼光一直跟在他身上，心想：正如圣母警告的……对手太过强大。

两个哈克南士兵走了进来，身后跟着一个满脸伤疤、面无表情的人，手里握着一把激光枪，他站在门口。

就是这个聋子，杰西卡一面想，一面审视着那张疤脸。男爵知道我能用音言控制他人。

疤脸看着彼得。“那男孩在外边的担架上。您有什么吩咐？”

彼得对杰西卡说：“我本来想拿你儿子的命来控制你，但我现在觉得那没多大用处，我让感情蒙蔽了理智，对一个门泰特来说，这真是一个糟糕的策略。”他看了一眼先进来的两个士兵，然后转过身，让聋子读懂他的唇语，“奸细建议把那男孩丢进沙漠，那就把他俩都扔到那儿去。这计划不赖，沙虫会消灭所有证据。绝不能让人发现他们的尸体。”

“你不想亲自下手吗？”疤脸问。

他能读唇语，杰西卡想。

“我学男爵，”彼得说，“把他们扔到内奸说的那个地方。”

杰西卡听出彼得的声音中门泰特独有的克制力，意识到：他也害怕真言师。

彼得耸耸肩，转身走出了门。他在门边犹豫了一下，杰西卡以为他会转回身，看她最后一眼，但他没有。

“今晚做了这事，我也不愿面对真言师。”疤脸说。

“你才不可能碰到那老巫婆呢，”一名士兵说。他在杰西卡脑袋旁绕着走了一圈，最后弯下腰。“站在这儿瞎聊也完不成任务。抬起她的腿，然后……”

“干吗不在这儿解决掉他们？”疤脸问。

“太麻烦，”第一个士兵说，“除非你想把他们勒死。而我，喜欢这种直截了当的活儿。照奸细说的，把他们扔到沙漠上，捅一两刀，然后丢给沙虫处理，事后也不用打扫现场。”

“好吧……嗯，我想你说得不错。”疤脸说。

杰西卡仔细聆听、注视、记录。但她嘴里塞着东西，让她没法使用音言，而且还要考虑这是个聋子。

疤脸把激光枪插进枪套，抓起她的脚。他们像抬米袋一样抬着她，走出门，把她丢在一个受浮空器控制的担架上。担架上还绑着一个人。他们转了转她的身体，让她躺好，她终于看到了另外那人的脸——保罗！他被绑着，但嘴里没塞东西。他的脸离她不到十厘米，闭着眼，呼吸均匀。

*他被下了药吗？*杰西卡想。

士兵抬起担架，保罗的眼睛露出一条缝——两条黑色的细缝盯着杰西卡。

*他千万别用音言！*杰西卡暗暗祈祷。*有一个聋子卫兵！*

保罗又闭上了眼。

他在练习意念呼吸，镇静心绪，聆听捕手的动静。那聋子是个麻烦，但保罗克制着自己的绝望。母亲向他传授过贝尼·杰瑟里特的意念镇静法，他以此保持镇定，伺机寻找破绽。

保罗又悄悄眯起眼睛，朝母亲看了一眼。她似乎没有受到伤害，但嘴里塞着东西。

他不明白是谁抓住了她。他自己被抓的原因很简单——睡前服了岳给的药，醒来就发现自己被绑在这个担架上。也许她也是同样的遭遇。逻辑告诉他叛徒是岳，但他没有下最后的定论。这说不通——苏克医生怎么会叛变呢？

担架稍稍有点倾斜，哈克南士兵正搬着它穿越一扇门，接着来到了星光闪闪的夜幕下。一个浮空器在门口蹭了一下，发出嚓嚓的声音。然后他们来到了沙地上，一只只脚发出噶扎噶扎的声音。一架扑翼飞机的机翼赫然耸现在他们头顶，遮住了满天星辰。担架被放在了地上。

保罗的眼睛慢慢调整，以适应黑夜暗淡的光线。他看见聋子士兵打开了扑翼飞机的舱门，瞧了瞧里面发出绿光的仪表盘。“我们要开的是这架飞机吗？”他转过身，看着同伴的嘴唇。

“这就是那奸细说的飞机，专为沙漠飞行修理过。”一个士兵回答。

疤脸点点头。“可这玩意儿是给那些奸细用的，地方太小，咱们只有两个人能进去。”

“两个就够了，”抬担架的那个士兵说，他走上前，让聋子读懂他的唇语，“克奈特，现在就把事情交给我俩吧。”

“男爵亲口叮嘱我，要我一定亲眼看到他们消失。”疤脸说。

“你担心什么呢？”另外一个士兵问。

“她是个贝尼·杰瑟里特巫婆，”聋子说，“他们有超能力。”

“啊哈哈……”抬担架的士兵在他耳边抡了抡拳头，“就其中一个，是吧？我知道你啥意思。”

另外一个嘟囔起来：“她一会儿就会变成沙虫的美味。你觉得一个贝尼·杰瑟里特巫婆的超能力能控制住一头大沙虫，嗯，齐哥？”他捅了捅抬担架的那位。

“行啦，”抬担架的说，他走到杰西卡身边，抓住她的肩，“来，克奈特。如果你想亲眼看看，就跟我一块儿去吧。”

“你能请我去，可真是太好了，齐哥。”疤脸说。

杰西卡感到自己被抬了起来，机翼在星辰的背景下旋转。他们把她推进飞机的后座，检查了克林凯尔绳，最后把她扔在了地上。保罗被塞在了她身边，五花大绑，但她发现他的绑绳只是普通绳索。

疤脸，就是那个叫作克奈特的聋子坐到了前面。抬担架的，那个叫齐哥的士兵坐到了副驾的位置上。

克奈特关上门，弯腰打开控制器，扑翼飞机缩起机翼直升入高空，接着越过屏蔽场城墙往南飞去。齐哥拍拍同伴的肩膀。“你为什么不回头盯紧他们？”

“你知道往哪儿飞吗？”克奈特盯着齐哥的嘴唇。

“你以为就你听到了那个奸细说的。”

克奈特转过椅子。杰西卡看到了他手上的激光枪反射着星光，随着她慢慢调整视力，扑翼飞机的内部似乎慢慢开始亮起来，但疤脸的脸还是处在一片昏暗中。杰西卡试了试座椅的安全带，发现是松的。左臂能感觉到一段粗糙的表面，她马上意识到，有人在它上面做了手脚，只要用力一拉，就会拉断。

*难道有人来过扑翼飞机，为我们的逃脱作了准备？*杰西卡暗想。*是谁呢？*她慢慢扭了扭绑住的腿，从保罗身边扭了出来。

“这么漂亮的女人被白白浪费，真是可惜，”疤脸说，“你有没有搞过出身名门的女人？”他转头看着驾驶员。

“贝尼·杰瑟里特并不都出身名门。”开飞机的说。

“可她们看起来都很高贵。”

*他可以清楚地看见我。*杰西卡想。她抬起绑着的腿，伸到座椅上，身体扭来扭去，缩成一团，盯着疤脸。

“真是漂亮，”克奈特用舌头舔舔嘴唇，“多可惜啊。”他看着齐哥。

“你以为我也在想你想的事吗？”齐哥问。

“谁知道呢？”疤脸说，“干完后……”他耸耸肩，“我从没干过贵妇人。也许这辈子再也碰不到这样一个了。”

“你敢动我妈一个指头……”保罗咬牙切齿，瞪着疤脸。

“嗨！”齐哥大笑道，“小狗在叫啦，可咬不到人。”

杰西卡想：*保罗的嗓门太高，但这也许会有用。*

他们静静地向前飞行。

这些可怜的蠢货，杰西卡想，她观察着两个士兵，回忆着男爵的话。*一旦他们报告说任务完成，就会被灭口。男爵绝对不想留下证人。*

飞机在屏蔽场城墙的南端开始倾斜，杰西卡看到身下是一大片笼罩在月影中的沙地。

“这里够远了，”驾驶员说，“奸细说把他们扔在屏蔽场城墙附近的任何沙地上都行。”他操控飞机迅速向沙丘降落，最后生硬地停在了沙地上空。

杰西卡看到保罗正进行着有节奏的呼吸练习，镇定心神。他闭上眼，又睁开。杰西卡只能看着他，却无能为力。*他还没有完全掌握音言，她想，如果他失败的话……*

扑翼飞机轻轻摇晃了一下，最后着陆在沙地上。杰西卡向北方的屏蔽场城墙看去，看到那里有一架飞机升起，最后不见了。

有人跟踪我们！她意识到。是谁？是男爵派来监视这两人的？那么监视者身后还有监视者。

齐哥关掉机翼发动机。机舱里一下子安静下来。

杰西卡扭回头。在疤脸对面的窗户外，一轮圆月正冉冉升起，投下微弱的光芒。沙漠中突立着一排冰封的山岩，两侧是一条条经受沙风吹打的山脊。

保罗清了清嗓子。

驾驶员说："克奈特，现在动手？"

"我不知道，齐哥。"

齐哥转过身，说："啊，瞧我的。"他伸手去撩杰西卡的裙子。

"拿掉她嘴里的东西。"保罗命令道。

杰西卡感觉到这句话在空气中滚动，那语气、节奏把握得非常棒——威严、严厉。音调再稍低点更好，但仍能作用在这个男人身上。

齐哥把手抬起，转向杰西卡嘴边的绑带，开始拉那玩意儿上的结。

"住手！"克奈特命令道。

"哦，闭嘴，"齐哥说，"她的手绑着呢。"他解下那个结，丢下绑带，一双色眼大放光芒，看着杰西卡。

克奈特把手放到驾驶员的手臂上。"喂，齐哥，没必要……"

杰西卡扭了扭脖子，一口吐出塞在嘴里的东西。她以低沉而亲热的语气说道："先生们！没必要为我打架。"与此同时，她朝克奈特搔首弄姿起来。

她看见他们紧张起来，知道此时他们认为应该为她而大打出手。这种纷争不需要任何理由，在他们的意识里，他们就该为她大打出手。

她把脸抬到仪表射出的灯光下，让克奈特读到她的嘴唇。"你不能拒绝。"两人把距离拉开，警惕地注视着对方。"有什么女人值得你们决斗吗？”她问。

她自己就在他们面前，说出这番话，就使他们觉得完全有必要为她而决斗。

保罗紧闭双唇，克制着不发话。他已经有一次利用音言制胜的机会。现在，一切都靠他母亲了，她的经验远远超过自己。

“对，”疤脸说，“为个女人没必要……”

他突然出手击向驾驶员的脖子。但后者手持一把金属物件格开了他的臂膀，并笔直刺进了克奈特的胸膛。

疤脸呻吟一声，软软地倒在门边。

“以为我不知道你那点小把戏？”齐哥说。他抽回手，露出了那把刀，它在月光下闪闪发光。

“现在把这小崽子也干掉。”他边说边向保罗扑来。

“这没必要。”杰西卡轻声说。

齐哥犹豫了一下。

“你想让我听话吗？”杰西卡问，“那就给这孩子一个机会。”她翘起嘴唇，露出一丝讥笑，“一个小小的机会，让他到外面的沙漠中去。如果可以……”她笑起来，“你会得到不错的报答。”

齐哥左右看了看，接着重新回头看向杰西卡。“我听说过人到了这片沙漠会有什么后果，”他说，“给他一刀，或许更好受些。”

“是不是我的要求有点过分？”杰西卡恳求道。

“你想要我。”齐哥嘟哝道。

“我不想让我儿子死，”杰西卡说，“这是要你吗？”

齐哥退回身，胳膊肘一推，打开了门闩。他抓住保罗，把他从椅子上拖过去，推到门边，保罗的半个身子露在了外面。齐哥举着刀说道：“小鬼，我会砍断你身上的绳子，你会怎么做？”

“他会马上离开这里，跑到那些石头那儿去。”杰西卡说。

“是不是，小兔崽子？”齐哥问。

保罗用肯定的语气说：“是的。”

那刀向下一挥，砍断了他腿上的绳子，保罗感到按在背后的手，那只手正把他往沙地上推。他佯装摇晃了一下，倚靠在舱门上借了把力，一个转身，像是要稳住身子，接着蹬出了右腿。

他多年的训练似乎都是为了此刻，几乎全身每一块肌肉都协调合作，足尖精准地击中齐哥胸骨下的软肋，力猛势沉，直捣肝脏，透过胸膈，震碎了右心室。

那士兵“咯”的一声尖叫，一头倒在座椅上。保罗的手仍旧被绑着，他一个翻滚，滚到沙地上，接着迅即站起，冲进机舱。他找到那把刀，用牙齿咬住，割断他母亲身上的绳子。杰西卡拿起刀，割断了他手上的绳子。

“我完全可以应付这家伙。”杰西卡说，“我会让他替我割断绳子。你刚才太过冒险，这行为很愚蠢。”

“我发现了破绽，便利用了它。”他说。

她听出他在极力控制自己的声音，便说：“机舱顶上描着岳的家纹。”

他抬起头，看见了那弯弯曲曲的标志。

“咱们出去检查一下这架飞机，”她说，“驾驶员座椅下有个包裹，我们进来时我就摸到了。”

“炸弹？”

“不太像。这事儿有点古怪。”

保罗跳到沙地上，杰西卡也跟着跳了下去。她转过身，伸手去拿座椅下的奇怪包裹。齐哥的腿就在她的眼前，包裹上湿乎乎的，上面全是血。

真是浪费水分，她想，这是弗雷曼人的思维。

保罗左右四顾，沙漠中的山丘仿佛是海边的沙滩，远处是巨风雕琢出的峭壁。他转过身，母亲已经从机舱里拿出了包裹，她正越过延绵不绝的沙丘望向远处的屏蔽场城墙。他也转头去看是什么引起了母亲的注意，发现另一架扑翼飞机正迅速朝他们飞来，他猛然清醒，没时间把尸体清出机舱了，得马上逃跑。

“快跑，保罗！”杰西卡大叫，“是哈克南人！”

厄拉科斯教人如何看待刀子——砍掉不完整的，然后说：“现在，一切都完整了，因为这里就是终结。”

——摘自伊勒琅公主的《穆阿迪布语录》

一个穿着哈克南军服的人在大厅尽头陡然停下脚步，他朝岳看了一眼，接着瞟了瞟梅帕丝的尸体，还有四仰八叉躺在地上的公爵。这人右手持着一把激光枪，举手投足间透着一股凶神恶煞的气势、一种铁面恶棍般的姿态。岳不禁感到浑身战栗。

这是个萨多卡，岳想，从样子看，还是个霸撒统领。也许是皇帝的部下，来监督这儿的一切。不管他们怎么乔装打扮，都掩盖不了那个事实。

“你是岳。”那人说。他好奇地看着医生扎头发的苏克学校环，又看了一眼那钻石刺青，接着重新和岳对视。

“我就是岳。”医生说。

“放松些，岳，”那人说，“当你关掉房屋屏蔽场的时候，我们就进来了。一切都在我们的掌控之中。这是公爵吗？”

“是公爵。”

“死了？”

“只是失去了知觉，我建议你把他绑起来。”

“另外这个也是你干掉的？”他回头望了望梅帕丝的尸体。

“真是不幸。”岳低声说。

“不幸！”萨多卡军人嗤之以鼻。他走上前，低头看了看雷托，“这么说，这就是伟大的红衣公爵。”

如果我刚才还对这个人的身份有所怀疑，那现在就一清二楚了，岳想，只有皇帝称呼厄崔迪为红衣公爵。

萨多卡军人弯下腰，把雷托制服上的鹰徽割了下来。“一个小小的纪念品，”他说，“爵位印章戒指在哪里？”

“他没带在身上。”岳回答。

“不用你说！”萨多卡军人厉声叫道。

岳整个人都僵住了，他咽了口口水，心想：如果他们对我施加压力，找一个真言师来，他们就会发现戒指的去处，得知我准备的扑翼飞机——那么我所做的一切都付诸东流了。

“公爵在传达命令时，有时会让信使带上戒指，保证受命者知道命令直接来自公爵。”岳说。

“这个信使真是该死。”萨多卡军人喃喃道。

“难道你不把他绑起来吗？”岳壮着胆子问道。

“他还有多久能恢复知觉？”

“大约两小时。给他下的剂量不像给那个女人和小孩的那么精确。”

萨多卡军人用脚踢了踢公爵。“他就是醒过来也不足为惧。那女人和小孩什么时候醒？”

“大约十分钟。”

“这么快？”

“他们跟我说，男爵会紧随他的人马前来。”

“没错。你在外边等着，岳。”他恶狠狠地朝岳看了一眼，“现在出去！”

岳瞟了一眼雷托。“那他……”

“他将被五花大绑地献给男爵，就像一盘烤肉放进烤炉之中。”萨多卡军人又看了看岳前额的钻石刺青，“我们的人都认识你，在厅里你会很安全。我们没时间聊了，奸细。他们来了。”

奸细，岳想。他低下头，从那萨多卡军人身边挤了过去，这是他的初次体验，他知道历史将这样记载：奸细岳。

在前往大门的一路上，他看到了更多的尸体，他仔细辨认，害怕其中会有保罗或杰西卡。不过全都是家兵或是穿着哈克南军服的人。

当他从大门走出来，来到火光通明的夜幕下时，边上的哈克南卫兵立即戒备起来。道路两旁的棕榈树被点上了火，火光照亮了屋子。那些点火用的燃料蹿出橘黄色的火苗，冒出滚滚黑烟。

“是奸细。”有人说。

“男爵一会儿想见你。”另一个人说。

*我必须到那架扑翼飞机上去，*岳想，*将爵位印章戒指放到保罗能找到的地方。*但他又感到无比恐惧：*如果艾达荷怀疑我，或是失去耐心——如果他没有及时等待，去我告诉他的地方——杰西卡和保罗就难逃劫难，那么我的良心将永世不得安宁。*

那哈克南卫兵放开了手，说：“别挡道，到那儿等吧。”

兀然间，岳觉得自己在这个死亡之地就像是一个被遗弃的人，没人宽恕或同情他。艾达荷绝不能出错！

另一个卫兵撞到他身上，朝着他怒吼道：“滚到一边去！”

*即便他们从我这儿得到了好处，可仍然看不起我，*岳想。他被推到一边，直了直腰，以保持一些尊严。

“等着男爵！”一名军官凶狠地说。

岳点点头，装出一副若无其事的样子，沿着前门外走，转过一个角，出了燃烧棕榈树的范围，走进黑影中。他加快脚步，急切的脚步暴露了内心的焦急。岳冲向温室下方的后院，那里停着一架扑翼飞机——是专门放在那儿载走保罗和杰西卡的。

后院的门开着，门口站着一名卫兵，他的注意力集中在灯火通明的大厅和那里挨门搜查的人身上。

他们真自信！

岳借着黑影，在扑翼飞机旁绕了半圈，躲开卫兵的视线，轻轻地打开了舱门。他早先在前座椅下藏了一个弗雷曼工具包，现在伸手在那里摸索了一番，找到了它，便把印章戒指放了进去。他又摸了摸包里原先放着的一大堆纸条，然后把戒指按了下去。他伸出手，重新封好袋子。

岳轻轻关上舱门，重新绕回屋角，朝熊熊燃烧的棕榈树走去。

现在，一切都做完了，他想。

他又一次出现在火光之下。他拉起披风，裹住自己，盯着那火焰。我马上就会知道结果。我马上就会见到男爵，到时候就会知道结果。而男爵——他将会知道一颗小小牙齿的威力。

据传说，雷托·厄崔迪公爵去世的时候，在卡拉丹他那祖居宫殿的上空，有一颗流星划过天穹。

——摘自伊勒琅公主的《穆阿迪布童年简史》

弗拉基米尔·哈克南男爵站在舷窗旁，注视着窗外。这是一艘停在地面上的飞船，临时作为他的指挥所。窗外是夜幕下火光通明的厄拉奇恩，他的注意力集中在远处的屏蔽场城墙上，他的秘密武器正在那儿发挥作用。

爆炸性火炮。

这些大炮正蚕食着一个个洞穴。这些洞穴正是公爵手下战斗人员的藏身之所，他们退却至那里，进行最后的抵抗。橘黄色的火光缓慢而有节奏地闪现，炸飞洞口的石块和泥土——公爵的人被封在洞穴里，就像被堵死在洞穴中的动物，慢慢饿死。

男爵能感觉到远处的蚕食之声——一种鼓点般的声音，透过飞船的金属壳体传来：嘣……嘣！嘣嘣！

*谁会想到在如今这个广泛使用屏蔽场的时代重新启用火炮？*男爵心中暗暗得意。*但我早就料到公爵的人会逃向那些洞穴。皇帝一定会欣赏我的智慧，这保存了我们双方共同的力量。*

他调了调身上的便携式浮空器，这些器械支撑着他那肥硕的身躯。他的嘴角露出一丝微笑，扯动着下颌的赘肉。

*公爵这些勇猛的战士就这么给白白浪费了，真是可惜，*他想。他的嘴咧得更大了，都笑出了声。*怜悯是一种残忍！*他点点头。失败者，顾名思义，就该被抛弃。整个宇宙稳坐泰山，张臂欢迎每个作出正确抉

择的人。犹豫不决的兔子会被暴露在光天化日之下，被迫逃往地洞。要不然你用什么方法控制它们、培育它们？他把自己的战斗人员想象成蜜蜂，驱赶着兔子。他想：当你有许多蜜蜂嗡嗡为你工作时，这样的日子才真正甜蜜。

他身后的一扇门开了，在转身前，男爵先看了看舷窗上的倒影。

彼得·德伏来迈步走了进来，身后跟着男爵的警卫队长乌曼·库图。门外还有几个人在走动，一个个带着绵羊般表情的卫兵。

男爵转回身。

彼得手指一扬，触了触额发，模仿出敬礼的动作。“好消息，大人，萨多卡士兵把公爵带来了。”

“那是当然。”男爵发出低沉的声音。

他仔细看着彼得那张娘娘腔般的脸上挂着的邪恶表情。还有那眼睛：那阴暗的眼缝中全是蓝色。

我得尽快除掉他，男爵想，他几乎没什么用了，差不多快对我构成严重威胁了。首先，得让厄拉科斯的人民恨他入骨。然后，他们就会欢迎我亲爱的菲德-罗萨，让他成为他们的救星。

男爵将注意力转向他的警卫队长——乌曼·库图：那下颚肌肉就像剪刀的线条，下巴像是靴尖——一个值得信赖的人，因为他的弱点众所周知。

“先说说那个出卖公爵的奸细，他在哪儿？”男爵问，“我必须把奖赏交给他。”

彼得足尖一转，朝门外的卫兵挥了挥手。

门边晃过一个黑影，岳走了进来。他动作僵硬，像是被谁牵扯着。两绺胡须垂在紫红色的嘴唇旁。只有那双老眼似乎还有着一点活力。岳向前走了三步，彼得向他打了个手势，他便停了下来，站在那儿，远远看着男爵。

“啊……岳医生。”

“哈克南大人。”

“你已经把公爵交给我们了，我听说了。”

“我已经履行了诺言，大人。”

男爵看了看彼得。

彼得点点头。

男爵回头看着岳。“是咱们信上谈的那笔交易，嗯？那我……”他一字一顿说道，“我应该做什么以示报答？”

“你记得很清楚，哈克南大人。”

岳开始沉思，自己内心的时钟已成一片死寂。从男爵的举止中，他瞧出了一丝端倪，觉得自己被欺骗了。瓦娜已经死了——他已无能为力。不然的话，他这位柔弱的医生还会有一丝利用价值。但男爵的举止表明一切都完了。

“是吗？”男爵问。

“你答应过要解除瓦娜的苦难。”

男爵点点头。“哦，是啊。我想起来了。我的确答应过，这是我的承诺，也是我们打败皇家预处理程序的方法。你不忍心看着你的贝尼·杰瑟里特巫婆拜倒在彼得的疼痛放大器中。好吧，弗拉基米尔·哈克南男爵总是信守承诺的。我告诉你，我会让她从痛苦中解脱，并同意你跟她团聚。那么，就满足你的愿望吧。”他朝彼得挥挥手。

彼得的蓝色眼睛木然地望了一眼。他像一只猫一般突然闪到岳的背后，手中的刀像爪子般，一下子刺进岳的后背。

老人僵住了，他的双眼始终盯着男爵。

“跟她团聚吧！”男爵啐了口口水。

岳的身子摇晃起来。他的嘴唇小心准确地动着，声音的抑扬顿挫控制得特别好。“你……以为……你……打败了……我。你……以为……我……我不知道……我为……我……的……瓦娜换得了……什么。”

他直挺挺地倒了下去，就像一棵倒下的树。

“跟她团聚吧。”男爵又说了一遍，但那几个字就像是微弱的回声。

岳的那句话让他有一种不祥的预感。他将注意力转到彼得身上，看着他用一块布擦掉刀刃上的鲜血，那双蓝色的眼睛中露出了满足的神色。

这就是他的杀人本事，男爵想，很好。

“他确实交出了公爵？”男爵问。

"没错，大人。"彼得回答。

"那么，把他带进来！"

彼得看了看卫队长，后者转身去执行命令。

男爵低头看着岳，从他倒下去的方式看，似乎他身体里长的不是骨头，而是橡木。

"我从不相信一个奸细，"男爵说，"哪怕是我自己造就的奸细。"

他重新看向舷窗外的夜幕。男爵知道，那一片黑黝黝的宁静属于他。打击屏蔽场城墙洞穴的炮击已经停止，所有的洞穴都被封闭了。男爵突然觉得这世上再也没有什么东西能比那空洞的黑暗更美妙绝伦。除了黑色中的纯白之色。

但他仍抹不掉心中的一丝怀疑。

那蠢医生是什么意思？当然，他很有可能早就知道自己会落得什么下场。但那句话却使他心里惶然："**你以为你打败了我。**"

他到底什么意思？

雷托·厄崔迪公爵走进了门。他的手臂被铁链绑着，鹰一般的脸庞上沾着一条条灰迹，有人割掉了他制服上的徽饰。他的腰间都是碎布，有人直接把那里的屏蔽场带扯掉了。公爵目光呆滞，眼神错乱。

"啊……"男爵开口道，他迟疑了一下，深深地吸了口气。他知道自己说话声音太响，这个长久以来朝思暮想的时刻已经失去了原来的意味。

都怪那个该死的医生！

"我想公爵已经被下了药，"彼得说，"岳就是用这种方法抓住他的。"彼得转身看着公爵，"你被下了药吗，我亲爱的公爵？"

那声音听上去很遥远。雷托能感觉到铁链，酸痛的手臂，干裂的嘴唇，火辣辣的面颊，渴得冒烟的嗓子。但传来的声音却非常沉闷，像是被棉花毯子捂着，而且他只能透过毯子看到一些模模糊糊的形状。

"彼得，那女人和小孩怎么样了？"男爵问，"有消息吗？"

彼得迅速伸出舌头舔了舔嘴唇。

"你听到了什么消息？"男爵厉声叫道，"说！"

彼得看了看卫队长，又看看男爵。"派去执行任务的人，大人……

他们……啊……已经……找到了。”

“那么，他们已经汇报了任务顺利完成？”

“他们死了，大人。”

“他们当然死了！我想知道的是……”

“他们被找到的时候，已经死了，大人。”

男爵的脸顿时变得铁青。“那女人和小孩呢？”

“没找到，大人，不过来过一条沙虫。在调查现场时，它出现了。也许跟我们预料的差不多——出了一次事故。也许……”

“我们不谈可能，彼得。那架丢失的扑翼飞机呢？我的门泰特有没有觉得这其中有什么关联？”

“大人，很明显，是公爵的手下劫机逃跑了。他杀了我们的飞行员，逃跑了。”

“公爵的哪个手下？”

“大人，杀人劫机干得干净利落。可能是哈瓦特，或是哈莱克，也可能是艾达荷，或是别的高级军官。”

“可能。”男爵低声说。他看了一眼被下了药、摇摇晃晃的公爵。

“大人，局面已在我们的掌控之中。”彼得说。

“不，没有！那愚蠢的行星学家在哪儿？那个叫凯恩斯的人在什么地方？”

“大人，我们已经收到他在哪里的情报，已派人去找他了。”

“皇帝的仆从这样帮助我们，我不喜欢。”男爵低声说。

声音像是透过一块棉毯传来，但有几句话触动了公爵：女人和孩子——没找到。保罗和杰西卡已经逃脱。而哈瓦特、哈莱克和艾达荷都不知去向。还有希望。

“爵位印章戒指在哪儿？”男爵问，“他的手指光秃秃的。”

“萨多卡军官说，抓到公爵的时候就没看见戒指，大人。”卫队长说。

“那医生你杀得太早，”男爵说，“那是一个失误。你应该先让我知道，彼得。你行动太过迅猛，对我们的事业不利。”他皱着眉说，“可能。”

保罗和杰西卡已经逃走了！这想法就像正弦波一样悬在公爵的脑海中。他记忆里还有另一件事：一笔交易。他快要想起来了。

牙齿！

他记起了一些：有一颗用毒气药丸制成的假牙。

有人告诉他要记住这颗牙齿。那颗牙就在嘴里，他能用舌头舔到它的形状。他所要做的，就是使劲把它咬破。

现在还不行！

那个人告诉他，要等男爵靠近时再咬。是谁告诉他的？他记不起来。

“他的药性还要多长时间才过？”男爵问。

“也许还有一个小时，大人。”

“也许，”男爵嘟哝道，他又转身望着窗外黑漆漆的夜色，“我饿了。”

那边模模糊糊的灰色身影，就是男爵，雷托想。那身影在他眼前舞动，好像整个房间都在晃动。而房间不停地放大缩小，忽而明亮忽而暗去。最后一切卷入黑暗，消失不见。

对公爵来说，时间变成了一层层的，他就在其中飘动。我必须等待。

那儿有一张桌子，雷托能清楚地看到它。桌子的一头有一个超肥的胖子，在他面前放着快要吃完的食物。雷托感觉自己正坐在那胖子对面的椅子上，感觉到身上的铁链，隐隐刺痛的身上是五花大绑的绳子。他意识到刚才昏迷了一段时间，但却不清楚到底有多长。

“大人，我想他已经醒了。”

这是一个柔滑的声音，是彼得。

“我也发现了，彼得。”

低沉的男低音，是男爵。

雷托对周围环境的感觉变得清楚，他身下的椅子变得实在，身上的绑绳变得紧扎。

他现在已能清楚地看到男爵。雷托注视着他的手的动作：真是引人入胜——一手拿着盘子边，另一只手拿着勺把，一根手指挨到了下巴的赘肉。

雷托看着那只移动的手，如着了魔一般盯着它。

“雷托公爵，你能听见我说话，”男爵说，“我知道你听得见。我们希望你能告诉我们，在哪儿能找到你的爱妾，还有你和她生下的儿子。”

雷托抓住了每一个细节，这些话令他浑身一爽，镇静下来。*那么，这是真的，他们没有抓到保罗和杰西卡。*

“我们不是在玩孩子的游戏，”男爵发出低沉的声音，“你必定知道这一点。”他倾身朝雷托探去，审视着他的脸。这事不能私下处理，就他们两人，这使男爵感到不痛快。让别人看见堂堂王族竟然陷于这种境地，这开了一个糟糕的先河。

雷托感到力量在恢复。现在，关于假牙的记忆清晰地出现在脑海里，就像平原上突兀的山峰。那颗牙齿中置有塑成神经形状的药片——毒气——他终于想起是谁把这致命的东西放进了他的嘴里。

岳！

因药物致幻的记忆中，出现了一具软绵绵的尸体，被人从这屋里拖了出去。他知道那是岳。

“你听到那嚷嚷声了吗，雷托公爵？”男爵问。

雷托意识到耳边的一个嘶哑的声音，有人正在极度痛苦中啜泣。

“我们抓住了你的一个手下，他装成了弗雷曼人，”男爵说，“我们不费吹灰之力就揭穿了他的伪装：眼睛，你知道的。他坚持说自己被派到弗雷曼人中，是为了监视他们。亲爱的表弟，我在这个星球上住过一段时间。谁会去监视那些衣衫破烂的沙漠渣滓？告诉我，你已经收买了他们吗？你是不是把儿子和女人送到他们那儿去了？”

雷托胸中一紧，他感到害怕。*如果岳将他们送进了沙漠……哈克南人不找到他们决不会善罢甘休。*

“得啦，得啦，”男爵说，“我们时间不多，痛苦很快会来临。别带我们到那种地步，我亲爱的公爵。”男爵抬起头，朝站在公爵身旁的彼得看了一眼，“彼得的工具没有全部带来，但我相信他可以即兴发挥一番。”

“即兴发挥有时候是最棒的，男爵。”

*那个柔滑而巴结的声音！*就在公爵的耳边。

“你有一个应急计划，”男爵说，“你的女人和儿子被送到什么地方去了？”他看着公爵的手，“你的戒指不见了。在你儿子那儿吗？”

男爵抬头，瞪着雷托的眼睛。

“你不回答，”他说，“是要逼我做我自己不想做的事吗？彼得会用最简单最直接的方法。我也同意，那有时是最好的办法，可让你遭受如此的待遇并不好。”

“滚烫的牛脂倒到你的背上，或是眼皮上，”彼得说，“或者身体的其他部位。这方法特别有效，只要受审人不知道接下来牛脂会倒到哪里。赤裸的身体烫出一个个燎泡，脓一般发白，这方法多妙，还有一种美感，对吧，男爵？”

“妙极！”男爵说，声音听上去有点不满。

*那些动人的手指！*雷托看着那胖嘟嘟的手，婴儿般粉胖的手上满是华丽的宝石——真是引人入胜。

公爵身后的门外传来一阵阵痛苦的叫声，啃噬着他的神经。*他们抓到了谁？*他想。*是艾达荷吗？*

“相信我，亲爱的表弟，”男爵说，“我不想闹到那般田地。”

“你在想你的心腹信使会招来援兵，但这是不可能的，”彼得说，“你知道，这是一门艺术。”

“你是一名出色的艺术家，”男爵不满地说，“现在，请你闭上嘴。”

雷托突然想起哥尼·哈莱克说过的一件事，他当时正看着男爵的照片。“*‘我站在沙海之中，看见一头猛兽从海中爬起……它的头上写着亵渎神灵的名字。’*”

“我们在浪费时间，男爵。”彼得说。

“也许。”

男爵点点头。“你知道，我亲爱的公爵，你最终会告诉我们他们去了什么地方。总有一层痛苦会让你屈服。”

*他说的很有可能是对的，*雷托想，*只是我确实不知道他们在哪儿，要不是我还有一颗牙……*

男爵抓起一小片肉，塞进嘴里，慢慢嚼了一番，最后吞了下去。我们必须试试别的手段，他想。

“看看这个价值连城的人物，他觉得这世上没有钱可以买下他，”男爵说，“好好看着他，彼得。”

而男爵心中在想：是的！看看这人，他以为没有钱可以买下他。瞧啊，他现在被拘禁在这儿，他生活的每一秒都值数千万！如果你现在抓住他，摇晃他，就会发现他已经身无分文了！空了！已经一文不值了！现在，他怎么死还有什么意义呢？

背后的嘶哑声停止了。

男爵看见卫队长乌曼·库图出现在门外，后者摇了摇头。俘虏没有供出他们所需的信息。又失败了。不能再跟这个蠢公爵绕圈子了，这个愚蠢软弱的东西，还不知道地狱离他多么近——只隔着一根神经的距离。

这个想法让男爵镇定下来，他终于压倒了不愿让王族受苦刑的初衷。他突然觉得自己像一个外科医生，做着无止境的解剖切剪工作——剪去蠢货的面具，揭开底下的可怕面目。

兔子，他们都是兔子！

当他们看到天敌时，就会变得那么惊慌可怜！

雷托望着桌子对面，纳闷他还在等什么。那颗牙会立即结束一切。这总算还是不错的。他突然回想起在卡拉丹碧空中摇荡的天线风筝，保罗看到它后，兴奋地大笑。他又想起厄拉科斯的日出——在沙尘之下，屏蔽场城墙变得五光十色。

“太遗憾了。”男爵嘟哝道。他推开椅子，在浮空器的支撑下轻轻站起身，犹豫了一下，注意到公爵脸色有变。他看见公爵深深吸了口气，牙关紧咬，脸上的肌肉扭了一扭。

他是多么怕我啊！男爵想。

雷托很怕男爵会逃脱，于是狠狠咬了咬胶囊牙，它破了。他张开口，用力吹出毒气，同时舌尖上已经尝到了味道。男爵在变小，就像狭窄隧道里的影子。雷托听到耳旁传来一声喘气声——是那个说话柔滑的彼得。

他也逃不了！

“彼得！怎么啦？”

那低沉声音来自很远很远的地方。

雷托感到记忆在脑海中滚动——就像没牙老巫婆的喃喃自语。房屋、桌子、男爵、那双恐惧的蓝眼睛——一切都挤在他四周，失去了原有的匀称感。

一个男人的下巴就像靴子尖，一个玩具般的男人摔倒了。玩具男人长着一个歪向左边的残鼻子。雷托听到陶罐的破碎声——如此遥远——耳畔满是咆哮。他的头脑就像一个毫无尽头的容器，接纳了所有的一切。所有发生的一切：所有的叫声，所有的低语，所有的……宁静。

还有一个想法遗留着。雷托在那无定形的黑色光线中看见了它：*肉体塑造时光，时光塑造肉体*。这想法突然让他有了一种完整的感觉，却又说不出个所以然。

宁静。

男爵背靠一扇密门站着，这是他书桌后的一个紧急藏身洞穴。他死死关上了门，隔壁屋是一屋子的死人。他感觉卫兵们正在周围乱转。*我有没有吸到那东西？*他问自己，*不管那是什么，我吸到了吗？*

他慢慢恢复听觉，渐渐恢复理智。他听见有人在发布命令……防毒面具……把门关好……打开鼓风机。

其他人立即倒在了地上，他想，*可我还站着，我还在呼吸。苍天在上！差一点就要了我的命！*

他现在可以动脑分析一下了：他的屏蔽场一直打开着，虽然强度很低，但足以通过能场屏障减缓分子交换。而且当时他已经推开椅子离开了桌子……而彼得突然上气不接下气，卫队长也冲过来，结果了自己的小命。

运气和那垂死之人的喘气声救了他。

男爵并不感激彼得，那蠢货自己撞到了枪口上。还有那愚蠢的卫队长！他说过，他检查过每个男爵要见的人！那公爵怎么可能……毫无征兆。连桌子上方的毒物探测器都没发出警告。怎么可能？

啊，现在都无关紧要了，男爵想，意识开始坚定起来。*下一任卫队长的第一个任务就是要找出这些问题的答案。*

他意识到走道里传来吵闹的声音，就在通向死亡之屋的另一扇门的拐角处。男爵离开那扇门，审视着他四周的男仆。他们一言不发，目瞪口呆地站在那儿，等着男爵的反应。

男爵会发火吗？

而男爵意识到，自己从那可怕的屋子里死里逃生，仅仅过了几秒钟而已。

几名卫兵手持武器对着那扇门，另几个卫兵面目凶狠地对着空荡的走道，这条走道在右边拐了个弯，那里正是吵闹声的发源之处。

一个人绕过拐角，大步走过来。一副防毒面罩系在脖子上，左右摆动着，眼睛注视看头顶的一排毒物探测器。他长着一头金发，平脸上是一对绿色的眼睛，厚厚的嘴唇上辐射出细细的皱纹。他看起来就像某种水生动物，被错误地安置在了陆地上。

男爵盯着这个渐渐走近的人，想起了他的名字：内福德。雅金·内福德，一名警卫下士。他是一个塞缪塔瘾君子。塞缪塔是一种音乐药物混合品，作用于人最深层的意识。这是一个有用的情报。

那人在男爵面前停下脚步，敬了个礼。“大人，走道已检查过，十分安全。我在外边看到了，一定是毒气。您房间里的通风设备正在从走道往里面灌空气。”他抬头看了看男爵头顶的毒物探测器，“没有一丝毒气泄露出来。我们现在正在清理屋子。您有什么命令？”

男爵认出了这个人的声音——就是刚才发布命令的声音。这个下士很有效率，他想。

“里面的人都死了？”男爵问。

“是的，大人。”

*啊，必须重新调整一下了，*男爵想。

“首先，”他说，“让我祝贺你，内福德。你是我的新任警卫队长。我希望你用心记住这次教训，别步你前任的后尘。”

男爵看到新任卫队长脸上露出的恍然大悟的表情。内福德知道自己再也不会缺少塞缪塔。

他点点头。“大人放心，我一定会尽心竭力，保证您的安全。”

“好吧。那么，再谈谈正事。我怀疑公爵嘴里有什么东西。务必给我查出那是什么，是怎么用的，谁帮他放进去的。你一定要采取一切预防措施……”

他突然停住，思绪被身后走道中的骚动打断——几名卫兵站在通往底层甲板的升降梯门口，正阻止一个高大的霸撒统领，不让他进来。

男爵没有认出霸撒统领的脸。一张精瘦的脸，嘴巴就像是皮革上的划痕，两只眼睛仿佛两粒墨珠。

“把手从我身上拿开，你们这群吃腐肉的东西！”那人咆哮着，冲上前，把卫兵推到一边。

啊，是一名萨多卡，男爵想。

这个霸撒统领大步走向男爵。男爵双眼眯成缝，顿生恐惧。这些萨多卡军官总使男爵感到不安。他们个个长得像是公爵的亲戚……已故的公爵。还有，他们对男爵是如此不恭！

那霸撒统领在离男爵半步远的地方站住，双手叉腰。一个卫兵跟在他后边，浑身颤抖，不知所措。

男爵注意到他没有敬礼，这个萨多卡的不敬举止加剧了他的不安。他们在这儿只有一个兵团——十个营——用来增援哈克南兵团，但男爵心中很明白，这一个兵团就足以战胜哈克南人的全部军事力量。

“告诉你的人，别再阻止我来见你，男爵，”这个萨多卡咆哮道，“我的人把厄崔迪公爵交给了你，但我还没和你讨论该怎么处置他。现在咱们来讨论一下。”

我不能在我的人面前丢脸，男爵想。

“是吗？”他冷冷地说道，男爵对此感到满意。

“皇帝给我下了命令，要我保证他的皇族表弟死得痛快，不能受苦。”霸撒统领说。

“这也是我得到的御令，”男爵撒了个谎，“你以为我会违抗命令？”

“我要亲自监督，以便向皇帝复命。”萨多卡军官说。

“公爵已经死啦。”男爵厉声叫道，他挥挥手，示意谈话就此结束。

但霸撒统领仍旧一动不动站在他面前，既没有眨一下眼睛，也没有动动身上的一块肌肉，以表示自己听到了男爵的话。“怎么死的？”他怒吼道。

真的！男爵想，真是太过分了。

“他自己了断的，如果你真要知道的话，”男爵说，“他吃了毒药。”

“我现在就要见到尸体。”霸撒统领说。

男爵故作夸张地抬眼看着天花板，脑子却在飞速运转：见鬼！那屋子还没来得及整理，这个眼尖的萨多卡将看到房间里的一切！

“马上！”萨多卡军官咆哮道，“我要亲眼见到。”

已经没办法阻止他了，男爵意识到。这个萨多卡将会看到一切。他会知道公爵杀死了好多哈克南人……男爵本人也差点难逃厄运。还有一桌的残羹剩饭，公爵就躺在桌对面，周围是一片死亡的景象。

根本没办法阻止他。

“我没时间等！”霸撒统领吼道。

“不会让你等，”男爵说，他盯着萨多卡黑黝黝的眼睛，“我不会对皇帝隐瞒任何事。”他对内福德点点头，“带这位霸撒统领去看现场，马上。内福德，从你身旁的门领他进去。”

“这边请，长官。”内福德说。

这名萨多卡目空一切地慢慢绕过公爵，从卫兵中间挤过去。

真受不了，男爵想，现在皇帝会知道我是怎么犯下错误的，他会把这看成软弱的表现。

更让人痛苦的是，皇帝和他的萨多卡兵同样鄙视软弱。男爵咬着下唇，心中暗暗安慰自己，至少皇帝还不知道厄崔迪人突袭了杰第主星，毁掉了哈克南人的香料仓库。

那个狡猾的公爵真该死！

男爵看着那远去的背影——那个傲慢的萨多卡，还有矮壮而能干的内福德。

我们必须作出调整，男爵想，我得让拉班重新过来统治这个该死的星球，他可以胡作非为。我必须消耗掉一个哈克南子嗣，让厄拉科斯进入一个合适的条件，接受菲德-罗萨的统治。那个该死的彼得！他还没和我了结一切，就丢了自己的性命。

男爵叹了一口气。

我必须马上派人去特莱拉星球，寻找一个新的门泰特。毫无疑问，他们一定已经为我准备好新人了。

他身旁的一个卫兵咳了一声。

男爵转身看着他。“我饿了。”

“得令，大人。”

“我想娱乐一下。你把这房子清理一下，好好查查里面有什么秘密。”男爵低沉地说道。

卫兵埋下头。“大人想要什么娱乐？”

“我会去睡房，”男爵说，“把我们在迦蒙买的那个小家伙送来，那个眼睛很漂亮的。先给他服好麻药，我不想和他摔跤。”

“遵命，大人。”

男爵转过身，在浮空器的支撑下，一弹一跳地迈着步子向卧室走去。对，他想，就是那个长着漂亮眼睛，长得非常像保罗·厄崔迪的小家伙。

哦，卡拉丹的大海，
哦，雷托公爵的人民——
雷托的堡垒已经倒塌，
永远倒塌了……

——摘自伊勒琅公主的《穆阿迪布之歌》

在保罗看来，他过去的一切及今晚之前的所有经验都变成了沙漏中的沙粒。他坐在母亲身旁，双手抱膝。他们在一个用布和塑料搭成的小型临时营房中，一个小帐篷，是从扑翼飞机上的那个包裹中得来的。他们身上穿的衣服也是。

保罗已清楚地知道那个弗雷曼工具包是谁留的，是谁给押送他们的扑翼飞机指了这条路线。

岳。

那个奸细医生把他们直接送到了邓肯·艾达荷的手里。

透过帐篷的透明边缝，保罗望着外边月光下的一圈岩石，是艾达荷让他们藏在这里的。

我现在已是公爵，却还像小孩一样躲藏，保罗想。这想法使他痛苦，但也不能否认这么做是明智的。

就在今晚，他的意识发生了一些变化——周围的环境和事件极为透彻地展现在他的眼中。他感到自己无法阻挡数据的涌入，还有那冰冷的精准力，让每一个项目扩展进他的知识群，他的计算力正是以意识为中心的。这是门泰特的能力，甚至更胜一筹。

保罗重新回忆起当时的情景，那架奇怪的扑翼飞机在夜色下向他们直扑而来，就像沙漠上空的一头巨鹰，翅膀裹着疾风。他怒气冲冲，却又无计可施。保罗意识中的事就是在此时发生的。那扑翼飞机向前疾飞，掠过一个沙脊，扑向正在狂跑的人影——他母亲和他自己。保罗仍然记得那飞机在沙地上摩擦时发出的硫黄燃烧的气味。

他母亲当时转过身，以为会受到哈克南雇佣兵激光枪的射击，但却认出了正从扑翼飞机舱门口探出身向他们大叫的艾达荷。“快跑！南边有沙虫！”

但是，保罗在转身之前就已知道是谁在驾驶那艘飞机。扑翼飞机飞行和冲刺着陆的方式中有几处微小的细节，小到连他的母亲也没察觉，但保罗却以此精确判断出了坐在里面操控飞机的人是谁。

帐篷里，杰西卡坐在保罗对面，她动了动身子。“只有一种解释，哈克南人抓住了岳的妻子。他恨哈克南人！这一点我决不会看错。你已经看到了他留下的纸条。可他到底为什么要把我们从屠杀中解救出来？”

她现在才明白这件事，而且仍旧不明所以，保罗想。这想法让他感到震惊。早在从包裹中拿到公爵印章，读到那纸条的时候，他就已经认识到了这一事实，当时他觉得这完全是理所当然的。

“别试图原谅我。”岳是这样写的，“我并不想得到你们的宽恕。我已经背负着沉重的负担。我要做的事情已经完成，但我没有恶意，也不希望别人理解，这是我自己的泰哈迪-阿尔布汗，我的终极考验。我把厄崔迪公爵爵位印章交给你，以证明我写下的一切全是真实的。当你们读到我的留言时，雷托公爵已经去世。你们不用太难过，我向你们保证，他不是孤零零一个人死去的，与我们有血海深仇的敌人将给他陪葬。”

纸条上没有抬头，也没有署名，但那熟悉的字迹绝对不会错——是岳写的。

保罗想着那封信，内心再次感受到当时的悲痛，那痛楚是多么剧烈而陌生，似乎发生在他新的门泰特戒备心理之外。他得知父亲已死，心中清楚这一切都是真的，但又觉得这只不过是另一份需要输入大脑以备使用的数据信息。

我爱我父亲，保罗想，且确信无疑。我应该哀悼，应该感觉到某种情感。

但他却没有这种感觉，只有一点：这是一条重要信息。

这条信息跟别的事没什么两样。

他的大脑自始至终都在增加感觉印象，进行着推演和计算。

保罗想起哈莱克说过的话："心情这玩意儿只适合牲口，或是做爱。不管是什么心情，如有必要，你就必须战斗！"

也许这就是根源，保罗想，我会稍候再哀悼我的父亲……当有时间的时候。

但内心那冰冷的精密感觉毫无减弱的意思。他发觉这崭新的意识仅仅是开始，它正在慢慢扩大。他在接受圣母盖乌斯·海伦·莫希阿姆的考验时，第一次感觉到那可怕的目的，如今这种感觉正渗入他的全身。他的右手——曾经感受到剧痛的手——正隐隐作痛。

这就是他们所说的魁萨茨·哈德拉克的状态吗？保罗暗自发问。

"有那么一小会儿，我觉得哈瓦特又错了一次，"杰西卡说，"我想岳也许不是一个苏克医生。"

"他就是我们想的那样……但还要更多。"保罗说。他心里在想：她怎么领会得这么慢？他接着说："如果艾达荷找不到凯恩斯，我们就会……"

"他不是我们唯一的希望。"她说。

"我不是这个意思。"他说。

她听出他语气的生硬冷酷，带着命令的口吻。杰西卡在灰暗的帐篷中盯着他，透过帐篷透明的边缝，在月光辉映的岩石背景下，保罗是一个轮廓分明的剪影。

"你父亲手下的其他人一定也有逃脱的，"杰西卡说，"我们得重新把他们聚集起来，找……"

"我们得靠自己，"他说，"当务之急是找到我们家族的核武器。必须赶在哈克南人之前找到它们。"

"不太可能被发现，"她说，"它们藏得很隐秘。"

"不能存半点侥幸心理。"

而杰西卡却在想：他脑袋里肯定在想，家族核武器可以威逼整个星球和香料的安全，作为一种胁迫手段。但他现在最大的希望就是隐姓埋名，逃脱追捕。

母亲的话又引起了保罗另外一连串的思绪——一位公爵对今晚流离失所的人民的关心。人民才是一个大家族真正的力量，保罗想。他想起了哈瓦特的话："与人分别才令人伤心，而地方只不过是一个地方。"

"他们派出了萨多卡人，"杰西卡说，"我们必须先等萨多卡撤离之后再做行动。"

"他们觉得我们已经陷入了沙漠和萨多卡的围困，"保罗说，"他们打算将厄崔迪人斩尽杀绝，不留一个活口。你说我们的人会有人逃脱，但我想你还是别抱太大希望。"

"他们不可能做无限期的冒险，不然就是将皇帝也参与其中的真相暴露天下。"

"不可能吗？"

"我们的人一定会有人逃脱。"

"真的？"

杰西卡转过身，儿子冰冷的语气令她惊恐，他对可能性有着精确的算度。她意识到保罗的思维已然超越了她，在分析判断上比她更加全面。她曾经帮助他训练这种才智，但现在她发现自己对此感到恐惧。她思绪连篇，回想起公爵给予她的乐土，现在这一切已经失去，她不禁热泪盈眶。

事已至此，无可挽回了，雷托，杰西卡心想，"甜蜜的爱，痛苦的结局。"她把手放到腹部，意识集中在腹中的胎儿身上。我已经奉命怀上了这个厄崔迪女儿，可圣母错了：一个女儿也救不了我的雷托。这个孩子仅仅是未来死亡之路上的一条生命。我怀上她，是出于本能，而非服从。

"再试试通讯接收器。"保罗说。

无论我们怎么抑制，思维总在不停地发展，她想。

杰西卡找出艾达荷留给他们的接收器，打开开关，仪器面板亮起绿光，从扬声器中传来一阵尖细的声音。她调低音量，搜寻频道，帐篷里响起了厄崔迪人的战时用语。

“……撤退，在山岭那边会合。菲多报告：迦太格已经没有幸存者，公会银行已遭洗劫。”

*迦太格！*杰西卡想，*那是一个哈克南人的温床。*

“是萨多卡，”那声音说，“注意穿着厄崔迪军服的萨多卡。他们……”

扬声器里传来一声怒吼，接着一片沉寂。

“试试别的频段。”保罗说。

“知道那意味着什么吗？”杰西卡问。

“我预料到了。他们想让公会把银行被摧毁的罪名怪到我们头上，只要公会和我们对立，那我们就被困在厄拉科斯上了。再试试别的频段。”

杰西卡掂量着他的话：*我预料到了。*他到底怎么了？杰西卡慢慢回到仪器上，转动旋钮，从扬声器里不时传来断断续续的吼叫，都是厄崔迪人的战时用语：“……撤退……”“……集结在……”“……被困在洞穴里……”

另一方面，还有一些声音从其他频段上传来，毫无疑问是哈克南人欢呼胜利的吼声。还有严厉的下令声，战况报告。都是只言片语，杰西卡还不能进行记录破译，但那语气显而易见。

哈克南人大获全胜。

保罗摇了摇身旁的包裹，听到了里面两袋水的汩汩声。他深深吸了一口气，抬头从帐篷的透明边缘望出去，看着外面星光下的山岩。他抬起左手摸了摸帐篷入口处的括约型密封装置。“马上就要天亮了。”他说，“我们可以再等一天，看艾达荷能不能回来，但到晚上他再不回来，我们就要自己行动了。在沙漠里，必须夜行日宿。”

杰西卡脑中慢慢想起一个传说：*如果没有蒸馏服，一个躲在沙漠隐蔽处的人每天需要五升水以维持体重。*她感觉到了身上的蒸馏服，那又滑又软的表面正紧贴着自己的身体，他们的性命就仰仗这些衣物了！

“如果我们离开这儿，艾达荷就找不到我们了。”她说。

“现在已经有手段可以让任何人招供，”他说，“如果艾达荷天亮还不回来，我们必须考虑他被俘的可能性。你以为他可以熬多长时间？”

这问题不需要回答。杰西卡沉默无语地坐着。

保罗打开包裹，从里边取出一本带照明条和放大器的微型手册。书页上，绿色和橙色的字母向他跃来：“水袋、蒸馏帐篷、能量帽、循环导管、沙地呼吸泵、双筒望远镜、蒸馏服维修包、记号枪、地图、过滤塞、指南针、沙地钩、沙槌、弗雷曼工具包、狼烟……”

在沙漠中生存需要这么多东西。

他把手册放在身旁的地上。

“我们能去哪儿呢？”杰西卡问。

“我父亲说过沙漠之能，”保罗说，“没有它，哈克南人就统治不了这个星球。他们从未真正统治过这个星球，将来也不会，就算有一万支萨多卡军团，他们也办不到。”

“保罗，难道你是说……”

“我们手中握有全部证据，”他说，“就在这儿——这个帐篷，这个包裹和里面的东西，这些蒸馏服。我们知道，公会给气象卫星开了一个高得吓人的价格，我们还知道……”

“气象卫星跟这有什么关系？”她问，“他们不可能……”杰西卡顿住了。

保罗发觉自己高度机敏的意识正在读取她的反应，计算着每一个细枝末节。“你终于明白了，”保罗说，“气象卫星可以观测地面。沙漠深处存在着某些东西，经不住频繁的观测。”

“你是说公会控制着这个星球？”

她反应太迟钝。

“不！”保罗说，“是弗雷曼人！为了保住秘密，他们私底下买通了公会。他们的金钱就是任何拥有沙漠之能的人能轻易得到的——香料。这个答案并非通过什么二次计算得来的，是直接分析计算的结果。相信我！”

“保罗，”杰西卡说，“你还不是一个门泰特，你不可能确信……”

“我永远也不会是门泰特，”他说，“我是另外的东西……一个怪胎。”

“保罗！你怎么能这么说……”

“让我一个人待一会儿！”

他别过头，看着外边的黑夜。*我为什么不能哀悼？*他暗自发问。他感到自己身上的每个组织都在发出这一渴求，但却永远也无法办到。

杰西卡还是头一回听她儿子发出如此痛苦的声音。她想伸出手，抱住他，安慰他，帮助他——但她感觉到自己无能为力。他必须靠自己闯过难关。

地上那闪光的弗雷曼工具包手册引起了她的注意。她将它捡起，看了一眼扉页，读道：“‘友好的沙漠’手册，一个充满生机的地方。看哪，阿亚特，生命的布汉。请相信，太阳不会将您焚烧。”

读起来像是阿扎之书，她想起当年研读伟大秘密的情景。*难道宗教力量已降临在厄拉科斯？*

保罗从包裹中拿出指南针，接着又放了回去。“看看这些特有的弗雷曼器械，多么精巧，真是无与伦比！咱们得承认，创造出这些东西的文明一定有着无可辩驳的渊博知识。”

他语气中饱含苦楚，杰西卡仍为此担心，她犹豫了一下，继而把注意力重新放回到书上，她审视着一幅厄拉科斯天空的星座图。“穆阿迪布：老鼠座。”她注意到那尾巴指向北方。

保罗扭过头，借着手册上的亮光，看着他母亲在昏暗中的举动。*现在，我该实现我父亲当初的愿望了*，他想。*在她还有时间哀痛时，我必须把父亲当初让我转达的话告诉她。如果以后再哀痛，势必会带来麻烦*。想到自己竟然会有如此精确的逻辑，他不禁暗暗吃惊。

“母亲。”他说。

“怎么了？”

她听出儿子的语气有所变化，那声音使她感到不寒而栗。她还从未听过这么严酷的控制力。

“我父亲死了。”他说。

她在内心寻找各种事实的结合点——这是贝尼·杰瑟里特评估信息

的方法——最后她找到了结果：一种巨大损失的感觉。

杰西卡点点头，却说不出话来。

“我父亲曾交代我一件事，”保罗说，“如果他出了事，他想让我向你转达一句话。他担心，你可能会以为他在怀疑你。”

那毫无价值的怀疑，她想。

“他想让你知道，他从未怀疑过你，”保罗说，他将整个骗局解释了一遍，接着说道，“他想让你知道，他自始至终都相信你，也一直爱着你，珍视着你。他说他宁愿怀疑自己也不会怀疑你，但他有一个遗憾——没有让你成为他的公爵夫人。”

杰西卡的泪水顺着脸颊淌下，她用手抹了一把泪，心想：*这是对身体之水的愚蠢浪费！*但她知道这个想法的真正意图——想要化悲痛为愤怒。*雷托，我的雷托啊！*她想，*我们对自己的爱人做的都是什么样的可怕之事啊！*她狠狠一挥手，把微型手册的照明灯熄灭。

她浑身颤抖，抽泣起来。

保罗听着母亲悲痛的哭声，感到心里空荡荡的。*我感觉不到悲痛*，他想，*为什么？为什么？*他觉得这是一个可怕的缺点：自己竟感觉不到悲痛。

有得必有失。杰西卡想起《奥天圣经》里的这句话，于是念了起来：*有留必有去；有爱必有恨；有和平，也会有战争*。

保罗的意识已经开始了冰冷的精确算度。在这个充满敌意的星球上，他看到了前方的路。他甚至不用开启安全的梦之门，就能将自己的预知意念集中起来，看到经过计算的最有可能的未来，但除此之外还有别的一些景象，几近神秘——就仿佛他的意识切入了某种不受时间影响的层面，体验着未来的微风。

突然，他好像找到了一把关键的钥匙，意识又跃入了另外一个境界。他紧紧依附着这个新层面，摇摇晃晃地抓着，担心它会滑走，同时向四周窥视。感觉像是身临一个球体中，一条条大道伸向四面八方……但这仍是一个初步的大概印象。

他记得儿时曾见过纱巾在风中飞舞的景象。而现在，他觉得这未来在某种表面旋转扭动，就像那块在风中飘荡的纱巾，缥缈不定，难以捉摸。

他看到了人。

他感觉到无数可能，各种冷热。

他知道名字、地方，他感受到无数的情感，他阅遍无数未知之地的信息。有时间去探测、检验、感受，却没时间归出形状。

这是从遥远过去到遥远未来的一系列可能性——从最可能到最不可能的。他看到自己的各种死亡方式。他看到新的行星、新的文明。

人。

人。

他们成群结队，不能历数，但保罗的意识却能数得一清二楚。

甚至还有公会的人。

他想：*公会——从那儿可以找到出路。他们会接受我的怪异，视它为一件他们所熟知的、具有极高价值的物品——香料。我会保证向他们提供这种不可或缺的香料。*

但一想到他将永远在这个探索未来可能性的生活中度过，就像在茫茫太空中引导飞船的公会宇航员一般，他便感到极度震惊。*这也是一条路。*在其中一些出现公会人员的可能未来中，他发现了自身的怪异之处。

我还有另外一种眼力，我可以看见另外一个地带：无数可通行之路。

这一领悟给他带来安心，却又使他惊恐——另外一个地带的无数地方在他眼前不断变幻。

这感觉来得迅速，去得也快。保罗意识到，整个体验仅发生在一个心跳的时间内。

然而，他自身的意识已经被掀翻，现在走入了一条骇人的路途。他左右四顾。

夜幕仍然笼罩着这个隐蔽在山岩中的帐篷。他母亲仍在悲泣。

他自己仍感受不到悲痛……他的意识已与那个空旷之地分离，正稳步进行着它的工作——处理数据，评价，计算，给出答案，就像门泰特所用的方式。

现在，保罗发现自己拥有了前人从未有过的海量信息。但要忍受内心那片空旷之地也绝非易事。他觉得必须将什么东西毁灭，就好像在他内心有个定时炸弹的定时器，正嘀嗒作响。不管他怎么做，它照样响下去。它记录着他四周环境的一切微小差异——湿度的细微变化，温度的微降，一只虫子慢慢爬过帐篷的屋顶，透过帐篷透明的边缝，可以看到满天的星光，黎明正缓缓逼近。

那片空旷之地令他难以忍受，就算了解定时器的设置也没多大用处。他可以看到自己的过去，看到这一切的起始——所受的教育，能力的磨炼，精心设计的高强度复杂训练，甚至在某个关键时刻读到《奥天圣经》……最后，是香料的大量摄入。他还可以看到未来——看到最骇人的地方——一切的最终目标。

我是一个怪物！他想，一个怪胎！

“不，”他说，“不！不！不！！！”

他发觉自己正在用双拳捶打帐篷的地面。（他那毫不妥协的意识却把这作为一个有趣的情感信息记录下来，置入了计算中。）

“保罗！”

他母亲坐在他身旁，抓着他的手，隐约可以看到一张苍白的脸，正盯着他。“保罗，怎么啦？”

“你！”他说。

“我在这儿，保罗，”她说，“没事的。”

“你对我做了什么？”保罗叱问。

她的思路猛然清晰起来，觉得保罗的问题中含着某种深刻的根源。她回答：“我生下了你。”

这个回答源于她的本能，也源于她那细微的理解力，真是恰到好处，使保罗冷静下来。他感觉母亲的手正抓着他，抬头望着那张脸的模糊轮廓。（他那如洪流般的意识以全新的方式注意到母亲面部结构的某些基因痕迹，汇同其他信息，得出了最终的答案。）

“放开我。”他说。

她听出保罗语气中的强硬，便服从了。“保罗，你愿意告诉我出了什么事吗？”

“你知道你在训练我时都做了些什么吗？”保罗问。

他的语气中已经没有孩童的痕迹，杰西卡想。“我所希望的，就跟所有父母一样——希望你……出人一等，与众不同。”

“与众不同？”

她听出了他口气中的怨恨，于是说道：“保罗，我……”

“你要的不是一个儿子！”他说，“你要的是一个魁萨茨·哈德拉克！是一个男性贝尼·杰瑟里特！”

保罗的怨恨使她畏缩。“可是，保罗……”

“你和我父亲商量过这事吗？”

她在哀痛中轻轻对保罗说：“保罗，不管你是什么，你身体内流淌着我和你父亲的血。”

“但你没说过训练的事，”他说，“没说过那些……唤醒了……沉睡者的东西。”

“沉睡者？”

“它在这儿，”保罗用手指指着头和心，“在我身体里。它在不断地发展，发展，发展，发展，发展，发展……”

“保罗！”

她听出保罗已近乎歇斯底里。

“听我说，”保罗说，“你想要圣母听听我的梦，现在，你来替她听一听吧。我刚才做了一个白日梦，你知道为什么吗？”

“你必须冷静，”她说，“如果有……”

“香料，”保罗告诉她，“它蕴藏在这儿的每一样东西里——空气中，土壤中，食物中。抗衰香料。它就像真言者之药。它是一种毒药！”

杰西卡惊呆了！

保罗放低声音，重复道：“一种毒药……精致巧妙，不知不觉……不可逆转。只有当你停止服用后，才会有性命之忧。我们再也不可能离开厄拉科斯，除非我们能把这个星球的一部分带在身边。”

他的语气非常吓人，令人难以辩驳。

“你，还有香料，”他说，“任何人食取足量的香料后就会发生变化，但还要感谢你，我可以清醒地意识到这种变化。我不会让它在不知不觉中悄悄地发生作用，因为我能看见它。”

“保罗，你……”

“我看得见它。”他重复道。

保罗的话里透着疯狂，杰西卡不知所措。

但他重新开口时，声音里又恢复了坚忍的控制力。“我们困在这里了。”

我们困在这里了，杰西卡也同意。

她没有怀疑保罗话中的真实性。不管是贝尼·杰瑟里特施以压力，还是什么阴谋诡计，都不能使他们完全摆脱厄拉科斯：香料使人上瘾。早在意识察觉这个事实前，她的身体就已经把它表现出来了。

这么说，我们将在这里度过余生，杰西卡想，*在这个地狱般的星球上。这是为我们准备的地方，只要我们能躲过哈克南人的追杀。我的作用毋庸置疑：我就是为贝尼·杰瑟里特的大计保存重要血缘种系的一匹母马*。

“我必须把我的白日梦告诉你，”保罗说——现在他语气中充满了怒气——“为了让你相信我所说的，我首先要告诉你：你将在这里——厄拉科斯——生下一个女儿，我的妹妹。”

杰西卡的双手抵着帐篷的地板，后背靠着弯曲的布墙，压制住内心涌出的一阵恐惧。她知道自己目前还没显出有孕在身的迹象，她自己也只是通过贝尼·杰瑟里特的能力，发觉了身体的蛛丝马迹，明白肚子里已经怀有一个仅仅几个星期大的胚胎。

“只为服务。”杰西卡喃喃道，死抱着那句贝尼·杰瑟里特箴言，“此身只为服务而存。”

“我们将在弗雷曼人那里找到一个家。”保罗说，“你们的护使团已在那里为我们赢得了一个避难所。”

他们已在沙漠里为我们准备了一条路，杰西卡暗自思忖，*可他怎么会知道护使团*？面对保罗强烈的怪异之处，她越来越难克制住内心的恐惧。

保罗打量着黑暗中的母亲，他崭新的洞察力将她的恐惧和每一个反应看得一清二楚，就好像她正站在一盏炫目的灯光下。保罗的心中慢慢涌出一丝恻隐之心。

“这里可能会发生的事，我还不能告诉你，”他说，“我甚至还不能告诉自己，尽管我已见到了它们。我可以感觉到未来，但这似乎并不受我的控制，它就这么发生了。在最近的未来，比如说一年后，我能看见一些……一条路，像我们的卡拉丹中央大道一样宽阔。有的地方我看不见……蒙在阴影中的地方……就好像在山背后，”他又想到了那块飘舞的纱巾，“……还有许多岔路……”

他一言不发，脑中全是记忆里看见的那些东西。他这一生从没有过任何预见性的梦想或是经验，能让他完全承受住这突如其来的一切，时间的面纱被突然扯下，露出了赤裸裸的真相。

他回想着那段经历，同时想起了自己那可怕的目的——他生命的重负就像一个不断膨胀的泡泡……时间也在它面前不断退却……

杰西卡摸到了帐篷的照明开关，点亮了灯。

昏暗的绿光驱散了阴影，减轻了她的恐惧。她看着保罗的脸、他的眼睛——看透内心的直视目光。她知道自己在什么地方见过这种目光：在灾难记录中的图片里——在那些经历饥饿和巨大伤害的儿童的脸上。眼睛深陷，嘴成直线，面颊下陷。

这是领悟到可怕事实的表情，她想，是一个人被迫知道自己必死命运时的表情。

他确实不再是孩子啦！

杰西卡开始抛开一切，思考保罗话中暗含的深意。保罗可以看到未来，看到一条逃跑的路。

“有一个方法可以躲过哈克南人的追杀。”她说。

“哈克南人！”保罗嗤之以鼻，“把这些变态的人丢在你的脑后。”他看着母亲，借着光线审视着她脸上的皱纹，那些皱纹暴露了她的心思。

她说：“你不该把这些人说得好像没有……”

“别太肯定你能明确其中的界限，”他说，“我们的过去与我们如影随形。而且，我的母亲，有一件事你还不知道，但你应该知道——我们是哈克南人。”

她的意识陷入了恐慌，一片空白，所有的感觉都被封闭了。但保罗依然不依不饶，继续拖拽着她。“下次面对镜子时，仔细看看你的脸——现在先看看我的。如果你不自欺欺人的话，你会看出那些蛛丝马迹。再看看我的双手、我的骨骼。如果这一切都还不能让你相信，那就相信我的话。我见过未来，读过一份档案，见过一个地方，我拥有所有的资料。我们是哈克南人！”

“是……哈克南人的叛逃者，”她说，“是吗？是某一房表亲……”

“你是男爵的亲生女。”他说。听到此话，杰西卡用手捂住了自己的嘴。“男爵年轻时有过许多风流韵事，有一次他被一个女人引诱了。但那女人是你们中的一员，是一位贝尼·杰瑟里特，为了基因遗传的目的而做的。”

保罗说到“你们”时的语气就像给了她一个耳光，但这使她恢复了理智，发觉自己无法反驳他的话。现在，有关自己过去的许多盲点逐渐连到了一起。贝尼·杰瑟里特需要的这个女儿，并不是为了结束厄崔迪和哈克南之间的世仇，而是为了修正他们血系中的某些遗传基因。是什么呢？她找到了一个答案。

保罗像是看出了她的心事，说道：“他们以为是我，但我并不是他们所期望的，我提前来到人世。他们并不知道。”

杰西卡双手捂住了嘴巴。

圣母在上！他就是魁萨茨·哈德拉克！

在他面前，杰西卡感到自己无遮无盖，浑身赤裸。他的双眼能看出任何隐秘，什么东西都逃不过。而这，杰西卡很清楚，就是她恐惧的原因。

“你觉得我是魁萨茨·哈德拉克，”他说，“扔掉这个想法。我是另一种你意想不到的东西！”

我必须想办法递个消息到学校去，杰西卡想，*也许通过交配目录可以知道发生了什么事*。

“他们不会知道我的事。要知道也为时太晚。”保罗说。

杰西卡想要转移他的注意力，于是放下手，说道：“我们会在弗雷曼人那里找到一个安身之地？”

“弗雷曼人有句俗话，赞美他们的永恒之父，夏胡鲁。”保罗说，“那句话是这样说的：‘时时准备赞美你遭遇的一切。’”

而保罗心里在想：*是的，我的母亲，我们将藏身在弗雷曼人中。你*

也会有一双蓝色的眼睛，也会因蒸馏服的过滤管而在漂亮的鼻子旁留一个痂……你将生下我的妹妹：尖刀圣厄莉娅。

“如果你不是魁萨茨·哈德拉克，”杰西卡说，“那是……”

“你不可能知道。”他说，“你不亲眼目睹，就不会相信。”

他心想：我是一颗种子。

他突然发觉自己坠落到的这片土地是多么肥沃，有了这个领悟，那可怕的目的不禁充满心中，爬过内心的那片空旷之地，意欲用悲痛令他窒息。

在前方的道路上，他看到了两条岔道——在其中一条岔道上，他碰到了邪恶的老男爵，对他说道：“你好，外公。”想到这条路上所要发生的一切，保罗感到一阵恶心。

在另一条道路上，除了尖锐的战斗，便是灰色的朦胧。他看到了一种武士宗教，烈火在全宇宙蔓延，厄崔迪的黑绿战旗在喝了香料酒的疯狂战军的头顶飘扬。其中有哥尼·哈莱克和他父亲的几个老部下，人数少得可怜。所有人都佩戴着鹰饰纹章，是从供奉父亲头颅的神龛中拿出来的。

“我不能走那条路，”他喃喃道，“那是你们学校那些老巫婆们所期望的。”

“我听不懂你说什么，保罗。”他母亲说。

他没有吭声，思绪纷飞，自己的确就像是一粒种子，同时第一次经历到的那可怕目的的种族意识又不断撩拨着他。他发觉自己已经不再恨贝尼·杰瑟里特，不恨皇帝，也不恨哈克南人。他们都纷纷陷落在各自种族的需求中，为了更新散落的遗传因子，为了在一个更大更新的基因池中配对，融合和改进血缘体系。而种族只知道一种可靠的办法——那种经过千锤百炼，所经之路无一漏过的古法：圣战。

当然，我不能选择这一方法，他想。

但他的心眼再一次看到装着他父亲头颅的神龛，还有那黑绿战旗挥舞下的猛烈战斗。

杰西卡清了清嗓子，对他的沉默深感不安。“那么……弗雷曼人会给我们一个庇护所？”

保罗抬起头，透过帐篷中的绿光，他看着母亲脸上的近亲繁殖的贵族痕迹。“是的，这是一种方法。”他点点头，“他们将把我称为……穆阿迪布。即‘指路之人’。是的……他们将这么称呼我。”

他闭上双眼，想着：*父亲，现在我可以哀悼您了。*他感到泪水从双颊淌下。

第二卷

穆阿迪布

当我的父王——帕迪沙皇帝——听说雷托公爵之死和死亡方式时，当场震怒了，我们从没见过他发那么大的火。他责怪母后，责怪压在他身上的势力，逼他把一个贝尼·杰瑟里特推上王位。他责骂公会和邪恶的哈克南老家伙，责骂在场的所有人，连我也不例外。因为他说我是一个跟其他人一样的女巫。我想要安慰他，说这一切都是依古老的自我保护法所做，即便最古老的统治者也要遵守。他却对我嗤之以鼻，问我是否认为他是一个懦夫。那时我终于明白，他发这么大的火，并非因为虑及公爵之死，而是想到了公爵的死对整个皇族所含的深意。回想这件事，我觉得父王或许也有着一丝预知未来的能力，因为父王的家族与穆阿迪布的家族有着共同的祖先。

——摘自伊勒琅公主的《家父家事》

“现在，哈克南人要杀哈克南人了。”保罗低声说道。

夜幕降临前，他醒来了，他在密闭黑暗的帐篷中坐起身。当他开口时，听到他母亲发出的轻微响动。她正靠在对面的帐篷壁上睡着。

保罗看了看地面上的距离探测器，审视着黑暗中由荧光管照亮的刻度盘。

“天马上就要黑了，”他母亲说，“不如把帐篷罩拉起来吧？”

保罗注意到，她的呼吸变得不一样了，看样子她在黑暗中默默躺了许久，一直等到他醒来。

她静静地躺在黑暗中，直到确信他醒了。

“拉起帐篷罩不会有多大用处，”他说，“外面快起风暴了，帐篷会被沙埋住，等一会儿我来把沙子挖开。”

“还没有邓肯的消息？”

“没有。”

保罗心不在焉地摩挲着戴在拇指上的公爵印章戒指，心中突然冒起一股怒意，正是这个东西害死了他的父亲。一想起这事，他便浑身战栗起来。

“我听到风暴的声音了。”杰西卡说。

她随和的口气和毫无意义的话使他恢复了冷静。透过帐篷的透明边缝，他看到风暴慢慢起势，便集中精神盯着它——冰冷的沙粒穿过盆地，细细的石流刮过天穹。他仰望着一块岩石尖顶，看着它在狂风的吹袭下改变形状，变成了低矮的干酪色楔形物。涌进他们所在盆地的沙子如同灰暗的咖喱粉，简直暗无天日。当帐篷被完全埋住时，所有的光线都被遮住了。

由于沙的重压，支撑帐篷的柱子吱吱嘎嘎响了一通。接着是一片沉寂，只有通气管不时从地面抽进空气，发出微弱的喘息声。

“再试一试通讯接收器。”杰西卡说。

“没用的。”他说。

他找到位于颈边夹子夹着的蒸馏服水管，吸了一口温水。他想，从现在起他才真正成为一名厄拉奇恩人——靠从自己的呼吸和身体中回收的水分生存。水淡而无味，但它滋润了喉咙。

杰西卡听到保罗喝水的声音，感觉到贴在自己身上那滑溜溜的蒸馏服，但她抵抗着干渴。承认干渴必须有充分的认识，明白在厄拉科斯必须保护哪怕一丁点儿的水分，积蓄帐篷接水袋中的每一滴水，不在露天浪费一口呼吸。

她不由自主地又倒下去睡着了。

但这一次她做了个梦，一想到这个梦，她就浑身发抖。梦中，流沙下，她举着一双手，沙上写着一个名字：雷托·厄崔迪公爵。名字被流沙掩盖，她上前把字重新写好，但每次写好最后一个字，第一个字就又被流沙填满。

流沙永无停歇。

她的梦变成哀号，声音越来越大。是一种怪异可笑的哭声——她的部分意识已经明白那哭声是她自己孩提时的声音，是婴孩的啼哭。一个记忆中不是很熟悉的女人正在离去。

是我那不为人知的母亲，杰西卡想，那个贝尼·杰瑟里特，生下我之后就把我交给了姐妹会，因为她得到的命令就是如此。不知她是不是很乐意摆脱掉这个哈克南小崽子？

“要打击他们，只有通过香料。”保罗说。

他怎么在现在这个时候还能想到打击呢？她暗自发问。

“整个星球都是香料，”她说，“你怎么打击？”

她听见他在动，背包在地上拖动发出响声。

“在卡拉丹，是天空和海洋之力，”他说，“而在这里，是沙漠之力。弗雷曼人乃是关键。”

他的声音来自帐篷的扩约门旁。她的贝杰能力感到他语气中含着对她的不满。

保罗从小到大受到的教育就是去仇恨哈克南人，杰西卡想。现在，他发现自己正是一个哈克南人……由于我的缘故。他对我了解得太少了！我是公爵唯一的女人，我接受了他的生活和价值观，甚至还违抗了贝尼·杰瑟里特的命令。

帐篷的照明灯在保罗手下亮了起来，绿色的闪光照亮了这个圆形区域。保罗蹲在扩约门旁，蒸馏服的头罩已经调整到位，准备进入露天的沙漠——前额覆盖着，嘴上戴着过滤器，鼻孔里塞上鼻塞，只露出黑色的眼睛。他回头望了一眼，接着转了回去。

“作一下准备，我们要出去了。”他说，由于被过滤器蒙着，声音有点含混不清。

杰西卡把过滤器拉到嘴上，一面调整面罩，一面望着保罗打开了帐篷的密封条。

当他打开扩约门时，传来一阵沙子的沙沙声。他还来不及用静电压实工具把沙固定，它们就已经像一大团稻谷涌进了帐篷。工具重新排沙时，沙墙上出现了一个洞。他钻了出去，杰西卡站在那里，听着他在地表上的动静。

*我们会在外面发现什么呢？*她不禁暗问，*哈克南军队和萨多卡，这些是我们能预料到的危险。但要是还有别的什么我们不知道的危险呢？*

她想起了背包里的压实工具和其他奇奇怪怪的器具。在她脑海中，每一种工具都突然变成了代表谜一般危险的标记。

这时，从地表沙地上吹来一股灼热的微风，吹到她那过滤器上方的裸露脸颊上。

“把背包递上来。”是保罗，声音低沉，充满戒心。

杰西卡顺从地走上前，把背包推上地面，包里的水袋发出汩汩的声音。她抬头仰望，保罗的身影正映衬在星辰之下。

“来。”他弯下腰，伸出手，把背包拉上了地面。

现在她只看得见星星了，它们就像武器的闪亮尖端一般朝下瞄着她。一阵流星雨从夜空掠过，感觉像是一个警告，像老虎的爪痕，像凝结她血痂的闪亮墓板。一想到自己这颗项上人头的价值，她就不寒而栗。

“快点。”保罗说，“我要把帐篷折起来了。”

从地面落下一阵沙雨，滑过她的左手。*一只手能握住多少沙？*她暗自发问。

“要我帮你吗？”保罗问。

“不用。”

她干咽了一下，钻进洞里，感觉到被定型的沙子在手下发出粗砺的响声。保罗往下伸出手，抓住她的手臂。接着她便站到了他的身旁，来到星光照耀下的一片光滑沙地上。她看着周围，沙子几乎已经填满了他们所在的盆地，只剩下四周隐隐约约的岩石顶端。她开启受过特训的感官，探索远处的黑暗之地。

小动物的鸣叫。

飞鸟。

沙子的滑落声，沙中有微弱的动物声响。

保罗折起帐篷，从洞口上拾起了它。

夜幕下的这点星光恰到好处，投下一个个危险的影子。她盯着那一块块黑影。

*黑色是一种模糊的回忆，*她想。*你倾听各种声音，倾听那些猎杀你*

祖先的嚎叫声，那是如此遥远的过去，只有你最原始的细胞才记得。耳朵才是看，鼻孔才是看。

保罗站到她身旁。“邓肯告诉过我，如果他被抓住，他可以坚持……到现在。我们得马上离开这里。”他扛起背包，穿过浅浅的盆地边缘，爬到一处岩脊上，在那儿可以俯视整个广阔的沙漠。

杰西卡下意识地跟着他，她发觉儿子已经成了她的人生轨道。

眼下，我的悲痛比这沙海中的沙还要沉重，她想，这个世界已夺走了我的一切，只留下了那个最古老的目的——明日的生活。我现在活着，只是为我那年轻的公爵，还有那未出世的女儿。

她爬到保罗身边，脚下的沙子像是在拖拽着她。

保罗望着北方，目光越过一列山岩，审视着远处的陡坡。

远处的山岩露出轮廓，就像一艘星光下停泊在海上的战舰。长长的流线形身影正在无形的波浪上起伏，一节节的回旋天线，烟囱向后弯曲，船尾一个π形的突起。

在战舰轮廓的上方突然爆出一片橘黄色的眩光，一束极其明亮的紫光向下刺入眩光之中。

又一束紫光!

一束向上刺出的橘色光!

就像远古的一场海战，那令人难忘的炮火。面对眼前的景象，两人都呆呆地凝望着。

“狼烟。”保罗小声说。

一团红色的火光在远处岩石的上方升起，紫光在天空交织。

“喷气火焰和激光枪。”杰西卡说。

在他们左方，一轮被红尘遮蔽的月亮正从地平线上升起，风暴正在那里蔓延——呈带状在沙漠上空掠过。

“一定是哈克南人的飞机在搜寻我们，”保罗说，“他们把沙漠分割成小片……就像为了确保把那里的一切摧毁……就跟你摧毁昆虫的巢穴一样。”

“或者厄崔迪的巢穴。”杰西卡说。

“我们得找一个隐蔽的地方，”保罗说，“顺着山岩往南走。如果被他们在露天逮到……”他转身把背包背到背上，“他们会杀死任何移动的东西。”

他沿着山脊走了一步，就在这时，他听见了一艘飞机掠过时发出的低沉嘶鸣，在他们头顶，是一艘扑翼飞机的黑色身形。

父王曾跟我说过，尊重真理差不多是所有道德准则的基础。“这世上没有无中生有的事。”他说。如果你了解“真理”是多么的无常，就会明白这是一个极其深邃的思想。

——摘自伊勒琅公主的《与穆阿迪布的谈话》

“我总能看透事情的真相，这事让我自豪，”杜菲·哈瓦特说，“但这也是身为一名门泰特的诅咒。你每时每刻都在分析数据。”

眼下还未破晓，那张皮革似的老脸在昏暗中显得镇定自若，被纱芙染成红色的嘴唇抿成一条直线，一条条细纹从嘴边辐射出去。

一位长袍客静静蹲在哈瓦特对面的沙地上，明显没有为他的话所动。

两人蹲伏在一块山岩下，从那儿可以俯瞰一条又宽又浅的沟壑。曙光已经洒向了盆地四周支离破碎的山崖，将一切都染上了粉色。但山岩下还是很冷，是夜幕留下的干燥刺骨的冰寒。曙光到来前，曾经吹过一阵暖风，但现在又冷了下去。在哈瓦特身后是所剩无几的几名士兵，他能听见他们牙齿打战的声音。

蹲在哈瓦特对面的长袍客是个弗雷曼人。他在曙光初现时穿过沟壑，在沙地上疾行，整个人和沙丘融为一体，几乎难以看清他移动的身影。

那弗雷曼人伸出一根手指，在他们之间的沙地上画了一个图形，看起来像一个碗，外面有一支箭。“哈克南人有许多巡逻队。”他举起手指，指指上方的山岩，哈瓦特和他的士兵就是从那儿下来的。

哈瓦特点点头。

许多巡逻队，是的。

但他仍然不知道这个弗雷曼人想干什么，这让他感到痛苦。门泰特人的训练应该给予他看穿别人动机的能力。

这一夜是哈瓦特一生中最糟的一夜。当他收到攻击报告的时候，他还在一个名叫青波的卫戍村庄中，这是前首府迦太格的一个前哨基地。一开始他心里想：*这是一次突袭，是哈克南人的刺探。*

但是报告一个接着一个——来得越来越快。

两个军团在迦太格着陆。

五个军团——足足五十个旅！——向公爵在厄拉奇恩的主基地发起了攻击。

一个军团进攻阿桑特。

两个战斗群进攻裂岩。

接下来的报告更加详细——进攻者中还有帝国的萨多卡军——可能有两个军团。看情形，这些侵略者对一切了如指掌，知道该把重要的军队派往哪里。了如指掌！情报机构真是强大。

哈瓦特怒火中烧，直至狂暴之火威胁到了他那门泰特能力的运用。此次进攻的庞大规模仿佛给他的精神来了一次沉重的打击。

现在，他躲藏在一块小小的沙漠岩石下，自顾自地点点头，拉了拉身上破破烂烂的衣服，裹紧身子，像是要抵御四周的阴寒。

此次进攻的庞大规模。

他早就预料敌人会从公会那里租用驳船进行刺探攻击。在家族之间的交战中，这是十分普遍的策略。这类舰船定期在厄拉科斯起降，为厄崔迪家族运送香料。哈瓦特已经采取过预防措施，防止伪装的香料驳船展开突袭。至于全面进攻，他们的预计是不会超过十个旅。

但是经最后统计，在厄拉科斯降落的飞机竟有两千多架——不仅有驳船，还有护航机、侦察机、监视机、攻击机、运兵机、投掷箱……

一百多个旅——整整十个军团！

厄拉科斯五十年的香料收入可能刚够进行这样一次冒险。

可能。

*我低估了男爵的军费开支，*哈瓦特想，*我辜负了公爵。*

然后，还有那个叛徒。

*我必须活下去，直到亲眼看到她被绞死为止！*他想，*我早该伺机杀*

死那个贝尼·杰瑟里特巫婆。是谁出卖了他们，他对此确信无疑——杰西卡夫人。事实一清二楚。

“哥尼·哈莱克和他的部分军队，现在在我们的走私者朋友那儿，很安全。”那弗雷曼人说。

“很好。”

这么说，哥尼会离开这个鬼星球，我们不会全军覆没。

哈瓦特回头看了看他那些挤在一起的手下。今夜开始时，他还有三百多名精锐士兵，如今仅剩二十余人，而且半数受了伤。现在，他们都睡着了，或是站着，或是靠在岩石上，或是倒卧在山岩下的沙地上。原来还剩一艘扑翼飞机，被当作地行车，用以搬运伤员，它在天亮前也报废了。他们用激光枪把它切成块，并把碎块藏了起来，然后一路来到盆地边缘的这个藏身之地。

对于他们现在的位置，哈瓦特仅有一个模糊的概念——约在厄拉奇恩东南二百多公里外。屏蔽场城墙各部落之间的大道就在南面的某个地方。

哈瓦特对面的弗雷曼人脱掉兜帽和蒸馏服的帽子，露出沙黄色的头发和胡须。他的头发从高高窄窄的额头梳向脑后，长着一双难以捉摸、因嗜好香料而成的蓝色眼睛，一边嘴角的胡须染上了颜色，由于被鼻塞的贮水管压着，头发乱蓬蓬的。

那人取掉鼻塞，重新调整了一下，接着揉了揉鼻子旁的一块疤。

“如果你们今晚想从沟壑过去，”那弗雷曼人说，“你们一定不能用屏蔽场。城墙上有一个突破口……”他踮起脚转了个身，指着南方，“……就在那里，往前到沙海，就是广阔的沙漠。屏蔽场会引来……”他顿了顿，“……虫子。它们不常来这里，但屏蔽场每次都会引一条过来。”

他用了“虫子”这个词，哈瓦特想，他还打算说其他东西，是什么呢？他想从我们这儿得到什么呢？

哈瓦特叹了口气。

他记不起从前是否有过这么疲惫的经历。他的肌肉已经筋疲力尽，连能量药片也不起作用。

那些可恶的萨多卡！

他心中泛起自责的苦痛，同时想起士兵的狂热，还有帝国的背叛。他的门泰特分析法告诉他，想要在兰兹拉德最高委员会前控诉这种背叛，让正义得到伸张，机会是多么渺茫！

“你想去找走私者？”弗雷曼人问。

“可能吗？”

“要走很长一段路。”

“弗雷曼人不喜欢说不。”艾达荷曾经告诉过他。

哈瓦特说：“你还没告诉我，你的人能不能帮助我的伤员。”

“他们受了伤。”

每次都是这个破回答！

“我们知道他们受了伤！”哈瓦特怒喝，“那不是……”

“安静，朋友！”弗雷曼人劝诫道，“你的伤员怎么说？他们中有人了解你的部落对水的需要吗？”

“我们没有谈水的问题，”哈瓦特说，“我们……”

“我理解你不愿谈这个问题，”弗雷曼人说，“他们是你的朋友，你们部落里的人。你有水吗？”

“不多。”

弗雷曼人用手指指哈瓦特的短上衣，指指下面露出的皮肤。“如果不穿装束，你们就会在营地被当场抓获。你必须作出有关水的决定，朋友。”

“我们可以请你们帮忙吗？”

弗雷曼人耸耸肩。“你没有水。”他看了看哈瓦特身后的那群人，“你愿意花费多少伤员？”

哈瓦特沉默不语，盯着眼前这个人。作为一名门泰特，他知道他们的交流并不同步。在这里以通常的方式谈话，每个词都能听懂，但连起来却不明白他的意思。

“我叫杜菲·哈瓦特，”他说，“我可以代表我的公爵讲话，如果你们施以援手，我会作出应有的承诺。我希望得到的帮助是有限度的，只需在足够长的时间内保存我的部队，杀死那名自认不会受到报复的叛徒。”

“你希望我们介入一桩血仇？”

“我会亲自处理这桩血仇。我希望能免去自己对伤员所负的责任，以便手刃这个奸贼。”

弗雷曼人沉下脸。“你怎么会对伤员负责呢？他们自己为自己负责。水是首要问题，杜菲·哈瓦特，你愿意让我为你作出那个决定吗？”

他把手伸进长袍，抓住里面藏着的武器。

哈瓦特紧张起来，心想：*有人背叛？*

“你在害怕什么？”弗雷曼人问。

*这些人天性直爽，真是让人为难！*哈瓦特谨慎地说道：“有人悬赏要我的脑袋。”

“啊——”弗雷曼人的手放开武器，“你以为我们也是一群腐败之人。但你不了解我们，哈克南人的水连我们的小毛孩都买通不了。”

但是他们还是买通了公会，让两千多架飞机获准通过，哈瓦特想。这巨额费用仍旧让他不寒而栗。

“咱们都和哈克南人作战，”哈瓦特说，“难道就不能分享一下作战中面临的问题和方法？”

“我们在分享，”弗雷曼人说，“我见过你们和哈克南人打仗，你们都是好样的。有好几次，我都希望能有你们在我身边助我一臂之力。”

“说说，我可以在哪方面帮助你？”哈瓦特说。

“谁知道？”弗雷曼人说，“到处都有哈克南人的军队。但你还没做出水的决定，要不让你的伤员自己来决定吧。”

我必须谨慎，哈瓦特暗自思忖，*还有一件事没弄明白*。

他说：“你能否展示一下你们的方法，厄拉奇恩的方法？”

“奇怪的想法。”弗雷曼人说，他的语气中含有讥笑。他指着悬崖顶部对面的西北方，“我们昨晚看着你们穿过沙漠，”他放下手臂，“你和你的队伍走在沙丘的滑落面上。这不对。你们没穿蒸馏服，也没有水，你们撑不了多久。”

“在厄拉科斯生存的方法没那么容易找到。”哈瓦特说。

“确实。但我们杀哈克南人。”

“你们怎么处理伤员？”哈瓦特问。

“一个人值不值得救，难道他自己不知道吗？”弗雷曼人问，“你的伤员知道你没有水。”他歪着头，侧望着哈瓦特，“显然，这次该做出水的决定了。不管是受伤的，还是没受伤的，都必须思考部落的未来。”

部落的未来，哈瓦特想，*厄崔迪的部落*。*说得不无道理*。他迫使自己思考这个他一直在回避的问题。

“你有公爵或他儿子的消息吗？”

弗雷曼人抬起头，那双难以捉摸的蓝眼睛和哈瓦特直视。“消息？”

“他们的命运！”哈瓦特厉声叫道。

“每个人的命运都一样，”弗雷曼人说，“据说，你的公爵的运数已尽。至于李桑·阿尔-盖布，他儿子，他的命运在列特手里。列特还没说过。”

这个问题都不用问，哈瓦特想。

他回头看了看他的士兵。他们都醒了，都听见了他俩的谈话。他们望着对面的沙漠，从表情看已经有所领悟：他们回不到卡拉丹了，现在连厄拉科斯也丢了。

哈瓦特转回身，看着弗雷曼人：“有邓肯·艾达荷的消息吗？”

“屏蔽场瓦解时，他在房子里，”弗雷曼人说，“我只知道这个……别的就不知道了。”

她关闭了屏蔽场，放进了哈克南人，他想，*我就是那个背朝门坐的人。她怎么能那样做？因为这意味着她站在了儿子的对立面。但是……谁知道一个贝尼·杰瑟里特女巫是怎么想的呢……如果那也叫思想的话*。

哈瓦特的喉咙冒火，他不由得干咽了一下。“你什么时候可以打听到那个孩子的消息？”

“我们对厄拉奇恩发生的事知之甚少，”弗雷曼人耸耸肩说，“谁知道呢？”

“你有办法打听到吗？”

“也许，”弗雷曼人揉揉鼻子旁的疤，“杜菲·哈瓦特，告诉我，你知不知道哈克南人使用的那些重型武器？”

大炮，哈瓦特痛苦地思索着，*在这个使用屏蔽场的年代，谁能猜到他们会使用大炮。*

“你说的是大炮，他们用它来捕捉我们那些躲在山洞里的人，”他说，“对于这些爆炸性武器，我……只有一些理论知识。”

“谁要是逃进只有一个出口的山洞中，那只有死的份了。”弗雷曼人说。

“你为什么要问这些武器？”

“列特想知道。”

*这是不是他想从我们这里得到的东西？*哈瓦特暗自思忖。他说：“你们来这里，是想搜寻有关大炮的信息？”

“列特想亲自看看这种武器。”

“那你们缴获一门不就得了。”哈瓦特讥讽道。

“是的，”弗雷曼人说，“我们缴获了一门，把它藏了起来。斯第尔格正在替列特作研究，如果列特想看，他可以亲自去看看。但我觉得他不太可能会去，那门大炮不是很好，如果想在厄拉科斯上用，它的样式太差。”

“你们……缴获了一门？”哈瓦特问。

“那是漂亮的一仗，”弗雷曼人说，“我们仅损失了两个人，而他们失去了一百多份生命之水。”

每门大炮都有萨多卡守卫，哈瓦特想，*这个沙漠狂人就这么漫不经心地说起这场和萨多卡的战斗，仅损失两个人！*

“要不是哈克南人身边的那些人，我们根本不会损失那两个人，”弗雷曼人说，“那些人是优秀的战士。”

哈瓦特的一名手下一瘸一拐地走上前，低头看着蹲在地上的弗雷曼人。“你说的是萨多卡？”

“他说的是萨多卡。”哈瓦特说。

“萨多卡！”弗雷曼人说，声音中满是欢喜，“啊……原来他们就是那个样子！这真是美妙的一夜。萨多卡。哪个军团？你知道吗？”

“我们……不知道。”哈瓦特说。

“萨多卡，”弗雷曼人说，“但他们穿着的是哈克南军服，难道不奇怪吗？”

“皇帝不想让人知道他在与一个大家族对着干。”哈瓦特说。

“但你知道他们是萨多卡。”

“我是谁？”哈瓦特痛苦地说道。

“你是杜菲·哈瓦特，”弗雷曼人实事求是道，“嗯，你不说我们也会知道。我们俘虏了三个人，列特的手下会审问他们。”

哈瓦特的副官带着不相信的口吻，一字一顿地说道：“你们……俘虏了……萨多卡？”

“只有三个人，”弗雷曼人说，“这一仗他们打得漂亮。”

如果当初有时间与弗雷曼人联系上就好了，哈瓦特想，心中感到悲痛。*如果我们能训练他们、武装他们就好了。圣母啊，我们本来可以拥有多么强力的军队啊！*

“你们把时间耽搁了，是不是因为担心李桑·阿尔-盖布，”弗雷曼人说，“如果他真是李桑·阿尔-盖布，他就不会受到伤害。不要花精力去考虑一件还没有证实的事。”

“我为……李桑·阿尔-盖布服务，”哈瓦特说，“我发过誓，要保证他的安全。”

“你誓死保卫他的水？”

哈瓦特朝自己的副官瞥了一眼，后者仍死死盯着弗雷曼人。接着他将注意力重新转回蹲着的人身上。“是的，誓死保卫他的水。”

“你想回厄拉奇恩，誓死捍卫他的水源？”

“是的，誓死捍卫他的水源。”

“那你一开始为什么不说这是水的问题呢？”弗雷曼人站起身，塞紧鼻塞。

哈瓦特把头一歪，示意副官回其他人中间去。副官疲乏地耸耸肩，依令行事。哈瓦特听见他们开始了小声的嘀咕。

弗雷曼人说：“总有办法找到水。”

哈瓦特身后有人咒骂了一声，接着他的副官喊道：“杜菲，阿奇刚刚死了。”

弗雷曼人举起拳头，对着耳朵。“水之契约！这是一个信号！”他看着哈瓦特，“我们在附近有个地方可以接受水，可以叫我的人来吗？”

副官重新走到哈瓦特身旁。“杜菲，有几个人的妻子留在了厄拉奇恩。他们……好吧，你知道在这种时刻会是怎么一回事。”

弗雷曼人仍举着拳头。“杜菲·哈瓦特，你确定要签订水之契约吗？”他问。

哈瓦特的大脑迅速转着，他现在终于领会了弗雷曼人话中的意图。但悬崖下他的这群疲惫的手下还不明白，他害怕他们一旦领悟会有什么反应。

“水之契约。”哈瓦特说。

“让我们的部落联合起来。”弗雷曼人说，接着他放下了拳头。

像是个信号一般，立即有四人从他们上方的岩石滑下，飞速蹿到凸岩下，用一件宽松的袍子将死人裹了起来，接着抬起它沿着右边的岩壁跑去，一团团灰尘从他们脚下扬起。

哈瓦特的人还没明白是怎么一回事，这一切就结束了。那群人抬着裹在袍子里、像沙袋一样的尸体，在悬崖上拐了个弯，接着就不见了。

哈瓦特的一名手下叫了起来：“他们把阿奇带哪儿去了？他……”

“他们把他带去……埋葬。”哈瓦特说。

“弗雷曼人不埋死人！”那人吼叫道，“你在跟我们玩什么鬼把戏，杜菲？我们知道他们要干什么，阿奇是……”

“为李桑·阿尔-盖布而战死沙场的人，会去天堂，”弗雷曼人说，“如果你们的确是为李桑·阿尔-盖布效忠，为什么要如此痛哭？对一个以这种方式死去的人来说，只要你们活着，就会一直记着他。”

但哈瓦特的手下还在向前，脸上怒气冲冲，有人抓住了一杆激光枪，准备扣动扳机。

“别动！”哈瓦特大声呵斥，他竭力控制全身肌肉的疲意，“这些人尊敬我们的死者，习惯不同，但意义是一样的。”

“他们会把阿奇体内的水都熬出来。”手拿激光枪的人咆哮道。

“你的人是不是想参加葬礼？”弗雷曼人问。

他还没明白现在的问题，哈瓦特想，弗雷曼人的天真质朴让他感到害怕。

“他们在关心一位可敬的同志。”哈瓦特说。

“我们会像对待自己的同志，以同样的敬意对待你们的同志，”弗雷曼人说，“这是水之契约。我们知道仪式。一个人的肉体是他自己的，但他的水属于部落。”

手持激光枪的人又向前迈了一步，哈瓦特迅速说道：“你现在愿意帮助我们的伤员吗？”

“没有人会质疑契约，”弗雷曼人说，“我们会为你们做任何事，就像对待自己家人一般。首先，你们所有人需要穿上蒸馏服，还要弄到必需品。”

手持激光枪的人犹豫着。

哈瓦特的副官说：“我们用阿奇的……水……收买援助吗？”

“不是买，”哈瓦特说，“我们已经成为他们的一员。”

“习惯不同。”一个人喃喃道。

哈瓦特终于放松了。

“他们会带我们去厄拉奇恩？”

“我们会杀哈克南人，”弗雷曼人说，他咧嘴一笑，“还有萨多卡。”他往后退了一步，搁起手放在耳朵上，歪起脑袋，侧耳倾听。过了一会儿，他放下手，说道：“来了一架飞行器。大家藏到山岩下，别动。”

哈瓦特打了个手势，他的手下依令行事。

弗雷曼人抓住哈瓦特的手臂，把他推到众人中间，说道：“开战之时，我们会加入战斗。”他把手伸进袍子中，掏出一个小笼子，从笼子里取出一个小生物。

哈瓦特认出那是一只极小的蝙蝠。它正转动着脑袋，哈瓦特看到了它那全蓝的眼睛。

弗雷曼人抚摸着蝙蝠，安慰着它，对它轻声唱着歌。他低头凑向蝙蝠的脑袋，从嘴中吐出一滴唾液，滴进蝙蝠向上张开的口中。蝙蝠张开翅膀，但仍停在弗雷曼人张开的手掌中。他拿出一根小管，系在蝙蝠的脑袋上，接着对着管子说了几句话，然后他高高举起蝙蝠，把它抛入天空。

蝙蝠在悬崖边“嗖”的一下飞了下去，在那儿消失了。

弗雷曼人折起笼子，塞进袍子中。他又一次侧着脑袋倾听起来。“他们占据了高地，”他说，“不知道他们在那里找什么。”

“谁都知道我们是从这个方向撤退的。”哈瓦特说。

“不要妄自揣测猎人只有一个目标，”弗雷曼人说，“看看盆地的那一边，你会看到别的东西。”

时间一分一秒过去。

哈瓦特的几个手下骚动起来，开始了窃窃私语。

“保持安静，学学受惊的动物。”弗雷曼人嘘声说。

哈瓦特察觉对面的悬崖旁有什么动静——飞速掠过的黑影。

“我的小朋友把消息带去了，”弗雷曼人说，“它是个优秀的信使——无论白天还是黑夜。如果失去它，我会非常伤心。”

沟壑对面的动静渐渐消失，在那方圆四五公里的沙地上，再也没有什么东西，只有白日的滚滚热浪——上升气流形成的模糊柱影。

“都保持安静。”弗雷曼人小声说。

从对面悬崖的裂缝中钻出一列缓慢行走的人，径直朝沟壑走来。在哈瓦特看来，他们像是弗雷曼人，但着装相当古怪。他数了数，有六个人，他们在沙丘上迈着沉重的脚步。

在哈瓦特这群人右后方的高处，传来扑翼飞机机翼发出的“嗖嗖”的响声。那飞行器飞到了他们头顶的悬崖上空——是一架厄崔迪扑翼飞机，机身刷着哈克南人的作战颜色。它飞速向沟壑中的那群人冲去。

那队人在一座沙丘顶部停下脚步，挥起手来。

扑翼飞机在他们头顶盘旋了一圈，接着降落在那些弗雷曼人前面，卷起一团灰尘。从扑翼飞机上拥下来五个人。哈瓦特看见他们穿着屏蔽场，那身屏蔽场排斥着灰尘，正闪闪发光，从他们的动作看，正是一群难对付的萨多卡。

“啊，他们穿着愚蠢的屏蔽场。”哈瓦特身旁的弗雷曼人小声说，他向沟壑开阔的南壁望去。

“他们是萨多卡人。”哈瓦特小声说。

“妙极！”

那群萨多卡以一个扇形包围圈向等在那里的弗雷曼人靠近。日光照在他们手中持着的刀刃上，闪着光芒。弗雷曼人聚在一起，十分淡定的样子。

兀然之间，从两队人四周的沙中冒出许多弗雷曼人，他们扑向扑翼飞机，钻了进去。两队人马在沙丘峰顶上狭路相逢，一时之间沙尘四起，将整个战场罩在了其中。

过了一会儿，沙尘平息了下来。只有弗雷曼人还站在那里。

“萨多卡在扑翼飞机上只留了三个人，”哈瓦特身旁的弗雷曼人说，“运气真好。看来可以完好无损地缴获这架飞机了。”

哈瓦特身后有个人低语道：“那是萨多卡人啊！”

“你有没有注意他们的战斗技巧有多么高超？”弗雷曼人问。

哈瓦特深深吸了一口气，空气中有一股燃尘的气味，他感觉到炙热和干燥。他用同样沙哑的声音说道：“是的，的确非常高超。”

那架被缴获的扑翼飞机挥了挥翅翼，忽地起飞了，它缩起翅翼，朝上转了个角度，陡然升向南方的高空。

这么说，弗雷曼人还会开扑翼飞机，哈瓦特想。

在远处的沙丘上，一个弗雷曼人挥动着一块绿色方巾：一次……两次……

“又来了！”哈瓦特身旁的弗雷曼人叫道，“准备好。我本希望在方便之时带大家离开。”

*方便之时！*哈瓦特想。

他看见又有两架扑翼飞机从西方高空猛扑而下，降落到一片沙地上。那些弗雷曼人早已不见踪影，战场中只剩八个蓝点——穿着哈克南人制服的萨多卡人的尸体。

又一架扑翼飞机飞到哈瓦特上方的悬崖上空。哈瓦特定睛一望，便猛地吸了口大气——那是一架大型运兵机，因满载而缓慢地张翅滑行着——就像一只归巢的巨鸟。

远处，一架俯冲的扑翼飞机射出紫色的激光光束，光束划过沙地，激起一条沙尘。

“胆小鬼！”哈瓦特身旁的弗雷曼人尖声叫道。

运兵机朝那些蓝点飞去，机翼已经完全展开，准备做出急停的杯吸动作。

哈瓦特的注意力被南方突然闪现的金属光芒吸引，一架扑翼飞机正在急速俯冲，折叠的机翼贴于两侧，发动机喷射出金色的火焰，衬托着银灰色的天空。它像一支离弦之箭般朝运兵机冲去，由于四周激光光束的存在，运兵机已经卸下了屏蔽场。只见那架扑翼飞机直冲冲地撞在了运兵机的身上。

兀然间，整个盆地山摇地动，火光四射，爆发出如雷的吼声。悬崖上的岩石四处下落。橘红色的火光由沙地射向天空，运兵机和扑翼飞机，以及那里的一切都吞没在大火之中。

是那架缴获的扑翼飞机，驾驶员是一名弗雷曼人，哈瓦特想，他牺牲了自己，毁掉了那架运兵机。圣母在上！这些弗雷曼人是何等样人？

“合理的交换，”哈瓦特身旁的弗雷曼人说，“那架运兵机肯定载有三百人，现在我们得料理料理他们的水，然后计划一下，再去缴获一架飞机。”他迈步走出岩石下的荫蔽处。

一队穿蓝色军服的人开着缓降器，从悬崖上如雨点般落到他面前。就在电光火石之间，哈瓦特认出他们是萨多卡人，一张张凶狠的脸上带着战斗的狂热，他们都没穿屏蔽场，每人一手持刀，一手拿着击昏器。

一把刀嗖的一下飞来，刺入哈瓦特那位弗雷曼同伴的咽喉，后者脸庞扭曲地俯身倒下。哈瓦特刚拔出自己的刀子，一把击昏器的射弹就击中了他，他顿时眼前一黑，倒了下去。

穆阿迪布的确能看到未来，但你必须明白，这种能力是有限的。想一想你怎么看东西！你有眼睛，可是没有光，你就什么也看不见。如果你在山谷底部，你就看不见山谷外面的东西。正因如此，穆阿迪布并不总能看遍这个神秘之地。他告诉我们，一个关于预言的无名决定，也许只是一个词语的选择，都可以改变未来的全貌。他告诉我们“时间的界限是宽广的，但是当你穿过它时，时间就变成了一扇狭窄的小门”。他总是抵抗着诱惑，不愿意选择一条明亮安全的路途，并警告“那条路通向停滞”。

——摘自伊勒琅公主的《厄拉科斯的觉醒》

那艘扑翼飞机乘着夜色飞到他们上空，保罗抓住母亲的手臂，大叫一声：“别动！”

透过月色，他看着这架铅灰色的飞机，它的机翼收成杯形，开始减速着陆，看那猛烈冲刺的方式，机上驾驶员的操控真是胆大妄为。

“是艾达荷。”他悄声说道。

那架飞机和它的同伴降落进盆地，就像一群归巢的鸟儿。尘雾尚未消散，艾达荷便跑下飞机，朝他们冲来。两名穿着弗雷曼长袍的人跟在他身后，保罗认出其中一人：高个儿、长着黄色胡须的凯恩斯。

“走这边！”凯恩斯喊道，突然转向左边。

在凯恩斯身后，另外一个弗雷曼人正在扑翼飞机上盖织布，那架飞行器突然变成了一排低矮的沙丘。

艾达荷奔至保罗前面停下，敬了个礼。“大人，弗雷曼人在附近有个临时的藏身之地，我们在那里……”

“那边怎么啦？”

保罗指着远处悬崖上空的激烈场面——喷气火焰，紫色的激光束在沙漠上来回穿行。

艾达荷平和的圆脸露出一丝少有的笑容。“大人……殿下，我给他们留下一点小小的惊…… “

沙漠突然被耀眼的白光填满——那光像日光一样亮，吞噬掉他们投在山岩上的影子。艾达荷一个鱼跃，一手抓住保罗的手臂，另一只手抓住杰西卡的肩膀，将他们从山岩上推进盆地。三人躺在沙地上，只听一声巨大的爆炸声在他们头顶轰响。爆炸的冲击波把他们原先所在的那山岩上的碎石都震落了下来。

艾达荷站起来，拂掉身上的沙子。

“不是家族用的核武器！”杰西卡说，“我原以为……”

“你在那里设置了屏蔽场。”保罗说。

“一个庞大的屏蔽场，被调到了高能状态，”艾达荷说，“只要一束激光射到它上面……”他耸了耸肩。

“亚原子核聚变，”杰西卡说，“那是一件危险的武器。”

“并非武器，夫人，而是防御。那个人渣下回使用激光枪时，就要三思而行了。”

从扑翼飞机上下来的弗雷曼人来到他们跟前，一个人低声说道：“朋友，我们得躲起来。”

保罗从地上站起身，艾达荷则扶着杰西卡站起来。

“陛下，那爆炸会把敌人吸引过来。”艾达荷说。

陛下，保罗想。

这个词竟用来称呼他，听上去真是奇特，“陛下”过去一直是对他父亲的称呼。

一时之间，他感到自己受到了预知能力的冲击，看到自己受到疯狂的种族意识的感染，这种意识正使人类世界走向混沌的深渊。这景象使他浑身颤抖，于是由着艾达荷的带领，任自己沿着盆地边缘走到一块突岩上。弗雷曼人正在那里用压实工具打开一条通向沙面下的路。

“陛下，把背包给我吧？”艾达荷问。

“不重，邓肯。”保罗说。

“你没穿屏蔽场，”艾达荷说，“要不要穿我的？”他望了望远处的悬崖，“看起来他们不会再用激光枪了。”

“邓肯，屏蔽场你自己用吧。对我来说，你只用右臂就足以保护我。”

杰西卡看到儿子的这句赞美之词起了作用，看到艾达荷如何朝保罗走来。她想：*我儿子还真老练，有这种拉拢手下的手段。*

弗雷曼人拉出一个石栓，露出一条通道，通向本地人的地下沙漠建筑群。出口用一个伪装所遮蔽。

“这边。”其中一个弗雷曼人说，他领着他们走下黑暗中的石阶。

他们身后的遮蔽物掩住了月光。在他们前面，一丝微弱的绿光亮了起来，照亮石阶和岩壁，脚下的道路向左转去。现在，他们周围已经围满了穿长袍的弗雷曼人，推着他们往下走。他们转过那个弯，眼前出现了另一条往下的通道，通向一个粗糙的洞室。

凯恩斯正站在他们面前，兜帽脱在脑后，蒸馏服的衣领在绿光下闪闪发亮。他的头发和胡须乱糟糟的，浓密的眉毛下，一双没有眼白的蓝眼显得幽深无比。

在相遇的那个刹那，凯恩斯心下突然思忖：*我为什么要帮这些人？这是我干过的最危险的事，它可能让我和他们一起遭受厄运。*

接着，他朝保罗正眼望去，发现这个男孩已经有了男人的气质，悲痛按捺于心，他压制着一切，仅显露出他那继承之位所应有的样子——公爵的样子。凯恩斯终于明白，公爵的领地之所以还在，仅仅是因为这个年轻人——这件事可不能掉以轻心。

杰西卡将这间洞室打量了一番，用贝尼·杰瑟里特的方式记下它的情况——这是一个实验室、一个民用地，满是复古的犄角旮旯。

“这是一座帝国植物试验站，我父亲曾想把它用作前沿基地。”保罗说。

*他父亲曾想这样做！*凯恩斯想。

凯恩斯再一次暗自思忖：*帮助这些逃犯，我是不是太愚蠢了？我为什*

么要这么做？我现在可以轻易抓住他们，用他们来换取哈克南人的信任。

保罗学着他母亲的样子，开始打量这个房间。屋子一边有一张工作台，墙壁都是平淡无奇的岩石。工作台上摆着各色工具——仪表盘闪着光，从里面露出一些磨砂玻璃的线栅盘。房间里弥漫着一股臭氧的气味。

几个弗雷曼人绕过一个隐蔽的边角，在那里弄出一些新奇的声音——机器的咔咔声，皮带转动的嗡嗡声，多功能马达的呜呜声。

保罗望向屋子的另一头，看见墙壁旁堆着一堆笼子，里面装着许多小动物。

“没错，你认出了这个地方，”凯恩斯说，“那么，这样一个地方是用来干什么的，保罗·厄崔迪？”

“用它使这个星球变得宜居。”保罗说。

*也许那就是我帮他们的原因，*凯恩斯想。

机器声突然停了下来。寂静中，从笼子那儿传来一声微弱的动物叫声，但这声音也戛然而止，像是显得非常局促不安。

保罗重新审视起那些笼子来，终于发现那些动物其实是长着褐色翅膀的蝙蝠，一个自动饲料机从墙边伸进笼子。

这时，一个弗雷曼人从屋子的密室中走出，对凯恩斯说道：“列特，场能发生器坏了，现在没法躲避近距离探测器的追踪了。”

“你能修好它吗？”凯恩斯问。

“需要一些时间。还需要零件……”那人耸耸肩。

“嗯，”凯恩斯说，“那就不用机器，找个手泵，把空气抽到地面上去。”

“遵命。”那人匆匆离去。

凯恩斯重新转身面对保罗。“你回答得很好。”

杰西卡注意到这个男人浑厚嗓音中的悠闲之意。这是皇家的声音，习惯于发号施令。她甚至留意到“列特”这个称呼。“列特”是这个弗雷曼人的另一个自我，是温良的星球生态学家的另一张面孔。

“多谢你的帮助，凯恩斯博士。”她说。

“嗯，等着瞧吧。”凯恩斯说，他对一名手下点点头，“夏米尔，备好香料咖啡，到我房间里来！”

“遵命，列特。”那人说。

凯恩斯点点一面墙上的一个拱门：“这边请！”

杰西卡如君王般点了点头，接受了邀请。她看见保罗给艾达荷打了个手势，令他在门口安置卫兵。

他们在通道内走了两步，经过一扇厚重的门，来到一间正方形的办公室中，里面点着金色的球形灯。杰西卡进门时摸了下门，惊讶地发现那是塑钢材质的。

保罗连迈三步，走进房间，把背包丢到地上。门在身后关上了。他打量了一下房间——约八米见方，墙壁是天然的岩石，呈咖喱色，右边立着一排金属文件柜。房间中央摆着一张矮脚桌，乳白玻璃桌面上放满了黄色的玻璃瓶，桌旁环绕着四把浮空椅。

凯恩斯从保罗身旁绕过，为杰西卡拉来一把椅子。杰西卡坐了下来，她注意到儿子正在审视这个房间。

保罗在原地站了片刻。房间内的空气流动有一丝异常，让他明白右侧的那些文件柜后藏着一个秘门。

“保罗·厄崔迪，可否赏光一坐？”凯恩斯问。

他没有提及我的爵位，真是小心，保罗想。不过他还是坐了下来。凯恩斯坐下时，他没多说一句话。

“你认为厄拉科斯会成为天堂，”凯恩斯说，“但是，如你所见，帝国派到这里来的只有受过训练的刀斧手，还有寻觅香料的人！”

保罗竖起拇指，上面戴着公爵印章戒指。“看见这个指环了吗？”

“是的。”

“你知道它的意义吗？”

杰西卡猛地扭头看向儿子。

“令尊已经死在了厄拉奇恩的废墟里，”凯恩斯说，“严格说来，你已经是公爵了。”

“我是一名帝国士兵，”保罗说，“严格说来，我是一名刀斧手。”

凯恩斯的脸沉了下来。“即便皇帝的萨多卡正脚踏令尊的尸体？”

“萨多卡是一码事，授予我权力的人是另一码事。”保罗说。

“厄拉科斯有自己的方式决定谁该操持权柄。”凯恩斯说。

杰西卡扭头看着他，心想：这个人有钢铁般的意志，没人能让他生气……正是我们需要的。保罗在干一件危险的事。

保罗说：“出现在厄拉科斯上的萨多卡，说明了我们敬爱的皇帝是多么害怕家父。而现在，我要让帕迪沙皇帝看看他还害怕……”

“小子，”凯恩斯说，“有些事你不……”

“你应该称呼我殿下，或者大人。”保罗说。

温柔一点，杰西卡想。

凯恩斯盯着保罗，杰西卡注意到，这位星球生态学家脸上露出了赞赏的色彩，带有一丝忍俊不禁的意味。

“殿下。”凯恩斯说。

“对皇帝来说，我是一个麻烦，”保罗说，“对那些想要瓜分厄拉科斯的人来说，我是一个麻烦。只要我活着，就会一直是个麻烦，仿佛我卡在了他们的喉咙里，会活生生噎死他们！”

“谣言。”凯恩斯说。

保罗看着他，过了一会儿，他说：“你们这里有个关于李桑·阿尔-盖布的传说，一个天外之音，一个将带领弗雷曼人进入天堂的人。你的那些人……”

“迷信！”凯恩斯说。

“也许是，”保罗没有反对，“也许不是。有时候，迷信有着奇怪的根源，还有更为奇怪的分支。”

“你心里有了个计划，”凯恩斯说，“我看得很清楚……殿下。”

“你的弗雷曼人能向我提供有力证据，证明这里的萨多卡穿着哈克南人的军服吗？”

“绝对可以。”

“皇帝将重新派一个哈克南人回这里掌权，”保罗说，“甚至可能是野兽拉班。随便他！一旦他卷入这场风波，终将难辞其咎，将有一份明细单摆在兰兹拉德委员会面前，让皇帝来回答……”

“保罗！”杰西卡说。

“假使兰兹拉德最高委员会接下你的案子，”凯恩斯说，“那将只有一个结果：帝国和大家族之间将卷入纷争。”

“乱局。”杰西卡说。

“但我会亲自向皇帝呈上此事，”保罗说，“并给他一个不会通向乱局的选择。”

杰西卡用一种干巴巴的声调说道：“敲诈？”

“这是治国术的一项工具，正如你本人说过的那样。”保罗说，杰西卡从他的声音中听出一丝愤恨。“皇帝膝下没有儿子，只有女儿。”

“你想篡夺王位？”杰西卡问。

“皇帝不会让帝国被战争搞得四分五裂，”保罗说，“各个星球分崩离析，处处动乱——他不会冒这个险。”

“你这是孤注一掷的赌博。”凯恩斯说。

“兰兹拉德的大家族最害怕的是什么？”保罗问，“他们最怕的，是现在在厄拉科斯发生的事——萨多卡正把他们一个个地铲除。这是兰兹拉德委员会存在的原因。这是大联合协定的黏合剂，只有联合起来，他们才能和皇帝的军队相抗衡。”

“可他们……”

“这就是他们害怕的，”保罗说，“厄拉科斯会成为一个战斗口号。他们每个人都会从我父亲身上看到自己的影子——赶离族群，赶尽杀绝。”

凯恩斯对杰西卡说：“他的计划可行吗？”

“我不是门泰特。”杰西卡说。

“但你是一个贝尼·杰瑟里特。”

她用探究的眼光盯了他一眼，说道：“他的计划有好的地方，也有不足……正如这一阶段的任何计划一样。一个计划的成功，不仅取决于它的构思，还取决于它如何执行。”

“‘法律是终极的科学’，”保罗引述道，“这是皇家的金科玉律。我要给皇帝看看法律是怎么写的。”

“我不能把信任托付给构思这样一个计划的人，”凯恩斯说，“厄拉科斯有它自己的计划，我们……”

“有了王位，”保罗说，“我一挥手就可以将厄拉科斯变成一个天堂。如果你效忠于我，我便给你这一赏赐。”

凯恩斯僵住了。“陛下，我的忠心不会随便买卖。”

保罗从书桌那面望着他，直视着那双全蓝眼睛中的冰冷目光，审视着那张满是胡须的脸、那威严的仪态。保罗咧咧嘴，露出一丝笑容，他说道：“说得好，我向你致歉。”

凯恩斯同样直视着保罗，说道：“哈克南人从来不会承认错误。厄崔迪，看来你和他们真不一样。”

“这说明他们的教育出了问题，”保罗说，“你说你的忠心不会随意买卖，但我相信你会接受我的赏赐。如果你效忠于我，我也将向你奉上我的忠诚……全心全意。”

我的儿子拥有厄崔迪家族的真挚情怀，杰西卡想，*他有那种极为了不起、几乎天真的荣耀感——那是多么强大的力量啊。*

她看到保罗的话打动了凯恩斯。

“简直胡闹，”凯恩斯说，“你只是一个孩子……”

“我是公爵，”保罗说，“我是一个厄崔迪人。厄崔迪人从不违背这样的契约。”

凯恩斯咽了口口水。

“我刚才说全心全意，”保罗说，“我的意思是说毫无保留，我会为你献出生命。”

“陛下！”这个词从凯恩斯口中脱口而出。但杰西卡从那语气中听出，他面对的不再是一个十五岁的男孩，而是一名成年男子，一位上级。凯恩斯说那个词的口气是发自肺腑的。

此时此刻，他会为保罗献出生命，她想。*厄崔迪人到底用的是什么办法，竟能如此迅速、如此容易地完成这种事呢？*

“我知道你的意思，”凯恩斯说，“但哈克南人……”

保罗身后的门“砰”的一声开了。他转过身，看到了令人心惊胆战的暴烈场面——通道里传来叫喊声，铁器的撞击，蜡像般的面孔显出扭曲的怪相。

保罗在母亲的掩护下，向门口一跃。只见艾达荷正堵住通道，透过屏蔽场，隐约可以看见他那杀红了的双眼。他身前是无数利爪，弧形钢刀徒劳地砍在屏蔽场上。一杆击昏器喷射出橙色的火焰，被屏蔽场挡开。艾达荷挥着一柄刀，刺破那片火焰，轻轻舞动，殷红的鲜血从上面滴落。

凯恩斯马上跑到保罗身旁，两人狠命朝门压去。保罗朝艾达荷看了最后一眼，他正面对一大群身着哈克南军服的人——身子摇晃抽搐，那山羊毛般的黑色头发像是一朵殷红的死亡之花。接着门被关上了，“咔嗒”一声，凯恩斯闩上了门闩。

“我已作出决定。”凯恩斯说。

“你关掉机器前，已经有人发现了它。”保罗说。他把母亲从门边拉开，看到她眼中露出绝望的表情。

“咖啡没送来，我早该想到会出事。”凯恩斯说。

“这里有个螺栓孔，”保罗说，“要用吗？”

凯恩斯深深吸了口气，说：“这扇门至少可以抵挡二十分钟，除非使用激光枪。”

“他们不会用激光枪，因为害怕我们这边装有屏蔽场。”保罗说。

“这些人穿着哈克南军服，但其实是萨多卡。”杰西卡小声说。

现在，他们已经能听到有节奏的撞击门的声音。

凯恩斯指了指靠在右墙上的橱柜：“走这边。”他走到第一个橱柜前，拉开一个抽屉，拧了拧里面的一个把手，整个橱柜自动打开，露出黑黝黝的地道口。“这门也是塑钢制成的。”凯恩斯说。

“你们准备得很周全。”杰西卡说。

“我们在哈克南人眼皮底下生活了八十年。”凯恩斯说。他领着他们走进黑暗，关上了大门。

黑暗突然袭来。杰西卡看见面前的地面上有一个发光的箭头。

凯恩斯的声音从他们身后传来：“我们将在这里分手。这堵墙很结实，它至少可以抵挡一小时。看见地上的箭头了吗？跟着它往前走，你们走过之后，它会自动熄灭。这些箭头会领你们通过这个迷宫，来到另一个出口，我在那里给你们藏了一架扑翼飞机。今晚沙漠中有一场风暴，你们唯一的希望是冲进风暴，飞到风暴顶部，顺着它往前飞。我们的人就是这样偷走扑翼飞机的。如果你们待在风暴中，你们就能活下去。”

“你怎么办？”保罗问。

“我会另想办法逃走，如果被抓住……啊，我还是帝国的星球生态学家，他们不会拿我怎么样。我可以跟他们说，我被你们俘虏了。”

*像胆小鬼一样逃之夭夭，保罗想，但除此之外，我还有什么办法才能活下去，为父亲报仇？*他转身对着大门。

杰西卡听见了他的响动。“邓肯死了，保罗。你看见了他受的伤。你无能为力。”

“总有一天，我要让他们所有人血债血偿。”保罗说。

“那你现在必须赶紧离开。”凯恩斯说。

凯恩斯将手按在他的肩上。

“我们在哪里重新会面，凯恩斯？”保罗问。

“我会派弗雷曼人去找你们，我们对风暴的路线了如指掌。快走，愿圣母赐予你们好运。”

黑暗中，他们听到疾走的声音，凯恩斯离开了。

杰西卡摸到保罗的手，轻轻拉着他。“我们绝对不能分开。”她说。

“是的。”

他跟着她走过第一个箭头，接触它之后，它慢慢变暗，前方的另一个箭头亮起，召唤着他们。

他们穿过箭头，看着它消失，前方又有一个箭头亮起。

他们跑了起来。

*了无止境的计中计，*杰西卡想，*我们现在是不是已经成了某人计划的一部分？*

箭头引领他们转过一个个弯，行经一个个朦胧可见的洞口。有一阵子，道路一直往下倾斜，后来又慢慢向上，一直向上。最后他们通过一段台级，转过一个弯，突然停在了一面发光的墙壁前，墙中间有一个黑乎乎的把手。

保罗按了按把手。

墙在他们面前旋转而开。耀眼的光线照亮一个岩洞，一架扑翼飞机停在洞中央。飞行器对面是一堵灰墙，上面有一个门的印子。

“凯恩斯到哪里去了？”杰西卡问。

“他做了一名优秀的游击队领导人该做的事，”保罗说，“他把我们分作两组，并作好了安排，如果他被俘，他也没办法说出我们在哪里。因为他的确不知道。”

保罗拉着她走进岩洞，注意到脚下扬起的灰尘。

“这里已经很久没人来过。”他说。

“凯恩斯似乎很有把握，觉得弗雷曼人会找到我们。”她说。

“我和他看法一致。”

保罗放开她的手，走到扑翼飞机的左门前，拉开门，把背包放在后座上。“飞行器的位置肯定作了伪装，”他说，“控制面板上有遥控开门装置和光线控制器。被哈克南人统治了八十年，他们学会了严谨的作风。”

杰西卡靠在飞机的另一侧，大口喘着气。“哈克南人会在这一带上空布置掩护部队，”她说，“他们并不蠢。”她辨认了一下方向，指向右边，“我们看见的风暴是从那个方向来的。”

保罗点点头。他心中突然涌出一股不想动的感觉，只得竭力克制。他知道为何会产生这种感觉，尽管如此，他也没有任何办法。就在今晚，他曾把内心的决策纽带探进了一个深不可测的未知之地。他知道他所处的时间和地域，然而此地和现在对他来说也显得非常神秘。就好似他看着远处的自己消失进一个山谷，在山谷对面有无数向上的道路，其中一些可能会重新把这个保罗·厄崔迪带进你的视野，而其他许多并不能。

“快点，我们磨蹭得越久，他们准备得越充分。”杰西卡说。

“进去，系好安全带。”他和她一起爬进飞机，脑中还在做着思想斗争：这是块盲地，我的预见之梦中并没有看到它的存在。他突然感到极度震惊，意识到自己越来越依赖那段预见之梦，这让他在处理眼前的特殊紧急事件时变得优柔寡断起来。

“如果你只依靠眼睛，就会弱化其他感官。”这是一句贝尼·杰瑟里特的格言。现在他把它运用到了自己身上，并发誓再也不堕入这个陷阱……如果他能活过这次考验。

保罗系上安全带，确认母亲系好之后，检查了一下飞行器。飞机的机翼完全张开着，纤细的金属交叉叶片伸开。按照哥尼·哈莱克教过他的方法，他拉了下收缩杆，收起机翼，准备进行喷气起飞。启动开关一按就开了，控制面板上的仪表盘都动了起来，喷气舵开始运行，涡轮机发出低沉的嗞嗞声。

“准备好了吗？”他问。

“准备好了。”

他摸向控制光线的遥控开关。

黑暗将他们笼罩。

仪表盘微微发光，他的手呈现出一片阴影，他轻轻按下控制门的遥控开关。前方发出一阵嘎嘎的响声，一片沙子泻下，直至寂静无声。一阵满是尘土的微风拂过保罗的脸颊。他关上舱门，感受着突如其来的压力。

原先灰墙上的那个门印，现在成了一块棱角分明的黑方块，里面镶嵌着大片被灰尘遮蔽的星辰。星光勾勒出对面的山岩，以及一层沙帘。

保罗按下控制盘上发亮的行动顺序开关。机翼迅速向后下方折起，将扑翼飞机送出了老巢。当机翼锁定在爬升姿态时，喷气舱开始喷射源源动力。

杰西卡的手轻轻放在双人控制器上，感受着儿子操控动作中满怀的信心。她很害怕，然而又有点兴奋。*现在，我们的希望全寄托在保罗所受的训练上了*，她想，*他的年轻，他的敏捷*。

保罗给喷气引擎输入更多的动力。飞机倾斜起来，将他们狠狠按入座椅中，前方的一堵黑色山墙也似乎正在星空下慢慢升起。他操控飞机稍稍展开机翼，又输入更多动力。机翼一个扑棱，他们便飞上了山崖，来到了星光下银霜般的岩石上空。被红尘遮蔽的第二颗月亮正挂在他们左手边的地平线上，显示出风暴的带状的踪迹。

保罗的手在控制盘上舞动，机翼重新收缩，飞机猛地倾斜，转过一个弯，极高的重力撕扯着他们的肌肉。

“后面！有喷气火焰！”杰西卡说。

“我看见了。”

他将动力杆使劲往前一推。

扑翼飞机像一头受了惊吓的动物，猛地一跃，朝西南方疾飞而去，冲向那里的风暴和弧形的沙漠。保罗看见不远处有一些散落的影子，正是山岩的尽头所在，还有沉在沙丘下的地下建筑群。月亮下一片片散落的阴影对面——是延绵不绝的沙丘。

地平线上，一股巨大的风暴正在爬升，就像星野下的一堵巨墙。

什么东西让飞机猛地震动起来。

“船体破裂！”杰西卡气喘吁吁道，“他们用的是射弹武器。”

她看到保罗脸上露出野兽般的微笑。“他们似乎在避免用激光枪。”他说。

“但我们没有屏蔽场！”

“他们知道吗？”

扑翼飞机又震动起来。

保罗扭头看了一眼。“似乎只有一架跟了上来。”

他重新把注意力集中在航线上，眼前的风暴墙变得越来越高。它耸立在那儿，像是一块可以触摸到的实物。

“射弹武器，火箭，所有的老式武器——我们会把这些东西给弗雷曼人。”保罗小声道。

“注意风暴，”杰西卡说，“难道不是该掉头吗？”

“后面的飞机怎么样了？”

“它在减速。”

“好了！”

保罗将机翼全部缩回，飞机猛然向右倾斜，飞进了那看着就像是在沸腾的风暴墙。他感到脸颊正受着巨大引力的撕扯。

他们像是潜进了一团缓慢移动的灰尘云中。它变得越来越浓，最后沙漠和月亮都被完全遮蔽。飞机隐没在黑暗中，发着一声声悠长的沉吟，仅有仪表面板发出一丝绿色的光芒。

杰西卡脑中闪过关于这种风暴的警告——它们能像切割奶油一般把金属切开，把肉从骨头上腐蚀，最后把骨头都吃得一干二净。她能感觉到漫天飞扬的风沙的击打，它让他们手忙脚乱，而保罗还在竭力控制操纵杆。只见他狠狠按着动力钮，飞机腾空跳起，周围的金属发出“吱吱”的声音，不住抖动。

“沙子！”杰西卡大叫道。

借着控制面板发出的光线，她看到他摇了摇头。“这么高的地方，沙不多。”

但她能感觉到他们正愈发往大旋涡中沉去。

保罗操纵飞机完全展开机翼，只听见它们因张力发出吱吱的响声。他聚精会神地盯着仪表，仅凭直觉往前滑行，极尽所能往上爬升。

飞机的响声消失了。

扑翼飞机向左转去，保罗盯着发亮的姿态曲线，努力使飞机恢复水平飞行。

杰西卡突然有了一种怪诞的感觉：他们已经静止了，所有的运动都只是外面的东西在动。这时，机窗上流下一条黑乎乎的水，又是一阵隆隆的响声，这才使她想起了现实。

风速约为每小时七八百公里，她想。肾上腺素的躁动折磨着她。*我绝不能恐惧*，她心内自语，念出贝尼·杰瑟里特的祷文：*恐惧是思维杀手*。

慢慢地，她长年的训练占起了上风。

她恢复了平静。

“后面的老虎还跟着我们，”保罗低声道，“我们不能下降，不能着陆……也没法从这里面飞出去。我们只得顺着风往前飞了。”

平静渐渐丧失，杰西卡感到她的牙齿在打战，只得紧咬牙关。就在这时，她听见了保罗的声音，缓慢，克制，他正在背诵祷文：

“恐惧是思维杀手。恐惧是引向彻底毁灭的小小死神。我将正视恐惧，任它通过我的躯体。当恐惧逝去，我会打开心眼，看清它的轨迹。恐惧所过之处，不留一物，唯我独存。”

你鄙视什么？凭这一点你才真正为人所知。

——摘自伊勒琅公主的《穆阿迪布手记》

“男爵，他们都死了。”卫队长雅金·内福德说，“那女人和男孩肯定死了。”

弗拉基米尔·哈克南男爵从他私人舱室的吊床上坐起身。在这些舱室外，在他四周，便是他的太空护卫舰，它就像多壳鸡蛋般停在厄拉科斯的土地上。然而，在他的舱室中，飞船那粗劣的金属不见了，取而代之的是布帘、织物和珍稀的艺术品。

“毫无疑问，”卫队长说，“他们已经死了。”

男爵在吊床上动了动肥硕的身躯，眼睛盯着对面壁龛里一个跳跃着的男孩的乌木雕像。睡意消失了。他将衣领褶皱下支撑胖脖子的加垫浮空器抚平，视线顺着卧房里的一盏球形灯，望向门廊。卫队长内福德正站在那里，被五层屏蔽场阻隔在外。

“男爵，他们肯定死了。”那人重复道。

男爵注意到内福德眼中无精打采的意味，这是嗑了塞缪塔的痕迹。显然，他在接到报告时正沉浸于这种药物的喜乐中，之后匆忙服了解药，跑来这里。

“我已经有了详尽的报告。”内福德说。

让他冒点汗，男爵想，*权术这项工具必须时刻保持锐利。力量和恐惧——时刻保持锐利*。

“你见到他们的尸体了？”男爵低沉地问道。

卫队长犹豫起来。

“怎么？”

“大人……我们的人亲眼看着他们飞进风暴……那里的风速超过八百公里，没人能从那里活着出来，大人。没人！我们的一架飞机也在追击时毁于其中。”

男爵盯着内福德，卫队长吞了口口水，显得很紧张，下巴肌肉的剪刀状细纹不住地抽动。

“你见到尸体了？”男爵问。

“大人……”

“你穿着这身盔甲，噼里啪啦地跑过来，究竟是为了什么？”男爵咆哮道，“来告诉我他们肯定死了，可事实并非如此？你认为我会为这种愚蠢的举动拍手称赞，再给你升一次职吗？”

内福德的脸变得惨白。

看看这个鸡崽子，男爵想，我周围全是这些没用的呆瓜。如果我把沙粒撒在这个笨蛋跟前，告诉他这是谷粒，他肯定会上前啄一啄。

“那么，是艾达荷领我们找到他们的？”男爵问。

“是的，大人！”

瞧他是怎么脱口而出的，男爵想。“他们企图逃到弗雷曼人那里？”男爵问。

“是的，大人！”

“对此事，有详尽的……报告吗？”

“帝国的星球生态学家，凯恩斯，也卷进了此事，大人。艾达荷用什么神秘的方法加入了凯恩斯一伙……此事尤为可疑。”

“然后呢？”

“他们……啊，一起逃进了沙漠。显然，那个男孩和他母亲正藏在那里。在令人振奋的追击过程中，我们的几个小队遭遇了一次激光屏蔽场爆炸。”

“我们损失了多少人？”

“我……还无法确定，大人。”

他在撒谎，男爵想，损失一定相当严重。

“那个帝国的奴才，凯恩斯，”男爵说，“他在耍两面派，是吗？”

“我敢以我的名誉担保，大人。”

他的名誉！

“弄死他。”男爵说。

“大人，凯恩斯是帝国的星球生态学家，是陛下的亲信随……”

“那么，做得像起事故！”

“大人，在攻克弗雷曼巢穴的战斗中，有萨多卡和我们的军队在一起。凯恩斯现在在他们手里。”

“把他弄走，就说我要审问他。”

“如果他们不从呢？”

“如果你处理得当，他们不会不从。”

内福德咽了口口水。“遵命，大人！”

“这人必须死，”男爵低沉地说道，“他在帮我的敌人。”

卫队长挪了挪脚。

“嗯？”

“大人，萨多卡抓到了……两个人，你可能对他们很感兴趣。他们还捉住了公爵的刺杀大师。”

“哈瓦特？杜菲·哈瓦特？”

“大人，我亲眼看到了俘虏。正是哈瓦特。”

“我做梦也不相信这是真的！”

“听说他是被击昏器击倒的，大人。是在沙漠里，他没法穿屏蔽场。事实上，他并未受伤。如果能搞到他，会成为很大的乐子。”

“你说的是一个门泰特，”男爵咆哮道，“门泰特是浪费不得的。他有没有开口？有没有说起他的这次败局？他知不知道……哦，不。”

“他的嘴巴很紧，大人，不过他相信杰西卡夫人是他们的叛徒。”

“啊……”

男爵躺回到吊床中，思忖了半晌，接着说道：“你确定？他的怒火喷向了杰西卡夫人？”

“他当着我的面说的，大人。”

“那么，跟他说她还活着。”

“可是，大人……

“住口！我希望你们好生对待哈瓦特。别把真正的叛徒，岳医生的死讯告诉他。跟他说，岳是为了保护公爵而死的。从某些方面来讲，这也是事实。我们要煽起他对杰西卡夫人的怀疑。”

“大人，我不……”

“内福德，想要控制一名门泰特，必须通过信息，虚假的信息——虚假的结果。”

“是的，大人。但是……”

“哈瓦特饿了吗？渴了吗？”

“大人，他还在萨多卡的手里！”

“是的，没错，是的。但萨多卡和我一样，急于想从哈瓦特那里得到信息。关于我们的同盟，我已经注意到一件事。他们还不算阴险狡诈之辈……从政治上来说。我相信此事是刻意为之，是皇帝想要如此。是的，我非常确信。你可以和萨多卡的司令官说说，我这个人有的是办法，可以撬开这些负隅顽抗的家伙的嘴。”

内福德看上去有点不高兴。“遵命，大人。”

“你告诉萨多卡司令官，我要同时审问哈瓦特和凯恩斯，让他俩斗斗，我可尽享渔翁之利。我想他会明白的。”

“是的，大人。”

“只要这两人落到我们手里……”男爵点点头。

“大人，萨多卡会派一名观察员参加审问。”

“内福德，我相信我们能造出一个意外，支开这位多余的观察员。”

“大人，我明白了。那就是凯恩斯发生意外的时候。”

“凯恩斯和哈瓦特都要发生意外，内福德。但只有凯恩斯会发生真的意外。我要的是哈瓦特。是的，啊，是的。”

内福德眨眨眼，吞了口唾沫。他一副欲言又止的样子。

“给哈瓦特食物和饮料，”男爵说，“好生对待他。我们要用上已经死去的彼得·德伏来搞到的余毒，放进他的水里。瞧，从那时起，解药会成为哈瓦特日常食物的一部分……除非我下达别的命令。”

“解药，是的，”内福德摇摇头，“但是……”

“别犯傻，内福德。公爵差点用那毒药杀死了我，就是那个胶囊牙。他当着我的面把毒气喷了出来，夺走了我最珍贵的门泰特，彼得。我需要有人顶替。”

“哈瓦特？”

“哈瓦特。”

“但是……”

“你想说，哈瓦特对厄崔迪家族忠心耿耿。没错，但厄崔迪已经死了，我们会争取到他的。得让他相信，公爵的死不是他的错，都是那贝尼·杰瑟里特女巫干的。他的主人就是个下三滥，是那种被感情蒙蔽双眼的人。门泰特所赞赏的能力是不带感情因素进行推理。内福德，我们会将可怕的杜菲·哈瓦特收服。”

“将他收服，是的，大人。”

“哈瓦特很不幸，他的前任主人资源匮乏，不能将一个门泰特的计算推理能力提高到顶峰，这可是门泰特特有的能力。哈瓦特将会看到其中的真相，公爵花不起钱收买高效的间谍，来向他的门泰特提供所需的信息。”男爵盯着内福德，“咱们不能自欺欺人，内福德。真理是强力的武器。我们是怎么战胜厄崔迪的，咱们心知肚明。哈瓦特也明白。我们是用金钱战胜他们的。”

“用金钱，是的，大人。”

“我们会收服哈瓦特，”男爵说，“还要把他藏起来，不让萨多卡知道。我们要好好保管毒药的解药。要解毒的话，再没别的其他办法。内福德，哈瓦特永远也不会怀疑。毒物探测器是查不出解药的存在的。如果哈瓦特想，尽可让他检查食物，但他不会查出毒药的痕迹。”

内福德睁大双眼，他明白了。

“如果少一样东西，”男爵说，“会和它的存在一样致命。缺少空气？缺少水？缺少任何我们沉溺的东西。”男爵点点头，“内福德，你明白我的意思吗？”

内福德咽了口口水。“是的，大人。”

“那赶紧给我工作。找到萨多卡司令官，把此事解决。”

“遵命，大人。”内福德鞠了一躬，转回身，匆匆离去。

哈瓦特成为我的人！男爵想，萨多卡会把他交给我。如果他们有所怀疑，也只是认为我想杀掉这位门泰特。我会加深这样的怀疑！一群傻瓜！他可是有史以来最令人生畏的门泰特，一位专门用来杀人的门泰特，而他们会把他像扔破烂玩具一样扔给我。我会给他们看看，这个玩具到底有什么用。

男爵把手伸到吊床旁的一块布帘下，按下一个按钮，传召他的大侄儿拉班。他重新躺到吊床中，面露笑容。

厄崔迪的人全死光光了！

当然，那蠢货卫队长说得没错。没有什么东西可以在厄拉科斯的强大沙风暴中幸存。扑翼飞机不行……机上人员也不会。那个女人和男孩已经死了。贿赂各方人员，花大笔钱把强大的军队带到这个星球……专为皇帝一人编造的各种秘密报告，所有精心策划的阴谋终于取得了圆满成果。

权力和恐惧——恐惧和权力！

男爵能看到展现在他面前的道路。有朝一日，一个哈克南人将会成为皇帝。不是他自己，也不是他的子嗣。但的确是一个哈克南人。当然也不是他召来的这个拉班，而是拉班的弟弟，年轻的菲德-罗萨。男爵特别喜欢那孩子身上显现出的狠劲……凶猛。

一个可爱的孩子，男爵想，还有一两年，等他十七岁时，我就会知道他是不是哈克南人用来夺取王位的合适工具。

“男爵大人！”

一名男子站在男爵卧室屏蔽场门外，他个子矮小，脸孔和身上全是肥肉，还承袭着哈克南父系的特点：眼睛窄小，肩膀耸起。然而，那肥胖中还含有一丝坚实。而他的眼神中显然流露出：他那肥壮的身子总有一天需要便携式浮空器来维持。

头脑简单、四肢发达，男爵想，我的这个侄儿不是门泰特的料……他代替不了彼得·德伏来，不过，他也许更加适合眼前的任务。如果我放权让他去干，他会把拦在他前面的一切碾得粉碎。哦，厄拉科斯的人会多么恨他啊！

“我亲爱的拉班。”男爵开口道。他取消了屏蔽场门，不过身上的屏蔽场仍旧保持在最高能状态。床顶的球形灯开着，他知道他的侄儿能看见屏蔽场发出的微光。

“大人召我前来，有何吩咐？”拉班说。他走进房间，朝微微震动的屏蔽场瞥了一眼。接着四下想找把浮空椅，但没找到。

“走近点，站到我看得见你的地方。”男爵说。

拉班又向前走了一步，寻思着可恶的老家伙故意把椅子都搬走，使得来访者只得站着。

“厄崔迪人都死了，”男爵说，“全死了。这就是我召你到厄拉科斯来的原因。这个星球重新属于你了。”

拉班眨了眨眼睛。“但我以为你准备推举彼得……”

“彼得也死了。”

“彼得？”

“彼得。”

男爵重新开启屏蔽场门，挡去一切能量穿透。

“你终于对他厌倦了，是吗？”拉班问。

他的声音在隔绝能量的房间里显得非常平淡，了无生气。

“我来和你说件事，我不会再说第二遍，”男爵声音低沉地说，“你暗示我除掉彼得，就像忘掉一件小事一样。”他跷起肥胖的手指，打了个响指，“对不对？我的侄儿，我没那么蠢。如果你再用言语或行动暗指我是个笨蛋，我就要对你不客气了。”

拉班斜眼瞄着，露出恐惧的神色。对于男爵如何对付家族成员，他有一定的了解。若非有很大的利益可图，或是谁激怒了他，很少有人会被处死。但家族的惩罚也是非常痛苦的。

“请饶恕小的，男爵大人。”拉班说。他垂下头，显出一副谦恭的样子，掩盖自己的愤怒。

“别糊弄我，拉班。”男爵说。

拉班埋着头，咽了口口水。

“我说得很清楚了，”男爵说，“绝不能想杀谁就杀谁，而该像管理整个封地一样，通过适当的法律程序来处理。一定要为了主要目标去做——了解你的目标！！”

拉班愤愤地说道：“但是你杀死了那个叛徒——岳！我昨晚抵达时，看到他的尸体被抬了出去。”

拉班盯着他的叔叔，他听到自己吐出这段话，一下子害怕起来。

但男爵却微微一笑。“我对危险的武器一向小心。”他说，“岳医生是个叛徒，他出卖了公爵。”男爵的声音渐渐变得有力，“是我收买了他，一个苏克学校的医生！皇家学院！听见了吗，孩子？但如果把武器随意放置，那可是疯狂之举。我并非随意杀死了他。”

“皇帝知不知道你收买了一名苏克医生？”

这问题一针见血，男爵想，难道我错看了这个侄儿？

“皇帝还不知道此事，”男爵说，“但他的萨多卡一定会向他汇报。然而，在那事发生前，我会通过宇联公司将我的报告先行呈给皇帝。我将解释说，我侥幸发现了一位假装受过预处理的医生。一位假医生，你明白吗？众所周知，苏克学院的预处理程序是无法被策反的，所以我的解释会被接受。”

“啊，我明白了。”拉班喃喃道。

男爵想：*是啊，希望你真的明白。也希望你明白，一定要对此事严加保密。*男爵突然暗自思忖：*我为什么要这样做？我为什么要向这个傻侄儿吹嘘呢？我只会利用他，然后抛弃他。*男爵对自己感到愤慨，他感到自己被出卖了。

“这件事必须严加保密，”拉班说，“我明白。”

男爵叹了口气。“这次，关于厄拉科斯，我要给你一些不同的指示，我的侄儿。你上次统治这个地方时，我对你管束很严。但这次，我只有一个要求。”

“大人？”

“收入。”

“收入？”

“拉班，你知不知道，用如此庞大的军队对抗厄崔迪，花了我们多少钱？对于公会向我们收取的军事运输费，你是否略知一二？”

“十分昂贵吗？”

“十分昂贵！”

男爵突然向拉班伸出肥胖的手臂。“接下来的六十年，如果你榨取厄拉科斯能上缴的每一分钱，那也仅够偿清我们的债务！”

拉班目瞪口呆，欲言又止。

“昂贵，”男爵嗤之以鼻，“可恶的公会垄断了太空运输业，要不是我早有计划，我们铁定会破产。你应该知道，拉班，我们承受着最直接的压力。我们甚至还为萨多卡的运输费付钱。”

男爵心中冒出一个早已有过的想法：未来会不会有那么一天，可以把公会的问题规避掉。他们潜伏在那儿，悄然发生——只要给对象慢慢放血，他就不会介意，到最后他们就把你捏在了掌心，然后你就只能无止境地给他们付钱了。

过分的要求总来自于军事冒险。“风险率。”油滑的公会代表曾解释过。你想方设法在公会银行机构中安插一个间谍当看门狗，他们就在你的组织内安插两个。

受不了！

“那么，收入……”拉班说。

男爵垂下手臂，握成拳头。“你必须榨取每一分钱。”

“我可以做任何事，只要我榨取每一分钱？”

“没错。”

“你带来的大炮，”拉班说，“我可不可以……”

“我要带走它们。”

“但你……”

“你不需要这些玩物，它们是特别定制的，现在已经没有用了。我们需要金属，它们对付不了屏蔽场，这事我们没预料到。但我们预料到的是，公爵的人会撤进这个可恶星球的山洞里，我们的大炮把他们封在了里面。”

“弗雷曼人不使用屏蔽场。”

“你可以留些激光枪。”

“是的，大人。我可以任意行事？”

“只要你榨取每一分钱。”

拉班露出心满意足的笑容。“大人，我完全明白。”

“你明白个屁，”男爵吼道，“首先让我们把话说白了。你明白的，是如何执行我的命令。你有没有想过，我的侄儿，这个星球上至少有五百万人？”

“大人难道忘了我曾是这里的摄政官？恕小的无理，您的估计也许还低一点。这里的人散居在沟地和盆地中，要数清他们的人数是很难的。还要考虑弗雷曼人……”

“弗雷曼人不足为虑！”

“恕小的无理，大人。但萨多卡并不这么想。”

男爵犹豫了一下，盯着他的侄儿。“你知道什么事？”

“我昨晚抵达时，大人已经安歇了。我……啊，冒昧地接见了……啊，我以前手下的几名中尉。他们一直在充当萨多卡的向导，据他们报告，在这里东南方的某个地方，一支弗雷曼小队伏击了萨多卡的一支部队，并把他们全消灭了。”

“消灭了萨多卡的一支部队？”

“是的，大人。”

“不可能！”

拉班耸了耸肩。

“弗雷曼人打败了萨多卡人。”男爵冷笑道。

“我只是在重复别人给我的报告，”拉班说，“据说这支弗雷曼部队已经抓住了公爵那位可敬的杜菲·哈瓦特。”

“啊……”

男爵点头微笑着。

“我相信这份报告，”拉班说，“你不清楚弗雷曼人是多么让人头痛。”

“也许吧，不过你的属下看到的不是弗雷曼人，他们一定是哈瓦特训练的厄崔迪人，伪装成了弗雷曼人。答案只能是这样。”

拉班又耸了耸肩。“啊，可萨多卡认为他们是弗雷曼人，他们已经采取行动，打算将弗雷曼人一网打尽。”

“好极！”

“但……”

“这样萨多卡就有的忙了。我们很快就能得到哈瓦特。绝对的！我有这个预感！啊，会有这么一天的！趁萨多卡去追剿几个没用的沙漠部落，我们把真正有价值的东西搞到手！”

“大人……”拉班踌躇着，皱着眉头，“我总感觉我们低估了弗雷曼人，不管是数量，还是……”

“别管他们，孩子！他们就是群贱民，我们所关心的是人口众多的城镇和村子，那里的人才多呢，对不对？”

“有许多人，大人。”

“他们让我不安，拉班。”

“让你不安？”

“哦……他们中百分之九十的人不足为虑，但总有那么几个……小家族，一些野心勃勃的人，想要干些危险的事。如果被其中一人逃离厄拉科斯，此人还知道这里发生了什么不愉快的事，那我会很不高兴。你知道我会多么不高兴吗？”

拉班咽了口口水。

“你必须立即采取措施，从每个小家族中抓一名人质，”男爵说，“每个离开厄拉科斯的人都必须知道，这是一场简单的家族间的战争。萨多卡并没参与其中，你明白吗？我们打算将公爵放逐到一个普通的地区，但他还没接受，就在一次不幸的事故中身亡。尽管他本打算接受。事实就是如此。任何提到萨多卡的谣言，一定要一笑了之。“

“这也是皇帝希望的。”拉班说。

“正是皇帝希望的。”

“走私徒怎么办？”

“没人相信走私徒，拉班。人们容忍他们的存在，但不会相信他们。不管怎样，你要在那个地区贿赂一些人……再采取一些措施，我相信你能想出来。”

“是的，大人。”

“拉班，你要在厄拉科斯实施两件事：谋财，铁拳。绝不要心慈手软。想想这些笨瓜都是些什么——一群妒忌主人的奴隶，时刻想要反叛。对他们不要有一丝怜悯。”

“是要将整个星球剿灭吗？”拉班问。

“剿灭？”男爵迅速转过头来，一脸讶异，“谁说要剿灭了？”

“嗯，我以为你准备移入新的家族……”

“我说的是榨取，而不是剿灭，侄儿。不要白白浪费这里的人，要逼他们归顺。你一定吃肉吧，我的孩子。”他笑起来，那张露出酒窝的胖脸显出婴孩般的表情，“食肉动物永不放弃。不要心慈手软，不要停止压榨。怜悯只是妄想，它可以被饥饿的肚子、干渴的喉咙打败。你随时都会感到饥饿和干渴。”男爵抚摸着浮空器下滚圆的肚子，“和我一样。”

“明白了，大人。”

拉班左右四顾了一下。

“那么，一切都明白了，侄儿？”

“还有一件事，叔叔。那个星球生态学家，凯恩斯。”

“啊，是的，凯恩斯。”

“大人，他是皇帝的人，可以随意来去，他与弗雷曼人非常亲近……还娶了一个弗雷曼人。”

“凯恩斯明天晚上就死了。”

“叔叔，杀死皇帝的仆人，你在干一件危险的事。”

“你怎会认为我会这么快作出决定？”男爵问道。他声音低沉，充满了某种言下之意，“此外，你永远不必担心凯恩斯会离开厄拉科斯。别忘了，他已经嗜香料成瘾。”

“当然！”

“明白此理的人，不会做出任何危及香料储备的事，”男爵说，“凯恩斯当然也应该知道。”

“我忘了这一点。”拉班说。

他们静静地对望着。

过了一会儿，男爵开口道：“顺便说一下，你首先要关注一下我的补给。我本来有大量的私人储备，但公爵手下的那次自杀袭击，掠走了我们大部分储备待售的物资。”

拉班点点头。“是的，大人。”

男爵露出喜色。“那么，明天早上，你把留在这儿的人集合起来，对他们说：‘我们尊敬的帕迪沙皇帝，已命我掌管这个星球，结束所有的争端。’”

“明白，大人。”

“这次我相信你真的明白了。明天我们再详细讨论这个问题。现在，让我再睡一觉。”

男爵取消屏蔽场门，看着他的侄儿出了门。

头脑简单、四肢发达的家伙，男爵想，当他最终厌倦他们，他会把他们碾成肉泥。然后，我会派菲德-罗萨过来，替他们解除重压，他们会为这位救世主欢呼。敬爱的菲德-罗萨，慈祥的菲德-罗萨，这个大慈大悲的人，把他们从野兽的蹂躏下解放。菲德-罗萨，一个他们将誓死效忠的人。到那时，这个孩子就会明白如何不用惩罚来镇压。我相信他才是我们需要的人，他会懂的。他真是一个可爱的孩子，多么可爱的孩子。

在十五岁的时候，他已经学会了沉默。

——摘自伊勒琅公主的《穆阿迪布童年简史》

保罗紧握着扑翼飞机的控制器，感觉到自己正在理清混乱的暴风力，他超越门泰特的意识正对细小的数据进行计算。他感觉到尘土的前锋，翻腾起伏，湍流急动，还有偶尔的旋风。

机舱内的仪表板发着绿光，就像一个愤怒的匣子。舱外吹过的黄褐色尘土平淡无奇，但他的内心开始看穿这层层的沙帘。

我必须找到正确的漩涡，他想。

有那么一段时间，他感觉到风暴的力量正在减弱，但仍旧吹得他们不住地摇晃，他等着另一阵旋风的到来。

那漩涡起初像一个突如其来的巨浪，将整个飞机摇得吱嘎作响。保罗顶着内心的恐惧，操控飞机向左倾斜。

杰西卡看着姿态球上的飞行动作。

“保罗！”她尖叫起来。

漩涡使他们打转、扭动、翻转。飞机就像是喷泉上的小碎片，被喷了出去——在第二颗月亮的映照下，盘旋的尘风中飞出了一颗长着翅膀的微粒。

保罗俯身往下望去，看见了将他们吐出的那个满是尘土的热风柱，垂死的风暴逐渐变小，像一条流入沙漠的干枯河流——他们乘着气流往上升，灰色的风柱变得越来越小。

“我们飞出来了。”杰西卡低声说道。

保罗扫视夜空，同时调转飞机，避开下落的尘土。

“我们逃脱了。”他说。

杰西卡的心怦怦直跳，她迫使自己平静下来，看着渐渐减弱的风暴。她的时间感告诉她，他们在暴风中横冲直撞了差不多四个小时，但她头脑中另一部分已经把它当成了终身难遇的经历。她感觉自己获得了新生。

就像那段祷文，她想，我们没有反抗，而是直面它。暴风从我们身边经过，最后它消失了，而我们仍然存在。

“机翼的响声有点不对劲，”保罗说，“出故障了。”

透过控制器，他感到飞行中发出嘎嘎的声音。他们已经飞出了风暴，但还没有进入他梦中预见的地方。不过，他们还是逃出来了。保罗浑身发抖，像是受到了天启一般。

他在发抖。

这种感觉像磁石一样引诱人，让他感到害怕。他开始思考这个问题，是什么东西使他发抖。他觉得一方面是由于厄拉科斯的香料食物，另一方面也可能是那段祷文的缘故，仿佛那段话拥有某种神秘的力量。

“我绝不能恐惧……”

原因和结果：尽管遇上了那邪恶的力量，但他还活着。如果没有那段祷文的魔力，他完全可能崩溃。

《奥兰治天主圣经》中的话在他脑中回响：*“我们究竟缺乏什么样的感觉，让我们对周围的另一个世界视而不见、充耳不闻？”*

“都是石头。”杰西卡说。

保罗集中精神操控着扑翼飞机，摇头甩掉刚才的想法。他望了望母亲所指的方向，看见右前方的沙地中矗立着形状各异的黑色岩石。他感觉风正吹着脚踝，机舱里扬起一片灰尘。什么地方破了，很可能是风暴的杰作。

“最好降落到沙地上去，”杰西卡说，“如果急刹的话，机翼很可能撑不住。”

他朝前面一处地方点了点头，在月光下，只见那里的沙地上矗立着一个个饱受流沙侵蚀的山脊。“我就在那块岩地上着陆。系好安全带。”

她系上了安全带，心里想着：我们有水，有蒸馏服，如果能找到食物，就能在沙漠中活很长时间。弗雷曼人住在这里，他们能做，我们也能做。

“飞机一着陆，就朝那些岩石跑，”保罗说，“我来拿背包。”

“跑……”她沉默了，点点头，“沙虫。”

“沙虫，我们的朋友，”他纠正她，“它们会吃掉这架飞机，这样一来，我们着陆的蛛丝马迹就找不到了。”

真是直白的想法，她想。

他们飞得越来越低……越来越低……

飞机着陆时传来猛烈的震动感——模糊的沙丘影子，岩石像岛屿般升起。扑翼飞机轻轻一歪，撞在一个沙丘顶上，跳过一个沙谷，又撞在另一个沙丘上。

他在利用沙地减速，杰西卡想，不禁暗暗称赞他的本事。

“做好准备！”他警告说。

他拉下机翼制动装置，动作一开始很轻，慢慢用力。他感觉到机翼拢住了空气，它们的长宽比急速下降。风尖叫着穿过重叠的遮蔽物和一层层翼叶。

突然，飞机微微一歪，左翼由于暴风的吹打而变得脆弱，向上一扭，“砰”的一声，打在了飞机的侧面。飞机滑过一个沙丘，向左扭转，翻了个筋斗，底面朝天，机头埋在了旁边的一个沙丘里。他们倒在了破损机翼的那一侧，右翼朝上，指着星空。

保罗扯掉安全带，奋力向上爬，越过他母亲，拧开了门。沙子顿时蜂拥而进，灌进机舱，带来一股燧石燃烧的干燥气味。他抓过后座的背包，看见母亲已经解开了安全带，她踩在右座的侧面爬到了飞机的金属机壳上，保罗跟在后面，抓着背包带，用力往上拉。

“快跑！”他命令道。

他指着沙丘的对面，那里可以看到一座被风沙破坏的石塔。

杰西卡跳下飞机，飞跑起来，她在沙丘上连滚带爬，身后能听见保罗的喘息声。他们爬上了一条沙脊，它弯弯曲曲地伸向山岩。

“顺着这条沙脊跑，”保罗说，“这样比较快。”

他们奋力朝岩石跑去，沙子让他们一路磕磕碰碰。

他们听到了另一种声音：一种无言的低语声，一种“咝咝”的声音，一种蠕动发出的摩擦声。

“沙虫！”保罗说。

声音越来越响。

“快！”保罗气喘吁吁道。

第一块岩石像一片斜向沙地的海滩，出现在他们前面不到十米的地方，就在这时，他们听到身后传来一阵嘎吱嘎吱的声音。

保罗把背包移到右臂，抓着背包带，一路跑起来，带子拍打着他的肋部。他用另一只手抓住母亲的胳膊，迅速爬上突立的岩石，经过一条弯弯曲曲的、风沙雕刻成的沟壑，来到一片满是砾石的岩面。他们喘着气，喉咙冒火，干渴。

“我跑不动了。”杰西卡气喘吁吁道。

保罗突然停下脚步，一把把她按进一个岩石小洞中，他转回身，看着沙漠的情况。一个沙堆正向他们所在的岩石小岛推进——月光下沙浪泛起涟漪，浪头般的沙堆和保罗的视线平齐，距他们约有一公里远。平平的沙丘变得弯曲——那是一条短短的圆环，穿过了他们逃离的那片沙地，扑翼飞机的残骸本该在那里的。

沙虫所到之处，不会有飞行器的踪影。

土堆般的沙包又沿着原路返回，移向沙漠，像是在探查什么。

“它比公会的飞船还要大，”保罗低声说道，“我听说沙漠深处的沙虫长得很大，真没想到……会有这么大！”

“我也没想到。”杰西卡喘息道。

那怪物重又远离岩石，带着一条弯曲的轨迹，快速奔向地平线。最后，爬行的声音消失了，周围只剩下微微的沙动声。

保罗深深吸了口气，抬头望着月色下像是结了霜的陡坡，他引了《世界通史》中的一句话：“‘在夜幕下旅行，白昼则躲在阴影中休息。’”他看着他母亲，“夜幕还会持续几个小时，能继续走吗？”

“马上好。”

保罗走上岩石表面，肩上扛着背包，系好背包带。他在那儿站了一会儿，手里拿着定位罗盘。

“你准备好就说一声。”他说。

她从岩石上站起身，感到力量又恢复了。“走哪个方向？”

“沿着这条沙脊走。”他指着前方。

“到沙漠深处。”她说。

“弗雷曼人的沙漠。”保罗小声说。

他停下了脚步，想起在卡拉丹时做过的一个梦，他不禁被梦中的景象惊住了。他见过这个沙漠。但是和梦中的稍微有点不同，像一个记忆中的视觉景象，当它投射到真正的场景中时，却又无法很好地对照上去。这个梦似乎发生了变化，从另一个不同的角度走到了他的面前，而他压根儿就没动过一下。

梦中有艾达荷，他和我们在一起，他记起来了，*但现在艾达荷死了*。

“你找到要走的路了吗？”杰西卡问，误以为他还没拿定主意。

“没有，”他说，“但我们无论如何也要走。”

他将背包紧紧背在背上，开始沿着岩石一条被风沙凿成的小道向上爬，这条小道位于月光下的岩面上，阶梯形的山脊一路向南延伸。

保罗跑向第一条山脊，爬了上去，杰西卡紧紧跟在后面。

没过多久，她就注意到这条路成了一个亟待解决的特殊问题——岩石间的沙坑使他们行动迟缓，风沙雕刻成的山脊锋锐割手，还有重重障碍，他们必须选择：继续前行，还是绕行？这一带的地形很有规律。他们只有在迫不得已时才讲话，并且必须使出全力，声音很嘶哑。

“这儿要小心——山脊上有沙，很滑。”

“当心，不要在这块岩石上碰着头。”

“沿着山脊往下走，月亮在我们后面，月光会把我们的行动暴露给那边的任何人。”

保罗在一个岩石角上停下脚步，背包靠在一条窄小的山脊上。

杰西卡靠在他身旁，庆幸有一小会儿的休息机会。她听见保罗在拉蒸馏服的水管，于是自己也吸了几口回收的水，味道有点咸，她回忆起卡拉丹的水——高大的喷泉围绕着天空的弯穹。如此丰富的水，一直没有为自己所重视……她站在它旁边时，只注意到它的形状、它反射的光，或者它发出的声音。

停一下，她想，休息一下……好好休息一下。

她想到只有怜悯才能使他们停下，哪怕只停一会儿。没有怜悯，就不能停下。

保罗从岩石脊背上撑起，转身爬过一个斜坡。杰西卡叹了口气，跟了上去。

他们滑下斜坡，落到一块宽阔的平台上，转过陡峭的岩壁。穿越破碎之地的路途又变得杂乱无章起来。

这一夜，杰西卡记得最清楚的就是手和脚下大大小小的东西——圆石、豆大的砾石、片状石块，豆大的沙、沙子、沙砾、尘土，还有粉末。

那些粉末会堵塞鼻腔过滤器，必须把它们吹出来；豆大的沙和豆大的砾石在坚硬的岩面上滚动，不小心踩上，可能会摔下去；片状石块会割手。无所不在的沙子牵扯着他们的双腿。

保罗突然在一块岩石上停下脚步，杰西卡跌跌撞撞倒在他身旁，他把她扶住。

他指着左边，她顺着他的手臂看过去，发现他们正站在一个悬崖上，两百米的下方，一片沙漠像静静的海洋一般延绵不绝。它躺在那里，银白色的月光洒在沙浪上——各种角度的阴影，弯成曲线形，远处，是另一座笼罩在灰色朦胧中的山崖。

“沙海。”她说。

“要穿过这片沙漠绝非易事。”保罗说，他的声音因过滤器盖着脸而被压低。

杰西卡四下看了看——除了沙别无他物。

保罗正眼望着前方的大沙漠，观察影子的移动。“大约有三四公里远。”他说。

“沙虫。”她说。

“肯定有。”

她只感觉全身疲惫，肌肉酸疼，这让她的知觉变得迟钝。“可以休息一下，吃点东西吗？”

保罗放下背包，坐下来，靠在上面。杰西卡一只手搭在他肩上，一屁股坐到旁边的岩石上。她坐下时，保罗转身在背包里摸索起来。

“拿着。”他说。

他干燥的手把两粒能量胶囊塞进她手里。

她从蒸馏服水管中吸了一口水，吞下两粒能量胶囊。

“把你的水喝完，”保罗说，“常言道，最好的存水之处就是你的身体，它使你充满能量，让你更强壮。相信你的蒸馏服吧！”

她照做，把贮水袋中的水喝光，感觉体力恢复了。她想到，此时此刻，虽然全身疲惫，但多么宁静啊！她回想起诗人战士哥尼·哈莱克念过的一首诗：“一口干食，一丝宁静，胜过一栋充满牺牲和争斗的房舍。”

杰西卡把这些话给保罗重复了一遍。

“那是哥尼说的。”他说。

她听出他说话的语调，是谈及逝者时用的。她想：*啊，可怜的哥尼，他可能已经死了*。厄崔迪的军队不是死就是被俘，或是跟他们一样，已经迷失在这无水的沙漠中。

“哥尼每次都会引经据典，”保罗说，“我现在还能听见他的声音：‘我将让河流干涸，把国土卖给邪恶之徒；我将让家园荒芜，把一切给予陌生人。’”

杰西卡闭上眼睛，发现自己快被儿子热情洋溢的声音感动得落泪。

过了一会儿，保罗问道：“你……感觉如何？”

她明白他在问她怀孕的情况，于是说道：“你的妹妹还要等几个月才会出生，我的身体……还行。”

她想：*我竟然和我儿子这样说话，太生硬、太正式了！*对这古怪之处，她出于贝尼·杰瑟里特的本能，经过一番搜查，找到了自己说话如此正式的原因：*我害怕我儿子；我对他的奇怪表现感到害怕。我害怕他比我先看到的东西，害怕他可能会对我说的话*。

保罗把头罩拉下，盖住眼睛，听着夜幕下昆虫的杂乱叫声，但他心中充满平静。他揉揉发痒的鼻孔，取下过滤器，一股浓浓的肉桂气味扑鼻而来。

“这附近有香料。”他说。

一阵柔风吹拂着保罗的脸颊，吹皱了他的连帽斗篷。但不像是来暴风的样子，他已经能辨别它们的差异。

“快要天亮了。”他说。

杰西卡点点头。

“有个办法可以安全通过这片沙漠，”保罗说，“是弗雷曼人的办法。”

“沙虫？”

“我们的弗雷曼装备中有一个沙槌，如果把它装在这里的岩石后面，”保罗说，“就能让沙虫忙上一阵子。”

她朝横亘在面前的那片月光下的沙漠望去。“走四公里路的时间？”

“也许。如果我们走路时发出的声音非常自然，不去招惹沙虫……”

保罗打量着广阔的沙漠，在他的预知梦境中搜寻着那神秘的启示：背包中装着沙槌，可以用它来设置陷阱。奇怪的是，一想到沙虫，他便感到浑身恐惧。尽管在意识的边缘，他觉得沙虫应该受到尊敬，而不应该害怕……如果……如果……

他摇摇头。

“必须是毫无节奏的声音。”杰西卡说。

“什么？哦，是的。如果我们打乱脚步……沙本身也要不时地移动，沙虫不可能探查到每一种细微的声音。不过，在试之前，我们应该好好休息一下。”

他眺望着远处的那堵岩壁，看着那垂直的月影行经的时间。“再过一小时，天就要亮了。”

“我们在哪里度过白天？”她问。

保罗转向左边，指着前方。“那儿，北边的那个悬崖拐弯处。顺路你可以看到被风吹凿成的迎风面，那里有一些很深的洞穴。”

“是不是该马上上路了？”她问。

他站起身，扶她站起。“你休息够了吗？爬得动吗？在宿营前，我想尽可能到离沙漠近一点的地方。”

“完全可以。”她点头示意让他带路。

他犹豫了一会儿，然后拿起背包，背在肩上，转身沿着山崖走下去。

要是我们有浮空器就好了，杰西卡想，那样的话，可以轻轻松松往下一跳，不过，也许浮空器也不能在沙漠中使用，它们也许和屏蔽场一样，也会招来沙虫。

他们来到一连串下降的岩石平台上，前方有一个洞穴，月影勾画出它的入口。

保罗领路而下，小心翼翼地向前移动，但步伐很快，因为月光显然已经持续不了多久。他们盘旋向下，走入越来越黑的暗影中，周围的岩石升向天空的群星。在一个暗灰色的斜入黑影的沙面斜坡边缘，那个洞穴收窄至约十米的宽度。

“我们能从这里下去吗？”杰西卡小声问。

“我想可以。”

他用一只脚试了试斜坡表面。

“我们可以滑下去，”他说，“我先下。等我下去后你再下。”

“小心点。”她说。

他登上斜坡，顺着那柔软的表面滑到一个几乎填满沙的平地上。这地方位于岩壁中间的深处。

突然，从身后传来一阵沙子的滑动声，他在黑暗中朝斜坡上望去，差一点被泻下来的沙子击倒，然后一切归于沉寂。

“母亲？”他叫道。

没有回答。

“母亲？”

他丢下背包，往斜坡上攀爬，掘挖，就像个疯子一样。“母亲！”他气喘吁吁地叫道，“母亲，你在哪里？”

又一阵沙暴倾泻下来，落在他身上，把他腰部以下全部埋了起来，他挣扎着爬了出来。

她碰上了那阵沙崩，他想，她被埋了。我必须保持冷静，仔细解决这个问题。她不会立即窒息而死，她会让自己处于“宾度歇止”状态，减少对氧气的需要，她知道我会把她挖出来。

保罗运用母亲教的贝尼·杰瑟里特的方法，抚平狂跳的心脏，将意识擦成一片白纸，重新回顾了刚刚发生的事。记忆中那场沙崩的每一个动作在他平静的内心重演，但事实上这全面的回忆只是一瞬间的事。

很快，保罗开始沿着斜坡往上爬，他小心翼翼地搜索，直到找到一条裂缝壁，那里有一块向外弯曲的岩石。他挖了起来，极其小心地把沙搬走，以免再度引起沙崩。一块布片出现在他的手下，他循着那布片，找到一条手臂，通过手臂，他轻轻地挖出了她的脸。

“听得见我说话吗？”他小声问。

没有回答。

他挖得更快了，挖出了她的肩膀。她的身体还是软的，但她的心脏跳得很慢。

这是“宾度歇止”状态，他自言自语。

他挖掉她腰部以上的沙子，将她的手臂搭在自己肩上，沿着斜坡往下拉。开始时动作缓慢，接着开始用力，他感到她快从沙中脱身。于是他越拉越快，喘着气，尽力保持平衡。他摇摇晃晃地来到裂缝的坚硬表面，肩膀扶着她的身体，这时，整个沙坡塌了下来，一阵震耳欲聋的嗞嗞声在岩壁之间回响，声音不断扩大。

他在裂缝一头停下脚步，在那里俯瞰下方三十多米外的运动着的沙丘。他轻轻把她放在沙地上，开始呼唤她，让她从僵硬状态中恢复过来。

她慢慢醒来，深深地吸气。

“我知道你会找到我。”她小声说。

他回头看了看裂缝。“如果我没找到你，也许会更好些。”

“保罗！”

“我把背包弄丢了，”他说，“它被埋在沙子下面了……至少一百吨的沙子……”

“所有东西？”

“备用水、蒸馏帐篷——所有有用的东西都丢了。”他摸了摸口袋，“定位指南针还在。”他又摸摸腰带，“小刀和双筒望远镜还在。我们来好好看看这个即将埋葬我们的地方。”

就在这时，太阳从地平线上升了起来，就在裂缝尽头靠左的地方。

广阔的沙漠上闪耀起了五光十色的色彩，鸟儿躲藏在岩石间放声歌唱。

但杰西卡在保罗脸上只看到绝望的表情，她压着嗓门，轻蔑地对他说道：“我是这么教你的吗？”

“难道你还不明白？”他说，“要在这地方活下去，所需要的一切都埋在沙子下面了。”

“但你找到了我。”她说。现在她的声音变软了、变理性了。

保罗蹲了下来。

过了一会儿，他仰头望向裂缝，看着新形成的斜坡，打量了一番，记住了沙子松软的地方。

“如果我们在那斜坡旁找块小地方，再在沙里挖个洞，并固定住沙子，也许就能挖条道，找到背包。可以用水，但我们没有水……”他突然停住了，然后说道，“用泡沫。”

杰西卡绷着身子不敢动，以免打断他的思考。

保罗望着广阔的沙丘，用眼睛搜索，用鼻子搜索，辨明方位，最后将注意力集中在下面的一片灰暗沙土上。

“香料，”他说，“含量很高，碱性。我有定位罗盘，它里面的电包是酸性的。”

杰西卡站起身，靠在岩石上。

保罗没有睬她，他跳起身，从裂缝尽头的倾斜面跑到了沙地上。

杰西卡看着他走路的方式，时走时停——一迈一步……停，两步……滑一滑……停……

他的步子没有任何节奏，这是在告诉四处劫掠的沙虫，这动静是沙漠自己发出的。

保罗走到那块香料地跟前，铲起一堆香料，用袍子包着，回到了裂缝旁。他把香料洒在杰西卡面前的沙地上，蹲下身，用刀尖拆开了定位罗盘。罗盘的表面掉了下来。他取下腰带，把罗盘的零件倒在上面，取出了电包。最后表盘也掉了出来，剩下空空的罗盘底盘。

“你需要水。”杰西卡说。

保罗抓住脖子旁的贮水管，吸了一大口，把水吐进底盘。

如果失败，水就浪费了，杰西卡想，然而不管怎么样，都没关系了。

保罗用小刀划开电包，把里面的结晶体倒进了水中。起了一些泡沫，又没了。

杰西卡突然觉得头顶有东西在动，她抬起头，看见一群鹰沿着裂缝边缘一字立着，盯着这里的水。

*圣母在上！*她想，*它们在那样远的地方都能嗅到水的气息！*

保罗把盖子盖回到罗盘上，摘掉上面的重置按钮，露出一个小洞，可以让液体流出。接着他一手拿着这个重新加工的罗盘，一手抓了把香料，回到了裂缝边，打量着斜坡的地势。由于没了腰带，他的袍子轻轻扬起。他费力地走到斜坡上，踢掉几条沙带，搅起一团团沙尘。

过了一会儿，他停下来，把一撮香料塞进罗盘，摇晃起来。

绿色的泡沫从原来那个重置按钮的小孔中流出。保罗把它对准斜坡，在那里筑成一条低矮的水沟。他开始踢掉它下面的沙，用更多的泡沫来固定沙的表面。

杰西卡走到他下面，朝他喊道："要我帮忙吗？"

"上来挖，"他说，"还要挖大约三米，就在这附近。"他说话时，罗盘盒里已经不再有泡沫流出。

"快点，"保罗说，"不知道这些泡沫能使沙固定多长时间。"

杰西卡爬到保罗身旁，他又把一撮香料塞入罗盘盒，摇动着，泡沫又流了出来。

保罗筑着泡沫屏障，杰西卡用手挖沙，把挖出来的沙抛到斜坡下。"有多深？"她气喘吁吁地问道。

"大约三米，"他说，"只能估计出它的大概位置，必要的话，可能得把洞扩大。"他向旁边移了一步，在疏松的沙里滑了一跤，"斜着往后挖，不要直接往下。"

杰西卡照他的话做。

洞慢慢地往下延伸，挖到与盆地表面平行的地方时，还是没见背包的踪影。

*难道我估算错误？*保罗暗自发问，*我当时吓坏了，造成了错误。*是*不是因此让我的能力有了偏差？*

他看了看罗盘，里面还剩不到两盎司的酸液。

杰西卡在洞里站直身子，用手抹了抹脸颊，那双手沾满了泡沫。她和保罗对望了一眼。

“上面那个面，”保罗说，“轻一点，好。”他又往罗盘盒里塞进一撮香料，把泡沫洒在杰西卡手上，她开始在洞的上面那个斜面上切垂直面，手第二次切下时，碰到了一个硬物。她慢慢地拉出一根带子，上面有一个塑料扣。

“别动。”保罗的声音轻得几乎成了耳语，“我们的泡沫用完了。”

杰西卡一只手拽着带子，抬头看着他。

保罗把空了的罗盘扔到地上，说道：“把你的另一只手给我，仔细听我说。我会把你往山下的那个方向拉，你抓住带子不要松手。顶上不会有多少沙子滚下来，这个斜坡已经被固定住了。我要做的是不让沙子埋住你的脑袋，一旦这个洞被沙填满，我就把你挖出来，把背包拉上来。”

“我知道了。”她说。

“准备好了？”

“准备好了。”她的手指紧紧抓住了带子。

一下猛拉，保罗把她一半身子拉出了洞，并护着她的头，与此同时，那堵泡沫屏障猛然塌陷，沙子倾泻而下。当一切归于平静后，杰西卡的下半身被埋在了沙里，她的左臂和肩膀也在沙子下面，不过下巴受到了保罗袍子的保护。她的肩膀因压力而感到疼痛。

“带子在我手里。”她说。

保罗慢慢把手伸进她旁边的沙里，摸到带子。“一起来，”他说，“慢慢使力，不要把带子拉断了。”

他们把背包带拉上来时，更多的沙倾泻而下。当带子露出来时，保罗停止了拉动。他把母亲从沙里救出来，然后一起沿斜坡下拉去，终于把背包拉了出来。

几分钟里，他们就这么站在裂缝里，将背包抱在怀中。

保罗看着他母亲，泡沫染污了她的脸和长袍，在泡沫干了的地方，沙子凝结成块。她看起来像是被绿色的湿沙球攻击的靶子。

“你看起来真狼狈。”他说。

“你也好不到哪里去。”她说。

他们笑了起来，接着又哭了。

“这事本不该发生，”保罗说，“怪我粗心大意。”

她耸耸肩，感到成块的沙正从她的袍子上落下。

“我来搭帐篷，”他说，“你最好脱下袍子，把沙子抖掉。”他转过身，拿起了背包。

杰西卡点点头，她突然感到累得不想搭话。

“岩石上有锚孔，”保罗说，“有人在这里搭过帐篷。”

为什么不呢？她一面刷着袍子，一面想。这是一个恰到好处的地方——在岩壁深处，对面大约四公里外是另一座悬崖——高高在上，足以避免沙虫的袭击，但也很近，从这穿越沙漠比较容易。

她转过身，看到保罗已经把帐篷支了起来，它那弯梁圆顶的半球面与裂缝的岩壁融为一体。保罗从她身旁走过，举起双筒望远镜，快速转了一下，调整好内部压力，把焦点对准对面的悬崖。晨光下，在广阔沙漠的那一边，是一堵金褐色的山壁。

杰西卡注视着保罗，他正打量着那灾变般的景色，眼睛探察沙漠的河谷。

“那里长着一些东西。”他说。

杰西卡从帐篷边的背包里摸出另一副望远镜，走到保罗身边。

“那边。”他一手拿望远镜，一手给她指着方向。

她望向他指的地方。

“巨人柱，”她说，“都长得瘦巴巴的。”

“附近可能有人。”保罗说。

“可能是一座植物试验站的遗迹。”她警告说。

“这地方在沙漠南方相当远的地方。”他放下望远镜，揉了揉过滤器隔板下面的地方，他感到双唇非常干燥和粗糙，口里冒火，带着一股灰味。“感觉像是弗雷曼人的地盘。”他说。

“你确定弗雷曼人会对我们友好吗？”她问。

“凯恩斯承诺过，他们会帮我们。”

但沙漠中的人都不要命，她想，我今天就尝到了它的味道。不要命的人也许会为了我们的水而杀死我们。

她闭上眼睛，不再想这片荒地，而在脑中勾画出卡拉丹的一个美景。在保罗出生前，她和雷托公爵曾在卡拉丹有过一次假日旅行。他们飞过南方的丛林，飞临野草丛生的草地和稻谷累累的三角洲。在草木丛中，他们看到蚂蚁般的队伍——那是用浮空扁担挑着货物的人。在近海河段，可以见到三体舰船的白色风帆，犹如一片片白色的花瓣。

一切都消失了。

杰西卡睁开眼睛，望着寂静的沙漠，温度渐渐升高，躁动的热魔开始发威，沙地上的空气开始颤动起来。现在，对面的岩壁感觉像是透过廉价玻璃看到的。

一片沙子倾斜而下，穿过裂缝的开口，沙沙地滑落下来。沙子是被早晨的微风吹下的，或是山顶上即将起飞的老鹰蹭下。当落沙停止后，她却还能听到那沙沙声。声音越来越大，那是一种听见一次就永不忘却的声音。

“沙虫。”保罗小声说。

那声音来自他们的右方，带着冷漠的威严感，不容你忽视。一个扭曲的大沙堆穿过他们眼前的沙丘。沙堆在前部升起，后部扬起沙尘，就像水中的涡流，然后它奔向左方，不见了。

声音消失了，一片归于平静。

“它比我看到的太空战舰还要大。”保罗小声道。

她点点头，继续盯着沙漠的那一边。沙虫经过的地方始终有一个缺口，它没完没了地在他们面前游移，在天际的地平线下召唤着。

“趁休息，”杰西卡说，“我们应该继续你的学业。”

他一下子怒火中烧，但还是克制着，说道：“母亲，难道你认为我们得……”

“今天你慌了神，”她说，“也许你比我更了解大脑和宾度神经，但对生命之气，你还需要更多的学习。保罗，有时候身体会有自己的行为，我会教你有关这方面的本领。你必须学会控制身体的每一块肌肉、每一条筋脉。你需要重新练练手，我们先从手指肌肉练起，然后是手掌肌腱和指尖的灵敏度。”她转过身，“来，进帐篷去。”

他弯了弯左手的手指，看着她爬过扩约门。他知道自己不能使她改变这个决定……他必须同意。

无论她对我做了什么，我已经成了其中的一分子了，他想。

重新练练手！

他看了看手，和沙虫比起来，它是多么微不足道啊。

我们来自卡拉丹——对我们这些生命来说，那是一个天堂。在卡拉丹，我们不必建立一个物质或精神的天堂，因为周围的一切即是天堂。但我们也付出了代价，是人们为取得天堂般的生活所必须付出的代价——我们不再坚韧，我们失去了锋芒。

——摘自伊勒琅公主的《穆阿迪布谈话录》

“这么说，你就是伟大的哥尼·哈莱克。”那人说。

哈莱克站在圆形的山洞办公室中，望着对面坐在金属办公桌后的走私徒。那人穿着弗雷曼人的长袍，长着一双浅蓝色的眼睛，表明他常吃外星球的食物。办公室模仿太空战舰的主控中心而造——沿着一堵三十度弧面的墙壁，安装有通讯设备和视屏，旁边是遥控装备和一排射击按钮，而办公桌组成另一堵墙——剩余弧面的一部分。

“我是斯塔班·图克，埃斯马·图克之子。”走私徒说。

“那么，你就是那位帮助我们的好先生了。阁下的大恩，我们必当涌泉相报。”哈莱克说。

“啊……客气，”走私徒说，“请坐。”

一把凹背折椅从视屏旁的墙里伸出，哈莱克叹了口气，坐了上去，他感到十分疲惫。透过走私徒身旁的一个黑色镜面，他可以看到自己的镜影，于是他愁容满面地盯着镜中那张长满疙瘩的脸，疲惫的脸上全是皱纹。下巴上的那条伤疤也随之扭动了一下。

哈莱克的目光离开镜中的自己，望向图克。现在，他终于在走私徒身上看到一丝家族特征——这人有着和他父亲一样的倒挂浓眉，以及岩石平原般的脸颊和鼻子。

“你的人告诉我，你父亲死了，是被哈克南人杀死的。”哈莱克说。

“是哈克南人，或者是你们中的一个叛徒。”图克说。

哈莱克怒气上涌，疲意顿时扫去三分，他直起身，说道：“你能说出叛徒的名字吗？”

“我们还不能确定。”

“杜菲·哈瓦特怀疑是杰西卡夫人。”

“啊……那个贝尼·杰瑟里特巫婆……有可能。但现在哈瓦特已经成了哈克南人的俘虏。”

“我听说了，”哈莱克深深吸了口气，“看来在我们面前还有更多的杀戮。”

“我们不会去做什么引人注目的事。”图克说。

哈莱克绷紧身子。“但是……”

“我们救了你和你的那些手下，欢迎你们到此避难，”图克说，“你说到报恩，很好。把你欠的债还清，我们敞开怀抱欢迎好人的加入。但是，如果你有任何举动，意图反抗哈克南人，那我们将立马除掉你。”

“可他们杀死了你的父亲，伙计！”

“也许吧。若果真如此，那我来告诉你，我父亲是如何回复那些轻率行事的人的：‘石头是重的，沙是沉的，但一个傻瓜的愤怒比两者更沉。’”

“那么，你的意思是不做任何行动？”哈莱克讥笑道。

“我可没这么说，我只是说我将维护与公会的协议。公会要求我们谨慎行事，摧毁一个仇敌可以用其他方法。”

“啊……”

“啊，千真万确，如果你有办法找到那个巫婆，就去找吧。但我要警告你，你的行动很可能已经晚了……而且，我们怀疑她并非你要找的人。”

“哈瓦特很少犯错误。”

“他让自己落入了哈克南人之手。”

“你认为他是叛徒？”

图克耸了耸肩。“这是纸上谈兵。我们认为那巫婆已经死了，至少哈克南人是这么认为的。”

“你似乎知道哈克南人的很多事情。”

“提示和建议……谣言和直觉。”

“我们有七十四个人，”哈莱克说，“如果你真的希望我们加入你们，你必定相信我们的公爵已经死了。”

“有人见过他的尸体。”

“还有那个男孩……少主人保罗？”哈莱克想要咽一口口水，喉咙却被什么东西哽住了。

“根据我们得到的最新消息，他和他母亲在一场沙漠风暴中失踪了，连尸骨都没找到。”

“那么，那个巫婆也死了……全都死了。”

图克点点头。“据说，野兽拉班将重新在沙丘登上权力的宝座。”

“兰吉维尔的拉班伯爵？”

“是的。”

哈莱克内心涌起一股喷涌的怒火，他不得不花了一些时间克制住，继而喘着粗气说道：“我和拉班有血海深仇，他欠下我一家人的血债……”他摸着下巴上的那条伤疤，“……还有这个……”

“时机未成熟时，不要冒险去解决宿仇。”图克说。他皱着眉头，注视着哈莱克脸上抽动的肌肉、突然睁大的双眼。

“我知道……我知道……”哈莱克深深吸了口气。

“通过与我们合作，你和你的手下可以找到离开厄拉科斯的机会，有许多地方……”

“我解除我的人与我的任何契约，他们可以自行选择。既然拉班来到了这里，那我选择留下。”

“看你的情绪，我觉得我们不会让你留下。”

哈莱克瞪着走私徒。“你怀疑我的话？”

“不……”

“你把我从哈克南人手里救出，我忠实于雷托公爵就再没有理由。我将留在厄拉科斯——和你……或者和弗雷曼人一起。”

“无论一个想法亲口讲出还是埋在心底，它都是真实的，都具有力量。”图克说，“你或许会在弗雷曼人之中发现，生死之间的距离是非常短的。”

哈莱克闭上眼睛，感觉内心涌出的疲意。“领我们穿过沙漠和地坑的那位大人在哪儿？”他喃喃地问。

“慢慢来，总有一天你复仇的日子会到来的，”图克说，“欲速则不达。平息你的伤痛——我们有治疗它的妙药，有三样东西可医治心病——水、绿草和美女。”

哈莱克睁开眼睛。“我宁愿要拉班·哈克南的血在我脚下流淌。”他盯着图克，“你认为这一日会到来？”

“对于你如何迎接明日，我无能为力，哥尼·哈莱克。我只能帮你迎接今日。”

“那我接受你的帮助。待到你告诉我为令尊和所有人复仇的那一天到来……”

“听我说，战士。”图克说。他身体前倾，伏在办公桌上，肩膀与耳朵齐平，目光专注，那张脸突然间变得像一块丰华的石块。“家父的水，我会亲自买回来，用我自己的刀。”

哈莱克看着图克。在那个瞬间，走私徒让他想起了雷托公爵：一位领袖人物，英勇无畏，牢牢掌控着他的地位和行事方针。他很像公爵……来厄拉科斯之前的公爵。

“你愿意我与你并肩作战吗？”哈莱克问。

图克坐了回去，放松下来，默默打量着哈莱克。

“你把我当作一名战士吗？”哈莱克继续追问。

“你是公爵手下唯一一个逃脱的军官，”图克说，“你的敌人十分强大，然而你却与他周旋……你打败了他，就像我们打败厄拉科斯一样。”

“嗯？”

“我们强忍着生活在这里，哥尼·哈莱克，”图克说，“厄拉科斯是我们的敌人。”

“一次一个敌人，是吗？”

“正是。”

“那是弗雷曼人看待事物的方式？”

“也许。”

“你刚才说，我也许会认为和弗雷曼人一起生活非常艰苦，他们住在露天的沙漠里，那就是原因吗？”

“谁知道他们住在哪里？对我们来说，中部高地就是无人之地。但我更希望谈……”

“我听说，公会很少让香料运输机的航线飞经沙漠上空，”哈莱克说，“但有谣言说，如果你往下好好看看，你能在各处看到零星的绿色树林。”

“谣言！”图克嗤之以鼻，“现在你要在我和弗雷曼人之间做出选择吗？我们有安全措施，有从岩石中挖出来的地下城，有我们自己隐秘的盆地。我们过着文明人的生活，而弗雷曼人则是几个破烂的部落，被我们用作香料的采集者。”

“但他们杀哈克南人。”

“那么你想知道结果吗？甚至现在，他们仍像动物一样的被追杀——用激光枪，因为他们没有屏蔽场。他们快要被赶尽杀绝了。为什么？因为他们杀哈克南人。”

“他们杀的是哈克南人？”哈莱克问。

“你是什么意思？”

“难道你没有听说，哈克南人中还有萨多卡人？”

“谣言满天飞。”

“但是，一次大屠杀——那不像是哈克南人所为。屠杀是一种浪费。”

“眼见为实，耳听为虚，”图克说，“作出你的选择，战士。是我，还是弗雷曼人，我将承诺给你提供避难之地，并给你机会，让你手刃我们共同的仇敌。请相信这一点，弗雷曼人给你的将只是被追杀的生活。”

哈莱克迟疑了，他能从图克的话中感觉到智慧和同情，但不知什么原因，他就是感觉忧心忡忡。

“相信你自己的能力，”图克说，“谁的决定可以让你的军队在战斗中转危为安？是你的。作出抉择吧。”

“你确定，”哈莱克说，“公爵和他的儿子都死了？”

“哈克南人这么认为。关于这件事，我倾向于相信哈克南人。”图克嘴边露出一丝冷酷的笑容，“这是我唯一一次相信他们。”

“那么确定了。”哈莱克又说了一遍。他伸出右手，以传统的姿势，掌心向上，拇指叠在上面，“愿为阁下效劳。”

“我接受你的效忠。”

“你希望我去说服我的手下吗？”

“你让他们自己作出决定？”

“他们跟我走了这么远，但他们大多数人是在卡拉丹出生的，厄拉科斯不是他们想象的那样。在这里，他们失去了一切，仅仅保住了性命。我现在宁愿让他们自己作决定。”

“现在容不得你犹豫，”图克说，“他们跟你走了这么远。”

“你需要他们，是不是？”

“我们需要有经验的战士……在这非常时刻，就更需要了。”

“你已接受了我的效忠，你希望我去说服他们吗？”

“我以为他们会追随于你，哥尼·哈莱克。”

“你希望如此。”

“这是你的希望。”

“确实。”

“那么，在这一点上，我可以自己决定？”

“你自己决定。”

哈莱克从凹背折椅上撑起身，他觉得筋疲力尽，就算这一个小小的动作，都要花掉他所剩无几的残存力量。“那么，现在，我去安排一下他们的住处，保证他们一切安好。”他说。

“咨询我的军需官，”图克说，“他的名字叫德里斯。告诉他，我希望你受到殷勤的款待。等我处理完香料出货的事，我马上会来看你们。”

“祝你财源滚滚！”哈莱克说。

“财源滚滚！”图克说，“动荡时期是我们做生意不可多得的好机会。”

哈莱克点点头，他听到一丝轻微的杂音，感觉到一股气流，原来他身旁的一个气闸门开了。他转过身，弯腰从那个闸门钻了出去，来到办公室外。

他发现自己置身在一个会堂中，早先的时候，图克的副官把他和他的人领到了这里。这是一个绵长且相当狭窄的地方，从岩石中开凿而成。其表面非常光滑，说明在开凿时曾用过切割机。天花板向远处延伸，高得足以保持对岩石切面以天然的支撑，同时保持内部的空气流通。墙边排着一排排武器架和锁柜。

哈莱克注意到他的手下中，能站的人仍旧站着，没有疲倦和战败的感觉，他不禁感到骄傲。走私徒的医生在他们中间走动，医治伤员。担架被集中堆放在右边的一个地方，每一个伤员都有一个厄崔迪同伴照看着。

这是厄崔迪人所受的训练——“我们关心自己人！”——它就像原生岩的核心一样使他们团结一致。

他的一位军官从箱子里取出哈莱克的九弦巴厘琴，向前迈了一步。那人向他敬了个礼，说道：“大人，这里的医生说马泰没有希望了。他们这儿没有骨头和器官储备，只有前哨阵地备的药物。马泰撑不了多久了，他对你有个请求。”

“什么请求？”

那军官把琴往前一送。“马泰想听首歌，他想安心地离开，大人。他说你知道是哪首歌……他经常求你唱那首歌。”那军官咽了口口水，“就是那首叫《我的女人》的歌，大人。如果……”

“我知道了。”哈莱克接过琴，从指板的挂钩上拿下琴拨。他拨出一段柔和的旋律，发觉琴已经调好了音。他的眼中闪出熊熊火焰，但他还是驱走愤怒，慢步向前，弹起那首歌，脸上强挤出笑容。

他的几个士兵和走私徒的医生正弯腰伏在担架上，当哈莱克走近时，其中一人开始轻声唱起来，他唱得很熟，仿佛信手拈来似的：

我的女人站在窗边，

玻璃映照出玲珑曲线，
伸手……弯腰……抱在胸前，
在落日的映照下，通红金黄。
到我身边来……
到我身边来，伸出爱人那温暖的手臂，
为了我……
为了我，伸出爱人那温暖的手臂。

歌手停止了歌唱，伸出扎着绷带的手，合上了担架上那人的眼睛。

哈莱克拨出最后一段轻柔的旋律，心想：现在我们只剩七十三个人了。

皇室的家庭生活难以为人理解，但是我将尽力给你们简述一下。我认为我父亲只有一个真正的朋友，那就是哈什米尔·芬伦伯爵，一个天生的阉人，帝国最致命的战士之一。伯爵是个丑陋的矮子，尽管衣冠楚楚。有一天，他给我父亲带来一个新的婢妾，于是我母亲派我去监视他们。我们大家都对父亲暗中监视，这是一种自我保护。当然，在贝尼·杰瑟里特协议的约束下，我父亲的婢妾是不可以生下皇室继承人的，但阴谋处处都在，令人压抑。我和母亲、姐妹们都精于避免被各种精妙的暗杀工具刺杀。这也许看起来相当可怕，但我绝不相信我的父亲对这些事毫不知情。皇室家庭可不像普通的家庭。于是又来了一个婢妾，长着和我父亲一样的红发，身材婀娜，温文尔雅。她有舞蹈家的肌肉，所受的训练显然包括精神诱惑。她赤身裸体地站在父亲面前，摆出各种姿势，父亲紧紧盯着她，最后他说："太美了，我们将作为礼物把她收下。"你们不知道，这一约束在皇室中引起了多大的惊恐。毕竟，对我们来说，敏感和自控是最致命的威胁。

——摘自伊勒琅公主的《家父家事》

傍晚时分，保罗站在蒸馏帐篷外，他们宿营所处的裂缝笼罩在浓阴之中。他放眼眺望，越过空旷的沙漠，凝视着远处的悬崖。不知是否该唤醒他母亲，她还在帐篷中沉睡。

在他们的庇护所之外，层层叠叠的沙丘向远处延伸。远离夕阳的沙丘显得黑沉沉的，仿佛是黑夜的一部分。

一片平坦。

他的大脑想在这片景色中搜寻某个突立的东西，但是从那令人发昏的热气中和地平线之间，找不出任何高耸的东西——没有鲜花，也没有轻轻摆动的东西，表明微风吹过……在那银蓝色的天空之下，只有沙丘和远处的悬崖。

*如果那边没有遗弃的试验站，那该怎么办呢？*他暗自发问，*如果没有弗雷曼人，我们看到的那些植物只不过是场意外，那又该怎么办呢？*

帐篷内，杰西卡终于醒了过来，她翻过身，仰躺着，斜眼从帐篷透明的那头望出去，偷偷看着保罗。他背对着她站着，站姿让她想起了他父亲。她感到内心涌出满满的悲伤，赶忙把头别了过去。

不一会儿，她整理好蒸馏服，用帐篷贮水袋中的水补充了能量，接着钻出帐篷，站到外面，伸展双臂，舒展筋骨。

保罗没有转身，说道："我很喜欢这里的宁静。"

*大脑能自我调节，以适应环境，*她想。她记起了贝尼·杰瑟里特的一句格言："*大脑在紧张状态下可以朝任意方向运动——正或负：关闭或开启。把它看成光谱，某个极端完全意识不到负端的存在，而对正端则是过度敏感。在紧张的压力下，大脑学习的方法在很大程度上受到训练的影响。*"

"这里可以有美好的生活。"保罗说。

杰西卡试图用保罗的眼光看透整个沙漠，想要一举囊获被这个星球视为常态的所有严酷的地方，她对保罗看见的可能的未来感到惊奇。*一个人可以单独站在那里，*她想，*不怕有人在你身后，也不怕猎杀者。*

她走到保罗身边，举起双筒望远镜，调好焦距，观察对面的悬崖。是的，旱谷中长着巨人柱，还有其他多刺的植物……一片低矮的草，在阴影中呈黄绿色。

"我去收帐篷。"保罗说。

杰西卡点点头，她走到裂缝出口处，从那里她可以将沙漠尽收眼底。她将望远镜扫向左边，看见一块闪着白光的盐田，边缘有一片肮脏发黑的物体——一片白地，而白是死亡的象征。但是盐田说明了另一个问题——水。曾几何时，有水流过那发白的地方。她放下望远镜，整了整斗篷，听了听保罗的动静。

太阳越来越低，阴影爬上了那块盐田，各种色彩洒在夕阳的地平线处，流入黑暗之中，试探着沙漠。煤黑色的阴影铺天盖地，浓浓的夜色笼罩了沙漠。

星星！

她抬头望着它们，同时感到保罗在动，他来到了她身旁。沙漠的夜色越聚越浓，有一种向上聚焦的感觉，显示他们正往星辰那里升去。白日的重担慢慢退去，一阵轻风拂过她的脸庞。

“第一颗月亮马上就会升起，”保罗说，“背包收拾好了，沙槌也安好了。”

我们可能会永远迷失在这鬼地方，她想，*且无人知晓*。

夜风携着沙流，擦过她的脸庞，还带来了一股肉桂的气味：黑暗中的一阵香气。

“闻一闻。”保罗说。

“透过过滤器我都能闻到，”她说，“很浓。但它能买到水吗？”她指着盆地对面，“那里没有光。”

“弗雷曼人就藏在那些岩石后的地下城中。”他说。

一圈银环从右方的地平线升起：那是第一颗月亮。它升入视线内，月面是手形平面。杰西卡打量着月色下的银白色沙漠。

“我把沙槌安在裂缝的最深处了，”保罗说，“点上上面的蜡烛后，我们还有三十分钟的时间。”

“三十分钟？”

“三十分钟后它将召唤……沙虫。”

“哦，那咱们快走吧。”

他从她身边离开，她听见他走回裂缝的声音。

黑夜就是一个隧洞，她想，*一个通向明天的洞……如果我们有明天的话*。她摇摇头，*我为何如此沮丧？我受过比那更好的训练！*

保罗回来了，拿着背包，领路来到下面的第一座沙丘旁。他在那里停下脚步，侧耳倾听，等着他母亲跟上来。她的脚步很轻，冷冷的沙粒轻轻飘下——这是沙漠自己的密码，说明一切如常。

“我们不能发出有节奏的声音，”保罗说，想起人在沙地上走路的情形……既有预知的记忆，又有真实的记忆。

“看着我怎么走，”他说，“这是弗雷曼人在沙漠上的行走方式。”

他走到沙丘的迎风面上，沿着它的曲线，磨磨蹭蹭地移动着。

杰西卡仔细看着他走了十步，便跟了上去，学着他的样子走起来。她明白了它的意义：他们得发出沙子自然移动的声音……像风吹过一样。但是肌肉却对这种不自然的破碎模式表示抗议：走一步……拖一下……拖一下……走一步……走一步……停一下……拖一下……走一步……

时间慢慢过去，前面的岩石似乎压根就没靠近一分，后面的悬崖仍然高耸着。

“咚！咚！咚！咚！”

从悬崖后传来鼓声。

“沙槌。”保罗小声说。

敲击声持续着，他们发现，他们大步往前走时，很难避开它的节奏。

“咚……咚……咚……咚……”

月光下，和着空洞的敲击声，他们走在大盆地中，在流动的沙丘上爬上爬下：走一步……拖一下……停一下……走一下……穿过豆沙地时，一颗颗豆大的沙在他们脚下滚动：拖一步……停一下……走一步……

与此同时，他们的耳朵一直在搜寻那特别的嘶嘶声。

那声音传来时，开始时是如此轻微，以至于被他们拖曳脚步的声音所盖过。但它慢慢变响……越来越响……从西方传来。

“咚……咚……咚……咚……”沙槌继续响。

夜幕之下，那嘶嘶声越来越近，在他们身后传开。他们边走边回头，看到飞快前行的沙虫拱起的土堆。

“继续往前，”保罗小声说，“别回头。”

从他们刚刚离去的岩石阴影中爆发出一阵愤怒的碾压声，像是一连串山崩地裂的声音。

“继续往前。”保罗重复道。

他看到他们已经来到两块山壁的中间位置处——前面那块和后面那块。但这里并没有标记点。

在他们身后，夜幕下全是疯狂撕咬岩石的噼里啪啦的声音。

他们继续往前移动……肌肉的疼痛似乎了无止境。但保罗看到，前面那令人心动的悬崖变得越来越高了。

杰西卡向前移动着，但压根儿就集中不了精神。她明白，让她维持前进的动力，仅仅来自自身意志的重压。她喉咙干得发疼，但身后那可怕的声音驱走了停下来喝一口蒸馏服贮水袋中的水的欲望。

“咚……咚……”

疯狂的声音又从遥远的悬崖爆发出来，淹没了沙槌的声音。

接着是一阵沉寂！

“快。”保罗小声说道。

她点点头，虽然知道他看不到她的动作，但她需要这动作来告诉自己，有必要要求已达到极限的肌肉做出更多非自然的动作……

出现在他们面前的岩壁攀入了星空，山脚下有一片平坦的沙地。保罗踏上沙地，因疲惫而绊了一跤，他不由自主地伸出一只脚，平衡着自己的身子。

共振的隆隆声震动着四周的沙地。

保罗向旁边踉跄了两步。

“轰！轰！”

“鼓沙。”杰西卡低声说。

保罗恢复了平衡，迅速扫了眼四周的沙地，岩壁离他们大概还有两百米远。

同时他听到了身后的咝咝声，像风声，像激流声，而这里根本没有水。

“快跑！”杰西卡尖叫道，“保罗，快跑！”

他们跑了起来。

鼓声在他们脚下轰鸣，接着他们跑出了沙地，来到了砾石地上。他们的肌肉原本由于那不熟悉、毫无节奏的动作而变得异常疼痛，这阵奔跑一度让它们有所放松，这才是可以理解的动作，才是有节奏的动作。但沙子和砾石拖曳着他们的双腿，而沙虫的咝咝声慢慢逼近，就像是风暴在他们四周席卷。

杰西卡绊了一下，跪倒在地。她现在满脑子全是疲劳、狂怒的声音和恐惧。

保罗拉起她。

他们手拉手，继续向前跑。

一根细杆子从他们前面的沙地里伸出，他们从它旁边跑过，又看到了一根。

在他们跑过杆子前，杰西卡都没有留意到它们。

又一根杆子——表面风蚀，从一条岩石裂缝中伸出。

又是一根。

岩石！

她感受到了脚下的岩石，毫无抵抗的岩石的震动。坚实的地表让她重新获得了力量。

一条纵深裂缝的笔直阴影向上延伸到他们面前的悬崖。他们疾步冲去，挤进狭缝之中。

身后，沙虫的声音停止了。

杰西卡和保罗转过身，朝外面的沙漠窥视。

五十米开外的岩滩脚下，与之接壤的沙丘那里，一条银灰色的弧线破沙而出，将瀑布般的沙子和尘土撒得到处都是。它升得愈发高，变成一只四处搜寻的大嘴。那是一个又黑又圆的大洞，利牙在月光下闪闪发亮。

大嘴朝保罗和杰西卡栖身的狭缝蛇行而来，鼻孔中喷出肉桂的气味，水晶般的牙齿反射着月光。

大嘴前后游移。

保罗屏住呼吸。

杰西卡蹲着，凝视着它。

她回想自己所受的贝尼·杰瑟里特训练，强烈克制住内心原始的恐惧，压制住记忆中有关种族的恐惧。

保罗却感到莫大的欣喜。就在刚才，他已经跨越了时间屏障，进入了不为人知的领域。他能感受到前面的黑暗，但没有什么东西显露在他的心眼前。就好像他迈出一步，结果掉入了一个深井……或是掉入了一个波谷，完全看不见未来的样子。地形完全变样了。

但时间黑洞并没有让他害怕，相反，这让他的其他感官加速运转起来。他发现自己已经记下了那个从沙中跃起的怪物的所有面貌，它正在寻找他，那张嘴直径约有八十米……边缘长着透明的牙齿，就像弯曲的晶牙匕一般闪闪发亮……它怒吼着喷出香料的气息，微微有股乙醛酸的气味……

沙虫轻轻擦过他们头顶的岩石，遮住了月光，一阵沙石雨泻进他们狭窄的藏身地。

保罗把他母亲朝后挤去。

肉桂！

那股气味扑面而来。

*沙虫与香料有什么关系呢？*他暗自发问。他记得列特·凯恩斯曾透露过沙虫和香料之间有着某种联系。

“轰隆隆！”

从右方极远处传来一声干雷的声音。

又是一声“轰隆隆！”。

沙虫退回到沙地上，在那卧了片刻，透明的牙齿交织在月光下。

“咚！咚！咚！咚！”

是另一个沙槌！保罗想。

它在他们右边再一次响起来。

沙虫浑身颤抖了一下，它钻进了沙子中，只露出半埋的上曲线，就像半个喇叭口，耸立在沙丘上的弯曲隧道。

沙子沙沙作响。

那怪物继续往下沉，慢慢掉头后退。它变成了一个鼓起的小沙包，穿过沙丘中的一个鞍状物，沿着曲线爬走了。保罗走出裂缝，看着沙浪穿过荒地，向新的沙槌的方向前进。

杰西卡跟着走出裂缝，侧耳倾听：“咚……咚……咚……咚……”

过了一会儿，声音停止了。

保罗摸到蒸馏服上的管子，吸了口回收水。

杰西卡注视着他的动作，由于疲劳和余悸，她的脑子一片空白。“它真的走了？”她小声问道。

“有人在召唤它。”保罗说，“弗雷曼人。”

她感到自己的力气恢复了。“它真大啊！”

“没有吃掉我们扑翼飞机的那个大。”

“你确定那是弗雷曼人？”

“他们用了沙槌。”

“他们为什么要帮我们？”

“也许他们并不在帮我们，也许他们正好是为了召唤一条沙虫。”

“为什么？”

一个答案悬在他意识的边缘，但拒绝走近。他脑中想到这和他们背包里的伸缩刺钩有关——“造物主的钩子”。

“他们为什么要召唤沙虫？”杰西卡问。

一丝恐惧触动了他的心，他强令自己不扭头看他的母亲，而是抬头望向悬崖。“我们最好在天亮前找到上山的路，”他指了指那里，“我们一路上经过的那些杆子——在这里还有很多。”

她顺着他指的方向看去，看到了那些杆子——风标杆，它们标记出黑影中一条狭窄的山岩小道，它弯弯曲曲通向上方高处的一条裂缝。

“它们标出了一条上崖的路。”保罗说。他把背包背在肩上，走到山岩小道的底部，开始往上爬。

杰西卡等了一会儿，休息了片刻，等体力恢复后，便跟了上去。

他们沿着杆子的指引往上爬，小道慢慢变窄，最后来到了一个黑幽幽的裂口前，道路也变成了一条窄缝。

保罗歪着头，朝阴影中窥探。在这细长的小道上，他能感到双腿所处的危险境地，但还是强使自己放宽心。他只看到裂缝里一片黑暗，它向高处伸去，与顶上的星空连成一片。他侧耳倾听，只听见一些预料到的声音——沙子泻下的声音，昆虫的唧唧声，一只小动物跑动的嗒嗒声。他用一只脚在黑漆漆的裂缝中试探了一下，踩到了覆满沙砾的岩石。他沿着拐角慢慢地寸步而行，并示意母亲跟上。他抓住她的长袍的边缘，帮她转过拐角。

他们举目望去，看着两块岩石顶端之间的星光。保罗看到母亲在他身边，就像一团灰色的云在移动。“我们要是能冒险点个火就好了！”他小声说。

“除了眼睛，我们还有其他感觉。”她说。

保罗挪脚往前滑了一步，重心前移，用另一只脚试探着，碰到了一个障碍物。他提起脚，发现那是一个台阶，便站了上去。他伸手向后，摸到他母亲的手臂，拉了拉她的长袍，要她跟上。

又是一个台阶。

“我想，这条路一直通到崖顶。”他小声说道。

低矮而平整的台阶，杰西卡想，*毫无疑问，是人工凿成的*。

她跟着保罗的黑影前进，试探着脚下的台阶。岩壁间的空隙越来越窄，到最后她的肩膀几乎碰到了它们。台阶在一个极细的隘道里到头，道路约有二十米长，路面很平，通向月光下的一个低洼盆地。

保罗走出隘道，来到盆地中，他小声说道：“多美的地方啊！”

杰西卡站在他身后一步开外，她盯着眼前的一切，只能沉默地表示赞同。

尽管感到疲乏，加之人体功能管、鼻塞的刺激和蒸馏服的约束，尽管她还是感到恐惧，极其渴望休息，但这盆地的美景已经充斥了她的感官，迫使她驻足欣赏。

“真像一个仙境。”保罗低声道。

杰西卡点点头。

展现在她面前的是遍野的沙漠植物——灌木、仙人掌、小丛叶——它们在月光下轻摇轻摆。她左边的环形岩壁一片漆黑，右边的则被洒上了皎洁的月色。

“这一定是弗雷曼人的地盘。”保罗说。

“这里应该有人，才能让这么多植物活下去。”她同意保罗的看法。她打开蒸馏服贮水袋的管子，吸了一口水。温暖、微微有点辛辣的水顺着喉咙滑下去。它使她重新恢复了气力。把盖子重新盖上时，她感觉到盖子磕到了好多沙子。

保罗注意到一些动静——就在盆地的右下角。他往下眺望，透过烟树和烟草，看到一片洒满月光的平坦的楔形沙面，那里有一些蹦蹦跳跳的小动物。

“老鼠！”他低声说。

*跳啊跳！*它们跳进阴影中，又跳出来。

不知什么东西悄无声息地在他们眼前坠落，掉入老鼠群中。传来一声细声尖叫，翅膀的扑打声，一只幽灵般的灰鸟飞起来，爪子抓着一个小小的黑东西，飞过盆地，飞走了。

*这件事要记下，*杰西卡想。

保罗继续眺望盆地，他深吸了一口气，嗅着夜幕下升腾而起的鼠尾草微微的刺鼻气味。食肉鸟——这是这片沙漠的行事方式。它给盆地带来了一种沉静，无声无息，以至于蓝色的月光照过哨兵似的鼠尾草和尖尖的油漆木时，似乎能听到一种声音。月光在低声吟唱，比他那个世界的任何音乐更和谐。

“我们最好找个地方，把帐篷支起来，”他说，“明天我们可以想办法找找弗雷曼人，他们……”

“多数来这里的入侵者都后悔找到弗雷曼人！”

一个沉重有力的声音打断了他的话，打破了宁静。声音来自他们的右上方。

“别跑，入侵者，”当保罗准备退回隘道时，那声音说道，“如果你们跑，只会浪费身体的水。”

*他们想要我们身体的水！*杰西卡想。她全身的肌肉战胜了疲劳，进入了顶级的戒备状态，但并没有表露出来。她准确地定位出声音发自何方，心想：*真会躲藏！我竟然没有听见他的声音。*她意识到，发出声音的人只允许自己发出细小的声音，沙漠中自然的声音。

从他们左边盆地的边缘又传来一个声音。“快些，斯第尔。取了他们的水，我们好继续上路。离天亮没多少时间了。”

对于紧急事件的反应，保罗没有他母亲快，他全身僵硬，想要撒腿逃跑，为此他感到懊恼。因一时的恐慌，他顿时失去了自己的能力。这时，他只好听从她的教诲：放松，而不只是虚假的松弛，使肌肉处于受控的突发状态，随时可以向任何方向施力。

但是，他还是能感受到内心的恐惧，也知道它的来源。这是蒙蔽的时刻，他从没见过这样的未来……他们被疯狂的弗雷曼人围堵，他们唯一的兴趣就是这两具没有屏蔽场的肉体里的水。

我们现在所称的“宇宙栋梁”，其来源乃是经弗雷曼人改造的宗教，他们的齐扎拉·塔菲德带着启示、证言和预言来到我们之中。他们给我们带来了厄拉奇恩神秘的融合，它的玄妙之处被激动人心的音乐表现出来，歌曲以古老的形式传唱，但也贴上了新的觉醒的标签。谁没有听过《老人的圣歌》？谁又没有被它深深打动过?

我驱动双脚穿越沙漠，
海市蜃楼像主人一样跃动。
渴望荣耀，渴求危险，
我漫步在阿尔-库拉布的地平线，
看着时光将高山夷为平地，
它寻找我，渴求我。
我看见麻雀迅速扑近，
勇猛胜过冲锋的豺狼，
它们散布在我的幼枝上。
我听见群鸟飞来，
利嘴和爪子抓住了我的枝丫！

——摘自伊勒琅公主的《厄拉科斯的觉醒》

那人爬过沙丘顶，午后的烈日下，他就像一粒尘埃。他只穿一件破破烂烂的朱巴斗篷，碎布下露出裸露的皮肤，暴露在炽热的阳光下。斗篷的兜帽已被扯掉，但男子用一条撕烂的布制成了包头巾，上面露出几缕金色的头发，与他稀疏的胡须和浓浓的眉毛相配。一双蓝中带蓝的眼睛，脸上是残留的深色污渍。胡须处有一条乱糟糟的压痕，说明蒸馏服的管子曾在那里经过，一路从鼻子通向贮水袋。

他停在离沙丘峰顶的半途位置，手臂按在沙面上。他的后背、手臂和腿上凝结着血块，伤口上粘满了一片片黄沙。他慢慢提起手，撑着站起身，摇摇晃晃站着。从这几乎随意的动作中显出一丝严谨的作风。

"我是列特·凯恩斯。"他对着空旷的地平线说道，声音粗哑，"我是皇帝陛下的星球生态学家，"他低声道，"厄拉科斯的星球生态学家，我是这片土地的管家。"

他蹒跚而行，绊倒在迎风面粗硬的沙面上，双手虚弱地按进沙里。

我是这片土地的管家，他想。

他意识到自己有点发狂，竟然想在沙里挖个洞，找一个相对凉爽的地下层，把自己埋起来。但他还是能闻到沙地下某个香料生长地发出的苦甜的类酯臭味。他比任何弗雷曼人更清楚其中隐含的危险。如果他能闻到香料菌的气味，那就意味着沙子下的气体已经达到接近爆炸的压力，他必须马上离开这里。

他在沙丘表面一阵虚弱地乱爬。

他脑中突然闪过一个念头——清楚而明晰：*一个星球的真正财富蕴含在它的土地中，土地是文明的基本源泉。我们的介入方式是什么？农业。*

他又想到，真是奇怪，人类思想长期固定于一条轨道，便再也脱离不了它。哈克南的士兵把他丢在这里，没有水，也没有蒸馏服，他们觉得，如果沙漠没有吃掉他，那沙虫也会吃掉他。用星球的非人为的力量，让他在这里慢慢死去，他们认为这很有趣。

哈克南人发现要杀死弗雷曼人是相当困难的，他想，*我们没那么容易死，但现在我该死了……我马上要死了……但我是一个生态学家。*

"生态学的最大功能是理解因果关系。"

这声音使他震惊，因为他认出了这声音，且知道声音的主人已经死了。是他父亲的声音。他父亲也是这个星球的生态学家，他的前任。他父亲已经死了好久，是在普拉斯特盆地的洞穴中被杀的。

"你让自己陷入了困境，儿子，"他的父亲说，"你早该知道帮助公爵儿子的后果。"

我疯了，凯恩斯想。

声音似乎来自右方。凯恩斯抹了抹脸上的沙，扭头朝那方向看去，但只见一个蜿蜒的沙丘，在烈日的照射下，微微扭动着。

“一个系统中的生命越多，适合生命生存的区域也越多。”他父亲说，现在那声音来自他的左后方。

*他为什么一直动个不停？*凯恩斯问自己，*难道他不想见我吗？*

“生命会提高维持生命环境的容量，”他父亲说，“生命创造更容易得到的营养物，它通过从有机体到有机体的大量化学互动，把更多的能量注入系统。”

*他为什么要反复唠叨同一个话题？*凯恩斯暗自发问，*这些东西我十岁就知道了。*

沙鹰，与大多数野生动物一样是食腐动物，开始在他头顶盘旋。凯恩斯看见一团阴影从他的手旁经过，于是强使自己抬头看。那些鸟就像天蓝色天空中的模糊小块——像烟云一般飘在上空。

“我们是多面手，”他父亲说，“关于全球性的问题，你无法画出清晰的界限。星球生态学是一门分割并拼装的科学。”

*他到底想告诉我什么？*凯恩斯犯疑，*是不是有什么我没看到的因果关系？*

他的脸颊又重重落在灼热的沙堆中，他能闻到香料菌气体下燃烧的岩石的气味。在他大脑中的某个逻辑角落，一个想法成形：*我头顶那些是食腐鸟，也许我的弗雷曼人中会有人看见它们，他们必定会前来调查。*

“对星球生态学家来说，最重要的工具是人，”他父亲说，“你必须在人中间传播生态学知识，那就是我创造了这门完全崭新的生态学符号的原因。”

*他在重复我儿时他对我讲过的话，*凯恩斯想。

他开始感到凉爽，但是大脑的某个逻辑角落告诉他：*太阳当头，你没有穿蒸馏服，你感到热；火热的太阳正烤出你身体的水分。*

他的手指虚弱地在沙地上挖着。

他们甚至不给我留一件蒸馏服！

“空气中的水分有助于防止人体内水分的迅速蒸发。”他父亲说。

*他为什么要重复这些明摆着的道理？*凯恩斯纳闷。

他努力思考空气中所含的水分——除却课文插图，有覆盖沙丘的青草……他身下某处的露天水源，某条暗渠的水来自天空。露天的水……灌溉水……他记得，在每一个生长季节，灌溉一公顷土地需要五千立方米的水。

“我们在厄拉科斯的第一个目标，”他父亲说，“是培养草地。我们从这些变异的瘠地草开始。当我们的草地将水分锁定，我们便开始着手培养高地森林，然后是几个露天水域，它们一开始很小。在主风道沿线，我们会安置捕风凝水器，它们按一定的间隔排列，用以重新捕获风中的水气。我们必须创造真正的热风，也就是含有潮气的风，但我们会一直使用捕风器。”

*一直唠叨这些课，*凯恩斯想，*他为什么就不能闭上嘴呢？难道他看不见我要死了吗？*

“此刻，你身下正有一个气泡在形成，如果你不从那里脱身，”他父亲说，“你也会死的。你很清楚，它就在那里。你可以闻到香料菌的气味。你知道，那些小小造物主正将水分灌注其中。”

一想到脚底下有水，他就发起狂来。他开始想象——那些坚韧的半是植物半是动物的小小造物主，将水封闭在多孔的岩石层里。薄薄的膜片正将凉爽、透明、纯净、清澈、温和的水注入……

香料菌！

他吸了口气，闻着那股臭烘烘的甜腻气味。现在四周的臭味比刚才又浓了几分。

凯恩斯撑着跪起身，听见一只鸟尖利地叫了一声，接着是翅膀急速的扑打声。

*这是生长香料菌的沙漠，*他想，*即使在白天的烈日下，四周也一定有弗雷曼人，他们肯定会看到鸟儿，也一定会来调查。*

“穿越大地，对动物来说有其必要性，”他父亲说，“游牧民族遵循同样的必要性。他们的运动路线要满足身体对水、食物和矿物的需要。我们现在需要控制这种运动，使它为我们的目的服务。”

“闭嘴，老家伙。”凯恩斯喃喃道。

“我们在厄拉科斯必须干这件大事，就整个星球而言，前人从未干过这样的事，”他父亲说，“我们必须把人作为建设性的生态力量——加入适应环境的地球化生命：这里一棵植物，那里一头动物，再那里一个人——以便改变水循环，建立新的地形。”

“闭嘴！”

“运动路线给了我们第一个线索，让我们了解沙虫和香料之间的关系。”他父亲说。

一条沙虫，凯恩斯想到，心中涌出一丝希望。*当这个气泡爆裂时，造物主一定会来。但我没有钩子，没有钩子，我怎么能骑上巨大的造物主？*

他顿时泄了气，这使他剩下的那点气力也慢慢衰竭。

水近在咫尺——就在他身子下面一百多米的地方；沙虫一定会来，但在沙漠里没办法困住它，没办法利用它。

凯恩斯一头栽倒在沙地上，窝进原先踩出的那个浅坑中。他感到左脸颊正挨着的滚烫的沙子，但那感觉却非常遥远。

“厄拉奇恩的环境构成了当地生活的进化模式，”他父亲说，“真是奇怪，长期以来很少有人会研究香料，以便搞清楚为什么这个没有大面积植物覆盖的地区，氮、氧、二氧化碳的水平却能接近理想状态。这个星球的能量圈是看得见并能被理解的——虽然这是一个残酷的过程，但的的确确是一个过程。这其中有缺口？那肯定有什么东西占据着那个缺口。科学是由许许多多事物组成的，当它们得到解释之后，就会变得显而易见。小小造物主，在我还没亲眼见到它之前，我就深信它的存在，就在沙漠地底处。”

“别再唠叨这些了，父亲。”凯恩斯低声道。

一只鹰落在他外伸的手旁边，凯恩斯看见它收起翅膀，偏着头，盯着他。他聚集全身力量，冲着它粗声粗气叫了两声，鹰跳开两步，但仍旧盯着他。

“从前，人类与他们的杰作一直是各大星球表面的灾害，”他父亲说，“自然要向灾害索取赔偿，要么除去他们，要么把它们封存起来，用她自己的方式将它们注入系统。”

那只鹰低下头，张开翅膀，复又收起，它将注意力转到凯恩斯外伸的手上。

凯恩斯发现自己再也没有力气对鹰哇哇叫了。

“历史上相互间强取豪夺的系统在厄拉科斯行不通了，”他父亲说，“你不可能永远掠夺你需要的东西，而不顾他人的追求。一个星球的物质特性写进它的经济和政治系统中。我们面前就有这样的记录，我们所要走的路线是显而易见的。”

他这唠叨完全停不下来啊，凯恩斯想，讲啊，讲啊，讲啊——讲个没完没了。

鹰向前跳了一步，与凯恩斯伸出的手更近了。它转了两下头，打量着他裸露在外的血肉。

“厄拉科斯是一个单一作物的星球，”他父亲说，“只有一种作物。这种作物维持着一个统治阶级，跟历史上所有的统治阶级如出一辙。而他们底下是依靠剩余物质为生的、属于半人类半奴隶的阶层。引起我们注意的是这些阶层和剩余物质，这些远比以前半信半疑的观点更有价值。”

“我不想听你讲，父亲，”凯恩斯低声道，“走开！”

他心里想，附近一定有我的弗雷曼人，他们不会看不到我头上的鸟儿。如果看见了，他们定会来查这里是否有水。

“厄拉科斯的大众阶层将了解到，我们的工作是使这块土地得到水的灌溉，”他父亲说，“当然，对于我们怎么办到，他们大多数会感到这其中几分玄妙。而许多人不理解受禁的质量比问题，他们甚至会认为我们会从其他水源丰富的星球运水过来。只要他们相信我们，他们爱怎么想就怎么想。”

等会儿我就爬起来，告诉他我对他的看法，凯恩斯想，他本该帮我，却站在那里给我讲这些东西。

鹰又向前跳了一步，愈发靠近凯恩斯的手。又有两只鹰飞下，停在它身后的沙地上。

“对我们的民众来说，宗教和法律是一回事，”他父亲说，“若有违反，那就是犯罪，要受到宗教的惩罚，这会带来双重利益，更大程度的服从，更大程度的勇敢。瞧，我们不应该太过依赖个人的勇敢，而要倚靠全民的勇敢。”

*在我最需要的时候，我的民众在哪里？*凯恩斯想。他用尽全身力气，把手挪向最近的那只鹰，但也只挪了一指的距离。它向后跳入同伴之中，三只鹰都站起来，做好飞的姿势。

“我们的计划表将达到一种自然现象的境界。”他父亲说，“一个星球的生命形式无比巨大，同时也紧密联系在一起。一开始，动植物的变化由我们掌控的原始物理力量主宰，然而当它们成形之后，我们的变化将会成为左右它们品质的重要因素——我们也会和他们产生紧密的联系。但是，请记住，我们只需要控制能量面的百分之三——仅仅百分之三——就能改变整个体系，使其成为符合我们需要的自给自足的系统。”

*你为什么不帮我？*凯恩斯心想，*总是这样，当我最需要你的时候，你却总是让我失望*。他想转转头，瞪着父亲说话的方向，瞪得这老家伙不敢看他。但肌肉却不听他的使唤。

凯恩斯看见那只鹰在动，它朝他的手走来，每次都小心翼翼地走一步，而它的同伴则冷漠地等着。那只鹰停下了，只要再跳一步它就能够到他的手。

就在这时，凯恩斯豁然开朗。他突然看到了厄拉科斯未来的一种可能，而他父亲从没见过。接着，各种可能沿着那条不同的路径潮水般向他涌来。

“不要让你的人民落进英雄的手里，再没有比这更可怕的灾难了。”他父亲说。

*看透了我的心思！*凯恩斯想，*哎……随他去吧！*

信已经送到了营地，他想，没有什么能阻挡他们。如果公爵之子还活着，他们会遵照我的命令找到他，保护他。他们也许会丢弃那个女人，他的母亲。但他们会救那个男孩。

那只鹰跳前一步，距离之近，已经可以啄他的手了。它歪着头，打量着他仰卧的肉体。突然，它伸直身子，昂起头，尖叫一声，接着跃入半空，斜飞而去，身后跟着它的同伴。

*他们来了！*凯恩斯想，*我的弗雷曼人终于找到我了！*

然后，他听到沙子震动的隆隆声。

每一个弗雷曼人都知道这种声音，能够立即把它与沙虫或其他沙漠生物的声音区别开来。他身下的某个地方，香料菌已经从小小造物主身上积聚了足够的水分和有机物，达到了疯狂生长的临界点。一个巨大的二氧化碳气泡正在沙地下形成，即将向上“炸”开，中心将形成一个灰尘旋涡，到时沙漠深处形成的东西将被翻上沙漠表面，而地表的东西则会被炸下去，两者直接互换位置。

鹰群在上空盘旋，沮丧地尖叫着。它们知道发生了什么事，任何沙漠生物都知道。

*我就是一个沙漠生物，*凯恩斯想，*你看见我了吗，父亲？我是一个沙漠生物。*

他感到气泡正在将他掀起，感到它炸裂了，灰尘漩涡将他吞没，把他拖入冰冷的黑暗中。有那么一小会儿，冰冷和潮湿的感觉令他感到无比的喜悦。接着，当他的星球杀死他的时候，他突然明白父亲和其他科学家都错了。只有意外和错误，才是宇宙最恒定不变的原则。

就连那群鹰也领会到了这一事实。

预言和预知——如果问题得不到回答，那该怎样检验它们的真伪？想一想：所有预言中，有多少是准确地预测未来的“波形”（穆阿迪布用这个词指他看到的未来）？有多少是预言家打造未来，以使它与预言相符？预言这一行为会造成什么影响？预言家看到的是未来，还是一处薄弱环节、一个故障或是一条裂纹，他可以用言语或决定将它攻破，就像一位钻石加工者，利刃一挥，就能凿开最坚固的宝石？

——摘自伊勒琅公主的《私人沉思录：关于穆阿迪布》

“取了他们的水。”夜幕下那人大叫道。保罗压住内心的恐惧，朝母亲看了一眼。他那训练有素的眼睛看到，她已做好了战斗准备，浑身肌肉蓄势待发。

“很遗憾，我们不得不干掉你们。”上方的那个声音说。

这是最开始和我们讲话的那个人，杰西卡想，*至少有两人——一个在我们右边，一个在左边。*

“Cignoro hrobosa sukares hin mange la pchagavas doi me kamavas na beslas lele pal hrobas！”

这是右边那人，他冲着盆地大喊。

对保罗来说，这些话就是胡言乱语。但受过贝尼·杰瑟里特训练的杰西卡听懂了这些话。这是恰科博萨语，古老的猎杀语之一。上方那人的意思是：也许这两个就是我们在找的陌生人。

喊声之后，四周突然沉寂下来。箍轮似的二号月亮——微微带点象牙蓝的颜色——从盆地那一边转到了半空中，明亮耀眼，如眼睛般窥视着他们。

山岩那里传来攀爬的声音——上面和两边都有……月色下无数黑影在移动，许多人影从阴影中涌出。

整整一队人马！保罗突然感到一阵恐慌。

一个穿着杂色斗篷的高大男子走到杰西卡面前。为了讲话方便，他把嘴部遮挡物推到了一边，月光下露出满面胡腮，但是脸和眼睛仍藏在兜帽之下。

“看我们在这儿找到了什么——神仙还是人？”他问。

杰西卡从他的声音中听出一股戏谑的意味，于是心生一线希望。这声音相当威严，正是一开始从黑夜中突然冒出，吓了他们一跳的声音。

“我敢保证，是人。”那人说。

杰西卡感到那人长袍的衣褶中藏着刀，虽然没有亲眼看到。她心生悔意，没有让自己和保罗穿上屏蔽场。

“你会说话吗？”那人问。

杰西卡将她所掌握的皇族的傲慢全部融入她的举止和语气中。她必须马上回答，但这个人讲的话还不够多，不足以让她弄清他的文化和弱点。

“是谁在黑夜里像匪徒般跟着我们？”她问道。

戴着兜帽的脑袋突然抽动了一番，显示出对方的紧张，接着他慢慢放松下来。这很说明问题：此人具有极强的自控力。

保罗从他母亲身边移步走开，既分散敌人的目标，也给他俩一个更开阔的施展拳脚的空间。

保罗的动作引起了男子的注意，他扭头看着他，兜帽开了一条缝，月光照进狭长的缝隙中。杰西卡看到了一个尖尖的鼻子、一只闪闪发亮的眼睛——黑漆漆的，没有一丝眼白，还有上翘的深褐色胡须。

“一个毛头小子，”那人说，“如果你们是从哈克南人那里逃出来的逃犯，也许会受到欢迎。怎么说，孩子？”

保罗脑中闪过各种可能性：阴谋？实情？不管怎样，他需要立即作出决定。

“你们为什么欢迎逃犯？”保罗问道。

“一个像大人一样思考和讲话的孩子，”高个男子说道，“好吧，现在我来回答你的问题，年轻的瓦利。我这个人不向哈克南缴纳法伊，也就是水贡。这就是我欢迎逃犯的原因。”

他知道我们是谁，保罗想，*从他的声音中能听出一丝隐瞒*。

“我叫斯第尔格，弗雷曼人，”高个男子说，“这名字能让你快点回答吗，孩子？”

就是这个声音，保罗想。保罗记得上次会议期间与此人有过一面之缘，当时他来索要被哈克南人杀死的一位朋友的尸体。

“我认识你，斯第尔格，”保罗说，“你那次为了你的朋友的水前来，我正好出席了我父亲的会议。你带走了我父亲的一名手下，邓肯·艾达荷——彼此交换朋友。”

“而艾达荷抛弃了我们，回到他的公爵那里去了。”斯第尔格说。

杰西卡听出他口气中的愤恨，于是全身戒备，随时准备攻击。

上方山岩上的声音叫道：“斯第尔，我们在浪费时间。”

“这是公爵之子，”斯第尔格吼道，“他肯定是列特要我们找的那个人。”

“但是……是个孩子，斯第尔。”

“公爵是一个男子汉，而这个小伙子知道怎么使用沙槌，”斯第尔格说，“他穿过了夏胡鲁的地盘，这绝对是勇敢之举。”

杰西卡听出他已经在心里把她排除在外了。他已经对她作出了判决？

“我们没时间来检验他的身份。”上面那个声音抗议道。

“但他很可能是李桑·阿尔-盖布。”斯第尔格说。

*他在寻找能证实保罗身份的征兆！*杰西卡想。

“可还有个女人。”上面那声音说。

杰西卡重新做好准备，那声音充满了杀机。

“是的，这个女人，”斯第尔格说，“还有她的水。”

“你明白规矩，”岩石上的声音说，“不能与沙漠共存的人……”

“住口，”斯第尔格说，“今非昔比了。”

“这是列特的命令吗？”岩石上的声音问。

“碧水鸟的声音你也听到了，詹米，”斯第尔格说，“为什么老是追问我？”

杰西卡想：**碧水鸟！**这个词的含义十分丰富，不同情况意义各有不同：这是禅逊尼的语言，指的是蝙蝠，一种小型飞行生物。**碧水鸟的声音：**看来他们收到了一条密波信息，命令他们寻找保罗和自己。

“我只是提醒你别忘了你的职责，我的朋友斯第尔格。”上面那声音说道。

“我的职责是维护部落的强盛，”斯第尔格说，“这是我唯一的职责，不需要别人来提醒我。我对这小男子汉很感兴趣，他有绵软的肉体，他靠许多水生活，现在又远离了父爱的照耀，也没有伊巴之眼，但他讲起话、做起事来不像住在洼地里的那些脓包，他父亲也同样不是。怎么会这样？”

“我们不能待在这里吵一晚上，”岩石上的声音说，“如果有巡逻队过来……”

“我不和你争了，詹米。住嘴吧！”斯第尔格说。

上方那人沉默了，但杰西卡听见他在移动。他跃过一条隘道，一路走到盆地底部，来到他们左边。

“根据碧水鸟带来的信息，救你们两个人对我们有益，”斯第尔格说，“我可以从这个坚强的小男子汉身上看出来。他很年轻，可以学。但你呢，女人？”他盯着杰西卡。

我现在已经掌握了他的声音和说话模式，杰西卡想，**我可以用一句话就能控制住他。但他是一个强大的人……让他保持清醒的头脑，完全的行动自由，对我们更有价值。走着瞧吧。**

“我是这孩子的母亲，”杰西卡说，“你欣赏他的力量，其中一部分是我调教出来的。”

“一个女人的力量可以是无限的，”斯第尔格说，“对圣母来说，必然如此。你是圣母吗？”

这一回，杰西卡没有理睬这个问题中暗藏的玄机，老老实实回答道：“不是。”

“你受过有关沙漠的训练吗？”

“没有。但很多人认为我受的训练很有价值。”

“关于价值，我们会自行判断。”斯第尔格说。

“每个人都有权作出自己的判断。”她说。

“很好，你是个明事理的人，”斯第尔格说，“我们不能在这里耽搁时间，就为了考察你，女人。你明白吗？我们不希望你的影子给我们造成麻烦，我会带走这个小男子汉，你的儿子。在我的部落中，他将得到我的支持和庇护。至于你，女人——你明白吗，这无关个人私事？这是规矩，是伊斯提拉，为了大众的利益。这么解释够清楚吗？”

保罗向前走了半步。“你在说什么？”

斯第尔格朝保罗瞥了一眼，但仍把注意力放在杰西卡身上。“如果不是从小接受在沙漠生活的最严格训练，你可能会给整个部落带来毁灭。这是规矩，我们不能违背，除非……”

杰西卡动手了。她做了一个欺骗性的向地面昏倒的动作，对于一个虚弱的外来者来说，这是再自然不过的动作，也必然会迷惑对手。当一样熟识的事物被打扮成从未见过的东西时，常人总需要一些时间才能明白真相。突然间，她迅速移动，并看着斯第尔格沉下右肩，抽出长袍衣褶中的武器，指向她新的位置，而杰西卡一个转身，手臂一挥，只见两人衣袍相接，一刹那间，她便已经背靠岩石，站到了愣怔的斯第尔格的身后。

在母亲开始行动时，保罗退后了两步。她展开攻击时，他冲进了黑暗中。一个长着络腮胡的人挡住了他的去路，半弯下身子，手持武器向他扑来。保罗一记刺拳，打在那人的胸骨下，接着往旁边一闪，在他的脖根上劈了一掌，并趁他倒地时夺走了他的武器。

接着保罗又跑进黑暗之中，沿着山岩往上爬，武器插在腰带里。尽管对它的形状不熟悉，但他还是认出这是一把投射武器。它透漏了这个地方的不少秘密，也证明这里没有人使用屏蔽场。

他们的注意力将集中在我母亲和那个叫斯第尔格的家伙身上，她对付得了他。我必须找到一个安全有利的位置，以便威胁他们，好让她有时间逃跑。

盆地里传来一阵刺耳的咔嗒声，子弹嗖嗖地飞过他四周的岩石。其中一颗擦到了他的长袍。他挤过岩石丛的一角，发现自己进入了一条垂直的狭缝中，于是开始一点一点往上爬——背靠一面岩壁，脚蹬着另一面——慢慢往上爬，尽可能不弄出声音。

只听斯第尔格的吼声回荡在盆地中。“回去，你们这些长着沙虫脑袋的笨蛋！要是你们再走近一步，她就会拧断我的脖子了。”

盆地里传来另一个声音。“那男孩跑掉了，斯第尔。我们……”

“他当然跑掉了，你这满脑子沙的……哎哟！轻点，女人！”

“叫他们停止追击。”杰西卡说。

“他们已经停下了，女人。他跑掉了，正如你希望的那样。苍天在上！你为什么不早说你是一个有着天神之技的女人，还是一个战士？”

“叫你的人退后，”杰西卡说，“叫他们都出来，到盆地那儿去，站到我能看见他们的地方……我知道他们的人数，这一点你最好相信。”

她想：*这是一个微妙的时刻，但如果这个人的头脑像我想的那样聪明，我们就有机会。*

保罗一寸一寸地往上爬，发现了一条狭窄的岩石小道。他可以爬上去休息一下，还能俯瞰下面的盆地。斯第尔格的声音从下面传来。

“如果我拒绝呢？你怎样……哎哟！停下，女人！我们没有伤害你的意思。我的天！你既然能像这样打败我们中最强的人，那你的价值就十倍于你的水。”

现在，测试时间到了，杰西卡想。她说：“你刚才提到了李桑·阿尔-盖布。”

“你可能就是传说中的人物，”他说，“但只有验证之后，我才会相信。我只知道你和那个愚蠢的公爵一起来到这里……哎哟喂！女人！杀了我也罢，但我说的是事实！他值得尊敬，也很勇敢，但他把自己置于哈克南的铁拳之前，实在是太愚蠢了！”

沉默！

过了一会儿，杰西卡说：“他别无选择，但我不想争论这个问题。现在，告诉那个藏在灌木丛后的人，叫他别再端着武器瞄准我，否则我先要了你的命，再去收拾他。”

“你，”斯第尔格吼道，“照她说的做！”

“但是，斯第尔……”

“照她说的做，你这长着沙虫脸的混球，满脑子沙的蠢货！快点，不然我就帮她把你大卸八块！你难道还看不出这女人的价值吗？”

灌木丛后的那人从半隐蔽的地方直起身，放下了武器。

“他已经照你说的做了。”斯第尔格说。

“现在，”杰西卡说，“向你的人解释清楚，你对我有何打算。我可不想哪个兔崽子头脑发热，犯下愚蠢的错误。”

“溜进村庄和城市时，我们必须掩盖自己的身份，打扮成洼地人和谷地人的样子，”斯第尔格说，“我们不带武器，因为晶牙匕是神圣的。但是你，女人，你具有神一般的格斗术。这种技巧我们只是有所耳闻，许多人怀疑它的存在，但亲眼所见，任谁也不能怀疑。你制服了一个全副武装的弗雷曼人，你拥有的这件武器，即便搜身也不会暴露。”

斯第尔格话音刚落，盆地中起了一阵骚动。

“如果我答应教你……那神一般的格斗术，你会怎样？”

“我会像支持你儿子一样支持你。”

“我怎样才能相信你的承诺？”

斯第尔格的口气失去了些许理智，变得有点悲痛。“女人，我们没人会随身携带纸张书写契约，但我们绝不会晚上许下承诺，天一亮便食言。对一个男人来说，说出的话便是契约。作为部落首领，我作出的承诺对他们都有约束力。请传授我们这种神乎其神的格斗术，只要你愿意，你可以永远受到我们的庇护。你的水将和我们的水融为一体。”

“你能代表所有弗雷曼人讲话吗？”杰西卡问。

“过一段时间，也许可以。但现在只有我兄弟列特才能代表所有的弗雷曼人。在这里，我只能保证严守秘密，我的人不会对其他穴地的人提起你们。哈克南人已经杀回沙丘，你的公爵已经死了。据传你们俩也在一次巨大的风暴中身亡。猎人不会追踪死去的猎物。”

那就安全了，杰西卡想，*但这些人有良好的通讯设备，能够送出任何消息*。

“我猜哈克南人一定在悬赏捉拿我们。”她说。

斯第尔格没回答。她几乎能看到他脑子里正转着各种念头，同时感到他的肌肉在自己手下扭动。

过了一会儿，他说："我再说一遍，我已代表我的部落向你做出了承诺，我的人现在已经知道了你的价值。哈克南人能给我们什么？自由？哈！不，你是塔克瓦，你的价值胜过哈克南人宝库中所有香料。"

"那我便把我的格斗术传授给你。"杰西卡说，感到这话无意识中带上了强烈的宗教仪式的色彩。

"现在，你可以放开我了吗？"

"行。"杰西卡说。她放开了他，往旁边走了一步，同时注视着盆地的边缘。*这次测试很彻底，她想，但保罗还要深入了解他们，为此我可以牺牲自己的生命。*

在悄无声息的等待期间，保罗一点一点向前爬，以便更好地观察母亲所站的位置。在移动时，他突然听见一声沉重的呼吸，然后突然中断，声音就来自他藏身的这条垂直岩缝的上方，他朝上望去，感到星光下有一个模糊的影子。

斯第尔格的声音从盆地里传来："你，上边那个！别再追那个孩子了，他马上就会下来了。"

从保罗上方的黑暗中响起一个声音，像是一个男孩，又像是女孩："但是，斯第尔，他就在我……"

"我说，别再盯着他了，契尼！你这蛇崽子！"

保罗头上传来一声咒骂，声音很轻："竟然叫我蛇崽子！"但黑影还是退回不见了。

保罗的注意力回到盆地，辨认出他母亲身旁移动的黑影，正是斯第尔格。

"你们都过来。"斯第尔格叫道。他转向杰西卡。"现在轮到我问你了，我们怎么确保你履行你的那一半契约？你才是生活在纸张和空洞契约里的人，就好比……"

"我们贝尼·杰瑟里特同你们一样，绝不食言。"杰西卡说。

四下里顿时鸦雀无声，长久的沉默过后，响起了几声窃窃私语："一个贝尼·杰瑟里特女巫！"

保罗从腰带上抽出缴获的武器，瞄准斯第尔格的黑色身影，但那人和他的同伴仍然一动不动，盯着杰西卡。

“是传说中的那个人！”有人说。

“我听说夏道特·梅帕丝就是这么报告的，”斯第尔格说，“但这么重要的事必须检验清楚。如果你就是传说中的那位贝尼·杰瑟里特，而你儿子将引领我们前往天堂……”他耸了耸肩。

杰西卡叹了口气，心想：这么说，我们的护使团就连在这个鬼洞里都撒满了宗教故事。啊，也好……对我们有好处，这正是它的目的所在。

她说：“给你们带来传说的女预言家，她的话结合了因缘和伊迦：也就是奇迹和明确的预言。你们希望看到某种预兆吗？”

他的鼻孔在月光下一张一合。“我们急不可待，等不及进行仪式了。”

杰西卡回想起凯恩斯给她看过的一张图，当时他正为她安排紧急逃亡路线。刚刚过去，感觉像是过了很长时间。图上有一个叫“泰布穴地”的地方，旁边有一个注释：“斯第尔格”。

“也许可以等到我们回泰布穴地时。”她说。

这句话让斯第尔格怔住了，杰西卡想：但愿他知道我们用的那套手法！护使团的那位贝尼·杰瑟里特姐妹，她一定干得相当不错。这些弗雷曼人已被安排得妥妥帖帖的，完全相信我们了。

斯第尔格不自在地动了动。“我们现在应该走了。”

她点点头，让他明白，是她允许他们走的。

他抬起头，望向保罗潜伏的山岩小道处。“喂，小家伙，你现在可以下来了。”他又把注意力转向杰西卡，用致歉的口气说道：“你儿子往上爬的时候弄出了很大的声响，他还有很多东西要学，不然会给我们大家带来危险。不过，他还年轻。”

“毫无疑问，我们还有很多东西要互相学习，”杰西卡说，“至于现在，你最好去看看你的同伴，我那吵人的儿子在解除他的武装时有点粗暴。”

斯第尔格一个急转身，兜帽摆动着。“哪儿？”

“那堆灌木丛后面。”她指了指。

斯第尔格拍拍手下两个人：“去看看。”他扫视着自己的同伴，点着人头。“詹米不见了。”他转向杰西卡，“连你的小家伙都会那神乎其神的格斗术。”

“你肯定也注意到了，你发布命令到现在，我的儿子还藏在上面没有动过。”杰西卡说。

斯第尔格派去的两个人回来了，他们扶着一个人，后者在他们的搀扶下踉踉跄跄走着，喘着粗气。斯第尔格朝他们扫了一眼，接着重新看向杰西卡。“你的儿子只听你的命令，是吗？好，真是纪律严明。”

“保罗，你可以下来了。”杰西卡说。

保罗站起身，从隐藏的裂缝中现身，走进月光下，他把缴获的武器重新插回腰带里。他正要转身，从岩缝中又出现一个人，拦在他对面。

在月光和岩石的灰影中，保罗看见一个穿着弗雷曼长袍的小小身影，一张小脸罩在兜帽的阴影中，窥视着他，一把枪的枪口从长袍的褶缝里伸出，瞄准了他。

“我叫契尼，列特之女。”

声音轻快，半带笑意。

“我决不允许你伤害我的同伴。”她说。

保罗咽了口口水，面前的人转入一条月光小道，于是他看见了一张淘气的脸、一双幽深的黑眼。他熟悉这张脸，在他最早的预知之梦中，他在无数个场景中都曾见过。保罗惊呆了。他记得这佯装愤怒的虚张声势，并曾经向圣母盖乌斯·海伦·莫希阿姆描述过这张梦中的脸，还告诉她：“我会认识她。”

这就是那张脸，但他从没梦见在这种境地下与她相遇。

“你弄出来的声音真够大的，就像发脾气的夏胡鲁，”她说，“而且爬上来时选了一条最难走的路。跟我来，我带你走一条好走的路下去。”

他爬出裂缝，跟着她飘动的长袍，穿过起伏的路面。她跑起来像一头羚羊，在岩石上飞舞。保罗感到热血上冲，整张脸都红了，还好是在夜里，黑暗遮蔽了这一切。

这个女孩！通过她，命运的指尖实实在在地碰触到了他。保罗感觉自己仿佛冲上了浪尖，精神为之一振。

不一会儿，他们就下到了盆地中，站在了那群弗雷曼人中间。

杰西卡转身冲着保罗狡黠一笑，接着对斯第尔格说道：“这将是一次不错的交易，我们可以互相学习。希望你和你的人不要介意我们刚才付诸武力的行为。在当时，那似乎……是有必要的，因为你正要……犯下一个错误。”

“使人免于犯错，这是一份来自天堂的礼物。”斯第尔格说。他用左手摸了摸嘴唇，右手从保罗腰间抽出武器，扔给他的一个同伴。“你会得到你的毛拉枪，小伙子，但要靠你自己去挣。”

保罗正要开口，又犹豫了。他记起了母亲的教导：“*凡事起始之时，必细斟细酌。*”

“我儿子已经得到了他的武器。”杰西卡说。她盯着斯第尔格，让他想想保罗是怎么得到那把枪的。

斯第尔格看了看那个被保罗制服的人——詹米。那人站在一旁，耷拉着脑袋，呼吸沉重。“你真是个难对付的女人。”斯第尔格说。他朝一个同伴伸出左手，打了个响指：“Kushti bakka te.”

又是恰科博萨语，杰西卡想。

那个同伴把两块方形薄纱放到斯第尔格手中。斯第尔格用手指捏着它们，把一块薄纱系在杰西卡兜帽下的脖子上，又以同样的方式把另一块薄纱系在保罗的脖子上。

“现在你系上了巴卡的手巾，”他说，“如果我们走散，别人会知道你们是斯第尔格营地的人。至于武器，下次再说。”

接着他走进手下那群人中，检视着，把保罗那个弗雷曼应急包交给其中一人背上。

巴卡，杰西卡想，她终于记起这是一个宗教术语：*巴卡——哭泣者*。正是这块方巾的象征意义将这群人凝聚在一起，她感觉到了这一点。*为什么“哭泣”能凝聚起他们呢？*她暗自发问。

斯第尔格走到那个让保罗非常窘迫的小女孩面前，说道：“契尼，这个小男子汉就交给你照顾了。别让他惹麻烦。”

契尼拍了拍保罗的胳膊。“跟我来，小男子汉。”

保罗克制着怒气，说道：“我的名字叫保罗，你最好……”

“我们会给你取个名字，男子汉，”斯第尔格说，“在进行阿科尔试炼之时。”

思辨测试，杰西卡将那词翻译了过来。保罗需要确立自己的地位，这是压倒一切的紧迫问题，于是她厉声道：“我儿子已经通过了戈姆刺的试炼！”

四下里顿时一片沉寂，她知道她的话已经镇住了在场的所有人。

“我们彼此还有许多东西不了解，”斯第尔格说，“但我们耽搁得太久了。绝不能让白日发现我们暴露在开阔地里。”他走到被保罗击败的那人身边，说道：“詹米，还能走吗？”

詹米哼了一声。“突袭我，那小子。完全是意外。我能走。”

“没有意外，”斯第尔格说，“我让你和契尼负责那小伙子的安全，詹米。这些人需要我的庇护。”

杰西卡盯着那个叫詹米的人，听声音，他就是当初在山岩上与斯第尔格发生争执的人。就是那个满口杀气的人。斯第尔格抓住了这次时机，意图加强自己对这个詹米的领导力。

斯第尔格用审视的目光扫视了一下他的队伍，打了个手势，将两人唤出。“拉鲁斯，法鲁克，你俩负责隐藏我们的足迹，务必做到不留任何痕迹。一定要多加小心——我们带着两个未经训练的人。”他转过身，举起手，指着盆地那一边，“排成小队队形，保护好侧翼——出发。必须在天亮前抵达山岭洞穴。”

杰西卡走在斯第尔格身旁，数了数，一共有四十个弗雷曼人，加上她和保罗，就是四十二人。她想：*他们行进时就像一个军事连队——就连那小女孩契尼也是*。

保罗走入队列，跟在契尼身后。刚才他被这小女孩追上，心中有点不快，不过现在他已经克制住了。此刻，他脑中只回荡着母亲那句怒吼的提醒：“我儿子已经通过了戈姆刺的试炼！”他感觉那只手因记忆中的痛苦而隐隐作痛。

“看着路，”契尼低声道，“别碰到灌木丛，以免留下痕迹，暴露我们的行踪。”

保罗咽了口口水，点点头。

杰西卡仔细聆听队伍前进发出的声音，却只听见自己和保罗的脚步声，不由得对弗雷曼人的行进方式大感惊讶。他们四十个人一起走过盆地，发出的声音竟同大自然的声音毫无二致——就如幽灵船一般，只见他们的长袍在黑影中飞速游移。他们的目的地是泰布穴地——斯第尔格的穴地。

她在心里反复掂量这个词——穴地。这是恰科博萨语，古老的猎杀语，无数个世纪以来，它的含义从未改变。穴地——遇到危险时的集合地。最初交锋的紧张情绪过后，她开始寻思这个词和这门语言的深远含义。

“我们走得很快，”斯第尔格说，“要是夏胡鲁给面子，我们天亮前就可以抵达山岭洞穴。”

杰西卡点点头，尽量保存体力。她感到累极了，但仍能忍耐，那全靠意志的力量……当然，她承认兴奋也给了她力量。她集中精神思考着这支队伍的价值，看到其中透露出来的弗雷曼文化。

他们所有人，她想，整个民族，都被训练得军纪严明。对流亡中的公爵来说，这是多么无价的珍宝啊！

弗雷曼人在古人称为“斯潘龙波根”的品质上造诣极深——他们善于等待，从期望得到某样东西，到采取行动去获取它，在这过程中他们会自愿地延迟，等待最佳时机的到来。

——摘自伊勒琅公主的《穆阿迪布的智慧》

他们穿过盆地山壁上一条窄得只能侧步而行的岩缝，在破晓时分抵达山岭洞穴。暗淡的曙光中，杰西卡看见斯第尔格派出了护卫，望着他们四散开来，向悬崖上爬去。

保罗一边走，一边抬头仰望。面前的山壁就像是这颗星球的一副挂毯，狭窄的裂缝直插向灰蓝色的天空。

契尼拉了拉他的衣袍，催他快走，她说：“快点，天已经亮了。”

“朝上面爬的那些人，他们要去哪儿？”保罗小声问。

“他们是白天的第一班岗哨，”她说，“快！”

在外围留下哨兵，保罗想，*聪明。但更聪明的做法是分成几个小队抵达此地，这样一来，损失整支队伍的可能性更小*。他顿了一顿，意识到这是游击战的思维方式。他想起他父亲曾担心的事：厄崔迪可能变成一个游击家族。

“快！”契尼小声催促他。

保罗加快了脚步，听见身后衣袍的响动。他想起岳医生那本缩微《奥天圣经》中的话：“*天堂在右，地狱在左，死神在后。*”他反复默念着这句话。

他们转过一个转角，通道变宽了。斯第尔格站在一边，指挥他们进入一个低矮的山洞，洞口呈正方形。

“快！”他低声说，“如果巡逻队在这里逮到我们，我们就只能像笼子里的兔子一样束手就擒了。”

保罗跟在契尼身后，弯腰钻进洞口，山洞有些隐隐的光线，是从前面某处照来的。

“你可以直起身了。”她说。

他站直身子，打量着这个地方：这是一个很深很宽敞的山洞，圆形的洞顶向上弯曲，刚到伸手够不到的高度。队伍在黑暗中四散开来，保罗看见母亲走到了一边，她在打量他们的同伴。他同时注意到，虽然她的着装和弗雷曼人一模一样，但却未能与他们融为一体，她的一举一动都给人一种威严和优雅的感觉。

“小男子汉，找个地方休息一下，但不要停在过道里，”契尼说，“给你吃的。”她把两小团用叶子包着的食物放在他手里，它们散发着香料的气味。

斯第尔格走到杰西卡身后，向左边的那一队人发出命令。“安好门封，确保水分的安全。”他转向另一个弗雷曼人。“雷米尔，点上球形灯。”他抓住杰西卡的胳膊，“我想让你看些东西，神奇的女人。”他领着她转过一块曲形岩石，向发光的地方走去。

杰西卡发现自己来到了山洞的另一个洞口，这个洞口非常开阔，它开在高高的悬崖壁上，站在那里可以俯瞰下面的另一个盆地，它约有十到十二公里宽，盆地四周被高高的岩壁包围，周围散布着几丛稀疏的植物。

就在她打量黎明时分灰白色的盆地时，太阳从远处的峭壁上升了起来，照亮了淡褐色的岩石和沙地。她感到厄拉科斯的太阳好像是从地平线上突然跳出来的一样。

那是因为我们不希望它升起来，她想，*夜晚比白天安全*。这时她突然产生了一种渴望，竟想在这个从未下过雨的地方见到彩虹。*我必须遏止这些渴望，它们是软弱的表现，我再也承受不起软弱的代价了*。

斯第尔格抓住她的手臂，指着盆地那一边。“看那儿，都是我们的人。”

她看着他指的地方，果然有动静：盆地底部散布着许多人，他们在阳光下跑过，躲进对面岩壁的阴影里。尽管距离遥远，但在明朗的空气中，他们的动作仍清晰可辨。她从衣袍中掏出双筒望远镜，把焦距对准远处的人群。只见方巾飘动，活像一只只多彩的蝴蝶。

“这就是家，”斯第尔格说，“我们今晚就能抵达那里。”他望着盆地，捋着胡须，“我的人民现在还在外面工作，这说明周围没有巡逻队。我等一下就向他们发信号，他们会准备好我们的到来。”

“你的人真是纪律严明。”杰西卡说。她放下望远镜，发现斯第尔格正看着她。

“他们遵守的纪律让部落保存至今，”他说，“保存部落，这就是我们挑选首领的方式。首领是部落里最强壮的人，是能给大家带来水和安全的人。”他盯着她的脸。

她也盯着他，注意到他那没有一丝眼白的眼睛、被染污的眼眶、挂满尘土的胡须，贮水袋的管子从他的鼻孔弯进蒸馏服中。

“我打败了你，会影响你的领导地位吗，斯第尔格？”她问。

“你当时并没有向我挑战。”他说。

“对首领来说，维系部下对自己的尊敬是很重要的。”她说。

“那些沙虱，没有一个是我对付不了的，”斯第尔格说，“你胜过了我，也就胜过了我们所有人。现在他们希望向你学……那神乎其神的格斗术……有些人感到好奇，想看看你会不会向我发起挑战。”

她掂量着这句话背地里的含义。“在正式的决斗中打败你？”

他点点头。“我劝你不要这样做，因为他们不会追随你。你不属于沙漠。通过昨晚的行军，他们已经看出了这一点。”

“你们这些人真实际。”她说。

“确实如此，”他望了望盆地，“我们知道自己的需求，但现在，没多少人会在离家这样近的地方深思这个问题。我们外出的时间已经很长了，一直在准备把我们的香料配额送到自由贸易商那里，卖给该死的宇航公会……愿他们的脸永远黑下去。”

杰西卡正要转身离开，听到这话便停了下来，回头望着他的脸。“宇航公会？宇航公会和你们的香料有什么关系？”

“是列特的命令，”斯第尔格说，“我们知道原因，但实际干起来真是不好受。我们拿大量的香料贿赂宇航公会，目的是保障天上没有卫星，这样就没有人窥探到我们在厄拉科斯地面上干的事。”

她掂量着自己该怎么用词，同时想起保罗也曾说过，他认定这是厄拉科斯天空没有卫星的原因。“你们在厄拉科斯地面上干了些什么，不想让人看见？”

“我们在改变地貌……进度很缓慢，但确实有成效……我们在使它适合人类居住。我们这一代人是看不到哪一天了，我们的孩子也看不到，我们的孩子的孩子，甚至他们孩子的孙子都可能看不到……但是，那一天总会来到。”他那蒙在面纱下的眼睛凝望着洞外的盆地，“会有露天的水域、高大的绿色植物，人们不用穿蒸馏服也能自由自在地行走。”

原来这就是列特·凯恩斯的梦想，杰西卡想。她说道：“贿赂是危险的，对方的胃口会越来越大。”

“他们的胃口的确在变大，”他说，“但缓慢的方法总是最安全的。”

杰西卡转回身，眺望着整个盆地，尽力以斯第尔格梦想中看到的眼光去看它。但她看到的仅仅是远处带着芥末色斑点的灰色岩石，以及悬崖上空突然弥漫起的尘雾。

“啊！”斯第尔格说。

她起初以为那是巡逻车来了，随后意识到那是海市蜃楼——是悬浮在沙漠上空的另一道风景，远处摇曳的绿叶，中间有一条长长的沙虫正在沙面上行进，沙虫背上似乎飘动着弗雷曼人的长袍。

海市蜃楼渐渐消失了。

“骑着走更好，”斯第尔格说，“但我们绝不允许造物主进入这个盆地。因此，今晚必须再走一晚。”

造物主——他们对沙虫的称呼，她想。

她掂量着他话中隐藏的含义，即他所说的不能让造物主进入盆地的意义。她知道自己在海市蜃楼中看到了什么——弗雷曼人骑着一条巨大的沙虫。她极力控制，这才没流露出自己对这一景象的震惊之情。

“我们得回大伙儿那儿去了，”斯第尔格说，“不然我的人会怀疑我与你在调情。已经有人嫉妒我了，因为昨晚我与你在托诺盆地打斗时，我的双手尝到了你的甜美。”

“够了。”杰西卡怒斥一声。

“我没有恶意，”斯第尔格温和地说，“在我们这儿，是不会对妇女做出违背她们意愿的事的……至于你……”他耸耸肩，“……根本不需要那条规定的保护。”

“你给我记住，我是公爵夫人。”她说，但声音非常平静。

“悉听尊便。”他说，“现在该封闭这个洞口了，这样大家才能松一松蒸馏服。我的人也该舒舒服服地休息一下了。到明天，他们的家人可不会让他们歇着。”

说完，两人陷入了沉默。

杰西卡望着外面的日光，从斯第尔格的话中，她听出了弦外之音——除了他的支持，他还有额外的提议。他需要一位妻子？她意识到自己可能和他走到那一步，这种办法或许可以消弭关于部落首领的纷争，通过男人和女人的正当结合。

但保罗怎么办？谁知道这里的亲子关系是怎么样的？而且，她肚子里尚未出世的女儿该怎么办？一个去世了的公爵的女儿？她尽量安下心，仔细思量肚中这个孩子的意义，了解当初让自己怀孕的动机。她知道那是为了什么——屈服于一种深远的本能，所有面临死亡的生物都受此驱使，通过孕育后代来寻求不朽。物种的繁衍之轮战胜了他们。

杰西卡看了眼斯第尔格，发现他正在审视自己，等着。*一个女人嫁给他这样的男人，然后生下一个女儿——这个女儿的命运将会如何？*她暗自发问，*他是否会限制贝尼·杰瑟里特必须遵从的原则？*

斯第尔格清了清嗓子，表示自己理解她现在心里正在想的问题。“对一个首领来说，重要的是使他成为领袖的东西，那就是人民的需要。如果你教我学会你的神技，总有一天我们中的一个人将不得不向另一个人发起挑战。我宁愿选择别的方法。”

“还有别的选择？”她问。

“萨亚迪娜，”他说，“我们的圣母老了。”

他们的圣母！

没等她发问，他又说道："我没必要主动提出当你的配偶。这事不牵涉个人，你的确很漂亮，值得追求。但如果你成了我的一个女人，也许会让某些年轻人认为我太贪图肉体的欢愉，而不关心部落的需求。就连现在，他们也在侧耳倾听，盯着我们。"

一个做事审时度势、考虑后果的男人，她想。

"我手下的年轻人中，有些已经到了放荡不羁的年纪，"他说，"必须让他们安然度过这一时期，我绝不可以给他们留下任何理由，让他们向我发起挑战。因为到时候我将不得不重伤他们，并杀死他们。对一位首领来说，如果能体面地避开争议，那就不应该进行决斗。瞧，所谓的首领，是能将族民和暴徒区分开来的人。他维持着个体的水平，如果个体太少，一个族民就会变成暴徒。"

他的话，以及其中深刻的领悟力，既是在讲给她听，也是讲给暗地里偷听他们谈话的人听。她不由得开始重新评估眼前这个人。

他很有才能，她想，他从哪里学到这种内部平衡论的？

"法律规定了我们挑选首领的形式，但那仅仅是法律而已，"斯第尔格说，"它并不表示公正永远是人民所需要的东西。我们现在真正需要的是时间，成长和繁荣的时间，把我们的人散布到更多土地上的时间。"

*他的祖先是什么样的人？*她暗自猜想，*这样的血统到底源于何处？*她说道："斯第尔格，我低估你了。"

"我估计是这样。"他说。

"显然，我俩都低估了对方。"她说。

"我希望结束这种局面，"他说，"我希望和你建立起友谊……还有信任。我希望我们彼此尊重对方，那是发自内心的尊重，而不是一时冲动。"

"我理解。"她说。

"相信我吗？"

"我听出了你的诚恳。"

"在我们中间，"他说，"萨亚迪娜虽然不是正式的首领，但地位很尊贵。她们教育大众，她们在这里维系着神的力量。"他摸了摸自己的胸膛。

现在，我必须打探打探这位神秘的圣母，她想。于是她说道：“你谈到你们的圣母……我听过一些传说和预言。”

“据说一位贝尼·杰瑟里特和她的子嗣掌握着打开我们未来大门的钥匙。”他说。

“你们相不相信我就是那个人？”

她看着他的脸，心想：新生的芦苇最容易枯死，起始之时总是最危险的时刻。

“我们不知道。”他说。

她点点头，心想：他是一个值得尊敬的人，他希望从我身上看到一个预兆，但不会投机取巧，告诉我这个预兆是什么。

杰西卡扭过头，俯瞰着下面盆地中金色、紫色的影子，看着洞边满是尘埃的空气在微微颤动。她如同猫科动物般突然警觉起来。她知道护使团的隐语，也知道如何运用传说、利用恐惧和希望来达到紧急的需求，然而，她感到这里已经发生了巨大的变化……仿佛有人已领先她一步来到了这些弗雷曼人中，早把护使团的传说利用光了。

斯第尔格清了清喉咙。

她察觉出了他的焦躁，知道时间在一分一秒过去，人们正等着封闭这个洞口。她应该抓住这个机会大胆行动。她意识到她需要什么：某个达阿-赫克曼，某个宗教学派的译文，能让她……

“阿达布。”她低语道。

她的意识仿佛在翻江倒海。一个脉搏间，她便识别出了这种感受。这种识别信号从不见于贝尼·杰瑟里特的任何训练中，这只可能是阿达布——自发地出现在她心中的强烈记忆。她集中精神，让话语自然而然地从口中流出。

“圣语有云，”她说，“远至尘埃落定之处。”她从衣袍里伸出一只手臂。只见斯第尔格瞪大了双眼，只听身后一阵衣袍飒飒的响声。“我看见一个……拿着儆戒书的弗雷曼人，”她吟诵道，“他向着被他降服的太阳阿拉特念诵经文，向着审判官撒度念诵经文，他念道：

我的敌人仿若风暴下的绿色叶片，
零落飘摇。
汝等难道没有看到我主的伟绩？
敌人设下阴谋陷害我们，
他便把瘟疫送向他们。
敌人就像被猎人驱散的鸟，
他们的阴谋像毒丸，
受到每一张嘴的排斥。”

她浑身颤抖了一番，接着垂下了手臂。

身后洞内的阴影中传来许多低声回应：“他们的恶业已被推翻。”

“造物主的怒火涌上胸膛。”她说，同时心想：现在，总算走上正轨了。

“造物主的怒火已经点燃。”人们应和道。

她点点头。“你们的敌人终将灭亡。”她说。

“比拉凯法。”他们回应。

四下里一片静寂，斯第尔格向她躬身行礼。“萨亚迪娜，”他说，“如果夏胡鲁允许，你可以被接纳，成为一名圣母。”

被接纳，她想，*奇特的说法，但其余部分与隐语完全相符*。对于刚才的所作所为，她突然产生了一种苦涩的自嘲感。*我们的护使团很少失手，在这荒芜之地，也有为我们准备的地方。沙拉特的祷词就是为我们制造藏身地的工具。现在……我必须扮演造物主之友奥丽亚的角色……也就是这群流浪人口中的萨亚迪娜，这个人物已经和我们的贝尼·杰瑟里特预言一起深深烙印在他们心中，他们甚至把他们的女祭司称为圣母*。

洞内黑影之中，保罗正站在契尼身旁。他仍在回味她刚才给他吃的食物——用一片叶子包裹的鸟肉和谷物，还混有香料蜜。品尝这种食物时，他意识到自己以前从未吃过这么浓的香料萃取物，当时他还害怕了一小会儿。他知道这种萃取物会对他产生什么样的作用——“香料之变”，将会把他的意识推入预知状态。

“比拉凯法。”契尼低声道。

他看着她，看着她和其他弗雷曼人一样，都面带敬畏，似乎接纳了母亲的言语。只有那个叫詹米的人没有加入这种仪式，他双手抱在胸前，冷冷地站在一旁。

“Duy yakha bin mange，”契尼低声道，“Duy punra bin mange. 我有两只眼，我有两只脚。”

她面带惊奇地看着保罗。

保罗深深地吸了口气，试图抚平内心刮起的风暴。母亲的话和香料萃取物的药力同时起了作用，他感觉母亲的声音就在他心里起伏，仿佛火焰投下的影子。与此同时，他能感受到她话语中含着一丝玩世不恭——他很了解她！但即便如此，也无法阻挡那一口香料所引发的反应。

可怕的目的！

他感觉到了，那是一种无法逃避的种族意识。一切都清晰无比，那涌入的信息，冷却精准的意识。他跌倒在地，背靠岩石坐下，毫不抵抗地沉浸其中。

意识流入不受时间影响的层面，在那里他可以审视时间，感知可能的路径，感受来自未来的风……过去的风：一只眼睛看到过去，一只眼睛看到现在，一只眼睛看到未来——三者结合在一起，合成一个三目幻象，他看到了时间转变成的空间。

有危险，快要超过限度，他感觉到了，他必须紧紧抓住对现在的认知，感觉各种模糊的经验偏差，潮涌般的时刻，不断地把现在凝固成永久的过去。

抓住现在，他第一次感到时间像一个庞然大物，虽然潮水、波涛、巨浪不断拍打着它，它仍旧稳稳地流淌，就像海浪拍打岩石峭壁一样。他对预知能力有了新的理解，明白了时间盲点的来源，也知道了其中的错误所在，并立即感到了恐惧。

他意识到，他的预知能力其实是一种综合了有限的已知信息的阐释——既精准，又存在误差。某种类似海森堡不确定性原理的因素也会介入其中：他需要消耗能量才能看到未来，但也由此改变了未来。

他所看到的是这个山洞内的一个时间节点，各种可能性交织在此地，在这里，哪怕最细微的动作——眨一下眼睛，漫不经心的一句话，错放的一粒沙——都可能撬动某个巨大的杠杆，影响已知的宇宙。他看到的结局充满暴力，但它又受制于各种变化，他的一举一动都会让事物发展的模式发生巨大的变化。

这番景象让他恨不得让自己静止不动，但“不动”本身也是一种行动，也会产生后果。

无数的后果，无数的路径从洞内向外呈扇形展开。绝大多数路径上，他看到了自己的尸体，鲜血从一个可怕的刀口中涌出。

我的父王，帕迪沙皇帝，一手促成了雷托公爵的死，把厄拉科斯交还给了哈克南人，那一年他已经七十二岁，可看上去还不到三十五岁。在公开场合，他通常只穿萨多卡军服，头戴波萨格将官的黑色头盔，盔顶饰有象征皇室的金狮纹章。军服公开表明他的权力源自何方，然而他并不总是那么爱炫耀。只要他愿意，他可以随时发挥他的魅力，表现出真诚，但后来那些日子，我经常在想，他是不是真如看起来的那样。如今，我认为他一直在挣扎，拼命想要挣脱那无形的牢笼。你一定要记住，他是一位皇帝，一个朝代的天父，这个朝代可以回溯到最暗淡的历史朝代。但我们有意不给他生下皇子。对于一个统治者来说，难道这不是最可怕的失败？母后服从了上级姐妹会的命令，而杰西卡夫人没有服从。她们中哪一个更为强大？历史已经作出了回答。

——摘自伊勒琅公主的《家父家事》

杰西卡在黑暗的洞中醒来，感觉到周围弗雷曼人的骚动，闻到了蒸馏服的酸臭味。她内心的时间感告诉她，外面即将入夜，但洞内现在仍一片漆黑，密封罩将这片区域与沙漠隔离，以保持大家身体的水分。

她意识到，由于极度疲惫，她竟然非常放松地睡了一觉。从这一点可以看出，她在潜意识里对个人安全作了评估，斯第尔格的部队可以很好地保护他们。她在用长袍做成的吊床上翻了个身，双脚滑落到岩石地面上，伸进沙地靴。

一定要记得扣紧靴子的活扣，方便蒸馏服的输送功能，她想，*要记*

的事情太多了。

她仍在回味早餐的味道——用叶子包裹的鸟肉和谷物混合物，还掺着香料蜜。她突然想到这里的时间是颠倒的：夜晚从事日常活动，白天则是休息时间。

夜幕隐蔽一切，黑夜最为安全。

悬挂吊床的桩子钉在一个岩石凹孔中，她从上面解下长袍，在黑暗中摸了一番，最后终于找到长袍的领子，穿了上去。

该怎么把信息传给贝尼·杰瑟里特姐妹会？她思忖着。有两个自己人失去了联系，在厄拉奇恩避难，必须把这个消息送出去。

球形灯在山洞深处亮起。她看到人们在那边走动，保罗也在他们中间。他已经穿好了衣服，兜帽翻在脑后，露出厄崔迪人特有的鹰一般的侧脸。

今天早上休息前，他的举止很奇特，她想。很孤僻，就像一个刚从阴曹地府回来的人，还没完全意识到自己回到了人间，眼睛半闭着，眼神呆滞，毫无生气。她不由得想起他之前的警告：混合香料的食物会使人上瘾。

会有副作用吗？她思索着，他说香料与他的预知能力有关，但奇怪的是，他始终闭口不言他看到了什么样的未来。

斯第尔格从她右边的阴影中走出，穿过球形灯下的那群人。她留意到他用手指捋胡须的动作，还有那警觉的神情，像潜行的猫。

杰西卡一阵恐惧：她察觉到保罗周围的人都十分紧张——僵硬的动作，还有他们所处的位置，像是要举行什么仪式。

“他们受我保护！”斯第尔格低声喝道。

杰西卡认出了和斯第尔格对峙的那个人——詹米！接着，从詹米紧绷的双肩上，她看出了他的怒火。

詹米，被保罗打败的那个人！她想。

“你知道规矩，斯第尔格。”詹米说。

“谁能比我更清楚呢？”斯第尔格问道。他的声音带着安抚，试图大事化小小事化了。

“我选择决斗。”詹米怒吼。

杰西卡快速穿过洞穴，抓住斯第尔格的手臂。“这是干什么？”她问。

“是艾姆泰尔法则，”斯第尔格说，“詹米说出了他的权利，他要测试你是不是传说中的那个人。”

“她必须找人替她决斗，”詹米说，“如果她的战士赢了，传说就是真的。但据传说……”他望了望簇拥的人群，“……她不需要弗雷曼人作为他的战士——也就是说，她只能在她带来的人中挑选。”

*他的意思是要与保罗单打独斗！*杰西卡想。

她松开斯第尔格的手臂，向前跨了半步。“我向来自己为自己出战，”她说，“这才是最简单的……”

“我们怎么决斗用不着你来说！”詹米大喝道，“如果拿不出更有效的证据，就给我闭嘴。斯第尔格昨天早上可能对你说了些什么。他可能对你过于宠爱，给你灌了一脑子的经文，而你则鹦鹉学舌地说给我们听，打算拿它来唬骗我们。”

*我对付得了他，*杰西卡想，*但那样做也许会与他们传说中的决斗方式相冲突。*看来，护使团的作品在这个星球上被大大扭曲了，她再一次感到惊讶。

斯第尔格看着杰西卡，压低嗓门，却有意让边上的人都能听见。“詹米是一个记仇的人，萨亚迪娜。你儿子打败了他，而且……”

“那是意外！”詹米咆哮道，“托诺盆地有女巫作怪，我现在就证明给你们看！”

“……而且我也打败过他，”斯第尔格继续道，“通过这次泰哈迪挑战，他也是想报复我。他这人暴力倾向严重，永远也成不了优秀的首领——过多的加弗拉，精神问题严重。他嘴上说的是规则，心里想的却是萨法：歧途。不，他绝不可能成为优秀的首领。我留他到现在，也是因为他在战斗中还算有用。但他发狂的时候，即使对他自己的部落也极其危险。”

“斯第尔格！”詹米怒吼道。

杰西卡明白斯第尔格的意图，他想激怒詹米，诱使他抛开向保罗挑战的心思。

斯第尔格面对着詹米，杰西卡再一次从他低沉的嗓音中听出了安抚的语气。“詹米，他不过是个孩子，就是……”

“而你称他是男子汉，”詹米说，“他母亲还说他通过了戈姆刺测试。他已经长大成人，却还带着那么多水。帮他们背背包的人说，他们带着好几升的水！好几升！而我们呢，却要吮吸自己贮水袋中的每一滴水。”

斯第尔格看了看杰西卡。“是真的吗？你们背包里有水？”

“是的。”

“好几升？”

“两升。”

“打算怎么用这笔财富？”

财富？她想。她摇摇头，同时感觉到他问话中的冰冷语气。

“在我出生的地方，水从天上落下来，汇入大河，流过大地，”她说，“还有辽阔的海洋，一望无际，看不到海的另一边。我没有受过用水纪律的训练，我以前从没把水看得如此宝贵。”

周围的人群发出一片叹息。“水从天上落下来……流过大地。”

“你知不知道，我们中有些人发生了意外，丢失了贮水袋，今晚抵达泰布穴地前，他们会受很大的苦？”

“我怎么会知道？”杰西卡摇摇头，“如果他们需要，我会把我们背包里的水分给他们。”

“你打算这样处理这笔财富？”

“我打算用它拯救生命。”她说。

“那么，我们接受你的恩赐，萨亚迪娜。”

“别想用水收买我们，”詹米咆哮道，“也别想激怒我，让我把矛头对准你，斯第尔格。我看出来了，你故意在激我，想在我证明我的话之前，让我向你挑战。”

斯第尔格看着詹米。“你已经下定决心，要逼一个孩子与你决斗吗，詹米？”他的声音低沉凶狠。

“她必须找到她的战士。”

“即使她在我的庇护之下？”

“我祈求使用艾姆泰尔法则，”詹米说，“这是我的权利。”

斯第尔格点点头。“那么，如果这个孩子没能把你打倒，在那之后，你将回应我的战刀。而这次，我不会再像以前那样收回刀刃。”

“你不能这样做，”杰西卡说，“保罗只不过是个……”

“你不能干涉了，萨亚迪娜，”斯第尔格说，“哦，我知道你能打败我，因此，也能打败我们中的任何人。但如果我们所有人联手，你肯定胜不了。我们必须这样做，这是艾姆泰尔法则。”

杰西卡陷入沉默，在球形灯绿色的光线下，她盯着斯第尔格，只见他面部表情犹如恶魔般冷酷。她把注意力转向詹米，看见他紧锁在眉间的怨恨，不由得心想：*那心怀鬼胎的模样，我早该看到的。他是那种生性沉默的人，凡事都放在心里。我早该做好准备。*

“如果你伤了我儿子，”她说，“我要和你斗一斗。现在我向你挑战，我将把你剁成……”

“母亲，”保罗向前迈了一步，碰了碰她的衣袖，“也许让我向詹米解释一下……”

“解释！”詹米嗤之以鼻。

保罗沉默了，盯着那个人。保罗并不怕他。詹米的动作很笨拙，他们那晚在沙漠遭遇时，他毫无抵抗地栽倒在了地上。但保罗仍能感受到这个时间节点在洞中有各种可能性在互相冲撞，他还记得所见到的预知景象，自己死在了刀下。在那景象中，逃脱的道路似乎屈指可数……

斯第尔格说：“萨亚迪娜，你必须退后到……”

“别叫她萨亚迪娜！”詹米说，“这事还需要证明。她知道经文，但那又怎么样？我们的每个孩子都知道经文。”

*他讲得够多了，*她想，*我已经掌握了他的模式。只要说上一句话，我就可以定住他。*她踌躇起来，*但我没法控制所有人。*

“到时候，你要面对的人就是我了。”杰西卡说，她稍稍抬高了嗓音，让声音带上一丝哀诉，结尾猛地一收。

詹米盯着她，脸上露出惊恐的神色。

“我将教会你什么是痛苦，”她用同样的声调说道，“决斗时记住这句话。你会痛苦到极点，跟它相比，就连戈姆刺都是一种幸福的回忆。你整个身体都会扭……”

“她在对我下咒！”詹米气喘吁吁道，他握起右拳，举在耳边，“我要求她保持沉默！”

“批准你的要求。”斯第尔格说，同时向杰西卡投去警告的目光，“如果你再说一个字，萨亚迪娜，我们将认为你在使用巫术，你会受到惩罚。”他点点头，示意她退回去。

几只手拉着她，把她拉到了后面，但她觉得他们并没有恶意。她看见人群退离了保罗，一脸淘气的契尼在保罗耳边说着话，同时向詹米点了点头。

队伍围成一个圆圈，更多的球形灯被点亮，它们都被调成了黄光。

詹米走进圆圈，脱下长袍，丢回给人群中的某人。他站在那儿，身上穿着一件灰色滑溜的蒸馏服，一条条衣褶将蒸馏服分成一个个方格。他低下头，嘴巴凑近肩头的水管，从贮水袋中吸了几口水。过了一会儿，他站直身子，脱去蒸馏服，小心地递给人群中的人。他下身罩着一块腰布，脚上缠着某种紧致的布料，右手手持一把晶牙匕，站在那里等待着。

杰西卡看到那个女孩契尼在帮助保罗，她把一把晶牙匕塞进他手里，保罗掂量了一下，试了试它的重量和平衡。杰西卡想起，保罗在普拉纳和宾度——也就是肌肉和神经——方面都受过训练。是在极其严厉的学校里学习的，他的老师，像邓肯·艾达荷和哥尼·哈莱克等人，都是传奇般的人物。这孩子还熟悉贝尼·杰瑟里特的狡猾技法，看上去身手敏捷，充满自信。

可他才十五岁，她想，*又没有屏蔽场。我必须阻止这场决斗。无论如何，总有办法*……她抬起头，看见斯第尔格正看着她。

“你不能阻止决斗，”他说，“也绝不能讲话。”

她一只手捂住嘴，心想：*我已经把恐惧植入詹米的头脑中，他的动作会变得迟缓……也许吧。要是我能祈祷——要是能祈祷就好了。*

现在，保罗只身站在了圈内，他穿着平时穿在蒸馏服下的战斗服，右手拿着晶牙匕，赤脚站在铺满沙砾的岩石上。艾达荷曾无数次地告诫他：*“当你搞不清地面的状况时，赤脚是最佳选择。”*同时，契尼指点的话语仍逗留在他的脑海里：“詹米每次进行格挡后，都会持刀转向右边，这是他的习惯。他会盯着你的眼睛，并趁你眨眼时出刀。他的两只手都能作战，留神他换刀的动作。”

但保罗觉得，自己身上最强的地方是他受过的训练和本能的条件反射，这是他日复一日，一个小时一个小时，在训练场上千锤百炼得到的。

哥尼·哈莱克的话就在他的耳边：“优秀的刀客要同时想到刀尖、刀刃和月牙护手。刀尖也可以砍劈，刀刃也可以戳刺，月牙护手也可以锁住对方的刀刃。”

保罗瞟了一眼晶牙匕，上面没有月牙护手，只有细细的圆环刀柄，柄部稍稍外翻，以保护握刀的手。更糟的是，他不清楚刀身可以承受多大的力量而不至于断裂，甚至不知道它是否会断裂。

詹米开始在保罗对面沿着圆圈边缘向右移动。

保罗蹲下身，随即意识到自己没有穿屏蔽场，而他以前的训练都是在屏蔽场护体的情况下进行的；他所受的训练是以最快的速度回防，攻击时精确地算准时间，缓缓刺穿敌人的屏蔽场。尽管训练他的人一再告诫他，不要过分依赖屏蔽场，认为它可以减缓对方的进攻速度，但他知道屏蔽场已经成了他身体的一部分。

詹米叫出了仪式性的决斗词：“愿你刀断人亡！”

这么说，这把刀会断，保罗想。

他提醒自己，詹米也没穿屏蔽场，但他没有受过如何使用屏蔽场的训练，因而不受屏蔽场斗士习惯的制约。

保罗望着詹米。这人的身体看起来像缠着绳结的干瘪骷髅，在球形灯的光线下，他的晶牙匕发出乳黄色的光芒。

保罗感到浑身恐惧，他突然感到非常孤独，仿佛自己正赤身裸体地站在这群人中间，被昏黄的光照着。预知能力曾将数不清的经历灌输进他的脑海，向他暗示出未来那条最强大的潮流，还有引导水流的一系列的决策。然而，这是真实的现实。这里会有无数的微小厄运发生，结局都是死亡。

这里发生的任何事都会将未来倾覆，他意识到。围观的人群中有人咳嗽了几声，使人分心。球形灯的亮度发生变化，影响人的判断。

我在害怕，保罗心想。

他正对着詹米，小心翼翼地绕着圈子，反复默念贝尼·杰瑟里特抵抗恐惧的经文：“*恐惧是思维杀手……*”这些语句如凉水般浇过他的全身，他感到肌肉不再受到束缚，恢复了镇静，做好了迎击的准备。

“让我的刀痛饮你的鲜血！”詹米咆哮道。最后一个字刚出口，他便猛地扑了过来。

杰西卡看到了他的动作，好不容易咽下一声尖叫。

但詹米却扑了个空。保罗已经站到了他的身后，面前就是对手毫无遮蔽的后背，只消干净利落的一刺。

*快刺，保罗，快！*杰西卡在心里叫道。

保罗精确地计算好时间，缓缓刺出，动作优美，但实在太慢，詹米利用间隙扭身退开，后退一步，移到了右侧。

保罗退回原地，蹲下身。“想痛饮鲜血，先得找到机会。”他说。

杰西卡终于发现儿子使用的是屏蔽场战士的技法，需要精确地掐准时间，她突然感到这是把双刃剑。这个孩子的反应既有年轻人的敏捷，也受到千百次的训练，已经达到眼前这些人从未见到的极致。但攻击方面，虽然也受过训练，却是习惯于刺穿屏蔽场障碍。屏蔽场会将速度过快的攻击弹回，只有缓缓刺出的迷惑性反击才能奏效。要想穿透屏蔽场，需要很强的控制力，还需要计谋。

*保罗看到这一点了吗？*她暗自发问。*一定要看到！*

詹米再一次发起进攻，乌黑的眼睛闪闪发光。球形灯下，他的身子已经变成了一道黄色的幻影。

保罗再一次蹿开，缓慢地反攻。

一次。

又一次。

每一次，保罗的反击都慢了一拍。

杰西卡注意到一个细节，她暗自希望詹米没有发觉——保罗的防卫动作虽然快得眼花缭乱，但每次移动都按最精确的角度完成，这个角度在有屏蔽场的情况下才可谓恰到好处，因为它会挡开詹米的部分攻击。

“你的儿子在耍弄那个可怜的笨蛋吗？”斯第尔格问。没等她回答，他就挥挥手，示意她别说话。“对不起，你必须保持沉默。”

此刻，岩石地上的两人正在互绕圈子。詹米持刀在前，身体微微前倾；保罗蹲伏着身子，持刀在侧。

詹米再一次向保罗扑来。这次他转向右边，之前保罗一直朝那个方向躲闪。

保罗没有后退，也没有闪躲，而是用刀尖刺向对方握刀的手。接着他迅速闪身，避到左侧。多亏契尼的指点。

詹米退入圆圈中央，揉着握刀的手，血从伤口滴下，过了一会儿，终于止住了。在球形灯昏暗的光线下，他的双眼睁得大大的，仿佛两个幽蓝的洞，他打量着保罗，眼神中出现了之前没有过的戒备。

“哦！有人受伤了。”斯第尔格喃喃道。

保罗蹲下身，时刻戒备着，同时，按照训练中习得的首次见血后的礼仪，他高声叫道：“你投不投降？”

“哈！”詹米大叫道。

人群响起一阵愤怒的议论声。

“慢着！”斯第尔格朗声叫道，“这小伙子不懂我们的规则。”接着他对保罗说道：“在泰哈迪决斗中，不会有人投降，不是你死就是我亡。”

杰西卡看到保罗艰难地咽了一口口水。她想：*他从未像这样杀过人……在这种以命相搏的白刃战中。他做得到吗？*

保罗被詹米逼着，向右缓缓绕着圈子。他曾看到这个山洞中数不清的变量互相冲撞，影响着未来，现在这些预知的场景又开始折磨他。按照他最新的理解，这次决斗需要迅速作出各种决策，但这些决策实在是太多，也太过频繁，也许没等他看到某个决策产生的清晰后果，就早已来不及下达了。

变量累积——正是如此，这个山洞才会成为一个迷离的节点，横亘在他未来的路径之上。它就像洪流中的巨石，在它周围的水流中产生了无数的漩涡。

“结束战斗吧，小子，”斯第尔格自言自语道，“别再耍他了。”

保罗依靠自己的速度优势，向圈内缓缓进逼。

詹米往后退去，他终于彻底明白，眼前站在泰哈迪决斗圈中的异星客，绝不是一个容易对付的人，不是弗雷曼人晶牙匕手到擒来的猎物。

杰西卡看到詹米脸上闪过绝望的阴影。现在的他最为危险，她想，他已经孤注一掷，什么事都做得出来。他已经明白，眼前这孩子完全不同于他部落里的小孩，而是从小受训的战士，天生的战斗机器。现在，我种在他心里的恐惧可以开花结果了。

她发觉自己竟对詹米有些同情——但这情绪转眼即逝，她马上意识到儿子即将面临的危险。

詹米可能会做任何事……任何无法预料的事，她告诉自己。她很想知道保罗是否看到过这个未来，他是不是在重演这一经历。但她看到了儿子移动的方式，看到一串串汗珠出现在他的脸上和肩上，还有他肌肉动作中体现出的小心谨慎。她第一次觉察到保罗的天赋中也存在着不确定因素，但她却并不明白其中的道理。

保罗现在加快了脚步，绕着圈子，但不急于进攻。他已经看出了对手的惧意。保罗的脑海中响起邓肯·艾达荷的声音："当对手怕你时，你应该让惧意自由发展下去，让惧意去影响他。让惧意变成恐惧。心存恐惧的人内心会有一番搏斗。最终，他会因绝望拼死一搏。这是最危险的时刻，但心怀恐惧的人通常会犯下致命的错误。我在这里训练你，就是要你发现这些错误，利用它们。"

山洞里的人开始嘀咕起来。

他们觉得保罗在耍弄詹米，杰西卡想，他们认为保罗的行为很残忍，完全没有必要这样做。

但是她也感到一股暗流涌动，人群其实都兴奋不已，对这场决斗表演很是赞赏。她能看到詹米身上背负的压力越来越重，什么时候会压垮詹米，她、詹米……或是保罗都一清二楚。

突然，詹米高高跃起，做了个假动作，右手下击，但那只手空空如也，晶牙匕已经换到了他的左手。

杰西卡倒抽一口气。

但保罗已经得到过契尼的告诫："詹米的两只手都能作战。"通过早年的深层训练，他早已领会到了其中的诀窍。"注意刀，而不是拿刀的手。”哥尼·哈莱克曾一次又一次地告诉他，“刀比手更危险，而且，刀可以握在任意一只手里。”

保罗已经看出了詹米的失误：他的步法很是糟糕，跃起之后，他需要一次心跳的时间才能恢复正常的姿势，而他之所以跃起，只是为了迷惑保罗，隐藏换刀的动作。

除了球形灯昏暗的黄光，以及围观者乌黑眼睛射出的目光，其他一切与练习场上的操练一模一样。当身体移动起来，可以利用其速度冲击它的屏蔽场时，屏蔽场便无需再被考虑。只见刀光一闪，保罗换了下刀，同时侧身一闪，挥刀而出，刺向下落中的詹米的胸膛——接着他退后一步，望着詹米栽倒在地。

詹米像一块软绵绵的破布倒在了地上，他面部朝下，喘了一口气，朝保罗转过脸，之后躺在地上，再也不动了。那双死气沉沉的眼睛瞪得大大的，就像两颗黑色的玻璃珠。

“用刀尖杀人缺乏艺术性，”艾达荷曾和保罗讲过，“但是出现了好机会，就不要让它束缚了你的手脚。”

人们冲了上来，推开保罗，挤满整个圆圈。一阵纷乱之后，他们把詹米的尸体围了起来。过了一会儿，一群人抬起一个用长袍包裹的大包，匆匆跑进洞的深处。

岩石地面上的尸体不见了。

杰西卡挤了过去，走向儿子。她感觉自己像是在一片裹着长袍、散发着恶臭的后背的海洋中游泳，周围的人很异样，所有人都沉默不语。

现在是可怕的时刻，她想，他杀死了一个人，无论头脑还是肌肉他都占着明显的上风。他绝不应该沾沾自喜。

她挤过最后的一堆人，来到一个小小的空地上。两个满脸胡须的弗雷曼人正在那里帮保罗穿上蒸馏服。

杰西卡盯着儿子，保罗两眼闪闪发亮，重重地喘息着，他听任那两人替他穿衣服，自己没有动手。

“和詹米搏斗，身上竟然没受一点伤。”一个人嘀咕道。

契尼站在一旁，眼睛盯着保罗。杰西卡看出这个女孩很兴奋，淘气的脸上露出赞慕的表情。

该迅速采取行动了，她想。

她用不屑一顾的口吻说道：“好呀，啊——杀人的滋味如何？”

保罗像是受了重重的打击，他呆住了。他迎向母亲冷冷的目光，一时血气上冲，整张脸通红起来。他不由自主地朝詹米躺过的地方看了一眼。

斯第尔格挤到杰西卡身旁，詹米的尸体已经被抬进了山洞深处，他刚从那里回来。他极力克制，用一种愤愤的口气对保罗说道：“下一回你向我发起挑战，想夺取我的领导权时，别以为你可以像戏弄詹米那样戏弄我。”

杰西卡觉察出自己和斯第尔格的话是怎样深深印在保罗的心里，这些严厉的话语在他身上起了作用。这些弗雷曼人犯了个错误——但错误也有用处。她像保罗一样扫视着周围这些人的脸，看到了他所看到的——仰慕，是的，还有恐惧……有些人还流露着——厌恶。她看了看斯第尔格，他脸上流露着听天由命的感觉，她知道这场决斗在他心中的感受。

保罗看着母亲。“你明白这是怎么一回事。”他说。

她从他的声音中听出了悔意，明白他的神志已经清醒。于是她扫了人群一眼，说道：“保罗以前从来没有用白刃杀过人。”

斯第尔格看着她，脸上堆满了怀疑。

“我没有戏弄他。”保罗说。他挤到母亲跟前，抚平长袍，看了看地上被詹米鲜血染黑的地方，“我并不想杀他。”

杰西卡看到斯第尔格脸上渐渐露出信任的神色，他用青筋暴突的手捋着胡须，一副如释重负的样子。同时，人群中也响起了表示理解的议论声。

“所以你要他投降，”斯第尔格说，“我明白了。我们的方式有所不同，但你以后会明白其中的意义。刚才我一度以为让一个心如蛇蝎的人加到了队伍中。”他迟疑了片刻，“从今往后，我不再叫你小子了。”

人群中有人喊道：“得给他起个名字，斯第尔格。”

斯第尔格点点头，捋着胡须。“我看到了你的力量……像顶梁柱一般强大。”他又顿了顿，“我们将管你叫‘友索’——梁柱的底座。这是你的秘密名号，你在队伍里的名字，我们在泰布穴地使用这个名字，但其他地方的人不会这么叫。”

人群低声应和。“选得好，那种……强大……会给我们带来好运。”杰西卡感受到他们的认同，除了她的战士，还包括她。她真的成为了萨亚迪娜。

“现在，你希望选择什么成年名字，好让我们在公开场合称呼你？”斯第尔格问。

保罗看了看她母亲，接着回头看向斯第尔格。这一时刻的一点一滴开始与他的预见“记忆”吻合起来，但是稍有不同，它就像一股有形的压力，将他压进现实的窄门。

“有一种小耗子，会蹦蹦跳跳的小耗子，你们管它叫什么？”保罗问，他想起了托诺盆地里跳上跳下的动物，于是用一只手比画了一下。

人群响起一阵笑声。

“我们管它叫穆阿迪布。”斯第尔格说。

杰西卡倒抽一口冷气，那是保罗告诉过她的名字，他说弗雷曼人会接纳他们，并称他为“穆阿迪布”。她突然害怕起自己的儿子来，也为他感到害怕。

保罗咽了口口水，他感觉自己在扮演一个早已在脑海中演过无数次的角色……然而……却还是有些不同。他觉得自己正栖息在令人头晕目眩的高山之巅，经历万千，知识渊博，可周围却是无底深渊。

他又一次想起那个预知的景象：狂热的军团追随着厄崔迪的黑绿战旗，以先知穆阿迪布的名义烧杀抢掠，横行整个宇宙。*绝不能让这样的事发生*，他暗自思忖。

“这就是你想要的名字，穆阿迪布？”斯第尔格问。

“我是一名厄崔迪，”保罗低声道，接着抬高嗓门，“我不能将家父起的名字全部弃之不顾，你们可以叫我保罗-穆阿迪布吗？”

“你就是保罗-穆阿迪布了。”斯第尔格说。

保罗想：*这件事从没在我的预知景象中出现。我做了一件不同的事。*

但他依然觉得周围全是深渊。

人群中又响起一阵低语，人们正交头接耳："既有智慧又有力量……还要什么呢……肯定是传说中的人物……李桑·阿尔-盖布……李桑·阿尔-盖布……"

"关于你的新名字，有件事我要告诉你，"斯第尔格说，"你的选择让我们感到满意。穆阿迪布精通沙漠之道。穆阿迪布会自己制造水。穆阿迪布懂得躲避太阳，会在凉爽的夜里活动。穆阿迪布多产，繁殖力强，星球上到处都能看到它们的身影。我们把穆阿迪布称为'孩子的老师'。这是一个强有力的基座，你可以在它上面建立你的新生活了，保罗-穆阿迪布，我们的友索，欢迎你加入我们。"

斯第尔格用一只手掌触了触保罗的前额，接着收回手，抱了抱他，低声说道："友索。"

斯第尔格刚松开保罗，队伍中又一人上前拥抱保罗，重复他的新名字。全队人一个接一个地拥抱他，只听一个个的声音在洞内回响。"友索……友索……友索……"他已经可以叫出其中一些人的名字。还有契尼，她抱住他，脸颊贴上保罗的脸颊，叫出他的名字。

过了一会儿，保罗再次站在斯第尔格面前，后者说道："你现在是伊齐旺·比德温——也就是我们的兄弟了。"他板起脸，以命令的口吻说道，"现在，保罗-穆阿迪布，系紧你的蒸馏服。"他看了看契尼，"契尼！看看保罗·穆阿迪布的鼻塞，我从没见过这么不合适的。不是叫你照顾他吗？"

"我没有材料，斯第尔格，"她说，"当然，现在有詹米的蒸馏服，但是……"

"够了！"

"那我把自己的分给他穿吧，"她说，"我暂时用一件应付着，等……"

"不行，"斯第尔格说，"我知道我们有些人有多余的蒸馏服。都在哪里？我们是一个集体还是一群野人？"

从队伍中伸出几只手，主动交出结实的纤维织物。斯第尔格选了四件，交给契尼。"把这些给友索和萨亚迪娜。"

从队伍后传来一个声音。"那些水怎么办，斯第尔格？他们背包里的那几升水怎么办？”

“我知道你需要水，法鲁克。”斯第尔格说，他朝杰西卡看了一眼，后者点了点头。

“打开一瓶，给那些需要水的人。”斯第尔格说，“司水员……司水员在哪里？啊，希莫姆，注意好水量，只取所需，别给多了。这些水是萨亚迪娜从她亡夫那里得来的遗产，等回到穴地，我们会按野外兑换率扣去包装费后偿还给她。”

“野外兑换率是多少？”杰西卡问。

“十比一。”斯第尔格说。

“但是……”

“这是一条明智的规定，你以后会明白的。”斯第尔格说。

队伍后面传来一阵窸窸窣窣的衣袍声，人们开始转身取水去了。

斯第尔格举起一只手，人们安静下来。“至于詹米，”他说，“我下令为他举行一场隆重的葬礼。詹米是我们的同伴，也是我们的伊齐旺·比德温兄弟，他用一场泰哈迪挑战证明了我们的幸运，在我们没向死者表示敬意前，不能就这么离开。我提议举行葬礼……在太阳下山时，让黑暗保护他踏上旅程。”

听到这些话，保罗又一次感觉自己坠入了深渊……时间盲点。在他的脑海中，过去看到的那些未来景象都消失了……只有……只有……他依然能感觉到厄崔迪的黑绿战旗在飘扬……就在前方某处……依然能看到圣战的染血宝剑，狂热的军团。

不会是这样的，他告诫自己，我决不会让这样的事发生。

上帝创造厄拉科斯，以锤炼他的信徒。

——摘自伊勒琅公主的《穆阿迪布的智慧》

山洞中静悄悄的，杰西卡只听见人们行走时沙子摩擦岩石的沙沙声，还有远处的鸟鸣，斯第尔格说那是他安排的哨兵发出的信号。

巨大的塑料封闭罩已从洞口掀去，夜幕慢慢笼罩杰西卡面前的洞口，以及对面广阔的盆地。她感到白日的日光正在远去，不仅是因为黑影的缘故，干热也在渐渐消散。她知道，自己那久经训练的感官很快就能和这些弗雷曼人一样——极其敏锐，就连空气湿度最微小的变化也能察觉。

洞口打开时，他们马上系紧了蒸馏服，动作真是快！洞内深处，有人唱起圣歌：

Ima trava okolo!

I korenja okolo!

杰西卡心里暗暗翻译：这些是灰！这些是根！

为詹米举行的葬礼开始了。

她望着山洞外厄拉奇恩的落日，望着天空中层次分明的色彩。夜幕开始把黑暗慢慢推向远处的岩石和沙丘。

但炎热仍滞留不去。

仍旧酷热难耐，这让她无时无刻都想着水，也使她想到亲眼见到的事实：这些人受过训练，只有在特定时刻才会感到口渴。

渴！

她还记得卡拉丹月光下的海浪，如白色衣袍，拍击着礁石……海风带着浓厚的湿润气息。此刻，微风掀动她的长袍，却让她暴露在外的脸颊和前额感到阵阵刺痛。新换的鼻塞让她的鼻子很不舒服，而且她无时无刻不在想连接鼻塞的那根管子，它从脸部往下一直伸进蒸馏服，目的是回收她呼出的水汽。

蒸馏服本身就是一个发汗箱。

“当你适应了体内较低的含水量后，蒸馏服会让你感觉更舒服些。”斯第尔格说过。

她知道他说得对，但即便如此，也无法让她此刻感到舒服些。她一直下意识地去想水，这念头沉甸甸地压在她脑海里。不，她纠正自己，是关注水分。

水分是一个更敏感、意义更为重大的问题。

她听到脚步声逼近，转过身，看见保罗从山洞深处走了出来，身后跟着一脸淘气的契尼。

还有一件事，杰西卡想，保罗应警惕他们的女人。这些沙漠女子当不了公爵夫人，做小妾还可以，但当不了妻子。

接着，她又想起自己的身份，不禁暗自思忖：我是不是已经被他的计划影响了？她意识到自己的思维模式早已受到了别人的摆布。我只想到皇室婚姻的需要，却没有想一想自己也是个小妾。但是……我不只是小妾而已。

“母亲。”

保罗停在她面前，契尼站在他身旁。

“母亲，你知道他们在那里干什么吗？”

杰西卡看着兜帽下他那双黑色的眼睛。“我也想知道。”

“契尼带我去看了……因为我应该去看，他们需要我的……允许才能称水。”

杰西卡看着契尼。

“他们在提取詹米的水，”契尼说，细细的声音透过鼻塞传出，“这是规矩：肉体属于个人，但他的水属于部落……除非他是战死的。”

“他们说这水是我的。”保罗说。

杰西卡突然警惕起来，连她自己也不知道为什么。

“战死者的水属于胜者，”契尼说，“因为决斗双方不能穿蒸馏服，必须在露天战斗。胜者理应收回他的水，来弥补在决斗中失去的那部分。”

“我不想要他的水。”保罗喃喃道。他感到自己的心眼看到了无数不安的画面，它们同时映现在他的眼前，而他自己也是这些画面的一部分。他不清楚该怎么做，但有一件事他能肯定：他不想要这些从詹米肉体中提取出的水。

“那是……水。”契尼说。

杰西卡感到很惊奇，一个简单的词——“水”，但契尼念出它的方式却意味深长。杰西卡脑海中出现一条贝尼·杰瑟里特的格言：“*生存能力就是在陌生的水域中游泳。*”杰西卡想：*我和保罗如果想要生存下去……就必须在这些陌生的水域中找出水流和它们的模式。*

“你要接受这些水。”杰西卡说。

她分辨出自己的说话腔调。她曾用这种语调跟雷托公爵讲过一次话，告诉她那已故的公爵，他必须支持一项可疑的投资，并为此接受一笔钱——因为钱可以维持厄崔迪的权势。

在厄拉科斯，水就是钱。这一点她非常清楚。

保罗保持沉默，随即明白自己会按她的命令去做。不是因为那是她的命令，而是因为她说话的语气迫使他重新考虑。如果拒绝接受水，就意味着拒绝接受弗雷曼的习俗。

保罗随即想起岳医生那本《奥天圣经》中的话，出自467号经文，他说道：“一切生命起源于水。”

杰西卡盯着他。*他怎么会知道这句话的？*她暗自思忖。*他还没有学过秘籍。*

“是这么说的，”契尼说，“神圣的真理。《夏-纳马》中说，水是万物中第一个被创造出来的。”

杰西卡突然浑身颤抖起来，连她自己都不知道什么原因（这更加让她感到不安）。她扭过头，掩藏自己的困惑。就在这时，她看到了日落的景象。太阳沉入地平线之时，一大片缤纷绚丽的颜色溢满了天空。

“时辰已到！”

是斯第尔格，他的声音回荡在洞穴中。“詹米的武器已被销毁，他已受到夏胡鲁的召唤。是夏胡鲁制定了月盈月亏，让月亮逐日变小，最后变成凋残的弯钩。”斯第尔格放低声音，“詹米也是如此。”

沉寂像一块毯子压在岩洞上。

杰西卡看见斯第尔格的灰色身影如鬼魅般在黑暗洞穴内移动。她回头看了一眼盆地，感到一丝凉意。

“詹米的朋友们，请过来。”斯第尔格说。

杰西卡身后的人动了起来，在洞口拉起一副帘子，山洞深处的顶上点上了一只球形灯，黄色的光线照亮了移动的人影。只听见衣袍沙沙作响。

契尼迈开一步，像是被光线拉动了一样。

杰西卡弯腰贴近保罗的耳朵，用家族密语说道：“学着他们，他们怎么做，你就怎么做。只是一次简单的仪式，为了抚慰詹米的灵魂。”

没那么简单，保罗想。他感觉自己的意识正不住地扭动，像是要奋力抓住某样不断移动的东西，想按住它，让它停止动弹。

契尼溜回杰西卡身边，抓住她的手。“这边来，萨亚迪娜，我们必须和他分开坐。”

保罗看着她们远离，进入黑暗之中，只留下他一个人，他有一种被抛弃的感觉。

安装帘子的那些人走到他身边。

“这里来，友索。”

他任由自己受人引领，被他们推入人群围成的圈子内。斯第尔格正站在圈子里，头顶的球形灯照着他，在他身旁的岩石地面上放着一个弯曲带棱角的包裹，上面盖着一件长袍。

斯第尔格打了个手势，众人便蹲了下来，衣袍沙沙作响。保罗与他们一起蹲下，同时注视着斯第尔格，顶上的球形灯照在他脸上，让他的眼睛看上去像是两个窟窿，脖子上的绿纱巾也被照得发亮。保罗把注意力转向斯第尔格脚边用长袍盖着的包裹上，认出了从布料里伸出的巴厘琴的琴把。

“圣语有云，一号月亮升起之时，灵魂将离开尘世，留下躯体的水，”斯第尔格说，“今晚，当我们看到一号月亮升起时，谁将会被召唤？”

“詹米。”全人齐声回答。

斯第尔格脚后跟一撑，转了一大圈，目光扫过每个围观者的脸。“我是詹米的朋友，”他说，“当鹰式飞机在巨岩洞向我们俯冲时，是詹米把我救到了安全之地。”

他朝身边那堆东西弯下腰，掀起长袍。“作为詹米的朋友，我拿走这件长袍——这是首领的权力。”他把长袍批在肩上，直起身来。

此时，保罗才看见露出来的那堆东西：一件闪闪发光的银色蒸馏服，一个破旧的水盆，一条纱巾包裹着的小册子，一把没了刀刃的晶牙匕刀把，一把空刀鞘，一个折叠背包，一个定位罗盘，一个密码器，一个沙槌，一堆拳头大小的金属钩子，一小包杂物，看起来像是一把包在布里的小石子，一捆羽毛……还有那把巴厘琴，就摆在折叠背包旁。

这么说，詹米也弹巴厘琴，保罗想。这把乐器让他想起哥尼·哈莱克，想起失落的往昔。在过去看到的那些未来中，保罗见到过一些路径，他可能会再次见到哈莱克，但这些重逢的景象少之又少，且模模糊糊看不清楚。这让他非常困惑。这些不确定因素让他惊讶，*那是否意味着如果我做出……也许会做的事，可能会毁掉哥尼……或者会使他重生……或者……*

保罗吞咽了口口水，摇摇头。

斯第尔格再次弯腰凑向那堆东西。

“这些给詹米的女人和侍卫。”他一面说，一面拾起那包石子和那本书，放进自己的衣袍中。

“首领的权力。”众人齐声道。

“詹米喝咖啡的盆子，”斯第尔格说，他拿起那个扁平的绿色金属盆，“在回到穴地，举行适当的仪式时，交给友索。”

“首领的权力。”众人齐声说。

最后，他拿起晶牙匕的刀把，站起身。“献给丧原。”他说。

“献给丧原。”众人齐声回应。

杰西卡也在圆圈中，蹲在保罗对面。她点了点头，认出了这种仪式的古老渊源，心里想：*这是愚昧和知识、野蛮和文明之间的碰撞。我们对死者有一套庄严的仪式，他们的葬礼就是源自于此。*她看了看对面的保罗，暗自思忖：*他看出来了吗？他知不知道该怎么做？*

“我们是詹米的朋友，”斯第尔格说，“我们不会用泪水为死者送行。”

保罗左边一个长着灰色胡子的人站起来。“我曾是詹米的朋友。”他走到那堆遗物旁，拿起密码器，“在双鸟受到围困时，我们的水降到了最低储备，是詹米分出了他的水。”说完，那人回到他在圆圈中的位置。

*我是不是应该说自己曾是詹米的朋友？*保罗暗想，*他们希望我从那堆东西中拿走某样东西？*他看到人们把脸转向他，又再转开。*他们确实这么希望！*

保罗对面又有一人站起，走到背包旁，拿起了定位罗盘。“我曾是詹米的朋友，”他说，“当巡逻队在涯角追上我们时，我受了伤。是詹米把他们引开，受伤的人才得以获救。”他回到圈子里他的位置上。

人们的脸又一次转向保罗，他看到他们期待的表情。他不由得低下头。一只胳膊肘戳了戳他，一个声音轻声道：“你想给我们带来毁灭吗？”

*我怎么能说自己曾是他的朋友呢？*保罗暗问。

又有一个人从保罗对面站起，那人的脸隐在兜帽下，走进灯光下。保罗立即认出，那是他的母亲。她从那堆东西里拿起一块手巾。“我曾是他的朋友，”她说，“当他身上的众神之灵看到真理时，灵魂退却，饶了我儿子的命。”她回到她的位置上。

保罗想起决斗后他母亲对他说的那句略带轻蔑的话：“*杀人的滋味如何？*”

他又一次看到人们的脸转向他，感到人们的愤怒和恐惧。保罗脑海中闪过母亲给他看过的一本缩微图书中的话，那书讲的是“祭奠死者的仪式”。他知道自己必须做些什么了。

保罗慢慢站起身。

圈子里的人都舒了一口气。

保罗走进圆圈中央，他感到自己变小了。仿佛他失去了自己的一部分，要在这里找回来。他弯腰从那堆遗物上拾起巴厘琴。琴弦碰到了那堆东西上的什么物件，发出一声轻柔的声音。

“我曾是詹米的朋友。”保罗低声道。

他感觉眼眶中热泪滚滚，于是努力抬高声音。“詹米教会我……杀……杀戮……是要付出代价的。我真希望能更了解詹米一点。”

他像瞎子般踉踉跄跄回到他在圆圈中的位置上，跌坐在岩石地面上。

有人轻声道：“他流泪了！”

这句话迅速传遍整个圆圈里的人：“友索把水送给了死者！”

他感觉到一根根手指触摸着他湿润的脸颊，听到敬畏的低语声。

杰西卡听着这些声音，感受到其中的深意，她意识到，一定有什么可怕的禁忌不准他们流泪。她把心思集中在那句话上：“*他把水送给了死者*。”眼泪——是给予影子世界的礼物。毫无疑问，眼泪是神圣的。

在此之前，这个星球上的任何东西——贩水商，当地人干燥的皮肤，蒸馏服，或是严格的用水纪律——都不曾让杰西卡如此深刻地领悟水的终极价值。水在这里比其他所有东西都更为宝贵——水就是生命，各种象征和仪式都以它为核心。

水。

“我摸到了他的脸，”有人小声说，“我摸到了赐礼。”

起初，触摸他脸颊的手指使保罗感到害怕，他不由得紧紧抓住冰冷的巴厘琴琴把，感受着深深勒入掌心的琴弦。后来，他看见那一双双手后的脸庞——眼睛大睁，一脸惊奇。

不久，那些手收了回去，葬礼重新开始。但此时，保罗和众人之间出现了一道微妙的空间，他有点犹豫不定，全队人都退后了一步，以距离来表达一种敬畏。

仪式在低沉的颂歌中结束：

满月在召唤汝——
汝将晋见夏胡鲁；
红色的夜，扬尘的天，
汝浴血而亡。
我们向圆月祈祷——
好运因你悠长。
在那坚实的大地上，
我们一定会找到
一心探求的宝藏。

斯第尔格脚边只剩下一个鼓鼓囊囊的袋子。他俯下身子，手心按着它。有人走到他身旁，在他边上蹲下。保罗从兜帽的阴影下认出了契尼的脸。

“詹米携有三十三升七又三十二分之三码的水，都属于部落，”契尼说，“现在，在萨亚迪娜面前，祝福这水。Ekkeri-akairi，这就是那水，属于保罗-穆阿迪布的水！Kivi a-kavi，就这么多了。Nakalas！Nakelas！可以量，可以数。ukair-an！心跳声，jan-jan-jan，来自我们的朋友……詹米。”

意味深长的沉默猝然而至，契尼转过身，盯着保罗。过了一会儿，她说道：“我是火焰，汝即是煤；我是露珠，汝即是水。”

“比拉凯法。”人们齐声道。

“这些水属于保罗-穆阿迪布，”契尼说，“愿他为部落守护它，保存它，不要因粗心大意而失去它。愿他在需要的时候，慷慨地使用它。愿他在为部落捐躯时，无私地奉献它。”

“比拉凯法。”人们齐声道。

我应该接受这些水，保罗想。他慢慢地站起身，走到契尼身旁。斯第尔格退后一步，给他让出地方，同时轻轻从他手中接过巴厘琴。

“跪下。”契尼说。

保罗跪在地上。

她引导保罗的双手，让它们伸向水袋，放在袋子富有弹性的表面上。“部落把这些水托付给汝，”她说，“詹米离开了它，安心地把它拿去吧。”她拉着保罗，和他一起站起身。

斯第尔格把巴厘琴递还给他，同时伸出一只手，掌心里放着一堆金属圈。保罗看着它们，发现它们大小不一，在球形灯的照耀下闪着光芒。

契尼拿起最大的一个指环，举在一根手指上。“三十升。”她说。接着一个接着一个地拿起别的指环，把每一个都举起来给保罗看，嘴里数着，“两升，一升，七码。三十二分之三码。一共是三十三升七又三十二分之三码。”

她把它们举在手指上，让保罗看清楚。

“你接受它们吗？”斯第尔格问。

保罗咽了口口水，点点头：“接受。”

“过一会儿，”契尼说，“我教你怎么把它们拴在一条手巾上，这样一来，在你需要保持安静时，它们就不会咔嗒作响，暴露你的行踪。”她伸出手。

“你愿意……替我保管它们吗？”保罗问。

契尼转过头，惊讶地看着斯第尔格。

他微微一笑，说道：“我们的友索，保罗-穆阿迪布，还不了解我们的习惯，契尼，就替他保管计水器吧，等教会他怎么携带它们，就还给他。”

她点点头，从长袍下拉出一条布带，把指环串在上面，接着在布条的上下方各打了一个复杂的结，犹豫了一下，最后把它们塞进长袍下的袋子里。

有什么事我没明白，保罗想。他感到周围的人把这事当成了滑稽的事，都在取笑他。他在心里把刚才的事与预知的记忆联系起来：*把计水器交给一个女人——这是一种求爱方式*。

“司水员。”斯第尔格说。

队伍中一阵沙沙的衣袍声，两个人走了出来，抬起水袋，斯第尔格取下球形灯，领头往山洞深处走去。

保罗随着人潮往前走，他紧跟在契尼身后，同时注视着岩壁上忽闪的灯光、舞动的影子。虽然众人保持沉默，但他能感到队伍满含着期待，情绪高涨。

杰西卡被热情的手拉到队伍后，被拥挤的人群包围，她压下一时的恐慌。她已经认出了这种仪式的片段，也辨别出了谈话中零星的恰科博萨语和博塔尼·吉布语。她知道，这些看似简单的时刻，随时可能爆发出疯狂的暴力行为。

Jan-jan-jan，她想，*走——走——走*。

就像一场完全不受大人控制的儿童游戏。

斯第尔格在一堵黄色的岩壁前停下脚步，他按下一块凸起的岩石，岩壁悄无声息地在他面前滑开，露出一条不规则的裂缝。他领头钻了过去，经过一个蜂窝状的格子墙壁。保罗走过格子时，感到一股凉风扑面而来。

保罗转过头，面带疑惑地看着契尼，拉了拉她的手臂。“这空气感觉很湿润。”他说。

“嘘……”她小声说。

但他们后面有个人说道：“今晚捕风器里水汽真不少，是詹米在告诉我们，他感到满意。”

杰西卡钻过密门，听见它在身后关上了。她看到前面的弗雷曼人在经过格子墙壁时走得很慢。当她走到它对面时，她感觉到了潮湿的空气。

捕风器，她想，他们在地表的某个地方藏着一台捕风器，通过管道把空气送到下面这个比较凉爽的地方，并借此凝聚空气中的水汽。

他们通过另一道石门，门上也有格子工事。门在他们身后关上，吹在他们背上的那股空气，带着杰西卡和保罗能明显感觉到的水汽。

队伍最前方，斯第尔格手上球形灯的光线渐渐下沉。不久，保罗感觉到脚下出现了阶梯，拐向了左下方。光线反射回来，照在一片戴着兜帽的脑袋上，人群沿着阶梯盘旋而下。

杰西卡感觉到周围的人紧张起来，一种沉默的压力带着紧迫感，压迫着她的神经。

台阶到了头，队伍通过另一道矮门，球形灯的灯光被一片巨大的空间吞没，上方是弯曲的天花板。

保罗感到契尼的手搭在了自己的手臂上，寒冷的空气中，他听见微弱的滴水声。在这座水之圣殿中，这些弗雷曼人没有发出一丝声音。

我在梦中见过这个地方，他想。

这念头既让他安心，又让他感到不安。就在这条路的前方不远处，狂热的弗雷曼人以他的名义，在整个宇宙中砍杀出一条血淋淋的路。厄崔迪的黑绿战旗将成为恐惧的象征，疯狂的战士高呼口号，冲向战场：“穆阿迪布！”

决不能，他想，*我决不能让这种事发生*。

但他能感觉到体内强烈的种族意识，源自他自身的可怕目的。他还意识到，没有任何东西可以让这庞然大物改道而行。它正在慢慢积聚力量和能量。就算他现在死去，他母亲和未出世的妹妹也会将此事继续下去。除非集合在这里的所有士兵在此时此刻一命呜呼——包括他自己和他母亲——才能阻止这事的发生。

保罗看着四周，看见队伍排成一队向外延伸。他们推着他向前，让他靠在一个就着岩石雕凿而成的矮墙上。矮墙对面，在斯第尔格手中灯的照射下，保罗看见一片黑色的平静水面。它延伸向远方的黑影中——又黑又深——远处的岩壁隐约可见，或许有一百米远。

在湿润的空气中，杰西卡感到脸颊和前额的干燥皮肤松弛了下来。水池很深，她能感到它的深度，她极力克制，没有把手伸入水中。

左边响起一声溅水的声音，她沿着阴影中的弗雷曼队列看去，见保罗站在斯第尔格身旁，正和司水员一起把水袋中的水通过一个流量计，倒入水池中。流量计装在水池边缘，是个灰色的圆孔。水流经过时，发光的指针也随之移动。指针停在了三十三升七又三十二分之三码的刻度上。

水计量得真准，杰西卡想。她注意到，在水流过之后，水表的水槽壁上没有留下任何水渍。这些水流过槽壁，却没有任何附着力产生。透过这件小事，她看出弗雷曼人拥有的高超技术：他们是完美主义者。

杰西卡沿着矮墙，走到斯第尔格身旁。人们礼貌地给她让路。她注意到，保罗的眼神中有一丝畏缩，但现在这座神秘的巨大水池已经占据了她的思想。

斯第尔格看着她。“我们中曾有些人需要水，”他说，“可就算他们来到这里，也不会碰这里的水，你知道吗？”

“我信。”她说。

他望着水池。“我们这里有三亿八千多万升水，”他说，“我们筑了这堵墙，把它与小小造物主隔开，隐藏并保护起来。”

“一座宝库。”她说。

斯第尔格举起球形灯，直视她的眼睛。“它比宝库更为贵重。我们有数以千计这样的贮水池，只有极少数人知道全部水池的所在地。”他昂起头，歪向一边，球形灯的黄色光线投射到他的脸庞和胡须上。“听见声音了吗？”

他们侧耳倾听。

捕风器凝聚的水滴落在水池里，声音回荡在整个空间里。杰西卡看到全队人都全神贯注地听着，沉浸其中。只有保罗似乎在作壁上观。

对保罗来说，这声音仿佛时间的嘀嗒声，他感觉时间正一分一秒地过去，永远也无法再次体验相同的一刻。他觉得自己必须马上作出决定，却又无能为力，无法做出行动。

“已经经过精确的计算，”斯第尔格小声说，“我们知道总共需要多少水，误差不超过一千万升。当我们有了足够的水之后，就可以改变厄拉科斯的面貌。”

队伍中响起一声低语：“比拉凯法。”

“我们将用绿草固定沙丘，”斯第尔格说道，声音逐渐大起来，“我们将用树木和丛林把水固定在土壤里。”

“比拉凯法。”众人应和。

“让两极的冰川逐年后退。”斯第尔格说。

“比拉凯法。”

“我们将把厄拉科斯建成一个家园——在两极安装透镜融化冰川，在温暖地带造湖，只把沙漠深处留给造物主和它的香料。”

“比拉凯法。”

“再不会有人缺水。井里、池塘里、湖里、河里，到处都有水可取。水也将流经暗渠，灌溉我们的植物。任何人都能取到水，伸手就可得到。”

“比拉凯法。”

杰西卡感受到这些话语中的宗教色彩，发觉自己本能地产生了一种敬畏之情。*他们在憧憬未来*，她想，*这是他们努力攀爬的那座高峰，是那个科学家的梦想……而这些纯真的人，这些庶民，满脑子转的都是这个梦。*

她想起了列特·凯恩斯，那个皇家的星球生态学家，早已经本地化了。她很想知道他是个什么样的人。这是一个足以俘获人们灵魂的梦想，她能感受到那位生态学家的手笔，这也是一个人们甘愿为之牺牲的梦。儿子需要的一项至关重要的要素正是这个：一群有目标的人。这样的人容易灌输进满脑子的宗教狂热，他们可以变成保罗手中的利剑，为他赢回应得的地位。

“我们现在要走了，”斯第尔格说，“回去等待一号月亮升起，等詹米平安上路，我们就可以回家了。”

大家不情愿地嘀咕了几声，但还是跟着，掉头沿着水墙，爬上阶梯。

保罗走在契尼身后，觉得一个关键时刻已经离他远去，他错过了作出重大决定的时机，已经陷入了自己创造的神话中。他知道自己以前见过这个地方，那是在遥远的卡拉丹，他在一次预知梦境的片断中经历过这些事。但当时并没有看到这个地方的全部细节，现在他已经把一切都记录在了脑中。他突然意识到自己的天赋也有局限，不由得感到惊讶，于是产生了一种新的感觉。他感觉自己是在时间的海洋中冲浪，时而跌进浪谷，时而骑上浪尖，与此同时，周围的其他波浪此起彼伏，它们表面载着的东西也时隐时现。

而在这海洋里，充满暴力和杀戮的疯狂圣战始终耸现在他的眼前，那就像浪涛上的海岬。

队伍从最后一道门鱼贯而出，进入主洞。门被封上，灯光熄灭，洞口的密封罩也取掉了，露出笼罩着沙漠的夜空和星辰。

杰西卡走到洞口干燥的平台上，仰望满天的星辰，她们明亮极了，看上去显得那么近。这时，她感到队伍骚动起来，身后某处响起了巴厘琴的声音，保罗正哼着一首曲子，声调中带着一股她不喜欢的悲愁。

契尼的声音从洞穴深处的黑暗中杀出：“给我讲讲你出生地的水吧，保罗-穆阿迪布。”

保罗说："下次吧，契尼，我向你保证。"

如此悲伤。

"这是一把很好的巴厘琴。"契尼说。

"非常好，"保罗说，"你说詹米会介意我用他的琴吗？"

他谈起这个死人，就好像他还活着，杰西卡想。其中的寓意使她不安。

一个男人的声音插进来："詹米很喜欢音乐，真的。"

"那就给我唱一首你们的歌吧。"契尼恳求道。

这小姑娘的声音充满了女性的魅惑，杰西卡想，我必须警告保罗，让他小心他们的女人……越快越好。

"这是我一位朋友的歌，"保罗说，"我想，他现在已经死了，他叫哥尼。他把这支歌称为晚祷。"

队伍静了下来，听着保罗唱出少年甜美的高音，伴着巴厘琴的琴声：

在这看见余烬的时间里——
金色明亮的太阳消失在薄暮中。
狂乱的内心，浓浓的麝香，
是对爱人的思念。

歌声撞击着杰西卡的心房——她突然强烈地意识到自己的存在，感受到自己的肉体和它的需要。她带着一丝紧张，静静地听下去。

夜是珍珠香薰的安魂曲——
为我们歌唱！
欢笑声中——
你的眼睛光芒万丈——
鲜花装点的恋情，
牵动着我们的心……
鲜花装点的恋情，
充实我们的希望。

歌声散去，四周一片寂静。我儿子为什么要给这个女孩唱情歌？她暗自思忖。她突然感到一阵恐惧，生命在她周围流动，她却没有办法驾驭它们。他为什么要选这首歌？她不明白，有时候，本能是最真实的。他为什么要这样做？

保罗静静地坐在黑暗中，脑中只有一个念头：我母亲是我的敌人。她现在还不知道，但她的确是我的敌人。她正在一手促成这场圣战。她生下我，训练我，但她却是我的敌人。

进步这个概念起着一种保护机制的作用，使我们不至于害怕未来。

——摘自伊勒琅公主的《穆阿迪布语录》

十七岁生日那天，菲德-罗萨·哈克南在家族竞技场上杀死了他的第一百个奴隶角斗士。来自帝国宫廷的观察员芬伦伯爵和夫人专程前往哈克南的母星——杰第主星——进行观礼。当日下午，他们受邀和哈克南的直系成员一起坐在三角竞技场的金色包厢中，观赏这场盛事。

为庆贺这位准男爵的寿辰，也为了提醒全体哈克南人，这位菲德-罗萨乃是指定的爵位继承人，这一天被定为杰第主星的节日。老男爵已经颁布法令，宣布从这一天的正午到次日正午为休息日。在家族城市哈克，人们费尽心机营造欢乐的气氛：建筑物上旗帜飞扬，面朝宫廷大街的墙壁都被粉刷一新。

但芬伦伯爵和夫人注意到，一离开主干道，什么东西都显形了：垃圾堆，粗糙的棕色墙壁把倒影投在一个个黑黝黝的水坑里，还有鬼鬼祟祟、到处乱窜的人。

在男爵的蓝墙城堡中，一切都装点得极为华丽，但伯爵和夫人看得到背后高昂的代价：到处都是卫兵，他们手里的武器闪着特殊的光泽，受过训练的人一眼就能看出，这些武器处于频繁使用的状态。就算在城堡里，从一个区到另一个区的常用通道都设上了岗哨。仆人们的走路方式、肩膀的状态……以及始终警醒的眼神，都显示出他们曾受过专门的军事训练。

“压力越来越大，”伯爵用密语轻声对他的夫人说，“男爵刚开始明白，干掉雷托公爵，他付出了多大的代价。”

“改天我一定要给你说说凤凰浴火重生的传说。”她说。

他们来到城堡的接待大厅，等着前往家族竞技场。这个厅不算大——也许只有四十米长、二十米宽——但大厅的四墙上有着一些装饰性柱子，往上慢慢变尖，同时天花板微微拱起，这一切都给人以一种空间很大的错觉。

“啊，男爵来了。”伯爵说。

男爵沿着大厅走来，因为需要控制浮空器支撑的一身肥肉，所以一路走得晃晃悠悠，就如一只鸭子般。他下巴上的肉抖个不停；橙色的袍子下，浮空器轻轻摇动。他手上的戒指闪闪发亮，织缀在长袍上的月白火焰石明亮耀眼。

男爵身旁跟着菲德-罗萨，年轻人的一头黑发烫成一个个发卷，显得放荡不羁，却与下面那双阴郁的眼睛格格不入。他穿着黑色的紧身束腰外衣，一条紧身喇叭裤，小脚上套着一双软底鞋。

芬伦夫人注意到这个年轻人走路的姿势和紧身外衣下的肌肉，心想：这是一个不会让自己长胖的人。

男爵在他们面前站定，像抓什么东西般一把抓住菲德-罗萨的手臂，说道：“这是我的侄儿，未来的男爵，菲德-罗萨·哈克南。”然后，他把自己那张婴儿般胖嘟嘟的脸转向菲德-罗萨，“这两位就是我跟你提到的芬伦伯爵和夫人。”

菲德-罗萨按照礼仪的要求低头行礼。他盯着芬伦夫人。一头金发，婀娜多姿，完美的身材裹在一件淡褐色的曳地长裙里，式样极其简单，没有任何装饰。伯爵夫人那双灰绿色的眼睛也盯着他。她身上有一种贝尼·杰瑟里特的沉着冷静，让这个年轻人感到一丝不安。

“嗯……啊……”伯爵说。他打量着菲德-罗萨，“嗯……好个年轻人。啊……嗯……亲爱的？”伯爵看了眼男爵，“我亲爱的男爵，你说你已经向这位年轻人提起过我们？你说了什么呢？”

“我跟我侄儿说，皇帝陛下对你十分器重，芬伦伯爵。”男爵说，心里却在想：*好好记住他，菲德！记住这个伪装成兔子的杀手——这是最危险的杀手。*

“当然！”伯爵说着，朝自己的夫人笑了笑。

菲德-罗萨发现，这个人的言谈举止近乎无礼，差一点有种明目张胆的感觉。年轻人把注意力放在伯爵身上：这是一个身材矮小的人，看上去一副病恹恹的样子。样貌十分狡猾，有一双硕大的黑眼睛，两鬓斑白。他的动作也非常奇怪，手和脑袋转向一个方向，说话却朝着另一个方向，令人难以捉摸。

“嗯……啊……嗯，难得你说得这么……嗯……正确。”伯爵对着男爵的肩头说，“我……啊……祝贺你……嗯……找到如此完美的……啊……继承人。多亏了……嗯……长者的智慧。”

“你过奖了！”男爵躬身行礼。但菲德-罗萨注意到，他叔叔的眼中并无谦恭之意。

“你在……嗯……说反话啊，那……嗯……说明你在考虑什么大事。”伯爵说。

又来了，菲德-罗萨想，*听起来真是出言不逊，但你挑不出他的不是*。

听着这人的话，菲德-罗萨感觉自己的脑袋被按进了一个满是“嗯嗯啊啊”的泥潭，于是他把注意力又落到芬伦夫人身上。

“我们……啊……占了这位年轻人太多时间了，”她说，“据我所知，他今天将在竞技场上亮相。”

*和皇帝后宫里的那些佳丽相比，她算得上一个美人儿！*菲德-罗萨想。他随即说道：“夫人，今日我将为您进行一场猎杀。如果您允许，我将在竞技场为您献上胜利的荣光。”

她平静地看着他，但她的回答就像鞭子一般抽打过来：“我不允许。”

“菲德！”男爵叫道，他心想：*这小鬼！他想向这个凶残的伯爵挑战吗？*

但伯爵只是笑笑，说道：“嗯……嗯……”

“该上竞技场了，菲德，你真得去好好准备下了，”男爵说，“一定要休息好，别做任何傻事。”

菲德-罗萨鞠了个躬，他的脸气得发黑。“相信一切会如你所愿，叔叔。”他向芬伦伯爵点了点头，“阁下。”又朝伯爵夫人点点头，“夫人。”他转过身去，大步走出大厅，几乎看都没看聚集在双开门周围的各个小家族的人。

“年轻人少不更事啊！”男爵叹息道。

“嗯……的确……嗯……”伯爵说。

芬伦夫人心想：*他会不会就是圣母说的那个年轻人？会不会是我们必须保存的那条遗传谱系？*

“在出发去竞技场之前，我们还有一个多小时的时间。”男爵说，“也许咱们可以好好聊一聊，芬伦伯爵。”那巨大的脑袋歪向右侧，“这段时间以来，形势发生了许多变化，需要好好讨论一下。”

男爵想：*现在就来瞧瞧皇帝这个送信伙计的本事了。看他怎么传达陛下的消息，不管那是什么。总不至于愚笨到直言不讳地把皇帝的意思径直说出来吧。*

伯爵对他的夫人说道：“嗯……啊……嗯，亲爱的，嗯……可以失陪片刻吗？”

“每一天，有时每个小时，都会发生变化，”她说，“嗯……”她冲着男爵甜甜一笑，便转身走开了。她抬头挺胸，带着一股高贵的气质，长裙发出沙沙的响声，迈步朝大厅尽头的双开门走去。

男爵注意到，她走近时，各个小家族之间的谈话戛然而止，所有人的眼睛都追随着她。*贝尼·杰瑟里特！*男爵想，*要是把她们全都除掉，整个世界就太平了！*

“我们左边那两根柱子之间有一个隔音锥区，”男爵说，“我们可以在那里谈话，不会被人偷听到。”他在前边带路，摇摇摆摆地走进那片隔音区，刹那间，城堡里的各种声音变轻了，像是从遥远的地方传来似的。

伯爵走到男爵身旁，他们转身面对着墙壁，这样一来，就没人能读出他们的唇语了。

“我们对你命令萨多卡离开厄拉科斯的方式很不满。”伯爵说。

*真是直言不讳，*男爵想。

“萨多卡人不能再冒险留在那里，不然就有可能被人发现皇帝帮助了我。”男爵说。

“但你的侄儿拉班似乎并没急着解决弗雷曼人的问题。”

“皇帝希望我怎么做？”男爵问，“厄拉科斯上也就剩一小撮弗雷曼人。南部沙漠是不可能居住的无人区，而我们的巡逻队会定期搜索北部沙漠地区。”

“谁说南部沙漠不可能有人居住？”

“你们自己的星球生态学家说的，亲爱的伯爵。”

“但凯恩斯博士已经死了。”

“啊，是的……很不幸。”

“我们从一次飞越南部地区的飞行中得到消息，”伯爵说，“有证据表明，那里有植物生长。”

“这么说，公会已经同意从空中监视厄拉科斯了？”

“你清楚得很，男爵。皇帝不可能安排对厄拉科斯的监视。”

“而我也负担不起，”男爵说，“那是谁进行了这次空中飞行？”

“一个……走私徒。”

“有人在对你撒谎，伯爵，”男爵说，“说起在南部地区的上空飞行，走私徒不可能比拉班的人做得更好。风暴，沙尘静电，你知道这些事。导航系统的安装速度都比不上它们被摧毁的速度。”

“我们下次讨论静电干扰的事。”伯爵说。

啊，原来如此，男爵想。“那么，你在我的账目中找到什么错误了？”他问道。

“既然都说到错误了，那你为什么还闪烁其词？”伯爵说。

他在故意激怒我，男爵想。他深呼吸了两下，使自己平静下来。他可以闻到自己的汗味，而长袍下面的浮空器突然让他感到浑身痛痒。

“公爵的小妾和那个男孩死了，但皇帝不应该不高兴啊，”男爵说，“他们飞进了沙漠，闯进了风暴中。”

“是的，有这么多事故，真是挺方便的。”伯爵赞同道。

“我不喜欢你说话的口气，伯爵。”男爵说。

“愤怒是一回事，暴力是另一回事，”伯爵说，“我警告你：如果我在这里也遇上一起倒霉的意外，那么，各大家族都会了解你在厄拉科斯的所作所为。他们早就怀疑你做买卖的方式了。”

“最近我能回忆起的唯一一次买卖，”男爵说，“就是运送几个军团的萨多卡到厄拉科斯。”

“你认为可以拿这事要挟皇帝？”

“我可没这么想。”

伯爵微微一笑。“萨多卡司令会供认，他们的行动并未得到皇帝的允许，只是想跟你的弗雷曼坏蛋打上一仗。”

“也许很多人不会相信这样的供词。”男爵说。但这样的威胁使他动摇了。*萨多卡人真那样严守军纪？*他暗自思忖。

“皇帝的确希望审查一下你的账簿。”伯爵说。

“随时恭候。”

“你……啊……不反对？”

“不。我在宇联公司担任董事之职，让我承担得起最细致的审查。”他心里在想：*就让他诬告好了，曝光就曝光。而我将站在那里，像普罗米修斯一般，说道：“看着我，我是被冤枉的。”那以后，就随他对我提出任何别的指控，哪怕是真实的指控。因为各大家族都不会再相信一个诬告者的第二次指控。*

“毫无疑问，你的账簿肯定经得起最细致的审查。”伯爵喃喃道。

“皇帝为何这么痴心想将弗雷曼人一网打尽？”男爵问。

“想改变话题，啊？”伯爵耸耸肩，“想消灭他们的是萨多卡人，而不是皇帝。他们需要练习杀戮……而且，他们讨厌做事留尾巴。”

*他在提醒我，他背后有一群嗜血的杀手撑腰，他是不是想以此恐吓我？*男爵思忖着。

“做买卖总免不了一定程度的杀戮，”男爵说，“但总得有个限度。总要留点人，来开采香料吧。”

伯爵爆发出一声唐突刺耳的大笑。“你觉得你能驾驭弗雷曼人？”

“这样的弗雷曼人肯定不会太多，”男爵说，“但杀戮已经使我的人惶惶不安。现在是时候考虑用另一种方式来解决厄拉科斯的问题了，我亲爱的芬伦。我必须承认，这一灵感来自于皇帝。”

“啊？”

“瞧，伯爵。给我灵感的是皇帝的监狱星球，萨鲁撒·塞康达斯。”

伯爵两眼放光，盯着他。“厄拉科斯和萨鲁撒·塞康达斯之间有什么关系？”

男爵觉察到芬伦眼中闪过的戒心，说道：“目前还没关系。”

“目前还没？”

“只要把厄拉科斯当成一个监狱星球，就可以在这里发展出一支稳定的劳工队伍。你必须承认，这是一个可行的办法。”

“你预计犯人的人数会增加？”

“一直有骚乱发生，”男爵承认说，“我不得不更加严苛地榨取利润，芬伦。毕竟，为了运送我们双方的军队到厄拉科斯，你知道我向该死的公会付了多少钱。钱总要有个来处嘛。”

“我给你个建议，没有皇帝的允许，不要把厄拉科斯用作监狱星球。”

“当然不会。”男爵说。芬伦的声音突然透出一股寒意，他不禁纳闷起来。

“还有件事，”伯爵说，“我们听说，雷托公爵的那位门泰特，杜菲·哈瓦特，此人没死，还成了你的手下。“

“这样的人才白白浪费，我下不了手。”男爵说。

“但你向我们的萨多卡司令撒了谎，说哈瓦特死了。”

“仅仅是个善意的谎言，我亲爱的伯爵。我可不想跟那男人吵个没完。”

“哈瓦特是真正的叛徒吗？”

“啊，天哪，不！叛徒是那个假医生，”男爵抹掉脖子上的汗水，“你一定要明白，芬伦。我失去了一个门泰特，你知道的。但是，我从来没试过身边没有门泰特的日子，太难熬了。”

“你怎么让哈瓦特转而效忠你的？”

“他的公爵死了。”男爵勉强挤出一丝笑容，“用不着怕哈瓦特，我亲爱的伯爵。这个门泰特人体内已被注入一种潜伏的毒药，我们在他的餐食中掺入解毒药，如果没有解毒药，毒药就会发作——他几天内就会死。”

“撤掉解毒药。”伯爵说。

“但他还有用！”

“他知道太多活人不该知道的事。”

“可你说过，皇帝并不怕事情暴露。”

“别耍花样，男爵！”

“只要看到盖有御玺的圣旨，我自会服从命令，”他说，“但我不会服从你一时的念头。”

“你认为它是一时的念头？”

“还能是什么呢？皇帝也欠我的情，芬伦。我为他除去了那个讨厌的公爵。”

“在一堆萨多卡的帮助下。”

“皇帝还能在哪儿找到像我这样的家族，能为他提供伪装的军装，隐瞒他插手此事的事实？”

“他向自己提过同样的问题，但强调的重点稍有不同。”

男爵打量着芬伦，注意到下颚紧绷的肌肉，看得出他正小心翼翼地控制着自己。“啊，现在，”男爵说，“我想，皇帝该不会想秘密地对付我吧。”

“他希望不至于有这个必要。”

“皇帝绝不会相信我威胁到了他！”男爵故意在语气中流露出愤怒和悲痛。他想：*就让他在这件事上冤枉我好了！这样我就可以一边登上王位，一边捶胸顿足地诉说自己的冤屈。*

伯爵的声音变得干巴巴的，显得很遥远，他说：“皇帝相信他的直觉告诉他的一切。”

“皇帝敢当着整个兰兹拉德委员会的面控告我叛国吗？”男爵说。他满怀希望地屏住呼吸。

“皇帝没有什么不敢的。”

在浮空器的支撑下，男爵一个急转身，遮掩住脸上的表情。*这竟然能在我的有生之年实现！他想，黄袍加身！就让他冤枉我吧！到那时——通过贿赂和威压，各大家族会集结起来：他们会纷纷聚在我的旗*

帜之下，就像一群寻求庇护的农民。他们最为害怕的事，就是皇帝的萨多卡军队不受法律的约束，将各大家族各个击破。

“皇帝真诚希望，他永远不必指控你犯下叛国之罪。”伯爵说。

男爵发现很难控制自己的语气，让话中只流露出委屈，而不暗藏讽刺之意，但他还是极尽所能。“我一直忠心耿耿，这些话让我深受打击，我都无法用言语形容。”

“嗯……啊……嗯……”伯爵说。

男爵依然背对着伯爵，点着头。过了一会儿，他说道：“该去竞技场了。”

“是啊。”伯爵说。

他们走出了隔音锥区，肩并肩朝大厅尽头的那群小家族走去。从城堡的某处传来沉闷的钟声——竞技比赛入场前二十分钟的告示。

“小家族的人正等你领他们入场呢。”伯爵一边说，一边朝身边的人点头致意。

一语双关……一语双关，男爵想。

他抬头望着大厅出口侧面的一排新的辟邪之物——巨大的公牛头，已故雷托公爵的父亲厄崔迪老公爵的油画像。男爵心中不由得产生一丝不祥的感觉，他真想知道这些辟邪物过去是如何激励雷托公爵的，它们曾挂在卡拉丹的大厅里，后来又挂在了厄拉科斯。神勇的父亲和杀死了他的那头公牛的头颅。

“人类只有啊……一种……科学。”伯爵说着，两人引领着一群拥趸，从大厅进入了休息厅——这是一个狭小的房间，窗户很高，地上铺着白紫相间的地砖。

“什么科学？”男爵问。

“是嗯……啊……不满足……的科学。”伯爵说。

后面尾随的小家族的人一脸媚态，像应声虫一样笑了起来，声音中带着恰到好处的赞美，但侍者同时推开了大门，突然涌进的马达轰鸣声将这些笑声盖了下去。外面排着一排地行车，车上的三角旗在微风中飘扬。

男爵抬高嗓门，压过那突如其来的马达声，说道：“希望我侄子今天的表演不会让你失望，芬伦伯爵。”

“我啊……心中啊……充满了……期待，是的，”伯爵说，“出身……啊……是必须考虑的一点，这是……口头流程的……啊……要求嘛。”

一惊之下，男爵身体突然一僵，为了掩饰，他有意在出口的第一个台阶上绊了一下。*口头流程！那是有关背叛皇室的谋反罪行的报告！*

但伯爵却咯咯地笑起来，装成开玩笑的样子，拍了拍男爵的手臂。

尽管如此，在去竞技场的路上，男爵始终放心不下。他靠坐在配有装甲护板的汽车座椅上，一直暗暗查看坐在身旁的伯爵，他暗自思忖，皇帝的信使为什么要在小家族的人面前开那个玩笑。显而易见，芬伦很少做他认为不必要的事情，如果能用一个词，他绝不会用两个词，一句话能讲明白的，绝不会用几句话。

他们在三角形竞技场的金色包厢中落座，顿时号角齐鸣，包厢四周一层层的看台上挤满了喧哗的人群和飞舞的三角旗。就在此时，男爵得到了回答。

“亲爱的男爵，”伯爵凑到他耳边，“你应该知道，皇帝还没正式批准你选的继承人，对不？”

极度震惊之下，男爵觉得周围的吵闹声全消失了。他盯着芬伦，几乎没看见伯爵夫人穿过外面的卫队，进入金色包厢，来到他们中间。

“这就是我今天到这儿来的真正原因，”伯爵说，“皇帝想让我考察一下，你是否挑选了一个合适的继嗣。平时大家都隐藏在面具之下，没有什么比在竞技场上更能暴露一个人的真正实力，对吧？”

“皇帝允诺让我自己选择继嗣！”男爵咬牙说道。

“咱们来看看吧。”芬伦说完，便扭头去招呼他的夫人。她坐下来，对着男爵微微一笑，接着把注意力投向下方的沙地。竞技场上，菲德-罗萨穿着紧身衣裤露面了——右手戴着黑色手套，握着一把长刀；左手戴着白手套，拿着一把短刀。

“白色代表毒药，黑色代表纯洁。”芬伦夫人说，“奇怪的风俗，是不是，亲爱的？”

“啊……”伯爵说。

欢呼声从家族成员占据的看台上响起。菲德-罗萨驻足片刻，接受他们的欢呼。他抬起头，扫视着那些面孔——他的表兄姊妹、同父异母兄弟、妻妾们和远亲们。那么多张嘴，就像一只只粉红色的喇叭，在一片彩色服装和旗帜的海洋中大声欢呼。

菲德-罗萨突然想到，那一排排脸正渴望看到鲜血飞溅的场面，无论是奴隶角斗士的，还是他的。当然，在这次角斗中，无疑只有一种结果。这里的危险只是形式上的，并无实质——但是……

菲德-罗萨举起手中的双刀，对着太阳，以古老的方式向竞技场的三个角落致敬。白手套（白色，毒药的象征）中的短刀先入鞘；黑手套中的长刀——纯洁的刀刃现在并不纯洁，因为刀上也涂上了毒药：这一秘密武器将把今日变成纯属他个人的胜利。

他花了片刻时间，调整好身上的屏蔽场，接着停下来，感受到前额的皮肤有点发紧，确信自己受到了妥善的防护。

时间似乎停止了，但菲德-罗萨如经理人打破了僵局：他向助手们点点头，用审视的目光检查他们的装备。带着尖刺、闪闪发光的脚镣已就位，倒刺和铁钩上飘舞着蓝色旗幡。

菲德-罗萨向乐队发出信号。

节奏缓慢的进行曲奏了起来，声音洪亮，古老而隆重。菲德-罗萨率领他的队伍穿过角斗场，来到他叔叔的金色包厢下，躬身行礼。当庆典的钥匙扔下来时，他抓住了它。

音乐停止了。

突如其来的沉寂中，他退后两步，举起钥匙，高呼道："我把真理的钥匙献给……"他停下来，知道他叔叔会想：*这个年轻的傻瓜终究还是想把钥匙献给芬伦夫人，这将引起一场事端！*

"……献给我的叔叔和保护人，弗拉基米尔·哈克南男爵！"菲德-罗萨高声叫道。

他高兴地看到叔叔舒了口气。

音乐重新响起，这回是快节奏的进行曲，菲德-罗萨领着他的人重新跑到竞技场，回到警戒门的门口，这道门只允许佩戴识别带的人进出。罗萨本人很自豪，他从不使用警戒门，也很少需要护卫。但今天，这些都是用得着的——特殊安排有时会有特殊的危险。

寂静再一次笼罩竞技场。

菲德-罗萨转过身，面对着他对面的大红门——角斗士将通过那道门进场。

特殊的角斗士。

杜菲·哈瓦特的这个计划真是高明，简单且直接，菲德-罗萨想。不会给奴隶角斗士下药——这是此次竞技的危险之处。但是，这名男子的潜意识中被灌输进一个关键词语，在关键时刻，只要念出这个词，他的肌肉就会僵住，动弹不得。菲德-罗萨的脑中反复念着这个生死攸关的词语，张口无声地念道："人渣！"对观众来说，他们看到的是一名未被下药的奴隶溜进了竞技场，企图杀死未来的男爵。精心安排好的证据都将指向奴隶主管。

红色大门的辅助电机发出低沉的哼鸣，大门慢慢开启。

菲德-罗萨全神贯注地盯着那道门。开始的一刻最为关键。奴隶角斗士一出场，训练有素的眼睛就能从他的外表获取到需要的信息。按理，所有的角斗士都应被注入伊拉迦药，成为任意宰割的对象。但你还是需要注意他们举刀的方式、防卫的方向，看他们是否意识到观众的存在。通过一名奴隶昂头的姿势，就能得到反击和佯攻的重要线索。

红色大门"砰"的一声打开了。

一个身材高大、肌肉发达的人冲了进来，他剃着光头，眼窝深陷。皮肤呈胡萝卜色，正是注射了伊拉迦药之后的颜色。但菲德-罗萨知道那颜色是涂上去的。这个奴隶穿着绿色紧身连衣裤，腰缠一条半身屏蔽场腰带——带子上的箭头指向左方，表明奴隶的左边身体有屏蔽场防护。他用使剑的方式举着刀，刀尖稍稍向外伸出，从姿势看，这是一名受过训练的武士。慢慢地，他步入竞技场，用屏蔽场一侧的那边身体朝着菲德-罗萨和警卫门边的那群人。

"我不喜欢这家伙的样子，"一个为菲德-罗萨拿倒钩的人说，"你确信他注射过药物了，大人？"

"他的颜色是对的。"菲德-罗萨说。

"可他的姿势就像一名武士。"另一个护卫说。

菲德-罗萨向前走了两步，走到沙地上，打量着奴隶。

“他的胳膊怎么了？”一个护卫说。

菲德-罗萨的目光看向奴隶左前臂上的一块鲜血淋淋的抓伤，然后顺着手臂看向他的手，最后看到了绿色裤子左臀上的一个用鲜血画成的图案———一块湿乎乎的图形：鹰的轮廓。

鹰！

菲德-罗萨抬起头，看着那双深陷的黑色眼睛，发现它们正瞪着自己，带着非同寻常的警惕。

*这是雷托公爵的武士，被我们在厄拉科斯俘虏了！*菲德-罗萨想，*这不是一般的角斗士！*一股寒意贯穿全身。他纳闷哈瓦特是不是另有安排——伪装中套着伪装。最后惩罚只会落到奴隶总管身上！

菲德-罗萨的首席助手在他耳边说道：“我不喜欢这个人的样子，大人。让我先在他拿刀的手臂上扎上两个钩刺。”

“我自有自己的钩刺，”菲德-罗萨说着，从助手那里接过一对长长的、带倒钩的长矛，掂了掂分量，试试称不称手。这些倒钩也该涂上药，但这一次没有，首席助手也许会因此丢掉性命。但这也是计划的一部分。

*“这次角斗之后，你会成为英雄，”*哈瓦特当时是这么说的，*“不顾意外发生的变节行为，像男子汉一样一对一杀死你的角斗士。奴隶总管会被处死，你的人会接替他的职务。”*

菲德-罗萨又向前走了五步，进入竞技场内，他在那儿站了一会儿，打量着奴隶。他知道，看台上的行家应该已经意识到情况有点不对劲了。从皮肤颜色上看，这名角斗士应该是被注射了药物，但他脚步很稳，一点也没有发抖。看台上的粉丝应该正在交头接耳：“看他站得多稳，他应该躁动不安才是——要么进攻，要么退却。可是，瞧啊，他在保存实力，等待时机。按道理不应该这样。”

菲德-罗萨感到兴奋起来，内心一股火焰在燃烧。*让哈瓦特的诡计见鬼去吧，他想，我能对付这个奴隶。抹了毒药的是我的长刀，而不是短刀，就连哈瓦特都不知道这事。*

“嗨，哈克南！”那奴隶大叫道，“准备好受死了吗？”

整个竞技场死一般的沉寂。奴隶从不主动挑战！

现在，菲德-罗萨终于清楚地看到了那个奴隶的眼睛，他的眼神中满是绝望而引起的凶残。他打量着这人的站姿，奴隶浑身放松，肌肉蓄势待发。通过奴隶间的小道消息，这名奴隶得知了哈瓦特传达来的讯息：“你将获得一次杀死小男爵的真正机会。”看来，这部分的计划已经顺利实施了。

菲德-罗萨的嘴角挤出一丝微笑，他举起了倒钩。从对手的站姿上，他看出自己的计划将会成功。

“嗨！嗨！”那个奴隶向他挑衅，向前逼近两步。

现在，看台上应该没人会看不出来了，罗萨想。

药物应该引起恐惧，使这个奴隶失去很大的战斗力，他的每一个动作都会泄露他的内心——他不可能有赢的希望。准男爵那只戴白手套的手握着一把刀，他知道那把刀上涂了什么毒药。准男爵从不会让对手死得痛快利落，他喜欢展示稀有毒药的药效，他会站在竞技场中，看着在地上打滚的受害者，指出毒药有趣的副作用。这名奴隶有害怕之意——但没有惊恐万状。

菲德-罗萨高高举起钩刺，用近于问候的态度点了点头。

角斗士猛扑过来。

他的佯攻和防守反击是菲德-罗萨见过的对手中做得最好的。一次精准算计好的侧击，差一点就砍断了准男爵左腿的脚筋。

菲德-罗萨一跃而开，将一根带有倒钩的长矛扎在了奴隶的右前臂上，倒钩完全刺入肌肉，不伤到筋骨是不可能拔出来的。

看台上不约而同响起了惊呼。

这声音听得菲德-罗萨洋洋得意。

他知道叔叔现在的感受，他正和来自宫廷的观察员芬伦伯爵夫妇坐在一起，不可能对这次角斗进行干预。众目睽睽之下，他的一举一动都被人留意着。对于竞技场上发生的事，老男爵只会用一种方式作出理解：有人要威胁他。

那奴隶后退一步，用牙齿咬住刀，用旗布将插在手臂上的倒钩长矛绑在了手臂上。“简直就是蚊子叮！”他大叫道，接着再次向前逼近，刀子握在了手里，以左侧身子面对对手，身体后倾，最大程度地利用半个屏蔽场保护身体。

这些动作也没有逃过观众的眼睛，尖叫声从家族包厢中传来。菲德-罗萨的助手也在喊叫，问是否需要他们上场协助。

他挥挥手，示意他们退回警戒门。

我将给他们奉上一场前所未有的精彩表演，菲德-罗萨想，*场上没有待宰的羔羊，不会让他们舒舒服服坐在那里，从容欣赏屠宰的场面。今天的角斗将攫住每个人的五脏六腑，让他们胆战心惊。当我成了男爵，他们会记住这一天，每个人都会因我今天的勇猛而对我畏惧三分。*

那奴隶像螃蟹一样侧身前行，菲德-罗萨则缓缓让出地盘。竞技场的沙土在脚下嘎吱作响，他听见奴隶的喘气声，却闻到了自己身上的汗臭味，还有弥漫在空气中的一丝血腥味。

准男爵稳步后退，他闪到右侧，手中第二根钩刺已经就位。那奴隶跃到一边，菲德-罗萨似乎绊了一下，只听见看台上一片尖叫。

那奴隶再一次扑了过来。

*上帝啊！好一个勇猛的斗士！*菲德-罗萨立即跳开，心里想着。他全仗着年轻人的矫捷身手才保住了一命。但他还是把第二根带钩长矛插在了奴隶右臂的三角肌中。

看台上顿时爆发出刺耳的欢呼。

他们在为我欢呼，菲德-罗萨想。他能听出喝彩声中的狂热，正如哈瓦特说过的一样。他们以前从来没为一个家族斗士这么欢呼过。带着一丝冷酷，他想起了哈瓦特和他说过的一句话：“*一个人更容易被你钦佩的敌人吓倒。*”

菲德-罗萨敏捷地退到竞技场中央，好让观众看得更加清楚些。他抽出长剑，屈膝蹲下，等待奴隶的冲锋。

那奴隶耽搁了片刻，将第二根长矛绑在手臂上，接着快步追了上来。

让整个家族好好瞧瞧，菲德-罗萨想，*我是他们的敌人；让他们一想到我，就想到我现在的勇猛吧。*

他抽出短刀。

“我不怕你，哈克南猪。”那角斗士说道，“你的折磨伤不了死人。在你的助手碰我之前，我就会自我了断，但在那之前，我会让你为我陪葬！”

菲德-罗萨狞笑着，抽出涂有毒药的长剑。“来试试这个。”他说，并用另一只手上的短刀发起佯攻。

那奴隶把刀换到另一只手中，向内一转，格挡开准男爵的短刀——那把白手套握着的刀，按惯例应该涂有毒药。

“去死吧，哈克南人！”那角斗士气喘吁吁道。

两人扭打着侧步而行，穿过沙地。菲德-罗萨的屏蔽场和奴隶的半身屏蔽场相交，迸出蓝色的闪光，周围的空气充满了来自屏蔽场的臭氧味。

“死在你自己的毒药上吧！”奴隶咬牙切齿道。

他开始用力把菲德-罗萨戴白手套的手朝内扳去，将他认为涂有毒药的短刀朝菲德-罗萨身上刺去。

*让他们好好瞧瞧！*菲德-罗萨想。他挥下长刀，然而叮当一声，刀砍在了奴隶手臂上插着的长矛上，没有伤到他。

菲德-罗萨只觉一阵绝望，他没想到带钩刺的长矛竟会帮了奴隶，它们成了他的另一个屏蔽场。还有，这奴隶真是力大无比！短刀竟被无情地逼向了自己。菲德-罗萨不得不想到一个事实：一个人也可能死在一把没涂毒药的刀上。

“人渣！”菲德-罗萨喘着大气念出了这两字。

听到这个关键词，角斗士的肌肉听话地松弛了下去，对菲德-罗萨来说，这已经足够了。他推开奴隶，在两人间腾出挥舞长刀的空间，接着，涂有毒药的刀尖轻巧一划，在奴隶的胸膛上划下一条红色的口子。毒药立刻造成了致命的痛楚，那奴隶放开了手，踉踉跄跄朝后退去。

*现在，就让我亲爱的家族成员好好瞧瞧吧，*菲德-罗萨想，*让他们想想这个奴隶，他企图把他认为涂有毒药的刀扭转过来刺我，结果呢？让他们想想，一个被送入竞技场的角斗士，怎能做出这样的举动。最后，让他们时刻记住，他们永远也无法确定我哪只手里会握着毒刀。*

菲德-罗萨静静地站着，看着奴隶缓慢的动作。那人迟疑不决地晃动着，每一名观众都辨认出了他脸上神情的意思，死亡就写在那里。奴隶知道自己完了，也知道自己是怎么送命的。不该涂毒药的刀上涂了毒药。

“你！”那奴隶呻吟着。

菲德–罗萨朝后退去，给死神让出空间。毒药的麻痹成分还没充分起效，但奴隶迟缓的动作说明它在慢慢生效。

奴隶摇摇晃晃向前走着，像被一根绳子拉着似的。拉一下，向前摇晃一步，每迈出一步，他的意识里就只有这一步。他手里仍然拿着刀子，刀尖颤动着。

“总有一天……我们……的人……会……杀死……你。”他喘着气说道。

奴隶的嘴悲哀地微微一拧。他瘫坐到地上，浑身一僵，接着面朝下倒了下去。

整个竞技场一片寂静，菲德–罗萨往前走去，脚尖伸入奴隶身下，将他翻转过来，好让观众看清他被毒药扭曲的脸、痉挛的肌肉。但角斗士已经用刀结果了自己的性命，胸膛上露着刀把。

沮丧之余，菲德–罗萨微微感到一丝钦佩，这名奴隶竟能战胜毒药的麻痹效果，最后了结自己的性命。钦佩之余，他意识到这里面有一种真正令人恐惧的东西。

令人恐惧的就是使一个人成为超人的力量。

菲德–罗萨思考着这个问题，突然，他意识到周围的看台上正爆发出狂热的喧嚣，人们正放肆地欢呼着。

菲德–罗萨转过身，抬头看着他们。

除了老男爵、伯爵和他的夫人，所有人都在欢呼。老男爵用手支着下颌坐在那里深思着。伯爵和他的夫人正盯着他，笑容像假面一样挂在脸上。

芬伦伯爵转身对他的夫人说道：“啊……嗯……一个足智多谋的……年轻人。哦，嗯……啊，亲爱啊！”

老男爵看看她，又看看伯爵，接着重新把注意力放回到竞技场上。他想：*差一点就杀了我的侄儿！*愤怒逐渐压倒恐惧。*今晚，我将把那个奴隶总管架在火上慢慢烤死……如果这个伯爵和夫人也曾插手于此……*

对菲德–罗萨来说，老男爵包厢里的谈话太过遥远，他们的谈话淹没在四面八方兴奋的跺足呐喊声中：

“头！头！头！头！”

老男爵沉着脸，他看到了菲德-罗萨转身看着他的方式。他极力克制心中的怒气，朝竞技场中站在死尸旁的年轻人懒洋洋地挥了挥手。*给这孩子一颗人头吧，他揭露了奴隶总管的真面目，理应得到这份奖赏。*

菲德-罗萨看到了叔叔表示同意的信号，心想：*他们以为给了我荣誉，我要让他们明白我是怎么想的！*

他看见他的助手拿着一把锯刀走过来，准备割下战利品，便挥手让他们退回去，助手们犹豫着，于是他再次挥手重复刚才的指令。*他们以为区区一颗人头就算给我荣誉了！*他想。他弯下腰，将角斗士交叉放在胸前，抱着弹出的刀把，接着拔出刀，放在他软绵绵的手中。

这些事眨眼间就做完了，接着他站起身，打手势召来助手。“给这个奴隶留个全尸，和他手中的刀一起埋葬，”他说，“他应得的。”

金色包厢中，芬伦伯爵凑近老男爵，说道：“高贵的行为，一个……大胆的壮举。你的侄儿既有勇气又有风度。”

“他拒绝人头，这是对大家的侮辱。”老男爵嘀咕着。

“并非如此。”芬伦夫人说。她转过身，抬头看着四周的看台。

老男爵注意到她颈部的纹理——真正可爱的滑嫩肌肤——如小男孩一般。

“他们喜欢你侄儿的做法。”她说。

坐在最远位置上的人都明白了菲德-罗萨的举动，人们看着助手把完整的奴隶尸体抬走。老男爵看着观众，意识到伯爵夫人的看法是正确的。观众简直发了疯，他们相互击打，又是尖叫又是跺脚。

男爵疲倦地说：“我将不得不下令举行一次盛宴。大家的精力还没发泄完，你不能这样把他们打发走。他们一定要明白，我和他们一样高兴极了。”他向卫兵打了个手势，于是上方的一名仆从立即跑到包厢上，把橙色的哈克南三角旗举起，放下——一次，两次，三次——发出举行宴会的信号。

菲德-罗萨穿过整个竞技场，站到金色包厢下。刀已经入鞘，双臂垂在两侧，人群的喧嚣丝毫没有减弱，他抬高嗓门，冲着上面喊道：“举行贺宴吗，叔叔？”

观众看到了这边的讲话，于是吼声渐渐平息，他们等待着。

“为你庆功，菲德！”男爵冲下面大声说道。他再次命令三角旗发出信号。

竞技场对面，警卫屏障已经撤下，一些年轻人跳入竞技场，向菲德-罗萨跑来。

“是你命令撤掉警卫屏障的，男爵？”伯爵问。

“没人会伤害这小子。”老男爵说。“他是英雄了。”

第一批人冲到菲德-罗萨面前，把他扛在了肩上，开始绕着竞技场游行。

“今晚，他可以不带武器，不穿屏蔽场，独自走过哈克治安最差的街区，”男爵说，“只要有他在，他们会把最后一点食物、最后一滴酒让给他。”

男爵从椅子上撑起身，把一身肥肉安顿在浮空器中。“请原谅，我要先行告辞了。有些事需要我立即去处理，卫兵会护送你们返回城堡。”

伯爵站起身，俯首行礼。“当然，男爵。我们正盼着宴会呢。我……嗯……还没参加过哈克南人的庆功宴呢。”

“是的，”男爵说，“庆功宴。”他转过身，走出包厢的私人出口后，便立即被他的卫兵围了起来。

一名卫队长向芬伦伯爵鞠了个躬。“有何吩咐，大人？”

“我们……啊……先等一会儿……等人群散去后再走。”伯爵说。

“是，大人。”那人弯下腰，向后退了三步。

芬伦伯爵看着自己的夫人，再次用他们的私人密语说道：“你一定也看见了？”

芬伦夫人用同样的密语回答道：“那小子事先知道角斗士没被注射药物。他有过片刻的恐惧，但没有感到惊讶。”

“都是计划好了的，”他说，“整场表演都是计划好的。”

“毫无疑问。”

“是哈瓦特安排的。”

“确实如此。”她说。

“我刚才还命男爵除掉哈瓦特。”

“那是一个错误，亲爱的。”

“我现在知道了。”

“也许，哈克南人马上就会有一个新男爵了。”

“如果由哈瓦特策划的话。”

“他的计划肯定经得起考验，真的。”她说。

“那个年轻人更容易控制。”

“对我们来说……今晚之后。”她说。

“按你预期，引诱他应该不难吧，我孩子的妈妈？”

“不难，亲爱的。你也看到他瞧我的眼神了。”

“是啊，我现在终于明白为什么我们必须得到他的这条血脉了。”

“的确，很明显，我们必须控制住他。我将在他内心深处灌输一个控制他肌肉和神经的词语，将他牢牢捏在手心。”

“我们要尽快离开这里——你一确定就走。”他说。

她打了个寒战。“当然，我可不想在这个可怕的地方生孩子。”

“我们这么做也是为了整个人类。”他说。

“你做的都是些容易的事。”她说。

“我也要克服一些传统的偏见，”他说，“瞧，那种相当原始的偏见。”

“我可怜的人儿，”她拍拍他的脸颊，“你知道，这是拯救血脉的唯一办法。”

他用一种干巴巴的声音说道：“我相当理解我们所做的事。”

“我们不会失败的。”她说。

“负罪感一开始也有失败的感觉。”他提醒说。

“没有罪，”她说，“在催眠状态下，让菲德-罗萨的灵和肉进入我的子宫——之后我们马上离开。”

“他的叔叔，”他说，“你以前见过这么变态的人吗？”

“他很残忍，”她说，“但他的侄子可能会变得更糟。”

“还得感谢他叔叔。瞧，如果用其他方式抚养这小子——比如说，用厄崔迪家族的准则引导他——你觉得怎样？”

“真让人难过。”她说。

“除了这小子，还有那厄崔迪家的孩子，要是我们能同时拯救他俩就好了。我听说过那个年轻人保罗的情况，他是一个可敬的小伙子，是先天血统和后天训练的优良结合，”他摇摇头，“但我们不应该对贵族的不幸过多地悲伤。”

“贝尼·杰瑟里特有句格言。”她说。

“你们对每件事都有格言！”他不满地说道。

“你会喜欢这一句的，”她说，“是这样说的：‘死要见尸；即便见尸亦有可能有假。’”

穆阿迪布在《反思的年代》中告诉我们，他第一次与厄拉奇恩的必需品起冲突时，他的教育才真正开始。那时，他学会了通过竖沙杆来判断天气，通过皮肤的刺痛来判断风力，也学会了在沙暴中如何用鼻声交谈，如何收集从身体散发在周围的水，并守护它，保存它。当他的眼睛呈现成伊巴德蓝时，他学会了恰科博萨人的生活方式。

——摘自斯第尔格为伊勒琅公主《穆阿迪布其人》所作的前言

斯第尔格的队伍在沙漠里走错了两次路，最后终于在一号月亮暗淡的光线下爬出了盆地，回到了穴地。当闻到家园的气息后，一个个穿长袍的身影加快了脚步。在他们身后，灰色的曙光在地平线的峡谷上方闪亮，按弗雷曼人的历法，现在正值仲秋，他们称之为帽岩月。

被风刮落的枯叶散落在悬崖脚下，应该是穴地的孩子堆集在那儿的，但队伍行进的声音（除了保罗和他母亲不时发出的笨拙声）完全与夜幕下大自然的声音融为一体，难以分辨。

保罗擦擦额头上被汗浸湿的沙尘，感到有人拉了拉他的手臂，接着听到了契尼的低语："照我说的做：把你兜帽的帽檐放下来，盖着额头！只把眼睛露在外面。你在浪费水分。"

身后传来小声的命令，要求保持安静。"沙漠听见你们了！"

上方高高的岩石上响起一声鸟鸣。

队伍停了下来，保罗感觉到突如其来的紧张感。

从岩石那儿响起一声轻微的敲击声，轻得就跟耗子在沙地上跳的声音差不多。

又一声鸟鸣。

队列一阵骚动。耗子跳动的声音继续，一点点蹦到沙地另一边去了。

又一声鸟鸣。

队伍重新开始攀爬，钻进了岩石中的一条裂缝。但现在弗雷曼人都屏住了呼吸，这让保罗更加小心。他发现大家都在偷偷瞧着契尼，她似乎有些畏缩。

现在，脚下踩着岩石了，周围出现了微弱的衣袍拂动的声音。保罗感觉到纪律有点松懈，但契尼和其他人仍然保持着沉默。他跟着一个人影，爬上几级台阶，转过一个弯，走过更多台阶，进入一条地道，穿过两道密封水汽的门，最后走进一个被球形灯照亮的狭长走廊，岩壁和岩顶是黄色的。

保罗看见四周的弗雷曼人纷纷把兜帽放到了脑后，摘掉鼻塞，大口呼着气。有人在叹息。保罗扭头寻找契尼，发现她已经从他身边离开。他被一群穿着长袍的人围着，有人撞了他一下，说着："对不起，友索。挤死了！总是这样。"

在他左边，一个长着满面腮胡的瘦长脸转过来看着他。他名叫法鲁克。染上污迹的眼窝里，有着一双深蓝的眼眸，在黄色灯光的映照下显得更加幽深了。"摘掉你的兜帽，友索，"法鲁克说，"到家了。"他帮保罗解开兜帽的挂钩，用胳膊肘在人群中挤出一块空地。

保罗取掉鼻塞，把口罩转到一边。各种异味向他袭来：没洗澡的汗臭味，蒸馏回收水分产生的酸味，还有人体散发出的臭味。最强烈的是一股香料和类似香料混合物的味道。

"为什么还要等，法鲁克？"保罗问。

"我想，是为圣母吧。你也听到消息了吧——可怜的契尼。"

可怜的契尼？保罗暗问。他看了看四周，在这拥挤的人群中，她究竟去哪儿了，母亲去哪儿了？

法鲁克深深吸了口气。"家的味道。"他说。

保罗发现这个人居然在享受空气里的这股恶臭，他的话音中没有任何讽刺的意思。就在这时，他听见了母亲的咳嗽声，她的话穿过拥挤的人群，传到他耳中："你们穴地的气味真浓，斯第尔格。我知道你们用香料造了许多东西……造纸……塑料……这是化学爆炸物的味道吗？”

“你闻一闻就知道这些事了？”是另外一个人的声音。

保罗意识到她说这些是为他好，她希望他快点接受这种恶臭对嗅觉的侵袭。

队伍前方传来一阵低声的骚动，整个队列似乎长长地倒抽一口冷气，然后传来几声窃窃私语：“那么，是真的了，列特死了。”

列特，保罗想。然后是：*契尼，列特的女儿*。这些碎片在他脑中拼了起来。列特是那个行星生态学家的弗雷曼名字。

保罗看着法鲁克，问道：“是那个名叫凯恩斯的列特？”

“只有一个列特。”法鲁克说。

保罗转过身，盯着他前面一个弗雷曼人的背影。*那么，列特·凯恩斯已经死了*，他想。

“是哈克南人耍的诡计，”有人小声说，“弄得像一次意外事故……在沙漠里迷路……一次扑翼飞机坠毁事件……”

保罗感到怒火中烧，这个人把他们当朋友，助他们逃脱哈克南人的追捕，又派出弗雷曼军队在沙漠中寻找两个迷路的人……又一个哈克南人的受害者。

“友索还渴望报仇吗？”法鲁克问。

保罗还没来得及回答，便传来一声低沉的召唤，整个队伍迅速前行，卷着保罗一起进入了一个更大的空间。这是一块开阔的空地，对面站着斯第尔格和一个奇怪的女人，她全身裹着一件亮丽的袍服，橙色和绿色相间。手臂裸露在外，一直到肩膀。皮肤呈淡褐色，高高的额头上，黑色的头发向后梳起，更突显出她那尖尖的颧骨和深色双眼间的鹰勾鼻。

她转身面对着他，保罗看到她耳垂上挂着金色的耳环，上面还穿着计水环。

“就是他打败了我的詹米？”她问。

“请安静，哈拉，”斯第尔格说，“是詹米要求的——他发起了泰哈迪-阿尔布汗。”

“他只不过是个孩子！”她说着，猛地摇了摇头，计水环发出叮叮当当的声音。“我的孩子竟被另一个孩子弄得没有了父亲！肯定是意外！”

“友索，你多大了？”斯第尔格问。

“十五标准岁。”保罗说。

斯第尔格的眼睛扫过整个队伍。“你们中有人敢向我挑战吗？”

沉默。

斯第尔格看着这个女人。“在我学会他那神奇的格斗术之前，我也不会向他挑战。”

她回望着他。“但是……”

“你看见那个与契尼一起去见圣母的陌生女人了吗？”斯第尔格问，“她是一个来自外星的萨亚迪娜，也是这个孩子的母亲。她和这孩子都会这种神奇的格斗术。”

“李桑·阿尔-盖布。”那女人小声说。当转过来望向保罗的时候，她的眼中流露出了敬畏。

又是那个传说，保罗想。

“也许吧，”斯第尔格说，“但还没得到验证。”他重新看向保罗。“友索，按照我们的规矩，你现在要为詹米的女人和他的两个儿子负起责任。他的牙帐……他的住所，是你的了，他的咖啡用具也是你的……还有这个，他的女人，也是你的。”

保罗打量着这个女人，暗自思忖：*为什么她不为自己的男人哀悼？为什么看不出她有恨我的意思？*突然，他发现所有的弗雷曼人正盯着他，等待着他的回应。

有人轻声道：“还有事要做呢。快说吧，你如何接受她。”

斯第尔格说道：“你接受哈拉作为你的女人，还是仆人？”

哈拉举起双臂，单脚着地，缓缓转身。“我还年轻，友索。别人说，我看起来还像当年我和乔弗在一起时那么年轻……在詹米打败他之前。”

这么说，詹米打败了乔弗，赢得了她，保罗想。

保罗说：“如果我接受她作为我的仆人，之后我可以改变主意吗？”

“在一年的时间内，你可以改变你的决定，”斯第尔格说，“在那之后，她就自由了，可以凭她的心愿作出选择……或者，你也可以随时还给她自由的权利。但不管怎样，照顾她是你的责任，为期一年……而且，对詹米的儿子，你始终负有责任。”

“我接受她作为我的仆人。”保罗说。

哈拉跺着脚，气愤地晃动肩膀。“可我还年轻！”

斯第尔格看着保罗，说道：“谨慎，是一名首领身上有价值的特点。”

“可我还年轻！”哈拉重复着。

“安静！”斯第尔格命令道，“是金子总会发光。带友索去他的住所，负责好他的衣食起居。”

“哦！！”她说。

保罗已经记录下她的许多信息，对她有了初步的评估。他能感觉到队伍的不耐烦，知道已经耽搁了不少时间。他很想壮胆问问他母亲和契尼去哪儿了，但从斯第尔格紧张的样子看，这么做是一个错误。

他面对哈拉，抬高嗓门，加上颤音，以加重她的恐惧和敬畏，他说道：“带我去住所，哈拉！我们下回再谈你的青春。”

她后退两步，向斯第尔格投去恐惧的一瞥。“他有着古怪的声音。”她嘶哑地说道。

“斯第尔格，”保罗说，“我欠契尼父亲很重一笔债，如果有任何……”

“这将在会议上决定，”斯第尔格说，“你到那时再说吧。”他点点头，示意众人解散，接着转身离开，队伍中其他人跟在他后面一起离去。

保罗抓住哈拉的手臂，感觉到她冰凉的皮肤，她在发抖。“我不会伤害你，哈拉，”他说，“带我去我们的住所。”他用平和宽慰的声音说道。

“一年结束之后，你不会把我赶走吧？”她说，“我知道，我没过去那么年轻了。”

“只要我活着，我这里就有你的一席之地，”他松开她的手臂，

“现在走吧。我们的住所在哪儿？”

她转过身，带着保罗走过长廊，向右转了一个弯，进入一个宽阔的地道，头顶上一个个分布均匀的黄色球形灯照亮整个通道。岩石地面光滑平整，很干净，没有一点沙。

保罗走在她的旁边，一边走，一边打量她那鹰一般的轮廓。“你不恨我，哈拉？”

“我为什么要恨你？”

一群孩子在一条岔道的岩台瞧着他们，哈拉朝他们点点头。保罗看到孩子们身后隐约露出几个成年人的身影，半掩在朦胧的挂帘后。

“我……打败了詹米。”

“斯第尔格说举行过葬礼，你是他的朋友。”她侧过脸，看了他一眼，“斯第尔格说，你还把水送给死者了，是真的吗？”

“是的。”

“这我都做不到。”

“难道你不为他哀悼吗？”

“到了哀悼的时候，我会为他哀悼的。”

他们穿过一个拱形洞口，从洞口望去，保罗发现这是一个又大又亮的洞室，里面有许多男男女女，正在一些机器旁忙碌。从节奏看，似乎工作很紧急。

“他们在干什么？”保罗问。

过了拱门时，她回头望了一眼，说道：“他们要赶在我们逃离前完成塑料工厂的生产定额，我们需要许多露水收集器，来种植植物。”

“逃离？”

“在屠夫停止捕杀我们，或者被赶出我们的土地前，我们只能不断逃亡。”

保罗绊了一下，感觉到捕捉到的一个时刻，他记起了一个片断，一段预言景象——但那景象被置换了，像是被剪辑过一样。这段景象和记忆中的稍有不同。

“萨多卡在追捕我们。”他说。

“除了一两个空无人烟的穴地，他们什么也不会找到，”她说，

“能在沙漠里找到的，只有他们自己的死亡。”

“他们能找到这个地方？”他问。

“可能。”

“但我们却还在花时间……”他朝那落在身后的拱形洞口点了点头，“……制造……露水收集器？”

“种植工作必须继续。”

“什么是露水收集器？”他问。

她扭头看了他一眼，眼中满是惊讶。“难道他们什么也没教过你……我是说，在你来的那个星球上？”

“没说过露水收集器。”

“嗨！”她说。就只有这么一个意味深长的字。

“那么，它们到底是什么？”

“你在沙海里看到的每一丛灌木、每一棵草，”她说，“你觉得我们离开后，它们是怎么活下来的？每一株植物都得到了最悉心的照料，栽种在小坑里，那些小坑里置有许多光滑的五彩塑料球，当受到光的照耀时，它们呈白色。在黎明时，如果你从高处往下看，会发现它们会发亮，那是白色的反射光。但是当太阳离去，五彩塑料会在黑暗中恢复透明，并极速冷却，将空气中的水汽凝聚在球体表面，水汽聚多，变成露珠，这样就能维持植物的生长。”

“露水收集器。”他喃喃自语，这个方案带有一种简单的美感，他不由得陶醉其中。

“我将在适当的时候为詹米哀悼。”她似乎还没甩开保罗刚刚问的另一个问题，“詹米，他是个好人，就是太容易发怒。他在维持家庭生计上很有一手，对待孩子也很了不起。不管是乔弗的儿子——我第一个孩子——还是他的亲生子，他都视如已出，一视同仁。”她用疑虑的眼光看着保罗：“你也会这样对待孩子们吗，友索？”

“我们不存在那样的问题。”

“可如果……”

“哈拉！”

听到他刺耳严厉的语调，她不禁瑟缩了一下。

左手边的拱门里是另一个灯火通明的岩洞。“那里在造什么？”他问。

“他们在修织布机，”她说，“但今晚就会拆掉了。”她指了指左边的一条岔道，“从这里往前，是食品加工和蒸馏服维修车间。”她看着保罗，“你的蒸馏服看上去是新的，不过需要修理的话，我很拿手哦，我就在这厂里工作。”

从这时起，他们不断地碰到一群群人，地道两边的洞口也越来越多。一队男女从他们旁边走过，扛着咯咯作响的沉重包裹，浑身散发着浓烈的香料味。

“他们得不到我们的水，”哈拉说，“也得不到我们的香料。这一点你可以放心。”

保罗看着地道墙壁上的洞口，看见铺着厚毯子的岩台，墙上挂着鲜亮织物的房间，还有成堆的垫子。洞口的人在他们走近时纷纷沉默下来，目光凶狠地瞪着保罗。

“你打败了詹米，大家都觉得奇怪，”哈拉说，“看样子，等我们在穴地安顿下来后，你得做些事证明一下你的实力。”

“我不喜欢杀人。”他说。

“斯第尔格也这么说。”她说，但声音却透露出怀疑。

前面传来尖细的诵读声。他们走到了另一个洞口处，比保罗看到的任何洞口都要大。他放慢脚步，往里面看去，发现屋里挤满了孩子，他们盘腿坐在栗色的地毯上。

远处墙上挂着一块黑板，旁边站着一个穿黄色大褂的女人，一只手里拿着投影笔。黑板上画满了图——圆圈，三角形，弧线，蛇形曲线和方形，还有被平行线分割的圆弧。女人指着图，一个接一个点下去，尽可能快地移动投影笔。而孩子们有节奏地跟着她的手往下读。

保罗一面听，一面与哈拉继续往穴地深处走去，读书声渐行渐远。

“树，”孩子们齐声朗读，“树，草，沙丘，风，山，山丘，火，闪电，岩石，石块，灰尘，沙，热，避难所，热量，满，冬天，冷，空，侵蚀，夏天，洞，白天，紧张，月亮，夜晚，岩帽，沙潮，斜坡，种植，包扎……”

“这种时间你们还上课？”保罗问。

她的脸变得严肃，声音带着悲痛：“列特教导我们，教育一刻也不能停止。我们会永远记着死去的列特，这是恰科博萨的悼念方式。”

她穿过地道，走到左边，登上一块平台，撩开橙色的门帘，站到一旁。“你的住宅已经准备好了，友索。”

保罗犹豫了一下，没有走上她站的那个平台，他突然不大情愿和这个女人单独相处。同时他也想到，自己正被一种奇怪的生活方式所包围，只有彻底了解弗雷曼人对生态学的看法和价值体系，他才能懂得这种生活方式。他感到这个弗雷曼世界正在引诱他、诱惑他。他知道陷阱里是什么东西——疯狂的圣战，那个他认为应该不惜一切代价避免的圣战。

“这是你的牙帐，”哈拉说，“你还在等什么呢？”

保罗点点头，终于走到了平台上。他掀起她身后的门帘，摸着织物中的金属纤维，跟着她穿过一个很短的门廊，接着来到了一个大房间中。房间呈正方形，六米见方，地上铺着厚厚的蓝色地毯，蓝绿色的织物遮着岩石墙壁，天花板上也挂着一些黄色的织物，还有几盏黄色的球形灯在轻轻晃动。

感觉像一顶古老的帐篷。

哈拉站在他面前，左手按在臀部，眼睛打量着他的脸。“孩子们跟一个朋友在一起，”她说，“过一会儿就会出来的。”

保罗飞快地扫了眼房间，以掩盖自己的不安。在他左边，一道帘子半掩着另外一个更大的房间，沿墙摆着一排垫子。他感到通气管中吹来一股微风，看见管口就在正前方，巧妙地隐藏在另一道帘子后。

“要我帮你脱蒸馏服吗？”哈拉问。

“不……谢谢。”

“要我拿吃的来吗？”

“好。”

“那个房间边上有个休息室，”她指着说，“你可以去那里脱蒸馏服，又舒服又方便。”

“你说过我们要离开这个穴地，”保罗说，“难道我们不该开始整理东西了吗？”

“到时候会收拾好的，”她说，“屠夫还没查到我们这里。”

她仍然踌躇着，看着他。

“怎么啦？”他问。

“你还没有伊巴德的眼睛，”她说，“有点奇怪，不过也不是完全没有吸引力。”

“去拿吃的，”他说，“我饿了。”

她朝他笑了笑，是那种看透一切的女人的微笑，保罗为此感到不安。“我是你的仆人。”说完，她轻快一转身，低头从一道厚厚的帘子下钻了过去，帘子落回原地之前，保罗看见了另一条通道。

保罗感到一阵窝火，他撩开右边薄薄的帘子，进入那个很大的房间，他在那里站了一会儿，觉得定不下心来。他想知道契尼去哪儿了……刚刚失去父亲的契尼。

我们在这一点上很相似，他想。

从外面的通道里传来一声哀号，因为隔着帘子，声音听起来很轻。又是一声，稍稍远了些。接着又是一声。保罗意识到是有人在报时。他发现自己还没在这里见过钟表。

一丝淡淡的木馏木燃烧的气味进入他的鼻孔，盖过了穴地里无所不在的臭气。保罗发觉自己已经习惯了这种穴地气味对神经的侵袭。

他又想起了母亲，未来的那些蒙太奇画面里总有她的身影……还有她女儿的身影。这些变化多端的时间在他的意识中舞动，他猛地摇摇头，把注意力集中在一些蛛丝马迹之上，它们向他述说着将弗雷曼人吞没了的文化，阐述着它的深度和广度。

还有各种精细的怪异之处。

他曾在梦中见过这些山洞和这个房间的东西，但是，他所见到的这个东西与他此前见到的一切完全不同。

这里没有毒物探测器的痕迹，在这个洞穴的任何地方都看不到哪里有使用到它。但他能在穴地的臭气中闻到毒物的气味——有剧毒之物，也有普通的毒物。

一阵帘子响动的“唰唰”声传来，他想应该是哈拉带着吃的回来了，于是转身看去。然而，他没看到哈拉，在撩起的帘子下，他看见了两个小男孩——约摸九到十岁的样子——正用贪婪的眼神看着他。两个男孩都佩戴一把双刃晶牙匕，一手正按着刀柄。

保罗突然回想起弗雷曼人的故事：据传说，他们的孩子战斗起来和大人一样凶悍。

手在舞，嘴在动——
奇思妙想从言语中迸发。
还有那双如饥似渴的双眼！
他是一座自我的孤岛。
——摘自伊勒琅公主的《穆阿迪布手记》

洞里挤满了人，虽然洞顶很高的地方有一盏荧光灯，但投下的光线还是非常朦胧，说明这个岩石环绕的空间很大……甚至比贝尼·杰瑟里特学校的集会厅还要大。她和斯第尔格站在平台上，她估计平台下聚集了五千多人。

还有更多的人正在赶来。

到处是人们叽叽喳喳的窃窃私语。

“已经派人去你儿子的住所叫他来了，萨亚迪娜，”斯第尔格说，“你希望和他商量一下你的决定吗？”

“他能改变我的决定吗？”

“当然，虽然你说话时使用的空气来自你自己的肺部，但……”

“我的决定不会改变。”她说。

但她还是感到忧心忡忡，不知道是不是应该把保罗作为借口，退出这条危险的道路。同时，她还要考虑到腹中的女儿。危及到母亲肉体的事，也会危及到女儿的身体。

几个男人扛着卷起的地毯走来，在地毯的重压下发出嘿呦嘿呦的声音。他们把地毯扔在平台上，顿时灰尘四起。

斯第尔格抓住她的手臂，领她回到平台后边边界上，站到一个角形传音区中。他指着传音区里的一个石凳。“圣母将坐在这里。但在她来之前，你可以坐在上面休息一下。”

“我更愿意站着。”杰西卡说。

她看着那几个男人打开地毯，把它铺在平台上。她又望了望人群。现在，岩地上至少有一万人了。

而人们还在陆续赶来。

她知道，外面的沙漠上已是红色的日暮时分，但这个洞厅里却永远是朦胧的黎明。下面是一片灰色的人海，他们聚在这里，看她将如何用自己的生命冒险。

她右边的人群让开一条路，她看见保罗走了过来，两边各跟着一个男孩。那两个孩子走起路来大摇大摆，一副自命不凡的样子。他们手按刀柄，怒视着两边的人墙。

“是詹米的儿子，现在是友索的儿子了，”斯第尔格说，“他们把护卫的职责看得很认真呢。”他大胆地冲杰西卡笑了笑。

杰西卡明白斯第尔格想帮她缓和紧张的情绪，对此表示感激。但她还是禁不住地去想即将面对的危险。

我别无选择，她想，*如果我们要在这些弗雷曼人中保住地位，就必须迅速采取行动。*

保罗登上了平台，把两个孩子留在了台下。他在他母亲面前停下，看了看斯第尔格，接着扭回头望着杰西卡。“出什么事了？我以为是召我来开会呢。”

斯第尔格举起一只手，示意大家安静。他指了指左边，拥护的人群再次让出一条路，契尼沿着人墙组成的巷道走了过来，那张精灵般淘气的脸上挂满了悲伤。她已脱掉蒸馏服，换上了一件优雅的蓝色大褂，露出细瘦的手臂。在她左臂靠近肩膀处，系着一条绿色手巾。

绿色代表哀悼，保罗想。

詹米的两个儿子刚才向他解释的习俗中有这一条，但不是直接说的。他们告诉他，他们没戴绿色织物，是因为他们把他这位父亲当监护人看待。

“你就是李桑·阿尔－盖布？”他们当时问他。保罗从他们的问话中听出了圣战的味道。他耸了耸肩，用提问挡住了这个问题。他马上得知，这两个孩子中，年长的一个叫凯利弗，十岁，是乔弗的亲生儿子；年幼的一个叫奥罗普，八岁，是詹米的儿子。

这是一个奇特的日子。应他的要求，这两个孩子一直在他身边护卫着，如此一来就能挡去好奇之辈的打搅，好让自己有时间来理清思绪，回忆预知梦境，想出一个阻止圣战发生的办法。

现在，保罗站在洞内平台上，站在母亲身旁，看着平台下的人群。他满腹怀疑，是否真有什么办法，可以阻止狂热的大军倾巢出动。

契尼走近平台，四个女人用轿子抬着另一个女人，远远地跟在后面。

杰西卡没有理会走过来的契尼，而是全神贯注地盯着轿中的那个女人：一个满脸皱纹的干瘪老太婆，她穿着一身黑袍，兜帽甩在脑后，露出盘在头顶的灰色发团和青筋虬结的颈子。

抬轿的女人站在台下，将轿子轻轻放在平台上，契尼搀着老太婆站起身。

这就是他们的圣母，杰西卡想。

那老太婆孱弱地靠在契尼身上，一瘸一拐朝杰西卡走来，看上去像是一捆包在黑袍中的干柴。她停在杰西卡面前，抬头凝视了很长时间，最后用沙哑的声音说道："你就是那个女人，"顶在细长脖子上的脑袋颤颤巍巍地点了一下，"夏道特·梅帕丝同情你是对的。"

杰西卡轻蔑地回答道："我不需要任何人同情。"

"马上就会知道。"老太婆哑着嗓子说道。她用令人惊讶的速度转过身去，面向人群，"告诉他们，斯第尔格。"

"必须告诉他们吗？"他问。

"我们是米斯人，"老太婆喘着气道，"自从我们的逊尼祖先逃离尼罗蒂克·阿尔-奥罗巴以来，我们就懂得了迁徙和死亡。只有年轻一代继承这种方式，我们的民族才不会灭亡。"

斯第尔格深深地吸了口气，向前跨了两步。

杰西卡感到这个挤满了人的山洞变得鸦雀无声起来。现在，山洞里约有两万多人，全都默默地站着，几乎一动不动。这让她感觉自己非常渺小，心中充满警惕。

“今晚，我们必须离开这个长久以来庇护我们的穴地，深入南方的沙漠。”斯第尔格说。他的声音通过平台后的角形传音区，传向一张张仰起的脸庞。

人们依然保持沉默。

“圣母告诉我，她的身体已经无法承受一次新的哈依拉——探寻之旅，”斯第尔格说，“以前我们也曾经历过没有圣母的日子。但如果是在寻找新家园的困苦境地下，我们不能没有圣母的引领。”

这时，人群骚动起来，到处是窃窃私语和不安的气氛。

“但这种困境也许不会发生，”斯第尔格说，“因为我们的新萨亚迪娜，奇女杰西卡，已同意参加仪式，打算在我们还没失去圣母的力量前通过考验。”

奇女杰西卡，杰西卡想。只见保罗正盯着她，眼中充满了疑问。但在周围的怪异气氛下，他只有保持沉默。

如果我死于这次考验，他会怎么样呢？杰西卡暗自发问。她再一次感到忧心忡忡起来。

契尼领着老圣母走到角形传音区深处的石凳上坐下，接着退回到斯第尔格身旁，侍立在他左右。

“就算奇女杰西卡失败了，我们也不会失去太多，”斯第尔格说，“契尼，列特的女儿，将被奉为萨亚迪娜。”他朝旁边跨开一步。

契尼扶着老圣母走到角形传声器前面的石凳旁，然后退回到斯第尔格身旁。

从角形传音区深处传来老太婆的声音，一种被扩大了的低语声，粗哑、尖锐。“契尼刚刚结束哈依拉归来——契尼看见了水。”

人群中低声回应：“她看见了水。”

“我愿奉列特的女儿为萨亚迪娜。”老太婆粗声说。

“我们愿意。”人们回应道。

保罗几乎没有听见仪式在说些什么，他的脑中仍在想着刚才斯第尔格说他母亲的那些话。

如果她失败了？

他扭回头，看着被他们称为圣母的那个干瘪老太婆，打量着她。她有一双深不可测的蓝眼睛，身体孱弱，看起来好像一阵微风都会将她吹跑。然而，她身上还有一种能在热带风暴中岿然不动的力量。他记得那个用戈姆刺的痛苦来考验他的圣母盖乌斯·海伦·莫希阿姆，眼前的老太婆具有同样的魔力。

“我，圣母拉马罗，代表众人发言，”老太婆说，“契尼成为萨亚迪娜是符合天意的。”

“符合天意。”众人回应道。

老圣母点点头，低声说道：“我赐予她银色的天空、金色的沙漠和闪光的岩石，以及未来的绿色田野。我把这些赐予萨亚迪娜契尼。在这播种的典礼上，为不让她忘记她是我们大家的仆人，把这些卑下的任务赐给她吧，就像夏胡鲁一样承担这些工作。”她抬起一只褐色棍子般的手臂，继而重新垂下。

杰西卡感到，发生在自己周围的典礼就像是一股湍流，席卷着她，让她再也回不去了。她看了一眼保罗，发现他满脸都是疑惑的神情。但她还是抖擞精神，准备接受严峻的考验。

“司水员上前面来。”契尼少女的声音中带着一丝颤抖，透露出内心的不自信。

现在，杰西卡感到自己已经处于危险的焦点。在众人的咄咄目光下，在全场的寂静之中，她看到了危险。

人群让出一条蜿蜒小道，一小队男人两两成对，从后面走向前，每一对抬着一只小皮袋，袋子约有人头的两倍大，沉甸甸地晃荡着。

两个领头的人把袋子放在契尼脚下的平台上，接着退到了后面。

杰西卡看着袋子，又看着那些人。他们已经脱掉了兜帽，露出脖子后扎成一卷的长发，深陷的眼睛目不转睛地回望着她。

一股浓郁的肉桂香气从袋中散发出来，在杰西卡面前飘过。是香料？她想。

“有水吗？”契尼问。

左边的那个司水员，一个鼻梁上横着一道紫色伤疤的男人，点了点头。“有水，萨亚迪娜。”她说，“但我们不能喝。”

“有种子吗？”契尼问。

“有种子。”那人回答。

契尼跪到地上，把手放在晃荡的水袋上。“愿造物主保佑这袋水和种子。”

杰西卡很熟悉这种仪式，她回过头看了看圣母拉马罗。老太婆闭着双眼，弯腰坐在那里，像是睡着了。

“萨亚迪娜杰西卡。”契尼说道。

杰西卡转回头，看见女孩正盯着她。

“你尝过圣水吗？”契尼问。

杰西卡还没回答，契尼接着说道：“你不可能尝过圣水。你是一个外来者，享受不到这种权利。”

人群发出一声叹息，衣袍的沙沙声让她感到毛骨悚然。

“作物成熟，造物主已死。”契尼说。水袋顶部有一个盘绕的喷嘴，她将它打开。

此时，杰西卡感到周遭的危险开始沸腾。她朝保罗瞥了一眼，见他正沉湎于这个仪式的神秘气氛中，目不转睛地盯着契尼。

*他曾预见过一刻吗？*杰西卡心想。她一只手按在肚子上，想着腹中的女儿。她问自己，*我有权拿我们两人的性命来冒这个险吗？*

契尼朝杰西卡举起喷嘴，说道：“这是生命之水，比水更伟大的水——解脱灵魂的水。如果你真是圣母，它会为你打开宇宙之门。现在，让夏胡鲁来判断吧！”

一边是对未出世女儿的责任，另一边是对保罗的责任，杰西卡感觉自己被撕扯着。她知道，为了保罗，她应该接过喷嘴，喝下袋中的液体。但当她弯腰凑向送过来的喷嘴时，她又感觉到其中巨大的危险。

袋中的东西散发出一种苦味，就像她知道的那些毒药一样，但又不尽相同。

“现在，你必须把它喝下去。”契尼说。

*没有回头路了，*杰西卡提醒自己。可在她接受的所有贝尼·杰瑟里特训练中，她想不出任何可以帮助她渡过难关的方法。

*这到底是什么？*杰西卡暗自发问，*水？还是毒药？*

她弯下腰，凑近喷嘴，顿时闻到一股肉桂的酯类气味，随即记起当初邓肯·艾达荷的醉态。**是香料酒？**她心想。她将管子放进嘴中，微微吸了一小口。尝起来有一股香料味，舌头上一阵微微的辛辣刺痛。

契尼的手用力在皮袋上一按，一大股液体涌进杰西卡口中，她还没来得及准备，就不由自主地咽了下去。她尽力保持冷静和尊严。

“浅尝死亡的气息比死亡本身更可怕。”契尼说。她望着杰西卡，等待着。

杰西卡也看着契尼，口中仍然含着喷嘴。袋中液体的气味涌进她的鼻孔、嘴里、脸上、眼中，一种辛辣的甜香。

冰爽！

契尼再次把液体挤入杰西卡口中。

妙不可言！

杰西卡打量着契尼的脸：一张精灵般淘气的脸，可以看出列特·凯恩斯的痕迹，但还没被岁月定型。

他们给我吃的是一种药，杰西卡对自己说。

但又不像她知道的任何药，也不是贝尼·杰瑟里特训练里教过的任何药。

契尼的面容如此清晰，仿佛有光勾勒出她的轮廓。

一种药。

杰西卡觉得头晕目眩，四周一片死寂。身体的每个细胞都接受了一个事实：某种深邃的事发生在了他们身上。她感到自己就是一粒有意识的尘埃，甚至比亚原子粒子还要小，却还可以运动，可以感受周遭的世界。豁然开朗——像是被突然掀开了幕布——她感觉自己已经脱离了肉体，就像一粒尘埃般感知着那个自己的精神运动组成的附体。她是一粒尘埃，但又不仅仅是尘埃。

她周围仍然有洞穴存在——还有那些人。她能感觉到他们：保罗，契尼，斯第尔格，圣母拉马罗。

圣母！

学校里曾有一些谣传，说有些人没能通过圣母的考验，被药物夺走了性命。

杰西卡把注意力集中在圣母拉马罗身上。她现在知道，这一切都发生在仿佛凝固不动的一瞬间内——这段时间只为她本人停止不动。

*时间为什么停止了？*她暗自思忖。她凝视着周围人们凝固的表情，只见契尼头顶悬着一粒小小的尘埃，停在那里一动不动。

等待着。

问题的答案出现在她的意识中，就像大爆炸一般突如其来：她个人的时间停止了，是为了救自己的生命。

她专注于这个精神运动组成的附体，审视着内在的一切，随即看到一个细胞组成的核心，一个黑洞，让她感到望而却步。

这就是我们无法看到的地方，她想，*是圣母不愿提起，只有魁萨茨·哈德拉克才能看到的地方*。

这一领悟使她恢复了一点自信。于是她再一次冒险把注意力专注于这个肌肉精神组成的附体上，让自己变成一粒尘埃，寻找内在的危险。

她在刚才咽下的药物中找到了它。

那东西成了她体内跳动的粒子，它的运动速度极快，甚至连停止的时间也阻止不了它。跳动的粒子。她辨认出熟悉的结构，原子链：这儿有一个碳原子，螺旋形摆动……一个葡萄糖分子。整个分子链展现在她面前，她发现这是一个蛋白质分子……一个含甲基化蛋白质的结构。

啊！！

当她明白药物的本质时，她在体内发出精神上的无声叹息。

通过精神运动的探索，她钻入其中，移开一粒氧原子，让另一粒碳原子与之结合，然后重新连接在一个氢氧链上。

这种变化扩展开来……催化反应迅速扩展，越来越快。

凝固的时间逐渐松开对她的束缚，她重新感觉到了运动。袋子的喷嘴正贴在她嘴上——缓缓地，从她口中收集到一滴水。

契尼正从我体内取出催化剂，以改变袋中的药物。杰西卡想，*为什么？*

有人正扶她坐下，她看到圣母拉马罗来到了她身旁，坐在铺着地毯的平台上的老圣母，一只干瘪的手碰触到她的脖子。

在她的意识中还存在着另一颗精神运动的粒子。杰西卡竭力排斥它，但粒子却越逼越近……越逼越近。

终于相触！

这是互相亲近的最高状态，同时成为两个人：不是心灵感应，而是意识互联。

她和老圣母意识互联！

但杰西卡看到圣母并不认为自己已经年老，一幅图像展现在她们共同的灵眼前：一位少女，精神活泼，心性温柔。

在互通的意识中，那年轻的女孩说道："是的，那就是我。"

但杰西卡只能听，无法开口回答。

"很快你就会拥有这一切，杰西卡。"内心的那个人像说道。

这是幻觉，杰西卡告诉自己。

"你知道不是这么回事，"人像说，"快点，不要排斥我，时间不多。我们……"漫长的停顿之后，人像重新开口，"你早该告诉我们你有孕在身！"

杰西卡终于掌握在这互通意识中讲话的技巧。"为什么？"

"因为这将改变你们母女二人！圣母在上，我们都干了些什么？"

杰西卡感到互通意识中产生了一丝变化，她的心眼看到了另一粒尘埃的存在。这粒尘埃正疯狂地四处游弋，转着圈子。它似乎害怕极了。

"你必须坚强起来，"老圣母的人像说道，"谢天谢地，幸好怀的是个女儿。如果是男胎，这仪式会让他死于非命。现在……小心点，轻轻地……抚摸你的女儿。进入你女儿的存在。吸走她的恐惧……放松……用你的勇气和力量……轻轻地，好，轻轻地……"

那个四处疾走的尘埃朝她靠近。杰西卡逼着自己去接触它。

恐惧几乎压倒了她。

她用所知的唯一的方法与恐惧斗争：*我绝不能恐惧。恐惧是思维杀手……*

经文带来了一丝表面上的平静。那粒尘埃一动不动贴着她。

光念经不会有用，杰西卡对自己说。

她放松自己，让自己仅仅表现出最基本的情绪反应，散发出爱和安抚，敞开温暖的怀抱保护它。

恐惧感消失了。

老圣母再次现身。这一回是三重意识互联——两个很活跃，另一个静静地汲取。

“时间紧迫，我只能这么做，”意识中的老圣母说，“我有许多东西要传给你，我不知道你的女儿在接受这一切之后是否能保持正常的神智。但我们必须这么做，部落的需要至高无上。“

“什么……”

“保持安静，只需接受！”

各种经历开始展现在杰西卡的眼前，很像贝尼·杰瑟里特学校里用潜意识训练装置讲授的课程……但速度更快……快得人眼花缭乱。

但是……却是那么清楚。

每一次经历从头到尾展现在她眼前：有一个爱人，男子气概十足，蓄着胡须，有一双弗雷曼人的眼睛。透过老圣母的记忆，杰西卡看到了他的力量和温柔，以及所有的一切，眨眼间便历览了一遍。

现在已来不及去考虑这会对她腹中的女儿造成什么影响，她唯有不停接受、记录。这些经历灌输进杰西卡的意识——生，活，死——重要的和不重要的，一次播放，不再重复。

*但为什么总能看见悬崖顶上落下的沙暴？*她暗自发问。

最后，杰西卡终于明白这是怎么回事，但为时已晚：老圣母要死了，就在她垂死之际，她将她的全部经历注入了杰西卡的意识中，就像把水倾倒入杯中一般。杰西卡看着那颗尘埃逐渐消失，重新回到出生前的意识状态中。从理论上说，老圣母的死，只是将她的生命留在了杰西卡的记忆中，她最后留下的是一声叹息，一句含糊的话语。

“我一直在等你，等了很长时间了，”她说，“我把我的一生给你了。”

就是这样，一生的经历，全部封装。

甚至包括死亡的瞬间。

*我现在是圣母了，*杰西卡意识到。

她知道，她已经成了一个真正意义上的贝尼·杰瑟里特圣母。那毒药改变了她。

她知道，这与她们在贝尼·杰瑟里特学校造就圣母的方式完全不同。从没有人告诉她如何成为圣母，但她的确知道。

最后的结果是相同的。

杰西卡感觉到代表女儿的那粒尘埃仍然在触摸她的内心意识，不断探寻着，但却没有得到回应。

意识到自己身上发生的事情，一种可怕的孤独感爬过她的全身。在她眼里，她自己的生命放慢了脚步，而她周围的生命却加快了速度，如此一来，这种交互的互动模式变得更加清晰起来。

随着她的身体逐渐摆脱毒药的威胁，尘埃意识的感觉稍稍减退，那种强烈的感知慢慢缓和。但她仍然能感觉到另一个粒子的存在，并抚慰着她。自己竟让这事发生在她女儿身上，她感到一丝愧疚。

是我干的，我可怜的小女，你都还没成形，我就把你带进了这个世界，让你的意识毫无防御地暴露在这个千变万化的宇宙之中。

代表她女儿的尘埃终于流露出一丝爱和抚慰，像镜像一样，将杰西卡刚才倾注在它身上的感情反射了回来。

杰西卡还没来得及回应，就感到刚才接受的记忆在蠢蠢欲动。她得做些什么。她在记忆中摸索，随即意识到那毒药已经渗透她的全身，带来的麻痹效果阻碍了她的行动。

我能改变，她想，*我能去除毒药的药效，使它变得无害*。但她又感觉不应该那样做。*我在参加一场仪式*。

随即，她知道该怎样做了。

杰西卡睁开眼睛，指了指契尼举在头顶的水袋。

“它已得到神的赐福，”杰西卡说，“把这袋水混合一下，让所有人体会到变化。让所有人分享这份赐礼。”

让催化剂自己发挥作用，她想，*让众人饮用，暂时强化他们相互间的意识。这药现在没有危险了……既然一位圣母已化解了它的毒性*。

然而，那记忆仍蠢蠢欲动，推搡着她。她还得做一件事，但药物使她难以集中精神。

啊……老圣母。

“我刚见过圣母拉马罗，”杰西卡说，“她去了，但她仍然存在。在此仪式上，向她的记忆致以敬意。”

我怎么会说这些话的？杰西卡暗问。

她意识到，这些话来自另一个记忆，老圣母一生的经历已传给了她，现在更成了她的一部分。然而，这份礼物却还有某些方面让人觉得并不完整。

“让他们去纵酒狂欢吧，”另一个记忆在她内心说道，“除了挣扎谋生，他们享受不到多少欢乐。而且，你我还需要一点时间互相熟悉，之后我就会离去，从你的记忆中消失。我感觉自己已经被你的那些记忆吸引住了。啊，你意识中的这些事真是有趣，有那么多我想不到的东西。”

封装在她头脑中的记忆突然敞开，像是打开了一条宽阔的通道，层层深入，又可以进入其他圣母的记忆之中，这些记忆之后还有另外一些圣母的记忆，无穷无尽。

杰西卡不禁畏惧起来，害怕自己会迷失在这个前人合体而成的海洋中。但通道并没有消失，它向杰西卡展示出源远流长的弗雷曼文化，远比她想象的古老。

她看到了在波里特林的弗雷曼人：一个在安乐窝似的星球上变得柔弱的民族，帝国的入侵者轻而易举地征服了他们，并强迫他们前往比拉·特乔斯和萨鲁斯·塞康达斯星球，在上面开拓人类殖民地。

哦，杰西卡感受到了那种生离死别的痛哭场面。

记忆通道深处，一个人像的声音在尖叫：“他们拒绝了我们的朝觐！”

杰西卡沿着通道前行，看到了比拉·特乔斯的奴隶营，看到了他们如何剔除和挑选人员，将人发配至罗萨克和哈蒙塞普。令人发指的残暴景象展现在她面前，就像一朵朵毒花的花瓣。她还看到了历史的一些线索，由一名萨亚迪娜传给另一名萨亚迪娜——起初是口耳相传，隐藏在沙漠颂歌中；后来在罗萨克发现这种毒药后，便由他们的圣母精化改进……在厄拉科斯发现生命之水后，这种力量变得更为精妙。

在记忆通道的更深处，另一个声音尖叫着：“永不饶恕！永不遗忘！”

但现在杰西卡的思绪集中在了生命之水的发现上，她看到了它的源泉：那是沙虫（也就是造物主）临死时分泌的液体。当她在刚刚接受的记忆中看到它被杀死的情景时，她不由得倒抽一口冷气。

它是被淹死的！

“母亲，你没事吧？”

保罗的声音打断了杰西卡的思绪，她从内心的意识中挣脱而出，抬头望着他。她意识到自己对他应负的责任，但他偏偏在此时出现，让她不由得感到生气。

我就像一个双手麻痹的人，从产生意识的那时起，就感受不到任何触觉——直到有一天，在外力作用下，我突然有了触觉。

这念头徘徊在她脑海中，一种封闭的意识。

我说：“瞧！我没有手！”但我周围的人却说：“手是什么东西？”

“母亲，你没事吧？”保罗又问。

“没事。”

“我可以喝这个东西吗？”他指了指契尼手中的水袋，“他们要我喝。”

她听出了他话中隐含的意思，意识到他已经探查出这水原本有毒，知道他是在关心她。杰西卡突然很想了解保罗的预知能力到底能达到多大的极限。她从他的这句问话中发现了许多东西。

“你可以喝，”她说，“它的成分已经变了。”她从保罗肩头望去，看见斯第尔格正低头凝视着她，黑色的眼眸中充满了探寻的神情。

“现在，我们知道你是如假包换的了。”斯第尔格说。

她感觉他的话也隐含着另一层意思，但药物的麻痹效果让她的感官变得迟钝。多么温暖、多么宽慰啊！这些弗雷曼人多好，让她拥有了亲密的友谊。

保罗看出，他母亲被药力控制了。

他在记忆中搜索——凝固的过去，流动的未来。感觉就像把时间拆成了片段，放在了心眼的放大镜下细细查看，结果却令人困惑。这些片段从时间线中剥离，变得难以理解。

这种药——他可以收集到有关它的知识，了解它在他母亲身上起的作用。但这些知识缺乏自然的韵律，缺乏一个互相参照的系统。

他突然明白了，看见过去对现在的影响是一回事，但预言能力的真正考验是看到过去对未来的影响。

事情和它们表面看起来的并不一样。

“喝下去！”契尼命令道。她把水袋的角形喷嘴在他鼻子底下晃了晃。

保罗直起身，看着契尼。空气中弥漫着狂热的兴奋情绪。他知道，如果他喝下袋中的香料药物，吸收其中的浓缩精华，会让他发生什么变化。他会回到纯粹的时间幻境和时空交错的幻境中；被抛上头晕目眩的巅峰，让他变得更加糊涂。

斯第尔格站在契尼身后，对他说道：“喝下去吧，小伙子。仪式被你耽搁了。”

保罗听着人群的喊声，听出了声音中的狂热：“李桑·阿尔-盖布，”他们在呐喊，“穆阿迪布！”他低下头，看着母亲，她坐在地上，呼吸平稳而深沉，似乎平静地睡着了。就在此时，保罗脑海中闪现出一句来自未来、昭示他孤独一生的话：“*她在生命之水中沉睡。*”

契尼拉了拉他的衣袖。

保罗把角形喷嘴含入口中，听见人们在高呼。契尼按下水袋，他感到一股液体喷入了喉咙，顿时被那难闻的气味呛得头晕眼花。契尼拔掉喷嘴，把水袋交到平台下面伸出的手中。保罗盯着她的手臂，还有上面那条表示哀悼的绿色带子。

契尼直起身，注意到保罗的目光，说道：“虽然是欢乐的水狂欢之日，但我也能哀悼他。这是他给我们的。”她把手放入他的手心，拉着他沿平台走去，“我们有一件事很相似，友索。我俩都因哈克南人失去了父亲。”

保罗跟着她，他感到自己的手和身体分开了，又重新奇怪地组合在了一起。双腿感觉很遥远，软绵绵的。

他们走进一条狭窄的侧道，坑道墙壁点着迷幻般的球形灯，投下微弱的灯光。保罗感到药物已经在他身上产生奇异的效果，像花朵绽放一般，为他打开了时间之门。当他们转过另一条黑暗的坑道时，他需要靠在契尼身上才能稳住自己的身体。他触摸到她衣袍下的马裤呢织物，还有柔软的身体，顿时感到热血上涌。这感觉混合着药力，将未来和过去糅进了现在，让三者几乎没有一丝分别。

“我认识你，契尼，”他轻声道，“我们坐在沙地的平台上，我安慰你，让你不再害怕。我们在穴地的黑暗中互相爱抚。我们……”他突然有点晕头转向，于是用力甩了甩头，脚下突然绊了一下。

契尼扶着他，领他穿过厚厚的帘子，来到一间暖和的私宅中。里面摆着矮桌和靠垫，还有一张铺着橙色床单的睡垫。

保罗渐渐意识到他们停下了脚步，契尼面朝他站着，眼中流露出一丝平静的恐惧。

“告诉我。”她低声道。

“你是塞哈亚，”他说，“沙漠之春。”

“当部落分享圣水的时候，”她说，“我们在一起——我们大家。我们……分享。我能……感受到其他人。但我害怕和你分享。”

“为什么？”

他极力将注意力集中到她身上，但过去和将来都糅入了现在，使她的形象变得模糊不清。他能看到她，却是以无数的方式，有着无数的姿势，还有无数的背景。

“刚才我带你离开时，”她说，“你身上有些令人恐惧的东西……我这样做，是因为我能感觉到其他人想要什么。你……压迫着人们。你……使我们看见了一些东西！”

他努力使自己的话说得清晰。“你看见了什么？”

她低头看着自己的双手。“我看见了一个孩子……在我怀里。是我俩的孩子，你和我的。”她一只手捂住自己的嘴，“我怎么才能了解你呢？”

*他们有一丝天赋，*他的意识告诉他，*但他们压制着它，因为它使人害怕。*

一瞬间，他的头脑清醒下来，顿时明白为何契尼在瑟瑟发抖。

“你想说什么呢？”他问。

“友索。”她低声道，身子仍在颤抖。

“别再看未来了。”他说。

一股深厚的怜悯之心扫遍全身，他把她拉近，让她靠在自己身上，抚摸着她的脑袋。“契尼，契尼，不要怕。”

“友索，帮帮我。”她哭着说。

就在她说话的当口，他感到服下的药物已经完全发挥了效用，撕开了帷幕，让他看到了自己动荡不安的灰色未来。

“你怎么不说话。”契尼说。

他稳住自己的意识，看着时间线在它那神奇的维度里向外伸展，飞速移动，同时巧妙地保持着平衡；非常狭窄，却像一张网铺散开来，将无数世界和力量聚拢；既是一根他必须在上面行走的细钢丝，又像一块他必须时刻保持平衡的跷跷板。

在钢丝一侧，他看到了帝国；看到一个名叫菲德-罗萨的哈克南人突然闪现，像一把致命的利刃朝他扑来；看到萨多卡人狂暴地冲出他们的星球，在厄拉科斯上大肆杀戮；看到宇航公会策划着阴谋诡计；看到贝尼·杰瑟里特进行着她们的选择性育种计划。这一切就像雷暴云砧般堆积在地平线上，牵制他们的却只有弗雷曼人和他们的穆阿迪布，后者如同一个沉睡的巨人，弗雷曼人已经准备将他唤醒，并发起一场横扫宇宙的疯狂圣战。

保罗觉得自己处于这一切的中心，整个结构都围绕他这个中心旋转。和平就像一条细钢丝，他走在上面，身旁有契尼的陪伴，这让他感到一丝幸福。这条细钢丝朝前延伸。一个隐蔽的穴地，一段相对宁静的时光，不断的暴力冲突中平静的一瞬。

“除此之外，再也没有和平的地方了。”他说。

“友索，你哭了，”契尼喃喃道，“友索，我强大的爱人，你把水献给死者吗？给哪一位死者？”

“给那些还没有死的人。”他说。

“那么，就让他们好好享受这段时光吧。”她说。

透过药物的迷雾，他知道她说得很对！他用力把她拥在怀里。“塞哈亚！”他喊道。

她伸出一只手，抚摸着他的脸颊。“我不再害怕了，友索。看着我，当你这么抱着我的时候，我看到了你眼中的东西。”

“你看见了什么？”他问。

“我看到，在风暴间的平静期，我们互相把爱给予对方。这是我们要做的事。”

药力又控制住了他，他心想：*你已经给了我这么多次的安慰和忘却*。他重又体验到那种无比鲜明的预见，未来历历在目，无比清晰，然后化为记忆：沉浸于肉欲的温柔乡，两个人的分享、交流，种种温柔，种种粗暴。

“你是一个坚强的女人，契尼，”他喃喃地说，“和我在一起吧！”

“永远。”她说，吻上他的脸颊。

第三卷

先　知

没有任何人与我父亲有十分亲密的关系，不管是女人、男人还是孩子。只有一个人与他有过同志情谊，那就是哈什米尔·芬伦伯爵，我父亲打儿时起的同伴。与芬伦伯爵的这份友谊首先反映在积极的一面：厄拉科斯事件之后，他出面消除了兰兹拉德委员会对我父亲的怀疑。据我母亲说，为这事，一共花了价值一亿多宇宙索的香料进行贿赂，还有其他礼物，诸如女奴，颁给皇室荣誉和名誉军衔。但第二个证明伯爵友谊的证据却反映在消极的一面：他敢于违抗我父亲的命令，拒绝杀人，即便那完全是他力所能及之事。且听我将此事细细道来。

——摘自伊勒琅公主的《芬伦伯爵小传》

弗拉基米尔·哈克南男爵从私人寓所中冲出，怒气冲冲地沿着走廊往前走。午后的阳光透过高窗倾泻进来，在走廊里投下斑驳的光影。他的身体在浮空器的支撑下剧烈扭动、摇晃，一个劲儿地往前冲。

他暴风骤雨般穿过私人厨房、图书室、小客厅，走进仆人所在的前厅。此时，前厅的夜间娱乐活动已经开始了。

卫队长雅金·内福德正蹲坐在大厅里的一张矮沙发上，目光呆滞，脸上没有任何表情，这是嗑了塞缪塔之后的反应。四周还飘荡着怪诞的塞缪塔音乐的哀号声。他的随从坐在他身旁，听候差遣。

“内福德！”男爵怒吼道。

众人乱作一团。

内福德站起身，由于迷药的作用，表情仍镇定自若，但苍白的脸色泄露了他内心的恐惧。塞缪塔音乐停了下来。

“男爵大人。”内福德说，全靠迷药的作用，他的声音才没有发抖。

男爵扫了眼周围的人，看到众人都默不作声，一脸惊慌。他重新看向内福德，用柔和的语气说道：“内福德，你当我的卫队长多长时间了？”

内福德咽了口口水。“是在厄拉科斯上任的，大人。快两年了。”

“你是否殚精竭虑，保护我免受危险？”

“这是小人唯一的愿望，大人。”

“那么，菲德-罗萨又在哪里？”男爵咆哮道。

内福德往后一缩。“大人？”

“你不认为菲德-罗萨也会对我造成危险？”他的声音再次变得轻柔起来。

内福德用舌头润了润嘴唇，呆滞的眼神消失了一些。“菲德-罗萨在奴隶房，大人。”

“又在和女人鬼混，嗯？”老男爵气得发抖，但尽力克制内心的怒意。

“大人，他可能……”

“闭嘴！”

男爵又朝前厅迈了一步。四周的人纷纷后退，与内福德保持一段微妙的距离，将自己与男爵怒火隔绝开来。

“难道我没有命令过你，要你时刻清楚准男爵在什么地方吗？”男爵问道，他又朝前走了一步，“难道我没给你讲过，要你时刻清楚准男爵说了什么，对谁在说吗？”又是一步，“难道我没告诉你，只要准男爵去了女奴房，你都必须向我报告吗？”

内福德咽了口口水，汗水从他前额上冒出。

老男爵保持着平淡的声音，几乎没有任何抑扬顿挫感。“我给你讲过这些吗？”

内福德点点头。

“还有，难道我没告诉你，要检查所有送到我那儿的男童，而且要你亲自检查吗？”

内福德又点点头。

“今晚送到我房里的那个男孩，恐怕你没查到他大腿上的毛病吧？”男爵问，“你是不是……”

“叔叔。”

男爵转过身，盯着站在门口的菲德-罗萨。他侄儿这么快就赶到了这里——瞧这年轻人脸上毫无掩饰的匆忙神色——事情显而易见了。菲德-罗萨有自己的监视系统，他监视着男爵的一举一动。

“我房里有具尸体，派人把它弄走。”男爵说。他的手始终按在衣袍下的枪支上，并暗自庆幸自己的屏蔽场是顶级的。

菲德-罗萨看了看靠在右墙边的两名护卫，朝他们点点头。那两人快步离去，冲出房门，沿着走廊朝男爵的房间跑去。

*这两个，嗯？*男爵想，*啊，对于阴谋诡计，这小魔头还有好多要学的！*

“我想，你离开的时候，奴隶房里应该太平得很吧，菲德。”男爵说。

“我在和奴隶总管下基奥普斯棋。”菲德-罗萨说。他心想，*出什么事了？显然，我们送到叔叔房里的那个男孩已经被杀了。可要做这件事，他是最完美的人选。就连哈瓦特也不能有更好的选择。那个男孩是最完美的人选！*

“下金字塔棋，”男爵说，“很好。你赢了吗？”

“我……啊，赢了，叔叔。”菲德-罗萨竭力掩饰自己的不安。

男爵打了个响指。“内福德，你想重新得到我的恩宠吗？”

“大人，我做错什么了吗？”内福德战战兢兢道。

“现在已经不重要了，”男爵说，“菲德下棋赢了奴隶总管，你听见了吗？”

“是的……大人。”

“我要你带上三个人去找奴隶总管，”男爵说，“绞死他。事成之后，把他的尸体给我带来，我要亲眼看一下。我们雇的人里，可不能有这样蹩脚的棋手。”

菲德-罗萨脸色发白，向前跨出一步。“但是，叔叔，我……”

“以后再说吧，菲德，”男爵说，挥了一下手，“以后再说。”

那两个去男爵房间收拾男童尸体的护卫摇摇晃晃走出前厅大门。尸体耷拉在两人中间，垂着手臂。男爵看着他们，直到他们走出视线。

内福德上前一步，走到男爵身旁："大人，你要我现在就去干掉奴隶总管吗？"

"马上就去。"男爵说，"事成之后，把刚才过去的那两个一并处理掉。我不喜欢他们扛尸体的样子。这种事要干得干净利落。他们的尸体也要让我见到。"

内福德说："大人，是不是我做了什么……"

"照你主子的吩咐去做。"菲德-罗萨说。他想：现在只求能救下自己的小命了，可别被他扒了皮。

很好！男爵想，他还知道赶紧脱手以减少损失。男爵不由得会心一笑：这小子也还知道该做什么才能取悦我，该怎么做才能不让我把怒气发到他的头上。他知道我必须留着他。我总有撒手人寰的一天，到那时，除了他还有谁能接手呢？我没有别的合乎要求的继承人。但他必须学习！在他学习期间，我必须保住自己的命。

内福德朝他的手下打了个手势，带着他们出了门。

"你愿意陪我回房间去吗，菲德？"男爵问道。

"随您吩咐，大人。"菲德-罗萨说。他向男爵鞠了一躬，心想：这回被他抓了个正着。

"你先请。"男爵说，用手指了指门。

菲德-罗萨微微犹豫了一下，看得出来，他很害怕。我彻底失败了吗？他暗自发问，他会不会用一把毒剑……慢慢穿过我的屏蔽场……插入我的后背？他是不是另有继承人了？

让他体验一下这短暂的恐惧吧，男爵一边想，一边跟在侄儿身后。他将继承我的爵位，但必须是在我选定的时刻。我绝不会让他毁掉我建立起来的基业！

菲德-罗萨尽量放慢脚步，他感到后背直起鸡皮疙瘩，仿佛他的身体正在担心那致命一击何时会到来。他的肌肉时而紧张时而放松。

"你有没有听到来自厄拉科斯的最新消息？"男爵问。

"没有，叔叔。"

菲德–罗萨强迫自己不回头看，他沿着走廊往前，拐出仆人区。

“弗雷曼人有了一位新先知，或者说某个宗教领袖，”男爵说，“他们管他叫穆阿迪布。十分有趣，真的。这词的字面意思是‘耗子’。我已经告诉拉班，让他们继续信奉他们的宗教，有事干才好。”

“真的很有趣，叔叔。”菲德–罗萨说。他拐进通向他叔叔屋子的私人走廊，心想：*为什么谈起宗教来了？这里面有啥暗示吗？*

“是的，不是吗？”男爵说。

他们走进男爵的房间，经过客厅进入卧室。映入眼帘的是激烈搏斗后的场面：一盏歪掉了的浮空灯，床垫掉在了地板上，一根按摩棒四分五裂地散落在床头柜上。

“这是个聪明的计划。”男爵说。他将屏蔽场的防御能力维持在最大程度，停下脚步，面对着自己的侄儿，“但还不够巧妙。告诉我，菲德–罗萨，你为什么不亲手干掉我？你有足够多的机会。”

菲德–罗萨找到一把浮空椅，没有得到允许便径直坐了上去，只是在心里耸了耸肩。

我要表现得勇敢一点，他想。

“你教导过我，自己的手必须保持干净。”他说。

“啊，是的，”男爵说，“当你面对皇帝时，你必须可以诚恳地说，这事不是你干的。皇帝身边的巫婆会倾听你的话，辨别其中的真伪。是的，关于这一点，我的确警告过你。”

“你为什么从不收买一位贝尼·杰瑟里特呢，叔叔？”菲德–罗萨问，“有真言师在你身边……”

“你知道我的品味！”男爵呵斥道。

菲德–罗萨打量着他的叔叔，说道：“可是，有个贝尼·杰瑟里特总会……”

“我不信任她们！”男爵咆哮道，“别想转移话题。”

菲德–罗萨淡然地说道：“悉听尊便，叔叔。”

“我记得，几年前，你在竞技场上有一次角斗表演，”男爵说，“似乎有一名奴隶被安排好要刺杀你，到底是不是真的？”

“那是很久以前的事了，叔叔。毕竟，我……”

“别回避。”男爵说。严厉的声音暴露出他内心的愤怒。

菲德-罗萨看着他的叔叔，心想：*他全知道，不然他不会问起这事。*

“是假的，叔叔。我安排了一切，让你对奴隶总管失去信任。”

“很聪明，”男爵说，“也很勇敢。那个奴隶武士差点要了你的命，是不是？”

“是的。”

“勇气可嘉，如果你有与之相配的手段和伎俩，那就真得算得上强大。”男爵摇摇头。他还记得厄拉科斯上那可怕的一天，自那时起，他一直对失去彼得而感到惋惜。那个门泰特非常机灵，像魔鬼般精明。尽管如此，却也没有救下他自己的性命。男爵再次摇摇头。命运有时真是神秘莫测。

菲德-罗萨环视了一下卧房，打量着搏斗留下的痕迹，猜测着他叔叔是怎么打败那个奴隶的——那可是他们精心策划过的。

“我是怎样打败他的？”男爵问道，“啊——得了，菲德——让我保留一些秘密武器，安度晚年吧。我们最好利用这次机会订个协议。”

菲德-罗萨盯着他。*协议！他的意思肯定是继续让我做他的继承人。否则订什么协议呢？一个平等，或者近乎平等的协议！*

“什么协议，叔叔？”菲德-罗萨感到自豪，因为他的声音仍然保持着平静和理智，没有将内心的洋洋自得流露出来。

男爵也注意到他在控制情绪，他点了点头。“你是块好材料，菲德，我不会浪费好材料的。然而，你固执己见，拒绝了解我对你的真正价值。太固执了。你看不出来，为什么我对你来说是最有价值的人，应该好好保护我。这……”他指了指卧室中的搏斗痕迹，“这是愚蠢，我不会奖励这种愚蠢的行为。”

*别兜圈子了，你这个老傻瓜！*菲德-罗萨想。

“你把我当成一个老傻瓜。”男爵说，“奉劝你别这么想。”

“你刚才提到了协议。”

“啊，年轻人就是耐不住性子，”男爵说，“好啦，主要内容是这样的：你不要再做这些威胁我生命的愚蠢企图，而我呢，只要你准备好，就会随你心意靠边站。我将退下来当你的顾问，留你坐在权力的宝座上。”

“退下来，叔叔？”

“你还认为我是个傻瓜，”男爵说，“这份协议进一步证明了这一点，对吗？你以为我在乞求你！凡事要慎之又慎，菲德。我这个老傻瓜可看穿了你的阴谋，你在那奴隶男孩的大腿上埋了一根隐蔽的针，恰好就让我摸到了，嗯？只要轻轻用点力——刺一下！毒针就会刺进这个老傻瓜的手心！啊，菲德……”

男爵摇着头，心想：要不是哈瓦特警告过我，这个阴谋就得逞了。好吧，就让这个小子以为是我自己发现的。从某种意义上来讲，确实如此。是我从厄拉科斯的废墟中救了哈瓦特。再说这个小子也得知道我的厉害，好让他对我心存敬畏。

菲德-罗萨仍然沉默不语，内心作着激烈斗争。可以相信他吗？他真的要退位？为什么不？如果我行事谨慎，相信总有一天我会继承他的事业。他不可能老不死。也许，是我做得太过火了，的确愚蠢。

“你提到协议，”菲德-罗萨说，“那么用什么来保证双方遵守承诺呢？”

“我们如何才能相互信任，是不是？”男爵问，“好吧，菲德，对于你，我将安排杜菲·哈瓦特监视你。在这方面，我相信哈瓦特的门泰特能力。你明白我的话吗？至于我，你必须相信我。我不可能老不死，对不对，菲德？有些道理你该明白，也许你也是该好好反省一下了。”

“我向你作出承诺。那你呢？”菲德-罗萨问。

“我让你继续活下去。”男爵说。

菲德-罗萨再次打量着他的叔叔。他竟然派哈瓦特来监视我！如果我告诉他，当初就是哈瓦特谋划了那个角斗士的诡计，使他失去了奴隶总管，那他又会怎么说呢？他很可能会说我在撒谎，想败坏哈瓦特在他心目中的地位。不，那个大好人杜菲是个门泰特，并且早就预料到会有这一天了。

“好啦，你怎么说？”男爵问。

“我还能说什么？我当然接受。”

菲德-罗萨心想：哈瓦特！他脚踩两条船……是吗？他投靠我叔叔

的阵营，是不是因为我没和他商量那个奴隶男孩的计划？

“我派哈瓦特监视你，你还没发表意见呢。”男爵说。

菲德-罗萨鼻翼翕动，气愤之情表露无遗。这么多年来，在哈克南人中，哈瓦特这个名字一直是危险的信号……现在它有了新的含义：更加危险。

“哈瓦特是个危险的玩具。”菲德-罗萨说。

“玩具！别犯傻。我知道能从哈瓦特那里得到什么，也知道如何控制他。哈瓦特是个用情很深的人，菲德。没有感情的人才会让人害怕，但用情太深……啊，那就能好好利用一下，满足你的需要。”

“叔叔，我不明白。”

“我说得够明白的了。”

菲德-罗萨眼皮一跳，流露出内心的愤恨。

“你不了解哈瓦特。”男爵说。

你也不了解他！菲德-罗萨想。

“哈瓦特落到今天这步田地，该怪谁呢？”男爵问，“我？当然是我。但他以前也只是厄崔迪的工具。多年来，我都败在他的手下，直到帝国插手。这就是他对此事的看法。如今，他对我的仇恨可有可无，他相信自己随时可以打败我，正因相信这一点，他才被我打败。因为我在引导他，要他将注意力转向我所希望的方向——反抗帝国。”

菲德-罗萨恍然大悟，这个新的信息使他紧张起来，他抿起双唇，额头泛出深深的皱纹。“反对皇帝？”

让我亲爱的侄儿好好品尝这滋味吧，男爵想，让他对自己说：“菲德-罗萨·哈克南皇帝！”让他问问自己，这有多大的价值。价值肯定超过一位老叔叔的命，而这位叔叔将让他实现这个美梦！

菲德-罗萨慢悠悠地用舌头润了润嘴唇。这老傻瓜说的是真的吗？这里面的好处可比看上去的多得多。

“那哈瓦特跟这事有什么关系？”菲德-罗萨问。

“他觉得他在利用我们，实现他向皇帝的复仇大计。”

“事成之后呢？”

“他没想过复仇之后的事。哈瓦特是个必须为别人服务的人，这一点连他自己都不太了解。”

“我从哈瓦特那里学到很多东西，”菲德-罗萨赞同道，他感到自己话语中的真挚之意，“但是，我学到的越多，我越觉得我们应该尽早除掉他。”

“你不喜欢被他监视？”

“哈瓦特监视每一个人。”

“他也许可以帮你登上王位。哈瓦特很精明，也很危险、很狡猾。但我还不打算撤掉他的解药。就算一把剑也是危险的，菲德，但我们自有套住这把剑的剑鞘。也就是他身中的毒药。只要我们撤掉他的解药，死亡就会像剑鞘一样将他套住。”

“从某种意义上说，这就像在竞技场上，”菲德-罗萨说，“假动作后套着假动作。连环套。必须注意奴隶角斗士的身体朝哪个方向倾斜，他朝哪个方向看，他如何举刀。”

他暗自点头，看得出来，这些话取悦了他的叔叔。但他心里想：*是的！就像在竞技场上！头脑就是刀锋！*

“现在你明白你是多么需要我了吧，”男爵说，“我还有用，菲德。”

宝剑在砍钝之前，当然还能用，菲德-罗萨想。

“是的，叔叔。”他说。

“现在，”男爵说，“我们到奴隶房去，我们两个。我要看着你亲手把娱乐房里的所有女人杀掉。”

“叔叔！”

“女人多的是，菲德。但我说过，跟我在一起，没有你随意犯错的余地。”

菲德-罗萨脸色一沉。“叔叔，你……”

“你要接受惩罚，从中学到一些东西。”男爵说。

菲德-罗萨看着叔叔洋洋得意的眼神。*我一定要记住这个晚上，他想，牢牢记住，同样还要记住别的不该忘记的夜晚*。

“你不会拒绝的。”男爵说。

*如果我拒绝，你又能怎么样呢，老家伙？*菲德-罗萨腹诽着。但他

知道可能还有别的惩罚，更阴险，更残酷，为的就是让他屈服。

“我了解你，菲德，”男爵说，“你不会拒绝。”

好吧，菲德-罗萨想，我现在还需要你，我明白。协议的确是订好了。但我不会永远需要你的。啊……总有一天……

人类潜意识深处存在一种渗透全身的需求，即追求一个符合逻辑、凡事有理的宇宙。但现实中的宇宙总是领先一步，令逻辑无法企及。

——摘自伊勒琅公主的《穆阿迪布语录》

我和许多大家族的统治者打过交道，从没见过比这头猪更恶心、更危险的，杜菲·哈瓦特暗自思忖。

“尽管坦诚布公地和我说，哈瓦特。”男爵低沉地说。他坐在浮空椅中，靠在椅背上，一双眼睛挤在满脸肥肉中，目光像锥子一般刺向哈瓦特。

老门泰特低头看着他与弗拉基米尔·哈克南男爵之间的桌子，桌上摆满了丰盛的食物，这也是用来评估男爵的因素之一。其他因素还包括：这间私人会议室的四面红色墙壁，空气中弥漫的淡淡草药香（掩盖了一股更加浓郁的香料味）。

“你要我向拉班发出警告，绝不是一时兴起。”男爵说。

哈瓦特坚韧的老脸依旧毫无表情，完全没有流露出内心的厌恶。“许多事让我怀疑，大人。”

“是的。好吧，你怀疑萨鲁斯·塞康达斯，那厄拉科斯和它又有什么关系？你说过，厄拉科斯与皇帝那颗神秘的监狱星球之间有着某种关联，皇帝为此颇为烦心。但你解释得不够清楚。如今，我急匆匆地向拉班发出警告，仅仅是因为信使要赶着乘远航机离开。你说这事绝不能耽搁。很好，那么，好好跟我解释一下。”

他唠叨得太多了，哈瓦特想，他不像雷托，换作雷托要告诉我一件事，只需扬扬眉毛、挥挥手就行。也不像老公爵，他用一个简单的词就能表达一句话。这是个笨家伙！除掉他就是为人类作贡献。

“离开这里前，你必须向我一五一十地解释一下。”男爵说。

“谈起萨鲁斯·塞康达斯的时候，你一点也不当回事。”哈瓦特说。

“那就是个刑事犯的流放地，”男爵说，“整个银河系最恶贯满盈的歹人都会被遣送到萨鲁斯·塞康达斯。除此之外还要知道什么？”

“这个监狱星球上的生存条件比其他任何地方都更加难以忍受，”哈瓦特说，“你应该听说过，那里新犯人的死亡率高达百分之六十。你也应该听说过，皇帝在那里采取了各种高压手段。听到这一切，你难道不觉得可疑吗？”

“皇帝不允许各大家族刺探他的监狱星球，”男爵嘟哝道，“但他也没查过我的地牢呀。”

“然而，对萨鲁斯·塞康达斯感到好奇……嗯……”哈瓦特把一根瘦骨嶙峋的手指贴到唇上，“……都是不允许的。”

“就是说，他不得不做这些事，而他并不为此感到自豪！”

哈瓦特发黑的双唇挤出一丝笑容，他盯着男爵，眼睛在灯管的光线下闪闪发亮。“你就从来没想过，皇帝的萨多卡军团是从哪儿来的？”

男爵噘起肥厚的双唇，样子活像一个噘嘴的婴儿，开口时，声音像是在闹脾气。“哎呀……招募来的……就是说，用征兵方式……从……”

“哈！”哈瓦特厉声打断了男爵，“你听说过萨多卡人的功绩，都不是谣言，对吧？全都是第一手资料，来自曾与萨多卡对战过的极少数幸存者，是不是？”

“萨多卡人是一流的战士，这一点毋庸置疑，”男爵说，“但我认为我自己的军团……”

“跟萨多卡比起来，不过是群度假的游客！”哈瓦特厉声道，“你以为我不知道皇帝为什么要对付厄崔迪家族吗？”

“这个问题不是你能妄加揣测的。”男爵警告道。

会不会连他也不知道，皇帝这么做的动机是什么？哈瓦特暗自发问。

“只要与我的工作有关，任何问题我都会揣测一番，这也是你雇我的原因，”哈瓦特说，“我是一名门泰特，你不能阻止门泰特收集信息或进行演算。”

男爵盯着他看了很长时间，然后说道：“想说什么就说吧，门泰特。”

“帕迪沙皇帝之所以反对厄崔迪家族，是因为公爵的将领哥尼·哈莱克和邓肯·艾达荷训练了一支战斗部队——一支小型战斗部队——即使与萨多卡军队相比也毫不逊色。其中一些人甚至更为出色。公爵还打算扩充这支部队，让它与皇帝的军队一样强大。”

男爵掂量着这个结论，接着说道：“厄拉科斯和这又有什么关系？”

“厄拉科斯提供了满满的兵员，这些人早就习惯了最艰苦的生存环境。”

男爵摇了摇头。“你该不会是指弗雷曼人吧？”

“我指的就是弗雷曼人。”

“哈！那为什么向拉班发出警告？经过了萨多卡的屠杀和拉班的镇压，弗雷曼人已经所剩无几，最多一小撮。”

哈瓦特默默地看着他。

“最多一小撮！”男爵重复道，“光去年一年，拉班就杀掉了六千个弗雷曼人。”

哈瓦特仍旧默默地看着他。

“前年杀掉的数量是九千，”男爵继续说道，“萨多卡人在离开前也杀了至少两万人。”

“过去两年，拉班的军队损失多大？”哈瓦特问。

男爵揉着下巴。“嗯，他一直在大量征兵。这倒是真的。他的征兵官在征募新兵时许下了十分夸张的承诺，并且……”

“我们可否估计约有三万人？”哈瓦特问。

“似乎过高了。”男爵说。

“恰恰相反，”哈瓦特说，“跟你一样，我也能从拉班报告的字里行间了解到真实的情况。谍报人员向我提交的报告，你势必早就一清二楚了。”

“厄拉科斯是个棘手的星球，”男爵说，“因沙暴造成的损失可能……”

“我们都知道沙暴的危害程度。”哈瓦特说。

“就算拉班损失了三万人，那又怎么样？”男爵问道，由于血气上涌，他的脸变得更加阴沉。

“按照你刚才说的数字，”哈瓦特说，“拉班在两年内杀掉了一万五千人，而他损失的人数是两倍。你说萨多卡人另外杀了两万人，可能还要多些。我看过他们从厄拉科斯返航时的运输清单，如果他们杀掉了两万人，那么他们损失的人数则是这个数的五倍。你为什么不正视这些数字呢？男爵，你明白它们意味着什么吗？”

男爵冷冷地、不动声色地说道：“这是你的工作，门泰特。你说，它们意味着什么？”

“邓肯·艾达荷拜访过一个穴地，我向你提供过他清点的人数，”哈瓦特说，“一切都能对上。如果他们有二百五十个这样的穴地，那他们的人口大约有五百万。按照我最佳的估计，这种社区的真正数量至少还要乘上二，而你却把你的人分散在这样一个星球上。”

“一千万？”男爵惊得下巴都颤抖起来。

“至少。”

男爵噘起肥厚的嘴唇，豆子般的眼睛紧紧盯着哈瓦特。*这就是真正的门泰特计算力吗？*他暗自猜测，*怎么可能？为什么从没有人怀疑过？*

“我们甚至还没把他们的出生增长率计算进去，”哈瓦特说，“我们仅仅去掉了他们中的一些不良的个体，留下强壮的，让他们越变越强，就像萨鲁斯·塞康达斯一样。”

“萨鲁斯·塞康达斯！”男爵叫道，“这和皇帝的监狱星球有什么关系？”

“一个在萨鲁斯·塞康达斯上活下来的人，会比绝大多数普通人更强壮、更坚韧，”哈瓦特说，“再对他们施以一流的军事训练……”

“胡说！照你看来，我侄儿对弗雷曼人进行残酷镇压之后，我还能从他们之中招募新兵。”

哈瓦特温和地说道：“对于你自己的军队，难道你就没施行过高压政策？”

“这个……我……但是……”

“高压这种事是相对的，”哈瓦特说，“你的战士比他们周围的那些人更为富裕，对吗？他们会看到，如果不当你的士兵，剩下的就只有不愉快，是吧？”

男爵沉默了，目光躲闪。这种可能性——难道拉班在不经意间为哈克南人提供了终极武器？

过了一会儿，他说：“这样招募而来的兵员，你怎样才能保证他们的忠诚呢？”

“我们把他们编成小队，一队不会超过一个排，”哈瓦特说，“我会将他们从高压环境中解放出来，然后把他们隔离起来，只和那些了解他们背景的教官待在一起，至于这些教官，最适合的人选就是那些在他们之前脱离了同一高压环境的人。然后，我会灌输给他们一些充满神秘主义色彩的概念，让他们满心以为，他们的星球其实是一个秘密的训练基地，目的是训练出像他们那样出众的战士。与此同时，我会向他们充分展示如此出众的战士能得到些什么：丰裕的生活、漂亮的女人、精美的宅邸……他们渴望得到的一切。”

男爵终于点了点头。“萨多卡人的生活方式。”

“这些新兵会渐渐相信，像萨鲁斯·塞康达斯这样的地方是合理的，因为它创造了他们——精英。在许多方面，就连最普通的萨多卡，也过着跟任何大家族成员一样尊贵的生活。”

“这主意太绝了！”男爵低声说。

“你开始理解我的疑惑了。”哈瓦特说。

“这种事是怎么开始的？”男爵问。

“啊，是的。科××家族[1]的始祖是谁呢？皇帝把第一批犯人送到萨鲁斯·塞康达斯以前，那儿有没有人呢？就连皇帝的表亲雷托公爵也不清楚。对这些问题，皇帝陛下不喜别人过问。”

男爵呆呆地沉思着。“是的，一个保守得极好的秘密，他们采用了

---

① 帕迪沙皇帝的家族。

各种手段……”

“此外，他们有什么要隐藏的呢？”哈瓦特问，“隐瞒帕迪沙皇帝有个监狱星球？这是人人皆知的……”

“芬伦伯爵。”男爵脱口而出。

哈瓦特顿了顿，皱着眉，用迷惑的眼光看着男爵。“芬伦伯爵怎么了？”

“几年前，在我侄儿的生日庆典期间，”男爵说，“这位皇帝的特使，芬伦伯爵，作为宫廷观察员来到这里……啊，来了结皇帝和我之间的一场生意纠纷。”

“哦？”

“我……呃，在我们的一次谈话中，我想我有提到，想把厄拉科斯当成一个监狱星球。芬伦……”

“你具体是怎么说的？”哈瓦特问。

“具体？那是好久以前的事了，并且……”

“男爵大人，如果你希望我能更好地为你效力，你必须向我提供足够多的信息。那次谈话没有记录下来吗？”

男爵的脸气得发黑。“你跟彼得一样可恶！我不喜欢这些……”

“彼得已不再为你效力了，大人，”哈瓦特说，“话说回来，彼得到底怎么了？”

“他对我太随便，要求太高。”男爵说。

“我保证过，不会白白浪费对你有用的人，”哈瓦特说，“你该不会想用威胁和找碴儿，把我除掉吧？我们现在讨论的是，你对芬伦伯爵说了什么。”

男爵慢慢恢复平静。*到时再跟你算账，他想，我会记着你今天对我的态度的。没错，我一定会记住。*

“等一下。”男爵说。他回想起那次在大厅里的谈话，记起当时他们站在了隔音的静锥区中。“我好像是这样说的，”男爵说，“‘皇帝知道，做买卖总免不了一定程度的杀戮。’我指的是我们的劳工损失。然后我又说，我正在考虑用另一种方式解决厄拉奇恩的问题。我还说，是皇帝的监狱星球给了我灵感，让我去仿效。”

“活见鬼！”哈瓦特骂道，“那芬伦伯爵怎么说？”

“我说完后，他就开始询问有关你的情况。”

哈瓦特坐回到座位上，闭上眼睛沉思起来。“这么说，这就是他们探查厄拉科斯的原因，”他说，“好了，完了。”他睁开眼睛，“到现在已经两年了，厄拉科斯肯定布满了他们的眼线了。”

“但是，我只不过随便建议了一句……”

“在皇帝眼里没有随便的事！你向拉班发了什么指示？”

“只是让他使厄拉科斯害怕我们。”

哈瓦特摇摇头。“你现在有两种选择，男爵。一是把土著杀光，把他们彻底消灭，要么……”

“除掉整个劳动力来源？”

“难道你希望皇帝和他的那些大家族一齐到这里来，把杰第主星像刮葫芦瓢一样，掏个一干二净？”

男爵打量着他的门泰特，然后说道：“他不敢！”

“真不敢吗？”

男爵的双唇颤抖着。“另一个选择是什么？”

“舍弃你亲爱的侄儿拉班。”

“舍……”男爵没再说下去，只是盯着哈瓦特。

“不再给他派军队，不给任何援助，也不给他回信，只说你已听说了他在厄拉科斯处理事务的糟糕方式，一有可能，你会立即采取措施加以纠正。我会作出相应的安排，有意让你的部分信息被皇帝的眼线截获。”

“但香料怎么办？收入，还有……”

“继续索要你作为男爵应得的收益，但要注意你的方式。给拉班定一个固定的数目。我们能……”

男爵双手一摊。“但我怎么确认我那狡猾的侄儿不……”

“我们在厄拉科斯上还有密探。告诉拉班，要么完成你分派给他的香料配额，要么就派人取而代之。”

“我了解我的侄儿，”男爵说，“这只会让他变本加厉地压榨那里的人民。”

“他肯定会这么做！”哈瓦特厉声说道，“现在已经停不下来了！你只能希望不要弄脏自己的手，让拉班为你打造属于你的萨鲁斯·塞康达斯吧。甚至没有必要送任何犯人给他，他手头就有需要的人。如果拉班驱使他的人民来完成你的香料配额，那皇帝就不会怀疑你有其他动机。有充足的理由把这颗星球摆在刑架上。而你，男爵，无论讲话还是行动，都不要表现出你另有所图。”

男爵的语气中不禁流露出赞赏。“啊，哈瓦特，你可真是个狡诈之辈！那么，我们该怎么重新进入厄拉科斯，利用拉班为我们准备好的东西？”

“再简单不过了，男爵。如果你把每年配额定得比上一年高一些，问题很快就会爆发。产量会下降。然后你就可以借机除掉拉班，自己取而代之……纠正当地的混乱局面。”

“天衣无缝，”男爵说，“不过，我已经厌倦了这一切，我准备让另外一个人为我接管厄拉科斯。”

哈瓦特盯着对面那张肥胖的圆脸，这个老兵兼间谍缓缓地点了点头。“菲德-罗萨，”他说，“那么，这就是现在实行高压政策的原因。你也非常狡猾，男爵。也许我们能把这两个计划合二为一。是的，你的菲德-罗萨可以到厄拉科斯当他们的救星，赢得民心。是的。”

男爵面带微笑。在笑容背后，他暗自思忖：*那么，这个计划在哈瓦特的私人图谋中又扮演着什么角色呢？*

哈瓦特明白自己可以离开了，于是站起身，走出了这间红墙房间。他一面走，一面想着厄拉科斯上的一些变数，他不能不考虑这些令人不安的未知因素，它们影响他对厄拉科斯的计算。哥尼·哈莱现在藏在走私徒那里，他发来过情报，提到了一个新的宗教领袖——一个名叫穆阿迪布的人。

也许我不该告诉男爵，而该让这个宗教在它自己的地盘上兴盛起来，甚至传播到盆地和谷地那儿去，他心下寻思，*不过话说回来，残酷的镇压会使宗教更加兴旺发达。*

他又想起哈莱克关于弗雷曼人战斗策略的报告，这种策略带有哈莱克的风格……或是艾达荷的风格……甚至哈瓦特本人的风格。

难道艾达荷还活着？他思忖着。

这个问题问得毫无意义。事到如今，他也没问过自己，保罗是否还活着。他知道，男爵相信所有的厄崔迪人都死了。他还承认那个贝尼·杰瑟里特女巫一直都是他的武器，这只能意味着一切都结束了——甚至包括那个女巫的亲生儿子。

她对厄崔迪家族的恨是多么深啊，他想，就像我对这个男爵所怀的深仇大恨。我对他的致命一击能否像她一样，彻底结束他的一切呢？

世间万物都有模式，这种模式是我们这个宇宙的一部分。它匀称、简洁、雅致——这些特性，总能在真正的艺术家的作品中发现。在季节的变换中，在沙粒沿着沙脊的流动中，在灌木丛的枝丫和叶片中，你可以找到这种模式。在树叶的花纹中，你也可以找到这种模式。我们努力模仿这种模式，将它复制到我们的生活和社会中，试图追寻这种宜人的节奏。然而，在寻找终极完美的过程中，还是有可能遇上某些危险。很明显，这种模式发展到极致时便已固化。在理想的模式中，一切事物只能走向死亡。

——摘自伊勒琅公主的《穆阿迪布语录》

保罗·穆阿迪布记得曾吃过一顿富含香料萃取物的餐饭，他牢牢抓着这个记忆不放——它就像一个锚点，只要抓住这个点，便能区分现实和梦境。他最终认定最近的这次经历必定是一个梦。

我就像一个舞台，正上演着各种戏码，他对自己说，*种种不完美的幻象、种族意识和它那可怕的目的：我是这些东西的猎物，被他们紧紧攫取*。

然而，他始终无法摆脱内心深处的恐惧，担心自己跑得太远，已经失去自己在时间长河中的位置，以至于过去、未来和现在都混在一起，再也难以分辨。这是一种视觉疲劳，他知道，他必须不断将预见到的未来当成某种记忆存储下来，而他所预见的未来本身又与过去纠缠不清。

那顿饭是契尼为我准备的，他告诉自己。

而现在，契尼正在遥远的南方——那个烈日照耀下的寒冷国度——

躲藏在新穴地的某个秘密堡垒中，很安全，身边还带着他们的儿子，雷托二世。

抑或，这事还没发生？

不，他打消了自己的疑虑。因为怪人厄莉娅，他的妹妹，已经跟着母亲以及契尼一起到那儿去了——乘着安放在野生造物主背上的圣母轿，长途跋涉二十晌，往南方去了。

他甩掉脑中骑乘巨型沙虫的想法，暗自寻思：*抑或，厄莉娅还没出生？*

我在组织一场袭击，保罗回想起来，*我们发起奇袭，收回了牺牲在厄拉奇恩的死者的水。我在火葬堆中找到了父亲的遗骸。然后，我来到俯瞰哈格山口的一个弗雷曼岩石山丘上，将父亲的遗骨存放在了那里的神龛中。*

抑或，这也是一件还没发生的事？

我受的伤是真的，保罗告诉自己，*我的伤疤是真的，安葬我父亲的神龛也是真的。*

保罗仍处在半梦半醒之间，他突然记起一件事：哈拉，詹米的妻子，曾闯进他的房间，告诉他穴地的走廊里有人打起来了。那事发生在临时穴地，之后女人和孩子们被送到了遥远的南方。当时，哈拉站在内室的门口，黑色的发辫用水环串成的链子扎在脑后。她撩开卧室的门帘，告诉他契尼刚刚把某人杀了。

这事已经发生了，保罗告诉自己，*这是真的。不是从时间长河中看到的幻象，不是还有可能发生变化的未来。*

保罗记得自己急忙跑了出去，发现契尼正站在走廊黄色的球形灯下，她穿着一件颜色鲜艳的蓝色袍子，兜帽抛在脑后，淘气的脸蛋因刚刚的搏斗而泛着红晕。她正将一把晶牙匕插入刀鞘，旁边一群人挤作一团，抬着一个包袱匆匆忙忙沿着过道跑远了。

保罗记得自己当时心里的想法：无论什么时候抬尸体，他们都是这个样子，一眼就能看出来。

因为是在穴地里，契尼公然把水环用绳子拴着，戴在脖子上。转身面向他时，那些水环叮叮当当地响着。

“契尼，这是怎么回事？”他问。

“有个家伙前来向你挑战，我把他打发了，友索。”

“你杀了他？”

“是的。不过也许我该把他留给哈拉。”

（保罗回想起，当时周围的人对这句话赞赏不已，就连哈拉也大笑起来。）

“但他是来向我挑战的！”

“你已经教会了我那神奇的格斗术啊，友索。”

“当然！但你不该……”

“我生在沙漠，友索。我知道如何使用晶牙匕。”

他压着心中的怒意，尽量通情达理地说：“也许这都是事实，契尼。但……”

“我不再是在营地手提灯笼捉蝎子的孩子了，友索。我不是在玩游戏。”

保罗瞪着她，注意到她不经意的态度中带着一种古怪的狠劲。

“他不值得你出手，友索，”契尼说，“我不会让他这类人来打搅你的沉思。”她朝他走近，眼角瞥着他，把声音降到只有他才能听到的地步，“而且，亲爱的，这样做是为了让人们明白，挑战者可能首先需要面对我，并且会在穆阿迪布的女人手下可耻地死去。等他们接受了这个教训，就再也不会有多少人来向你挑战了。”

是的，保罗寻思道，*这事肯定发生过了，是真实的过去。之后，想要试试穆阿迪布新刀的挑战者也的确骤减了。*

某个地方，在并非梦境的世界里，有什么东西在运动，一只夜莺在啼叫。

我在做梦，保罗再次打消自己的疑虑，*这是香料食物的作用。*

但他仍然有一丝被抛弃的感觉。他想知道，他的汝赫之灵，可不可能已经悄悄溜进了阿拉姆·阿尔-米撒：与现实世界相似的另一个世界，一个超自然的领域，在那里，所有物质世界的限制都不复存在。弗雷曼人相信，他的真身就在那个世界。一想到那样的地方，他就感到害怕。因为一切限制不复存在，就意味着所有参考物都不复存在。在那样一个神话般的世界里，他完全没有方向感，也就没法说："我就是我，因为我在这里。"

他母亲曾说过："因为对你的看法不同，他们中的一些人分成几派。"

我必须从梦中醒来，保罗寻思。因为事情已经发生了——他母亲说的这种情况。杰西卡夫人现在是弗雷曼人的圣母，她的话已经应验了。

保罗知道，杰西卡害怕他与弗雷曼人之间的那种宗教关系。无论穴地还是谷地，人们都把穆阿迪布当成救世主。她不喜欢这一点。她去各个部落了解情况，派出手下的萨亚迪娜刺探情报，搜集他们对此事的反应，并加以分析。

她曾给他引述了一段贝尼·杰瑟里特谚语："当宗教与政治同乘一辆马车时，驾车人会觉得没有什么东西可以阻挡他们。他们会一路狂奔，速度越来越快，把一切思想障碍都抛到一边。他们会把一切危机意识抛诸脑后，忘记前面的悬崖并不会主动提醒闭起眼睛盲目狂奔的人。他们不懂得悬崖勒马，直到为时已晚。"

保罗想起当时他坐在母亲的房里，一块黑色门帘遮住内室，门帘上织满了以弗雷曼神话为主题的图案。他坐在那里听她说话，发觉她总是在留心观察，就连她低头时也是如此。一张鹅蛋脸上新添了几条皱纹，就在嘴角边，但头发还是泛着青铜色，闪着光泽。然而，那双大大的绿眼睛已经隐没在香料染成的蓝色阴影下了。

"弗雷曼人有一套简单实用的宗教。"他说。

"宗教从没有简单的。"她警告道。

保罗看到未来仍旧阴云密布，顿时怒气上冲。他不由自主地说道："宗教把我们的力量联合在一起，它是我们的制胜法宝。"

"你有意在营造这种气氛，这种声势，"她指责道，"你一直不停地在灌输这些东西。"

"这都是你教我的。"他说。

那天，他们从早到晚都在争论不休。小雷托的割礼仪式也是在那天举行的。保罗理解她不安的某些原因。她始终不肯接受他与契尼的结合——"年轻人的婚姻"。但是契尼已为他生下一个厄崔迪子嗣，杰西卡觉得自己再也不能排斥这对母子了。

在保罗咄咄逼人的目光下，杰西卡终于坐不住了，她说道："你认为我是一个不近人情的母亲。"

"当然不是。"

"我和你妹妹在一起时，你看我的眼神很不对劲。其实，你并不了解你妹妹。"

"我知道为什么厄莉娅与众不同，"他说，"在你改变生命之水时，她还在你肚子里，还是你身体的一部分。她……"

"你完全不了解！"

保罗突然无法把自己从时间幻象中获得的信息表达出来，只好说："我不认为你不近人情。"

她看出他的不安，说："有件事我要和你说，儿子。"

"什么事？"

"我喜欢你的契尼了，我接受她了。"

这是真的，保罗对自己说，并不是随着时间的推移仍然有可能发生变化的不完美图像。

这个疑虑打消了，保罗重新把握住了他的世界。现实一点点透过梦境，进入他的意识。兀然间，他明白自己是在一个海瑞格里，一个沙漠宿营区中。契尼把他们的蒸馏帐篷搭在粉沙上，因为粉沙很软，睡在上面会很舒服。这只能说明契尼就在附近——契尼，他的灵魂；契尼，他的塞哈亚，像沙漠之春一样甘甜；契尼，南方沙漠的女儿。

这时，他记起临睡前她给他唱的一首沙漠船歌：

> 哦，我的魂儿，
> 今夜还不想进入天堂。
> 我向夏胡鲁起誓，
> 当你前往天堂时，
> 我一定紧紧追随我的爱。

她还唱了情侣们在沙漠一起哼唱的行走歌，节奏就像在沙丘上拖着脚走动时发出的沙沙声。

跟我说说你的眼，
我就跟你说说这心。
跟我说说你的足，
我就跟你说说这手。
跟我说说你的梦，
我就跟你说说这醒。
跟我说说你的愿，
我就跟你说说这需。

当时，他听见另一个帐篷传出巴厘琴的声音，于是想起了哥尼·哈莱克。真是熟悉的琴声，他记得曾在一群走私徒的商队中见过哥尼的脸，但哥尼要么是没有看见他，要么是不能看他，或不能认他，生怕引起哈克南人的注意，怕他们发现本来应该命丧黄泉的公爵之子其实还活着。

然而，夜幕下弹奏者的演奏风格，手指在巴厘琴上弹出的独特韵律，让保罗明白了谁是真正的乐手。是跳跃者卡特。弗雷曼敢死队的队长，穆阿迪布的护卫队领队。

我们在沙漠里，保罗记起来了，在哈克南巡逻队的势力范围外的沙海中心地带。我来这里，是为了在沙地上走一走，引一条造物主，想办法骑到它背上，驾驭住它。只有那样，我才会成为一名彻头彻尾的弗雷曼人。

他摸了摸别在腰上的毛拉手枪和晶牙匕，只感觉周围一片死寂。

这是黎明前那种特殊的沉寂，这时夜鸟归巢，而白天出没的生物还没有被它们的敌人太阳所惊醒。

“你必须在白天破沙前进，好让夏胡鲁看见你，知道你无所畏惧，”当时斯第尔格这么说，“所以我们要把时间调整过来，今天晚上休息。”

保罗悄悄坐起身，感到身上的蒸馏服松松垮垮的，蒸馏帐篷隐没在一片阴影中。他轻轻地移动，但契尼还是听见了他的声音。

她在帐篷的黑影中说道：“天还没亮，亲爱的。”

“塞哈亚。”他说，语气中半含笑意。

“你把我称作你的沙漠之春，”她说，“但今天我是驱策你的刺棒，是监督仪式按规则进行的萨亚迪娜。”

他开始系紧自己的蒸馏服。“你曾给我讲过《求生手册》中的一句话，”他说，“你说：‘女人就是你的沃野，快到你的田里耕耘去吧。”

“我是你长子的母亲。”她承认道。

保罗看着契尼灰蒙蒙的身影也跟着他动了起来，她穿好自己的蒸馏服，准备进入露天沙漠。“你应该尽量休息。”她说。

他从她的言语中感受到她的爱，于是温柔地责备道：“负责监督的萨亚迪娜不会对应试者多说什么，无论告诫还是警告都不应该。”

她溜到他身边，用手掌抚摸他的脸颊。“今天，我既是监督者，也是你的女人。”

“你应该把这个职责留给别人。”他说。

“等待是最糟糕的事，”她说，“我宁可守在你身边。”

他吻了吻她的手心，然后系紧蒸馏服的面罩，转身扯开帐篷的密封帘。一股并不十分干燥的空气带着寒意迎面扑来，这种湿度的空气会在黎明时分凝结出少量的露水。随风吹来的还有香料菌的味道。他们早已探测到香料菌丛位于东北方向，这意味着造物主就在附近。

保罗钻出密封帘，站在沙地上，伸了个懒腰。一个珍珠形发光体发出暗淡的绿光，慢慢侵蚀着东方的地平线。下属的帐篷伪装成小型沙丘散布在四周，笼罩在黎明前的黑暗里。他看到左边有人在动。是卫兵，他知道他们看见自己了。

他们很清楚他今天要面对的危险，每一个弗雷曼人都已面对过它。为了让他做好充分准备，他们把为时不多的最后宁静留给了他。

今天一定要办好这件事，他对自己说。

他想起在面临哈克南人大屠杀时赢得的那些力量：把儿子送到他这里接受神奇格斗术训练的老人；那些在会议上听他演讲、遵照他的策略行动的老战士；还有一些人得胜归来、向他赠予弗雷曼人的最高荣誉。

“你的计谋生效了，穆阿迪布！”

然而，有一件事，哪怕最平凡、最年轻的弗雷曼武士都能做到，他却从没做过。大家都知道他这个“与众不同”之处，保罗知道，他的领袖地位也因此遭到质疑。

他从来没有骑过造物主。

是的，他曾经与其他人一起接受过沙漠旅行的训练，参加过奇袭战，但却从没有孤身远行过。在那以前，他的世界只得受限于别人的才干，离开他们就寸步难行。没有一个真正的弗雷曼人会容忍这种状况发生在自己身上。在这片沙海的另一边约二十响的地方，就是南方广袤的土地。如果他不能自己驾驭造物主，就连南方的家门也不会为他敞开，除非他下令准备一顶轿子，像圣母或其他病人及伤者一样，坐在轿子里旅行。

整个晚上他都在思索，与自己的内心作斗争。他看到了奇怪的较量——如果他驾驭了造物主，他的统治将更加坚固；如果他驾驭了灵眼，他就能控制它。但是，在这两者之外，还存在着阴云密布的地方，巨大的不安。整个宇宙似乎混杂其中。

整整一晚上，回忆不断涌上心头，在他的内心涌动。他发觉，驾驭造物主和驾驭灵眼这两件事竟有着不可思议的相似之处。如果他能够驾驭造物主，他的领导地位就将巩固；如果他能够驾驭灵眼，就将获得另一种意义上的领导权。如果做不到，未来便是乌云密闭的领域，潜伏其中的是席卷整个宇宙的大动荡。

他了解宇宙的方法与众不同，观察到的结果既准确又有误差，这使他饱受折磨。他在预见中看到了未来。然而，当那一刻真正降临的时候，当未来步步进逼、越来越趋近于成为现实的时候，现实却仿佛有了自己的生命，自行衍生出种种微妙的变化。那个可怕的目的依然存在，种族意识也依然存在，笼罩在一切上方的是血腥疯狂的圣战。

契尼钻出帐篷，站到他身旁。她抱着双肘，像平时揣摩他心情时那样，歪着头，用眼角瞅着他。

“再跟我说说你出生地的水，友索。”

他明白她想分散他的注意力，好在这生死考验前放松他的紧张情绪。天慢慢变亮，她看见一些弗雷曼敢死队员已经开始收帐篷了。

“我宁愿你给我讲讲穴地，讲讲我们的儿子。”他说，“我们的雷托还成天抱住我母亲不放吗？”

“他还抱着厄莉娅不放，”她说，“他长得很快，会长成一个大个子。”

“南方是什么样子的？”他问。

“你骑上造物主，就能自己去看看。”她说。

“但我希望先通过你的眼睛看看。”

“那儿寂寞得厉害。”她说。

保罗抚摸着从她前额蒸馏服子里露出来的产子头巾。“为什么不谈营地的事？”

“我已经说过了。没了男人，我们的营地变得非常寂寞，只是个干活的地方。我们天天在工厂或陶器作坊里干活儿。要制造武器；要去埋预测天气的沙杆；要采集香料当贿金；要在沙丘上植草，让植物生长，固定沙丘；要织布，编毯子；要给电池充电；还要训练孩子们，好保证部落的力量永不枯竭。”

“这么说来，营地里就没有令人高兴的事了？”

“孩子们很高兴。我们只是料理部落的各种日常事务，好在食物足够。有时，我们中间的某个人还可以到北方来，和她的男人在一起。生活还是要继续。”

“我妹妹厄莉娅，大家还是无法接受她吗？”

契尼在渐明的曙光中转身向着他，目光如炬。

“这件事以后再谈，亲爱的。”

“现在就谈。”

“你应该保存体力，应付今天的考验。”她说。

他看出他已触到某个敏感的问题，听出她有退缩之意。“如果不搞明白，我会更加烦恼。”他说。

她点了点头，说道：“还是有些……误解，因为厄莉娅行事古怪。女人们感到害怕，因为这孩子比婴儿大不了多少，可她说的事……只有成年人才知道。厄莉娅在你母亲肚子中……就发生了变化，这让她变得不同，但她们不明白。”

“有麻烦吗？”他一边问，一边心想：**我已经看到过许多厄莉娅遇到麻烦的幻象了**。

契尼望着地平线上的一缕曙光。“有些女人合伙告到了圣母那里，要求她驱除附在她女儿身上的恶魔。她们引用经文说：‘不能容忍一个女巫生活在我们中间。’”

“我母亲怎么说？”

“她引用了一段律法，把那群女人打发了。她还说：‘如果厄莉娅引起了麻烦，那是大人的过错，因为她没能预见并阻止这麻烦的形成。’她竭力向大家解释，当日的变化如何影响到了腹中的厄莉娅。但女人们还是很生气，因为她们一直以来都被这件事困扰着。最后，她们嘟嘟囔囔地离开了。”

厄莉娅会惹出大麻烦，他想。

一股夹杂着细沙的风吹打着他暴露在面罩外的脸，带来阵阵香料菌的香气。“埃尔·塞亚，带来清晨的沙雨。”他说。

他望着远方灰茫茫的沙漠风光，望着那片毫无怜悯之心的死亡之地，望着漫无边际的漫漫黄沙。一道干涩的闪电划破黑暗，闪过南方的天际。这是个征兆，表明一场风暴正在那里积聚电势。隆隆的滚雷声过了许久才隐约传来。

“装点大地的雷声。”契尼说。

更多人从帐篷里钻出来忙碌开来。卫兵们纷纷从两边朝他们走来。无需任何命令，一切都遵循古法，准备工作在平静中顺利展开。

“尽量少发命令，”他父亲曾告诉过他……那是很久以前的事了。“一旦你对某件事下达过什么指令，你就不得不总是针对同一类事物下达命令。”

弗雷曼人本能地知道那种惯例。

队伍里的司水员开始了晨祷。今天的歌声中加进了激励沙虫骑士的语句。

“空空世界不过是个躯壳，”那人吟唱起来，哀痛的声音越过沙丘，飘向远方，“有谁能逃避死亡的天使？夏胡鲁的天命啊，必须遵从。”

保罗听着，想起他手下弗雷曼敢死队死亡颂歌的歌词，意识到这段祷词也是死亡颂歌开头的那一段，此外，也是敢死队队员投身战斗前所念的誓词。

*过了今天，这里会不会也竖起一座岩石圣殿，以纪念另一个亡魂？*保罗暗自思忖，*将来，弗雷曼人会不会纷纷在这里驻足，每人都往圣殿加一块石头，凭吊死在这里的穆阿迪布？*

他知道，今天是足以决定未来的重要转折点之一。他可以清楚地看到，从当前的时空位置辐射出无数通往未来的轨迹。一幕幕不完整的幻象折磨着他。他越抵制他那可怕的使命，越反对那即将到来的圣战，交织在未来幻象中的局面就愈加混乱。他的整个未来就像一条湍急的河流，正朝一个峡谷急冲而去。那汹涌的节点完全隐没在一片云雾之中。

“斯第尔格过来了，”契尼说，“我得站到边上去了，亲爱的。现在，我的身份是塞亚迪那，必须监督整个仪式的进行。要知道，以后的编年史会真实地记录这次仪式的整个过程。”她抬头看看他。有那么一小会儿，她的情绪显得很低落，但很快就重新控制住了自己。“等这事过后，我会亲手给你准备早餐。”她说着，便转身离开了。

斯第尔格越过粉沙地向他走来，脚下扬起小片的沙尘。他仍然带着桀骜不驯的眼神，深陷在眼窝里的一双眼睛紧紧盯着保罗。蒸馏服面罩下隐约露出乌黑发亮的胡子尖，凹凸不平的脸颊上满是皱纹，仿佛由天然岩石风化而成。

他扛着一根旗杆，旗杆上挂着保罗的军旗：一面绿黑旗，旗杆上有一根水管。这面旗帜已经成为这块土地上的传奇了，保罗半带自豪地想：*现在，随便我做什么，即使是最简单的事也会变成传奇。他们会把一切全都记录下来：我如何与契尼分开，如何问候斯第尔格——我今天的一举一动全都将记录在册。无论生死，我都将成为传奇。但我决不能死，否则这一切就仅仅是个传奇，再也没有任何力量阻止圣战的爆发了。*

斯第尔格把旗杆插在保罗身旁的沙地里，双手垂在两侧，蓝中带蓝的眼睛平视前方，专心致志。保罗想起了他自己的眼睛是怎样因食用香料食物而染上了这种颜色的。

“他们拒绝了我们的朝觐。”斯第尔格庄严地说道。

保罗用契尼教过他的话回应：“谁能否决一个弗雷曼人想去哪里就去哪里的权利，无论他徒步行走还是骑乘？”

“我是耐布，”斯第尔格说，“发誓决不活着落入敌人之手；我是死亡三脚的一只脚，誓把仇敌消灭。”

沉默降临。

保罗扫了一眼散立在斯第尔格身后沙地上的其他弗雷曼人，只见大家全都站着一动不动，各自祈祷着。这时，他联想到弗雷曼这个民族独特的个性，不知这一切究竟是如何形成的。杀戮对他们来说是生活的一部分，整个民族终日生活在愤怒与悲痛之中，从来没考虑过可以用什么来取代这种生活方式——只除了一个梦，也就是列特·凯恩斯生前灌输给他们的那个梦。

“领导我们穿越沙漠和避开陷阱的主啊，在哪里？”斯第尔格问。

“他永远和我们在一起。”弗雷曼人齐声应和。

斯第尔格挺直肩膀，靠近保罗，压低声音说道：“嗨，记住我告诉你的那些话，动作要简单直接，别耍什么花样。我们的族人十二岁就开始骑造物主。虽然你的年纪已经大了六岁，可你毕竟不是生来就过着我们这种生活的人。你没有必要为了给别人留下深刻印象而刻意做出大胆的举动。我们都知道你很勇敢。你所要做的只是召来造物主，然后骑上去。”

“我会记住的。”保罗说。

“一定要记住。我绝不允许你让我的教导蒙羞。”

斯第尔格从衣袍内掏出一根长约一米的塑料棒，一头尖，另一头装着一个上紧发条的沙槌。“这个沙槌是我亲自为你准备的，很好用，给。”

保罗接过沙槌，触摸着那温暖光滑的塑料表面。

“你的钩子在西萨克利那里，”斯第尔格说，“等你走上那边那个沙丘时，他会把钩子交给你。”他指着右边，“召一条大造物主，友索，让我们看看你的本事。”

保罗注意到斯第尔格说话的语气，半带正式，半含朋友的担心。

就在此时，太阳似乎突然跃出了地平线，染上一片银白的蓝色天空表明，即便对厄拉科斯来说，今天也是极其干燥、极其炎热的一天。

“现在正是炎炎一日内最适当的时候，”斯第尔格说，已完全是一副正式的口气了，“去吧，友索。骑上造物主，像领袖一样在沙漠上奔驰。”

保罗向军旗敬了个礼。晨风已经停止，绿黑旗软软地耷拉着。他转身朝斯第尔格所指的沙丘走去。那是一座灰蒙蒙的褐色斜坡，上面有一个S形沙脊。绝大多数人早就开始朝反方向撤出，爬上另一个遮蔽着他们营地的沙丘。

保罗前面只剩下一个身穿长袍的身影：西萨克利，弗雷曼敢死队的一个班长。那人静静地站着，只看得见蒸馏服兜帽和面罩之间缝隙里的一双眼睛。

保罗走近时，西萨克利把两根细细的、可以像长鞭一样舞动的杆子递过来。杆子大约一点五米长，一端是闪闪发亮的塑钢钩子，另一头打磨得很粗糙，可以牢牢握住。

保罗按照仪式要求，用左手接过杆子。

“这是我自己用的钩子，”西萨克利声音粗哑地说，“它们从来没有让人失望过。”

保罗点了点头，继续保持着必要的沉默。他走过西萨克利身边，爬上沙丘斜坡。在沙脊上，他回头望了一眼，看到队伍像一群昆虫般四散开来，他们的衣袍在风中飘动。如今，他独自一人站在沙脊上，眼前只有一望无际的地平线——平坦的、一动不动的地平线。这是斯第尔格特意替他选定的沙丘，比周围所有的沙丘都要高，视野开阔，便于观察。

保罗弯下腰，把沙槌深深埋入迎风面的沙里。迎风面的沙很密实，能让鼓声传得更远。然后，他顿了顿，温习了一下学过的知识，温习着每一个足以决定生死的必要步骤。

只要他一拔掉插销，沙槌就会发出召唤的击打声。在沙漠的另一边，巨大的沙虫——造物主——听到鼓声，便会立刻赶来。保罗明白，有了那鞭子模样带钩的杆子，他就可以骑到造物主高高拱起的背上。只要用钩子钩开沙虫环状鳞甲的前端，暴露出沙虫十分敏感的软组织，这怪物由于担心沙子钻进鳞甲里引起擦伤，就不会钻回到沙地下。事实上，它会卷起巨大的躯干，使被钩开的部分尽可能远离沙漠地表。

我是一名沙虫骑士，保罗对自己说。

他低头看了一眼左手的钩子，心想，只需划动钩子，沿着造物主巨大身躯的曲线向下，就可以让它翻滚转身，指挥它去任何他想去的地方。他见别人这样做过。训练的时候，他也在别人的帮助下，爬上沙虫背，骑过一小会儿。等捉来的沙虫被骑得筋疲力尽，躺在地上一动不动时，就必须召唤另一条沙虫了。

保罗知道，一旦他通过了考验，就有资格踏上二十响的旅程，前往南方休整一番，恢复自己的体力。那里是女人和家人为躲避屠杀而隐藏的地方，也是部落培养新人、生育后代的地方。

他抬起头望向南方，一边提醒自己：响应召唤、从沙海中心狂奔而来的造物主是个未知数，这次考验对召唤者本人而言也同样是个未知数。

“你必须仔细判断造物主离你有多远。”斯第尔格曾解释说，“你必须站在足够近的地方，这样才能在它经过时骑上去；但也不能靠得太近，否则它会一口吞掉你。”

保罗突然下定决心，抽掉了沙槌的插销，沙槌开始旋转，召唤的鼓声从沙下传了出去，一种缓慢而有节奏的敲击声：“咚……咚……咚……”

他直起身，扫视着地平线，记起斯第尔格所说的话：“仔细判断趋近的沙浪。记住，沙虫很少能在不被发现的情况下接近沙槌。同时还要仔细聆听。一般情况下，看见它之前，你首先会听到它的声音。”

契尼的话也回荡在他的耳边。那是晚上她担心得睡不着觉，轻声跟他讲的注意事项。“当你在沙虫前进的路线上站好位置之后，必须纹丝不动。你必须把自己想象成沙漠的一部分，好好藏在斗篷下，把自己完完全全变成一座小沙丘。”

他慢慢扫视地平线，凝神聆听，搜寻着别人教授的那些识别沙虫活动的迹象。

东南方向远远传来一阵咝咝声，一种沙的低语。不一会儿，他看到了远方曙光下沙虫轨迹的轮廓。保罗立即意识到，自己以前从未见过这么大的造物主，甚至没听说过有这么大尺寸的沙虫。它的长度看上去超过半里格[①]，凸起的巨头一路拱起沙浪，像一座不断向前移动的大山。

无论在梦中还是在现实里，我从没见过这样的景象，保罗提醒自己。他急忙跑上前，在那怪物将要经过的路线上站好位置，所有注意力完全集中在这紧张的一刻上。

① 里格：长度单位，一里格约等于5.6公里。

“控制货币和法庭——其余的留给贱民好了。”帕迪沙皇帝如是教导你们。他说：“想获利，就要掌握统治权。”这话不乏真理，但我问自己：“谁是贱民，谁又是统治者？”

——穆阿迪布写给兰兹拉德的密信

——摘自伊勒琅公主的《厄拉科斯的觉醒》

一个念头不由自主地钻入杰西卡脑海中：*此刻，保罗正在经历骑沙虫的考验。他们竭力向我隐瞒，但这是明摆着的事。*

契尼也走了，去执行什么神秘的差事去了。

杰西卡坐在休息室里，抓紧时间享受晚课间隙的一刻宁静。这是一个舒适的房间，但不如躲避大屠杀前她在泰布穴地住过的房间宽敞。不过这个房间的地板上同样铺着厚厚的地毯，也有柔软的靠垫，近在咫尺的矮咖啡桌，墙上挂着绚丽多彩的壁毯，头顶则是发出柔光的黄色球形灯。房间里充溢着弗雷曼穴地特有的刺鼻气味，但现在，她已经将它等同于了安全感。

然而，她知道自己永远也无法克服那种身处异乡的感觉。地毯和壁毯极力隐藏的，就是这种粗糙。

一阵丁零当啷的声音隐约传入休息室。杰西卡知道这是庆贺婴儿出生的庆典仪式，可能是苏比亚吧，她的预产期就在这几天。杰西卡也知道，自己很快就会看到这个婴儿，一个蓝眼睛的胖娃娃，被带到圣母这里接受赐福。她还知道，她的女儿厄莉娅准在庆典仪式上，一会儿就会向她详细描述仪式的经过。

还不到为离家在外的人举行夜祷的时间，也不是为在波里特林、贝拉·特古斯、罗萨克和哈蒙塞普诸星被掳为奴隶而死的人们哀悼的时间，他们不会在那种时刻为婴儿举行庆生礼。

杰西卡叹了口气。她知道，自己之所以东想西想，其实是让自己不去想她的儿子和他面对的危险：带毒钩的陷阱，哈克南人的突袭（尽管次数越来越少，因为弗雷曼人用保罗带给他们的新战术消灭了大量哈克南扑翼机和巡逻队），还有沙漠本身的危险——造物主、干渴和沙陷。

她想叫一杯咖啡。随着这个念头，她突然想到了弗雷曼人自相矛盾的生活方式，这想法其实早已有了：与谷地人相比，他们在穴地山洞里的生活好多了；然而，他们在广阔的沙漠中长途跋涉时所遭受的苦难，却比那些哈克南奴隶多得多。

一只肤色很深的手从她旁边的门帘后伸出，把一个杯子放在咖啡桌上，然后缩了回去。杯子里冒出阵阵香料咖啡的芳香。

庆生礼的礼物，杰西卡想。

她端起咖啡，啜了一口，不由会心一笑。*在我们这个宇宙里*，她暗自问道，*还有哪个社会，像我这种身份的人可以放心大胆地接受来历不明的饮料，还敢毫不畏惧地大口喝下它？当然，现在的我能在任何毒药对我造成伤害之前就改变它的毒性，但那个送咖啡的人是意识不到这一点的。*

她喝干咖啡，感受着热乎乎、香喷喷的饮料中蕴藏的能量和兴奋作用！

她又想，还有哪个社会，人们会这么自然而然地尊重她的隐私，关心她的生活，以至于来送礼的人仅把礼物放下，却不进来打搅她。送礼之人对她含着尊重和爱——当然，还带有一丝惧意。

而另一个念头也自然而然地出现在她的意识中：她一想到咖啡，咖啡就出现了。她知道，这绝不是心灵感应。这是“道”，指整个弗雷曼穴地社区凝成一体的趋势。通过平时共享的香料食品，他们一起中了这种奇妙的香料毒，而一体化就是大自然给他们的补偿。当然，这群人永远也不可能获得香料带给她的那种顿悟；他们没受过相关的训练，也没有任何心理准备面对这一切。他们的思维抵制那些他们不能理解或无法接受的知识。但有的时候，这群人依然可以像单独一个有机体那样感受外物，作出反应。

他们也从没想过这种巧合的缘由。

保罗通过沙漠中的考验了吗？杰西卡思忖，他有这个能力，但意外可以击倒最有本事的人。

等待。

等待是件折磨人的事，她想，你只能干等着，最后精疲力竭。

在他们的一生中，有各种各样的等待。

我们到这儿已经两年多了，她想，哈克南人派来的执政官是恶魔统治者——野兽拉班。要想把厄拉科斯从他手里夺回来，就算只是刚能看到希望，也至少还需要再等上四年。

“圣母？”

门帘外传来一个声音，是哈拉，保罗家的另一个女人。

“进来吧，哈拉。”

门帘分开，哈拉像是从中间滑了进来。她穿着穴地便鞋，身穿一件红黄色的袍子，两只手臂暴露在外，几乎一直露到肩头。她的黑色头发从中间分开，向后梳起，像昆虫翅膀一样顶在头上，平滑油亮。她紧紧皱起眉头，五官凸出，一副泼辣好胜的样子。

跟在哈拉后面进来的是厄莉娅，一个大约两岁的小女孩。

看到自己的女儿，杰西卡又被这个小姑娘吸引住了，她和以前的小保罗像极了——他们都有同样严肃、充满好奇的大眼睛，都有黑色的头发、坚毅的唇线。但还是有一些细微的差别，这也正是大部分大人觉得厄莉娅令人不安的地方。这孩子不比一个刚学会走路的小孩大多少，却具有远远超出她那个年纪的沉着冷静和丰富学识。大人们震惊地发现，当他们开有关两性之间的玩笑时，尽管那些话很隐晦，她却能听懂，也会跟着哈哈大笑。有时候，他们还会发觉自己竟被她口齿不清的话音所吸引。他们听着她那尚未发育完全的柔软声带发出模模糊糊的声音，发觉她的话里暗带狡黠，而那种狡猾完全不是一个两岁大的孩子可能拥有的。

哈拉恼怒地大出一口气，一屁股坐到沙发上，皱眉看着厄莉娅。

“厄莉娅。”杰西卡朝女儿打了个手势。

孩子径直走到母亲身旁的靠垫旁坐下，抓紧母亲的手。肉体的接触联通了两人的意识，甚至早在厄莉娅出生之前，两人就一直是这样。这并不是什么共有的思想（这种情形只出现过一次：当杰西卡那次改变生命之水的毒性成分时，两人的接触爆发出了共同的思想），这种互通的意识更是某个更宏观的体验，是对另一个生命火花的直接感受，一种尖锐而痛苦的东西，一种可以使她们在感情上形同一人的神经共鸣。

哈拉是儿子家中的一员，杰西卡按照符合对方身份的正式礼节问候道："Subakh ul kuhar，哈拉，今晚过得可好？"

哈拉以同样的传统礼节回答道："Subakh un na。我很好。"声音单调而机械。她重又大出了一口气。

杰西卡察觉到厄莉娅在笑。

"我哥哥的甘尼玛在生我的气呢。"厄莉娅用她口齿不清的声音说。

杰西卡留意到厄莉娅称呼哈拉的词——甘尼玛。在弗雷曼语中，这个词的意思是"战场上的战利品"，其引申义是指某样不再用于其最初目的的东西。比如说，一个用做窗帘坠物的矛头。

哈拉满面愁容地看着厄莉娅。"不要侮辱我，孩子。我知道我的地位。"

"这回又干什么了，厄莉娅？"杰西卡问。

哈拉回答道："今天，她不但不和其他孩子玩，还闯进……"

"我躲在帘子后面，看苏比亚生孩子。"厄莉娅说，"是个男孩。他哭啊哭啊，嗓门可真大！当他哭够了之后……"

"她走出来，摸了摸他，"哈拉说，"然后他就停下不哭了。大家都知道，一个弗雷曼孩子出生时，只要是在穴地，就必须哭个够。因为以后他绝对不能再哭了，免得在沙漠旅途中暴露我们的行踪。"

"他已经哭够了，"厄莉娅说，"我只是要感受他的生命火花。仅此而已。当他感觉到我时，他就不想再哭了。"

"这只会在大伙儿中间引起更多的闲言碎语。"哈拉说。

"苏比亚的孩子还好吗？"杰西卡问。她看出有什么东西在深深困扰着哈拉，很想知道那是什么。

"像任何母亲希望的那样健康，"哈拉说，"她们知道厄莉娅并没有伤害他，也不介意她抚摸他。他立即安定下来，很高兴的样子。只是……”哈拉耸了耸肩。

“只是我女儿的怪异之处，是吗？”杰西卡问，“因为她说起话来那种语气远远超出了她的年纪；也因为她说了许多她这个年龄的孩子不可能知道的事——属于过去的事。”

“她怎么会知道贝拉·特古斯星球上的孩子长什么样？”哈拉问。

“但他确实像啊！”厄莉娅说，“苏比亚的孩子看起来就像米莎在离开贝拉·特古斯之前生的儿子。”

“厄莉娅！”杰西卡斥责道，“我警告过你。”

“但是，母亲，我看见过，是真的，而且……”

杰西卡摇摇头，看见哈拉脸上不安的神色。*我生下的究竟是什么啊？*杰西卡问自己，*她一生下来就知道我所知道的一切……甚至比我知道的还要多。看样子，我体内那些圣母们把时间长廊里一切旧事全都显示给她了。*

“不仅她说的那些话，”哈拉说，“还有她的行为，她的坐姿和凝视岩石的方式。她能只动鼻子旁边的一块肌肉，或是手指指背上的一块肌肉，或是……”

“那是贝尼·杰瑟里特的训练方式，”杰西卡说，“你知道的，哈拉。你不会否认我女儿遗传了我的基因吧？”

“圣母，你知道，这些对我来说无关紧要，”哈拉回答道，“但外面的人在说闲话，他们对此谈论不休。我觉得危险。她们说您女儿是魔鬼，其他孩子也不和你女儿一起玩耍，因为她……”

“她的确与其他孩子不同，”杰西卡说，“但她绝不是魔鬼，只是……”

“她当然不是了！”

杰西卡对哈拉激烈的言辞感到惊讶，她低头看了看厄莉娅。这孩子似乎正在沉思，浑身散发出一种……等待的感觉。杰西卡又把注意力移回哈拉身上。

“你是我儿子家中的一员，我尊重这一点。”杰西卡说（厄莉娅在她手中不安地扭动起来），“你尽可畅所欲言，和我讲讲，究竟什么事让你那么烦恼。”

“过不了多久，我就不再是您儿子家中的一员了。”哈拉说，“我是为我儿子才等了这么久的，为了让他们能作为友索的儿子受到特殊训练。我能给他们的也只有这些了，因为人人都知道，我没跟您儿子同过床。”

厄莉娅又在她身旁扭动起来，半眠半醒的样子，身上暖意洋洋。

“尽管如此，你一直都是我儿子的好伴侣。”杰西卡说。她暗暗补充了一句，说出心里的念头：*伴侣……而非妻子*。随后，杰西卡直接想到问题的实质，想到自己内心深处的痛苦：穴地里的人普遍认为，她儿子与契尼的伴侣关系已经成为一种永久性的关系了——婚姻。

我爱契尼，杰西卡想。但是她提醒自己：爱情必须为了皇室的需要而让路。皇室婚姻除了爱以外，还有别的理由。

“您以为我不知道您为您儿子所作的安排？”哈拉问。

“你这是什么意思？”杰西卡质问。

“您打算让各部落团结在他周围。”哈拉回答道。

“这有什么不对？”

“我感觉到他有危险……而厄莉娅就是危险的一部分。”

这时，厄莉娅愈发往母亲身上凑，她睁开了眼睛，打量着哈拉。

“我一直在观察你们两人，”哈拉说，“观察你们接触的方式。穆阿迪布就像我的兄弟，而厄莉娅是他妹妹，所以她就像是我的亲骨肉。过去，她还只是个小婴儿，我们开始打游击，然后又跑到这儿来。从那一天起，我一直在照看她，保护她。我在她身上看到了许多东西。”

杰西卡点点头，感觉到了她身边的厄莉娅变得愈加不安起来。

“你明白我的意思，”哈拉说，“从一开始，她就知道我们在谈论她。什么时候出过这么怪的婴儿？这么小就懂得严格的用水纪律？还有哪个婴儿能像她那样，对保姆所讲的第一句话就是：‘哈拉，我爱你’？”

哈拉看着厄莉娅。“您知道我为什么忍受了这种冒犯？因为我知道那些话里没有恶意。”

厄莉娅抬头看着她的母亲。

“是的，我有预知能力，圣母，”哈拉说，“我也可能成为萨亚迪娜，我已经见到了我曾经预见过的东西。”

“哈拉……”杰西卡耸耸肩，“我不知道该说什么好。”她对自己的态度感到惊奇，因为哈拉说的实际上是真的。

厄莉娅直起身来，挺了挺肩膀。杰西卡感到那漫长的等待终于结束了，感到了女儿混杂了决断和悲哀的情绪。

“我们犯了一个错误，”厄莉娅说，“我们现在需要哈拉。”

“我早就看出来了。就是在那次庆祝播种的仪式上，”哈拉说，“在您改变生命之水的时候，圣母。当时厄莉娅还在您肚子里没出生呢。”

*我们需要哈拉？*杰西卡暗自思忖。

“除了她，还有谁能在族人中间为我们说话，还有谁能让她们了解我？”厄莉娅说。

“你要她做些什么？”杰西卡问。

“她早就知道该怎么做了。”厄莉娅说。

“我将告诉她们真相。”哈拉说。她的脸似乎突然苍老下来，满脸悲伤，橄榄色的皮肤上露出愁眉不展的皱纹，反倒使那张五官鲜明的脸显得特别有魅力。“我会告诉她们，厄莉娅只不过是装成是个小女孩，但她从来就不是一个小女孩。”

厄莉娅摇着头，泪水顺着脸颊往下流。杰西卡感到女儿的悲哀如波浪般传到自己身上，仿佛是她自己的悲哀一般。

“我知道我是个怪胎。”厄莉娅低声道。成年人的话出自一个孩子之口，就像是痛苦的认罪。

“你不是怪胎，”哈拉斥责道，“谁敢说你是怪胎？”

杰西卡再一次对哈拉那种出于保护的严厉语气大为吃惊。随即，她看出厄莉娅的判断是对的——她们确实需要哈拉。部落里的人会理解哈拉，理解她的话，理解她的感情。很明显，她爱厄莉娅，就像爱她自己的孩子一样。

“是谁说的？”哈拉再次问道。

“没人说过。”

厄莉娅拉起母亲的长袍，擦掉脸上的泪水，然后把弄湿揉皱的袍角拉平。

“那你也别说。”哈拉命令道。

“好的，哈拉。”

“现在，”哈拉说，“告诉我到底是怎么回事，这样我就可以告诉其他人了。跟我说说，你怎么了。”

厄莉娅吞了口口水，抬头望着母亲。

杰西卡点点头。

“有一天我醒来，”厄莉娅说，“就像是从睡梦中醒来一样，只不过，我记不得怎么会睡过去的。我发觉自己身处一个温暖而黑暗的地方。嗯，我吓坏了。”

听到女儿稍有些口齿不清的童音，杰西卡想起了在大山洞里举行仪式的那一天。

“我吓坏了，”厄莉娅说，“想要逃，但无处可逃。过后我看见一点火花……但好像不是用眼睛看到的。那火花就在我身边，和我在一起，我能感觉到那个火花的情绪……它抚慰我，让我安下心来，告诉我一切都会好起来的。那火花就是我母亲。”

哈拉揉着眼睛，对厄莉娅微笑着，抚慰着她。但这个弗雷曼女人的眼神中还是闪过了一丝疯狂，炯炯有神，仿佛这双眼睛也在努力倾听厄莉娅的叙述。

杰西卡心想：*我们真的能明白这种人心里究竟是怎么想的吗？眼前这一位，她的祖先、她所受过的训练，以及她的人生经历，全都与我们不同。*

“就在我感到安全、定下心来之后，”厄莉娅继续说，“旁边又出现了另一个火花，跟我们融汇在一起……一切就在那一刻发生了。另外那个火花是老圣母。她把……许多人的毕生经历传给我母亲……一切……我跟她们在一起，目睹了一切……一切的一切。而结束之后，我就是她们，包括所有其他人，也包括我自己……只是，我花了很长时间才重新找回自己。那儿有那么多人。”

“这很残酷，”杰西卡说，“没人应该这样获得自我意识。问题在于，所发生的一切，你只能接受，别无选择。”

“我什么都做不了！”厄莉娅说，“我不知道该如何拒绝，也不知道该怎么隐藏我的意识……关闭它……一切就这么发生了……一切……”

“我们不知道，”哈拉喃喃道，“当我们把圣水交给你母亲，让她改变生命之水时，并不知道你正在她肚子里。”

她停下来，侧耳倾听。

哈拉坐在靠垫上，脚后跟在地上一顶，向后一靠，盯着厄莉娅看了看，然后把注意力转回到杰西卡脸上。

“你不怀疑？”杰西卡问。

“嘘……”厄莉娅说。

一道门帘把他们与穴地过道隔开，很有节奏感的圣歌远远传来，穿过门帘。歌声越来越大，现在已经很清晰了。“呀！呀！哟！呀！呀！哟！穆赞，瓦拉！呀！呀！哟！呀！呀！哟！穆赞，瓦拉！”唱歌的人从外屋门口经过，他们低沉的歌声穿入内室，然后渐渐远去。

当歌声减弱到差不多了的时候，杰西卡开始了仪式，声音中充满悲戚：“斋月啊，贝拉·特古斯上的四月。”

“我的家人坐在院子里的水池边，”哈拉说，“喷泉飞沫四溅，水汽让空气潮润清新。院中有棵橘子树，金灿灿的橘子伸手可及，又大又香。身旁的篮子里装着米西米西、白拉瓦和一杯杯利班——各式各样的美味佳肴。在我们的花园里，在我们的畜栏中，有的只是和平……洋溢在整个大地上的和平。”

“我们的生活充满幸福，直到侵略者来到。”厄莉娅说。

“在朋友们的哭喊声中，热血变冷。”杰西卡说，感到过去的记忆不断涌出。那是与其他圣母共享的过去。

“啦，啦，啦，女人在哭泣。”哈拉说。

“侵略者穿过庭院，手持利刃向我们扑来，刀上淌着我们男人的血。”杰西卡说。

和穴地所有房间里一样，沉默笼罩着她们三人。她们在沉默中回忆，过去的悲痛记忆犹新。

片刻之后，哈拉宣布仪式结束，严厉刺耳的口气是杰西卡以前从没听到过的。

“永不饶恕，永不遗忘。”哈拉说。

说完之后，三人在一片沉寂中陷入沉思。就在这时，只听到外面传来人们的窃窃私语，还有许多袍裙沙沙作响的声音。杰西卡感到有人站在了她房间的门帘外。

“圣母？”

传来一个女人的声音，杰西卡听出是萨萨，斯第尔格的妻子之一。

“什么事，萨萨？”

“出事了，圣母。”

杰西卡心头一紧，突然担心起保罗的安危来。“保罗他……”她喘息着说。

萨萨分开门帘，走进房间。在帘子落下之前，杰西卡瞥见外屋站着黑压压的一群人。她抬起头来看着萨萨。这是个矮小的、皮肤黝黑的女子，穿着一件绘着红色图案的黑袍，蓝眼睛紧紧盯着杰西卡，小鼻子的鼻孔张开来，露出因鼻塞长期摩擦留下的疤痕。

“出什么事了？”杰西卡问。

“沙漠里传来了消息，”萨萨说，“友索今天要接受考验，他要面对造物主。年轻人都说他不会失败。夜幕降临之前，他就会成为沙虫骑士。这里的年轻人正在拉帮结伙，要搞一场奇袭。他们会冲到北方，与友索会合。他们说，到时他们会大声欢呼，还说要迫使他向斯第尔格挑战，要他夺取部落的领导权。”

*集水、固沙、植草，缓慢而稳妥地改造这个世界——但这些已经不够了。*杰西卡想，*小规模奇袭，持续的进攻——自从我和保罗训练好他们之后，这些也不够了。他们感到了自己的力量，他们渴望战斗。*

萨萨把身体的重量从一只脚移到另一只脚上，她清了清嗓子。

*我们都明白，需要小心谨慎地等待时机，*杰西卡想，*但关键在于伴随着等待的挫折感。我们也清楚地知道，等得太久反而有害。因为，如果等待的时间太长，我们就会丢失当初等待的初衷。*

“年轻人都说，如果友索不向斯第尔格挑战，那他一定是害怕了。”萨萨说。

她垂下了眼帘。

“原来如此。”杰西卡喃喃道。她心里想：**我早就知道这事会发生的，斯第尔格也是。**

萨萨再一次清了清嗓子。“就连我弟弟夏布也这么说。”她说，“他们不会让友索有选择的余地。”

这一刻终于来了，杰西卡想。保罗将不得不自己处理这件事，圣母不能卷入争夺领导权的纷争。

厄莉娅把手从母亲手里挣脱出来，说道：“我将和萨萨一起去，听听那些年轻人怎么说的，或许有什么解决问题的办法。”

杰西卡和萨萨对视了一眼，嘴里却对厄莉娅说道：“那就去吧。要尽快向我报告。”

“我们并不希望这事发生，圣母。”萨萨说。

“对，我们不希望，”杰西卡赞同道，“部落需要保存它的全部力量。”她看了哈拉一眼，“你愿意和她们一起去吗？”

哈拉听出了这句话中没说出口的顾虑，便直接回答道：“萨萨不会允许任何人伤害厄莉娅的，她知道我俩很快就会成为同一人的妻子。她和我，我们将共享同一个男人的怀抱。我们已经谈过了，萨萨和我。”哈拉抬头看看萨萨，又转回头来对杰西卡说，“我们已经达成了共识。”

萨萨伸出一只手来拉着厄莉娅，说道：“我们必须赶紧了，年轻人马上就要出发了。”

她们急匆匆地钻过门帘，小个子女人拉着孩子的手，可看上去带路的却是那个孩子。

“如果保罗-穆阿迪布杀了斯第尔格，对部落不是什么好事，”哈拉说，“以前总是这样，这是决定继任者的老办法，但时代不同了。”

“时代不同了，对你来说也是。”杰西卡说。

“你该不会以为，我对这种决斗的结果有所怀疑吧，”哈拉说，“只会是友索胜出。”

“我正是这个意思。”杰西卡说。

“您以为我的个人感情会影响我的判断。”哈拉摇了摇头，水环在她脖子上叮当作响，“您大错特错了。或许您还以为我懊悔没被友索选中，以为我在妒忌契尼？”

“你按你自己的意志作出了选择。”杰西卡说。

“我可怜契尼。”哈拉说。

杰西卡愣住了。“你这是什么意思？”

“我知道您怎样看待契尼，”哈拉说，“您认为她不是你儿子的妻子。”

杰西卡重新平静下来，全身放松，坐在靠垫上。她耸耸肩。“也许吧。”

“也许您是对的，”哈拉说，“但如果您真这样想，或许您还找到了一个令人惊讶的同盟——契尼本人，她也希望让他得到所有最好的东西。”

杰西卡突然感到喉头一紧，她艰难地咽了口口水：“契尼跟我很亲，”她说，“她完全可以……”

“您这儿的地毯太脏了。”哈拉说。她避开杰西卡的目光，环顾四周，“您这儿总有那么多人进进出出的，真该多多打扫才对。”

正统宗教无法摆脱与政治之间的相互影响。在一个正统社会中，宗教与政治的斗争势必渗透到训练、教育及律法等各个方面。由于这种压力，这个社会的领导人将面对如何解决这一内部斗争的大难题：或屈从于完全的机会主义，依附于占上风的一方，以维护自己的统治地位；或冒着牺牲自我的风险，以维护传统的道德规范。

——摘自伊勒琅公主的《穆阿迪布的宗教问题》

保罗在庞大造物主前进路线旁的沙地上等着。我绝不能像走私徒一般等待，必须平心静气，他提醒自己，我必须成为沙漠的一部分。

现在，那东西离保罗只有几分钟的路程了，穿行时发出的咝咝声充斥在晨风里。他那山洞般的圆形巨口敞开着，露出嘴里的巨牙，像某种硕大无朋的怪花。一股香料味从它口中散发出来，弥漫在空气中。

保罗的蒸馏服贴身而舒适，只隐约感觉得到鼻塞和面罩。他现在满脑子想的只有斯第尔格教他的动作要领，满心感受到的只有沙漠中痛苦难熬的分分秒秒，其他的一切全都抛在了脑后。

“在豆粒状沙地上，你应该躲在离造物主多远的范围外？”斯第尔格问过他。

他的回答准确无误：“造物主的直径每增加一米，安全距离就应增加半米。”

“为什么？”

“为了避开它快速前行时产生的旋风，同时也便于有足够的时间跑过去，骑到它背上。”

“你已经骑过为播种和制造生命之水而驯养的小型造物主。”斯第尔格说，“但是，这次考验将会召唤一条野生造物主，是沙漠之长。对它，你必须保有适当的敬意。”

现在，沙槌重重的打击声与造物主前行的咝咝声混在了一起。保罗大口吸着气，即使隔着过滤器，他也能嗅出沙地里香料矿的刺鼻气味。那野生造物主，沙漠之长，渐渐逼近，几乎要撞上他了。它那高高耸立的前节部位猛扑过来，掀起的沙浪都快要扫过他的膝盖。

*来吧，你这可爱的魔头！*他想，*来，听从我的召唤了吧？来吧，快来吧！*

沙浪把他顶了起来，地表的沙尘从他周围横扫过去。他竭力稳住身形。只看到一堵弯曲的沙墙如乌云压顶般从他面前掠过，分节的躯干像悬崖一样高高矗立，一节一节的环形界线清楚地勾勒出每一节躯干。

保罗举起矛钩，顺着钩尖往上看，然后把矛钩斜着向造物主的躯干搭去。他感到钩子勾住了什么，拉住他往前直冲。他向上一跃，双脚牢牢蹬住那堵墙，斜吊在已经固定住的矛钩上。这是真正的考验时刻：如果他的矛钩已经准确地钩住造物主躯干上环节的边缘，成功地扯开环节，它就不会侧滚下来压扁他。

造物主的速度慢了下来。它从沙槌上滑过去，沙槌静了下来。慢慢地，它的躯干向上卷起——向上，向上——将那两根刺进鳞甲里的钩刺极力抬高，让环形鳞甲下的柔软肌肉尽量远离充满威胁的沙砾。

保罗发现自己已经高高骑在了沙虫背上。他感到极度兴奋，感觉自己像一位正在巡视疆域的帝王。他突然冲动起来，想在这沙虫身上蹦一蹦、跳一跳，想让它转个身，想充分展示自己是这生物的主人。但他终于还是克制住了这种欲望。

他突然明白当初斯第尔格为什么要警告他，别去学那些莽撞的年轻人：他们在这些魔头身上起舞，耍弄它们，在它们的背上倒立，取掉双钩，然后在沙虫把他们甩下去之前重新把双钩插回沙虫身上。

保罗把一个矛钩留在原处，取下另一个，把它重新勾进沙虫躯干侧下方的环甲边缘。第二个矛钩牢牢钩住后，他取下第一个矛钩，再勾进侧下方的另一处环甲边缘，就这样他一点一点往下移。造物主翻滚着，一边滚，一边掉过头来，直奔等在远处细沙地上的其他人，然后在保罗手下绕着那片细沙地兜圈子。

保罗看着他们走来，拿着钩子往上爬，但尽量避免碰及它那些敏感的环节边缘，直到全部爬上了顶部。他们呈人字形排在他后面，用钩子稳住身体。

斯第尔格沿着队列往前挪动，检查着保罗钩子的位置，抬头瞥见保罗的笑脸。

“你成功了，啊？”斯第尔格问，他提高嗓门，压过沙虫前行的嗞嗞声，“你就是这么想的？成功了？”他挺直身子说，“现在让我告诉你，你这活儿干得太烂了。我们有些十二岁的小家伙都能做得比你更好。在你等待造物主的那个地方，左边就是一片鼓沙区，要是沙虫往那边转，你根本别指望退到那片沙地上去。”

笑容从保罗脸上消失了。“我看见那片鼓沙区了。”

“那为什么不发信号？为什么不让我们中的某个人帮你占据后备位置以防万一？就算是在考验中，这也是允许的。”

保罗咽了口口水，把脸转向行进中迎面吹来的风。

“你觉得我现在跟你讲这些话很没意思，”斯第尔格说，“但这是我的职责。我要考虑你对整个队伍的价值。如果你失足进入鼓沙区，造物主就会扭头朝你奔过去。”

“情况紧急的时候，总要给自己留个帮手。万一你失手了，也会有人制服那条造物主，”斯第尔格说，“记住，我们要并肩战斗，这样才能确保胜利。并肩战斗，记住了吗？”

他拍了拍保罗的肩膀。

“并肩战斗。”保罗同意。

“现在，”斯第尔格说，声音尖利刺耳，“让我看看你是否懂得驾驭造物主。我们这是在沙虫的哪一面？”

保罗低头看了看脚下的沙虫，仔细观察着他体表的环状鳞甲，注意记下鳞甲的特征和大小，发觉右边的鳞甲大一些，左边的小些。他知道，每条沙虫游走起来都有自己的特点，其中一面会经常朝上。当它长大时，哪一面朝上就几乎固定不变了。相比之下，沙虫底部的鳞甲会更大些、更厚重些，也更光滑一些。通过鳞甲的大小，就可以得出哪边是它的顶部。

保罗移动双钩，向左侧挪去。他示意那一侧的人跟他一起动作，沿着沙虫的躯干用矛钩往下勾开沙虫一侧环节上的鳞甲，使沙虫直着身子滚动。在它转过身子之后，他又示意两个舵手走出队列，到最前面的位置上。

“阿克，嗨——哟！”他喊起了传统的号子。这时，左边的舵手勾开那面一个环节处的鳞甲。

造物主为了保护它被勾开的环节，气势磅礴地转了个圈，把身子扭过来。一会儿工夫，它已经完全掉过头来，朝南转向它来时的方向。这时，保罗高呼道：“盖拉特！”

舵手松开钩子，沙虫笔直地向前疾驰而去。

斯第尔格说：“很好，保罗·穆阿迪布！勤加练习，你总还是可以成为沙虫骑士的。”

保罗皱了皱眉，心想：*难道我不是第一个爬上来的？*

身后突然爆发出一阵笑声，整个队伍开始有节奏地齐声高呼他的名字，呼声直插云霄。

“穆阿迪布！穆阿迪布！穆阿迪布！穆阿迪布！”

沙虫背脊的尾部远远传来刺棒敲击尾环的声音。沙虫开始加快速度。他们的长袍在风中猎猎飞扬，沿途与沙面摩擦发出的嚓嚓声越来越响。

保罗回头望着身后的队伍，在他们中间发现了契尼的脸。他一面望着她，一面对斯第尔格说：“那我现在是沙虫骑士了，斯第尔？”

“哈哟！你是沙虫骑士了。”

“那么，我可以选择我们的目的地了？”

“是这个规矩。”

“我是今天诞生在哈班亚沙海这儿的弗雷曼人。我的人生今天才真正开始，之前我只是个孩子。”

“不完全是孩子。”斯第尔格说，重新系紧被风掀开的兜帽一角。

“但以前我的世界有一条封印，如今它被掀掉了。”

“没有封印了。”

“我要去南方，斯第尔格——走上二十响的路。我要亲眼看看我们创造的那片土地，那片我只能通过别人的眼睛看到的土地。”

我还要去看看我的儿子和家人，他想，现在，我需要一段时间来考虑在我头脑中已成过去的将来。骚乱开始了，要是我无法妥善解决，事情就会变得难以收拾。

斯第尔格用一种坚定沉着的眼光打量着他。保罗的注意力仍被契尼所吸引，他看见她脸上呈现出对他的关心，也注意到他的话对人群造成的兴奋之情。

“大伙儿渴望与你一起去袭击哈克南人的洼地巢穴，”斯第尔格说，“那地方只有一响的距离。”

“弗雷曼敢死队员曾和我一起出击，”保罗说，“他们将会再次和我并肩作战，直到厄拉科斯的天空下再也没有哈克南人。”

造物主急速前行，斯第尔格默默打量着保罗。保罗意识到，此刻的这一幕勾起了眼前这个男人的回忆，让他回想起当年列特·凯恩斯死后，他如何成为泰布穴地的首领，又如何取得了部落首领联合会的领导权。

他已获悉有关弗雷曼年轻人闹事的报告，保罗想。

“你希望召集部落首领吗？”斯第尔格问。

队伍中的年轻人两眼冒光。他们骑在造物主身上，兴奋得扭动身体，观察着事态发展。保罗从契尼的眼神中看到了她心中的不安。她看看斯第尔格，这是她的叔叔，又看看保罗，这是她的男人。

“我心里想什么与你无关。”保罗说。

他想：*我不能退缩，我必须控制住这些人。*

“今天，你是沙虫驭者，”斯第尔格说，语气冰冷生硬，“你要如何行使这个权力？”

我们需要时间放松，需要时间冷静，保罗想。

“我们去南方。”

“即使我说，我们必须赶在今天结束前回北方？”

“我们去南方。”保罗重复道。

斯第尔格用长袍紧紧裹住自己，浑身散发出一贯的威严气势。“我们将召集部落首领会议，”他说，“我会发出通知的。”

他以为我将向他挑战，保罗想，他知道自己没法与我为敌。

保罗面向南方，任由大风吹打自己裸露的脸颊，他思索着所有必须考虑在内的因素，以便做出决定。

*他们不知道是怎么回事，*他想。

但保罗知道，他不能因为心存顾忌，偏离自己的路线。在他预见到的未来的时间风暴中，他必须牢牢守住中间的那条道。未来的某个瞬间，将出现可以平息动荡的关键一刻，但前提是，他必须守在可以一击必杀的至关重要的一点上。

*只要还有一线希望，我就不会向他挑战，*保罗想，*只要还有办法阻止这场圣战……*

“我们将在哈班亚山脊下的鸟巢洞中宿营，在那儿吃晚饭、祈祷。”斯第尔格说。造物主边走边晃，他用一只矛钩稳住自己的身体，伸手指向前方突起在沙漠上的一道低矮的岩石屏障。

保罗观察着那道悬崖，层层叠叠的岩石像波浪一样漫过悬崖，延伸向远方。没有半点能让刚硬的地平线显得柔和些的绿意或花朵。悬崖后面便是深入南方沙漠的路径，就算他们驱使造物主全速前进，行程至少也需要花上十天十夜。

二十响。

这条路通向哈克南人巡逻范围以外很远的地方。他知道那里是什么样子，梦境已经把那片土地展示给他了。在他们行进中的某一天，遥远地平线上的颜色会有一点点轻微的变化——变化如此之小，以至于他会觉得，那是因为自己满怀希望而幻想出来的。那儿就是他们的新营地。

“我的决定符合穆阿迪布的心意吗？”斯第尔格问。他的话里只带了极其轻微的一丝讥讽，但弗雷曼人一向敏感，就连鸟鸣的每一个音调、碧水鸟的每一句信息都能分辨得清清楚楚。所以大家都听出了斯第尔格的讥讽语气，纷纷把目光转向保罗，看他怎么回应。

“在我们献身敢死队时，斯第尔格听过我向他宣誓效忠的誓言。”保罗说，“我的敢死队员们都知道我满怀敬意地发了誓，难道斯第尔格对此有所怀疑吗？”

保罗的话中流露出真正的痛心。听了这些话，斯第尔格不由得垂下了眼帘。

“友索，我同一个穴地的伙伴，我永远也不会怀疑他。”斯第尔格说，“但你是保罗-穆阿迪布，厄崔迪公爵，也是李桑·阿尔-盖布，天外之音。这些人我甚至不认识。”

保罗扭头望着耸立在沙漠上的哈班亚山脊。他们脚下的造物主仍然强健而温驯，还能载他们走很长一段路。弗雷曼人以前从没见过这么大的造物主，在他们所经历过的骑沙旅程中，走得最远的也无法跟它媲美，恐怕连一半都比不上。他知道这一点。除了讲给孩子们听的古老传说以外，没有哪只沙虫的年纪能与这位沙漠老爷爷相比。保罗意识到，它将成为一个新的传奇。

一只手抓住了他的肩膀。

保罗看了看那只手，然后顺着手臂看到了那人的脸——斯第尔格露在面罩和蒸馏服兜帽之间那双深色的眼睛。

“在我之前领导泰布穴地的那个人，”斯第尔格说，“是我的朋友。我们一起共患难。我救过他好几次……他也救过我好几次。”

“我是你的朋友，斯第尔格。”保罗说。

“没人怀疑，”斯第尔格说。他移开手，耸了耸肩，“但这是惯例。”

保罗知道，斯第尔格过于注重弗雷曼人的惯例，无法考虑任何其他的可能性。在这里，要想取得部落的领导权，继任者必须杀死前任首领。如果前任首领出于意外死于沙漠，继任者就必须杀死部落中最强壮的人。斯第尔格就是这样挺身而出成为耐布的。

“我们该让造物主回到沙地下去了。”保罗说。

“是的，”斯第尔格表示赞同，“我们可以从这里走到山洞那里。”

“我们骑得够远了，它会钻进沙里，生上一两天的闷气。”保罗说。

“你是沙虫驭者。”斯第尔格说，“由你来决定，我们什么时候……”他突然停下来，凝视着东方的天空。

保罗转过身，在香料作用下变异的蓝眼睛使他眼里的天空有些发暗，碧蓝如洗的天空映射着远方有节奏的闪光，显得十分清晰。

扑翼飞机！

“一架小型扑翼机。”斯第尔格说。

“可能是架侦察机，”保罗说，“你认为它发现我们了吗？”

“从这么远的距离看过来，我们只不过是地表的一条沙虫。”斯第尔格说，他用左手打了个手势，“下去，在沙地上散开。”

一行人开始从沙虫侧面往下滑，一个接一个跳下去。躲在他们的斗篷下，与沙漠融为一体。保罗特意记下了契尼跳下去的位置。不一会儿，沙虫背上只剩他和斯第尔格。

“第一个上来，最后一个下去。”保罗说。

斯第尔格点点头，用矛钩稳住身形，从侧面跳了下去，落在沙地上。

保罗一直等到造物主安全离开小队的分散区，这才取下矛钩。沙虫此刻还没有精疲力竭，所以现在是一个很微妙的时刻。

从刺棒和矛钩中解脱出来，那条巨大的沙虫开始往沙里钻。

保罗轻盈地沿着它那宽阔的背脊往后跑；仔细算准时机往下跳。一着地就跑，按平时学到的那样竭尽全力跃向沙丘的滑沙面，裹着衣袍，把自己藏在纷纷落下的沙瀑下面。

现在，就是等待……

保罗轻轻翻过身，从衣袍缝隙望出去，看到了一线天空。他想象着身后一路藏起来的其他人，他们一定也正做着相同的动作。

还没看到扑翼机，他就先听到了机翼扑打的声音。扑翼机的喷气式发动机轻轻轰鸣，掠过他那片沙漠的上空，然后绕了一个很大的弯，朝山崖那边飞去。

保罗注意到，这是一架没有标志的飞机。

飞机在哈班亚山脊后面消失了。

沙漠上传来一声鸟叫，又一声。

保罗抖掉身上的沙，爬上沙丘顶端，其他人也都站直身子，从山脊那边一路行来，排成蜿蜒的一条线。保罗在他们中间找到了契尼和斯第尔格。

斯第尔格朝沙脊发出信号。

他们聚拢过来，开始在沙面上行走，小心地以节奏散乱的步伐滑过沙面，以免引来造物主。斯第尔格主动靠过来，和保罗并排走在被风压实的沙丘顶端。

“那是走私徒的飞机。”斯第尔格说。

“看上去像，”保罗说，“但对走私徒来说，这里已经过分深入沙漠腹地了。”

“他们跟哈克南巡逻队之间也有麻烦。”斯第尔格说。

“如果他们能深入沙漠腹地这么远，就有可能去得更远。”保罗说。

“没错。”

“如果他们冒险深入南部地区，就有可能看到他们不该看到的东西。那样就不好了。走私徒也贩卖情报。”

“你不觉得，他们是在寻找香料？”斯第尔格问。

“那样的话，一定会有一支空中小队和一台香料机车在某个地方等着。”保罗说，“我们有香料，就让我们在沙地上设个诱饵，抓几个走私徒。该给他们一次教训了，好让他们明白这是我们的土地。再说，我们的人也需要练习一下新式武器。”

“友索说话了，”斯第尔格说，“友索在为弗雷曼人着想。”

但在那个可怕的目的面前，友索也不得不屈从，作出违背自己心愿的决定，保罗想。

一场风暴正在酝酿。

当法律和职责在宗教的作用下结为一体时，你永远无法拥有完全的自我意识。你总是集体的一员，而非独立的个体。

——摘自伊勒琅公主的《穆阿迪布：宇宙中的九十九个奇迹》

走私徒的香料机车和它的运输机来到一座沙丘斜坡上，旁边围着数架嗡嗡轰鸣的扑翼飞机，就如同一群蜜蜂围着它们的蜂王。在机群正前方，一条低矮的山脊从沙漠中拔地升起，仿佛一座屏蔽场城墙，干燥的山脊两侧被新近刮起的暴风扫得干干净净。

在机车的控制室里，哥尼·哈莱克倾身向前，调整着双筒望远镜的焦距，仔细观察周围的地形。山脊另一边有一片黑色区域，可能是香料富矿。他向一架在空中盘旋的扑翼飞机发出信号，令它前往那里进行侦察。

扑翼飞机扇动着翅膀，表示收到信号。它飞出机群，迅速扑向那片黑色沙面，继而盘旋在那片区域的上空，垂下探测器，一直放到贴近地面的高度。

它几乎立即作出反应，折起翼尖，机头向下，开始在空中盘旋，告诉等在岩脊这边的香料机车，表示它找到了香料。

哥尼收起双筒望远镜，知道其他人也看到信号了。他喜欢这块香料田，因为山脊为工厂提供了良好的隐蔽和保护。这里是沙漠腹地，不大可能遇伏……然而……哥尼还是发信号派出一个机组飞到山脊上空，好好侦察了一番，同时命令后备机组在这片区域附近散开，占据有利位置——不能到太高的地方去，不然会在远处就被哈克南人的探测器发现。

话虽如此，哥尼怀疑哈克南人的巡逻队根本不会深入到南方这么远的地方。这儿仍是弗雷曼人的地盘。

哥尼检查了自己的武器，他知道屏蔽场在这儿派不上用场，于是忍不住骂了几句怨天怨地的话。必须不惜一切代价，避免使用任何会招来沙虫的设备。他揉搓着下颌上的墨藤疤痕，打量起周围的景致来。他觉得，最安全的做法是派出地面部队，沿山脊到达香料生长地。步行探查仍然是最可靠的方法。在弗雷曼人和哈克南人相互残杀之时，再怎么小心都不为过。

在这儿，使他不安的是弗雷曼人。只要你出得起价钱，他们并不介意你花钱买走他们的所有香料；但如果你涉足被他们视为禁区的地方，他们就会变成嗜杀好战的恶魔。近来他们都像魔鬼一般狡猾。

这些土著在战斗中很狡猾，又熟悉地形，这使哥尼非常苦恼。他们是哥尼遇到过的最老练的战士。要知道，哥尼本人可是由宇宙中最好的斗士训练出来的。他久经沙场，只有极少数顶尖的战士才能从那些极其残酷的战争中幸存下来。

哥尼再次观察周围的地形，奇怪自己为什么总感到不安。也许是他们看见的那条沙虫……但那是在山脊的另一边。

一个脑袋突然从甲板上冒了出来，就在哥尼身旁。这是香料机车的机车长，一个独眼龙老海盗，长着满脸胡须，因长期食用香料食品而长了一双蓝眼睛，还有满口雪白的牙齿。

“看样子像一片香料富矿，长官。”机车长说，“要我把香料机车开过去吗？”

“飞到那片山脊上，”哥尼命令道，“让我先指挥我的人登陆。你们可以从那儿把香料机车拉到矿区去。我们要看看那块岩石附近的情况。”

“遵命。”

“万一出了什么事，”哥尼说，“先救机车，我们可以乘扑翼飞机离开。”

机车长向他敬了个礼。“遵命，长官。”他从舱口钻出，退回下面去了。

哥尼再一次扫视地平线。他不得不考虑到弗雷曼人在此出没的可能，因为他正带人侵入他们的领地。弗雷曼人既顽强又难以捉摸，让他忧心忡忡。这次行动有许多方面使他不安，但酬金也非常丰厚。同时，他不能让扑翼机升到高空侦察，还必须保持无线电静默，这一切都让他愈发不安。

运输机载着香料机车掉了个头，开始下降。它轻轻地向山脚下干燥的沙滩滑下去，起落架平稳地落在沙面上。

哥尼打开顶盖，解开安全带，机车刚一停稳，他便爬了出去，顺手把舱盖“砰”地关上。他翻过护栏，直接跳到紧急救生网外面的沙地上。他的五个卫兵则从前舱的紧急出口冲出，站在他旁边。另有人依照程序松开连接机车和运输机的机械手，两者刚一分离，运输机便离开地面，上升至低空盘旋起来。

巨大的香料机车刚一着陆，便歪着身子离开岩脊，摇摇摆摆地朝沙漠中那片黑色的香料田挪去。

一艘扑翼飞机突然俯冲下来，滑了几米，停在附近。然后，其他扑翼机开始一架接一架着陆，吐出哥尼的手下之后，又再升到空中，悬浮在那里。

哥尼穿着蒸馏服稍事运动，舒展筋骨。他把面罩从脸上取下，这样一来，等一会儿发布命令时，声音就会显得更有力些。为达到效果，即使损失些水分也是必要的。他开始往岩石上爬，一边察看着地形。脚下的沙砾有鹅卵石和豆粒般大，还有阵阵的香料气息。

一个设立应急基地的好地方，他想，也许应该在这儿埋藏一些供给品。

他回头瞥了一眼，见手下在他身后散开。多么出色的战士！就连那些他还没来得及测试的新人都出色不已。太出色了！用不着每次都去跟他们说该怎么做，任何人身上都见不到屏蔽场发出的闪光。这群人里没有懦夫，没人把屏蔽场带进沙漠，因为沙虫会感应到屏蔽场，跑来抢走他们找到的香料。

哥尼站在岩石中一处略有些坡度的高地上，从这里望过去，可以看到大约半公里外的那片香料田，香料机车刚刚抵达其边缘地带。他抬头看了看护航机队，注意到它们的高度——不算太高。他自顾自点了点头，转身继续往山脊上爬。

就在这时，山脊上炸开了！

十二条怒吼的火龙直奔盘旋着的扑翼飞机和运输机。香料机车那边也传来一阵爆炸声，哥尼周围的岩石上突然间满是头戴兜帽的战士。

哥尼都来不及细想，仅仅是脑中一念而过：*圣母在上！火箭！他们竟敢使用火箭！*

随即，他与一个头戴兜帽的人对峙起来，那人把身子压得很低，手持晶牙匕准备出击。另外还有两人站在高处的岩石上，一左一右等在那里。哥尼面前的这个战士包着头，只能看见他的兜帽和沙色面罩之间露出的那双眼睛。然而，那人蓄势待发的姿势无疑是个警讯，提醒他此人是个训练有素的战士。而那双蓝中带蓝的眼睛表明，对手是住在沙漠腹地的弗雷曼人。

哥尼伸手拔刀，一双眼睛则死死盯住那人手里的晶牙匕。既然他们敢用火箭，他们就很可能还有其他投射式武器。这种时候尤其要小心。他单凭声音就能判断出，他的护航机队至少已经有一部分被击落。同时还听到身后传来阵阵吼叫，说明还有几个人正在拼死战斗。

那弗雷曼战士看着哥尼拔出了刀，接着收回目光，看着哥尼的眼睛。

“把刀收回去，哥尼·哈莱克。”那人说。

哥尼犹豫着，即便透过蒸馏服的过滤器，那声音听起来也很耳熟。

“你知道我的名字？”他说。

“你没必要拿刀对着我。”那人说着，站起身，将晶牙匕插入袍下的刀鞘中，“告诉你的人，停止无谓的抵抗。”

那人把头罩抛到脑后，把过滤器拉到一边。

哥尼看到了那人的脸，一下子惊呆了。一开始他以为见到了雷托·厄崔迪公爵的鬼魂，慢慢地，他才清醒过来。

“保罗，”他低声说着，接着放声叫道，“你真的是保罗吗？”

“难道你不相信自己的眼睛？”保罗问。

“他们说你已经死了。”哥尼喘着粗气，向前迈了半步。

“告诉你的人快投降！”保罗命令道，他朝山脊的下方挥了挥手。

哥尼转过身，极不情愿地把眼睛从保罗身上挪开。他只看到只有少数几处仍在战斗；似乎漫山遍野都是戴兜帽的沙漠人；香料机车静静地躺着，机车顶上站着弗雷曼人；空中也不见了扑翼机的踪影。

“别打了！”哥尼吼道。他深深吸了口气，合拢双手围成喇叭模样，“我是哥尼·哈莱克！听我命令，别打了！”

慢慢地，打斗的人小心翼翼地分开，一双双眼睛疑惑地看着他。

“这些人是朋友。”哥尼放声说道。

“好个朋友！”有人高声叫道，“我们中有一半人被杀了。”

“这是个误会，”哥尼说，“别再错上加错。”

他转回身面向保罗，盯着这个年轻人蓝中透蓝的弗雷曼眼睛。

保罗的嘴角露出微笑，但表情却有一种冷酷的感觉，哥尼不由想起了老公爵，保罗的祖父。他随即注意到保罗强健粗壮的筋骨，厄崔迪家以前没有一个人有这般身材。保罗的皮肤变得像皮革一样粗糙，目光却很锐利，仿佛只用眼睛随便一瞥，就可以掂量出任何东西的分量。

“他们说你已经死了。”哥尼又说了一遍。

“让他们这样想是最好的保护措施。”保罗说。

哥尼意识到，自己被抛在一旁，无依无靠，只能相信年轻的公爵……他的朋友……已经死了，到头来，就只得到了这一句歉意。于是，他突然很想知道，这个他曾经非常了解的男孩，这个他用训练斗士的方法教出来的男孩的身上究竟还有没有什么属于过去的东西留下来。

保罗向前走了一步，离哥尼更近了，发觉了他眼中的悲痛。“哥尼……”

一切仿佛自然而然就发生了，他们拥抱在了一起，拍着彼此的背部，感受着对方可靠的坚实臂膀。

“你这小子！你这小子！”哥尼不住地说着。

而保罗则叫着：“哥尼，老伙计！哥尼，老伙计！”

过了一会儿，他们各自退开一步，互相打量起来。哥尼深深吸了口气。“原来，你就是那个让弗雷曼人在战术上变得如此聪明的家伙。我早该想到的。他们不断使出只有我本人才能设计出来的战术。要是我早知道……”他摇了摇头，“要是你给我捎个信儿就好了，小子。什么也阻挡不了我，我会不顾一切地跑来追随你，而且……”

保罗的眼神使他停了下来……一种严厉的、权衡轻重的眼神。

哥尼叹了口气。“当然，肯定有人会想哥尼·哈莱克为什么会不顾一切地跑到弗雷曼人那里去，有些人不仅会提问题，还会进一步到处搜寻答案。”

保罗点点头，瞧着他们周围的弗雷曼人——弗雷曼敢死队员脸上纷纷露出好奇的神情。他把目光从敢死队员的脸上移回到哥尼身上，发觉从前的这位剑术大师满脸挂着欢喜。保罗把这看成一个好兆头，表明自己踏上了一条通向美好未来的大道。

有哥尼在我身边……

保罗的目光越过弗雷曼敢死队员，沿着山脊朝下看了一眼，打量着与哈莱克一同前来的走私徒们。

“你的人站在哪一边，哥尼？”他问。

“他们都是走私徒，”哥尼说，“哪边有利可图，他们就站在哪一边。”

“在我们的冒险生涯里，没多少利益可图。”保罗说。就在这时，他注意到哥尼正晃动右手的手指，发出几不可察的暗号。这是他们过去的手语暗号，告诉他走私徒里有不可信任的人，必须提防。

保罗努努嘴，表示自己知道了。他抬头望了望站在上方岩石上担任警戒任务的人，看到斯第尔格也在那儿。一想到与斯第尔格之间还有未了的麻烦，保罗渐渐冷静下来，不再那么兴高采烈了。

“斯第尔格，”他说，“这位是哥尼·哈莱克，我经常向你谈起的那个人。他是我父亲的军事统帅，一位剑术大师，我的老朋友。在任何时候，他都是可信赖的人。”

“我听说，”斯第尔格说，“你是他的公爵。”

保罗盯着高处那张黝黑的面孔。斯第尔格为什么这么说？他的公爵。最近，斯第尔格的话里总有一种奇怪的调子，很微妙，仿佛他倒宁愿说些别的什么。这不像是斯第尔格的作风啊，他是弗雷曼首领，一个心直口快的人。

*我的公爵！*哥尼想，他再次望着保罗，*是的，雷托公爵死后，公爵的头衔就落到了保罗头上。*

厄拉科斯上弗雷曼战争的战术模式在哥尼脑海中现出了新的轮廓。我的公爵！他心里原本已经死去的一个角落又复活了。他自顾自地想着心事，只有一部分意识集中在保罗身上，听到保罗下令解除走私徒的武装，打算盘问他们。

哥尼听到自己的一些手下纷纷抗议，思绪这才回到保罗的命令上。他摇摇头，转过身去。“你们这些人都聋了吗？”他大声吼道，“他就是厄拉科斯的合法公爵，照他的命令去做。”

走私徒抱怨着，但还是屈从。

保罗走到哥尼身边，低声说道：“我没想到落入陷阱的会是你，哥尼。”

“我可是被好好教训了一顿。”哥尼说，“我敢打赌，那片香料田只有地面上撒着厚厚一层香料，地下除了沙子什么也没有。那是引我们上钩的诱饵。”

“这个赌你赢了。”保罗说。他看着下面那些被解除武装的人，“在你的队伍中，有没有我父亲的人？”

“没有。我们分得很散。自由行商那边只剩下不多几个，大多数人一攒够买船票的钱就离开了。”

“但你留了下来。”

“我留了下来。”

“因为拉班在这里。”保罗说。

“我以为，除了复仇之外我已经一无所有了。”哥尼说。

山脊顶上突然传来奇怪的吆喝声，声音很短促。哥尼一抬头，见一个弗雷曼人正挥动着方巾。

“造物主来了。”保罗说。他走到一块凸出的岩石尖上，哥尼紧随其后，两人一起朝西南方向望去。在不远处的沙漠里，可以看见一条沙虫拱起一个大沙包，一路沙尘滚滚，穿越无数沙丘，直奔山脊而来。

“它真大呀！”保罗说。

下面的机车发出一声噼里啪啦的声音，它开动了，如同一只巨大的昆虫，踏着隆隆的步子朝岩石那边挪去。

“可惜没办法救下那艘运载机。”保罗说。

哥尼瞟了他一眼，回头看看散布在沙漠上的一缕缕焦烟和飞船残骸，是被弗雷曼人用火箭打下来的大型运输机和扑翼飞机。他突然为这些丧命的人感到痛心——都是他的人。他说：“你父亲会更关心那些没能救下的人。”

保罗狠狠瞪了他一眼，低下头。过了一会儿，他说道：“他们是你的朋友，哥尼，我理解。可是对我们来说，他们是入侵者，可能看见了他们不该看到的东西。你必须明白这一点。”

“我明白，”哥尼说，“现在，我很想看看那些我不该看到的东西。”

保罗抬起头，看到哈莱克脸上露出过去熟悉的狡黠笑容，他下颌上那条黝黑的藤状伤疤也扭曲起来。

哥尼朝他们脚下的沙漠点点头。到处都是弗雷曼人，各自忙着自己的事。使他感到震惊的是，似乎没人担心沙虫的到来。

充当诱饵的香料田后面是一片辽阔的沙丘地带，一阵鼓声从那边传来。沉闷的鼓声震撼着大地，仿佛用脚就可以听到。哥尼看见弗雷曼人沿着沙虫前进的路线在沙地上一一散开。

沙虫奔袭而来，就像一条沙海中游动的大鱼，高高拱起沙丘地表。它的环节弯曲着，掀起阵阵沙浪。没过多久，哥尼便在岩顶的有利位置上亲眼目睹了沙虫被制服的一幕。先是一个钩手大胆地翻身一跃，跳到沙虫身上，随即，那生物翻身扭动起来，一侧的鳞甲在阳光下闪闪发亮，接着，整整一队人都跃到沙虫弯曲的背上。

“这就是你不该看到的一件事。”保罗说。

“一直有这种传言，”哥尼说，“但若非亲眼所见，实在是难以置信。”他摇摇头，“厄拉科斯的所有人都害怕这怪物，你们却把它当成了坐骑。”

“你过去也听我父亲讲起过沙漠的力量，”保罗说，“这就是。这颗行星的地表属于我们！任何风暴、任何生物、任何恶劣的环境都无法阻挡我们。”

我们，哥尼想，*他指的是弗雷曼人*。*听他说话的口气，俨然已经把自己看成了弗雷曼人的一员*。哥尼再次打量着保罗那双香料蓝的眼睛。他

知道，自己的眼睛也染上了几分香料蓝，但走私徒可以得到宇宙各地的食物，所以受影响的程度还不是很严重。另一方面，在走私徒中间，眼睛的色泽是一种微妙的暗示，标志着他们的身份地位。当他们说某人有“香料刷过的痕迹”时，意思是指那人太土著化，通常暗示着不可信任。

“曾几何时，在这个纬度范围，我们不会在光天化日下骑乘沙虫。”保罗说，“但如今，拉班的空中部队已所剩无几，他不会浪费军力在沙漠上寻找几个小黑点。”他看着哥尼，“你的扑翼机出现在这儿，着实让我们吃了一惊。”

我们……我们……

哥尼摇摇头驱走那样的想法。“和你们相比，大吃一惊的人应该是我们吧。”他说。

“拉班在洼地和村庄的人有什么消息？”保罗问。

“据说他们在谷地村庄里加强了防御工事，你们伤害不了他们。我还听说他们只需守在防御工事里，你们就会在徒劳无益的进攻中将自己的有生力量消耗殆尽。”

“一句话，”保罗说，“他们龟缩不动。”

“而你们则可以想去哪儿就去哪儿。”哥尼说。

“这是我从你那儿学到的策略，”保罗说，“他们失去了主动权，也就意味着他们输掉了这场战争。”

哥尼露出一丝心照不宣的微笑。

“我们的敌人就待在我想要他们待的地方。”保罗说。他看了看哥尼，“好了，哥尼，你会加入我的队伍，和我一起打完这一仗吗？”

“加入？”哥尼看着他，“大人，我从来没有弃你而去。是你弃……我以为你死了，于是我四处漂泊，每天得过且过，等着寻找机会拿自己的命去换另一个人的命——拉班的命。”

保罗尴尬得默不作声。

一个女人爬上山岩朝他们走来，蒸馏服兜帽和面罩之间露出眼睛，目光在保罗和他的同伴间游走。她在保罗面前停下脚步。哥尼注意到她站得离保罗很近，一副暗示保罗属于她的气势。

“契尼，”保罗说，“这是哥尼·哈莱克，我跟你说起过他。”

她看了看哈莱克，接着回头看向保罗。“我记得。”

“那些人骑着造物主去哪儿？”保罗问。

“他们只是把它赶走，好让我们有时间抢救设备。”

“那么……”保罗突然顿住，用鼻子嗅了嗅空气。

“风来了。”契尼说。

他们头顶的山脊上有人高声喊道：“嗨——风来了！”

这下子，哥尼发觉弗雷曼人的行事速度明显加快了，他们跑来跑去，给人一种匆忙的感觉。沙虫没有让弗雷曼人恐惧，风却使他们紧张起来。沉重的香料机车爬上他们脚下干燥的沙滩。一扇石门突然在岩石间打开，露出一条通道……香料工厂一进洞，石门在它身后合拢，不留一丝痕迹。这机关做得如此巧妙，竟连哥尼也没有察觉。

“你们有很多这样的隐藏点吗？”哥尼问。

“很多。”保罗说。他看着契尼，“去找柯巴。告诉他，哥尼说走私徒中有些人不能信任。”

她又看了看哥尼，接着回头望向保罗，点点头，随即转身跳下岩石，灵巧得像一头羚羊。

“她是你的女人。”哥尼说。

“我长子的母亲，”保罗说，“如今，厄崔迪家族又添了一位雷托。”

哥尼什么也没说，只是睁大双眼，接受了这个事实。

保罗警惕地观察着周围的动静。此时，南方的天空呈现出一片咖喱色，断断续续的阵风和迅疾的气流刮起沙尘，扬到他们头顶的半空中。

“封好你的蒸馏服。”保罗说着，系紧了自己的面罩和兜帽。

哥尼照他说的做。多亏有这些过滤器。

保罗问道：“有哪些人你不信任，哥尼？”隔着过滤器，声音有些含糊不清。

“有一些新招的人员，”哥尼说，“是从外星球来的……”他犹豫了一会儿，突然对自己的用词感到惊讶。*外星球来的*，他轻易地就说出了这个词。

“哦？”保罗说。

“他们不像我们平常招的那些寻宝者，”哥尼说，“相比之下更加强悍。”

“是哈克南的间谍？”保罗问。

“大人，我想，他们不是哈克南的人。我怀疑他们为皇帝服务，感觉有一丝来自萨鲁斯·塞康达斯的迹象。”

保罗锐利的目光刺向他。“萨多卡？”

哥尼耸了耸肩。“可能是。但他们伪装得很好。”

保罗点点头，心想：哥尼轻易便恢复成了厄崔迪的臣子……但还是稍有保留……与原来不太一样。厄拉科斯也改变了他。

两个戴兜帽的弗雷曼人从他们身下的乱石中走了出来，开始往上爬。其中一人肩上扛着一个很大的黑色包裹。

“我的人呢？”哥尼问。

“关在我们脚下的岩洞里，”保罗说，“我们在这儿有个山洞——鸟巢洞。风暴过后，我们将决定如何处置他们。”

山脊上有人喊道：“穆阿迪布！”

保罗闻声转去，看见一个弗雷曼卫兵正在招呼他们，要他们进山洞。保罗发出信号，表示他听见了。

哥尼目光骤变，他重新打量着保罗。“你就是穆阿迪布？”他问，“你是‘沙之意志’？”

“那是我的弗雷曼名字。”保罗说。

哥尼转了个身，他心里突然感到一阵压抑，有一种不祥的感觉。他的一半人马已经倒在了沙漠里，其余人都被俘。他并不关心那些新招募的家伙，那些可疑的人。但其余人里有好人，有朋友，有他觉得应该负责的人。*“风暴过后，我们将决定如何处置他们。”*这是保罗的话，穆阿迪布的话。哥尼想起那些关于穆阿迪布，关于李桑·阿尔-盖布的传闻：他如何剥下一名哈克南军官的皮做鼓面；如何在弗雷曼敢死队员的簇拥下冲锋陷阵；那些敢死队员们又如何嘴里哼着死亡圣歌，毫无畏惧地冲入战场。

正是他！

两个爬上岩顶的弗雷曼人轻快地跃到保罗面前的一个石台上，黑脸的那人说道："全都关押好了，穆阿迪布。我们现在最好就到山洞里去。"

"好！"

哥尼注意到那人说话的语气——一半是命令，一半是请求。这就是那个叫斯第尔格的人，弗雷曼新传奇中的另一个人物。

保罗看着另一个人扛着的包裹，问道："柯巴，你扛着什么东西？"

斯第尔格回答说："是在机车上找到的，上面有你这位朋友的姓名缩写。里面装着一把巴厘琴，我听你讲过好多次哥尼·哈莱克弹琴的故事。"

哥尼打量着说话的人，看见从蒸馏服面罩里露出的黑色胡须，一双锐利的鹰眼，还有一个鹰钩鼻。

"大人，你有个很会动脑子的同伴，"哥尼说，"谢谢你，斯第尔格。"

斯第尔格示意同伴把包裹递给哥尼，说道："谢谢你的公爵大人吧，全靠他的支持，你才得以加入我们的队伍。"

哥尼接过包裹，对方话里的刻薄之意让他迷惑不解。这人明显带着挑衅的口气。哥尼纳闷，是不是这个弗雷曼人在嫉妒他。突然跑出来一个叫哥尼·哈莱克的家伙，甚至在保罗到达厄拉科斯前就认识他了，还跟他有着深厚的交情，而这份情谊是斯第尔格永远无法插足的。

"你们两人都是我的好朋友。"保罗说。

"弗雷曼人斯第尔格，这名字可非常有名，"哥尼说，"能认识你这个朋友是我的荣幸，任何杀哈克南人的勇士都是我的朋友。"

"斯第尔格，你愿意和我的朋友哥尼·哈莱克握个手吗？"保罗问。

斯第尔格慢慢伸出手来，握住哥尼结满老茧的厚实大手，那是一只使惯剑的手。"很少有人没听说过哥尼·哈莱克的大名。"说完，他放开了哥尼的手，转身对保罗道，"暴风的势头很猛。"

"马上走。"保罗说。

斯第尔格转过身，带着他们向下穿过岩石堆，沿着一条弯弯曲曲的小径走到一块隐蔽的凸岩下面，那里有一个低矮的洞口。他们刚走进山洞，里面的人便急忙用密封条把他们身后的门封上。球形灯照亮了一间宽大的圆顶洞室，洞室一侧有一条高起的岩石小道，一条通道从那里伸向山洞深处。

保罗跳上岩石小道，带头进入通道，哥尼紧随其后，其他人则朝洞口对面的另一条通道走去。保罗带路经过一个前厅，进入一个内室，内室的墙上挂着葡萄酒色的深红壁毯。

“我们可以在这儿不受干扰地待一会儿。”保罗说，“其他人尊重我的……”

房间外突然响起叮叮的警铃声，紧接着传来大声呼喝和武器撞击的声音。保罗急忙转身往回冲，穿过前厅，跑到外面那块凸岩上，俯视着脚下的大厅。哥尼紧随其后，手里已经抽出了武器。

下面的洞底，一群人正混在一起奋力拼杀。保罗站了片刻，打量着眼前的场景。他辨认出战斗一方是身穿弗雷曼长袍和波卡的自己人，另一方则身着不同的装束。凭着母亲过去对他的训练，保罗能察觉到最细枝末节的线索，他一眼便看出，这些弗雷曼人在与那些身穿走私徒服装的人搏斗，但走私徒三人一组蹲伏在地，背靠背组成一个三角，抵抗着围攻。

这种在近身搏斗时组成三角形战斗小组的习惯，正是皇家萨多卡的招牌战术。

一位敢死队员看见穆阿迪布，洞内顿时一片呐喊：“穆阿迪布！穆阿迪布！穆阿迪布！”

另一个人也看见了保罗。一把乌黑的匕首兀然飞向保罗，保罗一躲，只听匕首啪的一声劈在了他身后的岩石上。哥尼捡起了它。

三角队形被压缩得越来越小，逐渐向后退去。

哥尼举起匕首，把它递到保罗眼前，指着匕首上发丝一般细的黄色纹章，是皇室的颜色，那是一只金色的狮头，匕首柄上还刻着许多眼睛。

是萨多卡，毋庸置疑了。

保罗走到凸岩边上。下面只剩三个萨多卡了，洞室的地上横七竖八蜷缩着血肉模糊的尸体，有萨多卡，也有弗雷曼人。

“住手，”保罗喊道，“以保罗·厄崔迪公爵的名义，我命令你们住手！”

打斗的人动摇起来，迟疑着。

“你们，萨多卡！”保罗朝剩下的那几人喝道，“你们这是奉谁的命令，竟敢威胁一位有统治权的公爵？”他的人开始从四面八方压向那几个萨多卡，保罗迅速补上一句：“我命令你们住手！”

被团团围住的三角形队伍中的一人挺身问道：“谁说我们是萨多卡？”

保罗从哥尼手上拿过那把匕首，举过头顶。“这把匕首说的。”

“那么，又是谁说你是一位有统治权的公爵？”那人又问。

保罗指指他周围的敢死队员。“这些人说我是一位有统治权的公爵。你们的皇帝把厄拉科斯赐给了厄崔迪家族，我就是厄崔迪家族的。”

萨多卡人沉默地站着，有点坐立不安。

保罗打量着那人——身材高大，相貌平庸，左边脸颊上有一条苍白的伤疤，划过半边脸。他的态度暴露出内心的愤怒和迷惑，浑身上下却仍旧散发出一股傲气。所有萨多卡都有一股傲气，没有这股傲气，就跟没穿衣服一样——而有了这股傲气，即使他赤身裸体，看上去也像是全副武装。

保罗看了看他的敢死队小队长，问道：“柯巴，他们如何弄到武器的？”

“他们的蒸馏服有隐秘的口袋，里面藏着匕首。”那小队长说。

保罗审视着满屋的死者和伤者，又把目光投向小队长。什么也不用说，小队长自己就埋下了头。

“契尼在哪里？”保罗问。他屏住呼吸，等待着回答。

“斯第尔格把她带到一边去了。”他朝另外一条通道努努嘴，然后看着地上的死伤人员，“该为这个过失负责的人是我，穆阿迪布。”

“这些萨多卡人有多少，哥尼？”保罗问。

“十个。”

保罗敏捷地跳下凸岩，大步走到那个萨多卡人身旁，站在他的攻击范围内。

弗雷曼敢死队员紧张起来，他们不喜欢看到保罗离危险那么近。他们誓死保卫保罗，竭力避免让他犯险。弗雷曼人希望保有穆阿迪布的智慧。

保罗头也不回地问小队长："我们的伤亡情况怎样？"

"四人受伤，两人死亡，穆阿迪布。"

保罗看到萨多卡身后有动静，是契尼和斯第尔格，他们正站在另外那条通道里。他把注意力转回那个说话的萨多卡人身上，紧盯着对方的眼睛。这双眼睛带着外星特征，有很分明的眼白。"你，叫什么名字？"保罗问道。

那人僵住了，左右四顾。

"没用的，"保罗说，"我知道得很清楚，你们受命找出谁是穆阿迪布，然后设法干掉他。我敢说，准是你们建议到这沙漠深处来寻找香料的。"

身后的哥尼叹了一声，保罗禁不住露出一丝微笑。

那个萨多卡脸涨得通红。

"站在你们面前的不止有穆阿迪布。"保罗说，"你们死了七个人，而我们只死了两个。三比一。跟萨多卡战斗，这战绩可是相当不错了，对吗？"

那个萨多卡人刚想踮脚往前，敢死队员们马上压上前，他不得不重新退后。

"我在问你的名字，"保罗命令道，他运用了音言，"告诉我你的名字！"

"上尉阿拉夏姆，皇家萨多卡！"那人脱口而出。他张大了嘴，迷惑地望着保罗，原先那种把这个石洞看成野蛮人巢穴的傲慢态度渐渐消失了。

"啊，阿拉夏姆上尉，"保罗说，"为了你今天看到的一切，哈克南人肯定乐意付出昂贵的价码。至于皇帝嘛——虽说是他背信弃义，但为了得到这个厄崔迪家还有幸存者的情报，恐怕也会不惜一切代价的。"

上尉看了看一左一右留在身边的两人。保罗几乎能看出那人脑子里正转着什么念头：萨多卡不会投降，但必须让皇帝知道这个威胁的存在。

保罗继续使用音言："投降吧，上尉！"

上尉左边那人在毫无征兆的情况下突然扑向保罗，没想到却撞上了自己人。上尉匕首一闪，刺入他的胸膛。袭击者呆呆地瘫倒在地，身上还插着上尉的匕首。

上尉转向唯一剩下的同伴，说道："我知道什么是对皇帝陛下最有利的。"他说，"明白吗？"

另一个萨多卡的双肩耷拉了下来。

"丢下你的武器。"上尉说。

那名萨多卡照他的话做。

上尉转向保罗。"我已经为你杀了一个朋友，"他说，"不要忘了这件事。"

"你是我的俘虏，"保罗说，"你向我投降了。你的生死对我来说无关紧要。"保罗示意卫兵把这两个萨多卡带走，又打了个手势，让那个负责搜身的小队长过来。

卫兵走上前，押着俘虏离开了。

保罗弯腰凑向那个小队长。

"穆阿迪布，"那人说，"我让你失望了……"

"是我的错，柯巴，"保罗说，"我应该提醒你该搜查什么。以后搜查萨多卡时，务必记住这次教训。记住，每个萨多卡都有一两个假脚趾甲，跟偷偷藏在身上的其他秘密物品相连，用作信号发射器。他们会有好几颗假牙。头发里也暗藏志贺藤编成的线圈，隐藏得十分巧妙，让人几乎无法察觉。那玩意儿非常结实，足以勒死一个人，如果运用得当，甚至能把头勒下来。要对付萨多卡，你必须认真搜查，仔细扫描——既用普通的仪器，也要使用X光，甚至剃掉他们身上的每一根毛发。可即使你这么做了，肯定还是会漏掉些什么。"

他抬头看了看哥尼，后者走到了他身旁，听着他讲话。

"那我们最好还是把他们杀了。"小队长说。

保罗摇摇头，眼睛仍望着哥尼。"不。我打算放他们走。"

哥尼正眼瞪着他。"大人……"他喘息道。

"怎么？"

“你的手下说得对，应该立刻将这些俘虏处死，销毁他们的所有证据。你已使皇家萨多卡很丢脸了，被皇帝知道，他会寝食难安的，非把你架在小火上慢慢烧死才能一解心头之恨。”

“皇帝不大可能有那么大的能耐，他胜不了我。”保罗说。他的语速很慢，语气冷漠。面对那些萨多卡时，他的内心深处发生了某些变化，意识里突然生出一系列决策。“哥尼，”他说，“拉班身边有许多宇航公会的人吗？”

哥尼挺直身子，眼睛眯成一条缝。“你的问题毫无……”

“有没有？”保罗怒吼道。

“厄拉科斯爬满了公会的密探，他们到处购买香料，好像那是宇宙中最珍贵的东西似的。要不你以为我们为什么要冒险深入到……”

“那的确是宇宙中最珍贵的东西，”保罗说，“对他们来说是。”

他朝斯第尔格和契尼望去，看到他们正穿过岩室大厅朝这边走来。“而我们控制着香料，哥尼。”

“哈克南人控制着香料。”哥尼反驳道。

“能摧毁它的人，才是真正控制它的人。”保罗说。他挥了挥手，不让哥尼继续争执下去，然后朝身旁的契尼和站在他面前的斯第尔格点了点头。

保罗左手握着萨多卡的匕首，把它递给斯第尔格。“你为部落的利益而活，”保罗说，“你能用这把匕首汲取我的生命之血吗？”

“为了部落的利益！”斯第尔格低声咆哮道。

“那就用这把匕首吧。”保罗说。

“你是在向我挑战吗？”斯第尔格问。

“如果你把它当成挑战的话。”保罗说，“我会站在这儿，不带任何武器，让你杀死我。”

斯第尔格倒吸一口凉气。

契尼大叫：“友索。”她看了哥尼一眼，又把目光转向保罗。

斯第尔格还在掂量着保罗的话，保罗继续道：“你是斯第尔格，一个斗士。但当萨多卡人在这里战斗时，你却不在最前线，你最先想到的是保护契尼。”

“她是我的侄女。”斯第尔格说，“而且我相信你的敢死队对付这群猪绰绰有余了，如果对此稍有怀疑的话……”

“为什么你先想到的是契尼？”保罗问。

“不是！”

“哦？”

“我先想到的是你。”斯第尔格承认道。

“你觉得你能举起握刀的手，来对付我吗？”保罗问。

斯第尔格的身体颤抖起来，他小声嘟囔着说：“这是传统。”

“杀死在沙漠中发现的外来者，夺走他们的水，作为夏胡鲁赐予的礼物，这才是传统。”保罗说，“可那天晚上，你却让两个人活了下来，那就是我和我母亲。”

斯第尔格沉默不语，浑身颤抖，盯着保罗。保罗接着说道：“传统已经改变，斯第尔格，是你自己改变了它。”

斯第尔格低下头，看着手里那把匕首上的黄色徽记。

“当我成为厄拉奇恩的公爵，身边有契尼陪伴时，你以为我还有时间关注泰布穴地每一件具体的日常管理事务吗？”保罗问，“难道你自己会插手每户家庭的家务事吗？”

斯第尔格仍旧盯着手里的匕首。

“你以为我会砍掉自己的左膀右臂吗？”保罗质问道。

斯第尔格慢慢抬起头，望向保罗。

“你！”保罗说道，“你以为我愿意使自己或整个部落失去你的智慧和力量吗？”

斯第尔格低声说道：“我部落中这位我知道他姓名的年轻人，我能在决斗场上杀死他，如果那是夏胡鲁的意志的话。但李桑·阿尔-盖布，却是我不能伤害的人。当你将这把匕首交给我的时候，你就已经知道了？”

“我知道。”保罗表示赞同。

斯第尔格摊开手，匕首“当啷”一声掉到石头地面上。“传统已经改变。”他说。

“契尼，”保罗说，“到我母亲那里去，叫她到这里来，我要听听她的建议……”

“可你说过我们要去南方。”她抗议道。

“我错了。”他说，“哈克南人不在那里，战争也不在那里。”

她深深地吸了一口气，接受了这个命令。所有沙漠女人都会这么做的。碰上生死攸关的大事时，她们会毫无怨言地接受一切。

“你给我母亲亲自捎个口信，只能告诉她一个。”保罗说。“告诉她，斯第尔格已承认我是厄拉科斯的公爵，但必须找到一个好办法，既能让年轻人接受这一点，又无须动用暴力。”

契尼看了看斯第尔格。

“照他说的去做，”斯第尔格吼道，“我们俩都知道他可以打败我……我根本下不了手……这是为了部落的利益。”

“我会跟你母亲一起回来。”

“就让她来，”保罗说，“斯第尔格的本能反应很正确。只有你安然无恙，我才能更强大。你要留在穴地。”

她想要抗议，但还是把话咽了回去。

“塞哈亚。”保罗说着，用上了对她的昵称。他飞快地转向右边，正好迎上哥尼那双瞪着的眼睛。

自从保罗提到他母亲以来，哥尼便仿佛失去了知觉。保罗和那位年长的弗雷曼人说了些什么，他无知无觉，那些话就像云彩一样从他身旁飘了过去。

“你母亲。”哥尼说。

“遭袭的那天夜里，艾达荷救了我们。”保罗说。一想到要与契尼分别，他禁不住心烦意乱起来，“现在，我们已经……”

“邓肯·艾达荷怎么了，大人？”哥尼问。

“他死了——他用生命为我们赢得了逃跑的时间。”

那个巫婆还活着！哥尼想，那个我发誓要向她复仇的人！还活着！很明显，保罗公爵还不知道生他的这个人到底是个什么东西。那个魔鬼！竟把他父亲出卖给了哈克南人！

保罗从他身边挤过去，跳上岩石小道。他回头瞥了一眼，发现伤者和死者已经被搬走了，而他苦涩地想到，保罗-穆阿迪布的传说只怕又添了新的一章。我甚至没有拔刀，可人们会说，这一天我亲手杀死了二十个萨多卡。

哥尼跟在斯第尔格身后，亦步亦趋地走在岩石地面上，但他完全意识不到自己身在何处。怒火使他甚至看不见这个洞穴和球形灯黄色的灯光。那巫婆还活着，可那些被她出卖的人却成了孤坟中的森森白骨。在我手刃她之前，我一定会向保罗揭穿她的真面目。

多少次，人们的愤怒让他们听不见自己内心的声音。

——摘自伊勒琅公主的《穆阿迪布语录》

聚在洞内大厅的人群散发出一种气氛，杰西卡以前也曾感受过，和保罗杀死詹米那天的气氛一模一样。人们的喃喃低语声中透出紧张不安。大家三三两两聚在一起，就像长袍上的衣结。

杰西卡从保罗的私人住所出来，一边朝小道上走，一边把一个信筒塞进衣袍。她从南方一路北上，长途跋涉，累是累了些，但现在已经休息够了。但保罗不允许他们使用缴获的扑翼机，这让她十分生气。

“我们还没有完全掌握制空权。”保罗是这么说的，“而且，我们也不能过分依赖外星燃油。燃油和扑翼机必须集中起来并藏好，在总攻那天发挥最大的作用。”

保罗和一群年轻人一起站在小道附近。苍白的灯光给眼前的景物染上了几分不真实的意味，看上去像一幕舞台剧，只不过加上了拥挤的人群所散发出的体味、嘈杂的低语、拖沓的脚步声。

她打量着儿子，想知道他为什么不急于向她展示意外惊喜——哥尼·哈莱克。一想到哥尼，过去的轻松生活便重新涌上心头，那些与保罗父亲相亲相爱的美好时光映现在她眼前。

斯第尔格和他的那一小群人站在小道的另一边。他一言不发，浑身散发出与生俱来的威严气势。

*我们绝不能失去这个人。*杰西卡想，*保罗的计划一定要成功。否则，不管发生什么都将是极大的悲剧。*

她大步走过小道，从斯第尔格面前走过去，没有看他一眼，径直走到前面的人群中，她朝保罗走过去的时候，人们纷纷为她让出一条路，所到之处一片沉寂。

她知道这种沉默意味着什么——忧虑不安和对圣母的敬畏。

走近保罗时，那些年轻人纷纷从保罗身边散开，朝后退去。他们对保罗表现出一种不同于以往的尊崇，但这种尊崇却让她深感不安。“一切在你之下的人都觊觎你的地位。”贝尼·杰瑟里特格言是这么说的。可在这些人脸上，她没有发现任何贪婪的表情。人们的宗教狂热使他们对保罗只有仰望尊崇之心，毫无觊觎之意。这时，她又记起另一句贝尼·杰瑟里特谚语：“先知多死于暴力。”

保罗看着她。

“是时候了。”她说，把信筒递给了他。

跟保罗在一起的人里有一个比较胆大，他看着对面的斯第尔格，说道：“你要向他提出挑战了吗，穆阿迪布？是时候了。否则他们会把你当成胆小鬼……”

“谁敢称我为胆小鬼？”保罗怒喝，他的手飞快地伸向腰间，握住晶牙匕的刀柄。

保罗身边的人首先沉默下来，随后，沉默渐渐蔓延到了所有的人群。

“咱们有正事要干。”保罗说，刚才提问的那人向后退去。保罗转过身，挤过人群，来到小道上，接着轻盈地跳上了平台，面向众人。

“干吧！”下面有人尖声叫道。

尖叫过后，人群响起一阵窃窃私语。

保罗等着大家安静下来。在散乱的脚步声和咳嗽声中，整座岩洞慢慢安静，最后，保罗抬起头，开始讲话，洪亮的声音就连洞里最远的角落也能听得一清二楚。

“你们已经等得不耐烦了。”保罗说。

他又等了一会儿，直到回应的喧哗声渐渐平息。

真的，他们已经等得不耐烦了，保罗想。他举起信筒，思忖着里面的内容。他母亲把它交到他手上，告诉他这是从一个哈克南信使身上缴获的。

信里的意思很清楚：拉班被抛弃了，现在只能依赖厄拉科斯上现有的资源自力更生！他无法得到支援，也不会再有补给！

保罗再次高声说道："你们认为，现在时机成熟了，我该向斯第尔格挑战，夺取军队的领导权！"没等大家回答，保罗愤慨地厉声说道，"你们以为李桑·阿尔-盖布这么愚蠢吗？"

山洞里一片死寂。

*他认可了那些传说，正打算为自己披上宗教的外衣，*杰西卡想，*他不该这么做！*

"这是惯例。"有人大声叫道。

"惯例改了。"保罗淡淡地扔出这句话，试探着人们的情绪反应。

山洞一角响起一个愤怒的声音："要改些什么得我们说了算！"

人群中响起几声零星的应和。

"悉听尊便。"保罗说。

杰西卡听出了保罗话中的微妙语调，知道他正在运用自己教他的音言。

"你们说了算，"保罗认同道，"但先听听我怎么说。"

斯第尔格沿着小道走来，蓄着大胡子的脸看上去非常冷漠。"这也是惯例。"他说，"全民大会上，任何弗雷曼人都有发言权。保罗-穆阿迪布也是弗雷曼人。"

"部落的利益高于一切，对吗？"保罗问。

斯第尔格继续用威严而平淡的语气说道："这个原则始终领导着我们前进的步伐。"

"很好。"保罗说，"那么，请问，我们部落的军队是由谁来统领的？我们用神奇的格斗术训练了一批指挥官，又是谁通过这些指挥官统率着所有弗雷曼部落和军队？"

保罗稍等了片刻，扫视着人群。没人回答。

过了一会儿，他继续道："是斯第尔格统领着这一切吗？他自己都说不是。难道不是我在统领大家吗？就连斯第尔格有时都会听令于我。而那些德高望重的老人们，智者中最睿智的人，就连他们也都听取我的意见，都在联合会议上对我表示尊重。"

人们继续保持沉默。

“那么，”保罗说，“是我母亲在统领大家吗？”他指指台下身穿神职黑袍站在人群中的杰西卡，“大家都知道，面临重大抉择的时候，斯第尔格和其他部落的首领几乎每次都会前来征询她的意见。但圣母会走在沙漠里，带领战士们突袭哈克南人吗？”

保罗看到，不少人皱起眉头开始思索，但还有些人在愤怒地嘟囔着。

这么做很危险，杰西卡想，但她想起了信筒里的讯息。她看出了保罗的意图：直接深入他们的内心，直面那些让大家无所适从的问题，解决它们，其余的一切自然会迎刃而解。

“没有人会承认没有经过决斗的领袖，是吗？”保罗问。

“那是惯例。”有人叫道。

“我们的目标是什么？”保罗问，“是推翻拉班，那个哈克南禽兽，是重建我们的星球，把它建成一个水源丰富、能让我们的家人过上幸福生活的地方——这难道不是我们的目标吗？”

“艰难的任务需要残酷的惯例。”有人大声说。

“你们会在战斗前折断自己的刀锋吗？”保罗质问，“我说的是事实，绝不是夸口或向谁挑战。在场的诸位相信没有一个人能在单打独斗中击败我，包括斯第尔格在内。这一点，斯第尔格本人也承认。他知道，你们大家也都知道。”

人群中再次响起愤怒的低语。

“你们中间有许多人曾经在训练场上跟我交过手，”保罗说，“知道这不是我在夸口。我这么说，是因为这是人人都知道的事实，难道我会蠢到自己看不出来吗？我比你们更早开始接受这些训练，我的那些老师也比你们所见过的任何人更加经验丰富。不然你们以为我是如何战胜詹米的？在我当时的年纪，你们的男孩子不过刚学会打斗游戏罢了。”

*他的音言运用得恰如其分，*杰西卡想，*但对这些人来说还不够。他们对声音控制有良好的抵抗能力，他还必须在逻辑上说服他们。*

“那么，”保罗说，“让我们来看看这个。”他举起信筒，剥掉残余的封皮，“这是从一个哈克南信使身上搜到的，它的可靠性毋庸置疑。这封信是写给拉班的，信上说，他请求增派部队的要求被拒绝了，他的香料收成远远达不到配额的要求，他必须利用他现有的人手，从厄拉科斯榨取更多的香料。”

斯第尔格走到保罗身边。

“你们中有多少人明白这意味着什么？”保罗问道。“斯第尔格一眼就明白了。”

“他们孤立无援了！”有人大声回答。

保罗把信筒塞进腰包，从脖子上解下一根用志贺藤编成的系绳，从上面取下一个戒指，把它高高举起。

“这是我父亲的公爵印章戒指，”他说，“我曾发誓永远不会戴它，直到我准备好率领我的军队横扫整个厄拉科斯，并宣布它是我的合法领地。”他把戒指戴在手指上，握紧拳头。

山洞被沉寂笼罩。

“谁是这里的统治者？”保罗举起拳头问道，“是我！我统治着厄拉科斯的每一寸土地！它是我的公爵封地，无论皇帝现在说‘不’还是‘是’！是他把厄拉科斯封给了我父亲，我父亲又传给我。”

保罗踮起脚跟，又落下去。他打量着人群，感受着他们的情绪波动。

差不多了，他想。

“当我夺回本应属于我的统治权时，这里的一些人将在厄拉科斯拥有重要地位。”保罗说，“斯第尔格就是其中之一。我并不是想收买他！也不是出于感激，尽管我和许多人一样，欠他一条命。不！不为别的，就因为他的睿智和强大，因为他用自己的智慧而不仅是纪律来统率这支军队。你们以为我很蠢吗？你们以为我会砍断自己的左膀右臂，让他在这个山洞里血溅当场，就为了让你们看热闹吗？”

保罗犀利的目光扫过人群，“你们谁敢说我不是厄拉科斯合法的统治者？难道我为了证实自己的统治权，就必须让这沙海中的每一个弗雷曼部落都失去首领吗？”

保罗身边的斯第尔格动了动身子，他疑惑地望向保罗。

“难道我会在最需要人的时候，反而削弱自己的力量吗？”保罗问，“我是你们的统治者，而我要对你们说，现在该停止自相残杀了。别再杀死我们最好的战士。我们要一致对外，把刀锋对准我们真正的敌人——哈克南人！”

斯第尔格“唰”地抽出他的晶牙匕，向上举起，高呼道：“保罗-穆阿迪布公爵万岁！”

震耳欲聋的吼声响彻山谷，回声此起彼伏，久久地在山洞中回响。人们欢呼着，高声唱着：“呀，嗨呀，乔哈达！穆阿迪布！穆阿迪布！穆阿迪布！呀，嗨呀，乔哈达！”

杰西卡在内心将这段话翻译了出来：“*穆阿迪布的战士万岁！*”她、保罗和斯第尔格，他们三人刻意导演的这出戏成功了。

喧闹声渐渐平息。

洞内完全恢复平静时，保罗对斯第尔格说道：“跪下，斯第尔格。”

斯第尔格双膝跪在小道上。

“把你的晶牙匕给我。”保罗说。

斯第尔格照他的话做。

原来的计划没有这一出，杰西卡想。

“重复我的话，斯第尔格。”保罗说。然后，按照父亲在授勋仪式上所说的话，他念道：“我，斯第尔格，从我的公爵手中接过这把刀。”

“我，斯第尔格，从我的公爵手中接过这把刀。”斯第尔格重复道，从保罗手中接过那把乳白色的匕首。

“我的公爵所指，便是我的刀锋所向。”保罗说。

斯第尔格以缓慢庄严的语调重复保罗的话。

杰西卡想起了这仪式的来源，顿时泪水盈眶，她眨眨眼，忍住泪花，摇了摇头。*我知道这样做的理由*，她想，*我不该被它惊扰。*

“只要我的鲜血还在流淌，我的刀就属于我的公爵，我将誓死消灭他的敌人。”保罗说。

斯第尔格重复他的话。

“吻这把刀。”保罗命令道。

斯第尔格照做，然后又以弗雷曼人的方式吻了保罗的刀柄。保罗点点头，于是斯第尔格把刀插入刀鞘，站起身。

人群发出一片充满敬畏的轻声叹息，杰西卡听到他们的窃窃私语：

“那个预言——一个贝尼·杰瑟里特将为我们指路，一位圣母将看到这条光辉大道。”接着，从更远处传来一句话：“她是在通过她的儿子指引我们！”

“斯第尔格统领这个部落，”保罗说，“决不允许任何人对此心存异议。他代替我发布命令，他要你们做的，就是我要你们做的。”

英明，杰西卡想，*部落的领袖绝不能在那些本应听命于他的人面前丢脸*。

保罗放低声音：“斯第尔格，我想在今晚派出沙漠旅者，同时放出碧水鸟，召集一次部落首领联合会。把他们派出去之后，你就带着卡特、柯巴、奥塞姆和其他两名你自己挑选出来的小队长，到我房里来制定作战计划。等各部落首领到达之时，我们必须打一个大胜仗，让他们好好瞧瞧。”

保罗点头示意母亲陪他一起离场，然后率先走下小道，穿过人群，朝中央通道和早已准备好的起居室走去。当保罗从人群中挤过去的时候，无数只手伸来，想要触摸他的身体。人群欢呼着他的名字。

“斯第尔格所指，便是我的刀锋所向，保罗-穆阿迪布！快让我们战斗吧，保罗-穆阿迪布！让我们用哈克南人的血来浇灌这片大地！”

杰西卡感受到人们的激情，意识到这群人正渴望战斗。他们已经迫不及待了。*我们把他们的斗志推上了顶峰*，她想。

进入内室后，保罗示意母亲坐下来，说道：“在这儿等一下。”然后，他掀开门帘，钻进一条侧道。

保罗走后，内室显得很静。门帘后面如此之静，甚至能听到把在穴地里循环的空气打进这个房间的鼓风机那微弱的飒飒声。

他要把哥尼·哈莱克带到这里来，她想。她心中五味陈杂，在来厄拉科斯之前，哥尼和他的音乐一直是卡拉丹愉快时光的一部分。如今，她却觉得卡拉丹仿佛是发生在别人身上的事。这三年来，她已经变成了另外一个人。就要与哥尼再次面对面了，这使她不得不重新估量发生在自己身上的变化。

保罗的咖啡用具放在她右边的矮桌上，这套银镍合金制品是从詹米那里继承来的。她看着它，心想不知曾有多少只手摸过它的金属表面。

这个月，契尼就是用它来服侍保罗的。

*这个沙漠女人除了侍候他喝咖啡以外，还能为一个公爵做些什么呢？*杰西卡心下暗问。*她无法给他带来权力，也没有家族势力。保罗只有一个选择——他只能通过政治联姻与某个强势的大家族结盟，对方甚至可能是皇室家族。待嫁的公主毕竟有许多，她们中的任何一个都接受过贝尼·杰瑟里特的训练。*

杰西卡想象着：离开厄拉科斯这严酷的生存环境，作为一位公爵的母亲，过上她所熟悉的既有权势，又有保障的生活。她瞥了一眼遮在岩洞石壁上的厚壁毯，回忆起自己是怎样一路颠簸到这儿来的——靠一大群沙虫，乘着圣母轿骑在沙虫背上，高高的行李架上堆满为未来战斗准备的必需品。

*只要契尼活着，保罗将看不到他的职责，*杰西卡想，*她已经给他生了一个儿子，这已经足够了。*

她突然非常想见自己的小孙子，这孩子在许多方面都那么像他的祖父——那么像雷托。杰西卡把双掌放在脸颊两边，开始用惯用的呼吸法来稳定情绪，清醒头脑，然后向前弯腰，专心练习，让身体可以随时服从头脑的指挥。

她知道，保罗选择这个鸟巢洞作为指挥部是无可指责的。这是一个理想的地方，北边的风口关通往一处岩壁环绕的洼地，那里有一个护卫森严的村庄，许多厄拉科斯技工和机械师的家都在那个村庄里，同时，它也是整个哈克南人防御区的维护中心，是个关键性的战略要地。

门帘外传来一声咳嗽，杰西卡直起身体，深深吸了口气，慢慢地平静下来。“进来。”她说。

帘子甩开，哥尼·哈莱克猛地跳进屋内。她还没来得及看清他脸上古怪、扭曲的表情，哥尼就已经转到她背后，一只强壮的手臂卡住她的下巴，把她提了起来。

“哥尼，你这个傻瓜，你要干什么？”她质问道。

随即，她感到刀尖抵在了自己背上，一阵寒意从刀尖向外蔓延，传遍她的全身。刹那间，她明白了：哥尼想要杀她。为什么？她想不出任何理由，他不是那种会叛变的人。但她确信自己没有误会他的企图。明白这一点之后，她迅速在心里盘算起来。站在身后的并不是一个能轻易战胜的对手，而是一名老练的杀手，对音言具有高度的警惕性，了解所有战斗策略，熟知每一个死亡陷阱和暴力手段。站在身后的是她亲自用潜意识培训法训练出来的杀人工具。

“你以为你已经逃脱了罪责，是不是，巫婆？”哥尼号叫道。

她还来不及思考这个问题，也来不及回答，保罗掀起门帘走了进来。

“他来了，母……”保罗突然打住话，凝望着眼前的紧张场面。

“站在原地别动，大人。”哥尼说。

“你这是……”保罗摇着头。

杰西卡想要张口说话，但感到那条手臂紧紧卡着她的喉咙。

“没有我允许，不准开口，巫婆，”哥尼说。“我只想你说一件事，好让你儿子亲耳听到。只要你有一丝反抗的迹象，我就把这把刀刺入你的心脏。你必须保持声音平稳，不许绷紧肌肉，更不许动。你必须小心你的一举一动，这样才能为你自己多赢得几秒钟活命的时间。我向你保证，就只有这些。你没有任何讨价还价的余地。”

保罗向前迈了一步。“哥尼，嗨，这是……”

“停在原地，别动！”哥尼厉声叫道，“再走一步，她就没命了。”

保罗的手滑向腰间的刀柄，他平静地说道：“你最好解释一下，哥尼。”

“我发过誓，一定要手刃出卖你父亲的叛徒，”哥尼说，“你以为我能忘记那个对我恩重如山的人吗？是他把我从哈克南奴隶营里救出来的，是他给了我自由、生命和荣誉……还有友谊，这份友情对我而言珍贵无比，无可替代。如今，背叛他的人就在我的刀下。没人能阻止我……”

“你大错特错了，哥尼！”保罗说。

杰西卡想：*原来是这么回事！太可笑了！*

“我错了？”哥尼问，“让我们听听这个巫婆是怎么说的。最好让她明白，我用尽了所有贿赂、打探和欺骗的手段才证实了这个指控。为了弄清其中一部分真相，我甚至对一个哈克南卫队长用了塞缪塔迷药。”

杰西卡感到扼住她喉头的手稍稍松了一点。但没等她开口，保罗便说道：“叛徒是岳医生。我告诉过你了，哥尼。证据很充分，无可辩驳。确实是岳医生。我不管你的怀疑是打哪儿来的——追究这些毫无意义——但如果你伤害了我的母亲……”保罗从刀鞘中抽出晶牙匕，置于胸前，“……我就要你血债血偿。”

“岳医生受过预处理，以适合担任御医之职，”哥尼怒喝道，“他不可能变成叛徒。”

“我知道有一种方法可以解除那种处理。”保罗说。

“证据！”哥尼坚持道。

“证据不在这里，”保罗说，“在泰布穴地，远在南方。但如果……”

“别跟我玩把戏。”哥尼吼道，他的手重新勒紧了杰西卡的脖子。

“不是把戏，哥尼。”保罗说。他的声音无比悲恸，撕扯着杰西卡的心。

“我看了从哈克南间谍身上搜出的信件，”哥尼说，“那封信直接指向……”

“我也看过那封信，”保罗说，“父亲曾在一天晚上让我看过，并向我解释了这其实是哈克南人的阴谋，目的在于让他怀疑心爱的女人。”

“啊！”哥尼说，“你没……”

“住口！”保罗说。语气平淡，却比杰西卡听过的任何声音更具支配力。

他的控制力已臻化境，她想。

哥尼架在她脖子上的手臂开始发抖，抵在她背上的刀尖也游移不定起来。

“你并不知道，”保罗说，“我母亲在夜晚会为她逝去的公爵而哭泣。你没见过她眼中一说起天杀的哈克南人就会喷出的怒火。”

这么说，他都听见了，她想，*泪水顿时迷糊了她的双眼*。

“你也并不知道，”保罗继续道，“该如何牢记你在哈克南奴隶营里学到的教训。你说你为我父亲的友谊感到骄傲！难道你还不了解哈克南人和厄崔迪人之间的区别？难道你还无法通过哈克南人留下的臭味嗅出他们的阴谋？难道你还不了解，厄崔迪人的忠诚是用爱换来的，而哈克南人用金钱买来的却只有恨？难道你还看不清这次叛变的真相吗？”

“但是，岳医生……”哥尼喃喃道。

“我们的证据，是岳亲自写给我们的信。他在信中承认了他的背叛，”保罗说，“我用我对你的爱发誓，我说的全是真的。你自己也知道我对你的爱有多深，就算待会儿我把你杀死在地上，我也仍将保留对你的这份爱。”

听到儿子说出这番话，杰西卡大为惊讶，他对人性的了解和洞察一切的聪明才智，无不让杰西卡震惊不已。

“我父亲很有交友的天赋，”保罗说，“他从不肆意给出自己的爱，他的爱从不会给错对象。他的弱点在于他误解了恨，他以为任何一个仇恨哈克南人的人都不会背叛他。”他看了他母亲一眼，“她清楚地知道这一点，我已经给她看了我父亲的信，他从来没有怀疑过她。”

杰西卡感到自己快要失控，只得咬紧下唇。她注意到保罗生硬的语气，意识到他说出这番话，需要付出多大的代价。她想朝他奔过去，把他搂在胸前，她以前从没这么做过。但扼住她咽喉的手臂已停止了颤抖，刀尖仍一动不动地抵着她的后背。

“一个孩子一生中最可怕的时刻，”保罗说，“就是发现他的父母只是普通的人，分享着一种他永远无从参与的爱。它既是一种损失，也是一种领悟，明白世界分为彼此，而我们总是孤身一人。这一顿悟自有其真实性，没有人可以回避。当我父亲提到母亲时，我听出了他对她的爱。我母亲不是叛徒，哥尼。”

杰西卡终于开口道：“哥尼，放开我。”话中并没带任何特殊的命令语气，也没有针对他的弱点使什么诡计的意思，然而哥尼的手臂却松开了。她跑向保罗，站在他面前，但没有抱住他。

“保罗，”她说，“这世上还有其他领悟。我突然意识到，过去我曾一直在利用你，扭曲你，操纵你，硬把你放在我选择的道路上……或者说，这是一条我不得不选择的道路，就当这是我的借口吧，我只能说，我所受的训练要求我那么做。”她的喉咙哽住了，过了一会儿，她抬头看看儿子的眼睛，“保罗……我要你为我做件事：去选择一条幸福的道路。你那位沙漠女子，如果你愿意，就娶她吧。别管别人怎么说，想做就去做。但要选择一条你自己的路，我……”

她停了下来，身后传来的喃喃低语打断了她。

哥尼！

她看见保罗的眼睛直勾勾地盯着她的身后，便转过身去。

哥尼站在原地，但刀已插回刀鞘。他撕开胸前的衣袍，露出里面灰色光滑的蒸馏服，是走私徒在各穴地间买卖的那种。

“将你的刀刺入我的胸膛吧，”哥尼说，“杀了我，结束这场争端。我已经玷污了自己的名声，我对不起公爵！最好的……”

“别动！”保罗命令道。

哥尼看着他。

“扣上你的袍子，别像个傻瓜一样，”保罗说，“这一天来，我已经看够傻事了。”

“杀了我吧！”哥尼咆哮道。

“你应该更了解我才是，”保罗说，“你以为我有这么白痴吗？难道每个我需要的人都要和我玩这一手吗？”

哥尼看着杰西卡，用一种绝望、乞求，可怜得完全不像他的语气说道：“那么，夫人，请你……杀了我。”

杰西卡走到他面前，双手按在他的肩上。“哥尼，为什么要逼厄崔迪人杀死他们所爱的人呢？”她轻轻把哥尼敞开的衣袍从他手指下面拉出来，为他掩好衣襟，又帮他把胸前的衣服系紧。

哥尼结结巴巴道：“但是……我……”

“你以为自己是在为雷托复仇，”她说，“正因如此，我才敬重你是一条汉子。”

“夫人！”哥尼说。他垂下头，下巴埋在胸前，紧闭着双眼，强忍着不让泪水流出来。

“我们就把这次发生的事当成老朋友之间的误会吧。”她说。保罗听出她有意调整了语调，话中暗含抚慰。“一切都过去了，万幸的是，我们之间再也不会有这样的误会了。”

哥尼睁开泪光闪烁的双眼，低头看着她。

“我认识的那个哥尼·哈莱克是一个精通剑术和巴厘琴的人，”杰西卡说，“而我最敬重的，是弹琴的哥尼。难道那个哥尼·哈莱克不记得了，当年我是多喜欢听他为我弹琴啊？你还带着巴厘琴吗，哥尼？”

“我换了把新琴，”哥尼说，“是从秋夕星带来的，音色美妙极了。弹起来就像是维罗塔亲手制作的乐器，尽管上面没有他的签名。我觉得它是维罗塔的学生制造的。而这个学生……”他突然顿住了，“我这是在说什么呢，夫人？尽是东拉西扯……”

“不是东拉西扯，哥尼。”保罗说。他走过去，站在母亲身旁，正眼盯着哥尼，“不是东拉西扯，而是朋友之间分享乐事。如果你现在愿意为她弹琴，我会非常感激你的。战斗计划可以等一会儿再谈，至少明天之前我们不打算开战。”

“我……我去拿我的琴，”哥尼说，“就在过道里。”他从他们身边绕过去，穿过门帘走了。

保罗把手放在他母亲的手臂上，发现她在发抖。

“都过去了，母亲。”他说。

她没有转回头，只是用眼角的余光朝上看着。“过去了？”

“当然，哥尼……”

“哥尼？哦……是的。”她垂下眼帘。

门帘沙沙地响，哥尼带着巴厘琴回来了。他开始调音，回避着他们的目光。墙上的壁毯削弱了回声，乐音变得柔和而亲昵。

保罗扶着母亲来到一个垫子旁坐下，让她背靠在墙上厚厚的挂毯上。他突然吃惊地发现母亲变得十分苍老，脸上开始出现沙漠人特有的那种干燥引起的皱纹，一双蓝眼睛的眼角周围已经现出了鱼尾纹！

她累了，他想，我们必须想个法子，减轻她的负担。

哥尼拨了拨琴弦。

保罗看了他一眼，说道：“我……有些事要去处理。你在这里等我。”

哥尼点点头。此刻，他的思绪似乎已经飘向了远方，仿佛正徜徉在卡拉丹辽阔的天空下——地平线上乌云滚滚，预示着即将到来的暴风雨。

保罗硬下心，转身离去，穿过厚重的门帘，走进侧道。他听见哥尼在身后开始弹起小调，便停在屋外站了一会儿，聆听着微弱的琴声。

果树园，葡萄园，
乳房丰满的美女，
为我斟满美酒。
为什么要谈战争？
高山化为尘土。
为什么我感到如此悲哀？

天堂的大门敞开，
洒下遍地财富；
只需合起双手就能聚起无数。
为什么我还想着埋伏，
想着杯中投下的剧毒？
为什么我会感慨年华老去？

爱人伸出臂膀召唤我，
带着溢于言表的幸福，
迎接我的还有伊甸园里快乐无数。
为什么我还记得这些伤痕。
为什么我要梦见过去的罪恶？
为什么我总是带着恐惧陷入噩梦深处？

一位身着长袍的敢死队信使从前面通道的拐角处走出，向保罗走来。他的兜帽抛在脑后，蒸馏服松松地挂在身上，这说明他刚从外面的沙漠中归来。

保罗示意他停下，然后离开门帘，沿着通道走到那信使身旁。

那人双手抱在胸前，以弗雷曼人在典礼上向圣母或萨亚迪娜行礼的方式，向保罗弯腰敬礼。他说道："穆阿迪布，各部落的首领已经陆续抵达了。"

"这么快？"

"这些是斯第尔格早些时候派人去叫的，他当时觉得……"他耸了耸肩。

"我知道了。"保罗回头望了望，从屋里传出微弱的琴声，回想起那是母亲最喜爱的一首老歌，一首曲调欢快、歌词悲哀的奇怪歌谣，"斯第尔格很快就会和其他首领一起赶来，待会儿你带他们到我母亲那儿去，她正等着呢。"

"我会在这里等他们，穆阿迪布。"信使说。

"好的……行，你就在这里等。"

保罗从信使身边挤过去，继续朝洞穴深处走。每个这样的洞穴里都有一个特殊场所——就在储水池旁边。在那里，他会找到一条小小的夏胡鲁，不到九米长，被四周的水沟包围着，因为生长受到限制而长不大。一旦从小小造物主的菌体中孵化出真正的造物主，就不能再接触水了，水对它们来说是一种剧毒。将造物主淹死在水中，这是弗雷曼人的最高机密，这种行为将获得那种把他们凝聚成为一体的物质——生命之水，而水中所含的毒素只能由圣母来改变。

保罗的这个决定源自刚才母亲面对的危急关头。他以前从没在未来的预见中看到过那个时刻，从没看见出自哥尼·哈莱克的这个危机。未来，灰云笼罩中的未来，整个宇宙翻腾着向前涌动，冲向一个沸腾的关键点。这个未来包围着他，仿佛一个幻影世界。

我必须看清它，他想。

他的身体已渐渐对香料产生了某种抗药性，预知的幻象于是越来越少……越来越朦胧。对他来说，解决办法就摆在那儿。再明显没有了。

我要淹死那条造物主。现在就让我们来看一看，我到底是不是魁萨茨·哈德拉克。只有魁萨茨·哈德拉克才能经受住圣母所经受过的考验。

那是沙漠战争爆发后的第三年，保罗-穆阿迪布独自躺在鸟巢洞的一间内室中，头顶的墙上挂着一幅以弗雷曼神话传说为背景的壁毯。他像一个死人般躺在那儿，痴迷于生命之水带来的启示。这种能够赐予新生的毒药改变了他，使他不再受到时间的限制。于是，那个预言被证实了：李桑·阿尔-盖布可以在活着的同时死去。

——摘自伊勒琅公主的《厄拉科斯传奇故事集》

黎明前的黑暗笼罩着哈班亚盆地，契尼从盆地中走出，听着把她从南方带到这里来的那架扑翼飞机呼呼地飞往荒漠中的一处隐蔽地。在她周围，护卫队与她保持一定距离，呈扇形在山脊的岩石中散开，以防出现任何不测。这是她——穆阿迪布的女人，他长子的母亲——的请求：想要独自走一会儿。

*他为什么召我来？*她暗自发问，*他跟我说过，要我和小雷托及厄莉娅一起留在南方。*

她拢起长袍，轻快地跃起，越过一道岩石屏障，跳上登山小道。在黑暗中，这些小道只有经过沙漠训练的人才辨认得出。脚下的小石子滑动着，可她照样如履平地，全然不觉。

爬山让人兴奋，缓解了她内心的恐惧——她害怕，一是她的护卫队静悄悄地消失在视线之外，二是因为派来接她的竟是一艘珍贵的扑翼机。马上就要与保罗-穆阿迪布——她的友索——重聚了，随着这一时刻逐渐逼近，她的心剧烈跳动起来。他的名字可能已经成了整个星球上的战斗口号：“*穆阿迪布！穆阿迪布！穆阿迪布！*”但是，她所认识的那个男人不仅仅是穆阿迪布，更是她儿子的父亲，她温柔的爱人。

一个高大的身影赫然耸现在她头顶的岩石上方，示意她加快速度。她立即加快了步伐。黎明的鸟儿已经开始活动，纷纷鸣叫着飞上天空，一道蒙胧的曙光洒在东方的地平线上。

上面的那个人影并不是她的护卫队员。*是奥塞姆*？她心想，觉得那个身影的动作和风格都很熟悉。她走到他面前，在逐渐变亮的晨光中认出了敢死队小队长奥塞姆那张扁平的大脸。他的兜帽掀开了，嘴上的过滤器松松地系着。有些时候，如果只打算到沙漠里待一小会儿，还是可以冒险穿成这个样子出来。

"快，"他轻声道，带着她沿着隐秘的裂缝进入隐蔽的山洞，"天马上就要亮了，"他一边为她打开密封门，一边小声说，"哈克南人一直在这一带巡逻，想要最后一搏，我们现在还不敢冒被他们发现的危险。"

他们走过狭窄的边门支道进入鸟巢洞。球形灯亮了起来。奥塞姆从她身边挤过去，说道："跟我走，快。"

他们沿着通道快步往下走，经过另一道密封门，拐入另一条通道，然后拨开门帘，走进一间厢房。鸟巢洞原先只是供人们日间休息的驿站，当时这间厢房是萨亚迪娜的休息室。现在，房间的地面上铺着厚厚的地毯和软垫，一幅绣着红色巨鹰的壁毯遮住岩壁。一旁的矮桌上扔着几张以香料为原料制成的纸张，散发出阵阵香料气息。

圣母独自一人坐在门对面。她抬起头，眼神仿佛能穿透别人的内心，让人禁不住想发抖。

奥塞姆双手合十，说道："我已把契尼带到。"他躬身行礼，接着掀开门帘退了出去。

杰西卡想：*我该怎么跟契尼讲？*

"我孙儿怎么样了？"杰西卡问。

啊，符合礼仪的问候，契尼想，她突然又感到一阵惶恐，*穆阿迪布呢？他为什么没在这里迎接我？*

"他很健康，也很快乐，我的母亲，"契尼说，"我把他和厄莉娅留给哈拉照看了。"

我的母亲，杰西卡想，是的，在正式的问候礼仪中，她有权这么称呼我。她给我生了个孙子。

“我听说，柯努亚穴地送来了布匹，作为礼物。”杰西卡说。

“一块漂亮的布匹。”契尼说。

“厄莉娅有什么消息让你捎来吗？”

“没有。但人们已经渐渐开始接受她这个奇迹了。穴地里的一切比以前顺利多了。”

她为什么要拖拖拉拉地问这些？契尼感到奇怪，肯定出了什么急事，否则他们不会派扑翼机来接我。可现在，我们却在这些繁文缛节上浪费时间。

“我们得从新料子上剪几块下来，给小雷托做些衣服。”杰西卡说。

“一切随您心意，母亲。”契尼说。她埋下头，问道：“有战斗的消息吗？”她竭力保持面无表情的样子，好让杰西卡猜不出她的心思。毕竟，这是一个有关保罗-穆阿迪布的问题。

“又打了一起胜仗，”杰西卡说，“拉班已经派人送来一份措辞谨慎的休战书。我们取走了他那些信使的水，把他们的尸体送回去了。拉班甚至还决定减轻一些洼地村民的赋税，但他做得太迟了。大家都知道，他是出于对我们的畏惧才那么做的。”

“事态发展正如保罗的预计。”契尼说。她盯着杰西卡，竭力隐藏内心的恐惧。我已经提到了他的名字，可她仍然毫无反应。别人很难从她那张石头一样的脸上看出一丝蛛丝马迹……可她的态度也太僵硬了点吧。她为什么闭口不谈？我的友索到底出了什么事？

“我希望我们此刻是在南方，”杰西卡说，“那些绿洲在我们离开时是多么美丽！难道你不希望有一天整个家园也一样开满鲜花吗？”

“家园确实很美，”契尼说，“但也有许多悲伤。”

“悲伤是胜利的代价。”

她这是让我为悲伤做好思想准备吗？契尼想。她说：“有那么多女人失去了男人。当她们知道我被召到北方来的时候，都很嫉妒我呢。”

“是我召你来的。”杰西卡说。

契尼感到心突突乱跳。她想用手捂住耳朵，害怕听到那可能的消息。但她仍然保持着平静："信上的署名是穆阿迪布。"

"是我签的，当时他的敢死队小队长都在场。"杰西卡说，"这是一个必要的托词。"杰西卡心里想：*我家保罗的女人很勇敢呢。即使她几乎要被惶恐压垮了，却还是能保持谨慎。是的，也许她就是我们现在需要的那个人。*

契尼的声音里仅仅流露出几分听天由命的语气，她说："您现在可以把真相告诉我了。"

"我们需要你到这儿来帮我救活保罗。"杰西卡说。她想：*就这样！我说得恰到好处。救活他。这么一来，她就会知道保罗还活着，也知道他现在危在旦夕。全在这一个词里了！*

契尼愣了一会儿，接着很快便冷静下来，说道："我应该怎么做呢？"她突然想扑向杰西卡，摇晃她，向她尖叫："*带我去见他！*"但她只坐在那里，静静地等待杰西卡回答。

"我怀疑，"杰西卡说，"哈克南人在我们的人中安插了一个间谍，想毒死保罗。这似乎是唯一合理的解释。这是一种十分罕见的毒药，我用尽了各种办法查验他的血，就是查不出个所以然。"

契尼扑向前，跪倒在地。"毒药？他痛苦吗？我能……"

"他现在昏迷不醒，"杰西卡说，"他的新陈代谢十分缓慢，只有用精度最高的检测方法才能探测到他的体征。如果发现他的人不是我，别人早就把他当死人处理了。一想到这一点我就不寒而栗。在未经训练的人看来，他已经死了。"

"您召我来的理由应该不仅仅是出于礼节吧。"契尼说，"我了解您，圣母。有什么事是您认为我能做而您做不到的呢？"

*她勇敢、可爱，而且，啊，悟性很高。*杰西卡想，*她原本可以成为一名优秀的贝尼·杰瑟里特。*

"契尼，"杰西卡说，"你也许会认为这难以置信，但我自己也不太清楚为什么要召你前来。这是出于本能……一种原始的直觉，那念头自己跳出来了：'去叫契尼来。'"

生平第一次，契尼看到杰西卡脸上露出悲伤的神情，痛苦甚至让她那洞察人心的锐利眼神也变得温和了。

“我什么方法都试过了，”杰西卡说，“全试过了……用尽所有远远超出你想象的手段，可还是……没有用。”

“那个老家伙，哈莱克，”契尼问，“会不会是奸细？”

“不是哥尼。”

简简单单四个字，却传达出了长篇大论才能表现的内容。从杰西卡的语气中，契尼看出了她做过的种种尝试：到处搜寻线索，一次又一次地测试……然后是一次又一次的失败。

契尼身体向后一挺，站起身来，抚平沾满沙尘的长袍。“带我去见他。”她说。

杰西卡站起身，转身穿过左边的一道门帘。

契尼跟在她身后，走进了一间内室。这个房间过去一直是贮藏室，如今，四面岩壁都被厚厚的帷幔遮了起来。房间另一头靠墙壁的地上铺着一张野营床垫，保罗就躺在床垫上。一盏球形灯吊在他头顶上方，照亮了他的脸。一件黑色长袍齐胸盖在他身上，双臂则露在外面，笔直伸在身体两侧。长袍下的他好像没穿衣服，裸露在外的肌肤像蜡一样，硬邦邦的。他身上连一丝动静都没有。

契尼强忍住想冲上前扑到保罗身上的念头。相反，她发觉自己现在满脑子想的都是儿子——雷托。在这一刹那，她意识到杰西卡也曾经历过这种时刻——自己的男人受到死亡的威胁，她不得不认真考虑，究竟要怎么做才能拯救稚子的性命。这一认知使契尼突然感到与那位老妇人之间有了一层更为亲密的关系。契尼伸出手去，紧握住杰西卡的手，而对方也紧紧握住她的手，握得那么紧，几乎让人感到疼痛。

“他活着。”杰西卡说，“我保证他还活着。但他命悬一线，生命迹象非常微弱，稍有疏忽就检测不到了。有些首领早就咕哝说，说他还活着的人是一位母亲，而非圣母；又说我儿子明明已经死了，可我却不愿意把他的水献给部落。”

“他这样有多久了？”契尼问。她从杰西卡手中抽回手，朝屋子的尽头走去。

“三个星期。”杰西卡说，“我花了差不多三个星期的时间，想要将他唤醒。我们开过会，争论过……也做过调查，后来我就派人去叫你了。敢死队还服从我的命令，不然我也拖不了这么长时间……”杰西卡用舌头舔了舔嘴唇，看着契尼向保罗走去。

契尼俯身看着他，注视着这个满脸都是松软胡须的年轻人，看着他那高高的眉骨、坚挺的鼻梁，还有紧闭的双眼——他沉沉地静卧着，脸上一片祥和。

“他如何摄取营养？”

“他身体对营养的需求变得非常少，到现在还无需进食。”杰西卡说。

“有多少人知道这事？”契尼问。

“只有他最亲近的顾问、几位部落首领、弗雷曼敢死队队员，当然还有那个下毒的人。”

“找不到下毒的人吗？”

“完全查不出来。”杰西卡说。

“弗雷曼敢死队队员怎么说？”契尼问。

“他们相信保罗正处于一种入定的状态，是为了在最后的战斗来临前凝聚神力。这种说法是我有意散播的。”

契尼跪在床垫旁，弯腰凑近保罗的脸，她立即察觉到他脸部周围的空气里有一种不太寻常的味道……但那只是香料的味道——无所不在的香料。事实上，弗雷曼人的生活中到处弥漫着香料味道。不过……

“你们跟我们不一样，并非生来就与香料生活在一起。”契尼说，“您查过没有，会不会是因为他的身体对饮食中过量的香料产生了抵抗？”

“过敏反应全呈阴性。”杰西卡说。

她突然感到无比疲惫，于是闭上眼睛，仿佛想把这一幕完全抹去。我有多长时间没睡过觉了？她问自己。太久了。

“当您改变生命之水的时候，”契尼说，“您是通过内部意识在体内进行的。您用这种内部意识给他验过血了吗？”

“只是普通弗雷曼人的血。”杰西卡说，“已经完全适应了这儿的饮食和生活。”

契尼跪坐在脚后跟上。她打量着保罗的脸，努力把恐惧埋在心底。

这是她通过观察诸位圣母的举止学到的小窍门。时间可以调节情绪，理清思路。必须集中全部注意力来思考。

过了一会儿，契尼问："这里有造物主吗？"

"有几条，"杰西卡疲惫地说道，"这些天来，我们离不开它们。每次胜利都需要它的祝福，发起突袭前的每次祈祷仪式……"

"但保罗-穆阿迪布一直回避这些仪式。"契尼说。

杰西卡点点头，想起了儿子对香料的矛盾心理，因为香料会带来突发性的预知能力。

"你是怎样知道的？"杰西卡问。

"大家都这么说。"

"闲话说得太多了。"杰西卡不快地说。

"把造物主的原水拿给我。"契尼说。

契尼的话语中带着命令的口气。杰西卡不禁浑身一僵，但随即便察觉到这年轻女人正高度集中注意力，努力思考。于是杰西卡说道："马上就去。"她掀开门帘走了出去，派人叫司水员来。

契尼跪在那里，盯着保罗。*如果他设法尝试了*，她想，*这会是一件他想竭力尝试的事……*

杰西卡跪到契尼身旁，递上一个普通的军用水壶，一股浓郁的毒药味扑向契尼的鼻孔。她用手指蘸了蘸那液体，伸向保罗的鼻子。

鼻梁上的皮肤微微收缩了一下，鼻孔慢慢翕动着。

杰西卡大口喘息起来。

契尼用蘸了毒液的手指碰了碰保罗的上唇。

他长长地吸了口气，似乎在啜泣。

"怎么回事？"杰西卡问。

"安静，"契尼说，"马上转换一点圣水出来，快！"

杰西卡没再提出任何质疑，因为她听出契尼话里有一种领悟的意思。杰西卡把水壶举到嘴边，吸了一小口水。

保罗突然睁开了眼，盯着契尼。

"没必要转换水了。"他说，声音微弱，但很坚定。

杰西卡口中一蘸到毒液，身体就立即作出响应，几乎完全自动地改变了水中的毒素。像在典礼仪式中一样，她产生了一种欣快感，随即感觉到了来自保罗的生命火花——一个闪光点，进入她的意识。

在那一时刻，她明白了一切。

“你喝了圣水！”她脱口而出。

“只喝了一滴，”保罗说，“很少的一点点……就那么一滴。”

“你怎么能干这种蠢事？”她质问道。

“他是你儿子。”契尼说。

杰西卡瞪着她。

保罗的嘴角露出很久没有过的笑容，那是一种温和、充满理解的微笑。“听听我心爱的人怎么说。”他说，“听听她的话吧，母亲。她知道。”

“别人能做的事，他也必须做到。”契尼说。

“当我喝下那滴圣水，当我感觉到它，闻到它的气味，当我了解到它会对我起什么作用的时候，我立刻就明白了，我也能做到你曾经做过的事。”他说，“你那位贝尼·杰瑟里特学监提到过魁萨茨·哈德拉克，但她们绝对想不到我去到了多少地方，就在那几分钟里，我……”他突然停下来，皱着眉，疑惑地看着契尼，“契尼？你怎么来的？你不是应该在……你为什么会在这儿？”

他想用臂肘撑起自己的身子，却被契尼轻轻推回到床垫上。

“躺下，我的友索。”她说。

“我感到很虚弱，”他说，目光扫视着房间，“我在这里躺了多长时间？”

“你已经昏迷了三个星期了，就连生命火花也似乎消失了。”杰西卡说。

“可……我就在刚才喝了那滴水，而且……”

“对你来说是一小会儿，对我来说却是担惊受怕的三星期。”杰西卡说。

“不过是一小滴，而且我改变了它，”保罗说，“我使生命之水发生了变化。”装着毒液的水罐就放在他身旁的地板上，没等契尼和杰西卡阻止，他已经把手插进了罐子中，捧起一捧毒液，滴滴答答地送到嘴边，大口吞咽着掌中的液体。

“保罗！”杰西卡尖叫道。

他抓住她的手，望着她，脸上挂着将死者的微笑，同时把他的意识一波接一波传向她。

这种意识互通不像与老圣母或厄莉娅互通时那么温和，不是分享，也无法相互包容……但它仍旧是意识互通：整个意识全面敞开。这种联系使她震惊，使她虚弱，使她畏缩，心中充满对他的畏惧。

他大声说道：“你提到过一个你进不去的地方？一个圣母也无法面对的地方，在哪儿，指给我。”

她摇摇头，被这个念头吓坏了。

“指给我看！”他命令道。

“不！”

但她无法逃避。在他那可怕力量的威逼下，她只好闭上眼睛，集中精力——朝深藏在意识中的那个黑暗方向望去。

保罗的意识从她身边经过，包裹着她，奔向那黑暗的地方。恐惧使她不由自主地闭上眼睛，但在此之前，她模模糊糊地瞥到了那个地方。不知为什么，她一看到那东西便浑身颤抖起来。那个地方暴风吹袭，火花闪烁，一圈圈的光环不断地扩张、收缩，一条条膨胀开来的白色条状物在光环的上下左右不停地飞舞，仿佛被某种黑暗力量和不知从什么地方吹来的风驱赶着，四处窜动。

过了一会儿，她睁开眼睛，看到保罗正抬头望着她。他仍然抓着她的手，但是那种可怕的意识联系消失了。她让自己镇定下来，停止颤抖。保罗放开了她的手。仿佛某个支撑物被抽掉了一般，她的身体前后摇晃起来，要不是契尼跳上前扶住她，她铁定会一头栽倒在地。

“圣母！”契尼说，“怎么了？”

“好累，”杰西卡低声道，“太……累了。”

“到这儿来，”契尼说，“坐在这儿。”她扶着杰西卡，走到靠墙的一张靠垫旁坐下。

年轻强壮的手臂让杰西卡觉得十分舒服，她紧紧抱住契尼。

“他看到了生命之水，是真的吗？”契尼问。她轻轻挣脱了杰西卡的拥抱。

“他看见了。”杰西卡小声说。她的思绪翻江倒海，仍在回味刚才心灵上的接触。就像在恶浪滔天的海上漂流数周后，刚刚踏上坚实的陆地。她觉得体内的老圣母……以及所有其他人，全都惊醒了过来，正一个个地发着质问：“*那是什么？怎么回事？那是什么地方？*”

一切线索都指向同一个结论：她儿子确实是魁萨茨·哈德拉克，那个可以同时存在于许多时空的人，他就是那个出现在贝尼·杰瑟里特梦想中的人物。而这个事实使她深感不安。

“怎么了？”契尼问道。

杰西卡摇了摇头。

保罗说：“在我们每个人的身上，都有两种古老的力量，一种是夺取，一种是给予。一个男人不难面对他身体里那股夺取的力量，但他几乎不可能看到给予的力量，除非他变成男人以外的其他什么性别。而对女人来说，情况恰恰相反。”

杰西卡抬起头，发现契尼正盯着她，她也在听保罗的话。

“你明白我的意思吗，母亲？”保罗问。

她唯有点头的份。

“我们体内的这些东西非常古老，”保罗说，“甚至植根于我们体内的每一个细胞深处。这两种力量塑造了我们。你可以对自己说：‘是的，我知道这是怎么回事。’但当你真正直视内心世界，毫无遮挡地面对你自己生命的原始力量时，你才能看到其中蕴藏的危险。你清楚地知道这个危险会压倒你、制服你。对给予者而言，最大的危险就是夺取的力量；而对夺取者而言，最大的危险就是给予的力量。无论是给予，还是夺取，二者之中，任何一种力量都可以轻易控制一个人。”

“那你呢，我的儿子，”杰西卡问，“你是给予者呢，还是夺取者？”

“我正好处于这个杠杆的支点上，”他说，“没有夺取我就不能给予，没有给予我也不能夺取……”他停了下来，朝右边的墙壁看去。

契尼感到有一股气流吹上脸颊，扭过头，看见挂帘合上了。

“是奥塞姆，”保罗说，“他一直在偷听。”

一听这话，契尼也感受到了某些折磨着保罗的预感。她清楚地知道会发生什么事，就好像这件事已经发生过了一样。奥塞姆会把他刚才看见的、听到的全都说出来，而其他人则会把它传扬出去。最后，这个故事将如野火般在整个大地上蔓延开。人们会说，保罗–穆阿迪布绝对异于常人。再也不用怀疑了。他虽然是个男人，却以圣母的方式看到了生命之水：毫无疑问，他就是李桑·阿尔–盖布。

“你看到了未来，保罗，”杰西卡说，“能说说看到了什么吗？”

“不是未来，”他说，“我看到的是现在。”他挣扎着坐了起来。契尼走过来帮他，但他挥手拒绝了。“厄拉科斯的空中布满了公会的飞船。”

听到他那确凿无疑的语气，杰西卡不禁颤抖起来。

“帕迪沙皇帝御驾亲征了，”保罗说，他望着房间的岩石天花板，“同行的还有他宠幸的真言师，以及五个军团的萨多卡。老男爵弗拉基米尔·哈克南也在，杜菲·哈瓦特在他身边，七艘飞船满载着他招募来的新兵。每个大家族都往我们这儿派出了入侵者，就在我们头顶……等着呢。”

契尼摇着头，目光死死盯着保罗。他奇怪的举止、平淡的语调，还有他的目光，都使她心中充满敬畏。

杰西卡咽了一口唾沫，说道：“他们在等什么？”

保罗向她看去。“等公会允许他们着陆的许可。如果任何队伍未经许可擅自在厄拉科斯着陆，那公会会让它们陷于困境。”

“公会在保护我们？”杰西卡问。

“保护我们？搞鬼的正是宇航公会！他们到处散播谣言，诋毁我们在这儿所做的一切，又大幅调低军队运输费用，搞得连那些最穷的家族现在也跑到这儿来，等着掠夺我们。”

杰西卡发现他的语气中并无苦涩之意，不禁感到惊讶。她并不怀疑他的话。她还记得当初他指出了未来的路，说未来将把他们带到弗雷曼人中间。现在的他就和当时一模一样。

保罗深深吸了口气，开口道：“母亲，你必须为我们转换大量的圣水，我们需要这种催化剂。契尼，派一支侦察部队出去……找到香料菌的生长地。要是我们在香料菌生长的土地上倒上大量的生命之水，你知道会发生什么事吗？”

杰西卡掂量着他的话，接着恍然大悟。“保罗！”她抽了一口气。

“死亡之水，”他说，“这将产生连锁反应。”他指指地下，“在小小造物主之间传播死亡，切断香料和造物主这个生命圈中的一个环节。这样一来，厄拉科斯将会成为一个真正的荒漠——没有香料，也没有造物主。”

契尼一只手捂住了嘴，被保罗这些亵渎神灵的言辞惊呆了，一句话也说不出来。

“有能力摧毁它的人，才是真正控制它的人。”保罗说，“我们有能力摧毁香料。”

“那公会为什么还不动手？”杰西卡轻声问。

“他们在找我。”保罗说，“想想吧！公会最好的领航员，那些走在所有人之前、为最快的远航机寻找最安全航线的人，他们全都在找我……可谁也找不到我。他们害怕得浑身发抖呢！他们知道我手里掌握着他们的秘密。”保罗举起握成拳头的手，“没有香料，他们就是瞎子！”

契尼终于开口问道：“你说你看到的是现在！”

保罗又躺下了，搜寻着在眼前展开的现在，它的边界线逐渐扩展到未来和过去。生命之水的刺激作用开始衰退，他勉强保持着清醒。

“照我的命令去做。”他说，“未来正在变成一片混沌，对公会来说如此，对我来说同样如此。幻象的线越收越紧，所有通往未来的线索都集中在这里——香料产地……他们以前不敢干涉，因为干涉就意味着他们将失去这无法失去的东西。但现在他们不顾一切了。所有道路都通向黑暗。”

这一天终于到来：厄拉科斯进入了宇宙的焦点，命运的车轮即将转动。

——摘自伊勒琅公主的《厄拉科斯的觉醒》

“快看那儿！”斯第尔格耳语道。

保罗趴在他旁边，隐蔽在屏蔽场城墙上的一条岩缝里，双眼紧贴弗雷曼望远镜的目镜。望远镜的镜头对着一艘暴露在曙光中的星际飞船，它正停在他们脚下的盆地里。飞船面朝东方的那一面宽大船体在白色日光的照射下闪闪发光；而在阴影里的另一面船体上，依然看得见一排排亮着灯的黄色舷窗。横亘在飞船后面的是冰冷的厄拉奇恩城，在北方太阳的照射下，隐约可见灰色的城垣。

保罗知道，激起斯第尔格敬畏之心的并不是这艘飞船，而是敌人的整体布局，那艘飞船不过是这个庞大舰队的中心。这是一座一体化的金属临时军营，有好几层楼高，以飞船为圆心向外延伸，形成一个半径约一千米的圆圈，一座由许多金属扇形建筑连成一体的兵营。这个临时营地驻扎着五个军团的萨多卡，还有御驾亲征的陛下，帕迪沙皇帝沙达姆四世。

哥尼·哈莱克蹲在保罗左边，说道：“我数了数，有九层，一定来了不少的萨多卡。”

“五个军团。”保罗说。

“天要亮了，”斯第尔格小声道，“你这样会暴露行踪的，我们不喜欢这样，穆阿迪布。快回下面的山岩中去吧。”

“我在这里很安全。”保罗说。

“那艘飞船装有投射武器。”哥尼说。

“他们以为我们有屏蔽场保护，”保罗说，“即使我们被看见了，他们也不会浪费炮弹来袭击三个身份不明的人。”

保罗掉转望远镜，对准盆地远处的岩壁，看着对面坑坑洼洼的悬崖，上面一个个小斜坡标志着一个又一个坟墓，里面埋葬着他父亲的众多士兵。刹那间，他突然觉得那些人的灵魂此刻也正俯视着这个盆地，关注着这场战役。区域屏蔽场外围的哈克南要塞和城镇要么已经落入弗雷曼人之手，要么就是被切断了补给，像被砍断根茎的植物一样渐渐枯萎。只有这个盆地和厄拉奇恩城还在敌人的控制之下。

“如果我们被看见了，”斯第尔格说，“他们可能会派扑翼飞机来袭击我们。”

“让他们来吧！”保罗说，“那我们今天就有一艘扑翼飞机可烧了……何况我们知道，要起风暴了。”

然后，他又掉转望远镜，对准厄拉奇恩另一边的着陆区。哈克南的护卫舰在那边排成一条线，飞船前面的地上插了几根旗杆。宇联公司的旗帜在旗杆上轻轻飘扬。他想，绝望之下，宇航公会不得不允许这两拨人登陆，却把其他家族的军队留在大气层外。公会就像一个在沙地上树帐篷的人，先把脚趾弹上去试试温度，看看这地方是否合适。

“看到什么新情况了吗？”哥尼问，“我们该进入掩体了，风暴要来了。”

保罗再次把注意力集中到巨大的临时营房上。“他们连女人也带来了，”他说，“还有侍卫和奴婢。啊……亲爱的皇帝，你可真够自信啊！”

“有人从密道上来了，”斯第尔格说，“可能是奥塞姆和柯巴回来了。”

“好吧，斯第尔，”保罗说，“咱们回去吧！”

然而，他还是用望远镜朝周围的一切扫了最后一眼——打量着盆地里的那片平原和停放在平原上的高大飞船、闪闪发光的金属兵营、寂静的城市、哈克南雇佣军的护卫舰。接着，他绕过岩坡朝后面滑下去。一名敢死队哨兵立即补上了他在望远镜旁的位置。

保罗进入屏蔽场城墙表面的一块浅凹地中，这是一个直径约三十米、深约三米的天然石坑，坑底就是弗雷曼人的半透明伪装掩体。凹地右边的岩壁上有一个洞，洞旁堆着通讯设备。敢死队员们在这块凹地里展开成警戒队形，等着穆阿迪布发布攻击的命令。

两个人从通讯设备旁的洞内钻出，和那里的守卫讲了几句。

保罗看了斯第尔格一眼，朝那两个人的方向点了点头。“过去听听他们说些什么，斯第尔。”

斯第尔格听命走了过去。

保罗背对岩石伸了个懒腰，接着直起身。他看见斯第尔格又派那两人钻回到黑黝黝的岩洞里去了，他们要在那条狭窄的人工隧道里爬很久才能潜入盆地底下。

斯第尔格朝保罗走来。

“什么情报这么重要，不能派碧水鸟送？”保罗问。

“碧水鸟是为了战斗用的，要省着用。”斯第尔格说。他看了看通讯设备，又看着保罗。“即使有密光通讯，也不能随便使用这些设备，穆阿迪布。他们可以通过讯号定位找到你。”

“他们很快就会忙得没时间找我了，”保罗说，“那两人说了什么？”

“我们抓住的那两个萨多卡已经在‘老隘口’附近的山洼里被放回去了，正赶着向他们的主子复命呢。火箭发射器和其他投射武器均已各就各位，战斗人员都按你的命令部署好了。都是例行程序。”

保罗扫了一眼这个浅凹地，借着经伪装掩体过滤后的光线，打量着他的手下。他觉得时间变慢了，就像一只昆虫正奋力爬过一块毫无遮蔽的岩石。

“在萨多卡发信号召来运兵舰之前，走路要花去他们一点时间。”保罗说，“有人监视他们吗？”

“有。”斯第尔格说。

哥尼·哈莱克站在保罗身旁，清了清嗓子，说道：“我们是不是应该到一个安全的地方去说？”

“没有什么安全的地方，”保罗说，“天气预报怎么说？是否仍然对我们有利？”

“一场特大风暴就要来临，”斯第尔格说，“难道你感觉不到吗，穆阿迪布？”

“的确有点感觉，”保罗同意道，“但我还是喜欢用沙杆测天气，它们更加准确。”

“风暴一小时之内就会抵达。”斯第尔格说。他朝隘口扬了扬头，从那里可以望见对面的皇帝的临时兵营和哈克南人的护卫舰，“他们也知道风暴的消息了。空中看不到一架扑翼机，所有舰船都着陆了，拴得牢牢的。看样子，他们从太空的朋友那儿搞到气象报告了。”

“敌人有侦察行动吗？”

“自从他们昨晚着陆以来，还没有任何动静，”斯第尔格说，“他们知道我们在这儿。我认为他们在等待时机。”

“是我们在挑选时机。”保罗说。

哥尼朝天上看了一眼，大声说道：“如果他们让我们挑选的话。”

“那支舰队只会待在太空。”保罗说。

哥尼摇着头。

“他们别无选择，”保罗说，“我们能毁掉香料，公会不敢冒这个险。”

“孤注一掷者最为危险。”哥尼说。

“难道我们不算孤注一掷？”斯第尔格问。

哥尼瞪着他。

“你还不了解弗雷曼人的梦想。”保罗提醒他，“斯第尔格想的是我们花在贿赂上的水，还有多年来的漫长等待。这一切原本都是为了让厄拉科斯开满遍地的鲜花。他不是……”

“啊……”哥尼皱起了眉头。

“他干吗老板着脸？”斯第尔格问。

“每次打仗前，他总板着脸，”保罗说，“这是哥尼表达幽默感的唯一方式。”

哥尼脸上慢慢浮现出狼一般的狞笑，蒸馏服面罩的缺口处露出一口白牙。“一想到那些可怜的哈克南鬼魂，一想到我们将无情地送他们去地狱，我的脸就更加阴沉了。”他说。

斯第尔格欢快地笑了起来。“他讲起话来活像一名弗雷曼敢死队员。”

“哥尼是天生的敢死队员。”保罗说。他心里想：*是的，在我们与平原上的那支部队交手前，在我们接受真正的考验前，就让他们聊聊家常吧，别老想着战斗*。他朝岩壁上的裂缝看了看，又把目光转回到哥尼身上，发现这位吟游诗人又恢复了他那阴沉的样子，皱着眉头正沉思着什么。

“忧虑会使人丧失斗志，”保罗小声说，“这话是你告诉我的，哥尼。”

“我的公爵，”哥尼说，“我担心的主要是原子弹。如果你用它们在屏蔽场城墙上炸个洞的话……”

“就算我们动用原子弹，上面那些人也不会用原子武器来对付我们。”保罗说，“他们不敢……理由是一样的：它们不敢冒这个险，害怕我们真会摧毁香料源。”

“但禁令规定……”

“禁令！”保罗吼道，“让各大家族禁绝使用原子弹互相攻击的，是恐惧，而不是禁令。联合协定写得很清楚：‘使用原子弹对付人类，将导致整个星球的毁灭。’我们准备炸毁的是屏蔽场城墙，而不是人类。”

“这观点也太直白了！”哥尼说。

“上面那些人心惊胆战，巴不得能有这样一个观点。”保罗说，“这件事就到此为止吧。”

他别过头，暗自希望自己真的能像表现出来的那么自信。过了一会儿，他问道：“城里那些人怎么样了？是否也已经进入了指定位置？”

“是的。”斯第尔格轻声道。

保罗看着他。“那你为何闷闷不乐？”

“我从来不觉得城里人可以信赖。”斯第尔格说。

“我自己就曾经是一个城里人。”保罗说。

斯第尔格僵住了，他的脸涨得通红。“穆阿迪布，你知道，我不是这个意思……”

“我明白你的意思，斯第尔格。但是，对一个人的评价，不是依据你认为他会做什么，而是看他实际做了些什么。这些城里人有弗雷曼的血统，他们只是还没学会挣脱束缚。我们会教会他们。”

斯第尔格点点头，懊悔地说道：“这是一辈子的习惯了，穆阿迪布。在丧原，我们学会了蔑视这群城里人。”

保罗看了哥尼一眼，他在打量斯第尔格。“给我们讲一讲，哥尼，为什么萨多卡要把下面那些城里人赶出家园？”

“老花招了，公爵。他们以为可以利用这些难民来加重我们的负担。”

“游击战早就成了往事，那些自以为强大的人也早就忘记该如何跟游击队作战了。”保罗说，“萨多卡已经落入我们的圈套。他们以劫掠为乐，强抢城里的女子，用反抗者的头颅装点他们的战旗。他们已经在当地人中间制造出一股仇恨的浪潮，要不是这样，城里人原本可能会给我们即将发起的战役造成极大的阻碍……可现在，推翻哈克南人的可能性大大增加了。萨多卡是在为我们招兵买马，斯第尔格。”

“城市人确实渴望战斗。”斯第尔格说。

“他们的仇恨之火刚刚点燃，”保罗说，“所以我们才招募他们组成突击部队。”

“他们的伤亡将会极其惨重。”哥尼说。

斯第尔格点头同意。

“这一点，我们已经告诉他们了。”保罗说，“但他们知道，每杀死一个萨多卡，我们这边就少一个敌人。瞧，先生们，他们现在有了奋斗目标，就算抛头颅洒热血也在所不辞。他们已经发现自己同样是人。他们已经觉醒。”

从望远镜那儿传来观察员的小声惊呼。保罗跑到岩石裂缝处，问道：“外面怎么了？”

“发生骚乱了，穆阿迪布，”观察员小声道，“在那个巨大的金属帐篷里，从西部岩墙开来一辆地行车。然后，就像老鹰飞进鹌鹑窝里一样，里面炸开了窝。”

“我们释放的那几个萨多卡已经到了。”保罗说。

“现在，他们在整个着陆区周围启动了屏蔽场，”观察员说，“我可以看见屏蔽场引起的空气震动，屏蔽场的范围甚至扩大到了他们存放香料的仓储区。”

“现在，他们知道是在跟谁作战了，”哥尼说，“让哈克南畜生们去发抖吧！让他们去为一个幸存的厄崔迪人烦恼吧！”

保罗对望远镜旁的弗雷曼敢死队员说道：“注意观察皇帝舰船顶上的旗杆，如果上面升起我的旗……”

“才不会。”哥尼说。

见斯第尔格迷惑不解地皱着眉头，保罗说道：“如果皇帝认可了我的声明，他会重新在厄拉科斯上空升起厄崔迪的旗帜。那样的话，我们就执行第二套方案，只攻击哈克南人。萨多卡会站在一边，让我们自己来了结和哈克南人的恩怨。”

“对这些外星球的事，我没什么经验，”斯第尔格说，“我听说过，但似乎不太可能……”

“他们会怎么做，不需要经验也看得出来。”哥尼说。

“他们正往那艘大飞船上挂新旗。”观察员说，“是一面黄色的旗……中间有一个黑红相间的圆圈。”

“真够精明的，”保罗说，“是宇联商会的旗。”

“和其他飞船的旗帜一模一样。”弗雷曼敢死队员说。

“我没明白。”斯第尔格说。

“的确够精明的。”哥尼说，“如果升起厄崔迪家族的旗帜，皇帝只好站在我们这一边了，他周围的人都看着呢。如果他在自己的旗舰上升起哈克南人的旗帜，那就是直截了当的宣战书。可是，不，他升起了宇联公司那面破旗。那他就是在告诉上面那些人……”哥尼指指太空，“……他只关心利益之所在。他是在说，他不管这里是否有厄崔迪家族的人。”

“风暴还有多久才会刮到屏蔽场城墙？”保罗问道。

斯第尔格转过身，走向洼地中的一个弗雷曼敢死队员，询问了一番。过了一会儿，他回来道：“很快，穆阿迪布。比我们预料的还要快。这是一次超级大超级大的风暴……也许比你期望的还要大。”

“这是我的风暴。”保罗说。听见他说这话的弗雷曼敢死队员们脸上露出敬畏的神情。保罗看着他们，继续道，“就算它震撼到整颗星球，也不会超过我的期望。它会不会正面冲击整座屏蔽场城墙？”

“差不离，可以说是的。”斯第尔格说。

一名侦察兵从通往下面盆地的隧道里爬出来，说道：“萨多卡和哈克南人的巡逻队正在回撤，穆阿迪布。”

“他们估计风暴会把过量的沙尘倾注到盆地里，这样就会降低能见度。”斯第尔格说，“他们以为我们也会被困住。”

“告诉我们的炮手，在能见度降低前瞄好目标。”保罗说，“等风暴一摧毁屏蔽场，他们必须立刻轰掉那些飞船的船首。”他踏上凹穴的岩壁，把伪装掩体的罩子拉开一点，透过缝隙仰望天空。阴沉沉的空中，可以看见远处一条马尾状的沙暴。保罗把罩子重新盖好，说道：“把我们的人派下去吧，斯第尔。”

“你不和我们一起下去？”斯第尔格问。

“我先跟敢死队员们在这里等一会儿。”保罗说。

斯第尔格冲着哥尼耸了耸肩，钻进了岩壁上的那个洞，消失在一片黑暗中。

“这是用来炸毁屏蔽场城墙的起爆器，我把它交给你了，哥尼，”保罗说，“你来炸，好吗？”

“我来。”

保罗向一位敢死队军官挥了挥手，说道：“奥塞姆，开始让侦察人员撤出爆破区，必须赶在暴风来袭之前全部撤离。”

那人鞠了一躬，跟在斯第尔格后面走了。

哥尼靠在岩缝边上，对望远镜旁的人说：“注意南边的岩壁。起爆前它将毫无防备。”

“放一只碧水鸟出去，通报起爆时间。”保罗命令道。

“一些地行车正朝南边的岩壁行进，”望远镜旁的人说，“有些还使用了投射武器。试探性进攻。我们的人按你的指令使用了身体屏蔽场。地行车停下了。”

周围突然一片沉寂。保罗听见风魔在头上飞舞——这是风暴的先头部队。沙子开始从伪装掩体与坑口的缝隙间灌进凹地。一阵狂风卷起伪装掩体的罩子，立刻把它刮跑了。

保罗示意他的弗雷曼敢死队员躲好，接着走到隧道口上那些看守通讯设备的队员面前。哥尼跟在他身边，也在隧道口停下脚步。保罗在通讯兵旁边伏下身子。

其中一人说："这真是一场超级大超级大的风暴啊，穆阿迪布。"

保罗抬头望了望黑沉沉的天空，说道："把南边岩壁那儿的观察员撤回来。"风暴的呼啸声越来越大，他不得不提高音量，重复了一遍刚才的命令。

哥尼转身执行他的命令。

保罗收紧面罩，系牢蒸馏服的兜帽。

哥尼回来了。

保罗拍拍哥尼的肩膀，指着通讯员身后那个安在隧道口的起爆器。哥尼走进隧道，停在那里，一只手按在起爆器上，目光紧紧盯着保罗。

"我们收不到信号，"保罗身边的通讯员说，"静电干扰太大。"

保罗点点头，眼睛继续盯着通讯员面前的时钟盘。过了一会儿，保罗看了一眼哥尼，举起一只手，接着再次看向时钟盘。指针正慢慢转过最后一圈。

"起爆！"保罗大喊一声，挥下手臂。

哥尼按下了起爆器。

似乎过了整整一秒钟，他们才感到脚下的大地上下起伏，颤动起来。沙暴的怒吼声中又加上了爆炸的轰鸣。

那个敢死队观察员出现在保罗面前，望远镜夹在胳膊底下。"屏蔽场城墙被炸开了一条大口子，穆阿迪布。"他喊道，"沙暴开始正面袭击他们，我们的炮手已经开火。"

保罗想象着正横扫盆地的沙暴：沙墙携带着高能静电，充足的电量足以摧毁敌人营地内所有的屏蔽场屏障。

"沙暴！"有人高声喊道，"我们必须躲到掩体下面去，穆阿迪布！"

保罗清醒了过来，感觉到针一般的沙子蛰刺着他裸露的脸颊。决战开始了，他想。他用一只手臂搂住通讯员的肩膀，说道：“别管这些设备了！隧道里还有一大堆呢。”他感到自己被人拉着朝隧道里走，弗雷曼敢死队员们一拥而上，簇拥在他周围保护他。他们一起挤进隧道口。跟外面相比，洞里宁静了许多。他们转过一个拐角，走进一间窄小的岩室，岩室顶上悬着一盏盏球形灯，对面则是另一个隧道口。

另一个通讯员坐在一套通讯设备旁。

“静电干扰太大。”那人说。

一股沙尘冲了进来，在他们四周的空中乱转。

“封闭这个隧道！”保罗大声说道。突如其来的寂静表明，他的命令已经被执行了。“通往盆地下面的通道仍然畅通吗？”保罗问道。

一名敢死队员马上跑去查看，一会儿他跑了回来，说道：“爆炸造成了小规模的塌方，但工兵说道路仍然是畅通的。他们正用激光光束清理现场。”

“叫他们用手！”保罗吼道，“谁能确认下面没有激活的屏蔽场？”

“他们很小心，穆阿迪布。”那人说道，不过他还是转身去执行他的命令。

这时从外面进来的通讯员扛着他们的设备从他身边经过。

“我告诉过这些人，别管这些设备了！”保罗说。

“弗雷曼人不喜欢遗弃东西，穆阿迪布。”一名敢死队员争辩道。

“在现在这个节骨眼上，人比设备更重要，”保罗说，“如果胜了，我们很快就会有更多设备。败了的话，我们以后根本不再需要任何设备了。”

哥尼·哈莱克走到他身边，说道：“我听他们说，下去的路通了。我们这儿离地表很近，大人，别让哈克南人逮着机会报复我们。”

“他们没空报复我们，”保罗说，“他们现在刚刚发现他们已经没了屏蔽场的保护，而且也没法起飞离开厄拉科斯了。”

“不管怎么说，新的指挥所已经准备好了，大人。”哥尼说。

“指挥所暂时还用不着我去。”保罗说，“这场仗会继续按计划进行，有没有我都一样。我们必须等……”

“我收到一条消息，穆阿迪布。”守在通讯设备旁的那名通讯员说。他摇了摇头，把耳机紧紧按在耳朵上。“静电干扰太大！”他开始在面前的一个便笺簿上飞快写起来，然后又摇摇头等着，写一几句……等一会儿……

保罗走到那个通讯员身旁，其他弗雷曼敢死队员朝后退去，给他让出地方。他低头看着那人写下的几行字，读道：“偷袭……泰布穴地……俘获……厄莉娅……家人……死……他们……穆阿迪布的儿子……”

通讯员又摇了摇头。

保罗抬起头，发现哥尼正看着他。

“这些信息很乱，”哥尼说，“静电干扰的缘故，你并不知道……”

“我儿子死了。”保罗说。他一边说，一边清醒地意识到这是真的，“我儿子死了……厄莉娅被俘了……成了人质。”他感到心里空荡荡的，成了一具没有感情的空壳。不管什么事，只要被他碰上，就会招来死亡和悲哀。他简直像一场可能传遍宇宙的大瘟疫。

他能感到那位老人的智慧，无数人的毕生经历积累而成的智慧。似乎有一只手正用力拧着他的心，同时轻轻哂笑着他。

保罗想：*这个宇宙对残酷的本质压根儿就一无所知！*

穆阿迪布站在他们面前，说：“虽然我们将被俘之人视为已死者，但我知道她还活着，因为她的种子就是我的种子，她的声音就是我的声音。她同样能看到未来最遥远的种种可能。是的，因为我的缘故，她能一直看到充满未知的深谷。”

——摘自伊勒琅公主的《厄拉科斯的觉醒》

帕迪沙皇帝临时营房的椭圆形会客厅中，弗拉基米尔·哈克南男爵静静站着，眼睛瞅着地板。但男爵已经偷偷打量过这间金属墙壁的房间，还有房中的人——御前卫官、侍从、卫兵，以及沿墙而立的萨多卡军人。这些萨多卡以稍息姿势站着，身后的墙壁上，挂着一面面血迹斑斑的破烂军旗，每一面军旗都是缴获的战利品，也是这间房间里唯一的装饰。

“众人回避！皇帝驾到！”会客厅右边传来一个声音，从高大的走廊一路回响过来。

帕迪沙皇帝沙达姆四世从走廊里出来，走进会客厅，后面跟着他的随从。他站立着，等待着人们把他的皇帝宝座抬进来。皇帝对男爵视而不见，应该说，似乎对会客厅里的所有人都视而不见。

可男爵发现，自己却不能对皇帝视而不见。他打量着皇帝，想从皇帝身上找出些许征兆，看能不能找出任何线索，以揭示这次皇帝召见他的真实目的。皇帝泰然自若地站在那里，耐心地等着。他身材修长，仪态典雅，身穿灰色萨多卡军服，军服上挂着或金或银的饰物。他那瘦削的脸庞和冷峻的双眼让男爵想起很久以前就已死去的雷托公爵。这两个人都有着相似的鹰脸。只不过，皇帝的头发是红色的，而不是黑色，大部分罩在波萨格将官的黑色头盔下，头盔顶上还饰有象征皇室的金色顶饰。

侍从们抬来了皇帝的宝座。这是用一整块哈葛尔石英石雕凿而成的大椅子，呈半透明的蓝绿色，中间贯穿着黄色的火焰条纹。侍从们把御座放在会客厅的高台上，皇帝登上高台，在御座里坐下。

一个老女人身穿黑色的长袍，兜帽整个拉下来盖住了前额，她自行从皇帝的随从队列里走出，在御座后面找了个位置站好，把一只骨瘦如柴的手搭在御座的石英石靠背上。她的脸从兜帽里露出一小块来，窥视着台下，那样子活像一幅巫婆的漫画：深陷的两颊和眼睛，超长的鼻子，长满斑点的皮肤，还有凸起的青筋脉络。

但男爵一见之下，就忍不住发起抖来。圣母盖乌斯·海伦·莫希阿姆是皇帝的真言师，她的出席说明了这次召见的重要性。男爵把视线从她身上移开，仔细打量着皇帝的其他随从，想从他们身上找到更多线索。他们中间有两个宇航公会的代理人：一个又高又胖，一个又矮又胖，两人都有一双冷漠的灰眼睛。随侍的人中还有皇帝的长女，伊勒琅公主。据说，她正在接受最高深的贝尼·杰瑟里特训练，是一个注定要当圣母的女人。她身材高挑，皮肤白皙，满头金发，长着一张轮廓分明的漂亮脸蛋，还有一双能看透别人心思的绿眼睛。

“我亲爱的男爵。”

皇帝垂眼看向他，一副男中音受到了精妙的控制。在打招呼的同时，也表露出了冷漠的态度。

男爵低低地弯下腰，走到距离御座十步远的指定位置。“陛下，微臣奉旨前来觐见。”

“奉旨！”那老巫婆咯咯地笑了起来。

“行了，圣母。”皇帝斥责道，不过他还是对男爵的狼狈相感到好笑。他说道：“首先，你要告诉我，你把你的奴才杜菲·哈瓦特派到哪里去了。”

男爵左右四顾，后悔自己没带护卫过来，倒不是说他们对抗得了萨多卡，而是……

“嗯？”皇帝说。

“他去了五天了，陛下，”男爵瞥了眼公会代表，接着重新看向皇帝，“他本应在走私徒的基地着陆，并试图混进那个弗雷曼狂人——那个穆阿迪布——的营地。”

“不可能！”皇帝说道。

那个女巫用爪子般的手拍了拍皇帝的肩膀，身体凑向前，附在皇帝耳边嘀咕了几句。

皇帝点着头，说道：“五天，男爵，告诉我，他这么久没回来，你为何不担心？”

“我的确有些担心，陛下！”

皇帝盯着他，等着进一步的回答。这时，圣母又咯咯地笑了起来。

“我的意思是，陛下，”男爵说，“哈瓦特反正也活不过几个小时。”他向皇帝解释了哈瓦特服用的潜伏性毒药，以及需要解毒药的情况。

“你真聪明，男爵，”皇帝说，“你的侄儿拉班和小菲德-罗萨又到哪里去了？”

“风暴要来了，陛下。我派他们去检查我们的周边防御工事，以免弗雷曼人在风沙的掩护下发起进攻。”

“周边防御工事。”皇帝噘起嘴，从他嘴里蹦出这几个字，“盆地这里不会有多大的沙暴。我在这儿有五个军团的萨多卡军，那群弗雷曼乌合之众是不会主动进攻的。”

“肯定不会，陛下，”男爵说，“但小心谨慎总没错。谨慎过了，就算犯下错误也是无可厚非的。”

“啊——”皇帝说，“无可厚非。那么，我就不能说说厄拉科斯这件荒唐事花了我多少时间吗？也不能提宇联公司的利润是如何被白白倾倒在这个老鼠洞里？也不该抱怨为了这件愚蠢的事，我不得不延期甚至取消宫廷活动，就连国家大事也受了影响？”

男爵垂下眼帘，被皇帝的震怒吓坏了。此时此刻的处境使男爵感到万分惶恐，如今他孤身一人，在安全保障方面完全依赖于联合协定和大家族反变节宣言的一纸声明。*他是要杀我吗？*男爵暗自发问，*不会的！其他大家族都在上面等着呢，他不可能当着他们的面，找借口因为厄拉科斯的动荡局势杀死我！*

“你抓过人质吗？”皇帝问。

“没有用，陛下，”男爵说，“这群弗雷曼疯子为每一个被俘的人举行葬礼，当他们已经死了。”

“是吗？”

男爵等待着，目光逡巡，顾望着这间会客厅的金属墙壁。他想着这个巨大无比的由扇金制成的军营，它所代表的无限财富就连男爵本人也敬畏不已。他带着侍从，男爵想，还有无用的宫奴、他的妃子，以及她们的随行者：发型师、服装设计师，等等……所有那些依靠宫廷过日子的寄生虫，全都在这儿了。一边阿谀奉承，一边暗地里搞阴谋诡计，和皇帝一起，过着“简朴的军营生活”，等着看皇帝了结这桩厄拉科斯的乱子，然后写几首有关战斗的短诗，把死伤者塑造成供大众膜拜的英雄人物。

“也许你没抓到合适的人质。”皇帝说。

他知道些什么，男爵想。恐惧像石头般压在他的肚子上，让他都不忍有吃东西的念头。可这种感觉偏偏很像饥饿，他好几次在浮空器中扭动身子，恨不得命人给他拿点吃的来。然而，这里没人听他的吩咐。

“你知道这个穆阿迪布是谁吗？”皇帝问。

“肯定是个乌玛，”男爵说，“一个弗雷曼狂人，宗教冒险家。这种人每隔一段时间就会在文明社会的边缘地带冒出一批。陛下，这您是知道的。”

皇帝看了看他的真言师，又回过头来，沉着脸望向男爵。“你对这个穆阿迪布就知道这些？”

“一个疯子，”男爵说，“不过所有的弗雷曼人都是疯子。”

“疯子？”

“他的子民高呼他的名字投入战斗。女人们把她们的孩子扔向我们，然后自己扑到我们的刀上，好撕开我们的防线，让她们的男人向我们进攻。他们一点都不……不……体面！”

“那么糟啊。”皇帝喃喃道。可那种嘲笑的语调并没有逃过男爵的耳朵。“告诉我，我亲爱的男爵，你调查过厄拉科斯的南极地区吗？”

男爵抬头看着皇帝，他很吃惊，因为皇帝突然改变了话题。“但是……嗯，您知道的，陛下，那片地区是无人居住的，是沙暴和沙虫的天下。那个纬度范围甚至连香料也没有。”

“难道你没获取过香料运输机发来的报告，不知道那里出现了成片的绿地？”

“时常有这样的报告。很久以前，我们也调查过其中一些，看到过几棵植物，但却让我们损失了不少扑翼机。代价太大了，陛下。那是一个人类无法长期生活的地方。”

“原来如此。”皇帝说。他打了个响指，于是御座左后边的一道门打开了，从门里走出来两个萨多卡人，押着一个四岁左右的小女孩。她穿着一件黑色长袍，兜帽甩在背后，露出咽喉旁边挂着的蒸馏服附件。一张温和的圆脸上，长着一双弗雷曼人特有的蓝眼，看上去全无惧意。但她的目光竟让男爵感到莫名的不安。

就连那个贝尼·杰瑟里特真言师老太婆，也在小女孩经过时后退了一步，还朝她那个方向做了一个屏挡的手势。老巫婆明显对这个孩子的出现大感震惊。

皇帝清了清嗓子，准备说话，但那小女孩却抢先开口。声音尖细，稍有含混，但还是能听清。“原来他在这儿，”她一面说，一面向前走到高台边，“模样不怎么样嘛。就是个吓坏了的胖老头儿，身子骨这么弱，要是没有浮空器，就连自己的身体都支撑不起来。”

从一个孩子口中竟说出如此出人意料的话。男爵气急败坏，却只能干瞪着她，一句话也说不出来。*难道是个侏儒？*他暗想。

“我亲爱的男爵，”皇帝说，“来认识一下穆阿迪布的妹妹。”

“妹……”男爵把注意力转移到皇帝身上，“我不明白。”

“有时候，我也会犯小心谨慎的错误，”皇帝说，“一直有人向我报告，你所谓的那个南极无人区显示出有人类活动的迹象。”

“但那是不可能的！”男爵辩解道，“沙虫……那儿只有一望无际的沙……”

“这些人似乎有办法避开沙虫。”皇帝说。

那小女孩在高台上靠近御座的地方坐下来，双脚垂在台边晃荡着。她神情自若地欣赏着这个房间。

男爵盯着那踢来踢去的双腿，看着小脚带动黑色的长袍，露出衣衫下的一双便鞋。

“不幸的是，”皇帝说，“我只派了五艘运兵舰，只运了少量的攻击部队。我原本是想抓些俘虏回来审问，可只有一艘飞船逃了回来，带回来三个俘虏。记住，男爵，我的萨多卡几乎全军覆没，而敌人只是一些妇女、儿童和老人。这个孩子就指挥着其中一个战斗小队。”

“您瞧见了，陛下！”男爵说，“他们都是一群什么样的人！”

“我是自愿让你们抓来的，”那小女孩说，“我没脸见我哥哥，没法告诉他，他的儿子遇难了。”

“我们只有几个人逃脱，”皇帝说，“逃脱！你听见了吗？”

“要不是那些火，”小女孩说，“他们也逃不了。”

“我的萨多卡把他们运兵舰上调整飞行姿态的喷气发动机当成火焰喷射器来用。”皇帝说，“万般无奈的绝望之举。就靠了这个，他们才带着三个俘虏逃了回来。请注意，亲爱的男爵大人：我的萨多卡在与老弱妇孺的混战中被迫撤退。”

“我们应该派大部队清剿，”男爵愤愤道，“必须消灭每一个残余……”

“住口！”皇帝一声怒喝，他在御座上推起身，凑向前，“别再侮辱我的智商。你站在这里，装出一副愚蠢的无辜样子……”

“陛下。”真言师老太婆插嘴道。

他挥手命她安静。“你说你不知道我们所发现的那些人类活动迹象，也不知道这些卓越人物的战斗力！”皇帝从御座上抬起半个身子，“你把我当什么了，男爵？”

男爵向后退了两步，心想：*是拉班。他给我来了这一手，拉班……*

“还有你与雷托公爵的虚假争端。”皇帝哼哼道，重新靠回到御座上，“这事儿你干得真够漂亮啊！”

“陛下，”男爵恳求道，“您……”

“住口！”

贝尼·杰瑟里特老太婆把一只手放到皇帝的肩上，凑到他耳旁，小声嘀咕着。

那小女孩坐在高台上，不再踢腿了。她说：“让他更害怕些，沙达姆。我本不应该高兴的，但我实在忍不住。”

“安静，孩子。”皇帝说。他身体前倾，把一只手放在她头上，眼睛却盯着男爵，“这可能吗，男爵？你真像我这个真言师说的那样头脑简单吗？难道你没认出，这个孩子是你的朋友雷托公爵的女儿吗？”

“我父亲从不是他的朋友，”小女孩说，“我父亲死了。这个哈克南老畜生从没见过我。”

男爵惊得脑子里一片空白，只能呆呆地望着她。他好不容易才重新发出了声音，声音嘶哑：“你是谁？”

“我叫厄莉娅，是雷托公爵和杰西卡夫人的女儿，保罗·穆阿迪布公爵的妹妹。”小女孩说着，从高台上跳下，来到会客厅的地板上，“我哥哥发誓要把你的人头挂在他的战旗上。我认为他一定能做到。”

“安静，孩子。”皇帝说。他坐回御座上，一只手摸着下巴，细细打量着男爵。

“我才不听皇帝的命令呢。”厄莉娅说。她转过身，抬头看着高台上的老圣母，“她知道。”

皇帝抬头望了望真言师。“她这话是什么意思？”

“这小孩是个异种！”老太婆说，“她母亲应该受到有史以来最重的惩罚。应该被处死！而且不能让她们死得痛快，无论是这个孩子，还是生她的那个女人！”老妇人一根手指指着厄莉娅，“从我脑子里滚出去！”

“心灵感应？”皇帝低声问。他的注意力转到厄莉娅身上，“圣母在上！”

“你不明白，陛下，”老太婆说，“这不是心灵感应。她就在我脑子里，和我以前的那些圣母一样，那些把记忆传给我的人。她就在我的脑子里！不应该出现这样的事，可她确实在！”

“什么？”皇帝厉声问道，“你在胡说些什么？”

老太婆直起身，垂下手。“我说多了。但事实还是事实，她看上去像是个孩子，但其实不是，必须除掉她。很久以前，我们就受过警告，要防止此类事情发生；而且，我们也曾被告知防止生出这种怪胎的方法。然而，有一个人背叛了我们。”

“胡说八道，老太婆，”厄莉娅说，“你完全不知道这是怎么回事，却还像个傻子一样喋喋不休。”厄莉娅闭上眼睛，深深吸了口气，然后屏住了呼吸。

老圣母呻吟着摇晃起来。

厄莉娅睁开眼睛。“就是这么回事。”她说，“一起宇宙性的意外……这里面也有你的功劳。”

老圣母伸出双手，掌心向着厄莉娅，推挡着。

“到底发生了什么事？”皇帝问，“孩子，你能把你的思想灌输进另一个人的大脑？”

“根本不是那么一回事，”厄莉娅说，“除非我生来就是你本人，否则怎么可能像你那样思考。”

“杀了她，”老圣母喃喃道，紧紧抓住御座的椅背，支撑着自己的身子，“杀死她！”那双深陷的老眼恶狠狠地盯着厄莉娅。

“安静！”皇帝说，他打量着厄莉娅，“孩子，你能联系上你哥哥吗？”

“我哥哥知道我在这儿。”厄莉娅说。

“你能告诉他，要他投降来换你的命吗？”

厄莉娅天真无邪地对他笑笑。“我不会那么做。”

男爵步履蹒跚地朝前走了几步，站在厄莉娅身旁。“陛下，”他恳求道，“我一点也不知道……”

“再插嘴打断我，男爵。”皇帝说，“你就会丧失插嘴的能力……永远。”他仍然把注意力放在厄莉娅身上，眯起眼睛审视她，“你不会那么做，啊？你能看穿我的念头吗？你知不知道，如果你不服从我的命令，我会怎么对付你？”

“我说过，我不会读心术，”她说，“但要读懂你的意图并不需要心灵感应术。”

皇帝沉下脸。“孩子，你简直不可救药了。那我只好集结军队，把这颗星球变成……”

“没那么简单。”厄莉娅说。她朝两个公会的人望去，“问问他们。”

“违背我的意愿并不明智，”皇帝说，“你不该拒绝我的这个小小的要求。”

“现在，我哥哥来了。”厄莉娅说，“在穆阿迪布面前，就连皇帝也会发抖，因为他拥有正义的力量，上天当然会眷顾他。”

皇帝猛地站起身。“这出戏到此为止。我要把你哥哥和这颗星球捏在手心里，把他们碾成……”

房间发出隆隆巨响，周围的一切摇晃起来。御座后面原本是连接金属兵营和皇帝旗舰的通道，一道沙瀑却突然从那边倾泻而下。众人立即感觉到皮肤上传来一阵一阵的压力，忽松忽紧，表明区域屏蔽场正在启动。

“我跟你说过，”厄莉娅说，“我哥哥来了。”

皇帝站在御座前，右手按着耳朵，里面的无线耳机不断传出报告战况的声音。男爵移了两步，走到厄莉娅身后。萨多卡正快步走到门口，做好战斗准备。

“我们退回太空去，重新组织进攻。”皇帝说，“男爵，我很抱歉。这群疯子在沙暴的掩护下发起了进攻。既然如此，我们就向他们展示一下皇帝的怒火吧。”他指着厄莉娅说，“把她丢进沙暴吧。”

就在他说话时，厄莉娅迅速后退，装出害怕的样子。“让沙暴带走所有能带走的东西吧！”她尖叫着，往后跌入男爵怀中。

“我抓住她了，陛下！”男爵高声叫道，“要不要我现在就把她处决……哎呀！”他把她狠狠甩到地上，一只手紧紧抓住自己的左臂。

“对不起，外公，”厄莉娅说，“你已经中了厄崔迪的戈姆刺。”她站起身，一根黑色的针从她手里掉落。

男爵一头栽倒在地，双眼鼓起，瞪着左掌心一条红色的伤痕。“你……你……”他在浮空器中翻了个身，滚到悬浮场的一侧，那一大堆松弛的肥肉在悬浮场的支撑下离开地面约寸许，垂着头，张大了嘴。

“这些人都是疯子，”皇帝怒叫道，“快！进飞船，我们要彻底肃清这颗星球的每一个……”

在他左边有什么东西突然闪起火花。一团球形闪电撞到那边的墙上又弹了回来，一接触到金属地面，就立即炸开了。会客厅里顿时弥漫起一股绝缘材料烧焦的臭味。

“屏蔽场！”一名萨多卡军官叫了起来，“外部屏蔽场被瓦解了！

他们……”

他的话音淹没在一片金属撞击的巨响声中。皇帝身后的飞船舱壁剧烈地抖动起来，摇晃起来。

“他们轰掉了我们飞船的机头！”有人叫道。

滚滚沙尘在房间里翻腾起来。厄莉娅在沙尘的掩护下一跃而起，飞也似朝门外跑去。

皇帝急忙转身，示意他的人赶紧往御座后面撤，那边的舱壁上有一道安全门，正在来回摆动。一名萨多卡军官从一片沙雾中跳了出来，皇帝飞快地冲他打了个手势。“我们就在这儿组织防御！”他命令道。

又一声猛烈的爆炸，整座金属兵营摇晃着。会客厅另一头的双重门砰的一声打开，风卷狂沙，带来外面的阵阵呼叫。只见一个身穿黑色长袍的小小身影背光而立，在沙雾中若隐若现——是厄莉娅，她飞快地冲了出去，找到一把刀，然后按照她所受到的弗雷曼训练，将那些哈克南和萨多卡伤员一一杀死。萨多卡军人穿过一阵黄绿色的烟雾冲向门口，手持武器组成一道弧形防卫圈，保护皇帝撤退。

“陛下，请保重身体！”一名萨多卡军官大喊，“快进飞船！”

但独自站在高台上的皇帝伸手指着门口，什么话也说不出来。远处，一段四十米长的临时兵营被炸飞了，会客厅的大门现在面对的是滚滚沙流。外面低悬着远方吹来的沙尘云。透过沙雾可以看到，沙尘云中不时划过因静电而生的闪电，风暴的电荷使屏蔽场短路了，电火花四面迸射。平原上到处是战斗的身影——萨多卡，还有那些仿佛乘着沙暴从天而降的沙漠人。

皇帝的手指正指着这样一幅画面。

突然，从沙雾中钻出一群排列整齐的发光体——拔地而起的巨大弧线发出水晶般的光芒，突然变成了沙虫的血盆大口。它们组成了一堵高墙，每条沙虫背上都载满了弗雷曼人，一路势如破竹般突袭过来。一片咝咝声中，弗雷曼长袍在风中飞舞，楔形队列直插平原上的战场。

他们朝皇帝的临时兵营直杀而来。萨多卡人从未见过这种场面，有史以来第一次，他们被这种人类理智难以接受的攻击吓呆了，不知所措地傻站在那儿。

然而，从沙虫背上跳下来的是人，刀锋闪动着充满威胁的黄色光芒，这正是萨多卡受训要面对的东西。他们立即投入战斗。厄拉奇恩平原上展开了一场人与人的激战。这时，一名精选出来的萨多卡保镖把皇帝推回飞船里，迅速封好舱门，准备把那道门当作屏蔽场的一部分进行殊死抵抗。

飞船内相对安静了许多，深感震惊的皇帝瞪着周围的扈从，只见他们一个个睁大双眼，满面惊恐。他看见自己的长女因激动而面带红晕；真言师老太婆把兜帽拉下来遮住脸，像个黑色的幽灵般站在那里；最后，他终于发现了自己正在搜寻的脸孔——那两个宇航公会的人。他们穿着公会的灰色制服，制服上毫无装饰，他们的脸上也毫无表情，和身上所穿的制服如出一辙。尽管周围的气氛极度紧张，他们却仍然保持着与那套灰色制服相配的冷静。

两人中的高个子举起一只手蒙住左眼。皇帝望向他的时候，有人推了推他的手臂，撞开了他的手，露出那只眼睛。混乱之中，那人弄丢了原本用于伪装的隐形眼镜，这只暴露在外的眼睛竟完全是蓝色的，暗得几乎变成了黑色。

那个矮个子用肘尖挤开人群，朝皇帝踏近一步，说道："我们无法预测事态如何发展。"高个子重新用手蒙住眼睛，冷冷地加上一句，"可这个就连穆阿迪布也不会知道。"

这些话将皇帝从迷茫中震醒。高个子话中明显带着轻蔑的口气，但皇帝仍旧费了好大劲儿才分辨出来。硝烟散尽后这个平原会是什么样子，不需要宇航公会领航员那种高度强化集中的思维能力也能看得清清楚楚。皇帝心想，这两个人是否过于习惯运用他们的预知能力，以至于忘了用眼睛瞧瞧、用常识判断？

"圣母，"他说，"我们需要制定一个计划。"

圣母把蒙头兜帽拉下，两眼死死盯着皇帝。两人视线相交，交换了一个眼神，彼此心领神会。他们剩下的只有一种武器，一种他们俩都十分了解的武器：背叛。

"去芬伦伯爵的房间，召他前来觐见。"圣母说。

帕迪沙皇帝点点头，挥手示意他的一名助手去执行这个命令。

他既是位战士，也是名神秘主义者；既是个魔怪，又是个圣徒；既是只老狐狸，又是单纯少年；既有侠义风范，又残酷无情；不是神，却又不单是人。用普通人的标准无法衡量穆阿迪布行事的动机。在他取得胜利的那一瞬，他就已经看到了自己未来的死法，但他还是坦然接受了背叛。能说他这样做是出于正义感吗？又是谁的正义？记住，我们所讨论的人是穆阿迪布，曾下令剥下敌人的人皮做成战鼓，曾挥手之间便破坏了过去的厄崔迪传统，用他的话说："我是魁萨茨·哈德拉克，只这一条理由就够了。"

——摘自伊勒琅公主的《厄拉科斯的觉醒》

胜利的那天晚上，保罗-穆阿迪布在众人护卫下来到厄拉奇恩的行政官邸，也就是厄崔迪家族首度踏上沙丘厄拉科斯时所占据的老屋。那座建筑物仍然保持着拉班重建后的样子，虽然曾遭到市民的洗劫，但战争并没有破坏它，只有大厅里的一些陈设品被推倒或打碎了。

保罗大步走进正门，哥尼·哈莱克和斯第尔格紧跟在他后面。护卫队呈扇形散入大厅，开始清理这个地方，为穆阿迪布清扫出一块立足的地方。一个小队开始搜查，以确保这里没有敌人设置的机关和陷阱。

"我还记得我们跟着你父亲到这里来的第一天……"哥尼说。他四下里打量着大厅里的横梁和高高的窄窗，"当时我就不喜欢这个地方，现在更不喜欢。我们的任何一个山洞都比这儿安全。"

"讲起话来像个真正的弗雷曼人。"斯第尔格说，他注意到自己的话让穆阿迪布露出一丝冷冷的微笑，"你要重新考虑一下吗，穆阿迪布？”

“这地方是个标志，”保罗说，“拉班过去住在这里。占据这里，我就能以此宣告我的胜利，让每个人都明白谁是胜利者。派人彻底搜查这座建筑，不要碰任何东西。确保这里没有哈克南人或他们留下的小把戏。”

“遵命。”斯第尔格说，他的语气听上去极不情愿，但还是听命行事。

通讯员带着仪器匆匆走进大厅，开始在巨大的壁炉旁安装起来。弗雷曼敢死队队员迅速在大厅周围布好岗哨。卫兵们小声交谈着，带着怀疑的目光飞快地扫视周围。对他们来说，这个地方长久以来一直是敌人的堡垒，像这样随随便便住进来，他们有些难以接受。

“哥尼，派名护卫去把我母亲和契尼接来，”保罗说，“契尼知不知道我们儿子的事？”

“已经送过消息了，大人。”

“造物主被带出盆地了吗？”

“是的，大人。风暴差不多停了。”

“风暴造成的损失有多大？”保罗问。

“在风暴直接行经的路上，登陆场和平原上的香料储藏库都被毁掉了，损失巨大，”哥尼说，“和战斗造成的损失不相上下。”

“这些靠钱就能修复。”保罗说。

“除了生命，大人。”哥尼说，明显带着责备的口气，心里好像在说：*“厄崔迪人什么时候先关心起财物来，而不是首先考虑人民的安危？”*

可保罗的注意力已经全部集中，他正用灵眼窥视未来。他看到自己的前进道路上仍然横亘着一堵时间之墙，墙上有许多可见的裂缝，而圣战的阴影穿过每一道裂缝，沿着时间走廊肆虐而来。

他叹了口气，穿过大厅，看见一把椅子靠墙立着。这把椅子曾经立在餐厅里，甚至可能是他父亲生前坐过的。尽管如此，此时此刻，这张椅子只能被当成可以解除疲劳、掩饰疲态的物件。他坐了下来，拉起长袍盖住双腿，松开蒸馏服的领子。

“皇帝仍躲在他那艘飞船的残骸里。”哥尼说。

“暂时让他在里面待着，”保罗说，“他们找到哈克南人了吗？”

“还在清点尸体。”

“上面那些飞船怎么回复的？”他昂起头，冲着天花板点了点。

“还没回复，大人。”

保罗又叹了口气，靠在了椅背上。过了一会儿，他说道：“给我带个萨多卡俘虏来，我们必须给皇帝捎个口信。是谈条件的时候了。”

“是，大人。”

哥尼转身离开，临走前对保罗身旁的弗雷曼敢死队贴身侍卫打了个手势。

“哥尼，”保罗小声说，“自我们重聚以来，还没听你对周围发生的事引经据典地说道过呢。”他转过身去，看着哥尼。哥尼吞了口口水，整张脸突然僵硬起来。

“如您所愿，大人。”哥尼说。他清了清嗓子，粗声粗气道，“‘胜利的那一天变成了举国上下的哀悼日，因为人们听说，国王为他儿子的死悲痛欲绝。’”

保罗闭上眼睛，强忍悲痛，他必须忍到适当的时候才能哀悼自己的儿子，就像当初为父亲强忍悲痛一样。现在，他尽量集中精神思考今天的新发现——混杂在一起的种种未来，还有偷偷出现在他意识中的厄莉娅。

在他见到的各种时间幻象中，今天看到的最为奇怪。“我奋力对抗未来，终于把我的话放在了只有你才能听到的地方。”厄莉娅说，“就连你也做不到呢，哥哥。这真是一个有趣的游戏。而且……哦，对了，我已经把我们的外公杀了，就是那个疯狂的老男爵。他死的时候没受多少苦。”

沉静。他的时间感官看着她渐渐隐去。

“穆阿迪布。”

保罗睁开双眼，看到斯第尔格长满黑色胡须的面孔，深色的眼睛闪着兴奋的神采。

“你找到老男爵的尸体了。”保罗说。

他的沉着使斯第尔格冷静下来。“你怎么知道的？”他小声道，

“我们刚刚才在皇帝的那一大堆金属建筑物废墟里找到他的尸体。”

保罗没有理会他的问题。他已经看见哥尼回来了，两个弗雷曼人跟在他后面，架着一个萨多卡俘虏往这边走来。

“给你带来一个，大人。”哥尼说。他示意卫兵架着俘虏停在距离保罗五步远的地方。

保罗注意到，这个萨多卡眼中有一种受惊后的呆滞神情，一道青色的瘀伤从鼻梁一直延伸到嘴角。他是那种金发碧眼、眉清目秀的人，在萨多卡军中，他这种长相的人一般地位都不会低。不过，他身上的军服已经破烂不堪，上面没有任何徽章可以标识他的军衔，只有刻着皇室纹章的金纽扣和裤子上破烂的流苏证实他的确隶属萨多卡军团。

“我觉得这家伙是个军官，大人。”哥尼说。

保罗点点头，说道：“我是保罗·厄崔迪公爵。你，能听懂我的话吗？”

那萨多卡人瞪着他，一动不动。

“说话！”保罗说，“否则，你们的皇帝可能会因此而丧命。”

萨多卡人眨了眨眼睛，吞了口口水。

“我是谁？”保罗厉声问道。

“你是保罗·厄崔迪公爵。”那人哑着嗓子回答道。

他似乎对保罗过于言听计从了，但话说回来，萨多卡人对今天发生的事的确没有任何心理准备。保罗意识到：除了胜利，他们从来不知道生活中还有别的东西。这本身就是个弱点。他把这个想法暂且抛开，等日后训练他自己的军队时再细细斟酌。

“我要你给皇帝捎个口信。”保罗说。他以古老的标准措辞说道，“我，一位大家族的公爵，皇室的亲戚，对立法会作出保证，并发誓一定遵守协约：如果皇帝和他的人放下武器，到我这里来，我会以自己的性命担保他们的人身安全。”保罗举起戴有公爵印章的左手，给萨多卡人看，“我以此发誓。”

那人用舌尖舔舔嘴唇，看着哥尼。

“是的，”保罗说，“除了厄崔迪人，还有谁能拥有哥尼·哈莱克的效忠？”

“我会把口信带到。”那萨多卡人说。

“带他到我们的前沿指挥站，送他去皇帝那儿。”保罗说。

“遵命，大人。”哥尼示意护卫执行命令，随即带着他们出了大厅。

保罗转身看向斯第尔格。

“契尼和你母亲来了，”斯第尔格说，“契尼悲伤过度，想单独待一会儿。圣母要在那间神奇屋里歇一阵。我不知道为什么。”

“我母亲非常怀念那个她可能再也见不到的星球。”保罗说，“在那里，水从天上落下，植物茂密得无法穿越。”

“水从天上落下！”斯第尔格喃咕道。

刹那间，保罗看到斯第尔格如何从一个弗雷曼的耐布变成了李桑·阿尔-盖布的信徒，变成一个对他满怀敬畏、只懂得服从的应声虫：此时的斯第尔格成了另一个人，远远不及平时的他。保罗从中感受到了阴魂不散的圣战阴影。

*我亲眼见证了一个朋友变成了一名信徒，*保罗想。

孤独感突然袭上保罗心头，他环顾大厅，留意到他的卫兵们在他面前站得多么规矩，像在接受检阅一般。他还能感应到他们之间那种微妙的、充满骄傲的竞争——人人都希望穆阿迪布能注意到自己。

*所有祝福都来自穆阿迪布，*他想，*这是他一生中最痛苦的念头。他们都以为我要登上皇位。但他们并不知道，我这么做只是为了阻止圣战。*

斯第尔格清了清嗓子，说道：“拉班也死了。”

保罗点点头。

他右边的护卫突然闪到一边，立正敬礼，给杰西卡让出一条道来。她穿着那件黑色长袍，走起路来稍稍有些像大步走在沙地上的样子。可保罗注意到，这栋房子多少使她回想起当年住在这里时的点点滴滴——她曾是一位有统治权的公爵的妃子。她此刻的样子带着几分旧时的自信。

杰西卡在保罗面前停了下来，低头看着他。她看出了他的疲惫，也看出他是如何努力掩饰这种疲惫的。但她发觉自己并没有产生爱怜之心，相反，她仿佛已经无法再对儿子生出一丝感情。

刚才杰西卡走进大厅时，一直在想，这个地方为何无法与她记忆中的感觉相匹配。它依然是一间陌生的房间，仿佛她从未在这里走过，从未和她心爱的雷托一起走过，也从未在这里面对醉酒后的邓肯·艾达荷……从未……

应该有一个词，“自发记忆”的反义词，她想，应该有一个表示记忆的自我否定的词。

“厄莉娅在哪里？”她问。

“在外面干任何一个弗雷曼乖孩子在这种时候应该干的事，”保罗说，“杀死敌人的伤员，为收水小队标出尸体。”

“保罗！”

“你要知道，她这么做是出自善意。”他说，“善良和残忍有时候是一致的，但我们就是无法理解，这很奇怪，对吧？”

杰西卡瞪着儿子，对他身上表现出的深刻变化感到震惊。是因为他儿子的死吗？她很纳闷。接着她说道：“大家都在传有关你的奇怪故事，保罗。他们说你拥有传说中的所有神力——什么事都瞒不过你，因为你能看见别人看不见的东西。”

“一位贝尼·杰瑟里特也会问传说这种事？”保罗问。

“不管你现在成了什么，都是我一手造成的，”她承认道，“但你不该指望我……”

“如果你有机会活上亿万次，你愿不愿意？”保罗问，“有专门为你编出来的传奇故事！想想所有那些生活阅历，还有随阅历而来的睿智。但是，睿智会冲淡爱，不是吗？而且，它会让仇恨具备新的形态。如果没有深深潜入残忍和善良的深渊，扎进它们的最深处，那么，你怎么知道什么是无情？你应该怕我，母亲，因为我是魁萨茨·哈德拉克。”

杰西卡突然感到喉咙发干，她吞了口唾沫，过了一会儿，她说道：“你以前否认自己是魁萨茨·哈德拉克。”

保罗摇摇头。“我不再否认了。”他抬起头来，直视着她的眼睛，“皇帝和他的人要来了。卫兵们随时可能进来报告他们抵达的消息。站到我身边来，我想好好看看他们。我未来的新娘也在他们中间。”

“保罗！”杰西卡厉声道，“不要再犯你父亲犯过的错误。”

“她是一位公主，”保罗说，“她是我通向王座的关键，仅此而已。错误？你是不是觉得，因为我是你造就的，所以我无法感受复仇的渴望？”

“甚至报复在无辜者身上？”她问。同时心里想：*千万别犯我犯过的错误*。

“没人是无辜的。”保罗说。

“你自己跟契尼说吧！”杰西卡朝通往官邸后部的走廊打了个手势。

契尼沿着那条走廊进入了大厅。她走在两个弗雷曼卫兵中间，却仿佛根本没有意识到他们的存在。她的兜帽和蒸馏服的帽子都甩在身后，面罩系在一边。她走路的样子看上去很虚弱，摇摇晃晃，一路穿过大厅，来到杰西卡身边。

保罗看到她脸颊上的泪痕——她把水送给了死者。一股莫大的悲痛袭过他的全身。似乎只有在契尼面前，他才能体会到这种感情。

“他死了，亲爱的，”契尼说，“我们的孩子死了。”

保罗控制住自己的情绪，站起身。他伸出手，摸着契妮的脸，感到她的脸颊已经被眼泪浸湿。“他是不可替代的，”保罗说，“但我们还会有其他孩子。我以友索的名义向你保证。”他把她轻轻拉到一边，向斯第尔格打了个手势。

“穆阿迪布。”斯第尔格说。

“他们从飞船那边过来了，皇帝和他的人。”保罗说，“我就站在这儿。把俘虏带到房里来，让他们与我保持十米的距离，除非我下达别的命令。”

“遵命，穆阿迪布。”

斯第尔格转身执行命令，保罗只听弗雷曼卫兵们充满敬畏地嘀咕着：“看见没？他全知道！没人告诉他，可他全知道！”

现在已经可以听见皇帝的侍从朝这里走来的声音了。他的萨多卡卫队为了保持斗志，一路哼着行军曲。大厅入口处传来喃喃的低语，是哥尼·哈莱克。他从卫兵面前走过，和对面的斯第尔格交谈了几句，然后来到保罗身边，眼中露出一种奇怪的神情。

*我也要失去哥尼了吗？*保罗暗问，*就像失去斯第尔格一样，失去一位朋友，换回一个应声虫。*

“他们没带任何投掷武器，”哥尼说，“我已经确认过了。”他环顾大厅，发现保罗已做好了准备，“菲德-罗萨·哈克南也在里面，要不要我把他揪出来？”

“随他去。”

“还有几个公会的人，他们要求得到特权，威胁要对厄拉科斯实施封锁。我跟他们说，我会把话转达给你。”

“让他们威胁去吧！”

“保罗！”杰西卡在他身后低声道，“他说的是宇航公会的人。”

“我马上就会拔掉他们的毒牙。”保罗说。

他想着宇航公会——这股势力专精一事，时间如此之久，竟变成了一伙寄生虫，一旦离开宿主，他们就无法独立生活下去。他们过去从来不敢拿起刀剑……所以现在也不敢。他们的宇航员必须依靠香料扩展意识，并嗜药成瘾，如果能够意识到这个错误，他们本来可以夺取厄拉科斯，让他们的宏图伟业继续下去，直到最后的死亡。然而他们没有这么做，而是得过且过，希望在这片他们遨游的海洋中，挥别旧的宿主，迎来新的主人。

宇航公会的领航员拥有一种有限的预知能力，但他们作出了致命的决定：总是选择畅通无阻的安全航道。而畅通无阻的路途最终只会走向停滞。

就让他们好好看看他们的新主人吧，保罗想。

“还有一位贝尼·杰瑟里特圣母，说她是令堂的一位老朋友。”哥尼说。

“家母没有贝尼·杰瑟里特朋友。”

哥尼再次环顾大厅，接着弯腰贴近保罗的耳朵：“杜菲·哈瓦特也在，大人。我没找到单独和他一见的机会，但他用我们过去的手语告诉我，他一直在为哈克南人卖命，他以为你已经死了。他说必须留在哈克南人中。”

“你把杜菲留在了……”

“他自己想留下……我觉得这样也好。如果……出了什么事，我们也可能控制他。如果一切顺利，我们在那边也能有个耳目。”

保罗随即想起，他在预知的幻象中见到过这一刻的种种可能。在其中一条时间线上，杜菲手持一根毒针，皇帝命令他用那根毒针刺杀“那个自命不凡的公爵”。

入口处的卫兵们朝两旁退后一步，两两一组搭起长矛，组成一道短廊。一行人快步走了进来，衣物窸窣作响，脚下踩着被风吹进官邸的沙土，一路发出沙沙的声音。

帕迪沙皇帝沙达姆四世领着他的人走进大厅。他的波萨格头盔业已不见，一头红发乱蓬蓬的，军服的左袖也沿着中缝被撕开了。他没系腰带，也没带武器，但他的随从围在他身旁，跟他一起移动着，就像一道用人体组成的屏蔽场，为他隔出一小片安全空间。

一个弗雷曼人垂下长矛，挡在他前进的道路上，让他停在保罗事先指定的地方。其他人挤在后面，像一幅色彩纷杂的画作，画中人个个神情暗淡，死死盯着保罗。

保罗的目光扫过这群人，看到其中有掩面遮住泪痕的女人，也有在萨多卡胜利庆典上享受观礼台待遇的奴才，此刻，他们已经被失败打击得噤若寒蝉。保罗还看见了圣母盖乌斯·海伦·莫希阿姆，她那双明亮的鹰眼在黑色兜帽下闪闪发光；站在她身旁的是身材修长、贼头贼脑的菲德-罗萨·哈克南。

这是一张预见幻象透露给我的脸，保罗想。

菲德-罗萨身后有人动了一下，吸引了保罗的注意力。他往那边望去，看见一张黄鼠狼般的长脸，那是一张他从未见过的脸——既未在现实生活中见过，也未在时间幻象中见过。但他觉得自己应该认得这张脸，而且，这种“认识”的感觉中竟带着几分恐惧的意味。

*我为什么要害怕那个人？*他暗自发问。

他朝母亲凑过去，小声问道：“圣母左边的那个人，鬼气森森的那个——他是谁？”

杰西卡抬头看了看，与记忆中公爵的档案材料比对了一番，认出了那张脸。“芬伦伯爵，”她说，“我们接手之前的厄拉科斯执政官，一个阉人……也是一个杀手。”

皇帝的跑腿小弟，保罗想。这个想法穿过他的脑海，令他错愕不

已，因为他在诸般可能的未来里无数次看到自己与皇帝的会面，但在所有那些预知幻象中，却从未出现过这位芬伦伯爵。

保罗突然记起，沿着时间网络层层展开，他曾经无数次见过自己的尸体，却从没见过自己死亡的那一刻。

*我一直看不到这个家伙，是不是因为他就是杀死我的人？*保罗心中暗问。

这念头不由让他心中一凛。他强迫自己把注意力从芬伦身上移开，扭头打量着所剩无几的几名萨多卡和军官，看着他们脸上流露出的苦涩和绝望。保罗的眼光飞快扫过，这些人中，还有几张脸吸引了保罗的注意力：那些萨多卡军官正评估着这间大厅里的警戒水平，看样子还没放弃希望，计划着如何反败为胜。

保罗的目光最终落到一个女人身上。她身材高挑，皮肤白皙，金发碧眼，有一张颇具贵族气质的漂亮脸蛋，傲慢中带着古典美。她看上去没有流过眼泪，完全是一副不可战胜的神情。不用说保罗也知道她是谁——她就是皇室的公主，一名训练有素的贝尼·杰瑟里特，时间幻象曾多次以不同的形式向他展示过这张脸：伊勒琅公主。

*她是我通向王座的关键，*他想。

这时，聚在一起的人群中有个人晃了一下，一张熟悉的脸伴着熟悉的身影出现了——杜菲·哈瓦特。他满脸皱纹，双唇上染着斑斑的黑渍，背已经驼了，一看就知道他已经老了。

“那是杜菲·哈瓦特，”保罗说，“不要拦着他。”

“大人。”哥尼说。

“不要拦着他。”保罗重复了一遍。

哥尼点点头。

哈瓦特步履蹒跚地走上前，一个弗雷曼人抬起长矛让他过去，又在他身后放下长矛。老人抬起一双混浊的眼睛看着保罗，打量着，探寻着。

保罗向前跨出一步，感觉到周围的紧张气氛，他必须随时提防皇帝和他那些手下的反扑。

哈瓦特的目光越过保罗，盯向他的身后，老人说道：“杰西卡夫人，时至今日我才知道，当初我错得多么离谱，竟然冤枉了您。我永远也宽恕不了自己。”

保罗等了一会儿，但他母亲始终没有吭声。

“杜菲，老朋友，”保罗说，“你能看到，我没有背对着门坐。”

“宇宙中到处都是门。”哈瓦特说。

“我是我父亲的儿子吗？”保罗问。

“您更像您的祖父，”哈瓦特粗声粗气道，“您的举止，还有您的眼神，都像您的祖父。”

“但我还是我父亲的儿子，”保罗说，“因此，我要对你说，杜菲，为了报答你多年来对厄崔迪家族的忠心，你现在可以向我索要任何你想要的东西。任何东西。你想要我的命吗，杜菲？只要你一句话，我的命就是你的。”保罗向前跨出一步，双手垂在两侧，看到哈瓦特眼中渐渐露出醒悟的神情。

他意识到，我已经知道他的背叛计划了，保罗想。

保罗把声音压低到只有哈瓦特才能听到的程度，对他耳语道：“杜菲，我是真心的。如果你真想刺杀我，现在就动手吧。”

“我只想再次站在您面前，我的公爵。”哈瓦特说。保罗这才发觉，这个老人尽了多大努力才撑住不让自己倒下去，他赶紧伸出手，扶住他的肩膀，手下感觉到老人的肌肉正不住地颤抖。

“痛吗，老朋友？”保罗问。

“痛，我的公爵，”哈瓦特说道，“但我更感到高兴。”他在保罗怀里转过半个身子，冲着皇帝的方向伸出左手，掌心向上，露出扣在手指上的小针。“看，陛下，”他叫道，“瞧见这枚叛徒的针了吗？我把一生都奉献给了厄崔迪家族，你觉得我会背叛他们吗？”

老人的身子在保罗怀里沉了下去，后者踉跄了一下，感到死神的降临，怀中人已经浑身松软。轻轻地，他把哈瓦特放到地板上，直起身来，示意卫兵把尸体抬走。

沉默笼罩着大厅，他的命令被默默执行。

这时，皇帝脸上现出一副等死的面容，那双从未流露过恐惧的双眼终于开始担惊受怕起来。

“陛下。”保罗说道。他注意到，那位身材高挑的皇室公主立即警觉起来。他在说出这个词时，充分运用了贝尼·杰瑟里特控制音调的方法，尽可能让自己的语气充满藐视和轻蔑。

她果然受过贝尼·杰瑟里特的训练，保罗想。

皇帝清了清嗓子，说道："也许，我这位受人尊敬的亲戚以为，他现在已经控制了大局，可以随心所欲了。然而，事实远非如此。你已经违反了大联合协定的宪章，竟使用原子武器攻击……"

"我使用原子武器攻击了沙漠里的自然地貌，"保罗说，"它挡了我的路，而我只是急于见到你，皇帝陛下，急于要你解释一下你的古怪举动。"

"此刻，在厄拉科斯上空有各大家族组成的大型舰队，"皇帝说，"我只要一句话，他们就会……"

"哦，是啊，"保罗说，"我差点把他们忘了。"他在皇帝的随从中寻找着，直到看见那两个公会人员的脸，他扭头对身边的哥尼说，"那两个是宇航公会的代理人吗，哥尼？就是那边两个穿灰色衣服的胖子。"

"是的，大人。"

"你们两个，"保罗指着那两人说道，"立刻给我滚出去，给舰队发条信息，叫它们各回各家。之后，我自会允许你们……"

"宇航公会不会听命于你！"两人中的高个子叫道，他和他的同伴一起冲到长矛屏障前。在保罗点头表示同意后，长矛举起，放他们走了进来。高个子抬起一只手臂，指着保罗说："我们将对你实施禁运，因为你……"

"如果再让我听到你俩的胡扯，"保罗说，"我将下令摧毁厄拉科斯所有的香料……永远。"

"你疯了吗？"高个公会代表问道，他往后退了半步。

"那么，你承认我有能力做出这种事啰？"保罗反问道。

那个公会代表愣愣地望着天空，过了一会儿，他说道："是的，你有能力做到。但你绝不能这么做。"

"啊，"保罗点了点头，说道，"你俩，都是公会宇航员，是不是？"

“是！”

两人中的矮个子说道：“你给我们所有人都判了死刑，让我们慢慢等死，对你来说也是瞎了眼。你难道就不懂吗？你知不知道，一旦吃香料成瘾，那么剥夺香料的供应将意味着什么？”

“注视前方安全航线的眼睛将永远闭上，”保罗说，“宇航公会的人会变成瞎子。人类将被分成小群，困在他们各自与世隔绝的星球上。你们知道，我完全有能力做出这种事来，也许纯粹是出于怨恨……也许，仅仅是出于无聊。”

“让我们私下就这个问题谈一谈，”高个公会代表说，“我相信我们会找到一个折中的方案……”

“给你们那些留在厄拉科斯上空的人发个信，”保罗说，“我不想再争论下去了。如果舰队不尽快离开，我们之间就没有必要再谈下去。”他朝大厅一侧的弗雷曼通讯员点了点头说，“你们可以使用我们的设备。”

“首先，我们必须讨论一下，”高个子说道，“不能就这样……”

“照我说的做！”保罗怒吼道，“能摧毁某样东西，自然就拥有对它的绝对控制权。你们已经认同我的确拥有这个力量。而我们今天聚在这里，一不为讨论，二不为谈判，更不为妥协。你们要么服从我的命令，要么立即尝一下不服从的后果。”

“他是认真的。”矮个子说道。保罗看到，恐惧已经紧紧攫住了他们的心。两个宇航员慢慢走到通讯设备旁边。

“他们会听你的话吗？”哥尼问。

“他们有一定的预知能力，但只能看到一小段未来。”保罗说，“现在，他们看到的是前方的一堵墙，那是不服从命令的后果。我们上空每艘飞船上的每个宇航公会的宇航员都能看到那堵墙。他们会照我的话去做。”

保罗回过身来看着皇帝，说道：“当年，他们之所以允许你登上你父亲的宝座，仅仅是因为你担保将维持香料的供应。可你使他们失望了，陛下。你知道后果会怎样吗？”

“我不需要得到谁的允许……”

“别装傻了，”保罗吼道，“公会就像建在河边的村子，他们需要水，但只能汲取一点他们所需要的水。他们无法在河上筑坝来控制水，因为他们的注意力只集中在河水本身，这正是他们的致命弱点。香料的流通就是他们的河流，而我已经在上游筑好了堤坝。我的堤坝与河流紧密地连在一起，不毁掉河流，别想毁掉堤坝。”

皇帝用手理了理一头红发，眼睛盯着两个公会代表的后背。

“就连你的贝尼·杰瑟里特真言师也在发抖呢。”保罗说，“当然，圣母们本来可以用其他毒药来玩她们那些把戏，可一旦用过香料，其他药物就再也不起作用了。”

老太婆拉了拉身上那不成样子的黑色长袍，从人群中挤出，站在长矛组成的屏障前。

“圣母盖乌斯·海伦·莫希阿姆，”保罗说，“自卡拉丹一别，已经过了好长时间了，是不是？”

老太婆望向保罗背后，看着他的母亲，说道：“啊，杰西卡，能看出来，你儿子的确是那个人。因为这个原因，我原谅你，甚至可以原谅你生出那个异种女儿的行为。”

保罗以冰冷刺耳的口气大声说道：“我母亲做过的事用不着你来原谅！你从来没有这个权力，也没有任何理由这么说！”

老太婆的目光定在了保罗身上。

“在我身上试试你的把戏，老妖婆，”保罗说，“你的戈姆刺哪儿去了？试试看再去一趟你不敢看的那个地方！你会发现我正站在那里瞪着你呢。”

老太婆垂下了目光。

“没话说了吗？”保罗质问道。

“我曾经欢迎你加入真人的行列，”她喃喃道，“希望你不要玷污了真人的名声。”

保罗提高嗓门道：“看看她，同志们！这是一位贝尼·杰瑟里特圣母，耐心地从事着一项需要耐心的事业。她可以和她的姐妹们一起耐心等待——整整九十代人，通过对基因和环境的适当组合，造出她们计划所需的那个人。看呀！她现在知道了，九十代人的努力终于造出了那个人。就是我。我现在站在这里，但……我……永……远……不……会……按……她……说……的……去……做！”

“杰西卡！”那老太婆尖叫道，“叫他闭嘴！”

“你自己叫他闭嘴吧！”杰西卡说。

保罗瞪着老太婆。“看看你干的这些事，我真想把你绞死。”他说，“你阻挡不了我！”老妇人气得浑身僵硬。保罗厉声喝道，“但我认为，最好的惩罚是让你活下去，让你永远碰不着我一根汗毛，也无法使我向你臣服，更别指望我做任何你想要我做的事。”

“杰西卡，你都干了些什么呀？”老太婆问。

“我只告诉你一件事。”保罗说，“人类种族需要什么，你们的确看到了一部分，但你们对它的了解真是太过贫乏！你们想控制人类的繁衍，想根据你们的主要计划，把少数经过挑选的基因混合在一起！你们真是一无所知……”

“别提这些事！”老太婆低声道。

“住口！”保罗咆哮道。在保罗的控制下，这个词似乎拥有了实体，扭动着穿越他俩之间的空气，扑向那老妇人。

老妇人摇摇晃晃地倒退几步，跌入她身后众人的臂膀中。她脸色苍白，震惊不已，保罗竟然拥有如此的精神力量，竟可以攫住她的灵魂。“杰西卡，”她低声道，“杰西卡。”

“我还记得你的戈姆刺，”保罗说，“请你也记住我的。我只消说一句话，就可以杀死你。”

大厅四周的弗雷曼人心领神会地互相看了看。圣传中不就是这么说的吗：“他的话将给那些有违正义的人带来永恒之死。”

保罗的注意力转向皇帝身旁，望着那位高挑的皇室公主。他两眼紧盯着这位公主，说道：“陛下，我俩都清楚能帮助我们摆脱困境的方法是什么。”

皇帝朝女儿看了一眼，继而重新望向保罗。“你敢？你！一个没有家人的冒险者，一个无名小卒……”

“你已经承认了我的身份，”保罗说，“皇室亲戚，这是你说的。咱们还是废话少说吧。”

“我是你的统治者。”皇帝说。

保罗瞥了一眼那两个宇航员，他们站在通讯设备旁边，正面对着他。其中一个宇航员朝他点了点头。

“我可以强制执行。”保罗说。

“你敢！”皇帝咬牙切齿道。

保罗什么也没说，只死死盯着他。

皇室公主把一只手放到她父亲的手臂上。“父王。”她的声音如丝般柔和，听上去舒服悦耳。

“别跟我耍你的把戏，”皇帝说，他看着她，“你没有必要这样做，女儿。我们还有别的办法……”

“可这里出现了适合成为你儿子的人。”她说。

老圣母这时已恢复了镇静，她挤到皇帝跟前，凑到他耳边，小声嘀咕起来。

“她在恳求陛下应允。”杰西卡说。

保罗继续盯着一头金发的公主，他凑到母亲身旁，说道：“那是伊勒琅，皇帝的长女，是吗？”

“是的。”

契尼走到保罗另一边，说：“要我离开吗，穆阿迪布？”

他看着她。“离开？我再也不会放你离开了，永远也不会。”

“并没有什么束缚我们的东西。”契尼说。

保罗默默地低头看着她，接着说道：“跟我讲真话，我的塞哈亚。”她刚要回答，保罗却伸出一根手指搭在她的嘴唇上，不让她开口。“束缚我们的纽带再也不会松脱。”他说，“现在，密切注意这里发生的一切，我希望等会儿可以听到你的意见。”

皇帝和他的真言师正低声进行着一场热烈的争论。

保罗对他母亲说：“她提醒他，当年他们协议的一部分，就是把一位贝尼·杰瑟里特推上皇帝的宝座，而伊勒琅便是她们的候选人。”

“那就是他们的计划？”杰西卡问。

“难道还不明显？”保罗问。

“我也看出来了！”杰西卡厉声道，“我只是提醒你，用不着把我教你的那些东西教还给我。”

保罗看着她，注意到她嘴角挂着的冷笑。

哥尼·哈莱克凑向两人之间。“我提醒你一下，大人，那群人中还有一个哈克南人。”黑头发的菲德-罗萨此刻正挤在长矛屏障的左边，哥尼朝那个方向点了点头，“就是左边那个斜着眼睛的家伙，是我平生见过的最邪恶的脸。你以前答应过我……”

“谢谢，哥尼。”保罗说。

“他是准男爵……哦，不，既然老男爵已经死了，那他现在就是男爵了。”哥尼说，“我要向他复仇……”

“你能打败他吗，哥尼？”

“大人真爱开玩笑！”

“皇帝和他的巫婆争论得够久了，你不觉得吗，母亲？”

她点点头。“确实。”

保罗提高嗓门，朝皇帝喊道：“陛下，你们之中是否有一个哈克南人？”

皇帝扭头看着保罗，动作中显示出皇室特有的傲慢。“我以为，你身为公爵是说话算话的，我的随行人员都有安全的保障。”他说。

“我只是想问问，”保罗说，“我想知道，那个哈克南人是官方的随行人员吗？还是仅仅因为懦弱而刻意躲在你身边？”

皇帝的笑容十分工于心计。“任何陪同圣驾的人，都是我的随行人员。”

“公爵说的话当然算数，”保罗说，“但穆阿迪布的话则是另外一回事。他也许并不认同你对于随行人员所下的定义。我的朋友哥尼·哈莱克想杀死一名哈克南人。如果他……”

“血海深仇！”菲德-罗萨高声叫道。他挤到长矛屏障前，“你父亲对世仇的称呼，厄崔迪。你说我是懦夫，可你自己却躲在你的女人中间，派你的仆人来跟我决斗！”

老真言师态度激烈地在皇帝耳边低声说了些什么，但他把她推到一边，说：“血海深仇，是吗？对世仇的解决方式是有严格的规定的。”

“保罗，别这样。”杰西卡说。

“大人，”哥尼说，“你答应过我，会给我机会手刃哈克南人。”

“你已经有过机会。”保罗说，他只觉得一股无法遏制的稀奇古怪的冲动：豁出去了。他脱下长袍和兜帽，连同腰带和晶牙匕一起递给母亲，然后开始脱蒸馏服。这时，他突然感到整个宇宙都聚焦到了这一刻。

“没必要这么做，”杰西卡说，“还有更简单的解决办法，保罗。”

保罗脱下蒸馏服，从母亲手握的刀鞘里抽出晶牙匕。“我知道，”他说，“下毒，暗杀，所有那些常见的古老方法。”

“你答应过我，让我手刃一名哈克南人。”哥尼低声说道。保罗从他脸上看出了愤怒，墨藤状的伤疤高高隆起，涨成了黑色。“你欠我的，大人！”

“你因他们而受到的折磨难道比我多吗？”保罗问。

“我的妹妹，”哥尼粗声粗气说，“还有我在奴隶营中挨过的那些年……”

“我父亲，”保罗说，“我的好朋友和同伴，杜菲·哈瓦特，邓肯·艾达荷，还有我流亡过程中无名无分、无依无靠的那些年……还有一件事：现在是家族世仇，你和我一样清楚必须遵守的规则。”

哈克莱垂下双肩。“大人，如果那头猪……他不过是头畜生，给你垫脚都不配，踩在他身上都嫌弄脏了你的鞋。如果一定要这么做的话，叫个刽子手来好了，或者让我来，但千万别亲自……”

“穆阿迪布没有必要亲自去干。”契尼说。

保罗瞥了她一眼，察觉到她眼中流露出的担惊受怕的神色。“但保罗公爵必须这么做。”他说。

“这是一头哈克南畜生！”哥尼粗声粗气道。

保罗犹豫了一下，不知道是否该揭露自己也拥有的哈克南血统。但母亲朝他投来严厉的目光，打消了他这个念头。于是，他仅仅说道：“不过，这家伙长得倒还像个人样，哥尼，马马虎虎可以把他算个人。”

哥尼说：“如果他……”

“请站到一边去。”保罗说。他举起晶牙匕，轻轻把哥尼往旁边一推。

“哥尼！”杰西卡说，她抓住哥尼的手臂，“他这点脾气很像他祖父。别让他分心。现在你能为他做的也只有这些了。”她心里想：圣母在上！真够讽刺的。

皇帝审视着菲德–罗萨，他有着粗壮的肩膀，全身肌肉成块。他又转身看着保罗——一个瘦长的年轻人，虽不像厄拉奇恩土著那样干瘦，但肋骨清晰可见，腹部凹陷，可以清楚地看到皮肤下肌肉的扭动。

杰西卡凑近保罗，用只有他才能听见的声音说道：“有件事，儿子。有些时候，当贝尼·杰瑟里特训练危险人物时，通常会运用老式的苦乐之法，把某个关键词植入他心灵最深处。最常用的词是‘尤罗西诺’。如果我没猜错的话，此人也是用这种方法训练出来的，只要你在他耳边说出那个词，他的肌肉就会立即变得松软无力，并……”

“这一次我不需要特殊照顾，”保罗说，“退回去吧，别挡着我的道。”

哥尼问她道：“他为什么要这么做？想要自寻死路，当殉难者吗？弗雷曼人宗教里的那些废话，蒙蔽了他的理智了吗？”

杰西卡把脸埋在掌中，意识到自己并不完全了解保罗为什么要选择这条路。她能感觉到整个大厅中的死亡气息，也知道眼前这个大变样的保罗很有可能干下哥尼说的事。她的全部身心都集中在儿子身上，想尽全力保护儿子，然而，她什么也做不了。

“是因为宗教里那些废话吗？”哥尼再三追问。

“安静，”杰西卡小声说，“祈祷吧！”

皇帝脸上突然露出微笑。“如果我的随从……菲得–罗萨·哈克南……希望如此，”他说，“那我解除对他的一切限制，他可以自己选择要走的路。”皇帝朝保罗的弗雷曼敢死队卫兵摆了摆手，“你那一群乌合之众里，不知是谁拿着我的腰带和短刀。如果菲得–罗萨愿意的话，他可以用我的刀跟你决斗。”

“我愿意。”菲德–罗萨说。保罗看到他一副洋洋得意的样子。

他自信过头了，保罗想，这一点对我很有利。

“把皇帝的御刀拿来。”保罗说。他看着卫兵们迅速执行了命令，然后又说，“放在那边地上。”他用脚点出一个地方，“清出场地。让皇帝的那群乌合之众统统靠墙站，把那个哈克南人带上来。”

随即便是一阵骚动：衣袍发出的窸窣声，慌乱的脚步声，还有低声的命令和抗议。在这片嘈杂声中，保罗的命令被执行了。那两个宇航员仍然站在通讯设备附近，他们皱着眉头望着保罗，显然有些犹豫不决。

*他们已经习惯于预知未来。*保罗想，*然而，此时此地，他们都变成了瞎子……就连我也一样。*他稍稍体会了一下时间之风，去感受那即将到来的骚乱，去领略集中在此时此地的风暴中心。如今，就连最细微的缝隙都合拢了。他知道，这里就将酝酿出那场圣战。这就是他一度引为自己可怕目的的种族意识。这就是所有一切存在的理由，比如魁萨茨·哈德拉克，抑或李桑·阿尔-盖布，甚或贝尼·杰瑟里特育种计划的终结者。人类的基因自觉地感应到了它的休眠期，意识到它本身已经变得陈旧，知道自己现在只需要混乱，以便在混乱中进行基因杂交，产生出强壮的新型混合体，这样才能继续生存下去。此刻，人类的所有成员都以独立个体的形式，无意识地生存在这个世界上，所有人都经历着一种可以超越一切屏障的狂热。

而且，保罗看到，自己的任何努力都将是徒劳，丝毫无法改变未来。他曾经想过完全依靠自己的意志力对抗这场圣战。然而，圣战还是会来的。即使没有他，他的军团还是会愤怒地冲出厄拉科斯。他们只需要一个传奇，而他已经成为这个传奇的核心。他已经给他们指明了方向，教会了他们控制宇航公会的方法——公会必须依赖香料才能生存。

一股挫败感席卷他的全身，他怀着沮丧的心情看着菲德-罗萨脱去了破烂的军服，身上只剩下一条战斗护甲腰带。

*这就是高潮了，*保罗想，*从这儿开始，未来之门将重新开启，密布的乌云将化为无上的荣耀。如果我战死在这儿，他们会说，我牺牲了自己，我的灵魂将领导他们继续向前；而如果我活下来了，他们就会说没有什么可以阻挡穆阿迪布的脚步。*

“厄崔迪人准备好了吗？”菲德-罗萨叫道，他用了古老的家族世仇决斗仪式的语句。

保罗决定用弗雷曼人的方式来回答他：“愿你刀断人亡！”他指着

地板上的御刀，示意菲德-罗萨上前拿起它。

菲德-罗萨眼睛盯着保罗，上前拾起了刀，在手中掂量了一会儿。他心中冒着兴奋的火焰。这是他梦寐以求的战斗——男子汉对男子汉，技巧对技巧，没有屏蔽场干扰。他可以看到，一条通往权力的康庄大道已经在他面前展开，对皇帝来说，若是有谁能杀掉这个令人头痛的公爵，那皇帝肯定会大力嘉奖他。奖励甚至可能就是那位傲慢的公主，以及一部分皇权。我是受过各种武器装备和各种奇谋诡计训练的哈克南人，在竞技场上经历过上千次战斗，菲德想，这个土包子公爵，一个来自荒蛮世界的冒险家，怎么可能是我的对手。而且，这个土包子也无从知道，他将要面对的武器可不仅仅是一把刀。

*就让咱们瞧瞧你是不是真的百毒不侵！*菲德-罗萨想。他举起御刀向保罗致敬，嘴里说道："去死吧，傻瓜。"

"可以开打了吗，表兄？"保罗问。他猫腰前行，眼睛盯着菲德-罗萨手中的刀。他的身子伏得很低，乳白色的晶牙匕直指前方，就像一条伸展出去的手臂。

他们绕着彼此兜着圈子，赤脚在地板上蹭出刺耳的摩擦声，一边警惕地盯着对方，想寻出一个破绽。

"你的舞步真美！"菲德-罗萨说。

*这人爱说话，*保罗想，*又一个弱点，当面对沉默时，他变得有点不安了。*

"你有没有做过忏悔？"菲德-罗萨说。

保罗仍默默地兜着圈子。

老圣母受着皇帝随从的推挤，注视着这场决斗，她感到自己竟在颤抖。那厄崔迪小伙管那个哈克南人叫"表兄"，这只能说明他知道他们俩有着共同的祖先。这很容易理解，因为他是魁萨茨·哈德拉克。但保罗的话迫使她集中心思，开始思考一件对她来说至关重要的事。

对贝尼·杰瑟里特的育种计划而言，这可能是一场大灾难。

保罗预见到的一些事，她也曾看见过：菲德-罗萨也许可以杀死对手，但绝不会是最终的胜利者。而随即而生的另一个念头几乎使她崩溃。贝尼·杰瑟里特的这个漫长而又花费巨大的育种计划，最终培养出了他们两人，如今，这两人在这里狭路相逢，很可能会一起送命。如果他们两人都死在这儿，那就只剩下两个选择：一个是菲德-罗萨的私生女，但她还是一个婴儿，一个未知的、不可测的因素；另一个就是厄莉娅，那个异种。

“也许你在这个地方只能接触到异教徒的仪式，”菲德-罗萨说，“要不要皇帝的真言师为你准备后事，好送你的灵魂上路啊？”

保罗微笑着转向右边，他保持着警觉，此时此刻一定要集中精神，不要去想那些让人沮丧的事。

菲德-罗萨一跃而起，右手佯攻，但手上的刀竟神不知鬼不觉地换到了左手。

保罗轻松地避开这一击，他注意到菲德-罗萨在送出这一刀时，因为惯于使用屏蔽场，动作略有迟缓。但菲德-罗萨的动作还不算慢，并不像保罗见过的其他依赖屏蔽场的人。他觉得，菲德-罗萨以前肯定跟没有屏蔽场的人交过手。

“厄崔迪人只是东躲西跑，不会停下来好好打一场吗？”菲德-罗萨问道。

保罗继续默默绕着菲德-罗萨转。艾达荷的话突然在他耳边响起，那是很久以前在卡拉丹的训练场上，他说：“**一开始，花些时间观察你的对手。这么做，也许会失去许多速战速决的机会，但观察是赢得胜利的保证。慢慢来，直到你确信你能战胜对手。**”

“也许你以为跳跳这种舞就可以让你多活几分钟。”菲德-罗萨说，“很好。”他停下脚步，直起身来。

不过，保罗已经对对手有了初步的了解。这时，菲德-罗萨率先迈向左边，露出右臂，仿佛战斗腰带那小小的护甲可以护住他的整个侧面。通常只有受过屏蔽场训练、手持双刀的人，才会作出这样的动作。

或者……保罗暗想……那根腰带不仅仅是表面看起来那么简单。

这个哈克南似乎对胜利非常自信。要知道，他的对手可是指挥大军击败了萨多卡军团的人。

菲德-罗萨注意到了保罗的迟疑，说道：“你注定是一死，还拖什么？我迟早会收拾残局，施行我应有的权力。”

如果他藏着飞镖这样的暗器，保罗想，那一定有巧妙的机关。那条腰带看不出有做过手脚的痕迹。

“你为什么不说话？”菲德-罗萨质问道。

保罗又绕起试探性的圈子，对菲德-罗萨言语中流露出的不安报以冷笑。沉默对他产生的压力正在积聚。

“你在笑，嗯？”菲德-罗萨说。话没说完，他一跃而起。

保罗一心以为对手的动作会略有迟缓，却没料到那把刀直劈而下，差点没能避开。他感到刀尖划伤了自己的左臂，只得一言不发地强忍痛楚，心头顿时明白，意识到对手一开始是故意表现出动作迟缓的样子，那其实是一个诡计，完全是假象。看来，这位对手的实力在他预料之外。他的诡计中套着诡计。

“你的杜菲·哈瓦特曾指点过我一些战斗技巧，”菲德-罗萨说，“他是第一个让我流血的人。那老傻瓜没能活着看到这一切，真是太糟糕了。”

这时，保罗又想起艾达荷说过的一句话：“始终盯着战斗过程中的状况。这样你才永远不会感到意外。”

两人又互相兜起圈子来，半伏着身子，小心翼翼。

保罗看到对手又得意洋洋起来，心里觉得非常奇怪。难道一条小小的划伤对这家伙来说值得那么兴奋？除非刀上有毒！但这怎么可能呢？保罗知道，他自己的人拿过这把刀，在交给菲德-罗萨前检查过它。他们受到过极好的训练，怎么可能漏过那么明显的阴谋。

“那边那个你刚刚跟她谈话的女人，”菲德-罗萨说，“身材娇小的那个。她对你来说很重要吗？是你的宠妾？要不要我回头特别关照关照她？”

保罗继续保持沉默，用他的内部意识探测着，仔细检查从伤口流出的血，发现御刀的确有迷药的痕迹。他立即调整自己的代谢功能以应付眼前的危机，然后迅速改变迷药的分子结构。虽然如此，他还是觉得有些不寒而栗。他们一早就准备好了一把涂上了迷药的刀，这种迷药不会触发毒素探测器的警报，但药效却强到足以使中毒者的肌肉变得迟钝。他的敌人们自有他们的小算盘。诡计中套着诡计。

菲德-罗萨再次一跃而起，刺出一刀。

保罗的微笑僵在脸上，动作迟缓地一个佯攻，仿佛迷药已经开始起作用了，只在最后关头闪身避开，用晶牙匕的刀尖迎上对手狠刺下来的手臂。

菲德-罗萨斜地里一跃，跳出圈子，躲到了一边，刀已经换到了左手。他看了眼伤口，双颊微微有点发白，保罗刺伤他的地方有一些酸痛。

让他疑神疑鬼去吧，保罗想，*让他怀疑自己中毒了*。

“阴险！”菲德-罗萨大叫道，“他的刀上有毒！我觉得我的手臂中毒了！”

保罗终于打破沉默：“只是一点点酸液罢了，回敬你涂在御刀上的迷药。”

菲德-罗萨举起左手握着的刀，嘲弄地摆出敬礼的姿势，以此回应保罗的冷笑，双眼却在刀后喷射出愤怒的火焰。

保罗配合对手，把晶牙匕换到左手。接着，他们又绕起圈子来，互相试探着。

菲德-罗萨开始慢慢逼近，御刀高举在头顶，他紧咬牙关，斜眼瞪着保罗，怒火喷薄而出。他分别朝右方和下方佯攻两下，随即与保罗正面交兵。他们紧紧抓住彼此握刀的手，奋力扭打着。

保罗提防着菲德-罗萨的右臂，他怀疑那里有一根毒刺。他强行转到右边，想看个究竟，结果差点漏过菲德-罗萨腰带下方突然伸出的毒针。当时，菲德-罗萨拧了一下身子，用力朝他顶过来，这个动作引起了他的注意，于是毒针以毫发之差贴着他的肌肤偏向一边。

毒针在他的左臂上！

诡计中套着诡计，保罗提醒自己。出于本能，他那受过贝尼·杰瑟里特训练的肌肉立刻调动起来，迅速朝下避开，想让菲德-罗萨扑一个空。但为了不被对手屁股上的小针刺到，保罗一失足，重重摔倒在地，反而被菲德-罗萨压在身下。

“看到我屁股上的毒针了？”菲德-罗萨小声道，“你的死期到了，傻瓜！”他开始转动屁股，把毒针越贴越近，“它会使你的肌肉暂时失去功能，然后由我来操刀杀死你，绝不会留下任何痕迹，查都查不出！”

保罗竭力抵抗，他已经听到了自己心里无声的尖叫。烙在细胞里的每个遗传先祖都在大声叫喊，要他使用密语，好让菲德-罗萨的动作变慢，救他自己的性命。

“我不会说的！”保罗气喘吁吁道。

菲德-罗萨愣了一下，瞠目结舌地盯着他。虽然只是一瞬间的事，但却给了保罗足够的时间，足以看清对方小腿肌肉平衡不稳的弱点，他一个翻身，将两人的位置掉了个个儿。菲德-罗萨侧着身子，右边臀部高高翘起，左臀处那根小小的毒针被压在他自己的身下，戳进了地板，再也起不了身了。

保罗挣扎着抽出左手，使尽全身的力气，把晶牙匕从菲德-罗萨的下巴底下狠狠戳了进去。刀尖直接插入菲德-罗萨的头部，他抽动了一下，一头扎倒，而毒针半嵌在地板里，支撑着他的尸体侧卧在一旁。

保罗做了几个深呼吸，重新恢复了镇静，然后用手一撑，站起身来。他站在尸体旁，手里拿着刀，故意慢慢地抬起头来，望着对面的皇帝。

“陛下，”保罗说，“你的队伍又少了一人。我们现在可以开诚布公地谈一下了吧？讨论一下该怎么做？把你的女儿嫁给我，让厄崔迪人能登上王座。”

皇帝扭头看看芬伦伯爵。伯爵与他视线相交——灰眼睛对上绿眼睛。彼此都很清楚对方的想法，毕竟合作了那么多年，只一眼就能了解对方的脑中所想。

替我杀了这个傲慢无礼之辈，皇帝的眼神在说，*没错，这个厄崔迪人年轻力壮——但他刚才苦战了那么长时间，也累得够呛，无论如何不会是你的对手。现在就去向他挑战……你知道该怎么做。杀了他。*

芬伦慢慢转动头颈，许久之后，才转向了保罗。

“快去！”皇帝低声道。

伯爵盯着保罗，用他妻子玛戈伯爵夫人按照贝尼·杰瑟里特方式训练出来的特殊方法，感受着这位厄崔迪年轻人神秘和藏而不露的高贵气质。

我能杀死他，芬伦想。他知道这是事实。

这时，从伯爵自己内心深处的秘密角落里突然冒出一个念头，阻止他进一步采取行动。他飞快地盘算了一下，大致算了算自己比保罗占优的地方：他善于在年轻人面前把自己伪装起来，总是行为诡秘，没人能看穿他的心思。

而保罗，则通过滚滚的时间激流，对眼前的状况有了一定的认识，他终于明白，为什么从未在预见的时间之网中见过芬伦。芬伦是那些几乎成功的作品中的一个，差一点就成了魁萨茨·哈德拉克，却因为基因模板中的一点点缺陷而变成了残废——一个阉人，令他的才华全都集中在了诡秘的行为之上。保罗突然对伯爵生出一种深深的同情，那是他以前从未体验过的兄弟情谊。

芬伦读懂了保罗的内心，于是说道："陛下，我不得不拒绝您的要求。"

沙达姆四世勃然大怒，快走两步冲过随行的人群，狠狠一巴掌打在芬伦脸上。

芬伦的脸顿时涨得通红。他直视皇帝，故意平淡地说："我们一直是朋友，陛下。我知道，拒绝您的要求有些不够朋友，但我会忘记您打了我。"

保罗清了清嗓子，说道："我们在谈皇位的问题，陛下。"

皇帝急转过身，瞪着保罗。"坐在王座上的是我！"他厉声叫道。

"你可以到萨鲁撒·塞康达斯去当皇帝！"保罗说。

"我放下武器到这儿来，完全是因为你的保证。"皇帝大声喊道，"你竟敢威胁……"

"你的人身安全在我面前是有保障的，"保罗说，"厄崔迪信守承诺。然而，穆阿迪布会将你流放到那颗监狱星球上去：但你也用不着害怕，陛下，我将做出安排，尽全力改善那里的艰苦环境，把它变成一个到处都是温柔乡的花园星球。"

皇帝在心里慢慢体会保罗话中隐藏的深意，当他明白了保罗的话外音时，不禁瞪大眼睛看着对面的保罗。"现在我总算明白你的意图了。"他冷笑道。

"是啊。"保罗说。

"那厄拉科斯又如何呢？"皇帝问，"另一个到处都是温柔乡的花园星球？”

“穆阿迪布向弗雷曼人保证，”保罗说，“在这片土地上，将会有露天的流动水源和物产丰富的绿洲。但与此同时，我们也要兼顾香料。因此，厄拉科斯总会有沙漠……也会有狂风，以及种种可以磨炼男子汉的艰苦环境。我们弗雷曼人有一句名言：‘上帝创造厄拉科斯，以锤炼他的信徒。’人类不能违背神的旨意。”

老真言师——圣母盖乌斯·海伦·莫希阿姆——对保罗的话外音有她自己的看法。她也看出了圣战的苗头，急忙说道：“你不能纵容弗雷曼人，让他们横行宇宙！”

“那请你回想一下萨多卡人的温良手段！”保罗喝道。

“你不能。”她低声道。

“你是一位真言师，”保罗说，“反思一下自己说的话。”他瞥眼望了望皇室公主，又回头看向皇帝，“最好快点，陛下。”

皇帝愁眉不展地扭头看着自己的女儿。她拉着他的手臂，安慰道：“我不就是为了这个而接受训练的吗，父亲。”

皇帝深深地吸了一口气。

“你无法阻止这件事。”真言师老太婆喃喃道。

皇帝挺直身体，僵硬地站在那里，不忘维持他的尊严。“你派谁来谈判，我的亲戚？”他问。

保罗转过身，望向自己的母亲，看到她双眼紧闭，跟契尼一起站在一班弗雷曼敢死队卫兵中间。他走到她们面前，低头看着契尼。

“我知道你的理由。”契尼轻声道，“如果一定要这样……友索。”

保罗听出她话中暗藏悲戚，于是摸了摸她的脸颊。“我的塞哈亚，不用害怕什么，永远不用怕。”他轻声说道。随后，他垂下手臂，面向他母亲，“就由您来为我谈判吧，母亲。把契尼带在身边，她很聪明，而且目光敏锐。人们常说，没人能比弗雷曼人更会讨价还价。她看问题时会怀着对我的爱意，会考虑到她今后会有的儿女，会考虑到孩子们的需要。听听她的建议。”

杰西卡明白儿子一定做过了苛刻的计算，不由打了个冷战。“你有什么指示吗？”她问。

“要皇帝拿他在宇联公司的所有股份作为嫁妆。”他说。

“所有？”她震惊得差一点说不出话来。

“他会被剥夺全部财产。我还要为哥尼·哈莱克谋取到伯爵爵位和宇联公司董事的职位，要把卡拉丹赐给他作为封邑。每一个幸存的厄崔迪人都将受封，都将享有一定的权力，就连最低级的士兵也不例外。”

“那弗雷曼人呢？”杰西卡问。

“弗雷曼是我的，”保罗说，“他们的赏赐由穆阿迪布来分配。首先我将任命斯第尔格担任厄拉科斯总督，不过此事可以稍缓进行。”

“那我呢？”杰西卡问。

“你希望得到什么吗？”

“也许是卡拉丹吧。”她说着，看了看哥尼，“我还吃不准。我已经变得更像个弗雷曼人了……而且还成了圣母。我需要冷静一段时间，好好考虑一下。”

“你会得到它的，”保罗说，“只要我和哥尼有办法，你要什么我们都会给你。”

杰西卡点点头，突然觉得自己又老又累。她看了看契尼。“那给你这位爱妃赐些什么呢？”

“我不要封号，”契尼低声道，“什么都不要。求你了。”

保罗低头看着她的眼睛，突然回忆起过去她怀抱小雷托的样子。可如今，他们的孩子已经在冲突中丧生。“我对你起誓，”他轻声道，“你不会有任何封号。那边那个女人将是我的妻子，你只是我的嫔妾，这全是政治的需要。我们必须和平解决这次事件，以便取得兰兹拉德联合会各大家族的支持。我们必须遵守这些形式。不过，那个公主除了名分之外，什么也不会得到。不会有我的孩子，不会得到我的爱抚，不会拥有我温柔的目光，更不会有片刻温存。”

“你现在是这么说。”契尼说。她望着大厅对面的那个高挑的公主。

“你这么不了解我儿子吗？”杰西卡轻声说，“瞧瞧站在那边的那位公主，多么傲慢，多么自信。据说她有着非凡的文学造诣。我们希望她以后可以在那些东西里找到慰藉；除此之外，她什么都不会有。”

杰西卡流露出一丝苦笑，“想想看，契尼，那个公主将空有名分，却会过着不如嫔妾的生活——虽然贵为皇后，却永远无法得到丈夫的片刻温柔。而我们，契尼，背负着嫔妾名分的我们——历史将会把我们称作妻子。”

帝国术语库

是什么造就了穆阿迪布？为了回答这个问题，我们必须去研究帝国、厄拉科斯，以及相关的一整套文化，这其中会出现许多陌生的词汇。为了让人进一步理解，下面对各项术语一一作出定义和解释，这绝对是一项值得赞许的举动。

A

ABA：阿巴。弗雷曼女子所穿的宽松长袍；通常是黑色的。

ACH：阿克。左转；沙虫驭手的命令词。

ADAB：阿达布。一种自发出现在心中的强烈记忆。

AKARSO：奥卡。生长在司坤星（隶属蛇夫座70A）上的一种植物，长有近乎长方形的叶片。叶片上的叶绿素交替出现在活跃区和休眠区，因此呈现出绿白相间的条纹。

ALAM AL-MITHAL：阿拉姆·阿尔-米撒。一个与现实世界相似的神秘世界，在那里，不存在对物质的限制。

AL-LAT：阿拉特。原指人类太阳系的太阳；后来引申为所有星系的主恒星。

AMPOLIROS：安波里罗斯。太空版本的“飞翔荷兰人”，一艘无法返乡的幽灵船。

AMTAL（AMTAL RULE）：艾姆泰尔（法则）。原始社会常用的一种检验法则，通常用以检验被测者的缺陷或局限。泛指“破坏性测试”。

AQL：阿科尔。思辨测试。起初是“七谜题”的第一个问题：“什么东西会思考？”

ARRAKEEN：厄拉奇恩。厄拉科斯的首个定居点。长久以来的行星总督府所在地。

ARRAKIS：厄拉科斯。沙丘星。老人星系的第三行星。

ASSASSINS’ HANDBOOK：暗杀指南。三世纪的一本集子，介绍了刺杀战争所使用的常用毒药。后扩编成公会和平协定和大联合协定所允许的致命武器大全。

AULIYA：奥丽亚。在禅逊尼流浪者的宗教信仰中，站在上帝左侧的侍女。

AUMAS：奥玛斯。一种可投入食物中的毒药。（特指下在固体食物中的毒药）。在有些方言中，被称为乔玛斯。

AYAT：阿亚特。生命的迹象。（参见“布汉”。）

B

BAKKA：巴卡。在弗雷曼传说中，为所有人类哀悼的哭泣者。

BAKLAWA：白拉瓦。一种裹有海枣糖浆的千层酥。

BALISET：巴厘琴。一种九弦乐器，由奇特拉琴演变而来。以秋夕星的音阶调制，通过拨动琴弦弹奏。是宫廷乐手最喜欢的乐器。

BARADYE PISTOL：记号枪。厄拉科斯制造的一种静电沙尘枪，用以在沙地上设置一个大型标识区域。

BARAKA：巴拉卡。指拥有神力的、依然在世的圣贤。

BASHAR（Colonel Bashar）：霸撒（霸撒统领）。萨多卡的军衔，比标准军队军衔的上校稍高一个等级。是行星次级行政区的军事首脑。（军团霸撒统领是一个仅限于军事用途的头衔。）

BATTLE LANGUAGE：战时用语。战争中使用的特殊语言，词汇有限，用以清楚地进行通讯。

BEDWINE：比德温。（参见“伊齐旺·比德温”。）

BELA TEGEUSE：贝拉·特古斯。坤青星系的第五行星。禅逊尼信徒被迫流亡的第三个落脚地。

BENE GESSERIT：贝尼·杰瑟里特。芭特勒圣战摧毁所谓的“思考机器”和机器人之后创建的一所古老学府，主要对女性学生进行心智和身体的训练。

B.G.：贝·杰。贝尼·杰瑟里特的缩写。但如果与日期连用，指的是公会纪元。

BHOTANIJIB：博塔尼·吉布。（参见“恰科博萨语”。）

BI-LA KAIFA：比拉凯法。阿门。（字面意思是：“无须多作解释。”）

BINDU：宾度。指人类的神经系统，特指神经系统的训练。常用词为“宾度神经”。（参见“普拉纳”。）

BINDU SUSPENSION：宾度歇止。蜡屈症的一种特殊形式，由自我诱导引发。

BLED：布莱德。指沙海。

BOURKA：波卡。弗雷曼人的服装。在沙海中使用的一种隔热的斗篷。

BURHAN：布汉。生命的证据。（常用语：阿亚特，生命的布汉。参见“阿亚特”。）

BURSEG：波萨格。萨多卡军的将军级司令官。

BUTLERIAN JIHAD：芭特勒圣战。（参见“圣战”。也称“大骚乱”。）

C

CAID：盖德。萨多卡军衔，其职责主要是处理民事事宜。对行星级行政区具有军事管辖权。级别在霸撒之上，但不如波萨格。

CALADAN：卡拉丹。孔雀四丙星系的第三行星，保罗-穆阿迪布的出生地。

CANTO and RESPONDU：唱诗。一种祈祷仪式，护使团预言的一部分。

CARRYALL：运载器。厄拉科斯的飞行工具，用来运输大型香料开采设备、探矿及精炼设备。

CATCHPOCKET：积存袋。蒸馏服的一个口袋，可以储存过滤水。

CHAKOBSA：恰科博萨语。人称“魅力之语”，源自于古代的博塔尼人（博塔尼·吉布——吉布意为方言）。是各种古老方言的大杂烩，为了保密的需要做了改动。博塔尼人是第一次刺杀战争中受雇的刺客团体，这种语言主要是他们的狩猎语。

CHAUMAS：乔玛斯（某些方言称为奥玛斯）。下在固体食物中的毒药。不同于别的下毒方式的毒药。

CHAUMURKY：麝香毒（某些方言称为麝毒）。下在饮料中的毒药。

CHEOPS：基奥普斯棋。金字塔棋，形状为金字塔，共有九层，获胜条件有两个，首先己方的皇后走至金字塔顶端，同时将死对方的国王。

CHEREM：切雷姆。因相同仇恨而结盟形成的手足情谊。

CHOAM：宇联商会。宇宙联合贸易商会的简称。是由皇帝和大家族控制的宇宙性开发公司，公会和贝尼·杰瑟里特姐妹会是暗中的合作伙伴。

CHUSUK：秋夕星。白羊八星系的第四行星。被人称为“音乐之星”，盛产高质量的乐器。（参见“维罗塔”。）

CIELAGO：碧水鸟。厄拉科斯上的一种变异翼手目，可以携带密波信息。

CONE OF SILENCE：隔音锥区。一种音效畸变器形成的能场区，这种能场可以对任意的声波生成一个振幅完全相反的波动镜像，以此抑制波动，所以任何声音和震动波都无法穿透能场区。

CORIOLIS STORM：科里奥利风暴。厄拉科斯上十分常见的沙暴，风在平坦的陆地上起势，与星球本身的自转力叠加，风力可达每小时700公里。

CORRIN, BATTLE OF：科林战役。一场太空战，因柯瑞诺家族而得名。战争爆发于公会纪元前88年，主战场位于天厨二附近空域。此战奠定了来自萨鲁撒·塞康达斯的柯瑞诺家族的统治地位。

CRUSHERS：破阵机。一种由许多小型舰船锁定在一起组成的太空战舰，专门用以冲破敌阵。

CRYSKNIFE：晶牙匕。厄拉科斯弗雷曼人的圣刀。由死沙虫的牙制成，有两种形式，一种是“已定”，另一种是“未定”。未定之刀必须贴近人体的磁场，否则会迅速分解。已定之刀受过处理，可以收藏。所有的晶牙匕长度都约为20厘米。

CUTTERAY：切割机。激光枪的近程版本，多用来代替切割工具或外科手术刀具。

D

DAR AL-HIKMAN：达阿-赫克曼。宗教翻译学院。

DARK THINGS：黑暗之物。护使团传播的迷信思想，以迷惑那些容易受影响的文明。

DEATH TRIPOD：死亡三脚。原指沙漠刽子手进行绞刑的三脚架。现指三个怀有同样血仇的人，共同立下誓言要报仇雪恨。

DERCH：德克。右转；沙虫驭手的命令词。

DEW COLLECTORS（or DEW PRECIPITATORS）：露水收集器（或露水沉淀器）。不同于露水采集员，收集器或沉淀器是一种卵形装置，长约四厘米。它们由塑钢制成，受到光线照射时会因反射呈白色，而在黑暗中则变成透明。收集器会自动生成一个相当冷的表层，促使晨露在上面凝结。通过这种集水装置，弗雷曼人为凹地里种植的植物提供水分。

DEW GATHERERS：露水采集员。厄拉科斯上从植物上采集露水的工人，工具是一种镰刀形的露水采集器。

DICTUM FAMILIA：反变节宣言。大联合协定的章程，禁止使用变节行为杀害大家族首脑及成员。该章程制定了一个正式的提纲，以限制暗杀行为。

DISTRANS：密波。一种装置，用以在翼手目或鸟类神经系统上加载短暂的神经印记。当携带者啼叫时，这种印记可以通过另一台密波装置解读出来。

DOORSEAL：门封。弗雷曼人的一种便携的塑料密封装置，用以封住洞穴营地，防止水分流失。

DRUM SAND：鼓沙。一种沙子紧密度的特殊情况。在沙子表面轻微的踩踏，会发出击鼓般的声音。

DUMP BOXES：投掷箱。泛指各类不规则形状的货箱，配有抗热熔外壳，以及悬浮着陆缓冲器。用于将物资从太空投向行星地表。

DUNE MEN：沙丘工。指厄拉科斯上的沙漠工人、香料搜寻工及类似人员。沙地工人。香料工人。

DUST CHASM：沙陷。厄拉科斯沙漠中的深坑或裂缝，由于被沙尘填满，使得表面看上去与普通沙地毫无二致，实际上是死亡陷阱。人或动物一旦踩上去，就会深陷其中，因窒息而死。（参见“潮汐尘低地”。）

E

ECAZ：埃卡兹。半人马阿尔法B星系的第四行星；人称雕塑家的天堂，因为星球上盛产烟木，这种植物仅凭人类的意识就可以任意塑造其外形。

EGO-LIKENESS：拟像。由一个志贺藤投影器复制的人像。据说这种投影仪可以复制最细微的动作，甚至可以以假乱真。

ELACCA DRUG：伊拉迦药。一种迷幻药，通过焚烧埃卡兹星球的带有血纹的伊拉迦木得来。服药者会丧失自卫的意识，皮肤会呈现出特别的胡萝卜色。一般用来给奴隶角斗士在上角斗场时服用。

EL-SAYAL：埃尔·塞亚。“沙雨”。科里奥利风暴将沙尘带至约两千米的高空，沙尘落下时便会形成沙雨。埃尔·塞亚经常会把水汽带至地面。

ERG：沙海。一片广阔的沙漠，仿佛沙的海洋。

F

FAI：法伊。水贡，厄拉科斯上的一种主要税种。

FANMETAL：扇金。杜拉铝中因茉晶体增长而形成的一种金属。在承受重量时具有极高的抗拉强度。用在可拆卸结构中，只需施以扇形压力就可以将其拆卸，因此而得名。

FAUFRELUCHES：佛斐鲁谢。帝国所施行的一种等级制度。“每个人都有自己的位置，每个人都在应该待的位置上。”

FEDAYKIN：弗雷曼敢死队。据历史记载，这支队伍的的成员必须誓死捍卫正义。

FILMBOOK：胶片书。任何由志贺藤加工而成、用以教学目的、载有电子记忆脉冲信息的投影书。

FILT-PLUG：过滤塞。随同蒸馏服一起使用的一种鼻塞过滤装置，用以获取呼气中的水分。

FIQH：教法学。知识，宗教法；禅逊尼流浪者宗教的起源，带有几分传奇色彩。

FIRE, PILLAR OF：狼烟。一种简易火箭，用以在沙漠开阔地传递信号。

FIRST MOON：一号月亮。厄拉科斯的主卫星，每天夜晚最先升起，月盘表面有一个显著的拳形。

FREE TRADERS：自由行商。指走私徒。

FREMEN：弗雷曼人。厄拉科斯当地的自由民族，生活在沙漠中，是禅逊尼流浪者的幸存者。（帝国大词典中称呼他们为“沙漠海盗”。）

FREMKIT：弗雷曼工具包。弗雷曼人制造的沙漠求生装备。

FRIGATE：护航舰。可以在星球平安登陆并起飞的最大的太空舰船。

G

GALACH：加拉赫。帝国的官方语言。在人类漫长的迁徙过程中，带上了很强的盎格鲁和斯拉夫文化特征。

GAMONT：迦蒙。牛舍星系的第三行星，以其享乐式文化和异星性行为而闻名。

GATHERING：部落首领会议。不同于理事会会议，这是召集弗雷曼领导人到一起的正式集会，目的是见证一场决定某部落领导权的决斗。（理事会会议的决议事关所有部落。）

GEYRAT：盖拉特。笔直前进；沙虫驭手的命令词。

GHAFLA：加弗拉。沉湎于各种精神错乱的行为。指多变的人、不可信赖的人。

GHANIMA：甘尼玛。战斗或决斗中获得的战利品。一般指战斗获得的纪念品，留在身边以作纪念。

GIEDI PRIME：杰第主星。蛇夫座B36星系的行星。哈克南人的母星，属于中等发达星球，处于低活性光合作用地带。

GINAZ, HOUSE OF：吉奈斯家族。曾是雷托·厄崔迪公爵的盟友。他们在与格鲁曼人的刺杀战争中战败。

GIUDICHAR：神圣的真理。

GLOWGLOBE：球形灯。一种浮空自供电照明装置（通常使用有机电池）。

GOM JABBAR：戈姆刺。最霸道的武器，是一根蘸有高浓缩氰化物的毒针。贝尼·杰瑟里特学监用其作为代替死亡的测试，考验人类的意识。

GREAT CONVENTION：大联合协定。在公会、大家族和帝国这三方力量互相制衡下达成的全宇宙停战协议。主旨是禁止对人类使用原子武器。大联合协定的每一条规定的都以如下字句开始："必须遵守如下约定……"

GREAT MOTHER：伟大圣母。宇宙之母，有着女性面容的男性-女性-中性三位一体的神祇。在帝国内，该神被多种宗教尊为最高神祇。

GREAT REVOLT：大骚乱。指芭特勒圣战。

GRIDEX PLANE：栅盘。一种差动电荷分离装置，用来将香料与沙粒分离。是香料精炼第二步中所使用的装置。

GRUMMAN：格鲁曼。牛舍星系的第二行星，星球上占统治地位的家族是莫里塔尼。因与吉奈斯家族的世仇而闻名。

GUILD：公会。指宇航公会。大联合协定这个政治三足鼎的一足。在芭特勒圣战后，公会创建了第二所身体-意志训练学校（参见"贝尼·杰瑟里特"。）。宇航公会垄断了太空旅行、货运交通，以及星际银行业务，所以帝国公历又被称为宇航公历。

H

HAGAL：哈葛尔。"宝石星球"（少微垣二号星），于沙达姆一世在位期间开采完毕。

HAIIIII-YOH：嗨——哟。命令口号。沙虫驭手的命令词。

HAJJ：朝觐。

HARJ：沙漠迁徙。

HAJRA：哈依拉。探寻之旅。

HAL YAWM：哈哟。"终于啊！"弗雷曼人的感叹词。

HARMONTHEP：哈蒙塞普。禅逊尼大迁移的第六站，星球名为英格斯里所起。据推测，星球原本属于孔雀四星系。

HARVESTER（or HARVESTER FACTORY）：采集机（或采收工厂）。是一台大型（通常有40米宽、120米长）香料开采机，用来开采纯净的香料富矿。（常被称为"爬虫机车"，因为样子就像一条爬在道路上的虫。）

HEIGHLINER：远航机。太空公会用于运输的主要载具。

HIEREG：海瑞格。弗雷曼人在露天沙漠中的临时宿营地。

HIGH COUNCIL：最高委员会。兰兹拉德核心集团，可以对家族间的争端进行最高等级的仲裁。

HOLTZMAN EFFECT：霍尔茨曼效应。屏蔽场发生器产生的反向排斥效应。

HOOKMAN：钩手。手持造物主矛钩的弗雷曼人，随时准备抓住一条沙虫。

HOUSE：家族。指各大行星或星系中的统治宗族。

HOUSES MAJOR：大家族。拥有行星封地的家族；星际级企业家。

HOUSES MINOR：小家族。行星级的企业家阶层。

HUNTER-SEEKER：猎杀镖。一种浮空金属制飞镖武器，由人近程控制，是一种常见的暗杀工具。

I

IBAD, EYES OF：伊巴德之眼。因大量食用美琅脂而产生的特征效应，人的眼白和眼球都会变成深蓝色（表示对香料高度成瘾）。

IBN QIRTAIBA：圣语有云。弗雷曼人宗教经文的正式开场语（来自预言文）。

ICHWAN BEDWINE：伊齐旺·比德温。厄拉科斯上弗雷曼人的兄弟关系。

IJAZ：伊迦。明确的、不可改变的预言。

IKHUT-EIGH：伊库特哎。厄拉科斯上水商的吆喝语。词源不明。（参见“簌簌簌咔”。）

IMPERIAL CONDITIONING：帝国预处理。苏克医学院开发的技术，制约人的杀人举动。受过处理的人员会在前额刺上钻石形刺青，获准蓄留长发，并用一个苏克银环将长发扎起。

INKVINE：墨藤。杰第主星上的一种爬藤植物，经常被用作鞭子抽打奴隶。被抽打者将会留下甜菜色的伤疤，疼痛感经年累月不会消失。

ISTISLAH：伊斯提拉。为了保证大众利益而设的规矩；通常源于残酷的现实。

IX：伊克斯。（参见“李芝”。）

J

JIHAD：圣战。宗教圣战；狂热宗教徒发起的圣战。

JIHAD, BUTLERIAN：芭特勒圣战（参见“大骚乱”。）。人类向计算机、思维机器、有自主意识的机器人发起的圣战，战争爆发于公会前纪元201年，结束于公会纪元108年。圣战的一条主要戒律如今仍记载于《奥天圣经》中：“汝等不得创造像人一样思维的机器。”

JUBBA CLOAK：朱巴斗篷。厄拉科斯上的一种多用途斗篷（可以反射或吸收辐射热，改造成吊床或庇护所），通常穿在蒸馏服外。

JUDGE OF THE CHANGE：变时裁决官。由兰兹拉德最高委员会和皇帝任命的一名官员，职责是监督某一封地的行政更替、血海深仇战的谈判，或者刺杀战争的一场战役。裁决官拥有极高的仲裁权，只有最高委员会和皇帝才能驳回他的权力。

K

KANLY：血海深仇战。在大联合协定规定的严格限制条件范围内，展开的家族间的世仇战。（参见“变时裁决官”。）在一开始，相关限制规定是为了保护无辜的局外人。

KARAMA：因缘。奇迹；由精神世界所触发的行动。

KHALA：喀拉。传统祈祷词。当说出一个地方的名字时，同时念出这个词，以平息那个地方的恶灵。

KINDJAL：双刃刀。一种两面开刃的短刀（或长匕），刀刃微弯，长约20厘米。

KITAB AL-IBAR：世界通史。厄拉科斯的弗雷曼人的生存-宗教手册。

KRIMSKELL FIBER（or KRIMSKELL ROPE）：克林凯尔纤维（或克林凯尔绳）。由埃卡兹星球的胡夫藤编织成，俗称“钳子纤维”。用这种纤维结成的绳结会越拉越紧。（更详细的研究，请参考霍尔杨思·冯布鲁克的《埃卡兹星球的绞人藤》。）

KULL WAHAD：库尔瓦哈，意为“非常了不起”，帝国常见的一种表示发自内心惊叹的感叹词。严格说来，其对应意思需取决于其表述环境。（据说，穆阿迪布曾目睹一头沙漠雏鹰破壳而出的情景，并低声念出了“库尔瓦哈！”。）

KULON：酷龙。原为地球的亚洲野驴，已适应厄拉科斯的环境。

KWISATZ HADERACH：魁萨茨·哈德拉克。“捷径之法”。贝尼·杰瑟里特在寻求一个基因解决方案：一个男性贝尼·杰瑟里特，他的精神和肉体之能可以穿越时空。对于这个未知的人物，她们称其为“魁萨茨·哈德拉克”。

L

LA, LA, LA：啦，啦，啦。弗雷曼人悲伤的哭喊。（“啦”可以被译为“不”，不容任何人商讨。）

LASGUN：激光枪。连续波激光投射器。如果作为武器，在场能生成的屏蔽场区必须限制使用，因为如果激光与屏蔽场发生碰撞，将会引起烟火爆炸（即亚原子核聚变）。

LEGION, IMPERIAL：军团（帝国编制）。十个旅（约三万人）。

LIBAN：利班。弗雷曼人的饮料，是一种用丝兰粉泡出的香料水。原是一种酸牛奶饮品。

LISAN AL-GAIB：李桑·阿尔-盖布。“天外之音”。在弗雷曼人的救世主传说中，这是一个来自外世界的先知。有时候被称为“给水者”。（参见“穆迪”。）

LITTLE MAKER：小小造物主。厄拉科斯沙虫的一种载体，以半植物半生物的形态生存在沙地深处。小小造物主的排泄物形成香料菌丛。

M

MAHDI：穆迪。在弗雷曼人的救世主传说中，意为“一个将带领我们进入天堂的人”。

MAKER：造物主。（参见“夏胡鲁”。）

MAKER HOOKS：沙地钩。一种钩子，用来捕捉、骑乘并驾驭厄拉科斯的沙虫。

MATING INDEX：交配目录。贝尼·杰瑟里特的人类育种计划旨在创造一个魁萨茨·哈德拉克，交配目录是这个育种计划的主记录。

MAULA：毛拉。奴隶。

MAULA PISTOL：毛拉枪。一种发射毒镖的弹簧枪，射程为四十米。

MELANGE：美琅脂。“香料精华”，是厄拉科斯独有的作物。香料主要以其抗衰作用闻名于世。当小量食用时，会轻度成瘾，如果一个标准体重七十公斤的人每天摄入两克以上，就会重度成瘾。（参见“伊巴德之眼”“生命之水”“香料菌丛”。）穆阿迪布称香料是自己预见能力的关键所在。公会宇航员也有类似的陈述。香料在帝国市场的价格非常昂贵，10克能卖到62万宇宙索。

MENTAT：门泰特。帝国等级制度的一个等级。他们受到专门的训练，在逻辑推理运算上拥有极高的能力。也被称为“人机”。

MINIMIC FILM：缩微胶片。一种直径十微米的志贺藤，经常用来传送间谍和反间谍信息。

MISH-MISH：米西米西。杏子。

MISR：米斯人。历史上禅逊尼人（弗雷曼人）称呼自己的用语。意为“人类”。

MISSIONARIA PROTECTIVA：护使团。贝尼·杰瑟里特的一个

团体，专门在原始星球上散布容易传染的迷信行为，让那些地区得以被贝尼·杰瑟里特利用。（参见“护使团预言”。）

MUAD'DIB：穆阿迪布。适应了厄拉科斯环境的更格卢鼠。这种动物与厄拉科斯二号月亮的月盘图案很相似，所在它在弗雷曼人的地灵神话中占有一席之地，由于它能在残酷的沙漠中生存，弗雷曼人对这种动物赞赏有加。

MUDIR NAHYA：恶魔统治者。弗雷曼人给野兽拉班（兰吉维尔的拉班伯爵）起的绰号。拉班是哈克南伯爵的侄子，他在厄拉科斯当了好几年的西瑞达总督。

MUSKY：麝毒。一种投于饮料的毒药。（参见“麝香毒”。）

MU ZEIN WALLAH：穆赞，瓦拉。穆赞的字面意思是“不中用”，瓦拉是一个感叹词。这句话是弗雷曼人针对敌人的传统的诅咒词。瓦拉是对穆赞这个词的加强，整句话的意思可以视为“愿你永远不得好啊”。

N

NAIB：耐布。作为一名耐布，将发誓绝不被敌人活捉。这是部落首领传统的誓词。

NEZHONI SCARF：产子头巾。已婚或已有伴侣的弗雷曼妇女若产下一子，就会在蒸馏服兜帽下的前额部分带上这个绑带式的头巾，以示身份。

NOUKKERS：御前卫官。皇帝御前侍卫的军官，通常与皇帝具有血亲关系；是给皇室亲王的世袭军衔。

O

OPAFIRE：月白火焰石。哈葛尔星球上一种稀有的乳白色宝石。

ORANGE CATHOLIC BIBLE：奥兰治天主圣经。“集锦之书”。是译委会编撰的宗教性教科书，它包含了大多数古代宗教的要素，包括穆美萨利教、大乘基督教、禅逊尼天主教，以及伊斯兰佛教。其最高的戒条是：“汝等不应毁损灵魂。”

ORNITHOPTER：扑翼飞机。也作“扑翼机”，一种模仿鸟类飞行，靠拍击双翼控制飞行的飞行器。

P

PALM LOCK：掌锁。一种锁具或密封装置，需要通过人类手掌的接触才能打开。

PAN：洼地。厄拉科斯上一种特殊地形区域，是一种因地层底部下陷而导致的低洼区。（在拥有充足水分的星球上，洼地区域会形成露天水域。有人说厄拉科斯也存在这样的区域，至少有一个，但事实上这还没有定论。）

PANOPLIA PROPHETICUS：护使团预言。这个词指的是贝尼·杰瑟里特为了利用原始地区而散布迷信的行为。（参见“护使团”。）

PARACOMPASS：定位罗盘。一种罗盘，可以通过当地的地磁异常判断方位。一般需配合地图册使用，并需要星球有一个不稳定的磁场，或者磁场受到严重的磁暴干扰。

PENTASHIELD：五层屏蔽场。某种分成五层屏蔽场的能场，可以用于小型区域，比如门道或走廊中（对于大型的强化屏蔽场来说，每高一个层级，对应层级的能场就变得越不稳固），只有携带反汇编装置（与屏蔽场的编码取得同步），才能进入这个屏蔽场。（参见“警戒门”。）

PLASTEEL：塑钢。一种钢材，晶体结构中加入了锶金纤维，以增强其强度。

PLENISCENTA：葡莱。埃卡兹星球上的植物，开绿色的花朵，因其甜甜的香味而闻名。

POLING THE SAND：竖沙杆。厄拉科斯上的一门绝学。在沙漠荒地中放置塑料纤维材质的杆子，沙暴会对杆子产生作用，通过研究其中的模式，来预测天气。

PORITRIN：波里特林。亚琅五星系的第三行星，许多禅逊尼流浪者把它当成自己的故乡，尽管他们的预言和神话显示出他们有更为古老的历史渊源。

PORTYGULS：橘子。

PRANA：普拉纳。身体肌肉，在终极训练时可被视为一个个体。（参见“宾度”。）

PRE-SPICE MASS：香料菌丛。香料形成过程的一个阶段。当水涌入小小造物主的排泄物中时，里面的菌体会疯狂地生长。在这个阶段，香料会发生一次“爆炸”，将地下深层的物质掀出地表。当香料菌丛暴露在阳光和空气中后，就会变成美琅脂。（参见“美琅脂”“生命之水”。）

PROCES VERBAL：口头流程。一种指控叛国罪行的半正式的报告。从法律意义上讲，这是一种介于口头指控和正式控诉之间的行为。

PROCTOR SUPERIOR：高级督查。一名贝尼·杰瑟里特圣母，同时也是贝杰学校的校长。（常指目光远大的贝尼·杰瑟里特。）

PRUDENCE DOO（PRUDENCE BARRIER）：警戒门（警戒栏）。一种特殊的五层屏蔽场，用于给专门的人员逃脱追捕用。（参见“五层屏蔽场”。）

PUNDI RICE：庞迪米。一种变异的大米，富含丰富的天然糖分，其谷粒很大，可以长到4厘米。这种大米是卡拉丹的主要出口物资。

PYRETIC CONSCIENCE：发热的良心。俗称“火之良心”，指受到帝国预处理后的受禁行为。（参见“帝国预处理”。）

Q

QUIZARA TAFWID：齐扎拉·塔菲德。弗雷曼牧师。

R

RACHAG：腊茶。一种从奥卡星球的黄色浆果中提取的、含有咖啡因的饮料。

RAMADHAN：斋月。古代宗教一个特殊时期。在这段时期，信徒必须禁食和祈祷。根据传统，斋月是在地球历的第九个月。弗雷曼人以厄拉科斯一号月亮的第九次满月时间为准，沿袭这样的传统。

RECATHS：循环导管。蒸馏服的一个装置，用以连接人体排泄系统与蒸馏服的回收过滤系统。

REPKIT：蒸馏服维修包。用以维修蒸馏服的一些必备用具。

RESIDUAL POISON：余毒。一种毒药，点子来自门泰特彼得·德伏来：当体内被注入一种物质，必须持续使用解药才能存活。一旦停用解药，就会致人以死地。

REVEREND MOTHER：圣母。原指贝尼·杰瑟里特姐妹会的督查，她们可以在体内转换一种将意识提高到新的层次的药物。弗雷曼人也用这个词来称呼他们自己的宗教领袖，他们的圣母也有同样的本领。（参见“贝尼·杰瑟里特”“生命之水”。）

RICHESE：李芝。波江A星系的第四行星，和伊克斯并称于世，拥有繁盛的机器文化。同时以其微型技术著称于世。（若想了解李芝和伊克斯为何没有受到芭特勒圣战的影响，参见夏茉和考特曼的《最后的圣战》。）

RIMWALL：岩墙。厄拉科斯屏蔽场城墙的第二层护崖。

RUH-SPIRIT：汝赫之灵。根据弗雷曼人的宗教，每个人都有一部分植根于另一个超自然的世界中，并能感知这个世界。这个部分被称为汝赫之灵。（参见“阿拉姆·阿尔-米撒”。）

S

SADUS：撒杜。弗雷曼人称呼圣法官的词语。等同于圣哲。

SALUSA SECUNDUS：萨鲁撒·塞康达斯。外屏五星系的第三行星，原为柯瑞诺家族的母星，后在皇室迁往凯坦星之后，被指定为帝国的监狱星球。它也是禅逊尼流浪者迁徙途中的第二个停留点。根据弗雷曼人的传统说法，他们在萨鲁撒·塞康达斯上为奴整整九代。

SANDCRAWLER：沙地爬虫。指厄拉科斯上的一种机器，用来在沙地表面开采美琅脂。

SANDMASTER：开采工头。香料开采行动的主管。

SANDRIDER：沙虫骑士。弗雷曼人用这个词称呼能够驾驭沙虫的人。

SANDSNORK：沙地呼吸泵。一种呼吸装置，可以将地表的空气充入被沙掩埋的蒸馏帐篷中。

SANDTIDE：沙潮。即沙尘潮。在厄拉科斯，由于受到太阳和卫星的引力作用，某些积满沙尘的盆地会出现潮汐现象。（参见“潮汐尘低地”。）

SANDWALKER：沙漠旅者。指受过训练、可以在沙漠中安全远行的弗雷曼人。

SANDWORM：沙虫。（参见“夏胡鲁”。）

SAPHO：纱芙。一种高热量的饮料，提取自埃卡兹的壁根。是门泰特的常规饮品，他们认为它可以提高脑力。喝了之后会在嘴边留下深红色的色斑。

SARDAUKAR：萨多卡。帕迪沙皇帝的狂热亲兵。他们来自一个生存环境极其恶劣的星球。在那里，十一岁以下儿童中，十三个会有六个死于非命。他们受到的军事训练专注于冷酷和近乎自杀式的攻击，完全不顾个人安危。他们从小就受到教导，以冷酷无情为武器，用恐惧来削弱对手的力量。在巅峰时期，他们的剑术据称已经达到吉奈斯剑法十级的水平，而他们灵活的身手被认为接近贝尼·杰瑟里特能手的水平。与兰兹拉德的士兵相比，萨多卡的任何一个都能以一敌十。在沙达姆四世时代，尽管他们仍然令人生畏，但其战斗力因过于自信而受损，而曾经支撑他们奋勇杀敌的武士精神也因玩世不恭而被大大削弱。

SARFA：萨法。与神的意志背道而驰的行为。

SAYYADINA：萨亚迪娜。弗雷曼宗教阶层中的女性侍祭。

SCHLAG：柴猲。杜拜星球的一种动物，由于它的皮又薄又坚韧，所以一度被捕杀殆尽。

SECOND MOON：二号月亮。厄拉科斯两个月亮中较小的一个，月表图案非常像更格卢鼠。

SELAMLIK：皇帝的觐见室。

SEMUTA：塞缪塔。焚烧伊拉迦木后（经结晶萃取）得到了另外一种迷幻药。服药者会丧失时间感，变得无法自控，并会在塞缪塔音乐的诱发下做出无规律的身体摆动。

SERVOK：伺服系统。一种可以完成简单操作的定时机械系统，是芭特勒圣战后为数不多的允许使用的“自动化”机械之一。

SHADOUT：夏道特。意为汲水斗，弗雷曼人的一个敬词。

SHAH-NAMA：夏-纳马。禅逊尼流浪者半带传奇色彩的宗教书籍。

SHAI-HULUD：夏胡鲁。厄拉科斯的沙虫。又称“沙漠老人”“永恒老父”“沙漠老爷爷”。如果用特别的语调读出“夏胡鲁”这个词，或用黑体字书写时，它指的是弗雷曼人信奉的土地神。沙虫可以长到非常大（有人在沙漠深处见过长达四百多米的沙虫），而且寿命极长，除非被同类吞噬，或被水淹死（对沙虫来说，水是剧毒之物）。厄拉科斯的香料多数是沙虫活动的产物。（参见“小小造物主”。）

SHARI-A：夏丽雅。指夏丽雅预言，展示了一种迷信仪式。（参见“护使团”。）

SHAITAN：撒旦。

SHIELD, DEFENSIVE：防御性屏蔽场。由霍尔茨曼发生器生成的一种防护性能量场。这种能量场来自于一阶引力无效化效应（浮空效应）。屏蔽场只允许物体以缓慢的速度进入（这个速度可以自行设置成每秒六厘米至九厘米不等）。只有受到一个省那么大的电场的作用，屏蔽场才会短路。（参见“激光枪”。）

SHIELD WALL：屏蔽场城墙。厄拉科斯北部地区的一座山脉，它保护着一小块区域不受星球科里奥利风暴的影响。

SHIGAWIRE：志贺藤。一种陆地藤蔓植物的金属突触。这种植物仅生长在萨鲁撒·塞康达斯和凯兴四丙。志贺藤以极强的抗拉强度而著称于世。

SIETCH：穴地。弗雷曼语，意为“聚居避难处”。由于弗雷曼人长期生活在危难之中，这个词慢慢变成了通用语，指一个部落居住的洞穴群落。

SIHAYA：塞哈亚。弗雷曼语，意为“沙漠里的春天”。这个词带有宗教寓意，暗指收获季节和“即将到来的天堂”。

SINK：深坑。厄拉科斯上的住人区，位于低地中，被高地包围，可以防止风沙的侵袭。

SINKCHART：地图。厄拉科斯地形图，上面标出了弗雷曼避难所之间最可靠的路线，需与定位罗盘配合使用。（参见“定位罗盘”。）

SIRAT：赛拉特。《奥天圣经》中有一段文字，将人生比喻成穿越一条狭长小桥（赛拉特）的旅程，原话是“天堂在右，地狱在左，死神在后。”

SNOOPER, POISON：毒物探测器。一种辐射分析仪，可以进行嗅觉探测，用来查探有毒物质的存在。

SOLARI：宇宙索。帝国的官方货币。其购买力经过公会、兰兹拉德和帝国四百年的协商才得以确定。

SOLIDO：一种特殊三维投影仪投出的三维影像，该投影仪使用的志贺藤胶卷可以记录影像的三百六十度信息。伊克斯的三维投影仪公认是最佳的。

SONDAGI：宋黛。杜拜星球的蕨类郁金香。

SOO-SOO SOOK：簌簌簌咔。厄拉科斯上水商的吆喝语。簌咔是个集市。（参见“伊库特哎”。）

SPACING GUILD：宇航公会。（参见“公会”。）

SPICE：香料。（参见“美琅脂”。）

SPICE DRIVER：香料机车驾驶员。在厄拉科斯沙漠中驾驶各种机车设备的人员。

SPICE FACTORY：香料机车。（参见“沙地爬虫”。）

SPOTTER CONTROL：观测控制台。香料开采小组中的轻型扑翼机，负责瞭望和护卫工作。

STILLSUIT：蒸馏服。厄拉科斯星球发明的全封闭式装束。由三层微循环材料制成，提供散热、过滤身体排泄物的功能。回收的水被收集在积存袋中，可以通过水管直接饮用。

STILLTENT：蒸馏帐篷。一种小型的全封闭式帐篷，由三层微循环材料制成，可以从使用者的呼吸中回收水分以供饮用。

STUNNER：击昏器。一种射弹式武器，可以射出速度缓慢的枪弹，通常是淬过毒药或麻醉剂的毒镖。实际使用时受限于屏蔽场的使用及目标和射击者的相对运动，作用有限。

SUBAKH UL KUHAR：“你好吗？”弗雷曼人的问候语。

SUBAKH UN NAR：“我很好。你呢？”传统的回答语。

SUSPENSOR：浮空器。霍尔茨曼发生器产生的二阶（低水平）效应，可以使局部的引力失效。

T

TAHADDI AL-BURHAN：泰哈迪-阿尔布汗。一个终极考验，没有人可以提出诉求（因为无法通过考验就会立即死亡或被毁灭）。

TAHADDI CHALLENGE：泰哈迪挑战。弗雷曼人发起的生死格斗，通常是为了测试某个最原始的问题。

TAQWA：塔克瓦。字面意思是“自由的代价”。指极其珍贵之物。神灵向凡人要求索取之物（此种要求会引起极大的恐惧）。

TAU, THE：道。弗雷曼语，指弗雷曼穴地社区的成员的一体化，这种一体化由食用香料得到加强，更因饮用“生命之水”而大幅提升。

THUMPER：沙槌。一种短木桩，一头安有靠发条驱动的鼓槌，插入沙中后会不停地敲击沙地，发出响亮的敲击声，弗雷曼人以此来召唤夏胡鲁。（参见“沙地钩”。）

TIDAL DUST BASIN：潮汐尘低地。厄拉科斯地表上的大型洼地，几个世纪以来里面积满了尘土，可以在其中观测实实在在的沙尘潮（参见“沙潮”）。

TLEILAX：特莱拉。泰利姆星系的唯一一颗行星，以培养心智扭曲的门泰特而闻名，是变态门泰特的中心。

T-P：心灵感应。

TROOP CARRIER：运兵舰。公会用来在星际间运输士兵的舰船。

TRUTHSAYER：真言师。具有特殊能力的圣母，她们可以进入辨真灵态，检验出面前说话的人是否在撒谎。

TRUTHTRANCE：辨真灵态。指在几种“扩展意识”的致幻剂的作用下，服药者进入半催眠状态，对周围的一切具有更加敏锐的观察力，可以轻易判断说话的人是否在撒谎。（需要注意的是，“扩展意识”的致幻剂对普通人是一种致命的毒药，只有脱敏的人才能摄入，他们可以在自己体内将毒素转化。）

TUPILE：杜拜。人称“避难星球”（很可能包含好几颗行星），是帝国战败家族的流亡地。只有公会知道这些星球的确切所在，并由公会和平协定维持着不受侵犯的状态。

U

ULEMA：乌理玛。禅逊尼的神学博士。

UMMA：乌玛。类似于先知。（在帝国字典中，这个词带有贬义，泛指任何作出狂想预言的狂人。）

UROSHNOR：尤罗西诺。贝尼·杰瑟里特根植在所选目标心灵深处的一个词，这个词通常没有意义，一旦植入成功，目标听到这个词后，便会失去行动力。

USUL：友索。意为“梁柱的底座”。

V

VAROTA：维罗塔。著名的巴厘琴制作大师。是秋夕星人。

VERITE：维泰药。埃卡兹星球生产的一种可以摧毁意志的迷药，服药者将无法判断幻觉与真实世界的区别。

VOICE：音言。贝尼·杰瑟里特的组合训练手法，可以通过语气语调给对手施加压力，达到完全控制对方的目的。

W

WALI：瓦利。没有经验的弗雷曼青年。

WALLACH IX：瓦拉赫九号星。老金星系的第九行星，是贝尼·杰瑟里特学院的所在地。

WAR OF ASSASSINS：刺杀战争。在大联合协定和公会和平协定允许的范围内展开的一种受限制的战争方式，目的是减少受牵连的无辜者的伤亡。这种战争有严格规定，所刺杀的目标必须经过正式宣告，所使用的武器也受到严格的限制。

WATER BURDEN：水债。弗雷曼语，指道义上的责任。

WATERCOUNTERS：计水器。不同尺寸大小的金属环，每一个水环表示一定量的水，可以凭此从弗雷曼人的蓄水池中取水。计水器不仅仅意味着财富，更在出生、死亡及求偶的仪式上有着深远的意义。

WATER DISCIPLINE：用水纪律。为了适应厄拉科斯艰难的生存环境，人们不能浪费一点水分，为此必须遵守严格的用水纪律。

WATERMAN：司水员。弗雷曼神职人员，负责在典礼仪式上掌管仪式用水和生命之水。

WATER OF LIFE：生命之水。一种具有“启示”效果的有毒物质（参见“圣母”。）是沙虫在被淹死时释放出的液体，经圣母在体内转换，成为一种致幻剂，帮助穴地众人进入心灵合一的状态。是一种“扩展意识”的致幻剂。

WEATHER SCANNER：气象员。厄拉科斯上的专门人员，受过特殊的训练，能够预测天气，还会竖沙杆和读懂风的模式。

WINDTRAP：捕风器。一种放置在盛行风路线上的装置，通过装置中骤降的温度来冷凝空气中的水汽，以此来收集空气中的水分。

Y

YA HYA CHOUHADA：呀，嗨呀，乔哈达。“战士万岁！”是弗雷曼敢死队员的作战助威语。

YALI：牙帐。弗雷曼人在穴地的私人住所。

YA! YA! YAWM!：呀！呀！哟！弗雷曼人在重要仪式上的诵经。呀的意思是“请注意！”，“哟”是请人立即关注。这段经文可以译为“来啊，听我说！”。

Z

ZENSUNNI：禅逊尼。可追溯至公会前纪元 1381 年，由穆美（第三位穆罕穆德）教分裂而来。禅逊尼教主要强调神秘主义，并回归父系时代。大多数学者把阿里·本·奥哈西看作是这个教派最早的领袖，然而有证据表明，真正的领袖是他的第二任妻子尼萨伊，而奥哈西只是她的男性发言人。

地图附注

海拔基准线：布莱德沙海。

纬度基准线：瞭望山。

极地深坑：地势低于沙海平面500米。

Carthag：迦太格。与厄拉奇恩东北相邻，相距约200公里。

Cave of Birds：鸟巢洞。位于哈班亚山脊。

Funeral Plain：丧原。大沙海。

Great Bled：布莱德沙海。不同于大沙海，是一片平坦的沙漠，覆盖了北纬60度至南纬70度的区域。多数地区为沙石构成，偶尔有基底杂岩从地表突起。

Great Flat：大平原。一片岩石低地，与大沙海接壤。地势高于沙海平面约100米。帕道特·凯恩斯（列特·凯恩斯之父）发现的盐盆就位于大平原中。在泰布穴地以南到图示的一些穴地部落周围，有一列岩石山脊从地表突起，高度达到200米。

Harg Pass：哈格山口。山口上建有神龛，里面置放着雷托的遗骨。

Old Gap：老隘口。厄拉科斯屏蔽场城墙上的一条裂口，是被保罗-穆阿迪布炸开的。整条裂口垂直高度有2240米。

Palmaries of the South：南方沙漠。不在地图上。位于南纬40度附近。

Red Chasm：红峡谷。地势低于沙海平面1582米。

Rimwall West：西部岩墙。一座高崖（4600米），矗立于厄拉奇恩屏蔽场城墙之上。

Wind Pass：风口关。一个四面悬崖的关口，通往深坑村落。

Wormline：沙虫踪迹。北方最远的有沙虫出没的地方。（湿度是决定性因素，而非温度。）

后　记

布莱恩·赫伯特

我认识弗兰克·赫伯特有超过三十八个年头。他是个伟岸脱俗的人，一个有着莫大殊荣的人，也是一个极为有趣的人，能像磁石般将听众吸引在他身边。若只说他是一个智慧出众的人物，那就太过保守了，因为他非凡的大脑似乎蕴含着宇宙中的所有知识。他是我的父亲，我深深敬爱他。

然而，正如我在他的自传《沙丘梦想家》中写到的，作为一个儿子，了解这位传奇作家的路途并不一帆风顺。在弗兰克·赫伯特的膝下长大，儿时的我并不懂他为何喜欢静处以凝聚心神，不懂他想要完成手中作品的强烈愿望，也不懂他为何那么自信地认为自己的作品将会成功，因为当时他寄出的稿子从来都是被退回的。在我稚嫩的双眼中，他在《沙丘》和其他作品中创造的人物也是他的子女，他们在和我竞争，想要谋求一份父爱。在他创作那本大部头作品的年月里，他把大部分时间都给了保罗·厄崔迪，而不是我。父亲的书房对我来说是一个禁区，对我姐姐佩妮和我弟弟布鲁斯来说也是。在那些日子里，只有我母亲比弗利懂得父亲复杂的想法。我母亲爱他，而我父亲也会把爱回赠给她，最终，我通过他俩的爱明白了这个男人充满爱的温柔一面。

那个时候我已经二十五六岁了，过去几年一直处于叛逆期，在和他严格的行事方式对着干。当我终于看透他的灵魂，感激他在我母亲身患绝症时给予她的悉心照顾，那一刻，我和他成为了挚友。他指导我写作，让我明白编辑们想要在书中看到什么；他教我如何创造有趣的人物，如何营造悬念，如何让读者迫不及待地读下去。他在看了我的《悉尼彗星》（我出版的第一本小说）的草稿之后，对其中几页作了修改，并写了评论："这几页……如果这样改，会让故事变得更加紧凑。来吧，照着这样改改看。"他这么做，就仿佛是在和我说，他可以为我开启一扇门，让我瞥见门内的景象，但要完成辛苦繁重的写作工作，还是得靠我自己。

比弗利·赫伯特是弗兰克·赫伯特心灵的一扇窗。在《沙丘终结篇》的结尾，他和无数读者分享了这份爱，为她献上了三页充满爱意的悼文，叙述了他们在一起的美好时光。她是他的写作伴侣，智慧与他不相上下，是她提议使用《沙丘终结篇》这个名字。她亡于1984年，当时这本书还没完成。早在《沙丘》这本小说中，弗兰克·赫伯特描绘杰西卡·厄崔迪夫人所使用的原型，便是比弗利·赫伯特。他赋予了她高贵温柔的气质，甚至还有预见性的能力，和我母亲一模一样。他在书中写到"杰西卡夫人的潜在（预知）能力"，也是在描绘我的母亲，他心中想的是她一生完成的各种超过科学范围的神奇壮举。他经常以亲昵的口吻称她为他的"白巫婆"（也就是好巫婆）。类似的，在沙丘系列中，他把英勇的贝尼·杰瑟里特姐妹称为"巫婆"。

《沙丘》是有史以来最受人推崇的科幻小说，在全球的销量已经达到数千万，有超过二十种语言的译本。它在科幻界的地位之如《魔戒》三部曲在奇幻界一般，是它们各自领域中至高无上的作品。当然，《沙丘》不仅仅是科幻小说，它包含了丰富的奇幻元素，并在它的故事主线之下包含了诸多重要的层面，使得作品本身已然成为主流文学的经典。你只要看看手中这本小说的封面，就可发现这幅艺术品中透出的是宁静与高雅。

这部小说首次出版于1965年，由奇尔顿图书公司以精装本形式出版，这是它们庞大的耐久小说中最有名的一本。别的出版社都没想出版这本书，部分原因是由于书稿的厚度。他们觉得40万字实在太多了，当时大多数小说的字数只有它的四分之一或三分之一。如果付诸出版，《沙丘》的印刷成本将会大大提高，精装本的价格也会贵到五美元以上。在当时，还没有哪本科幻小说会开到那么高的零售价。

出版商们还对小说的错综复杂和作者在一开始新造的古怪词汇感到忧虑，他们觉得这会拖慢故事的节奏。一个编辑说他看了头一百页也没看出个所以然；另外一个说如果他放弃这本书就是犯了一个大错误，可他最后还是那么做了。

尽管这本书最初的销量并没多大起色，但弗兰克·赫伯特的科幻小说同行和读者从一开始就意识到这是一部天才之作，并将所有人梦寐以求的星云奖和雨果奖最佳小说奖颁给了它。接着它被《全球目录》收录，并开始受到各方的盛赞，其中包括《纽约时报》——一大批拥趸开始聚集。

1969年，弗兰克·赫伯特出版了第一本续集：《沙丘救世主》。书中他警示了盲目跟随魅力领袖所带来的危险，并展现了保罗·厄崔迪的黑暗面。很多粉丝没有理解这条信息，因为他们不愿意看到心目中的超级英雄从宝座上跌落。但这本书还是很畅销，一如它的前辈。仔细回想一下《沙丘》中的情节，其实一切都昭然若揭，父亲早已为他的英雄埋下了痛苦的种子，但很多读者并不希望看到这个事实。约翰·W·坎贝尔，《类似》杂质的编辑，在《沙丘》发展成系列时提出了不少有用的建议，他同样不喜欢《沙丘救世主》，就是因为保罗·厄崔迪的结局。

通过仔细研究政治，我父亲相信英雄会犯错误……而这种错误会被盲目跟从的追随者简化。弗兰克·赫伯特在《沙丘》写过一段具有伏笔意义的格言："记住，我们所讨论的人是穆阿迪布，曾下令剥下敌人的人皮做成战鼓，曾挥手之间便破坏了过去的厄崔迪传统，用他的话说：'我是魁萨茨·哈德拉克，只这一条理由就够了。'"在另一个戏剧化的场景中，当列特·凯恩斯倒在沙漠中奄奄一息时，他记起了很久以前他父亲说过的话："不要让你的人民落进英雄的手里，再没有比这更可怕的灾难了。"

到20世纪70年代初期，《沙丘》的销量开始猛增，主要是由于这本小说被宣传为环境保护手册，在警告人们不要再毁灭地球有限的资源。在第一届地球日，弗兰克·赫伯特在费城向三万多人发表了演讲，并走遍全国，和热情的大学听众谈话。环境保护运动正席卷全国，而父亲乘风破浪，进行了一次令人激动的旅行。当他在1976年出版《沙丘之子》

时，它在畅销榜上一路领先，在全国各大排行榜都榜上有名。

《沙丘之子》的精装本与平装本还同时进入了《纽约时报》的畅销榜，对科幻小说来说这实属首次。销量达到了数百万。在那之后，其他科幻小说家的作品也开始进入畅销榜行列，但弗兰克·赫伯特是首个荣膺殊荣的；他让科幻小说脱离了文学作品贫民窟的形象。到1979年，《沙丘》的销量已经超过一千万本，而且还在持续热卖。在1985年初，大卫·林奇的电影《沙丘》刚上映不久，平装本小说便蹿升到了《纽约时报》畅销榜的首位。这是一个非凡的成就，发生在它出版后的第二十年。时至今日，小说依然旺销。

⋆ ⋆ ⋆

1957年，父亲远赴俄勒冈滨海地区，打算写一篇杂志文章，内容是关于美国农业部在那里的一项计划，在这项计划中，政府成功在沙丘上栽种出了瘠草，以阻止流沙淹没高速公路。他打算把文章命名为“流沙却步”，但是很快，他就意识到手边有了一个更庞大的故事框架。

在沙丘系列中，弗兰克·赫伯特将自己的人生经历层层深入地植入，同时穿插了他自己研究生涯中冒出来的五花八门的迷人点子。此外，沙丘宇宙是一口精神的大熔炉，在那个遥远的未来，宗教信仰兼收并蓄，结合成了各种有趣的形式。见识出众的读者会从中认出佛教、伊斯兰苏非神秘主义和其他教派、天主教、新教、犹太教、印度教。在旧金山湾区，我父亲甚至认识禅宗大师艾伦·瓦兹，他住在一个破旧的船屋中。父亲被各种宗教所吸引，却并不追随任何一种。与之契合的正是宗教合一译者委员会的坚定目标，就如《沙丘》附录中描写的那样，这个目标是为了消弭各个宗教之间的争端——每种宗教都宣称自己才是“唯一的正统”。

当父亲还是个孩子时，他的八个信奉天主教的爱尔兰姨妈竭力让他皈依天主教，但他拒而不从。然而，这倒是成了贝尼·杰瑟里特姐妹会的源起。虽然这个虚构的组织宣称它不相信任何有组织的宗教，但实际上姐妹们还是充满灵性的。我的父母亦是如此。

在20世纪50年代，弗兰克·赫伯特为美国参议院和国会的候选人撰写演讲词和宣传词。在那十年里，他还和全家去了两次墨西哥，在那里他研究了沙漠环境和农作物周期，并且无意间尝试了一种迷幻剂。所有这些体验，包括大量童年的经历，都转进了《沙丘》的字里行间。这部小说就和弗兰克·赫伯特本人一样复杂且富有层次。

正如我在《沙丘梦想家》中所说，《沙丘》中的人物塑造类似一个神话故事。保罗是英雄王子，他踏上了征程，想要娶“国王”的女儿为妻（他娶了伊勒琅公主，她父亲是科瑞诺皇帝沙达姆四世）；圣母盖乌斯·海伦·莫希阿姆是一个老巫婆，而保罗的妹妹厄莉娅是纯洁的女巫，帕道特·凯恩斯是沙丘神话中的贤者；野兽拉班·哈克南，尽管又邪恶又好斗，却只是个十足的傻瓜而已。

对于英雄们的名字，弗兰克·赫伯特从希腊神话和其他神话中获得灵感。《沙丘》中的厄崔迪家族，源自古希腊的阿特柔斯家族，也就是不幸的墨涅拉俄斯王与阿伽门农王的家族。这个英雄家族被悲剧性缺陷性格所困扰，背负着梯厄斯忒斯的毒咒。这些预示着弗兰克·赫伯特头脑中那个厄崔迪家族将会面临的麻烦。《沙丘》中邪恶的哈克南人与厄崔迪家是血亲关系，所以，当他们暗杀保罗的父亲雷托公爵时，实际上是骨肉相残，这与阿伽门农被妻子克吕泰涅斯特拉谋杀的故事如出一辙。

《沙丘》是古代神话在现代家族身上的重现。巨大的沙虫守卫着珍贵的香料宝藏，从某种意义上来说，抗衰香料就像是有限的石油资源。厄拉科斯行星上这些巨大凶猛的虫子，就如同传说中的巨龙，长着“巨大的牙齿”，“喷发着肉桂的气息”。这又和另外一个神话很相似，那就是无名氏写作的英语史诗《贝奥武夫》。在那个引人入胜的故事中，可怕的巨龙正是躲在海边悬崖下的洞穴中，守卫着巨大的宝藏。

在弗兰克·赫伯特这部经典小说中，沙漠是一个浩瀚的沙的海洋，巨大的沙虫潜藏在深处，这片土地是神秘而不为人知的夏胡鲁的领地。沙丘的丘顶就像是波浪的浪尖，那里有暴虐的沙暴，巨大的危险潜藏其中。在厄拉科斯，据说生命起源于沙海中的造物主（夏胡鲁），这和地球生命起源于海洋相类似。弗兰克·赫伯特用与现实平行的手法，用宏大的隐喻，将现实的环境推衍到一个第一眼看上去完全陌生的世界。但只要仔细观察，就会发现它与我们所熟知的世界并没有多少不同，而书中他创造出来的角色也与我们熟知的人物没有多少差别。

保罗·厄崔迪（弗雷曼人的救世主“穆阿迪布”）就像是阿拉伯的劳伦斯（T·E·劳伦斯），后者是一位英国公民，他在第一次世界大战中成功地领导阿拉伯军队进行沙漠起义，反抗土耳其统治。劳伦斯运用游击战术破坏敌人的武装和通信线路，几乎成了阿拉伯人眼中的救世主式人物。这一历史事件让弗兰克·赫伯特开始考虑一种可能：一名外来者可以领导原住民武装反抗沙漠世界的腐败统治者，并在这一过程中成为他们眼中神一般的人物。

有一次，我问父亲他将自己看作是故事里的哪个人物，他的回答让我惊讶，他说是斯第尔格——弗雷曼人那个粗犷的首领。我一直认为父亲更像是高贵可敬的雷托公爵，或是传奇英雄保罗，或是忠心耿耿的邓肯·艾达荷。经过深思，我意识到《沙丘》中的斯第尔格就如同一个美洲土著酋长——代表并保卫着历史悠久的传统，这种传统不会对星球的生态系统造成伤害。弗兰克·赫伯特正是如此，而且更甚一筹。在孩提时代，父亲认识一个声称自己是被部落驱逐的美洲土著。他名叫印第安·亨利，曾教父亲一些他们种族的传统，包括捕鱼，在丛林中识别可食用和可药用的植物，以及如何寻找红蚁和富含蛋白质的虫子来食用。

当他创造出沙漠星球厄拉科斯和整个庞大的银河帝国时，弗兰克·赫伯特让西方文明与原始文化开始了碰撞，并对后者予以了肯定。他在《沙丘》中写道：“优雅来自城市，智慧来自沙漠。”（后来，他在主流小说《灵魂捕手》中也有类似的描写，并赞赏古老的传统，而不是现代的方式。）就像阿拉伯高原的贝都因游牧民族，弗雷曼人生存在一个与世隔绝的环境里，一种令人钦佩的生活方式，浩瀚的沙海将他们与文明世界分开。弗雷曼人在宗教仪式中使用迷幻药，就像北美印第安的纳瓦霍人一样。与此同时，弗雷曼人又像是犹太人，他们受到迫害，被统治者驱赶得四处藏身，远离家乡，流落四方。犹太人与弗雷曼人都期望会有救世主出现，带领他们前往乐土。

《沙丘》中的词汇与名字来源于多种语言，包括纳瓦霍语、拉丁语、恰科博萨语（高加索地区的一种语言）、阿兹特克的纳瓦特尔语方言、希腊语、波斯语、东印度语、俄语、土耳其语、芬兰语、古英语，当然，还有阿拉伯语。

在《沙丘之子》中，雷托二世让沙鳟紧紧贴在自己的身体上，这个描写部分是基于我父亲幼时在华盛顿州的经历，当时他卷起裤腿，涉水进入一条小溪，让水蛭紧紧贴上他的大腿。

神一般的超级英雄穆阿迪布的传奇经历源于各种宗教主题。弗兰克·赫伯特甚至采用了亚洲的戈壁民族、西南非的喀拉哈里沙漠民族以及澳大利亚内陆的土著居民的知识和传说，许多世纪以来，这些民族的人仅仅依靠极其有限的水资源生存，在他们生活的环境里，水甚至都比金子贵。

芭特勒圣战，发生在《沙丘》所述故事之前的一万年，是一场反抗思考机器的战争，这些机器曾经残酷地奴役着人类。因为这个原因，计算机最终被完全禁止，正像在《奥兰治天主圣经》中所言："汝等不得创造像人一样思维的机器。"这场圣战的根源可以追溯到父亲认识的几个人，包括我外公库珀·兰迪斯以及我们家的朋友拉尔夫·斯拉特里，他们都讨厌机器。

然而，圣战之后过了许久，沙丘宇宙中还是有电脑存在。随着这一系列作品慢慢展开，我们发现，贝尼·杰瑟里特保存着秘密的电脑，以便追踪她们的育种记录。另一方面，《沙丘》中的门泰特，有很强大的逻辑思维能力，也是一种"人机"。这种人脑计算机的灵感很大程度上源于父亲的祖母——玛丽·斯坦利，一个肯塔基山村女人——虽然目不识丁，但她能直接凭大脑进行不可思议的数学运算。门泰特是《星际迷航》中星际战舰企业号大副史波克的先辈……在20世纪60年代，弗兰克·赫伯特就已经描绘了思维机器的危险，远远早于阿诺德·施瓦辛格的终结者电影。

不可思议的是，在沙丘宇宙中并没有外星人存在。即便最古怪的生物——变异的公会领航员——也是人类。邪恶的基因巫师——特莱拉人，以及在特莱拉人的培养桶中培养出来的古拉人——也是人类。弗兰克·赫伯特想象出来的最不同寻常的人类，是贝尼·杰瑟里特姐妹会的女士，她们可以拥有共同的记忆——这一概念主要是基于卡尔·古斯塔夫·荣格的学说，他认为存在一种“集体潜意识”，是人类先天就具有的一种共同的“内容和行为模式”。父亲与拉尔夫·斯特拉里的妻子艾琳详细讨论过这些概念，她是一位心理学家，在20世纪30年代曾在瑞士师从荣格。

弗兰克·赫伯特的生活在1957年出现转折，他开始专注于把他不同寻常的经历与知识构思成伟大的小说。为了《沙丘》，他阅读了成堆的书籍，其中，他曾在某本书中读到过一段话，说生态学是一门理解因果关系的科学。这并非他的原创思想，而是艾兹拉·庞德的观点，但父亲有自己的理解，并将它转化成一种让无数人更易接受的形式。父亲以一种类似于美洲印第安人的视角，看到西方人将自己置于自然环境的对立状态，而不是与它和谐相处。

尽管《沙丘》的写作过程历尽艰辛，但父亲还是说那是他最喜欢的小说。他运用了一种他称为是“庞大细节的技术”，从1957年到1961年，他花费了超过四年的时间作研究和准备，然后从1961年到1965年，他开始了艰辛的写作历程，并作了反复的修改。

不过，虽然父亲对手稿进行了反复的修改，同时还有编辑给他出谋划策，但在最终稿中还是出现了一个小小的错误。科瑞诺皇帝沙达姆四世的年龄在小说中有些前后不一致 。这是整个沙丘系列仅有的几处错误之一。就当时而言，这已经很了不起了，因为这些书全部是弗兰克·赫伯特用打字机写成的——超过一百万字，而没有计算机来核对所有信息的一致。

1961年年末，在这艰巨工作的中期，父亲解雇了他的经纪人勒顿·布拉辛格姆，因为他觉得这个经纪人没有给他足够的支持，也再也无法忍受纽约出版业多年来对他作品的退稿行为。几年以后，当他的新小说即将完成时，他再度与布拉辛格姆合作，并继续遭受不断退稿的折磨——超过二十次——直到奇尔顿公司收下书稿，还预付了7500美元稿费。若没有奇尔顿具有远见的斯特林·拉尼尔编辑，《沙丘》也许永远都不会出版，世界文学将会由此少掉一颗璀璨之星。

★ ★ ★

当我成年与父亲关系紧密后，我们开始一起写作，他经常对我谈起细节的重要性，以及文字的紧凑感。作为一名心理学学生，他很了解潜意识，并经常说《沙丘》能从多种层面解读，它们潜藏在沙漠星球救世主的惊险故事之下。生态学是最明显的一个层面，别的还有政治、宗教、哲学、历史、人类进化，甚至还有诗歌艺术。《沙丘》是一张词汇、声音和影像组成的奇妙织锦画。有时他会先以诗歌来写作，然后把它扩展成长文，最后形成一种包含着最初诗句的文字。

父亲告诉我，在阅读小说时，你可以循着其中任何一个层面读下去，之后再循着另一个完全不同的层面读一遍。他故意在小说结尾留了一个开放的结局，说他这么做是为了让读完小说的读者仍旧心心念念想着故事中的细节，好让他们回头再看一遍。一个巧妙的伎俩，而他完美地达成了。

作为父亲的长子，我在故事中看到了家庭的影子。早些时候，我注意到《沙丘》中有一些怀念我母亲的语句，也有父亲的。当他写雷托公爵“作为父亲的优秀品质一直没有得到挖掘”时，他必定是在写他自己。这些字句对我意义深刻，因为那时我和他相处得不是很好。我正处于叛逆的青春期，反抗着他严厉的家风。

在《沙丘》开头，保罗·厄崔迪十五岁，而这本书最初在《类似》杂志连载时，我也差不多年纪。但我在保罗身上没看到多少自己的影子，相反，我在保罗的父亲——高贵的雷托·厄崔迪公爵——身上看到了父亲。在小说中，弗兰克·赫伯特有过一段文字：“虽然如此，还是有许多事为我们深入了解他开辟了道路：他对那位贝尼·杰瑟里特女士忠贞不渝的爱；他对儿子寄予的梦想……”父亲晚年面对一次访谈时，曾回答过关于我创作事业的问题，他说的是：“有其父，必有其子。”他常常在别人面前夸我，比当面夸我要多得多。在他许多朋友看来，他是个很外向的人，但在家里他经常是恰恰相反，更愿意藏身于书房之中。他充沛的感情通常都宣泄在他的书页之中，所以当我阅读他的作品时，经常觉得他在面对面和我说话。

有一次，我问父亲他的这部巨著会不会经久不衰，他谦逊地说他不知道，并说唯一有效的评论家就是时间。《沙丘》首次出版于1965年，若弗兰克·赫伯特尚还在世，他会很高兴知道世人对这部梦幻小说的兴趣，以及它所衍生出的系列，长久以来从未有过消退。新一代的读者正捧起《沙丘》，品评着这个故事，就像他们的父辈曾经享受过的那样。

就像我们这个宇宙一样，沙丘的世界也在扩张。弗兰克·赫伯特为这个系列写了六部小说，而我和凯文·J·安德森合著了好几部，包括《沙丘》系列惊心动魄的大结局。弗兰克·赫伯特在1986年去世时正忙于这项计划，这部书将与《沙丘异端》和《沙丘终结篇》构成三部曲的第三部。在这些小说中，他构建了巨大的谜团，而现在，在他过世几十年后，这大结局的谜底依然是科幻小说史上保守最严的秘密。

当我们完成这些小说时，《沙丘》系列将会拥有无与伦比的一整套的作品集，此外还有1984年大卫·林奇导演的电影，以及两部电视短剧——“弗兰克·赫伯特的沙丘”和“弗兰克·赫伯特的沙丘之子”——都由理查德·鲁宾斯坦制作。我们预想过未来还会有别的计划，但所有作品必须符合我父亲在他小说中建立的高大标准。当所有的故事讲完以后，这一系列就会结束。但这并不意味着真正的终结，因为我们随时都能重新捧起《沙丘》，再次将它品读。

布莱恩·赫伯特

华盛顿州西雅图市

图书在版编目（CIP）数据

沙丘 /（美）弗兰克·赫伯特（Frank Herbert）著；潘振华译. -- 南京：江苏凤凰文艺出版社，2016

（读客全球顶级畅销小说文库）

书名原文：DUNE

ISBN 978-7-5399-6736-3

Ⅰ. ①沙… Ⅱ. ①弗… ②潘… Ⅲ. ①科学幻想小说—美国—现代 Ⅳ. ①I712.45

中国版本图书馆CIP数据核字（2016）第168844号

图字：10-2016-201号

书　　名　沙丘

出 品 人　华　楠
著　　者　（美）弗兰克·赫伯特
译　　者　潘振华
责任编辑　丁小卉　姚　丽
特约编辑　读客高一君　徐羚婷
责任监制　刘　巍　江伟明
策　　划　读客图书
版　　权　读客图书
封面设计　读客图书　021-33608311
出版发行　凤凰出版传媒股份有限公司
　　　　　江苏凤凰文艺出版社
出版社地址　南京市中央路165号，邮编：210009
出版社网址　http://www.jswenyi.com
印　　刷　三河市吉祥印务有限公司
开　　本　890mm x 1270mm　1/32
印　　张　19.75
字　　数　574千
版　　次　2017年1月第1版　2017年4月第3次印刷
标准书号　ISBN 978-7-5399-6736-3
定　　价　68.00元

如有印刷、装订质量问题，请致电010-85866447（免费更换，邮寄到付）

图书在版编目（CIP）数据